DEVENIR SON ESCLAVE – PREMIÈRE PARTIE

Copyright © Février 2012 by Talon P.S. Livre électronique
Copyright © Janvier 2014 by Talon P.S. Livre imprimé
Copyright © Mars 2024 by Talon P.S. Française Édition
-Titre original : Becoming His Slave

~ 2024 PUBLIÉ PAR TPS PUBLISHING ~ DEUXIÈME ÉDITION FRANÇAISE ~
Ingram Sparks - Livre imprimé - ISBN-13: 979-8-3303-1333-4 (Talon ps)

Traduit de l'anglais par TPS Publishing
Relecture de l'anglais par Alison Greene and Tarian P.S.
Formatage des livres et des pages: TPS Publishing
Conception graphique: TPS Publishing

Avertissements de déclenchement

Ce livre contient des scènes sexuellement explicites, BDSM, Fetish, et kink, une relation principale MF ainsi que quelques MM & FF avec leurs propres scènes sexuellement explicites. L'histoire contient des représentations de dangers violents et un langage adulte, ce qui peut être un déclencheur pour certains lecteurs. Il s'agit purement d'une œuvre de fiction destinée à la vente et au divertissement des adultes SEULEMENT, conformément aux lois du pays dans lequel vous avez effectué votre achat. Veuillez stocker vos fichiers avec soin, dans un endroit inaccessible aux mineurs.

Cependant, à la lumière des récentes censures qui ne sont que des simulacres de brûlages de livres, il est devenu prudent de clarifier le niveau d'avertissement concernant le contenu de ce titre. Dans les définitions les plus courantes et les plus récentes de ce qui est considéré comme un contenu offensant inacceptable, il est devenu prudent de clarifier le niveau d'avertissement concernant le contenu de ce titre. Ce livre ne contient PAS de viol, de post-viol ou de viol suggestif. Il NE contient PAS d'inceste, de bestialité, de jeu avec des mineurs ou de scènes sexuelles avec des personnes n'ayant pas l'âge légal.

***

Langage / Tentative d'agression / Contenu sexuel explicite / Agression par enlèvement / Gestion des traumatismes / Bondage / Dominance et discipline à part entière / BDSM à part entière

***

"Vous devenez si doux et délicieux quand le plus bel abandon est donné - votre vie," ~ Dominus Trenton Leos

DEVENIR Son Esclave

Partie 1

LA SERIE DES FRERES DU DOMINION : TOMES 1

TALON P.S.

~ BEST-SELLER DE LA ROMANCE ÉROTIQUE BDSM ~

~ LA SÉRIE ÉROTIQUE LA PLUS VENDUE ~

~ ÉLUE MEILLEURE ROMANCE ÉROTIQUE BDSM DE L'ANNÉE (#1) ~

LA SERIES DES FRERES DU DOMINION
TALON P.S. & TARIAN P.S.

Cinq frères d'armes partagent un désir pour le contrôle et le bondage ; ils vivent maintenant ouvertement le style de vie BDSM et ils sont de véritables Maîtres qui peuvent procurer de la satisfaction dans un monde de tabous.

Beaucoup de gens aiment leur excentricité, mais lorsque les frères du Dominion arrivent à New York, ce mode de vie prend une nouvelle dimension avec non seulement une augmentation dans la stimulation, mais les membres de cette communauté obtiennent également un protecteur. Maintenant, les Frères ne reculeront devant rien afin de protéger leurs amis, leurs proches, et ceux qui se tournent vers eux pour une liberté sexuelle.

<u>DEVENIR SON ESCLAVE (parties 1 & 2)</u>

DOMINER l'HÉRITIÈRE

UN HAVRE POUR CLIFF

ATTIRANCE BRUTALE

PRENDRE LE CONTRÔLE DE TROFIM

Succombez au désir avec les Frères du Dominion et immergez-vous dans un monde de Dominance et de Plaisir, mais soyez prêt...

"Je suis sur le point de vous exciter"

- Talon ps

DEVENIR Son Esclave

Trenton Leos, également connu sous le nom de Dominus parmi ses amis et collègues du BDSM Lifestyle, a toujours su ce qu'il voulait. Ce n'était qu'une question de temps avant qu'il ne la trouve. Mais une fois qu'il l'a trouvée, elle n'était pas vraiment prête pour lui. Sans se décourager, Trenton, avec l'aide de ses frères (compagnons d'armes), est resté près d'elle, l'entourant de tout ce qu'il est, attendant que la porte de l'opportunité s'ouvre enfin. Pour une fois qu'il était dans sa vie, il n'allait pas la laisser partir, car cela signifierait se détruire lui-même - et son cœur. Si seulement elle lui faisait confiance pour lui donner tout ce qu'elle désirait, la seule chose qu'elle devait faire en retour pour l'obtenir était de se soumettre à lui et d'abandonner chaque partie d'elle-même.

Katianna Dumas plane sur le bord de la passion, emprisonnée dans l'érotisme exquis qu'elle créait en tant qu'auteur. Ses romans érotiques séduisent les lecteurs avec des contes qui atteignent de nouveaux sommets inconnus de plaisir dont Katianna elle-même n'a jamais fait l'expérience. Ceci jusqu'à ce qu'une nuit dont elle ne se souvient même pas, elle avoue un désir secret à Trenton Leos, qui a maintenant l'intention de faire prendre vie à son son fantasme et de l'attirer dans son monde de Domination et de soumission dans lequel il n'est pas seulement un Dom, mais le Dominus. Le Maître de tous les Doms.

La vie avec le Dominus promet de lui apporter de riches passions, mais également du danger, et elle ne sait pas si elle est assez forte pour pouvoir s'y abandonner.

Surtout quand être avec Lui signifie soumettre sa vie pour devenir son esclave.

MF-Romance / Erotique-Romance / quelques MM, MMF, MMM & FF / BDSM & Dominance/esclave / Amour dévoué / Jeu fétichiste / Fessée / Drame / Frères d'armes soudés / Drame / Action-Suspense / Mode de vie dans un club fétiche / Brûlure douce à grondante / Les Hommes Alpha Millionnaires / Action Alpha / Mauvais hommes à l'affût / Opération sauvetage / Sauver la journée / Chaleur extrême / Langage Explicite

DÉDICACE

A Bug,

qui, au bout d'un certain temps, s'est habitué à ce que je parle de mes

de mes personnages comme s'ils étaient des amis de la

de la famille et a trouvé ça cool.

Je chérirai toujours nos discussions après l'école, juste moi et ma nièce préférée.

~ Talon

———•———•━━◆━━•———•—•—

MARQUES DÉPOSÉES

L'auteur reconnaît le statut de marque déposée et les propriétaires de marques déposées suivantes mentionnées dans cette œuvre de fiction :

Véhicules :
ConQuest Knight Armored Luxury Trucks
Lexus Luxury Vehicles
Ford F-150 Raptor Pickup Truck
Berker Ford Excursion
Audi R8
Sikorsky Executive Helicopter

Alcools :
Tragos Silver Tequila
Dos Lunas Tequila
Asombroso Platino Silver and La Rosa tequila
El Condeazul Blanco Tequila

Parfums :
Clive Christianson Cologne - Imperial's Majesty
Davidoff Fragrances for Men
L'Eau De Tarocco by Diptyque
Aqva Pour Homme Marine Toniq
Nautica Oceans
HM by Hanae Mori

Créateurs de mode :
Armani
Dolce & Gabbana
Christian Louboutin Designer Boots
Chantelle Africa Lingerie
Wacoal
Les Maçons Danseurs
Bluemarine Underwear
Diesel Underwear for Men
Get Me Off Underwear For Men
Aubade Asako

Armes à feu :
Berretta Guns
Glock Guns
Desert Eagle Guns

Divers :
Livre : Dear Soldier, With Love par Talon PS & Tarian PS
Bouteille d'eau Icelandic

Fauteuil Tantra, meubles pour les amants
BC Marque Poudre pour maux de tête

Restaurants :
Le Périgord, restaurant français à New-York
Hellas, restaurant grec à Tarpon Springs, Floride

Citation :
Un lion est le plus beau quand il est à la recherche de nourriture –
Mevlana Celaleddin Rumi ~ Source inconnue

TABLE DES MATIÈRES

DᴇVᴇNIR Son Esclave

LA SÉRIE DES FRÈRES DU DOMINION: TOMES 1
ÉCRIT PAR TALON P.S.

CHAPITRE UN

Katianna Dumas était une écrivaine, elle l'était depuis qu'elle avait quitté l'école. Seulement maintenant, elle était finalement publiée. Son genre était celui de l'un des plus anciens de l'histoire de l'écriture. Le sexe ou, comme on l'appelait dans le monde littéraire, l'érotica. Elle explorait cet art et pensait souvent à ce que cela signifiait. Même maintenant, alors qu'elle suivait Amelia au Club de la Douleur pour la célébration de sa nuit d'ouverture, elle réfléchissait à ce sujet. Bien que tout de suite, alors qu'elles passaient du hall d'entrée à la grande salle avec piste de danse et bar, elle comprenait brusquement qu'elle entrait dans un tout nouveau monde. Un qu'elle n'avait jamais vu ou dans lequel elle n'avait jamais joué de rôle, mais dès le premier regard, elle sut que ses inspirations étaient sur le point de changer – parce qu'ici, au *Club Pain*[1], le sexe et l'érotisme étaient redéfinis et entrelacés avec des mots comme *Fétichisme* et l'acronyme BDSM.

Le club était déjà rempli à ras bord avec des invités correspondant à son style ; la plupart d'entre eux étaient vêtus de cuir. Cela donnait à

---

[1] Club de la Douleur

l'atmosphère une notion de stéréotype ; c'était tellement évident. Là encore, pourquoi ne le seraient-ils pas ? À l'intérieur du *Club Pain*, quelqu'un qui avait un goût pour la stimulation érotique la plus sombre n'avait pas à se cacher, n'avait pas à avoir honte ou à agir sous le manteau, parce que tout le monde ici partageait ces mêmes désirs et dans cet endroit, ils avaient la liberté de s'exprimer ouvertement. Eh bien, tous sauf une personne bien sûr : Katianna elle-même. On la faisait parader comme le nouveau Chihuahua de l'Héritière Amelia – éditeur de Quinneth Belle Publishing récemment acquis par Kat.

À l'intérieur, la piste de danse au centre du *Club Pain* était une entité propre qui se déplaçait comme un lent labyrinthe tantrique de corps au son de la musique techno, sombre et mélodique, qui s'échappait des haut-parleurs. Le rythme tournoyant incitait même les plus timides à se lever et à mettre leur âme à nue pour se fondre dans la danse charnelle.

Une coterie de corps s'entassait, s'étendant dans les coins et le long des hautes tables de bar qui bordaient la piste de danse, et remplissait les zones autour des comptoirs. Certains avaient la chance d'avoir été invité à servir les membres VIP dans les box privés entourés de murs en verre qui bordaient la forme en L érigée le long d'un côté du club.

Katianna s'imprégna de la vision de la marée humaine, les enregistrant dans sa tête afin qu'ils deviennent plus tard des personnages dans ses livres. Des cheveux blonds, roux, noir corbeau et neige, une palette de couleurs non naturelles ou autre – elle n'était pas certaine, compte tenu des cagoules en cuir sur leurs têtes. Tellement de cuir – et du latex qui moulait la peau de ses hôtes. Certains plus extrêmes que d'autres, certains se détachant carrément du lot avec des sangles en cuir cloutées et des chaînes drapées sur des fesses nues encadrées par des jambières en cuir. Mais ce plaisir des yeux ne s'arrêtait pas là alors que d'autres apportaient une saveur plus aristocratique à la pièce. Quelques dames en robes de soirée, dont la plupart avaient été raccourcies jusqu'au pli de leurs fesses, mais dont aucun faux diamant ne manquait à leurs panoplies. Les hommes vêtus pour attirer avec des pantalons et des chemises, répliques historiques de l'époque de la Régence.

Elle repéra même des jumeaux affublés d'un accoutrement Steampunk à l'extrême, avec un manteau à queue-de-pie, un chapeau haut de forme et des bottes de plate-forme. La tenue allait bien avec leurs dreads noires ornées de pignons en laiton.

Puis il y avait quelques-unes de ses « friandises préférées », des pantalons habillés taillés sur mesure, des chemises en soie boutonnées jusqu'au cou portées avec une cravate aux motifs distingués – à l'intérieur, les manteaux étaient facultatifs, mais la veste était un bonus.

Une marée humaine incessante – la diversité ne semblait jamais en finir : hétéros, gays, maîtres et marionnettes. C'était un véritable trésor pour la stimulation d'un écrivain. Et tout tournait autour de son sujet favori – le sexe.

Katianna prit un siège dans le box en forme de croissant dans la première des dix pièces privées en verre qui ornaient un côté du *Club Pain*. Celui, qui pour l'instant et jusqu'à leur départ, était réservé à Amelia et ses invités de marque. Et peu de temps après, ces invités affluèrent. Certains ne s'arrêtant que pour un « bisou, bisou, tu es absolument délicieuse », tandis que d'autres restaient pour boire un verre. Et avec chaque invité, Amelia se vantait de sa nouvelle écrivaine star, Katianna Dumas. Dont beaucoup, qui avait déjà entendu Amelia parler d'elle, déclaraient avoir déjà lu au moins un de ses livres, sinon plus. Amelia était une commerciale douée à ce jeu.

C'était presque étourdissant pour Kat, de regarder les amis d'Amelia aller et venir. Mais tout cela se réduisit à un cœur palpitant au ralenti – en fait la terre cessa de tourner – lorsque Katianna le vit *Lui*.

Elle ne se souciait pas de ce que les autres femmes pouvaient penser de qui ou ce qu'il était – il était l'or du sultan à ses yeux. Un regard sur lui et son esprit était désespéré de ralentir l'influence imaginaire du temps autour d'elle, comme une photographie figée, afin qu'elle puisse se pâmer à chaque pas qu'il faisait vers eux jusqu'aux derniers qui le placerait juste en face de la salle VIP dans laquelle elle se trouvait. Ses larges épaules et sa poitrine étaient vêtues d'un blouson noir en alligator dont la fermeture éclair était remontée à mi-hauteur, taillé à merveille afin de ne pas diminuer les contours des muscles qu'elle savait être là – sous le pull col roulé noir et le pantalon gris foncé. Certes, elle n'était pas un gourou de la mode, mais après une relation de cinq ans avec un modèle masculin, elle savait quand quelque chose criait « Armani ». Certaines modes se distinguaient toujours. On disait que c'était le costume qui faisait l'homme, mais cet homme-là, apprêté au maximum, jusqu'aux mains gantées de chevreau noir, faisait de l'ensemble un rêve humide sur pattes.

Katianna ferma les yeux, juste pour un instant, imaginant ces gants en mouvement sur sa peau. Cette seule pensée envoya un frisson à travers son corps, lui rappelant que cela faisait beaucoup trop longtemps qu'elle n'avait pas eu de vie amoureuse en dehors de ses livres.

Elle eut instantanément l'eau à la bouche, et elle sentit le désir humide entre ses jambes. Elle avait vu beaucoup de jolis garçons au fil du temps et dans les boîtes de nuit, mais cet homme n'était pas une jeune créature. Il était mature – fringant – *un homme véritable*. Il y avait quelque chose dans la façon dont il se tenait et l'intensité de ses yeux avant même qu'il l'ait vue qui lui disait qu'il n'avait pas simplement l'air d'un alpha ; il en était sa personnification.

Elle le regarda à nouveau et repéra une femme juste derrière lui ; elle était vêtue d'un body en latex qui ne recouvrait pratiquement aucun morceau de peau. Elle suivait ses pas comme son ombre jusqu'à ce qu'ils atteignent la porte de la salle VIP d'Amelia. Des cheveux blond platine lissés en arrière dans une queue de cheval serrée retombaient sur ses épaules. La femme était grande et mince, à l'exception de ses seins qui étaient imposants et visiblement exposés. Sa haute taille était renforcée par les dix centimètres ou plus fournis par ses bottes plate-forme assorties à sa tenue minimaliste. Elle aurait facilement pu voler un baiser à l'homme si elle avait été en mesure de lever la tête, qui pour le moment était inclinée de force devant lui par un poids accroché au bâillon-boule dans sa bouche. Tous les deux s'arrêtèrent juste devant la porte et avec un seul doigt, il réussit à lui ordonner de s'agenouiller à l'extérieur du box.

Katianna observa, comme fascinée par le spectacle alors que la jeune femme regardait autour de ses pieds, puis reculait avec précaution, sans jamais balancer le poids tenu entre ses dents, avant de lentement, avec un certain effort, s'agenouiller. Ce fut alors que Katianna vit pour la première fois que les bras de la femme étaient liés derrière elle par une paire de manchons en cuir épais, clipsés par des fermoirs en métal argenté, à la fois au niveau de ses coudes et de ses poignets. Les liens étaient probablement en grande partie ce qui résultait de sa difficulté à s'agenouiller. Cela, et l'homme dominateur qui ne lui offrit aucune aide, se contentant à la place d'accrocher la laisse qui la contrôlait sur un crochet planté juste à côté de la porte en verre.

Lorsqu'il entra, Katianna pensa qu'elle allait défaillir sous tant de stimulation. Il faisait au moins un mètre quatre-vingt-quinze, et elle aimait les hommes grands. Plus ils étaient grands, mieux c'était, parce qu'elle avait le fantasme de ramper le long de leur corps pour les séduire. La pulsation brûlante qu'elle ressentit suscita l'éveil de son écrin telle une furie qui avait sommeillé trop longtemps et hurlait instantanément comme un chat sauvage géant prêt à être nourri. Oh, elle en saliva.

— Amelia.

Le nouvel arrivant salua ouvertement l'Héritière dès l'instant où il mit un pied dans le box. Le timbre de sa voix profonde comme un prédateur en chasse fit trembler les genoux de Katianna, et il ne lui avait même pas encore parlé.

— Dominus.

Amelia chanta presque son nom alors qu'elle se levait en tendant les mains devant elle. Il les prit toutes les deux, les amenant à sa bouche afin de les embrasser comme l'aurait fait un châtelain envers une héritière. Amelia jeta un coup d'œil par-dessus son épaule à la femme qu'il avait laissée à l'extérieur, puis son regard se reporta sur lui, un sourcil haussé affichant sa curiosité.

— Elle ne correspond pas à tes goûts habituels.

Il lui lança un de ces regards qui signifiait, « tu devrais le savoir ».

— Elle n'est pas à moi. J'ai été engagé pour la former.

Les yeux d'Amelia s'agrandirent et elle lui lança un demi-sourire malicieux.

— Laisse-moi deviner. Dane ?

— Qui connais-tu d'autre, qui est trop fainéant pour former ses propres soumises ?

Il lui fit un clin d'œil.

— Eh bien, j'espère que tu lui fais payer le prix fort, cette fois, répondit-elle à l'homme qu'elle avait appelé Dominus.

— La facture s'allonge de minute en minute pour celle-là.

Amelia laisse tomber les formalités et enroula un bras autour de lui en une demie-étreinte, et le fit tourner afin de faire les présentations – gardant Katianna pour la fin, comme toujours. Néanmoins, contrairement aux fois précédentes, Katianna trépignait presque sur son fauteuil en attendant son tour.

La gracieuse main d'Amelia fit un geste en direction de ses invités.

— Bien sûr, tu connais Renai et Richard, ainsi que mon styliste, Vashon Rayneux. Voici son partenaire et assistant, Yigal Beullai.

Amelia pivota vers la femme suivante du groupe, qui était vêtue d'une façon plus conservatrice que les autres. Pourtant, sa jupe noire près du corps et taille haute, accompagnée de sa blouse en soie de couleur crème qui tombait en vagues sur ses seins, faisait d'elle un spectacle accrocheur pour la plupart des hommes.

— Voici Tabitha Angelios du magazine *Plethora*. Elle est ici pour faire un article sur le *Club Pain*.

Il fit un signe de tête à la femme et serra doucement sa main, mais aucun baiser ne fut offert cette fois.

Enfin, ce fut le tour de Kat.

— Et voici Katianna Dumas, ma nouvelle auteure star. Katianna, voici le Dominus, Trenton Leos.

Le cœur de Katianna palpita alors que l'homme lui prenait la main avant même qu'elle se soit levée et la tirait doucement sur ses pieds. Il se pencha, rapprochant sa main plus près et portant très lentement ses doigts à sa bouche dans un geste délibérément provocateur, puis il les baisa de ses douces lèvres charnues avec un soupçon d'humidité. Quand il se redressa, elle fut emprisonnée par le regard des yeux bruns, chaleureux comme du café avec beaucoup de crème et encadrés de cils noirs épais – *Ohh Seigneur, appétissant venait à l'esprit*. Elle sentit sa poitrine se serrer et se recroqueviller sous la brûlure de ce seul regard.

Ses cheveux, noirs comme le café, étaient bien dégagés autour des oreilles, mais une lourde mèche sur le dessus lui donnait un air échevelé qui criait « Je vais te baiser brutalement » et dans laquelle une femme pouvait y glisser la main. Ces lèvres qui venaient d'embrasser ses doigts étaient encadrées avec juste la bonne quantité de poils afin d'accentuer ses traits austères. Des lèvres appétissantes qui étaient trop loin de sa portée, à moins qu'elle se lance dans l'escalade. Ceci dit, à la vue du corps dur sous les vêtements, l'escalade était un mot bien approprié. Elle allait se régaler à coucher cet homme sur le papier et elle leva timidement les doigts pour essuyer ses lèvres afin de s'assurer qu'elle n'était pas en train de baver.

Ce fut à ce moment-là qu'elle se rendit compte qu'il n'avait pas encore relâché son autre main. Il l'observait tout comme elle l'avait fait avec lui, et il semblait particulièrement intéressé par sa petite taille.

— Combien mesurez-vous, Katianna ?

Cet air de prédateur faisait allusion à quelque chose qui l'amusait visiblement.

— Un mètre soixante, mentit-elle en espérant que cela passerait étant donné qu'elle portait des bottes à semelles compensées.

Il plissa les yeux, l'observant attentivement, puis il regarda ses bottes, en notant les semelles épaisses.

— Enlève-les.

C'était plus un ordre qu'une requête, mais avant que Katianna puisse obéir ou protester, Amelia vint à sa rescousse.

— Dominus. Doucement, dit-elle en enroulant ses doigts autour de son bras. Elle ne joue pas.

Trenton regarda Amelia avec un soupçon d'agacement, peut-être même un peu blessé qu'elle puisse amener quelque chose qui attirait son regard pour ensuite lui dire qu'il ne pouvait pas la toucher. Il jeta un coup d'œil à Katianna, passant à un regard plus séduisant.

— S'il vous plaît, offrit-il.

Cette fois, c'était une requête, et Kat ne pouvait pas décemment lui refuser une chose aussi simple. Surtout si cela signifiait qu'il continuerait à la regarder *elle*, et plus la blonde en costume de Catwoman de l'autre côté de la porte. Là encore, la femme devant la porte était grande et mince, Katianna était petite. Plus que cela, elle n'était qu'un petit bout de femme insuffisant pour nourrir l'appétit féroce de cet homme, et elle craignait que perdre ces quelques petits centimètres sans conséquence dissuade toutes chances de maintenir son regard sur elle.

Malgré son inquiétude silencieuse, les yeux de l'homme la regardaient avec un amusement évident. Il lui offrit même de tenir son bras afin qu'elle garde son équilibre alors qu'elle détachait les boucles de ses bottes et en sortait ses pieds – perdant par là même dix centimètres.

— Menteuse, dit-il en souriant d'un air diabolique alors qu'il la démasquait.

Il l'avait suffisamment bien évaluée pour savoir qu'elle ne faisait même pas un mètre cinquante. Ses yeux s'illuminèrent comme un lion qui venait d'attraper sa proie favorite, et maintenant il allait s'asseoir et grogner dessus pendant un certain temps. La dévorer seulement quand il déciderait que cela lui convenait. Le regard lourd de la bête rendit Katianna encore plus brûlante.

— C'est un plaisir de vous rencontrer, chaton, la taquina-t-il en embrassant sa main avant de lui faire signe de se rasseoir et de revendiquer le siège à côté d'elle.

Son bras s'étendit pour reposer sur le dossier, l'atteignant presque. Pas près au point que cela pourrait être offensant lors d'une première rencontre, mais suffisamment proche pour dire à tout le monde qu'il avait posé les jalons de sa revendication sur elle, comme si quelqu'un pourrait réellement risquer de remettre un tel homme en question.

Cependant, un coup d'œil autour d'elle sur les autres et Katianna n'eut pas l'impression que quiconque oserait le faire.

Finalement, le propriétaire principal du club, Dane Masters, les rejoignit, suivi de près par deux autres hommes qui furent présentés comme Diesel Gentry et Marcus Scriven.

Katianna avait déjà rencontré Dane lorsqu'elle avait accompagné Amelia et son entourage au cours des semaines précédentes dans d'autres clubs M. Masters : *Pink Flesh*[2] et *Stilettos*[3]. Chaque club, conçu et détenu par Dane Masters, et chacun, à un niveau différent de l'autre dans le divertissement explicite afin de convenir à tous les goûts.

— Tu es un peu dur avec ma fille, tu ne crois pas ? dit Dane à Trenton dès qu'il s'assit en face de lui dans l'un des fauteuils moelleux.

Il s'installa confortablement, les bras sur les accoudoirs et une cheville venant se poser sur un genou. Son arrogance aurait pu être mesurée avec un bâton et Katianna vit tout de suite qu'il avait une relation plus étroite avec l'homme assis à côté d'elle qu'avec la femme devant la porte.

— Seulement parce que tu es trop tendre, le réprimanda Diesel qui resta debout et s'appuya contre le mur près de l'endroit où Trenton et elle étaient assis.

Marcus s'attribua la place vacante à côté de Trenton, en face d'elle, et s'y laissa tomber.

— Veux-tu qu'une autre femme vole ta voiture ? continua Diesel, plaisantant encore aux dépens de Dane.

---

[2] Chair rosie
[3] Talons hauts

— Tu ne me laisseras jamais oublier ça, n'est-ce pas frangin ? répondit Dane en riant.

— Probablement pas de sitôt, se moqua Diesel.

Katianna s'isola dans sa tête, s'imprégnant des détails du nouveau *frère*. Des bras musclés et tatoués d'un aigle américain s'étendant sur ses épaules et le long de sa poitrine bombée lui donnaient l'air d'être une montagne ou étroitement apparenté à Atlas, le mur derrière lui requérant son soutien, même dans la posture paresseuse qu'il affichait. Contrairement à Trenton, il portait une coupe militaire stricte et le chaume sur ses joues n'avait pas plus de quelques jours. Un morceau de choix, avec beaucoup de vibrations de « mauvais garçon » en lui.

Marcus, d'un autre côté, était plus réservé, ou c'était du moins l'impression qu'il donnait. Elle ne pouvait pas beaucoup l'observer avec Trenton qui bloquait son point de vue et, franchement, elle n'était pas vraiment intéressée à regarder au-delà de lui. Néanmoins, elle remarqua la vague ondulée de cheveux bruns qui tombaient autour de son visage, lui donnant un faux air de Johnny Depp, bien qu'avec un corps légèrement plus grand et plus musclé que celui de l'acteur. Il portait également des lunettes rondes aux verres roses, comme celles que John Lennon avait l'habitude de toujours porter, et elles lui allaient parfaitement.

— Allons-nous commencer l'interview maintenant ? demanda Tabitha, et l'attention de la pièce se dirigea rapidement vers elle alors qu'elle commençait l'entretien avec Dane.

Elle posa un certain nombre de questions sur le club et le genre de personnes qui y venaient. Dane répondit à chacune comme s'il avait la clé d'or de la ville des plaisirs sexuels, laissant Amelia, Trenton et les autres commenter les avantages d'être membres du club.

Tabitha s'intéressa à la femme soumise devant la salle VIP et interrogea Trenton à son sujet.

— Alors, la femme qui attend à la porte, depuis combien de temps est-elle votre soumise ?

— Pour commencer, elle n'est pas à moi. Cependant, je la forme spécifiquement pour Dane depuis un peu plus d'un mois maintenant, expliqua Trenton.

— La plupart des Doms ne forment-ils pas leurs propres soumis ? demanda Tabitha, comme si chaque nouveau détail remuait quelque chose profondément enfoui en elle.

— Pas toujours. Beaucoup suivent une formation ; certains Doms n'ont ni le temps ni la patience, mais ils aiment à récolter les fruits d'un soumis bien formé.

— N'oublie pas la finesse, renchérit Dane. Dominus ici présent a un véritable talent pour mouler les meilleurs soumis.

Tabitha se tourna afin de s'adresser directement à Dane.

— Et combien Dominus en a-t-il formé pour vous, M. Masters ? demanda-t-elle, ses lèvres s'incurvant en un sourire espiègle.

— Oh, je ne sais pas. Peut-être autant que vous pouvez avoir de paires de chaussures dans votre garde-robe.

Le sourire de Tabitha s'élargit, accompagné d'un soupçon de rougeur qu'elle tenta de dissimuler.

— Je suis une femme, M. Masters. J'ai un nombre infini de chaussures dans mon placard.

Les yeux brun doré de Dane brillèrent sous les mèches épaisses de cheveux blond foncé pour accompagner son sourire. Katianna pouvait voir qu'il était vraiment LE golden boy de son arrogance. Dane joignit ses mains en rapprochant le bout de ses doigts pour former un clocher et la regarda.

— Je suis un homme qui a eu un grand nombre de soumises.

Il fit un clin d'œil séducteur à Tabitha.

— Je suis toujours à la recherche de la perle rare.

Katianna chercha immédiatement à voir la réaction de Tabitha. La boutade de Dane était indéniablement un signal afin de montrer son intérêt au cas où elle serait prête à jouer. C'était maintenant à elle de répondre. Il ne ferait aucun autre mouvement, à moins d'y être invité, et Katianna observa la naissance d'un phénomène lorsque Tabitha, pendant le plus bref des instants, perdit son sang-froid professionnel. La rougeur qu'elle avait essayé de dissimuler enflamma son visage, diffusant une lueur pèche sur le décolleté dépassant du haut de sa blouse moulante qui s'évasait en un drapé attrayant. Ses tétons avaient durci depuis que l'interview avait commencé, mais maintenant, ils criaient pour être vus, se rebellant contre le confinement de son soutien-gorge et le tissu de son haut. Cette vision poussa Dane à se lécher les lèvres ; un acte qui était conçu pour consolider le désir croissant et le besoin de l'assouvir.

Tabitha le regardait – regardait sa réponse – et Katianna aurait pu jurer avoir vu les cuisses de la jeune femme se contracter alors qu'elle se mordait la lèvre et tirait sur le drapé du tissu, le déplaçant dans une faible tentative de couvrir la confession physique de son excitation. Tabitha prit une profonde inspiration et se força à se concentrer sur l'entretien.

— D-Donc, parlez-moi du poids dans la bouche de la soumise. Quel type de formation est-ce ?

— C'est une punition, intervint Trenton. Elle a la mauvaise habitude de lever les yeux. Maintenant, elle doit porter le poids dans sa bouche.

— Habituellement, le bâillon-boule est attaché autour de leur tête, ajouta Yigal avec un petit gémissement afin d'étayer l'explication, et Katianna se demanda quelle partie avait déclenché ce son.

Trenton corrigea rapidement la situation de cette soumise en particulier :

— Ce serait parfait si elle était entraînée à garder les yeux baissés. Ce n'est pas le cas ici. Elle a été punie pour ne pas l'avoir fait.

— Donc, laissez-moi voir si j'ai bien tout compris, intervint Tabitha. Quand vous entraînez une soumise à garder les yeux baissés, vous utilisez un bâillon-boule avec une attache autour de la tête, mais pour la punir, vous supprimez la sangle ?

— En fait, Dominus ne forme pas avec le poids, dit Dane avant de réfléchir un instant afin de répondre à la question, ainsi que pour définir davantage la formation pratiquée par le Dominus. Soit vous gardez les yeux baissés, soit vous êtes puni pour ne pas l'avoir fait. Et il est assez strict sur la question. Il n'a aucune tolérance pour la désobéissance, ajouta-t-il, une lueur de satisfaction dans les yeux, démontrant son excitation rien qu'à en parler.

Tabitha griffonna quelques notes puis, après un instant de réflexion sur ce sujet, elle comprit que cela pourrait entraîner d'autres conséquences.

— Qu'est-ce qui se passe si elle laisse tomber la boule ?

Presque tous les visages dans la pièce se fendirent d'un sourire lorsqu'elle posa cette question. C'était un sourire intensément rayonnant, laissant entendre que les conséquences étaient un plaisir immense pour tout le monde.

Bien sûr, Katianna n'avait pas la moindre idée de ce que cela signifiait et elle lâcha la question, ne voulant pas attendre que quelqu'un d'autre la pose :

— Alors, qu'est-ce qui se passe dans ce cas-là ?

— Je me sers de la canne sur ce parfait cul de gymnaste qui est le sien.

Trenton se retourna et regarda Katianna, et elle aurait pu jurer qu'il voulait lui faire exactement cela et qu'il en savourerait tout le plaisir qu'il pourrait en retirer.

Katianna déglutit difficilement. Il était hors de question qu'elle envisage un jour de laisser quelqu'un lui infliger ce traitement. Cette douleur pourrait la faire basculer dans la folie. Même si la façon dont il le dit et la regarda lui envoya une onde de chaleur dans tout le corps, et elle pouvait sentir sa poitrine rougir en réponse – *et il le vit aussi.*

— Alors, que diriez-vous d'une démonstration ? demanda Tabitha, trahissant le penchant de ses propres désirs pour cet acte.

Katianna tourna vivement la tête, mais se détendit lorsqu'elle se rappela qu'ils parlaient encore de la femme devant la porte. Alors que l'idée d'être fessée lui faisait peur, c'était visiblement un motif d'excitation pour Tabitha. Un regard rapide sur Amelia et Katianna remarqua que son éditrice elle aussi, semblait être excitée à ce sujet. Katianna se recroquevilla à cette pensée. Elle se souvenait de sa mère abattant une baguette sur ses fesses pour avoir volé une barre chocolatée dans un magasin lorsqu'elle était petite. Elle lui avait même ordonné de choisir la branche sur l'eucalyptus qui se trouvait dans leur jardin. Elle avait reçu quatre coups pour ça. Cela lui avait fait tellement mal qu'elle n'avait plus jamais recommencé. Elle avait neuf ans quand cela était arrivé et elle n'avait toujours pas oublié. Le fait de se soumettre à cela pour le plaisir la faisait hurler intérieurement – *non. Merci.*

— Je le ferais. À l'étage.

Trenton mit fin au sujet, mais son regard était toujours sur Katianna.

Elle frissonna alors qu'elle levait les yeux vers lui. Elle devait être aussi blanche qu'un fantôme avec tout ce discours sur le fait d'être discipliné avec une canne.

— Je ne donne pas de tels spectacles au rez-de-chaussée.

Alors que le commentaire de Trenton était destiné à Tabitha, ses yeux pétillants souriaient à Katianna de la même façon dont elle soupçonnait qu'un chat souriait à la souris quelques secondes avant de bondir sur elle.

— Les Doms qui travaillent dans le club ne font que des scènes légères au rez-de-chaussée, mais si vous voulez me voir en action, vous devrez payer afin de devenir membre privé.

— Et qu'en est-il des autres démonstrations ? Telles que...

Trenton savait où elle voulait en venir. Il leva la main afin de couper court sur-le-champ.

— Je ne gère que le contrôle et l'obéissance. La discipline, pas les fétichismes.

Même son commentaire sur ce qu'il faisait était rigoureusement concis ; il ne laissait pas de place aux hypothèses.

Katianna déglutit et laissa échapper un soupir de soulagement lorsque son attention se reporta à nouveau sur l'interview. Elle n'avait pas voulu être si transparente, mais même une seule suggestion à ce sujet la faisait trembler. Elle était vraiment un petit chaton effrayé. Et elle pouvait voir le rire dans les yeux de Trenton. *Oh, mon Dieu, ils étaient comme d'immenses piscines de liqueur de café* – une femme pouvait s'enivrer en les regardant.

Tabitha regarda sa montre, notant qu'il y avait encore un peu de temps avant qu'ils se dirigent à l'étage pour la partie du club réservée aux membres, alors elle dirigea ses questions vers Amelia et les autres. Afin d'obtenir des faits sur qui était qui dans ce mode de vie.

Amelia, qui bien que souvent appelée professionnellement « l'Héritière », était en fait une soumise, ou tout simplement une « sub » pour faire court. Richard était également un soumis haut de gamme pour sa petite amie, Renai, sa *Domina*. Vashon et Vigal étaient un couple inhabituel, puisqu'ils étaient tous les deux des soumis, mais Vashon était également un « polyvalent », et il prenait le contrôle la plupart du temps dans leur relation. Dane portait le titre de « Grand maître », là où Marcus et Diesel détenaient le titre de « Maîtres des Doms ». Enfin, ils se servaient tous du mot latin *Dominus* pour s'adresser à Trenton à la place du simple terme de Dom ou de Grand Maître.

— Puis-je ?

Katianna se pencha vers Trenton, ne considérant pas qu'elle avait l'air de demander la permission de parler, mais plutôt qu'elle essayait simplement d'être polie et de ne pas interrompre l'interview.

Il la regarda avec une légère étincelle dans les yeux. Il donnait encore l'impression de retirer d'elle une quantité considérable de plaisir, et elle ne savait pas pourquoi.

— Vous pouvez, ronronna-t-il.

Katianna déglutit, se reculant un peu en comprenant le sous-entendu, mais décida que cela ne valait pas la peine de le relever.

— Ils n'arrêtent pas de vous appeler Dominus. Quelle est la différence avec les autres titres ?

Ce ne fut cependant pas Trenton qui répondit, mais Dane ; apparemment, lui aussi était attentif.

— Trenton, ici présent, est l'alpha de tous les Doms – pas seulement à l'intérieur du club, mais dans tout le circuit de New York, et il est également reconnu parmi quelques communautés internationales. On pourrait dire qu'il est le Dominant Roi – le King Dom. Un titre qui lui sied, qui était nécessaire, et par conséquent, qui a été mis en place.

Dane accompagna le tout d'un sourire entendu.

Puis Diesel se pencha en avant afin de la regarder.

— Les titres ne sont pas utilisés facilement par tous ceux qui vivent ou pratiquent le BDSM, mais pour nous, il permet de clarifier une forme d'expérience et de respect au sein de notre propre cercle.

— King – Dom.

Katianna sourit, faisant rouler les deux mots dans son esprit, puis elle secoua la tête.

— Kingdom. Un royaume. Alors ça, c'est ironique.

Elle ne pouvait pas attendre, elle avait besoin d'ouvrir son ordinateur portable et de commencer à noter toutes ces choses.

Alors qu'elle attendait qu'il se charge, elle regarda par-dessus son épaule, enregistrant chaque détail de l'homme à côté d'elle alors qu'il se prélassait sur son siège comme s'il possédait l'endroit.

Leo (lion) – Kingdom – Dominus. Elle ne pouvait pas imaginer ce qu'une diseuse de bonne aventure pourrait dire sur lui. L'univers semblait tourner autour de lui et on avait l'impression que seuls les mots qui exsudaient du pouvoir pouvaient se cramponner à son aura.

Le regard de l'homme se détourna finalement de la conversation toujours en cours sur le club, et tomba lourdement sur elle.

— Quelqu'un vous a-t-il donné la permission de me regarder ?

Katianna sourit chaleureusement et un petit rire lui échappa.

— Oh, je suis sûre que je vais regarder encore quelques fois avant que la soirée se termine.

Elle déglutit tout à coup et serra fermement les lèvres, réprimant son étonnement d'avoir fait un tel commentaire. Mais elle n'essaya pas d'arrêter ses yeux, les laissant même descendre sur la bosse impressionnante dans son pantalon, puis remonter afin d'enregistrer d'autres détails de son visage. Ses lèvres. Ses yeux. Comme ils se posaient sur elle en ce moment, calculant comment il allait s'y prendre pour enrouler une de ces laisses autour de son cou ; elle ne pouvait que spéculer. Malgré cela, elle revint sur ses lèvres et mordilla la sienne en imaginant ce qu'elle ressentirait de les avoir sur sa bouche plutôt que sur ses doigts. Elle pensait que ce n'était que justice de le regarder, puisqu'elle semblait être devenue son nouveau passe-temps si l'on considérait la façon dont il n'arrêtait pas de l'observer.

D'accord, elle était plus que prête à grimper sur cet homme – son sang courant dans ses veines pour se rassembler et battre dans certaines zones de son corps. Comme elle ne pouvait pas faire cela, elle se tourna vers l'ordinateur portable sur le siège à côté d'elle et commença à taper.

À ce moment-là, un autre homme arriva ; un beaucoup plus âgé. Les lignes sur son visage montraient le rôle d'homme d'affaires raffiné qu'il jouait probablement en dehors de la scène du club. Il ignora les autres hommes dans la pièce, y compris Dominus, et s'approcha directement d'Amelia, lui prenant la main quand elle la lui offrit. Il la tira hors de son siège, l'attirant à l'écart des autres, et se pencha vers elle, puis fit des cercles autour d'elle comme s'il l'inspectait. Quelque chose n'eut pas l'air de lui plaire. Il détacha le cardigan qu'elle portait et le retira de ses épaules avant de le jeter sur le banc. Il inspecta sa silhouette corsetée avec les yeux et les mains, jouant même avec les bandes de dentelle rouge qui s'étalaient afin de couvrir la partie supérieure de ses seins pressés par le corset.

— C'est mieux, dit-il enfin, puis il récompensa son front avec un baiser, avant de se positionner à côté d'elle et de lui prendre la main.

(ᵕ‿ᵕ)

— Alex est ton Dom, ce soir ?

Trenton semblait étonné alors qu'il se levait et allait se tenir devant le couple.

Le visage d'Amelia prit une teinte rosée.

— Oui, pourquoi ?

Elle était visiblement nerveuse comme si elle avait fait quelque chose de mal.

Trenton secoua la tête.

— Détends-toi, Amelia ; c'est un bon Dom. Je ne pensais tout simplement pas qu'il était prêt à relever le défi que tu représentes.

Il la taquinait, effleurant son menton avec un doigt recourbé, ignorant le regard de l'autre homme posé sur lui. C'était le *Club Pain* ; ici, Trenton était l'hôte dominant.

En vérité, Trenton n'aurait jamais recommandé cet homme à Amelia, et tout le monde savait bien qu'il ne l'avait pas fait. Amelia était déjà sa cliente pour les besoins de sécurité de son entreprise, alors il ne la poussait pas à venir vers lui pour ses besoins personnels. Il ne pouvait pas tout contrôler dans la vie de cette femme.

— Alors, nous y allons ?

Trenton se tourna pour diriger tout le monde, mais il s'immobilisa afin de jeter un regard sur Katianna, qui se contenta de lui retourner un regard amusé devant le jeu de rôle qui avait commencé à se jouer.

— Vous ne venez pas avec nous ?

Un soupçon de déception teinta sa voix alors qu'il s'attendait visiblement à ce qu'elle se joigne à eux.

Amelia bougea de sa position et effleura son bras,

— Non. Katianna va rester ici. Je te l'ai dit, elle ne joue pas.

Elle baissa les yeux sur Katianna avec un sourire amical et rassurant, qui disait que ce n'était pas grave si elle ne le faisait pas. Il n'y avait aucune pression ici.

— En plus, elle me doit un chapitre complet ou au moins une scène de sexe vraiment, vraiment torride.

Aucun de ces arguments ne convenait à ce qu'il voulait. *Une autre fois*, pensa-t-il.

Katianna rougit, gênée que l'on parle ouvertement de son genre d'écriture devant cet homme qui enflammait son corps qui brûlait d'être découvert par son toucher et peut-être faire l'expérience de sa propre scène de sexe vraiment, vraiment torride.

Elle surprit le clin d'œil qu'il lui lança avant de sortir sans un mot. Il récupéra la laisse de son crochet et guida sa blonde en costume de chat et les invités vers l'escalier qui les mènerait à la section privée du *Club Pain.*

Dieu seul sait ce qui se passe là-bas, songea Katianna. Elle laissa échapper un long soupir ; elle n'avait pas le temps et aucun espace dans la tête pour réfléchir maintenant. Elle se retourna vers son ordinateur et commença à transposer frénétiquement en mots le tourbillon d'images qu'elle avait déjà commencé à créer dans sa tête.

Dans l'escalier, Trenton se rapprocha d'Amelia alors qu'ils montaient.

— Tu m'as caché des choses, Amelia.

— Que veux-tu dire, Dominus ?

Amelia joua l'innocente, mais elle savait exactement à quoi il voulait en venir et elle ne serait pas réprimandée pour ça.

— Depuis combien de temps la connais-tu ?

— *Mmmm*, presque un an maintenant, je crois.

— Vous parlez à ma sub, dit Alex en se tournant et en jetant un regard noir à Trenton.

Ce dernier ignora l'homme plus âgé. Il n'avait aucun statut ici, et Amelia était obligée de lui répondre, même s'il en avait eu un. Il était le Dominus et ici, il exigeait le respect de son statut et de son titre, même si ce qu'il faisait été considéré comme rude, même de son point de vue. Mais lorsque cela concernait la petite femme qu'ils avaient laissée derrière eux, il plierait les règles en sa faveur.

— Et tu ne me l'amènes ici que maintenant ?

— Je l'ai emmenée dans d'autres clubs auparavant. Tu n'as pas dû faire attention, répondit-elle en s'esquivant avant de suivre son Dom dans l'escalier.

— Ne joue pas à ça. Pourquoi ?

— Parce que, Trenton Leos…

Amelia s'arrêta et se retourna pour se retrouver face à face avec lui lorsqu'ils atteignirent l'étage supérieur. Elle se tenait une marche au-dessus de lui, ce qui mettait leurs yeux au même niveau.

— Elle. N'est. Pas. Ton. Type. Et je ne veux pas que tu la blesses ou que tu la fasses fuir.

Elle plissa les yeux.

— Tu me comprends ?

— Baisse les yeux, soumise...

Les traits de Trenton s'assombrirent.

—... eh oui, je te comprends.

À l'étage, les règles changeaient, les restrictions maintenues en présence du grand public disparaissant, mais les règles protégeant les soumis emmenés pour le divertissement d'un Dom étaient toujours présentes. Là-haut, Trenton était le maître le plus élevé ; ici, il était le centre d'attention. Cependant, alors que la scène commençait, il n'avait tout simplement pas la tête à ça, mais plutôt sur la petite femme qu'ils avaient quittée en bas. Il fit la démonstration que l'on attendait de lui pour le bien du club, prenant la blonde platine et la positionnant à quatre pattes sur le pouf rond au centre de la salle principale plutôt que de la sangler sur le banc à fessée. Il se mit à déposer une rougeur subtile sur ses fesses et le dos de ses cuisses à l'aide de sa canne en rotin, ne créant que de fines zébrures, mais jamais une marque qui durerait plus que la nuit. Dans la matinée, sa peau serait extrêmement sensible, mais parfaitement dépourvue de marques. Il obligea même la soumise à garder le poids dans sa bouche sans l'aide de la sangle autour de sa tête jusqu'à la fin de la scène.

Dane ne tarda pas à profiter de l'excitation de Tabitha et l'eut bientôt assise sur ses genoux, attisant les désirs de son corps alors qu'elle regardait le Dominus en action.

Trenton finit par s'ennuyer avec la soumise en formation et la rendit à son Maître. Dane fit rapidement usage de sa nouvelle soumise en lui commandant de servir son hôte, Tabitha, et elle se retrouva à genoux, son visage enfoui entre les jambes de Tabitha avant même que Trenton ait fait ses adieux avant de se rendre au rez-de-chaussée.

Ce dernier se dirigea vers le bar et se retourna, s'appuyant contre le comptoir. Il s'installa confortablement afin de regarder la femme dans la boîte en verre en face de lui, la femme qui emplissait ses pensées.

— Qu'est-ce que ce sera, Dominus ? demanda Derek, le barman, derrière lui.

Trenton ne jeta même pas en regard en arrière.

— Silver Trago.

— Nous n'en avons plus, mais il reste encore quelques Dos Lunas...

— Bien.

Ne faisant pas vraiment attention à Derek, ses yeux restaient fixés sur Katianna.

— Shot ou verre ?

— Verre s'il te plaît.

Et quelques secondes plus tard, Derek glissait un verre vers lui avec deux doigts de la tequila blanche, ainsi qu'une serviette chargée de tranches de citron vert et une petite bouteille de sauce Tabasco.

— Alors, qu'est-ce qu'elle boit ? demanda Trenton par-dessus son épaule.

— Elle ?

Les yeux de Derek scannèrent la salle. Elle était remplie de « *elles* », beaucoup trop pour qu'il puisse savoir laquelle avait attiré l'attention de Trenton.

— La fille dans le box, là.

Trenton désigna Katianna d'un signe de tête.

— Oh ! Dans le box d'Amelia ? De l'eau.

Trenton se tourna, posant ses avant-bras sur le comptoir et les croisant devant lui.

— De l'eau...

Il savait que Dane avait offert à Amelia et chacun des invités au sein de son groupe des boissons gratuites pour la nuit avec les compliments de la maison pour avoir organisé l'entrevue avec le magazine. Ainsi, l'eau devait avoir été par choix plutôt que par défaut pour manque de fonds.

Il se retourna pour la regarder à nouveau. Elle ne jouait pas, ne buvait peut-être pas – du moins, elle ne buvait pas ce soir – mais elle écrivait des scènes de sexe. Non, il n'arrivait pas à la cerner. Mais, ce qu'il voyait, c'étaient les cordes qui l'attachaient inexplicablement à elle, avec seulement un regard sur son petit corps et le contact de sa main sur ses lèvres. Aucune femme n'avait accaparé ses pensées comme elle. Il modifia un peu sa position, sentant le sang commencer à gonfler son pantalon – *ou son sexe*.

Il ressentait quelque chose – une faim profonde pour plus que du sexe. Bien que ce qui brûlait son aine de désir allait être un défi sur plusieurs niveaux, plus longtemps il resterait en sa présence. Pourtant, il y avait autre chose. Quelque chose qu'il avait toujours voulu, mais il n'aurait jamais pensé, même en un millier d'années, pouvoir rencontrer une femme qui lui correspondrait si bien qu'il pourrait envisager l'arrangement si rapidement. Il la regarda, ses doigts gracieux volant sur le clavier de son ordinateur portable, la façon dont elle faisait une pause afin de pouvoir s'étirer contre le dossier de son fauteuil, levant ses bras au-dessus de sa tête – faisant une autre pause comme si elle rêvait de donner vie à ses scènes, avant que ses doigts reprennent leur tâche qui consistait à coucher sur le papier ces rêveries. Il ne pouvait pas s'empêcher de penser que c'était la bonne. *Mais comment peux-tu convaincre une femme qui ne joue pas dans ce style de vie d'accepter de devenir l'esclave à vie d'un homme ?*

Si Trenton avait songé à l'approcher à nouveau ce soir-là, l'occasion lui échappa lorsqu'Amelia et ses invités revinrent plus tôt que prévu de l'étage, sans son Dom, Alex. Trenton ne put empêcher le sourire qui se glissa sur ses lèvres ; il savait qu'Amelia était trop femme pour cet homme.

Il regarda avec plaisir le jeu silencieux qui eut lieu après qu'une tournée de boissons soit livrée à son box. Amelia obligea Katianna à lui donner son ordinateur portable afin d'en inspecter le contenu et de le lire à haute voix à ses invités. La main de la jeune femme s'agitait exagérément pour accentuer l'histoire et Trenton souhaita être avec elles pour l'entendre. Il apprécia particulièrement le visage rouge de Katianna.

Trenton continua à les observer du bar et sut exactement quand la lecture de l'histoire prit fin ; des mains s'agitèrent devant les poitrines des invités afin de refroidir leur excitation dans un badinage ludique. Suivi par ce qui ressemblait à des stratagèmes pour en obtenir plus. C'était plutôt amusant à regarder.

Amelia prit son sac à main et en sortit son chéquier, gribouillant rapidement comme si elle avait écrit des chèques toute sa vie, puis l'arracha et le tendit à Katianna pour qu'elle l'accepte, mais qui le repoussa avec une secousse timide de la tête.

Il regarda le chèque faire des va-et-vient entre l'une et l'autre jusqu'à ce que finalement, la jeune femme accepte et le fourre dans une poche.

☾☯☽

La soirée était terminée. Amis et associés s'étaient réunis dans le but du visiter le club, les affaires avaient été traitées ; un peu de plaisir, un peu de divertissement, et un peu plus d'affaires – maintenant, il était temps de rentrer à la maison.

Katianna suivit Amelia et ses amis, s'arrêtant afin de récupérer leurs manteaux à l'entrée.

— Oh, ma fille, comment peux-tu porter ça ?

Vashon réprimanda Katianna alors qu'elle enfilait le manteau en laine verte surdimensionné dans le style de l'armée qui l'engloutissait complètement.

Katianna haussa les épaules. Elle savait qu'il n'était pas à leurs normes de la mode, mais il se trouvait qu'elle l'aimait. Il avait ce look punk, une image qu'elle n'était pas très bonne à renvoyer. Mais par-dessus tout, il était conçu pour lui tenir chaud, ce qu'il parvenait parfaitement à faire.

— Il ne me coûte pas une fortune en nettoyage à sec, et il me donne cet air loubard que j'aime dégager, essaya-t-elle de plaisanter.

— Chérie, pas avec ta petite taille.

Vashon et Yigal rirent en levant les yeux au ciel.

— Tout ce que ça dégage, c'est un look de poupée Barbie sans abri.

Katianna ne s'offensa pas de leurs plaisanteries sur sa taille. Elle était ce qu'elle était, et elle était certainement petite par rapport à eux. Au moins, à côté d'Amelia, Katianna n'était pas éclipsée par son mètre soixante. Mais là encore, Amelia possédait pratiquement le monde, une héritière, ce qui compensait sa petite stature. Katianna, quant à elle, ne possédait rien.

— De toute façon, si je portais quelque chose de plus à la mode par ici, je me ferais agresser. Si j'ai l'air d'être l'une d'entre eux, ils ne m'embêtent pas.

Elle défendit son manteau alors qu'elle le refermait autour d'elle, le serrant alors qu'ils sortaient dans l'air froid de l'hiver new-yorkais.

— Eh bien, quelqu'un aime vivre dangereusement. Tu ne me surprendras jamais marchant dans ce quartier. Dans n'importe quel manteau.

Vashon et Yigal haussèrent les épaules à l'unisson, puis ils se penchèrent tous les deux, chacun plantant un baiser sur la joue de Katianna avant de s'engouffrer dans la Mercedes que le voiturier avait amenée.

— Au revoir, chérie, crièrent-ils en lui faisant un signe de la main.

La Lexus avec chauffeur d'Amelia fut la suivante à arriver, mais elle fit une pause et se tourna pour donner à Katianna son visage de femme d'affaires.

— Bon, utilise cet argent pour couvrir tes dépenses pour l'instant – je veux ton manuscrit sur mon bureau au plus tard le 20 décembre. Cela te donne deux mois pour le terminer. D'accord ? dit-elle d'un ton neutre.

— Oui, madame, répondit Katianna en levant les yeux ciel.

Elle avait l'impression d'avoir dix ans – *n'oublie pas de manger tes légumes et nettoie ta chambre* – mais elle savait qu'elle ne devait pas le prendre mal. Amelia chérissait sa capacité à écrire de bonnes histoires, mais sa patronne n'était pas une imbécile non plus. Elle savait que le travail de serveuse de Katianna était à l'origine de sa difficulté à écrire. C'était la façon d'Amelia de protéger les actifs de son entreprise.

— Et n'oublie pas que tu es l'invitée spéciale de l'exposition *Cuir et Dentelles* dans deux semaines. Cela se déroulera sur tout un week-end, alors je t'ai réservé une chambre au Manhattan palace où le gala aura lieu, et tu seras tout le temps accompagnée. Alors, assure-toi d'avoir quelque chose de sexy à porter.

— Accompagnée ?

Katianna cligna des yeux d'un air apeuré.

— Oui, un garde du corps. Tu seras une célébrité, mais tu as également le droit d'avoir du temps pour toi sans être ennuyée par des fans, ou t'inquiéter de tordus qui te serreraient d'un peu trop près.

— Tu ne seras pas là ?

Katianna n'avait jamais eu un garde du corps assigné pour elle. Habituellement, elle était simplement sous le regard attentif d'un de ceux d'Amelia.

— Non. Je pars pour l'Europe dans quelques jours et je ne serais pas revenue à temps. Ne t'inquiète pas. Je vais m'assurer d'avoir quelqu'un en qui je peux avoir confiance avec toi. En plus, Lindsay, du bureau, sera là pour t'assister et s'assurer que tu suis bien ton emploi du temps.

Amelia se pencha en lui présentant sa joue ; Katianna délivra le baiser attendu, en recevant un en retour, puis regarda l'héritière se glisser sur la banquette arrière de la limousine. Son chauffeur referma la portière derrière elle, puis fit rapidement le tour du véhicule, s'installa sur le siège conducteur, et partit.

Katianna fixa des yeux la voiture, en agitant la main ; elle savait qu'Amelia ne regardait pas, mais elle le faisait plus par habitude.

— Dois-je vous appeler un taxi ? offrit le voiturier.

Katianna fouilla dans la poche de son manteau et en sortit le peu de liquide qui lui restait ; un billet de cinq et deux billets d'un dollar froissés dans sa main, son passe de métro, et de la menue monnaie.

— Non. Non merci.

Elle avait horreur de marcher dans la ville, mais elle n'avait pas suffisamment d'argent pour prendre un taxi. Ceci dit, elle pouvait prendre le train ; il lui faudrait simplement marcher jusque-là.

Le son du club se déversa sur le trottoir alors que les portes s'ouvraient derrière elle avec une autre personne ou un groupe se préparant à rentrer à la maison avant la fermeture du club pour la nuit. Katianna décida qu'elle attendrait jusqu'à ce qu'ils soient partis avant de démarrer sa marche solitaire.

ʕ•ᴥ•ʔ

Trenton sortit et trouva Katianna debout devant le club, tandis que Shane, leur voiturier, s'apprêtait à y rentrer, et il n'y avait pas de véhicule ou de taxi qui attendait la jeune femme.

— Vous avez besoin qu'on vous dépose ?

La petite chose se retourna en sursautant avec un regard surpris.

— Oh !

Sa main prit rapidement refuge dans sa poche. *Comme une gamine dans un magasin de bonbons qui cache quelque chose*, songea-t-il.

— Euh... non, je vais marcher.

Trenton haussa un sourcil dans sa direction.

— Marcher ? Non, je ne crois pas. Allez, je vais vous ramener chez vous.

Il agita la main afin de la diriger vers les véhicules déjà stationnés sur le trottoir en face du club, mais elle ne bougea pas.

Trenton lui jeta un coup d'œil, l'observant alors qu'elle resserrait son manteau afin de se protéger du froid et installait la sangle de son sac d'ordinateur plus haut sur son épaule. Elle était nerveuse.

— Il n'y a pas de place pour le refus dans cette équation, Katianna. C'est Manhattan. Je ne vais pas vous laisser rentrer à pied chez vous. Alors s'il vous plaît...

Il agita à nouveau la main.

—... avant que je vous soulève et que je vous jette dans mon pick-up.

Katianna poussa un profond soupir, mais capitula. Elle ne voulait vraiment pas être jetée dans quoi que ce soit, à part peut-être son lit. Mais pour le moment, ce n'était pas ce qu'il lui offrait alors qu'il prenait son bras et la guidait vers le plus gros SUV qu'elle ait vu de toute sa vie – pratiquement le double de la taille d'un Hummer.

— C'est ce que vous conduisez ?

Elle ne cacha pas du tout sa surprise.

— C'est comme un tank avec une peinture brillante.

Elle hoqueta, regardant l'engin tandis qu'il ouvrait la portière, et sans demander la permission la prenait par la taille et la soulevait jusqu'au siège passager afin qu'elle n'ait pas à grimper. Une fois assise, ses yeux s'élargirent encore plus. L'intérieur ressemblait à un véhicule d'assaut pourvu de toute la technologie haut de gamme, avec trois petits écrans sur le tableau de bord, deux ordinateurs portables sécurisés dans la console centrale et un nombre impressionnant de boutons au plafond le long de la visière. Son cerveau de déchaîna en se remplissant de questions alors qu'elle attendait que Trenton s'installe derrière le volant.

— C'est quoi cette chose ? lâcha-t-elle tout de suite.

— C'est un Conquest Knight – fondamentalement, un Gurkha amélioré, lui répondit-il alors qu'il appuyait sur quelques boutons au plafond, et elle remarqua que les trois écrans sur le tableau de bord s'illuminaient.

Elle pouvait voir que l'un d'entre eux était un GPS classique, le second, un écran de recul et le troisième ressemblait à quelque chose tout droit sorti d'un film avec son écran vert. À ce moment-là, un homme qui passait devant eux se vit sur l'écran comme une image verte fantomatique.

— Ceinture de sécurité, lui ordonna Trenton plein d'assurance.

— Est-ce que c'est un écran de vision nocturne ? demanda-t-elle alors qu'elle obéissait inconsciemment, mettant la ceinture de sécurité.

— Oui, lui répondit-il en mettant le contact.

Au lieu du grondement d'un moteur gonflé de bolide, l'engin ronronna doucement comme un lion.

— Et vous avez besoin de tous ces trucs ? demanda-t-elle, en se demandant s'ils n'étaient pour lui que des jouets.

— Quelquefois.

Il lui sourit et s'engagea sur la route.

— Je ne sais pas pourquoi, je vous voyais plutôt au volant d'une de ces voitures italiennes, murmura-t-elle en gigotant sur son siège afin de jeter un coup d'œil à l'arrière.

Quatre sièges spacieux se faisaient face les uns aux autres, avec plus d'écrans et plusieurs boutons au plafond. Pas de bar – luxueux, mais pas dans le but de faire la fête. C'était plus comme la salle de contrôle sur roues d'un milliardaire.

— Je suppose que je n'ai pas besoin de compenser pour quoi que ce soit, hein ? plaisanta-t-il en la regardant alors qu'elle tentait de cacher sa curiosité en la dissimulant sous une attitude blasée. Alors, vous allez me dire où vous vivez ? Ou vais-je simplement rouler toute la nuit ?

— Oh !

Katianna se retourna sur son siège et le regarda avec une légère grimace sur les lèvres. Bien sûr, elle savait où elle vivait, mais « où » n'était pas seulement gênant, c'était carrément effrayant. Du moins pour elle, ça l'était, mais c'était tout ce qu'elle pouvait se permettre, et elle ne voulait pas que quelqu'un, en particulier un homme comme lui, sache où elle vivait. Il ne la regarderait plus jamais, et elle aimait vraiment la façon dont il le faisait.

— Eh bien ?

Un sourcil se haussa sur son visage alors qu'il attendait la réponse qu'elle n'avait toujours pas donnée, l'expression ajoutant un peu d'humour dans ces yeux liqueur de café.

Katianna essaya d'arrêter de gigoter alors qu'elle fabriquait son mensonge.

— Eh bien, je viens d'emménager et j'ai oublié le nom de la rue, mais vous connaissez cette tour à seulement deux pâtés de maisons de Grand Central ?

Il hocha légèrement la tête.

— Je pense que je connais l'endroit.

Bien, parce qu'elle, non. Mais tout lieu près de la gare était bon à prendre. Elle n'avait pas voulu mentir, mais la vérité était beaucoup plus regrettable, et afin d'éviter toute discussion à ce sujet, elle décida qu'elle sortirait, peu importe où il s'arrêterait.

Vingt minutes plus tard, Trenton s'engageait dans l'allée des appartements de la tour. Lorsqu'il s'arrêta devant la tour haut de gamme Golden Yves, Katianna regretta immédiatement sa décision de sortir là où il la conduirait. Elle s'étrangla presque alors qu'elle regardait le hall du bâtiment au-delà de l'arche qui encadrait la porte-tourniquet en laiton, le grand foyer au décor ivoire garni de feuilles d'or avec une imposante fontaine en son centre. L'entrée chic était gardée par un portier âgé qui sortit afin d'ouvrir la portière du véhicule pour elle. Katianna l'aurait laissé continuer à batailler avec la porte verrouillée, mais un « clic » du côté de Trenton la déverrouilla. *Merde.* La portière s'ouvrit et le portier recula.

— Bienvenue, dit-il en s'inclinant.

Katianna jeta un coup d'œil à Trenton par-dessus son épaule ; ce dernier la regardait plutôt intensément, mais elle n'aurait pas su dire à quoi il pensait. S'il savait qu'elle n'était pas à sa place ici, il ne laissa pas paraître son jugement. Pourtant, il y avait une chose dans son regard. Peut-être de la surprise ? Ou plutôt il savait qu'elle avait menti et il était déçu. Quoique cette ombre fût, il ne lui faisait pas savoir ce que c'était.

— Merci pour la balade, balbutia-t-elle en se sentant coupable.

Puis elle sauta rapidement hors du véhicule et se précipita vers la porte-tourniquet avant de disparaître.

Trenton resta assis sur son siège, le coude appuyé sur la console, alors qu'il se frottait pensivement le menton. Mlle Katianna Dumas ressemblait presque à une vagabonde devant le luxe somptueux du bâtiment, et il savait qu'elle ne pouvait pas se permettre un tel endroit. Il aurait normalement insisté pour la raccompagner jusqu'à sa porte, mais il savait qu'il n'y avait aucun moyen qu'elle vive ici. En tout cas, pas sans l'aide d'un *sugar daddy*[4] bienfaiteur, et si elle en avait un, eh bien... Par l'enfer, il trouverait comment entrer dans sa vie. Il devait simplement découvrir qui était ce bienfaiteur et se débarrasser de lui, afin qu'il puisse prendre sa place.

Un coup de klaxon résonna derrière lui. Trenton sortit de l'allée, et ce faisant, il aperçut Katianna alors qu'elle traversait la rue en s'éloignant de la tour – ses longs cheveux ondulés flottant derrière elle comme une cape alors qu'elle se précipitait en direction de la gare Grand Central.

Trenton s'y dirigea rapidement, coupant la route à deux taxis, mais lorsqu'il arriva devant la gare de la ville, Katianna avait disparu.

---

[4] « Papa gâteau » avec une connotation sexuelle.

CHAPITRE DEUX

<u>DEUX SEMAINES PLUS TARD</u>

— Bon Trenton, je te demande de prendre bien soin d'elle. Je veux qu'aucun des rigolos que tu emploies ne s'occupe d'elle. Je m'attends à ce que tu lui assignes tes meilleurs hommes pour ce week-end, d'autant plus qu'ils auront une chambre communicante avec la sienne.

Amelia était au téléphone, radotant au sujet de ce week-end. Elle avait toujours été exigeante au sujet de quels gardes du corps de Trenton devaient être affectés pour telle ou telle occasion. Certains étaient pour la maison, certains pour les entreprises, et d'autres convenaient le mieux pour les événements. Néanmoins, ce week-end, l'écrivaine star d'Amelia était seule, sans son éditrice pour garder un œil sur son investissement comme elle le faisait habituellement. Alors maintenant, Amelia l'appelait de France, prenant en main la gestion de Trenton d'une façon dont elle ne l'avait jamais fait auparavant.

— Elle sera en de bonnes mains, Amelia, je le promets.

Trenton lui répondit avec son ton calme et assuré habituel. Il avait appris, lorsqu'il avait commencé son activité dans la sécurité rapprochée, qu'il fallait laisser les clients râler et ne pas s'en formaliser. Les clients, en particulier ceux qui étaient autoritaires, aimaient simplement beaucoup crier. Et il ne perdait jamais son sang-froid.

— *Il vaudrait mieux que ce ne soit pas ton Simon. Ce garçon ne garde jamais sa queue dans son pantalon. Je suis sérieuse, Trenton. Cette pauvre fille a peur de son ombre ; et tu ne peux lui assigner aucun de tes nouveaux employés. Leurs langues vont se délier dans ce genre d'atmosphère et ils vont l'insulter avec leur vulgarité ou essayer de la draguer...*

— Amelia, je lui ai affecté Diesel. Je te l'ai dit, elle est entre de bonnes mains.

— *Diesel ? Hum, d'accord.*

Il pouvait pratiquement l'entendre taper sur ses dents avec son ongle alors qu'elle enregistrait l'information. Il savait que cela la satisferait. Diesel n'était pas seulement un de ses hommes ; c'était un partenaire, un frère, qui ne se déplaçait que pour des missions spéciales. Il avait sa propre entreprise à gérer ; une armurerie et un stand de tir, mais il n'y avait personne en qui Trenton avait plus confiance pour surveiller ses arrières ou pour garder un œil sur la femme qui l'intéressait autant.

— *Bon, qui d'autre ?* demanda Amelia à l'autre bout de la ligne.

Trenton se gratta la tête un moment.

— Je n'ai pas encore décidé, peut-être William.

Il mentait en mentionnant William. Il avait l'intention de faire le travail lui-même. Il n'était simplement pas encore prêt à lui dire, à *elle*.

— Alors, comment va Ramos ? Il s'occupe bien de toi là-bas ?

— *Ramos va bien. Bon sang Trenton, ne change pas de sujet. Bon, est-ce que Diesel est en route pour aller la chercher ? Cela ne serait pas bien vu si elle arrivait en retard sur le tapis rouge.*

— Nous attendons qu'elle vienne au bureau.

— *Qu'elle vienne ? Quel genre de service d'escorte diriges-tu, Trenton ?*

L'explosion stridente qui lui parvint à l'autre bout de la ligne téléphonique lui fit comprendre qu'elle était plus que mécontente maintenant. Après tout, il était d'usage pour lui de passer prendre ses clients.

— Amelia, je ne peux pas aller chercher une femme qui ne veut pas me dire où elle habite. Tu veux me le dire ? Je me ferais un plaisir d'y aller moi-même.

Il entendit le soupir réticent à l'autre bout de la ligne.

— *Je ne sais pas où elle vit. Elle vient toujours elle-même au bureau pour récupérer son chèque de royalties.*

Trenton se figea ; généralement, ce genre de choses indiquait de mauvaises habitudes.

— Que sais-tu à propos de cette femme, Amelia ?

— *Je sais qu'elle fréquentait l'un des modèles les plus populaires – et qu'il lui a fait quelque chose. Depuis, elle se cache et s'enfuit. Et pas la peine de me poser d'autres questions auxquelles je n'ai pas de réponses. Contente-toi de trouver mon écrivaine et de l'amener à l'événement en toute sécurité.*

— Je m'en occupe.

Trenton sourit, se servant des propres mots d'Amelia pour justifier sa présence sur cette mission.

Katianna était dans le train en direction de l'hôtel. Elle pouvait sentir les yeux de l'homme assis en face d'elle et elle tiraïlla son manteau *London Fog*[5] sur ses jambes, se sentant extrêmement vulnérable et nue en dessous. Amelia lui avait dit d'arriver habillée sexy, mais Kat n'avait plus beaucoup de vêtements de ce genre. Elle avait dû laisser la plupart d'entre eux derrière elle lorsque son petit ami, Garrett, l'avait jetée dehors. Il était hors de question qu'elle porte ceux qui lui restaient dans le métro en partant de l'endroit où elle vivait. Elle avait donc opté pour le look « trench-coat sensuel ». La ceinture nouée autour de sa taille s'assurait qu'il était bien fermé alors que le soutien-gorge push-up créait un décolleté aguicheur sous son revers, et ses cuisses se montreraient lorsqu'elle marcherait. Elle avait complété l'ensemble avec une paire de bottines en daim de chez Versace à talons compensés. D'accord, elle aurait dû se sentir ultra-diabolique et sexy, mais, la vérité, c'était qu'elle était dans le métro dans le centre-ville de Manhattan, et elle avait plutôt l'impression d'être une cible. Elle était certaine que l'homme qui la regardait était plus conscient qu'elle ne portait rien sous son manteau qu'elle l'était elle-même.

Plus tôt, elle avait reçu un appel de TL Sécurité afin de prendre rendez-vous pour que son chaperon passe la prendre, mais elle avait refusé. Elle ne pouvait pas risquer d'avoir une limousine se garant devant son logement subventionné et se faire remarquer. Alors elle avait reçu des instructions sur la façon de se rendre à leur bureau où elle serait conduite à l'événement à partir de là. Cependant, quand elle avait fait des recherches sur Google Maps, elle s'était rendu compte qu'ils étaient beaucoup plus loin, dans North New Hyde Park et qu'un taxi jusque-là lui prendrait le peu d'argent de poche qu'il lui restait. Elle avait donc décidé de sauter cette étape également, et avait pris la ligne de métro qui traversait la ville jusqu'à l'hôtel où l'événement avait lieu. *Ils pourront me retrouver là-bas, non ? Puis tout ira bien*, se raisonna-t-elle.

---

[5] Fabricant de manteaux depuis 1923

Elle tira encore une fois sur l'ourlet de son manteau, souhaitant pouvoir le rallonger par magie – suffisamment pour couvrir ses cuisses – lorsqu'elle sentit vibrer son vieux PDA et elle le sortit de sa poche.

Une voix profonde, mais concernée prononça son nom.

— *Mademoiselle Dumas ?*

— Oui, dit-elle en essayant de contenir le tremblement nerveux qu'elle ressentait en elle.

— *TL Sécurité à l'appareil. Avez-vous été retardée ? Nous vous attendons ; vous allez manquer votre apparition sur le tapis rouge.*

La voix masculine à l'autre extrémité était profonde et volontaire, riche et savoureuse comme le chocolat noir. Il faudrait qu'elle se rappelle cette analogie.

— Non. J'étais en retard, donc j'ai décidé de prendre le métro, je devrais être à l'hôtel dans peu de temps.

— *Mademoiselle Dumas...*

Le ton de l'homme se transforma en quelque chose de plus possessif et elle l'entendit claquer des doigts en arrière-plan.

— *L'héritière Quinneth a signé un contrat avec nous afin que nous vous protégions, et il nous incombe de vous escorter en toute sécurité à travers la foule qui vous accueillera dans les locaux. Alors, j'insiste afin que vous vous arrêtiez à la station suivante et que vous attendiez que nous venions vous chercher.*

— D'accord, accepta-t-elle avant de raccrocher.

Mais dès que le métro entra dans la station suivante, elle aperçut une petite bande d'adolescents qui traînait sur la plate-forme, reluquant grossièrement les femmes qui attendaient que la rame s'arrête. C'était un groupe animé qui intimidait et narguait ouvertement les autres.

L'un d'entre eux sembla l'apercevoir et Katianna baissa les yeux sur le manteau qui la couvrait à peine ; elle sentit le sang quitter son visage. Les portes de la rame de métro s'ouvrirent et elle se figea. Ses pieds ne voulaient pas lui obéir. Les banlieusards sortirent tandis que d'autres entraient. Le gang d'adolescents aboya des remarques désobligeantes à tous ceux qui passaient à côté d'eux, mais aucun ne monta dans la rame.

Les portes se refermèrent sans qu'elle ait fait un seul mouvement et le métro redémarra alors que l'un des membres du gang se tournait vers elle, lui envoyait un baiser et saisissait son entrejambe en même temps.

Katianna ferma les yeux, souhaitant que tout cela disparaisse, mais elle savait que cela ne fonctionnait pas comme ça. Elle était reconnaissante que la bande ne soit pas montée dans la rame de métro, mais elle ne l'était pas pour la frayeur qu'ils lui avaient causée. Des souvenirs de quand elle était plus jeune inondèrent ses pensées. Elle était allée faire du canoë au large avec un ami. Un bateau accélérant près d'eux les avait fait chavirer et ils avaient atterri au milieu de jeunes requins en pleine frénésie de repas. Elle se souvenait de son ami bataillant pour la remettre dans l'embarcation. Un des requins lui avait mordu la cheville avant qu'il puisse monter à son tour. La morsure n'avait nécessité que quelques points de suture, mais il avait beaucoup saigné à ce moment-là, de sorte que les requins ne les avaient pas quittés, encerclant le canoë pendant des heures jusqu'à ce que le père de son ami vienne les chercher lorsqu'il ne les avait pas vus revenir à la maison. Elle se souvenait de la façon dont elle s'était accrochée à lui comme si sa vie en dépendait. Elle avait aussi fermé les yeux alors – essayant d'éloigner le danger par la pensée ; elle avait été si effrayée. Elle n'avait jamais eu aussi peur de toute sa vie. Dernièrement, il semblait qu'elle ne cessait jamais d'avoir peur.

Elle n'était plus jamais allée faire du canoë après ça, alors que diable faisait-elle encore à New York, nageant au milieu des requins ? Elle n'avait même pas quelqu'un à qui s'accrocher.

Oh Seigneur. Elle était au bord de la panique. Ses mains se tordaient dans les poches de son manteau. Elle mourrait de peur si quelqu'un surgissait devant elle maintenant et criait « bouh ! ».

D'un autre côté, en ne descendant pas à la station comme on le lui avait demandé, elle s'évitait d'avoir à expliquer pourquoi elle venait de Long Island. Elle n'aurait jamais dû mentir à ce sujet.

Une fois qu'elle atteignit Grand Central, elle prit un bus de correspondance. De là, elle pourrait parcourir les derniers mètres qui la séparaient de l'hôtel. Et voilà que son téléphone sonnait déjà.

— *Mlle Dumas ?*

— Je suis désolé – j'ai commencé à...

La panique qui la tenait toujours se déversa avant même qu'elle puisse songer à la contenir. Elle n'avait pas pu descendre à la station, mais elle avait vraiment voulu le faire.

— J'allais descendre, mais alors... Je suis désolée. J'ai juste...

— *Chut, calmez-vous, tout va bien. Où êtes-vous maintenant ?*

La voix calme de l'homme parlait par-dessus la sienne, forte et rassurante. Elle pouvait presque en sentir la chaleur alors qu'il lui parlait. Elle ne pouvait qu'espérer que celui qui l'appelait allait également être son escorte. Elle se sentirait un peu plus en sécurité alors. *D'accord, alors reprends-toi. Tu peux être calme exactement comme lui*, essaya-t-elle de se dire.

— Je suis dans le bus. Je suis censée descendre à Broadway et la 72ème, et marcher durant deux pâtés de maisons sur la rue d'Amsterdam.

— *D'accord, quand vous arrivez à l'hôtel, je veux que vous attendiez devant, afin que nous puissions vous trouver. Que portez-vous ?*

— Une minirobe courte *London Fog*.

— *Quelle couleur ?*

— Grise.

— *Très bien. Nous vous verrons là-bas et rappelez-vous, attendez-nous.*

EXPOSITION CUIR & DENTELLES – MANHATTAN PALACE

Katianna atteignit finalement l'hôtel et l'entrée principale de ce dernier était une véritable catastrophe. Elle regarda les limousines s'y arrêter sans discontinuité et déverser des icônes aussi bien flashy que vulgaires. Elle tira sur son sac qui pesait sur ses épaules. Elle avait choisi de tout fourrer là-dedans. C'était plus facile que de traîner une valise dans le métro.

Elle se rapprocha afin de pouvoir entendre les noms annoncés alors que les invités spéciaux et les célébrités arrivaient. Tant d'éclat et de glamour. On aurait presque pu prétendre, alors qu'ils marchaient le long du tapis rouge, qu'ils étaient au Festival de Cannes ou à un événement huppé à Hollywood, jusqu'à ce qu'ils entrent. Mais une fois à l'intérieur, tout changeait. Tout à l'intérieur était au sujet du sexe – le romantique, le féroce et le torride. Chacun y venait pour sa propre saveur et l'Exposition nourrissait tous les appétits existants.

Une femme portant ses cheveux tirés en arrière dans une queue de cheval serrée et vêtue d'un tailleur noir professionnel s'approcha.

— Excusez-moi ?

La femme regarda sur la planchette à pince la photo qui s'y trouvait, puis releva les yeux sur Katianna.

— Êtes-vous Katianna Dumas, l'auteur ?

— Oui, répondit timidement Katianna, ne s'attendant pas à être reconnue.

— Bienvenue à l'Expo Cuir & Dentelles, Mlle Dumas. S'il vous plaît, passez sur le tapis.

— Mais...

Katianna commença à protester en regardant autour d'elle dans l'espoir de voir ses gardes du corps arriver. Mais la femme la poussait déjà vers le tapis tout en parlant dans le micro qui pendait de l'équipement qu'elle avait sur la tête.

— Auteure de romance érotique et paranormale – Mlle Katianna Dumas.

Kat entendit l'annonce dans les haut-parleurs alors qu'elle était dirigée seule sur le tapis rouge. Ce à quoi elle ne s'attendait pas, c'était d'être précipitée dans une foule. Sans son escorte, elle était une proie facile pour les fans et les curieux qui se précipitaient pour tenter de capter son attention. Être au centre d'une foule plus qu'excitée était assez impressionnant pour n'importe qui, mais lorsque cette personne ne faisait qu'un mètre cinquante, c'était carrément suicidaire. Et la peur referma à nouveau ses griffes sur elle.

*~~ Mlle Dumas, pouvez-vous signer mon livre ? ~~ Mlle Dumas !
~~ J'adore vos livres ! ~~ J'adore vos histoires, Mlle Dumas. Je suis
votre plus grand fan. ~~ J'aimerais être le personnage d'une de vos
histoires. ~~ Hé, comment allez-vous ? Vous être terriblement
mignonne. ~~ Je peux vous prendre en photo ? ~~*

Un éventail d'appréciations et de cris l'assaillaient de toutes parts,
ce qui lui donna le vertige. Et elle était certaine d'avoir entendu
quelqu'un crier « Je peux te satisfaire, bébé » quelque part. Des livres,
des bouts de papier et des stylos s'agitaient devant son visage. Des
appareils photo flashaient et crépitaient. Quelqu'un sauta au milieu de
la foule, la tira à son côté et sourit devant un appareil qui flasha sur
son visage, l'aveuglant, puis le fan disparut avant qu'elle puisse
protester de quelque façon que ce soit. La célébrité suivante était
annoncée et l'attention de la foule se déplaça, la prenant avec elle. Elle
ne pouvait pas dire qui disait quoi et elle ne savait plus comment
réagir. La panique la saisit lorsqu'elle sentit le contact de quelqu'un.
Une main sur ses fesses – pas moins – laquelle l'offensa
considérablement.

Katianna pivota en essayant de reculer, mais elle ne pouvait pas
échapper à la foule de fans qui l'avait épinglée et elle sentit à nouveau
la main lui agripper les fesses.

— Arrêtez ! cria-t-elle, trébuchant dans les mains d'un autre, et elle
sentit la ceinture autour de sa taille se détacher.

Ses doigts saisirent son manteau, désespérée de garder une certaine
pudeur en public, mais elle ne voyait aucune échappatoire et elle était
sur le point d'avoir une crise de panique.

Une perturbation poussait à travers la foule. Elle entendit des
jurons, accompagnés d'ordres de s'écarter, et elle était certaine d'avoir
également entendu les sons distinctifs de quelqu'un étant cogné,

comme l'effet sonore d'un film. Un homme émergea des fans qui poussaient, désespéré de la coincer, et fut tout aussi rapidement arraché à son côté et rejeté dans la foule de gens qui lui donnait enfin un peu d'espace. Des bras puissants s'enroulèrent autour d'elle, la faisant tourner sur elle-même afin de lui faire face, et elle se figea alors que ses yeux se posaient sur la grande silhouette de Trenton Leos, debout devant elle. Ses mains remirent son manteau en place et rattachèrent la ceinture autour de sa taille,

— La prochaine fois que je vous dirai de faire quelque chose, vous le ferez, d'accord ? dit-il d'une voix profonde et marquée par la domination.

Elle hocha la tête d'un air hébété et ses doigts, avec une volonté qui leur était propre, se resserrèrent sur sa chemise. Il tira son sac de ses épaules, le jetant à un autre homme qui était apparu à côté de lui. Le soulagement la submergea lorsqu'elle reconnut également son visage. C'était Diesel. Avec le même ton autoritaire qu'il avait utilisé pour l'atteindre, Trenton et Diesel l'escortèrent hors de la marée humaine. Diesel, presque aussi grand, mais un peu plus large et beaucoup plus brut de décoffrage marchait quelques pas devant eux, avec le sac de Katianna jeté sur son épaule, ouvrant la voie pour leur entrée dans l'hôtel et jusqu'au comptoir de la réception.

— Puis-je vous aider, monsieur ?

Et juste comme ça, il prit le contrôle.

— Oui, Mlle Dumas vient s'enregistrer.

— Oui monsieur. Tout de suite monsieur.

Alors que Trenton s'occupait des détails, Katianna se permit un moment pour regarder autour d'elle, observant la foule d'un point de vue extérieur cette fois. Mince, on aurait dit que le bal des prostituées, la Dragon Con[6] et les Grammy s'étaient tous rassemblés sous un même toit. Moins les cordes de velours pour maintenir une division appropriée. C'était mieux de loin, être au milieu de cette foule était comme être en plein centre de l'enfer de Mardi Gras...

— Mlle Dumas ?

Katianna se tourna pour le regarder quand il l'appela. Les yeux de Trenton se posèrent sur les mains de la jeune femme, puis il lui sourit. Katianna blêmit lorsqu'elle se rendit compte qu'elle s'accrochait à lui au point qu'elle avait irrémédiablement froissé sa chemise, et elle retira brusquement ses mains en faisant un pas en arrière.

— Je suis désolée, je ne voulais pas...

— C'est bon.

Trenton lui prit la main et la posa à nouveau sur sa chemise.

— Si vous avez besoin de vous accrocher pour vous sentir en sécurité, je suis là pour ça. Je voulais simplement savoir où étaient vos bagages afin qu'ils puissent être montés dans votre chambre.

Katianna cligna des yeux, baissa le regard et rougit jusqu'à la racine de ses cheveux lorsqu'elle le regarda à nouveau.

— Je n'ai apporté qu'un seul sac.

(•ω•)

Les yeux de Trenton balayèrent le sac militaire vert encore en bandoulière sur l'épaule de Diesel – elle l'avait sans doute acheté en même temps que ce manteau de l'armée qu'elle portait la nuit de leur première rencontre. Il grimaça en imaginant l'état de ses vêtements une fois sortis du sac, mais quand il vit son expression se décomposer

---

[6] Dragon Con : la plus grande convention SF/fantasy au monde qui a lieu chaque année à Atlanta, le week-end la fête du Travail.

avec un soupçon de honte, sa poitrine se serra. Il aurait dû être plus prudent, s'assurer qu'elle ne voie aucune expression qu'elle pourrait prendre pour de la désapprobation. Mais c'était trop tard et il n'y avait rien qu'il puisse dire ou faire pour changer ça pour l'instant.

— Venez.

Il prit une profonde inspiration, reprenant le contrôle de son visage.

— Je vous conduis dans votre chambre.

Calme et tranquille, les clés des chambres à la main, Trenton conduisit Katianna jusqu'à sa suite, accompagné de Diesel qu'il lui présenta à nouveau en tant que partenaire de TL Sécurité alors qu'ils montaient dans l'ascenseur. Elle comprit finalement ce qu'était le TL – Trenton Leos – et que c'était sa voix au téléphone. Katianna rejoua chaque mot qu'il lui avait dit au téléphone dans sa tête et elle se sentit fondre à nouveau.

Elle entra dans la suite et en eut le souffle coupé. Ce ne fut pas un étalage de luxe exorbitant qui la prit par surprise. Ce n'était pas ce genre de chambre, même si elle savait qu'il y avait des suites beaucoup plus élaborées et plus spacieuses que la sienne, mais c'était l'arrangement romantique. Elle était certaine qu'Amelia l'avait choisie spécifiquement et elle se promit de la remercier pour ça.

La chambre spacieuse avait un grand lit king-size avec beaucoup d'appliques lumineuses sur la tête de lit qui prenait tout le mur. Le petit truc en plus, c'était la table roulante. Plus comme un banc se déplaçant sur des roulettes et qui s'étendait sur le lit, fournissant une commodité pour les paresseux qui détestaient sortir du lit pour quoi que ce soit. La lecture et les repas – l'écriture – au lit, tout était fait pour faciliter la vie. Puis, à peine à quelques mètres du lit et dans la même pièce, se trouvait une immense baignoire avec lavabos jumeaux. Les toilettes, bien sûr, étaient cloisonnées, mais ce qu'elle préférait dans cette chambre était la baignoire à quelques pas du lit. Pour compléter la pièce, une petite table de petit déjeuner se trouvait dans un coin, et une causeuse, deux fauteuils confortables et une table basse dans l'autre. Elle pourrait vivre ici sans jamais vouloir en sortir, pensa-t-elle joyeusement.

Diesel entra, laisse tomber le sac de Katianna sur son lit, puis se dirigea vers la porte qui connectait sa chambre à la leur et les laisse tous les deux seuls.

— Nous sommes dans la chambre communicante si vous avez besoin de quoi que ce soit, lui dit Trenton en la regardant avec une expression douce et contrôlée sur le visage. Si vous voulez aller quelque part, frappez à la porte. Et ne pensez pas que parce qu'il est tard lorsque vous décidez d'aller manger un morceau dans le salon en bas, vous ne devez pas nous déranger, compris ?

Katianna se tourna, le regarda et acquiesça.

— Je suis sérieux, Mlle Dumas. Si vous sortez toute seule, vous vous placez en situation dangereuse, lui dit-il avec un soupçon de réprimande.

Je suis sérieux, jeune fille, le croque-mitaine va venir vous attraper. Elle combattit l'envie de lever les yeux au ciel devant le sentiment d'être houspillée pour ses actions. D'un autre côté, elle n'était pas allée à leurs bureaux, pas plus qu'elle n'était descendue du métro à la station comme il lui avait demandé et... eh bien... elle hocha à nouveau la tête et lutta afin de lui fournir un sourire. La force émanait de lui comme un bouclier et elle se sentait jalouse de ça. Qu'est-ce qu'elle ressentirait à être si sûr de soi et fort – à ne jamais avoir peur ?

— Avez-vous des nouvelles de Lindsey ? demanda-t-elle au moment où il s'apprêtait à sortir de la pièce.

— Lindsey ?

Trenton pencha la tête, une lueur interrogatrice dans les yeux.

— L'assistante d'Amelia ?

— Oui. Elle devait me rencontrer ici.

Elle laissa échapper un doux soupir.

— Pour me guider avec la programmation et les communiqués de presse, le contrat d'invitée – et la liste continue.

Il jeta un coup d'œil à sa montre, puis releva les yeux sur elle.

— Vous n'avez pas de nouvelles d'elle ?

Elle pinça les lèvres en secouant la tête, essayant désespérément de ne pas s'inquiéter à ce sujet. Elle avait probablement l'air d'une idiote pour lui. Trop peureuse pour descendre à une station de métro, incapable de se faire entendre, s'accrochant à lui comme une petite fille – ne pouvant même pas gérer son propre emploi du temps programmé par un contrat. Bien sûr, il aimait les femmes soumises, mais cela ne voulait pas dire qu'il trouvait les femmes faibles séduisantes.

— Je vais voir ce que je peux faire pour la retrouver. Pourquoi n'essayez-vous pas de vous détendre pendant ce temps ? Nous descendrons manger plus tard. Je crois qu'il y a une fête de lancement ce soir. Il est plus que probable que vous aurez à y participer.

Elle le regarda alors qu'il disparaissait dans la chambre voisine de la sienne. Génial, son garde du corps en savait plus qu'elle sur ce qu'on attendait d'elle.

Diesel était déjà étendu sur l'un des lits, zappant sur la chaîne cinéma de la télévision.

— Cette femme est une véritable boule de nerfs, hein ? Tu crois que ces voyous que nous avons repérés au terminal de métro l'ont embêtée ?

Trenton se laissa tomber sur le lit opposé en se frottant les mains sur le visage, puis secoua la tête,

— Je ne pense pas qu'elle soit même descendue de la rame. Amelia a dit qu'elle avait peur de son ombre.

— Ouais, je n'ai pas de mal à y croire. Alors, comment veux-tu gérer ça ?

— Rester aussi près d'elle que nous sommes autorisés à le faire.

— À quoi diable pensait Amelia en la jetant au milieu de tout ça ? Elle ne va pas être capable de gérer la foule.

— Apparemment, Lindsey était censée être ici pour la guider en tant que manager de publicité.

— Eeeeeet... laisse-moi deviner : elle n'est pas là.

Diesel se détourna de la télévision pour lancer à Trenton un regard découragé.

Ce dernier gigota sur le lit, empilant les oreillers sur le dossier avant de s'y appuyer en pliant une jambe sans prendre la peine de répondre.

— Ouais, d'accord. J'ai compris – la fête de ce soir va être une partie de plaisir, dit Diesel d'un ton sarcastique.

Cette soirée-là avait lieu la fête de lancement, comme Trenton l'avait dit. La salle de bal de l'hôtel était remplie de tous les *Amazoniens* et *Amazoniennes*[7] de la ville. Des modèles de l'industrie de la mode ainsi que d'autres issues d'entreprises plus « osées » étaient là. Tous vêtus de façon à capturer l'œil, du haut du panier du luxe au « *Mon Dieu, est-ce que c'est légal ?* ».

Il y avait aussi des célébrités de l'industrie de la pornographie, habillées de façon vulgaire, et même quelques représentants d'Hollywood qui aimaient vivre dangereusement sous les paillettes sexuées.

Puis il y avait elle, un simple écrivain jeté au milieu de tout ça, et elle se retrouva à nouveau en train de chercher des doigts la chemise de Trenton. Mais, cela ne dura pas lorsqu'un grand homme en surpoids, habillé d'un costume pourpre et agrémenté de frou-frou s'approcha pour la saluer avant de brusquement reporter son intérêt sur Trenton.

— Dominus Leos ?

Il tendit le bras afin de lui serrer la main.

— Nathaniel Plumier, je suis le fondateur de Cuir & Dentelles.

— En effet. Je crois que nous nous sommes rencontrés auparavant.

Trenton lui serra la main avec l'espoir de garder la conversation brève et professionnelle.

— Si j'avais su que vous seriez là, j'aurais payé une belle somme pour une démonstration de vos mains talentueuses, dit Nathaniel en lui lançant un grand sourire concupiscent.

---

[7] Clients d'Amazon

— J'aurais malheureusement dû décliner. Je suis ici pour travailler, M. Plumier. Pas comme invité.

— Oh !

L'homme tourna les yeux vers la femme à côté de Trenton.

— Mlle Dumas ?

— Oui.

— Excusez-nous, dit Nathaniel en lançant un regard à Trenton tout en glissant un bras autour des épaules de Katianna.

Et juste comme ça, Trenton fut passé du rôle de Dominus à celui d'un employé lambda. La ligne était tracée, et il n'était pas autorisé à la franchir.

— Il y a quelques personnes que j'aimerais vous présenter, continua Nathaniel à l'intention de Katianna, et ils s'éloignèrent alors que la jeune femme luttait pour regarder en arrière vers Trenton tandis qu'elle était entraînée dans la foule sans son escorte.

Le premier invité que Nathaniel lui présenta était le représentant d'une maison d'édition spécialisée dans l'érotique, le genre qui allait au-delà du sien, où la romance était généralement laissée de côté et l'image du *porno écrit* entrait en scène. Cela était contraire à l'éthique pour elle d'être présenté à d'autres éditeurs, quel que soit le genre, et c'était quelque chose qu'Amelia aurait généralement habilement évité. Katianna, quant à elle, prit sa carte avec l'accord complaisant d'y réfléchir sans mentionner qu'elle la jetterait plus tard.

La présentation suivante fut auprès de quelques cinéastes qui cherchaient à mettre la main sur des livres populaires – encore quelque chose qu'Amelia aurait géré directement.

Après des efforts considérables pour refuser poliment cette idée, elle fut présentée à un autre, puis un autre, jusqu'à ce que finalement elle se retrouve face à un homme qui, si elle ne comprit pas sa profession, elle comprit son nom. Avec un nom comme Chase Sinz[8], elle ne pouvait que deviner le reste. Chase sembla ressentir un certain intérêt pour elle et elle fut facilement passée de Nathaniel à Chase avec peu de considération pour elle ou pour l'endroit où se trouvaient Trenton ou Diesel.

Chase parada avec elle et la présenta à plusieurs autres invités, dont quelques-unes des plus belles femmes sur lesquelles elle avait posé les yeux. Par exemple : les stars du porno Falicia Lovely, Brimma Dawne et Lacy Lee. Katianna ne se serait jamais doutée que les stars de cette industrie étaient si attirantes pour la simple et bonne raison qu'elle n'avait jamais regardé de films pornos. Elles avaient toutes les choses qu'un homme – ou une femme – pourrait désirer du corps d'une femme : des lèvres, des seins et des fesses impeccables. Des yeux sensuels avec un fard à paupières fumé qui se levaient pour vous regarder, à moins que vous vous trouviez en présence de Trenton, dans ce cas-là, vous les baissiez. Le cerveau de Katianna tournait à plein régime afin d'enregistrer tous les détails, la façon dont elles parlaient et flirtaient, pour de futures idées de personnages. En tant qu'écrivain, chaque expérience, chaque détail étaient considérés comme source d'inspiration.

Katianna apprécia particulièrement de discuter avec Brimma, qui n'avait que quelques centimètres de plus qu'elle. Brimma plaisanta rapidement sur le fait que les *géants* oubliaient facilement qu'elles étaient plus que des poupées vivantes qu'on pouvait traîner comme des trophées, et Katianna rit pour la première fois de la soirée grâce à elle.

---

[8] Chase Sinz est phonétiquement « Chase sins » qui signifie « à la poursuite des péchés ».

Dans le lot des invités, il y avait certaines femmes qu'elle était persuadée de reconnaître de son passé, lorsqu'elle vivait encore avec Garrett. En fait, elle était convaincue d'en avoir repéré quelques-unes comme faisant partie du cercle d'amies proches de son ex – et elles l'avaient également repérée.

Ashley et Celeste foncèrent sur elle presque tout de suite une fois qu'elles eurent repéré leur amie à travers la pièce. Et, alors que Katianna n'avait pas demandé, elle eut un compte rendu détaillé de qui Garrett avait baisé dernièrement. Non pas que Katianna s'en soucie. Garret n'avait jamais été vraiment bon au lit. Après que la nouveauté de leur relation se soit dissipée et qu'ils se soient installés dans une routine, le sexe avait eu la saveur de la vanille, sans même le plaisir de la gousse. Pas de saupoudrage ou de chocolat fondant réconfortant. Cependant, le sexe n'était pas la raison des commérages des deux femmes. Leur dérision était uniquement destinée à démoraliser Katianna. Ce qu'elles firent avec succès. C'était fatigant ; en plus des critiques et des couches de cynisme jetés à sa figure, elles le faisaient devant les gens avec qui elle était censée socialiser.

Les deux modèles la dominaient déjà par la taille – n'était-ce pas suffisant ? Elle avait supporté tout ce qu'elle pouvait de leur rabaissement passif agressif, quand elles commencèrent à critiquer sa robe en dentelle transparente. Katianna avait pensé qu'elle avait bien choisi, glissant un soutien-gorge bandeau noir assorti et une jupe en dessous, et laissant tout le reste se voir à travers la dentelle de rosette. Osé, mais élégant, tout en gardant sa modestie de façon satisfaisante tout au long la soirée. Même les félicitations sincères des autres sur son écriture commençaient à la fatiguer à ce stade, et Katianna voulait se retirer dès qu'elle en aurait été autorisée, même si elle avait l'impression que cela n'arriverait pas de sitôt. En tant qu'invitée spéciale, elle était sous contrat pour faire des apparitions à chaque événement pour un laps de temps défini, mais sans Lindsey pour surveiller ses accords contractuels, Katianna se trouvait un peu plus entraînée par les organisateurs – d'accord, *beaucoup plus* – que ce dont elle avait l'habitude. Là encore, l'exposition était une nouvelle expérience. Elle avait l'habitude d'aller à des dédicaces dans les librairies et n'avait fait jusqu'à présent qu'une convention littéraire, et Amelia l'avait emmenée de temps en temps dans une boîte de nuit ou à une fête. C'était la première fois que Katianna participait à une convention qui tournait autour de tout ce qui avait un rapport avec le sexe, pas seulement des livres. En plus de tout ça, c'était énorme et elle était là toute seule.

Trenton la regardait, appuyé sur un mur, lui donnant la quantité d'espace qu'il était censé lui donner sans jamais la perdre de vue, mais il commençait à en avoir plus qu'assez de la voir sembler se recroqueviller de plus en plus en compagnie des deux femmes. Il observa et enregistra leurs discussions cruelles. Elles la regardaient de haut, confortées par quelque justification qu'elles pensaient avoir, mais il connaissait leur genre. Cela l'énervait de ne pas pouvoir simplement se tenir à côté d'elle, la protéger de ces reproches, mais ce n'était pas autorisé dans sa profession. Même s'il mourait d'envie de la tenir et de la toucher, ces besoins étaient des désirs personnels, et pour l'instant il était uniquement payé pour la protéger. Il y avait une ligne qu'il savait ne pas pouvoir franchir, mais qu'il soit maudit s'il restait là à regarder sans rien faire. Quand il vit Katianna tendre le cou en regardant autour de la salle de banquet, il sut qu'elle l'appelait silencieusement afin qu'il intervienne. C'était mal de la part d'Amelia d'envoyer Katianna seule à un tel événement, la jetant aux loups, et il n'allait pas supporter cela plus longtemps.

Trenton coupa à travers la foule jusqu'à ce qu'il atteigne Katianna et sa main s'abaissa, se posant sur son dos pour lui donner un peu de sa force. Mais il ne s'arrêta pas là. Il se pencha afin de chuchoter quelque chose à l'oreille de l'une des femmes, déclenchant une chaîne d'incidents. La première femme se rejeta en arrière avec un hoquet, ses mains tombant devant ses jambes et son visage devenant cramoisi. Mais quand elle se retourna pour partir, elle entra en collision avec son amie, faisant tomber sa boisson de ses mains. Cette dernière sauta en arrière, rentrant directement dans un serveur, un spectateur innocent qui passait par là en portant un plateau chargé de flutes de champagne – et ils partirent tous à la renverse.

Trenton ne cacha pas son sourire alors qu'il entraînait délicatement Katianna au loin.

Katianna vit le sourire du chat du Cheshire sur le visage de Trenton alors qu'il regardait Ashley et Celeste s'écraser sur le sol. De longues jambes s'envolèrent, dévoilant ce qu'elles avaient laissé dénudé afin d'éviter les marques de culotte sur leurs robes.

— Qu'est-ce que vous lui avez dit ?

Elle lui lança un regard choqué alors qu'il l'emmenait.

Trenton ne s'arrêta pas ; sa main resta dans son dos et il guida Katianna en direction des tables de buffet.

— Saviez-vous que certaines femmes portent des tampons en remplacement de culotte afin de ne pas mouiller leurs cuisses ?

Le visage de Katianna rougit au commentaire direct.

— Oui.

Trenton passa les doigts sur ses lèvres, lissant les poils bien entretenus.

— Je lui ai dit qu'on voyait la ficelle.

Katianna sentit à ce moment-là ses joues devenir cramoisies. Elle cacha son visage, étouffant l'envie de rire aux dépens de quelqu'un d'autre, mais elle la sentait à l'intérieur et la trouvait totalement justifiée.

<u>DEUXIÈME JOUR : SAMEDI.</u>

Trenton était sur le point de perdre la tête alors qu'il patrouillait dans la chambre de Katianna pour la quatrième fois après être revenu du rez-de-chaussée pour voir si elle n'était pas descendue au buffet du petit déjeuner sans lui. Il regarda la pile d'oreillers au centre de son lit où il devrait y avoir un petit corps à la place.

Il était de plus en plus en colère à chaque minute qui passait, parce qu'elle avait accepté de ne faire aucune tentative de se dérober. Si elle avait besoin d'intimité pour une raison quelconque, y compris pour avoir de la compagnie, il l'aurait toléré – dans une certaine mesure – aussi longtemps qu'il savait où elle était à tout moment pour sa propre sécurité. Au lieu de cela, elle avait disparu. Il fit les cent pas à travers la pièce, sortit son téléphone et composa le numéro de la jeune femme. Après la première sonnerie, il se rendit compte que le téléphone était dans la chambre. Il regarda autour de lui et le repéra à côté du lit.

— C'est tout simplement génial, grogna-t-il. Elle est partie et n'a pas pris son téléphone avec elle.

Le téléphone sonna à nouveau et soudain, la pile d'oreillers bougea.

Trenton s'immobilisa, s'effondrant dans le fauteuil où il se tenait et regarda avec surprise. Une autre sonnerie provoqua plusieurs mouvements jusqu'à ce qu'un petit corps émerge et que deux oreillers tombent à terre, et la tête de Katianna apparut. Elle tendit la main et tâtonna jusqu'à ce qu'elle trouve finalement l'objet qui avait troublé son hibernation.

— Allô ? murmura-t-elle d'une voix endormie dans le téléphone.

Trenton laissa tomber sa tête dans sa main dont le bras reposait sur l'accoudoir du fauteuil. Deux doigts pressés contre sa tempe, les deux autres recourbés vers le bas sur ses lèvres. Il était sans voix. Il avait tort à son sujet – elle n'était pas un chaton qui deviendrait un jour une chatte impertinente. Non, c'était une souris, et qu'il soit maudit s'il ne trouvait pas cette petite créature beaucoup plus divertissante qu'il l'avait d'abord anticipé.

— Allô ? répéta-t-elle.

Lorsque personne ne dit rien, elle coupa la ligne, laissa tomber le téléphone sur le lit et repartit sous la pile d'oreillers.

— Hibernez-vous toujours de cette façon ? demanda finalement Trenton afin d'annoncer sa présence puisqu'elle n'avait pas suffisamment ouvert les yeux pour le remarquer.

Sa tête surgit et elle regarda autour d'elle jusqu'à ce qu'elle le repère avec quelque chose dans l'expression de son visage qui le reconnut comme *sans danger*, et elle se laissa retomber sur le lit.

— J'ai eu une migraine hier soir, et le bruit dans le couloir ne s'arrêtait pas, gémit-elle sous sa pile d'oreillers.

— Cela vous a-t-il aidé ? demanda-t-il, curieux de voir comment une pile d'oreillers pouvait soulager une migraine.

— Quoi ?

— La pile ?

— Est-ce que l'exposition est enfin terminée ?

Elle marmonna la question sous la couverture.

Il secoua la tête, mais il savait qu'elle ne regardait pas.

— Non.

— Alors, non.

Elle fit la moue. Il pouvait presque entendre le léger frémissement de sa voix et il aima la façon dont cela sonnait. Il garda l'information dans un coin de sa tête pour plus tard – Attention ! Tendance à la bouderie.

— Quelqu'un a-t-il enfin des nouvelles de Lindsey ? murmura-t-elle.

— Sa baby-sitter a démissionné. Elle ne pourra pas venir de tout le week-end.

☙❧

— Génial, grommela Katianna en tournant la tête pour cacher son visage et les larmes qui menaçaient de remplir ses yeux.

Elle n'était pas certaine de pouvoir supporter une autre soirée comme celle de la veille sans avoir quelqu'un pour gérer toutes les présentations et les plans d'évasions. Choses auxquelles Amelia excellait. Lorsqu'il était question de ces soirées, le mot d'ordre était « *bisous, bisous, et retraite anticipée* ».

☙❧

— Allez, levez-vous. Je vous emmène prendre le petit déjeuner, dit Trenton.

Un oreiller se déplaça alors que sa main le traînait sur la tête de Katianna et il entendit les sons étouffés de protestation. Elle était trop mignonne pour son propre bien et cela avait déjà réveillé son sexe en réponse. Il se leva afin d'aller la sortir de sa cachette d'oreillers et la pousser à bouger.

Elle roula dans le lit avec un glapissement.

— Non, bouda-t-elle en agitant la main afin de récupérer ses oreillers et s'y cacher dessous à nouveau.

Le défi ne fit que l'exciter davantage ; le jeu s'accordait trop bien à sa nature. Il la saisit par la taille, la trimballant hors du lit comme un chaton sans énergie et ne s'inquiétant pas le moins du monde de ce que cela faisait pour sa dignité. Cependant, pour lui, c'était une source inépuisable d'amusement quand la seule façon de la tirer de son lit était de la soulever et de la porter, ce qu'il fit avec un plaisir considérable, avant de la déposer sur le comptoir du meuble-lavabo. À la voir comme ça, on aurait dit qu'elle avait douze ans, assise là, ses lèvres roses plissées en une moue parfaite qui appelait les baisers et ses doux yeux bleu pâle comme la neige sous le clair de lune. Des yeux qui, pour le moment, exprimaient un mélange de colère enfantine et un semi-endormissement. Il n'avait jamais rencontré une femme qui aurait pu s'en sortir avec un tel regard. Cependant, elle l'arborait si bien qu'il ne put qu'en rire, alors que son sexe réagissait beaucoup plus violemment.

Elle resta immobile alors qu'il lui brossait les cheveux, ce qui ne sembla pas vraiment la déranger, mais là encore, il n'avait jamais rencontré une femme qui n'aimait pas cela. C'était un plaisir rare qu'il était connu pour donner à ses soumises de temps à autre, lorsqu'elles le satisfaisaient pleinement.

Après que ses longues mèches ondulées furent brossées et lissées, il lava son visage avec seulement quelques faibles protestations de sa part. Ce ne fut que lorsqu'il essaya de lui brosser les dents qu'elle tapa sa main et s'en occupa elle-même. Cela le déçut légèrement. Il avait beaucoup de plaisir avec tout ça, testant pour voir jusqu'où elle lui permettrait d'aller. Mais il se rappela qu'il était en service et qu'elle était sa cliente, alors il la laissa afin de lui permettre de finir de se préparer seule.

Une fois que Trenton eut réussi à l'amadouer afin qu'elle sorte de sa chambre, la journée commença sur un bien meilleur rythme pour Katianna. Ils prirent leur petit déjeuner et elle eut le temps de parcourir quelques-uns des stands avant le début de son premier débat qui comprenait plusieurs auteurs et où les fans pouvaient poser des questions et écouter les intervenants alors qu'ils répondaient et partageaient les détails de leur profession et expliquaient où ils trouvaient leur inspiration.

Katianna s'intégrait parfaitement à ce groupe alors que ce n'était pas une chose à laquelle on se serait attendu. Du moins, pas après ce que Trenton avait observé la nuit précédente. Cependant, enlevez-la de la foule, et elle était parfaitement à sa place aux côtés des autres intervenants qui se composait de l'écrivain de romance paranormale, Amy Kendricks ; des stars du porno Brimma Dawn, Delta Star et Chase Sinz ; du dessinateur Louis Ashton, célèbre pour ses belles couvertures de livres de femmes exotiques et de 'Sharp', un illustrateur de dessins animés pornographique Hentai.

Après ça, il y eut plus de promenades sur les stands, puis un créneau de deux heures pour rencontrer son public, et Katianna fut enfin libre pour le reste de la journée, qu'ils passèrent à parcourir les stands restants.

Katianna n'avait apparemment pas oublié que c'était lui qui l'avait traînée hors du lit et semblait exercer sa revanche sur lui avec un certain plaisir en essayant de le tourmenter avec la variété d'équipements de servitude qui étaient exposés dans le salon. Elle n'avait tout simplement pas la moindre idée d'à quel point elle y réussissait ; surtout lorsqu'elle demanda une démonstration à l'un des représentants d'un stand pour un banc de donjon d'une nouvelle conception.

Elle lui posa d'innombrables questions alors qu'ils regardaient, presque douloureusement pour lui, sachant que ce n'était pas effectué de manière efficace ou selon ses normes. Et pendant tout ce temps, elle se cramponna à lui afin de se protéger de la foule de gens qui se déplaçait autour d'eux. Malgré cela, sa curiosité ne faiblit jamais. Elle inspecta chaque stand – ce qu'il offrait, à quoi cela servait, tout en l'interrogeant en profondeur sur ce qu'il aimait et n'aimait pas. Elle reçut même un panier-cadeau d'un stand dans l'espoir que leurs produits pour le bain pourraient l'inspirer afin de les utiliser dans ses histoires. Katianna mentionna la baignoire dans sa chambre et le fait qu'elle n'avait pas encore pu en profiter, et elle accepta avec plaisir la variété des produits, mais ne fit aucune promesse quant à la mention dans un de ses livres.

Après avoir inspecté chacun des stands, Trenton souffrait d'une érection douloureuse, ayant passé la majeure partie de son temps à imaginer la jeune femme dans les situations sur lesquelles elle l'avait interrogé, et ses désirs étaient mis à rude épreuve. En conséquence, il la persuada de dîner tôt, afin qu'ils puissent tous se retirer dans leurs chambres.

Quelques heures plus tard, montée dans sa chambre, Katianna rejetait la tête en arrière dans la baignoire, laissant l'eau fumante absorber le stress de la journée et nourrir ses rêveries au sujet de Trenton. Dommage que l'exposition n'ait pas lieu dans un endroit exotique et tropical comme Aruba – ou Hawaii. Il faisait toujours beaucoup trop froid à New York, et elle n'avait rien à voir avec les top-modèles et actrices qui envahissaient la ville. Au moins, sur une plage, elle avait une chance d'attirer son attention ; son corps menu rendait mieux dans un bikini que ceux des mannequins squelettiques sous-alimentés. Que *la plupart* en tout cas. Elle n'avait aucun doute sur le fait que le Dominus en lui avait toléré son badinage ludique à ses dépens, mais elle était curieuse, et il représentait son seul moyen d'obtenir les réponses qu'elle voulait sans être sujette à des avances vulgaires de la part de tous les autres. Même si elle ne se serait pas formalisée de toute avance de la part de Trenton, et d'après ce qu'elle avait vu de lui, elle savait qu'il ne serait jamais irrespectueux. Direct, provocateur, autoritaire, oui. Mais jamais vulgaire ou offensant. Plus encore, dans l'intimité de cette suite d'un romantisme singulier, elle pouvait l'imaginer comme elle voulait qu'il soit. Elle pouvait fantasmer dans la gigantesque baignoire empire qui se trouvait comme par hasard à côté de son lit – c'était très sexy, et il allait falloir qu'elle exploite cela dans une prochaine scène de son livre. De plus, un feu de cheminée crépitait juste derrière elle, même si c'était une de ces espèces de cheminées électriques.

Elle fit mousser l'un des produits qu'elle avait reçus plus tôt dans la journée et savonna son corps. Elle adora immédiatement l'effet soyeux sur sa peau et la sensation exaltante que cela provoqua tandis qu'elle en recouvrait tout son corps. Elle apprécia tant ces petits frissons qu'elle frotta certaines parties deux fois. Puis elle se détendit à nouveau pour rêvasser. Même l'odeur était plaisante – le jasmin de nuit et le musc tournoyaient autour d'elle comme une brume, l'attirant dans des fantasmes de plaisir plus intenses encore.

Elle prit une profonde inspiration, laissant ses narines se dilater tandis qu'elle inhalait le parfum aromatique de la bougie assortie de l'ensemble. Se relaxant au son grisant de la musique de Schiller, mise assez forte afin d'emplir ses sens *et* pour couvrir le bruit des invités qui passaient devant sa chambre avec une constante irrégularité.

Elle pouvait sentir monter les picotements déclenchés par l'huile de bain, et sa main frôla sa peau pour la caresser et apaiser la sensation. Mais au lieu de cela, elle la stimula davantage et intensifia tout, comme le doux reflux de l'océan. Sa peau se réchauffait là où sa main la massait, avant de revenir à une délicate sensation d'ivresse. Elle sentit la moiteur suintant de l'intérieur de son corps et elle prit une profonde inspiration, comprenant tout à coup que la lotion pour le corps la conduisait vers un état d'excitation amplifié. C'était en train de dériver très rapidement de « léger » à « Oh mon Dieu, il faut qu'on me baise ».

Elle sentit un picotement chaleureux s'emparer de son corps, le doux ressac se transformant en vagues pourpres qui s'écrasaient sur elle, et elle dut approfondir son souffle afin de se calmer. Si elle avait eu un amant, cela aurait été la chose la plus incroyable au monde. Bon sang, elle n'avait même pas apporté de vibromasseur. Non pas qu'elle aurait pu utiliser le sien dans la baignoire, et sans parler du fait qu'elle aurait eu trop peur que Trenton et Diesel l'entendent dans la pièce d'à côté.

Bien sûr, elle pouvait toujours se glisser en bas pour en acheter un. Tout ce foutu endroit n'était que murs couverts de produits sexuels et de sex-toys, et elle se souvenait qu'un ou deux d'entre eux étaient garantis silencieux, mais elle avait déjà dépensé toutes ses économies, et elle devait encore tenir un mois avant de toucher ses prochains droits d'auteur.

Non, elle devait se débrouiller seule, et elle brûlait si intensément à présent qu'elle devait faire quelque chose ; le désir grandissait si fortement que c'en était presque douloureux.

Katianna se mordit la lèvre et appuya sa tête en arrière, laissant ses paupières se baisser et sa main se glisser entre ses jambes. Ses doigts taquinèrent le petit bourgeon de chair encapuchonné avant d'appliquer une pression plus ferme, faisant affleurer le sensible bouton afin de pouvoir le caresser du bout des doigts, et ses hanches tressaillirent au premier contact. Les pétales gonflés envoyèrent des décharges électriques dans ses hanches et ses cuisses tandis que ses doigts les écartaient lentement. Elle traça le contour du rebord hypersensible, excitée par les produits de bain, et elle put sentir la douce humidité qui n'attendait qu'elle, alors elle y glissa les doigts.

Si brûlant et étroit – cela l'étonna. Elle se masturbait rarement, et certainement pas avec sa main, mais elle avait besoin de trouver une certaine jouissance, même minime. Elle laissa échapper un halètement tandis qu'elle retirait ses doigts pour les enfoncer de nouveau à l'intérieur, deux d'un coup. Ses hanches tressaillirent et elle trembla sous son propre contact. Des vagues de plaisir tourmenté l'assaillirent et elle gémit. Les muscles de son sexe se resserrèrent autour de ses doigts, exigeant une poigne plus ferme.

Très réceptive et excitée, elle fit aller et venir ses doigts dans un mouvement ondulant afin de frotter ses parois ardentes et ondoyantes. Comme une tempête de feu de lacérations érotiques qui se propageait en elle, l'anéantissant face au besoin de se libérer. Elle accéléra ses caresses, écartant les cuisses plus largement afin d'aller plus profondément en elle-même. Elle rejeta la tête en arrière et gémit face au besoin cuisant. C'était délicieux et enivrant. Elle posa sa paume contre la perle, intensifiant la pression charnelle tout en luttant pour trouver la jouissance. Sa respiration s'alourdit, presque étranglée alors qu'elle recherchait l'exaltation qui refusait de la saisir, restant tout juste hors de portée en de cruels gestes de torture.

Oh, Seigneur, elle brûlait – brûlait vague après vague. Plus elle se touchait, plus les crèmes exaltantes intensifiaient les sensations qu'elles créaient. C'était une faim douloureuse qui la faisait gémir après ce qu'elle n'arrivait pas à atteindre.

— Avez-vous besoin d'aide avec ça ?

La voix de Trenton remplaça la musique qui n'emplissait plus la chambre.

Sous le choc, un cri perçant jaillit de ses lèvres. Les yeux de Katianna s'ouvrirent d'un coup. Avec une exclamation de surprise, voyant Trenton Leos assis sur le banc à côté du pied de la baignoire, son doigt appuyé sur le bouton marche de son lecteur radio, elle plongea sous la surface de l'eau en s'immergeant totalement sous la mousse pour se cacher. Mais une soudaine prise de conscience l'avertit que ce n'était pas une idée bien prudente compte tenu de ce que son corps traversait à cause des produits du bain. Elle émergea lentement, s'arrêtant là où la ligne de l'eau de son bain caressait le bas de ses lèvres, levant son

regard vers Trenton à travers ses cils humides. Ses joues rougirent –
Dieu merci pour les bulles de savon.

Elle cligna des yeux face à lui un moment, mais elle n'allait pas
pouvoir rester immobile très longtemps. Sa thèque continuait de se
rebeller comme une tempête de feu en elle ; exigeant de l'attention,
même si elle ne parvenait pas à la satisfaire.

— Votre société fait ça, aussi ? Proposer ce genre d'*escorte* ?

Une pointe de contrariété perça à travers son embarras, mais elle
était surtout rehaussée par le désespoir de ne pas pouvoir atteindre sa
libération elle-même.

Les yeux de Trenton sourirent avec une profonde lubricité. Il en
avait vu bien plus qu'elle l'aurait souhaité.

— Non. Mais, je ne suis pas en service maintenant, ce qui me laisse
de la place pour les relations personnelles.

— Avec des clients ?

— Non, mais vous n'êtes pas ma cliente, Amelia, oui. Vous êtes sous
ma responsabilité.

— Vous faites de la sémantique maintenant.

Sa respiration était encore lourde et tremblante.

Trenton rit doucement.

— C'est dans la nature des hommes de voir ce qui nous arrange.

Le besoin était au-delà du contrôle de Kat, hurlant le long de ses
nerfs. Elle tourna sur le côté et posa son visage sur le bord courbé de
la baignoire, levant les yeux vers lui. La sensation de picotement de la
lotion la travaillait encore, tourbillonnant autour de ses terminaisons

nerveuses comme de petites spires d'électricité statique. Elle lutta afin que la fureur érotique ne se lise pas sur son visage. Elle enroula ses jambes sur elles-mêmes, plongeant ses doigts entre elles pour masser son clitoris et effleurer la fente labiale afin de l'écarter à nouveau, serrant fermement les cuisses et appuyant le bas de sa paume contre son clitoris pour l'aider à se frotter contre elle. Ses yeux se fermèrent et elle détourna la tête. Elle pouvait simplement imaginer la main de Trenton s'insinuer entre ses jambes, glisser sur la peau lisse, puis effleurer sa fente et séparer les pétales de son entrée avant de flatter les bords avec un doigt calleux. Il atteindrait les zones sensibles qu'elle n'arrivait pas à atteindre, tandis que ses doigts fermes brûleraient ses parois jusqu'à l'ignition et l'explosion. *C'était bon d'être un auteur.*

Elle se lécha les lèvres, les roulant sous ses dents afin de les mordre tandis qu'elle contractait ses muscles. Un frisson forcé, un autre spasme, puis elle sentit le premier tremblement et tous les muscles de ses parties génitales – même ceux de ses fesses – se contractèrent fermement, chevauchant la trop brève et intense libération.

Un soupir vibrant lui échappa et causa une ondulation sur l'eau autour d'elle.

— Tous vos bains sont-ils aussi beaux à regarder ?

Elle entendit le désir brûler en lui, profond et enivrant. Toutefois, son self-control surpassait largement le sien.

Son visage contrarié se leva pour le regarder, ses yeux soupçonneux rencontrant les siens au travers de longs cils plumeux. Elle était piégée ; intoxiquée par les sensations que son corps lui imposait. Katianna n'avait pas eu l'intention de se laisser aller devant lui, mais elle n'était pas vraiment en état de s'arrêter. Les lotions n'avaient pas seulement augmenté la sensibilité de sa peau, elles avaient également créé de légers frissons dansants autour de son clitoris et de son vagin, marquant l'éveil d'un appétit féroce, et l'animal qui s'agitait refusait d'être dompté.

D'accord, elle était très méticuleuse quand il s'agissait de se laver, et maintenant, elle en payait le prix. Elle rougit, et elle fut certaine qu'il le nota parfaitement.

— Ce sont les savons qu'ils m'ont donnés...

Un autre frémissement envoya un léger contrecoup ondoyer en elle.

— Ils sont dangereux.

— Vraiment ? sourit-il avec une ardeur espiègle. Je suppose que je vais devoir vous en acheter d'autres pour montrer ma reconnaissance.

Le visage de Kat se contracta immédiatement en une grimace pincée à pareille suggestion. Elle était déjà tourmentée par la situation, mais qu'il souhaite qu'elle souffre davantage était inhumain.

— Pourquoi feriez-vous cela ? bégaya-t-elle brusquement, incapable de cacher son désarroi.

☙❦❧

— Pour m'avoir laissé regarder.

Il se leva du banc et se tint debout au-dessus d'elle, la laissant ressentir son approche en avançant lentement d'un pas. Sa respiration s'intensifia avec la faim grandissante en lui. Elle était comme une œuvre d'art qui avait pris vie pour capturer ses désirs et voler son âme. Il voulait faire bien plus que simplement rester debout et regarder. Il voulait sentir l'intérieur de cette chatte chaude et humide. Il voulait la goûter et la sentir jouir autour de lui. Embrasser ses lèvres tandis qu'elle crierait son nom. Malgré ses envies, il ne ferait rien de tout cela ce soir.

— Diesel est à votre disposition si vous avez besoin de quoi que ce soit. Je venais simplement vous dire bonne nuit et à demain.

— Mon Dieu, il ne va pas débarquer ici, lui aussi, j'espère ? s'exclama-t-elle en se redressant dans son bain, avant de s'y replonger vivement pour cacher son corps.

Son sourire s'accentua.

— Seulement si vous criez. Vous devriez garder ça à l'esprit quand vous atteindrez l'orgasme.

Il commença à se diriger vers la porte.

— Je ne crois pas que ça va m'aider ce soir, grommela-t-elle dans son dos.

Trenton s'arrêta un instant, tournant la tête pour la regarder par-dessus son épaule.

— Je vous ai proposé mon aide, la taquina-t-il. Bonne nuit, Mademoiselle Dumas.

Et il la laissa seule à sa gêne et sa frustration.

Il releva le loquet de sa porte pour être sûr qu'il retomberait en place lorsqu'il la refermerait, et s'exécuta d'une prise assurée.

Une fois sain et sauf hors de sa chambre, il s'appuya contre l'encadrement de la porte, passant ses doigts sur son visage puis les remontant pour dégager ses cheveux de ses yeux tout en laissant échapper un lourd soupir. Il se lécha les lèvres en l'imaginant, elle et le goût qu'elle aurait sous sa langue. Elle avait semblé si appétissante là-bas, se touchant et se donnant du plaisir en tentant de trouver la jouissance pour seulement se frustrer davantage. Il n'avait pas pu s'enfuir assez vite. Il fallait qu'il parte ; s'il était resté une seconde de plus, il aurait pris les choses en main. Il aurait ravagé sa bouche avec sa langue et plongé sous l'eau, trouvé ces délicats pétales et lui aurait fait atteindre l'orgasme lui-même, puis il l'aurait excitée à nouveau jusqu'à ce qu'elle réclame plus encore de ce qu'il pouvait lui donner.

La sémantique.

Elle était sous sa responsabilité – ce qui, en réalité, faisait d'elle sa cliente. *Pas son amante.*

Trenton sortit et se rendit au *Club Pain*, où il savait qu'il trouverait les distractions dont il avait besoin, ainsi qu'une libération sexuelle bienvenue.

Il pénétra nonchalamment à l'intérieur, se dirigeant directement vers le bar.

— Derek, sers-moi un double, tu veux ?

— Ça marche, Dominus, répondit le blond musclé, attrapant un verre droit et le remplissant de sa tequila blanche préférée avant le faire glisser jusqu'à lui.

Puis il le fit suivre de quelques lamelles de citron et d'une mini bouteille de sauce piquante, placée à côté sur une serviette.

— Qui est ici ce soir ? demanda Trenton, ses yeux balayant la piste du regard à la recherche d'une proie.

— Pas grand monde. La plupart des gens sont encore à l'expo qui ferme à minuit. Je croyais que vous étiez de service là-bas ?

— C'est le cas, j'ai juste besoin de me détendre un peu.

Il vida la moitié du shot de tequila, mit une goutte de tabasco sur son doigt et le lécha avant de mâchonner un quartier de citron.

— Mercedes est là, Dominus. Elle donne l'impression d'avoir besoin d'une bonne baise, en plus.

Mercedes. Enfin une femme avec un corps fait pour satisfaire. Elle dépensait une petite fortune – jamais la sienne – pour s'assurer que chaque partie de son corps s'approche de la perfection, et que chaque partie d'elle soit prête à être possédée.

Trenton renversa son verre, descendant le reste de l'alcool fluide et ravala la brûlure, puis s'éloigna à la recherche de la soumise qu'il ferait sienne ce soir.

Il trouva Mercedes dans l'arrière-salle en train d'essayer de s'attirer les faveurs d'un grand jeune homme blond qui avait commencé à se risquer au *Club Pain* quelques mois auparavant en s'autoproclamant Maître Dominant initié. Trenton les interrompit, écartant l'homme, et se glissa rapidement contre Mercedes, la collant contre le mur. Ses mains fermes la retournèrent pour que son visage s'y plaque, puis elles descendirent caresser son petit cul rond.

— Alors, ça sera quoi, Mercedes ? Tu veux perdre ton temps avec un gosse ou tu veux faire ça bien ?

Sa préoccupation sonnait lourde et inquiétante.

Les yeux noirs de Mercedes s'enflammèrent lorsqu'elle les darda sur lui par-dessus son épaule.

— C'est une proposition ?

— Je suis en chasse ce soir.

Trenton se pressa contre les globes de ses fesses, lui donnant un aperçu de son érection, prisonnière de son jean, qui avait besoin qu'on la libère.

La respiration de Mercedes s'intensifia et elle aspira une bouffée d'air pour reprendre son souffle.

Cela faisait trop longtemps qu'elle n'avait plus suscité d'intérêt en lui, et elle n'allait pas risquer de rater sa chance avec lui. Les mains de Trenton caressèrent le tissu de la jupe moulante qui couvrait ses fesses jusqu'à ses cuisses nues, puis remontèrent pour tenir dans leurs creux les fesses rondes et fermes. Son membre tressaillit dans le confinement de son jean serré lorsqu'il se souvint de la façon dont il fessait régulièrement celles-ci jusqu'à obtenir un beau rouge vif.

— Tu as trop de vêtements, Mercedes. Tu sais combien je déteste lorsqu'il y a trop de vêtements entre moi et ce que je planifie d'avoir. Que portes-tu en dessous ?

— Un string à chaînes.

— Mmm, joli. Viens te mettre sur la piste. Je veux te regarder danser devant moi.

— Hmm, tu as vraiment envie ce soir, dis donc ! le taquina-t-elle, mais lorsqu'elle vit l'agacement briller dans ses yeux, elle le regretta immédiatement.

— Ne joue pas à ça ce soir, Mercedes. Je ne suis pas d'humeur à le permettre.

C'était un avertissement et ce serait le seul qu'il lui donnerait.

Par le passé, Mercedes avait eu un bon feeling avec Trenton. Il avait une ardeur égale à la sienne et un self-control qui exigeait d'elle qu'elle se soumette, quelque chose que peu d'hommes pouvaient en réalité la forcer à faire et, bon sang, elle adorait ce qu'il pouvait faire avec son sexe et une canne. Elle était parvenue à devenir sa soumise. Ce, jusqu'à ce qu'elle apprenne qu'il souhaitait se trouver une esclave pour chez lui. Après avoir pesé le pour et le contre, elle avait décidé que le titre lui revenait de droit. Trenton avait bien assez d'argent pour satisfaire ses caprices. Évidemment, elle connaissait des hommes beaucoup plus riches que lui, mais ils n'atteignaient pas la cheville de Trenton en ce qui concernait son physique plaisant ou son talent au lit – ça et le fait qu'il venait d'être promu comme Dominus. Qu'est-ce qu'une gentille petite soumise pouvait bien vouloir de plus ? Mais lorsque Trenton avait décliné son offre, elle s'était sentie rejetée, et elle avait riposté plus que vivement. Par la suite, elle avait défié son autorité à chaque occasion et elle s'était rayée elle-même de la liste lorsqu'elle s'était montrée à la soirée d'un de ses frères accompagnée de Sergio et Adam. Même s'il était de notoriété publique qu'ils étaient homosexuels, ils étaient aussi connus pour recruter de temps en temps une partenaire à partager pour *échanger les rôles*.

S'il y avait bien une chose que Trenton ne tolérait sous aucun prétexte, c'était une soumise qui osait jouer au dominant – pas même pour un instant – et après cette démonstration, il n'avait plus jamais daigné s'approcher d'elle, jusqu'à ce soir.

Trenton la guida à travers la piste jusqu'à la colonne près de son box et s'y adossa, entraînant Mercedes en face de lui avant de la lâcher, lui donnant la liberté de bouger au rythme de la musique techno-house.

Elle se trouva rapidement à s'agiter sensuellement devant lui, mais pas trop vite. Elle savait ce qu'il aimait, et si elle voulait qu'il la baise, il valait mieux s'en tenir à ce qu'elle savait de lui. Il tendit les bras pour saisir ses fesses de ses mains puis releva sa jupe au-dessus de ses hanches afin de voir la chair nue pivoter et tourner pour sa seule distraction.

Il regarda les courbes rondes se balancer devant lui, mais son esprit s'éloigna rapidement jusqu'à une certaine petite souris, jetant des coups d'œil dans sa direction depuis une pile d'oreillers – la tirant hors du lit et l'installant dans la salle de bain, où elle fut soumise aux attentions qu'il procurait – même si elle avait boudé tout du long. Il ferma les yeux et imagina ses lèvres, roses et pleines – la sensation qu'elles procureraient sur les siennes. Il était là-bas à nouveau, regardant tandis qu'elle se débattait pour se donner du plaisir dans sa baignoire. Comme elle avait été belle et tourmentée. Ce qu'il aurait donné pour la satisfaire sur-le-champ et absorber d'un coup de langue son désespoir d'entre ses cuisses.

Trenton sentit de nouveau Mercedes contre lui et son contact l'arracha à ses fantasmes intimes. Ses yeux s'ouvrirent pour la découvrir en train de se frotter intentionnellement contre lui, le regardant par-dessus son épaule, mais les yeux suffisamment baissés pour ne pas le provoquer. Il baissa les siens sur ses fesses – elles étaient trop parfaites. Il décida qu'elles avaient besoin de rougir un peu. Il leva une main et la fit tomber violemment sur l'un des globes, le claquant de toute la largeur de sa paume, et il entendit sa gorge qui se contractait.

— J'espère que ça me donne droit à un baiser ?

— Tu auras ce que je pense que tu mérites, soumise.

Il était sévère, ne donnant aucun indice sur ce qu'il comptait lui faire, ou comment il allait la récompenser, puis sa main atterrit une seconde fois sur les fesses fermes.

(ᵕ૩ᵕ)

Mercedes se retourna, se rapprochant, espérant le calmer un peu. Il avait l'air si tendu.

— Tu m'as tellement manqué, Trenton.

Elle se pencha vers lui. Elle pouvait sentir son odeur et sa bouche se souvenait de son goût. Il était tout ce qu'un homme était censé être. Elle désirait ardemment être à nouveau sujette à ses attentions.

— Qu'est-ce qui te plairait ce soir, Dominus ?

— Je veux baiser, grogna-t-il.

Il ne mâchait pas ses mots ; il ne réfrénait jamais ses désirs.

— Alors qu'est-ce que tu attends ? Pourquoi sommes-nous appuyés contre le poteau ?

Elle sortit un emballage de préservatif et le lui donna. L'instant d'après, Trenton la tenait par les bras et la conduisait impérieusement jusqu'à son box. La force brute de ses doigts enroulés solidement autour de ses bras la fit le désirer ardemment, mouillant à l'idée d'obtenir davantage de ses violents contacts. *Oui, Trenton allait enfin être à nouveau à elle.*

Trenton ne prit pas la peine de fermer la porte vitrée de son box ; il fit à peine l'effort d'attraper la télécommande pour assombrir la teinte des glaces avant de guider Mercedes jusqu'à une chaise rembourrée et de la pousser contre le dossier. Il donna des coups de pieds pour écarter les siens tandis qu'il défaisait la braguette de son jean et en sortait son sexe.

— Tiens-toi prête, Mercedes. Je ne suis pas d'humeur conciliante, la prévint-il tandis qu'il déroulait sur lui le préservatif, écartait d'un coup sec son string à chaînes, pressait le bout épais de son membre contre son sexe humide et se poussait à l'intérieur.

Il se pencha sur elle et poussa encore, s'enfonçant jusqu'à la garde, jusqu'à ce que son ventre claque les fesses de la soumise. Il se retira, agrippant sa hanche d'une main tandis que l'autre se mêlait à ses cheveux, forçant sa tête en arrière, puis il se poussa violemment une fois de plus en elle d'un mouvement fluide du bassin. Il prit le rythme – entrant et sortant, plongeant en elle comme un marteau-piqueur – et exactement comme il l'avait dit, il ne fut ni doux ni gentil. Il voulait une baise brutale, et c'était ce qu'il lui donnait.

Mercedes était en pleine extase, sentant le sexe épais la heurter au plus profond d'elle, l'écartant afin qu'elle puisse le prendre. Ce sexe lascif et exigeant – c'était ce qu'elle aimait. Aucune romance, aucune soie douce. Elle aimait le cuir ; elle aimait quand c'était brutal et obscène. Elle brûlait d'envie de se faire baiser dans une ruelle ou contre un arbre du parc. Elle aimait le fer et l'acier, surtout ceux de Trenton. *Bon sang, c'était tellement bon*. Elle avait toujours adoré son membre, adoré la façon dont il pouvait baiser comme un taureau. Elle poussa en arrière pour aller à sa rencontre, doublant la force de l'impact, et elle gémit bruyamment pour lui.

— Oh, oui, Trenton ! Baise-moi. Baise-moi plus fort ! cria-t-elle.

Trenton serra les dents ; il ne voulait pas l'entendre l'appeler par son nom. Tout ce qu'il voulait était un moyen de se libérer. Il donna encore un coup en elle, la pénétrant durement. Il poussa sa tête vers le bas, appuya sur ses épaules jusqu'à ce qu'elle soit totalement soumise par-dessus la chaise, son cul dressé vers lui tandis qu'il plongeait son sexe en elle encore et encore, serrant les dents face à la pression qu'elle le laissait imposer.

— Oui ! C'est ça, baise-moi fort. Possède-moi à nouveau Dominus.

— Bon sang, *sub*. Tu dois la fermer quand je te baise, jura-t-il, ses mains accrochées à ses hanches, la retenant tandis qu'il la pilonnait plus vite et plus fort.

Bon sang, il y était presque, mais il allait bientôt devoir se retirer. Il ne serait pas étonné qu'elle ait percé le préservatif, cherchant dernièrement à se faire mettre en cloque par tout homme avec assez d'argent pour satisfaire sa soif de dépenses. Il calma un peu le rythme et se pencha sur elle.

— Qu'y a-t-il dans ton sac, Mercedes ? Quel genre de matériel as-tu apporté cette fois ?

— Désolée, Dominus, je ne suis pas vraiment équipée ce soir.

— *Hmm*, dommage. Je t'aurais prise par-derrière si tu avais eu du lubrifiant sur toi.

— Ma chatte a encore faim de toi.

— Mais pas moi.

Sur ces paroles, Trenton ne se contenta pas de s'arrêter, il se retira, et elle laissa échapper un gémissement suppliant sous la sensation de vide qu'il laissait derrière lui. Il fit un pas en arrière, la regardant, appréciant sa position servile. Il se souvint d'une époque où la voir totalement soumise l'excitait férocement. Mais ce soir, elle n'avait été rien de plus qu'un exutoire. Un moyen d'échapper à ce qu'il désirait réellement, mais ça ne fonctionnait pas. Il désirait toujours Katianna, il la désirait même plus encore. Il se dirigea vers le petit lavabo d'appoint dans le coin, jeta le préservatif et commença à se nettoyer avant de remettre son boxer en place, puis il remonta son jean sur ses hanches, bien que cela ne suffise guère à cacher son érection toujours palpitante.

— Viens là que je te lave, ordonna-t-il, inflexible et menaçant.

(◕ᴥ◕)

— Me laver ?

Mercedes se redressa et le regarda.

— Quoi ? Pas de câlins ? pesta-t-elle.

Elle se fichait pas mal des câlins, mais elle savait que lui les appréciait. Il s'occupait toujours de ses soumises après qu'elles l'aient satisfait. Cela l'ennuyait, surtout maintenant. Elle voulait encore être baisée – pas lavée.

— Viens ici ou tu vas passer le reste de la nuit avec les cuisses luisantes.

Sa voix se fit encore plus intraitable. Il lui accordait un dernier avertissement.

Mercedes se rapprocha et se tint debout à côté de lui. Elle se pencha sur le banc, écartant les cuisses pour recevoir ses faveurs, mais il lui donna exactement ce qu'il lui avait offert, un lavage. Aucune tendre caresse de ses mains – il ne l'embrassa pas tandis que ses mains couraient sur sa peau sensible. Il n'y eut aucune suggestion coquine comme quoi il avait l'intention de la salir complètement à nouveau lorsqu'il aurait fini. Il ne fit rien de plus que de s'occuper de son hygiène, faisant claquer son string pour le remettre en place et redescendant sa jupe le long de ses hanches.

Bon sang. Elle se souvenait d'une fois où il l'avait nettoyée avec sa langue ; étant le genre d'homme qui n'avait pas peur de sa propre essence. Mercedes lui jeta un regard noir lorsqu'elle comprit qu'il n'allait pas lui accorder de libération.

Il lui lança un sourire en coin :

— Croyais-tu que tu méritais plus venant de moi, ce soir ?

— J'en attendais plus du Dominus.

Elle osait argumenter avec lui, et elle savait qu'elle s'aventurait ainsi sur un terrain glissant. Toutefois, elle voulait sentir son sexe encore une fois, elle voulait ce qu'elle savait qu'il pouvait donner encore et encore, et donner à nouveau.

— Vraiment ? répondit Trenton d'un ton sec et lourd, chargé d'une supériorité arrogante.

Ses narines se dilatèrent en même temps que les tons rouges dans ses yeux. Elle le poussait dans la mauvaise direction. Elle aurait dû savoir qu'il ne fallait pas le tester – que le fait de l'utiliser comme exutoire était un comportement auquel il n'aurait pas souscrit avec légèreté, à moins que sa frustration ne provienne de quelque chose qu'il ne pouvait peut-être pas obtenir. Elle aurait dû s'adoucir à la suite de sa prouesse et peut-être lui aurait-il donné bien plus qu'une simple baise dans son box.

— Mets-toi à genoux alors, et occupe-toi de ma queue, lui commanda-t-il, désignant le sol devant lui. Sers le Dominus, et peut-être qu'il te récompensera.

Mais il ne l'attendit pas. Au contraire, il se rapprocha si vite d'elle que cela lui coupa le souffle, son bras puissant s'enroulant autour de sa taille et la comprimant contre son torse. Il la fit se retourner et la plaqua contre le mur ; sa main libre se déplaça brutalement sur ses hanches, sur sa cage thoracique puis sur sa poitrine qu'il pressa douloureusement dans sa poigne. Le bout de ses doigts trouva les pointes dures sous son soutien-gorge et les pinça, puis ils se déplacèrent pour empoigner les cheveux derrière son crâne et les enfermer de sa prise solide, la tenant juste à quelques centimètres de ses lèvres, la taquinant de son souffle chaud qui se répandait sur ses épaules et sa poitrine. Elle osa croiser son regard. Il s'assura qu'elle sente le tiraillement de son cuir chevelu alors qu'il attrapait ses cheveux, et cela envoya sans doute des décharges électriques dans d'autres parties de son corps, car elle prit le risque d'accrocher une jambe autour de ses hanches et de pousser vers lui.

— Tu es « abîmée », Mercedes. Même avant d'avoir laissé les deux autres te convaincre d'échanger les rôles avec eux, tu étais déjà abîmée. Ce n'est pas le désir qui brûle en toi. C'est l'avidité.

Il la lâcha et la repoussa loin de lui avec fermeté.

— Trouve quelqu'un d'autre pour éteindre tes feux ce soir, Mercedes.

Elle lui jeta un regard furibond.

— Comment oses-tu ? Qu'en est-il de tes feux, à toi, *hein*, Trenton ? Cette queue a toujours l'air d'être un dragon enragé. Où est la fille qui n'a pas réussi à la dompter, *hein* ?

Pourtant, ses insultes se contentèrent de glisser sur lui. Il reprit une attitude détendue, sachant que sa capacité à rester aussi calme la rendait furieuse. Même après qu'il ait rompu leur relation un peu plus d'un an auparavant, elle avait essayé à maintes reprises de déclencher son désir et sa colère, de provoquer sa jalousie pour seulement se frustrer toute seule au bout du compte. *Ce n'était qu'une des raisons pour lesquelles il était Dominus.*

Il se laissa tomber sur le canapé en forme de demi-lune, étendant un bras sur le dossier et la regardant à peine, comme s'il pouvait voir à travers elle.

— Bonne nuit, Mercedes.

Ses paroles étaient douces à présent. Il ne lui laisserait même plus goûter à cette chaleur par ce biais.

Trenton se détendit et tendit le bras vers son jean toujours ouvert, glissant ses doigts autour de sa hampe dure comme le fer avant de se masturber lentement tout en la regardant nonchalamment. Ce foutu regard qu'il lui jetait, ce « Hé, j'ai la mienne, maintenant, file et essaie de voir si tu peux trouver la tienne ».

Il l'observa avec détachement alors qu'elle sortait de son box en jurant et bouillonnant de rage. Il aurait dû s'en douter, au lieu de penser qu'il pouvait obtenir d'elle un peu de libération. Elle s'enflammait et essayait toujours de l'exciter. Dans quel but, il ne l'avait jamais compris. Cela n'avait jamais réussi à aucune femme de l'énerver ou de se disputer avec lui. Il n'était pas un Leos pour rien, trop fier pour céder aux aigreurs d'une femme. *Et aux bouderies ?* C'était une autre histoire, et il se laissait embarquer à chaque fois. Surtout avec la petite qu'il avait laissée à l'hôtel.

Les bravades irascibles de Mercedes causaient sa propre perte. Il n'aimait pas les femmes avides de pouvoir, il n'aimait pas la lutte en elles. Cela fonctionnait sur certains hommes, les excitait, mais pas lui. Il aimait ses femmes délicates et vulnérables. Le genre qu'on voulait caresser et choyer avec des choses douces et soyeuses, des fleurs, du sexe plein de tendresse et les couvrir de baisers jusqu'à ce qu'elles gémissent et s'évanouissent dans ses bras, faibles et consumées. Il les caresserait, nettoierait leurs corps avec de doux savons de luxe qui sentiraient aussi bon qu'elles, puis les porterait de nouveau jusqu'au lit où il pourrait les prendre dans ses bras, les protéger, et les garder au chaud tandis qu'ils dormiraient.

Mercedes ne cherchait qu'un compte en banque bien rempli et une queue pour la satisfaire, et elle se moquait de qui cela provenait.

Il se demanda ce que Katianna voulait. Plutôt, ce qu'elle *pensait* vouloir ?

Il laissa sa tête tomber en arrière, son esprit empli du souvenir de son visage se levant vers lui en agonie alors que l'excitation ravageait son corps sans qu'elle puisse la calmer. Le désespoir d'amener son corps à l'orgasme la rendait folle et il s'était dérobé. Il était stupide, mais il fallait qu'il le fasse. Il y avait plus chez elle qu'un simple week-end dans une chambre d'hôtel, perturbée par l'abus de quelques produits féminins. Déjà, ce matin, elle l'avait autorisé à faire quelque chose qu'il n'avait jamais partagé avec une autre femme, une partie de son plus grand fantasme, sa Licorne, comme dirait Diesel. Si elle ne l'avait pas stoppé, il ne se serait pas arrêté là, et ils n'auraient peut-être pas eu le temps pour le petit déjeuner avant qu'elle ne doive se présenter à la table ronde prévue.

Bon sang, il ne pouvait se défaire du besoin d'embrasser ces lèvres ou d'entendre encore l'expression de sa peine brûlante dans ses gémissements.

Trenton se masturba plus fort, rien ne pourrait satisfaire son sexe ce soir à part cette petite souris aux lèvres roses et aux yeux bleu pâle. La fuir ne lui apporterait rien de bon non plus et en faisant cela, il l'avait laissée seule. Il avait laissé sa protégée sans défense et c'était inacceptable.

On frappa sur la vitre et Dane entra. Les yeux de son frère remarquèrent rapidement la main de Trenton en action et il verrouilla la porte avant de marcher à grands pas jusqu'à un des fauteuils avant de s'y affaler, ne s'inquiétant absolument pas de savoir s'il dérangeait ou pas.

— Bon sang, j'ai failli péter les plombs quand on m'a dit que tu avais emmené Mercedes là-dedans.

Il jeta un coup d'œil à Trenton, qui caressait toujours paresseusement son érection sans véritable intention de la soulager de son épaisseur alarmante pour le moment.

— Content de voir que tu n'as pas complètement touché le fond.

Dane se frotta le menton du bout des doigts, regardant toujours, essayant de comprendre ce qui avait tourmenté Trenton au point de risquer de commettre une erreur presque fatale avec Mercedes Grey.

— Tu as trouvé quelque chose qui te plaît là-bas, hein ?

— On peut dire ça.

Un sourire fendit le visage de Trenton.

— Oui, eh bien, tu es censé travailler. Alors quoi que ce soit, tu te calmes et tu retournes à ton poste avant de te faire remarquer davantage, et qu'Amelia apprenne que tu étais ici au lieu d'être avec l'auteur que tu as été payé pour surveiller.

Trenton retourna à l'hôtel, appelant Diesel juste avant d'entrer dans la pièce pour annoncer son retour, et il évita ainsi de recevoir une balle dans la tête pour avoir fait irruption sans prévenir.

— Je ne m'attendais pas à ce que tu rentres de toute la nuit.

Diesel se souleva sur son coude, écrasa son oreiller en boule puis retomba dessus et le regarda.

— Moi non plus, répondit Trenton en s'asseyant lourdement sur le coin du lit, grimaçant à cause de l'érection dans son pantalon. Comment se passe la nuit de ce côté ?

Il fit un signe de la tête vers la porte contiguë à la suite.

— Elle a fini par s'endormir ?

— Ouais, mais ça n'a pas été facile pour elle. Elle fichait un bazar pas possible là-dedans et les gémissements n'étaient pas beaux à entendre, ricana Diesel. C'est seulement lorsque j'ai entendu quelque chose se briser contre un mur que je suis allé la voir.

Il secoua la tête avec un amusement perplexe.

— La pauvre était recroquevillée sur le sol, toute misérable, et en train de jurer qu'elle ferait castrer tous les hommes qui ont été impliqués dans l'invention des crèmes aphrodisiaques.

Il rit plus fort et gratta sa tête rasée.

— Je l'ai convaincue de descendre avec moi pour boire un coup. Je lui ai dit que ça l'aiderait à la calmer et que ça la distrairait un moment.

Il sourit à Trenton.

— Tu sais qu'elle est plutôt bonne au jeu « nomme cette jupe » ?

Trenton laissa échapper un petit rire.

— Elle est écrivain. À quoi t'attendais-tu ?

Diesel haussa les épaules.

— Oui, eh bien, elle ne tient pas l'alcool non plus, deux Long Island et elle était complètement ivre. Je l'ai portée jusqu'ici et je l'ai mise au lit.

Trenton passa ses doigts dans ses cheveux, puis tenta de déplacer la chair dure dans son pantalon.

— Je crois que je vais prendre une douche. Il va falloir que je me débarrasse de cette énorme érection si je veux dormir cette nuit moi aussi.

— Attends... tu veux dire que tu es allé au club et que tu es quand même revenu avec une érection ? Qu'est-ce qui se passe ?

— Ma queue est tellement dure que je pourrais soulever des blocs de pierre massifs pour construire une pyramide et tout ce à quoi je peux penser, c'est cette femme là-dedans.

— Là-dedans ?

Diesel se redressa sur ses coudes et lui jeta un regard confus.

— Tu veux dire Katianna ? Waouh ! Danger. Terrain miné. C'est une cliente.

— Non.

La riposte de Trenton avait été trop vive.

— C'est Amelia ma cliente. Kat est sous ma responsabilité.

— Sémantique, mon vieux.

— *Hmm*, c'est exactement ce que Katianna a dit.

Il laissa tomber son front troublé dans sa main, calée sur un genou.

À cet instant, un cri déchira l'air et atteignit leurs oreilles. Trenton et Diesel furent tous deux instantanément sur leurs pieds, sortant leurs armes des endroits où ils les avaient cachées dans la pièce, et firent irruption par la porte de la chambre de Katianna avec une telle force qu'ils manquèrent de la faire sortir de ses gonds.

Le viseur lumineux sur le revolver de Trenton balaya la pièce, mais il n'y avait que Katianna s'agitant dans son lit.

Un autre cri et elle se redressa toute droite, ses mains poussant vers l'extérieur pour éloigner quelque chose d'elle.

Trenton courut jusqu'à elle, la prenant dans ses bras, et elle cria encore.

— Non. Je ne l'ai pas pris ! Enlevez-les de moi ! gémit-elle, toujours prise dans son cauchemar.

— Chut, ce n'est qu'un rêve Katianna, chuchota-t-il à son oreille tandis qu'il la berçait dans ses bras.

Son corps endormi se calma bientôt contre lui à mesure qu'il la ramenait vers le sommeil. Il caressa ses cheveux avec une affection pondérée et regarda Diesel avec qui il échangea quelques coups d'œil.

Ce dernier ne dit pas un mot, se contentant de s'avancer avec la main tendue pour attraper le pistolet de Trenton.

Trenton le lui laissa, le regardant tandis que Diesel contournait le lit et le coinçait sous le matelas, puis il s'éclipsa silencieusement, retournant à la pièce adjacente avant de fermer la porte.

Trenton souleva Katianna pour la remettre à sa place dans le lit. Il rampa à côté d'elle, gardant ses bras enroulés autour d'elle et la tenant contre lui, et il resta dans le lit pour le reste de la nuit, la protégeant contre les créatures de l'ombre.

SAMEDI : DERNIER JOUR DE L'EXPOSITION
Après l'avoir regardée s'agiter pendant plus d'une demi-heure parce qu'elle n'avait aucune tenue sexy qui convenait, Trenton lui donna la permission qu'elle semblait avoir besoin d'entendre ; de porter des vêtements dans lesquels elle serait à l'aise. Mais bon sang, il ne s'était pas attendu à ça. Elle portait une nuisette vintage blanche de l'époque victorienne que les dames bien pensantes portaient sous leurs corsets, seulement Katianna ne portait pas de corset. Mais elle était délicieusement adorable pour tous ceux qui avaient la chance de la voir. La robe était garnie de minuscules volants tachetés dans son décolleté et sur les bretelles. De petits boutons blancs couraient sur un tiers du vêtement et l'ourlet chiffonné de la robe s'arrêtait à mi-cuisse. Pour couronner la douce innocence qui mettait à rude épreuve le contrôle de Trenton, elle portait des chaussettes blanches en lin qui montaient jusqu'au-dessus du genou, surmonté de petits nœuds de satin noir. L'ensemble était complété par une paire de bottines Christian Louboutin noires avec leurs propres petits volants chiffonnés. Bien qu'il n'y ait pas un homme ici qui regardait ses pieds, les femmes remarquèrent immédiatement la manière dont elle les

avait appariés avec la robe vintage d'une façon que seul son petit corps pouvait se permettre.

Trenton resta près de Katianna alors qu'il l'escortait à travers l'exposition bondée vers la zone désignée pour la rencontre avec ses fans. Et chaque fois que quelqu'un essayait de se rapprocher d'elle, il le faisait aussi.

Cela avait été suffisamment difficile de la laisser sortir de la chambre où d'autres verraient ce qu'il voulait garder pour lui-même. En plus de tout cela, qu'il soit damné si son sexe ne palpitait pas déjà sous l'envie de la posséder. Et il était fichu avec les images qui envahissaient sa tête, la claquant contre un mur avec sa robe vintage remontée autour de sa taille et ses jambes enroulées autour de lui.

Comme s'il ne souffrait pas assez, chaque fois qu'elle passait devant des lumières vives, il pouvait voir les contours de ses cuisses à travers le fin tissu blanc. Ce qui rendait les choses encore pires, c'était qu'il savait exactement ce qu'elle portait en dessous. Il avait vu la lingerie étalée sur le lit alors qu'elle était dans la salle de bain : une culotte rose transparente en dentelle de chez Chantelle. Et maintenant, sous cette tenue vintage, elle recouvrait un doux écrin qui le suppliait de le toucher. Cela le tuait. Il désirait tellement poser sa bouche sous cette robe afin de lécher ses cuisses crémeuses que ses dents lui faisaient mal et qu'il pouvait presque en ressentir le goût sous sa langue.

La salle était plus bondée aujourd'hui qu'elle l'avait été de tout le week-end, les gens affluant afin de faire leurs derniers achats sur des produits soldés pour clôturer l'expo. Diesel resta avec eux, ajoutant à la barrière qui abritait Katianna, et Trenton lui fut secrètement reconnaissant de sa présence, car il pouvait ainsi faire plus attention à elle qu'à ce qui se passait autour d'elle. Il prit notamment plaisir à voir les choses sur les stands qui attiraient l'intérêt de la jeune femme, comme la veille. Elle les regarda tous, cherchant des choses qu'elle aurait pu rater auparavant, et il fit mentalement une liste de courses alors qu'ils continuaient à se promener.

Alors qu'ils approchaient du fond de la salle des congrès, Katianna fit un virage délibéré vers le stand où elle avait reçu le panier-cadeau de savons de bain, avec l'intention d'invectiver le commerçant.

Trenton et Diesel restèrent légèrement en arrière, tous les deux luttant pour étouffer leur rire alors que ce petit bout femme, qui n'était pas plus grande qu'une souris, tempêtait contre l'homme trapu et beaucoup plus grand qu'elle, sur la cruauté de ses produits. Après avoir subi sa rage pendant quelques minutes, le visage de l'homme devint bientôt aussi rouge que les fesses de certaines des soumises de Trenton.

— Dieu seul sait combien de femmes ont souffert à cause de vous ! Se frottant sur le tapis comme de petits chihuahuas en chaleur ! Bain moussant, mon cul !

Le verbiage de Katianna commençait à perdre toute logique dans son délire.

Trenton décida qu'elle s'était suffisamment déchaînée contre le vendeur. Surtout lorsqu'elle commença à parler de chiens en chaleur. Il planta une main ferme sur sa bouche et l'attira fermement contre son corps avant de se pencher pour lui intimer doucement de se calmer.

Katianna commençait tout juste à s'apaiser sous son ordre, mais lorsque le type osa plaisanter sur la façon dont elle se soumettait, son pied vola avec un mépris exalté et frappa fermement le vendeur dans le tibia.

Trenton maintint son emprise sur Katianna, mais il ne pouvait pas se permettre de se moquer de son sursaut enflammé et de la folie insensée de l'homme pour avoir tenté la fureur d'une femme. Ouaip, sa petite souris était très amusante. Néanmoins, avant de l'éloigner de là, Trenton commanda deux de ces paniers-cadeaux à l'homme et laissa des instructions afin de les récupérer plus tard. Puis il reprit son chemin, Katianna sous son contrôle sans faille.

Lorsque la rencontre avec les fans du jour fut terminée, Katianna était prête à partir, ayant rempli son contrat. Elle était particulièrement fatiguée et Trenton était exceptionnellement excité. De plus, c'était probablement pour le mieux qu'elle insiste pour changer de vêtements avant leur départ.

Alors qu'ils quittaient l'hôtel, Trenton remarqua l'inquiétude croissante de Katianna et il se douta que cela avait un rapport avec l'endroit où elle vivait. Même s'il ne pouvait pas en être certain, il avait le sentiment qu'elle vivait à proximité des zones les plus défavorables de la ville. C'était ça, ou elle vivait avec un petit ami très jaloux. Il ne pouvait pas la blâmer, mais la jalousie n'était pas une raison pour effrayer une fille. Quoi qu'il en soit, Trenton aimait encore moins qu'elle prenne le métro seule. C'était une raison suffisante pour vouloir insister qu'elle possède une sorte de moyen de défense avec elle.

Une fois qu'il eut chargé ses affaires dans le véhicule et qu'ils étaient prêts à partir, Diesel sortit le Taser de la boîte à gants à la demande de Trenton. Il le donna à Katianna, prenant un moment pour lui montrer comment l'utiliser. Il fut spécifique.

— Frappez avec tout ce que vous avez. Dans le cou ou dans les testicules est ce qui fonctionne le mieux, mais il tombera, peu importe où vous le frapperez. Puis enfuyez-vous comme si vous aviez l'enfer à vos trousses, ma petite. Dans un endroit très fréquenté de préférence, comme un café ou un restaurant. Les rues ne comptent pas. Vous pouvez crier à l'aide tout au long de la journée, et personne ne jettera même un coup d'œil dans votre direction. Mais allez dans un café où tout le monde à l'intérieur est en train de savourer sa caféine, et la moitié des hommes – et même des femmes – prendra position pour défendre une femme. C'est garanti.

Katianna s'assit nerveusement sur le siège alors que Trenton et Diesel la raccompagnaient chez elle. Ils n'avaient pas demandé, et elle n'avait pas voulu s'enfoncer un peu plus dans le mensonge sur son lieu de résidence, alors elle n'avait rien dit. Elle ne voyait aucun moyen de s'en sortir sans révéler où elle vivait, même si elle soupçonnait que Trenton ne l'avait pas crue, et elle ne pouvait pas supporter de lui dire la vérité. Elle détestait cela, mais une fois dans un mensonge, il fallait s'y tenir. Voilà pourquoi elle ne dit rien, mais comment était-elle censée lui avouer qu'elle vivait dans l'un des logements sociaux de Bushwick ? Aucune femme honnête ne vivrait près de l'une des zones les plus dangereuses et les plus démunies de New York, et encore moins en plein dans ladite zone. Donc, Katianna garda le silence alors que Trenton se garait une fois de plus dans la cour du Golden Yves.

Trenton vit l'inquiétude dans son expression, même si elle sortit du pick-up et s'éloigna, mais il garda ses soupçons pour lui. Il n'allait pas la pousser à dire la vérité, elle devait avoir une raison et la forcer à avouer le mensonge ne lui permettrait pas d'obtenir la réponse qu'il voulait d'elle. Il avait d'autres méthodes pour découvrir ce qu'il voulait savoir.

Quelques instants plus tard, tout comme il le suspectait...

— La voilà.

Trenton pointa un doigt lorsqu'il la repéra quittant les appartements de la tour, exactement comme elle l'avait fait la fois précédente.

Diesel sauta hors du véhicule dès qu'ils la virent traverser la rue d'un pas rapide.

— Je l'ai.

Puis il se mit à la suivre pendant que Trenton amenait le pick-up à deux pâtés de maisons de là près de la station de métro et attendait que Diesel lui fasse son rapport.

Trenton resta assis dans le SUV à regarder le site de données sur l'écran de l'ordinateur portable monté sur la console, attendant l'appel de Diesel qui lui permettrait de savoir où ils se dirigeaient. Au lieu de cela, son regard repéra son compagnon sortant de la station et revenir vers le véhicule. Trenton leva les mains et secoua la tête dans sa direction, exigeant une explication avant même que Diesel soit de retour dans le pick-up.

— Nan. Elle avait disparu avant que j'atteigne la plate-forme.

Il monta, ferma la porte et le regarda curieusement.

— Alors, euh... elle t'a vraiment tapé dans l'œil, n'est-ce pas ?

Trenton ne fit aucun commentaire, optant plutôt pour fixer l'écran, attendant que la base de données lui délivre des informations sur elle.

— Tu penses que tu as trouvé ce que tu cherchais, pas vrai ?

— Je ne vois pas de quoi tu parles, répondit froidement Trenton.

— Ne me raconte pas de conneries, Trenton, je te connais suffisamment bien pour savoir ce que tu penses. Nous avons grandi ensemble ; nous sommes comme des frères depuis que nous étions bébés. Je sais ce que tu as toujours voulu. Et je vais te soutenir sur ce point, je le ferai. Je ferai tout ce dont tu as besoin pour la protéger. Dis-moi seulement ce que je protège. C'est tout ce que je demande.

— Oui.

— Oui, quoi ? Trenton, tu dois être précis là.

— Oui, c'est la bonne, soupira Trenton.

Ses lèvres se plissèrent alors qu'il plongeait dans ses pensées les plus profondes.

— Bon sang, Diesel. Je veux que ce soit la bonne.

Diesel hocha faiblement la tête. *Une demande difficile à faire à la vie pour un homme : une* Esclave de Vie. Autant demander un vampire, la reine des fées ou, comme il avait toujours appelé ça : *une licorne.* Voilà ce qu'était une *Esclave de Vie*, un fantasme. Seulement un rêve, et même pas un habituel. Lorsqu'un homme demande à une femme de lui abandonner toute sa vie et chaque partie de son contrôle sans date d'expiration... Ce n'était pas seulement une proposition de mariage – non – le lien entre une *Esclave de Vie* et son Maître allait beaucoup plus loin et plus profondément que le mariage.

Mais ce n'était pas une esclave de conte comme on en voyait dans les histoires d'horreur ou les informations. Celle-ci était belle, ou du moins c'était ce qu'ils pensaient. Et c'était beaucoup plus que les soumises-esclaves avec lesquelles les Dom signaient un contrat avec une limitation de temps. Une soumise-esclave était là pour répondre à vos désirs et subissait souvent une quantité considérable de séances BDSM.

Une Esclave de Vie était une classification à part, la Mona Lisa de votre collection d'art ou la licorne de vos trésors. Pour sa reddition, vous deviez vous occuper d'elle. Chaque détail de son bien-être était votre responsabilité en échange de votre possession. Dans un sens, en prenant sa vie dans vos mains, vous deveniez le serviteur. Jusqu'aux détails les plus simples, comme la baigner et la nourrir, mais son corps était le vôtre pour l'aimer et lui faire l'amour. Non – il y avait plus – il y avait tout un art dans ce concept. Un art au-delà des mots.

Diesel devait admettre que lui aussi, il souhaitait trouver un jour une femme qui serait prête à devenir son Esclave de Vie, et il était prêt pour cet engagement. Cependant, trouver la bonne femme pour votre corps, votre cœur et votre âme était déjà suffisamment difficile. Espérer qu'elle accepterait un tel arrangement... un « non » pourrait briser l'âme d'un homme. Diesel s'était depuis longtemps consolé au fil des ans ; il pourrait vivre avec un arrangement alternatif avec la femme qu'il voudrait revendiquer, et il s'était préparé à l'impact. Mais, en regardant Trenton en ce moment, il doutait que son frère et ami de longue date avait déjà envisagé une alternative à ses désirs.

L'écran clignota et enfin, l'information apparut. Katianna Dumas avait une carte d'identité de l'état de New York avec son adresse.

Trenton mit en marche le SUV et fit immédiatement un demi-tour afin de prendre cette direction.

Diesel fit pivoter l'ordinateur portable pour le regarder. *Morgan Towers, au coin de Park Avenue et de la 34e rue.*

— Merde, si elle vit là, pourquoi les mensonges ?

MORGAN TOWERS, UPPER MANHATTAN

Trenton se rendit devant la porte du 56ème étage. Il fit quelques pas afin de calmer ses nerfs. Il ne savait pas ce qu'il allait dire, peut-être qu'il ne dirait rien du tout. Peut-être qu'il se contenterait de prendre d'elle ce baiser succulent et puis s'en irait, la laissant essoufflée afin que cela grandisse en elle jusqu'à la prochaine fois qu'il la verrait. Mais, qu'on lui vienne en aide si un homme ouvrait la porte, parce qu'alors, il faudrait...

La porte s'ouvrit sur le mannequin Garrett Steton ; l'un des modèles masculins de haute couture. Trenton l'avait vu à quelques reprises au *Stilettos*, avec Vashon et Yigal. En dehors de cela, il ne pouvait pas en dire beaucoup sur lui.

— Puis-je vous aider ? demanda Garrett en se penchant contre le cadre de la porte avec un air qui disait clairement Je-me-fous-complètement-de-ce-que-vous-pouvez-vouloir.

— Je suis à la recherche de Mlle Katianna Dumas.

Trenton s'en tint à sa formation professionnelle.

Garrett laissa échapper un soupir sardonique.

— Nan, mec. J'ai foutu dehors cette petite fille il y a des mois. Elle se souciait plus de ses stupides petits livres que de ma queue. Alors, je l'ai larguée.

Et sans rien ajouter de plus, Garrett recula dans son appartement et referma la porte.

Trenton commença à s'éloigner, mais il ne put s'y résoudre. S'il ne pouvait pas trouver Katianna et s'il ne pouvait pas faire quelque chose au sujet de son érection, alors peut-être qu'il pouvait expulser un peu d'énergie avec la seule chose qu'il pouvait faire. Il frappa à nouveau à la porte.

Trenton retourna à son véhicule et saisit un mouchoir en papier de la boîte à gants pour essuyer le dos de ses mains.

Diesel le regarda avec prudence.

— J'ose espérer que ce n'est pas son sang.

Il haussa un sourcil en regardant son frère afin d'obtenir une explication.

— Je suppose que j'ai trouvé son ex-petit ami. C'est une bonne chose, qu'il soit son ex – je ne l'aime pas beaucoup.

— Et tu le lui as dit, n'est-ce pas ?

— Mm, grogna Trenton. Impossible de m'en empêcher.

Il haussa les épaules, essuyant toujours ses doigts, l'esprit ailleurs.

Diesel haussa les épaules.

— Bon, que fait-on maintenant ?

Trenton secoua la tête. Même Amelia avait dit qu'elle ne savait pas où vivait Katianna. Il jeta un regard sur l'écran d'ordinateur qui n'offrit rien de plus que ce qu'il avait affiché lorsque Trenton avait rentré son nom dans la base de données. Rien ne se montrait dans les dossiers. Son connard de petit ami là-haut l'avait jetée dans la rue sept mois auparavant. Trenton secoua la tête. Il avait le pressentiment qu'il n'aimerait pas ce qu'il découvrirait lorsqu'il l'aurait trouvée. Cela lui fit se demander s'il devrait la pousser à de nouveaux arrangements de lieu de résidence la prochaine fois qu'il la verrait lorsqu'elle accompagnerait Amelia à l'un des clubs. Alors qu'il pourrait facilement payer afin qu'elle ait son propre appartement sur Park Avenue, le faire dévoilerait ses véritables intentions à son encontre. Il ne voulait pas n'être qu'un *sugar daddy* ou un amant – il voulait être le Maître de sa vie entière.

CHAPITRE TROIS

<u>CINQ SEMAINES PLUS TARD</u>
Katianna sortait juste du bureau d'éditeur d'Amelia et se sentait assez fière d'elle. Elle avait réussi à finir son manuscrit une semaine avant la date prévue, et avec un nouveau chèque dans sa poche, elle s'arrêta afin de prendre un repas chinois sur le chemin de retour.

Elle calculait un budget dans sa tête pour savoir combien de mois de loyer elle pourrait payer à l'avance tout en ayant assez pour l'électricité sans avoir à commencer à chercher à nouveau un emploi, étant donné qu'elle avait quitté celui qu'elle avait au café afin de respecter son délai. Ses droits d'auteur mensuels n'étaient pas encore très élevés, mais ils étaient suffisants pour couvrir les frais de nourriture et son abonnement aux transports en commun. Si elle pouvait faire durer cela pendant six mois, un autre de ses livres serait publié. Elle en avait déjà commencé un, en plus d'un roman prêt à temps afin d'obtenir un autre paiement de droits d'auteur pour tenir entre quatre et six mois. *Cela semble être le plan parfait de la vie d'un pauvre écrivain*, se dit-elle en riant intérieurement.

Tellement absorbée par ses calculs alors qu'elle ouvrait la porte de son appartement et y entrait, elle ne remarqua pas la fenêtre ouverte sur l'escalier de secours – jusqu'à ce qu'il soit trop tard.

Katianna eut à peine le temps de laisser échapper un cri lorsqu'elle vit l'homme bondir hors de sa chambre ; ses plats à emporter chinois tombèrent au sol lorsqu'il s'approcha et la saisit. Ses jambes volèrent vers le comptoir qui divisait la kitchenette du salon et elle donna des coups de pieds, les faisant tous les deux cogner dans la petite table, envoyant valdinguer la seule chaise de la pièce.

L'homme se reprit, la soulevant alors qu'il se dirigeait vers la chambre à coucher. La terreur saisit Katianna, mais pas au point de l'empêcher de hurler. Même si, alors qu'elle le faisait, elle n'avait aucun espoir que quelqu'un vienne à son aide. Ses voisins se battaient tout le temps, et cela se terminait toujours par la brute d'homme frappant sa femme jusqu'à ce qu'elle se taise. Personne n'était jamais venu pour ses voisins – pourquoi viendrait-on pour elle ?

Katianna fut traînée dans le couloir, et encore une fois, elle donna des coups de pieds, touchant le mur et y prenant appui avant de pousser violemment, réussissant cette fois à les envoyer tous les deux au sol. Ils atterrirent avec un bruit sourd et l'emprise de son agresseur autour d'elle se relâcha. Katianna plongea sa main dans sa poche de manteau et en sortit le Taser que Trenton l'avait convaincue d'emporter avec elle. Elle tendit le bras vers l'épaule de son assaillant jusqu'à ce que la pointe du Taser entre en contact avec elle, et elle l'alluma juste au moment où elle roulait sur le côté. L'homme rua sauvagement sur le sol jusqu'à ce qu'elle relâche la gâchette et se précipite vers la porte. Katianna fuit son appartement aussi vite que ses petites jambes le lui permettaient, laissant derrière elle une traînée de cris. Elle jaillit en bas des escaliers, de la porte d'entrée de l'immeuble et dans la rue...

... directement sur le chemin d'un camion roulant dans la rue.

Katianna sentit le souffle à peu près au même moment où elle vit une masse d'acier peinte en rouge venir sur elle. Elle ne put penser qu'à sauter, mais ne se rappellerait jamais si elle avait effectivement réussi.

Le camion la percuta avec un bruit de crissement de pneus alors qu'il essayait de s'arrêter, l'envoyant sur son capot. Elle rebondit sur le pare-brise comme une poupée désarticulée. Le camion zigzagua et glissa – s'écrasant sur une moto customisée garée sur le trottoir avant de s'arrêter, et la force de la collision catapulta le corps de Katianna sur le guidon.

Harper Lancings reçut l'appel cet après-midi-là.

L'inspecteur Tate Marshal, chef de l'SVU[9] de New York, passa le mot comme quoi leur tueur avait refait surface. Même si Harper était un détective privé et non un inspecteur des forces de l'ordre de la ville, il travaillait en collaboration avec eux sur un cas particulier impliquant un tueur en série sévissant dans la région depuis un certain temps.

Harper avait été impliqué lorsqu'il avait été embauché par Candice Smithy afin d'enquêter sur son ex-mari. Elle était certaine d'être suivie et était rentrée chez elle plusieurs fois pour trouver des choses déplacées ou manquantes dans sa maison, et cela l'avait effrayée. Malgré le divorce désagréable que sa cliente avait vécu, l'enquête de Harper avait innocenté l'ex-mari, alors il avait poussé ses investigations afin de trouver son harceleur. Malheureusement, Candice avait été tuée huit semaines après avoir engagé Harper, et lorsqu'il avait appris qu'elle était le numéro six du mode opératoire d'un tueur en série, il est devenu très engagé auprès du poste de police afin de traquer son assassin. Il espérait seulement qu'il trouverait le coupable avant la police. Il avait d'autres plans pour le salaud.

---

[9] Unité Spéciale des Victimes

Harper rejoignit immédiatement Tate lorsqu'il apparut que l'homme qui venait d'attaquer une femme avait le même mode opératoire que l'agresseur qu'il recherchait.

— Alors, qui était victime cette fois ?

— Euh, Kati...

L'inspecteur secoua la tête puis essaya à nouveau.

— Kat-y-ahna-Dum-ass ?

Harper tendit la main vers les notes de Tate. L'homme était un bon inspecteur, mais il était nul avec des noms. Harper regarda le papier et lut le nom de la façon dont il devait être prononcé.

— Ka-tee-ahn-na Doo-mah. Le « s » est silencieux.

Il fronça les sourcils. Le nom lui disait quelque chose, mais n'arrivait pas à le replacer.

— Alors, que pouvez-vous me dire ?

Tate leva les mains en signe d'impuissance.

— Aucun témoin. Personne ne l'a vu entrer ou sortir. Il est entré par l'escalier de secours et a attendu. La victime vit seule. Aucune famille. Je ne sais pas si elle a des amis pour le moment. Au vu de son appartement, elle ne possède apparemment pas grand-chose. Un ordinateur portable qui a été écrasé. Un iPad qui n'a pas encore été analysé. Quelqu'un a dit que c'était une auteure – alors elle plutôt discrète, veillant tard dans la nuit afin de faire son « truc ». Aucune assurance médicale, non plus.

Harper se figea, ses doigts grattant son épaisse chevelure brune cendrée. Il avait fait les cent pas en écoutant les détails maussades jusqu'à ce que Tate dise le mot « assurance ». Pourquoi une femme morte aurait-elle besoin d'une assurance médicale ?

— L'assurance ?

Il regarda Tate d'un air interrogateur.

— Ouais, ils ne vous l'ont pas dit ?

— Dit quoi, Tate ? Crachez-le morceau, d'accord ?

Harper lui jeta un regard mécontent. C'était une affaire en cours qui ne menait qu'à des impasses ; des réponses appropriées étaient attendues sans avoir à les demander deux fois.

— Elle est vivante. La fille a réussi à sortir et couru comme si elle était poursuivie par les chiens de l'enfer.

— La victime numéro quatre a couru aussi. Comment celle-ci est-elle arrivée à s'échapper ?

Cela n'avait pas de sens. Son meurtrier ne laissait pas ses victimes s'échapper.

— Elle s'est jetée sous un camion. Ils l'ont emmenée au Queens Général, elle est toujours en chirurgie aux dernières nouvelles. Il faudra probablement un certain temps avant que nous puissions l'interroger.

Tate se laissa tomber sur le coin de son bureau, tendant le bras afin d'atteindre quelque chose dans le dossier ouvert.

— J'ai une photo d'elle, si vous la voulez ?

Il la tendit à Harper.

— Oh, oui, et elle s'est échappée grâce à ça.

Il tenait un sac zippé en plastique qui contenait un pistolet Taser étiqueté comme preuve.

— La foutue chose n'est même pas légale, Harper, mais elle lui a sauvée la vie.

— Où pensez-vous qu'elle se le soit procuré ?

Harper se gratta à nouveau la tête. Si elle survivait à la chirurgie, elle serait la première des victimes du tueur à s'en sortir, alors il se fichait pas mal que la chose qui l'avait sauvée soit illégale. Cependant, il était curieux. Il lui faudrait remercier le fils de pute qui le lui avait donné.

— De votre putain d'ami, dit Tate en le jetant sur le bureau. Il est enregistré au nom d'un certain Leos Trenton.

Harper sauta brusquement sur ses pieds, arracha la photo de la main de Tate et baissa les yeux sur elle. Il sentit une boule dans sa gorge lorsqu'il regarda et vit le visage familier. Maintenant, il se souvenait – l'écrivain star d'Amelia, c'est ainsi qu'on l'appelait. Il l'avait rencontrée une fois au *Stilettos*, et son frère Trenton avait parlé d'elle à quelques reprises depuis qu'il l'avait rencontrée un peu plus d'un mois auparavant. Trenton remarquait rarement quelqu'un, en tout cas pas de cette façon. Voilà pourquoi le nom était resté dans la tête.

— Donnez-moi les infos de l'hôpital, vous voulez bien ? Je dois passer un appel.

— Bien sûr, elles seront prêtes pour vous dans quelques secondes.

Harper sortit du bureau, retira son téléphone portable de sa poche de jean et appuya sur le numéro abrégé de Trenton.

— *Ouais.*

Il entendit la voix de Trenton à l'autre extrémité.

— Dis-moi... tu sais, cette affaire sur laquelle je travaille avec les flics ?

— *Celle de Candice ?*

— Ouais... celle-là.

— *Qu'en est-il ?*

— Il s'est attaqué à une autre victime, seulement celle-ci a survécu...

— *Dis-moi ce dont tu as besoin. Si tu as besoin de quelques-uns de mes gars, tu n'as qu'un mot à dire. Tu sais que je te soutiendrais, Harper.*

Ce dernier déglutit.

— C'était cette écrivaine de tes amies.

Après avoir posé quelques questions supplémentaires à Tate, Harper se dirigea vers l'hôpital pour y retrouver Trenton, qui, à peine eut-il mentionné le nom de la femme, lui avait raccroché au nez. Il savait que Trenton scannerait immédiatement le rapport de police de sa propre base de données et se rendrait directement à l'hôpital. Au moment où Harper put enfin quitter le commissariat et le retrouver, Trenton était déjà à la réception des Urgences et dans une rage noire.

— Écoutez, cette femme n'a pas de famille. Je suis la personne la plus proche qu'elle ait. Alors pourquoi ne pouvez-vous pas me dire comment elle va ? argumentait-il avec l'infirmière.

Il ne savait pas si elle avait de la famille ou non. Ce dont il était certain, c'était qu'il n'allait pas laisser tomber jusqu'à ce que l'hôpital le prenne en compte et lui donne des informations sur l'état de Katianna.

— Je suis désolée, monsieur, mais à moins d'être un membre de la famille ou le conjoint, nous ne pouvons pas discuter de son état avec vous.

Une des infirmières à la réception se tenait derrière la cloison, ses mains sur les hanches et ses doigts s'agitant impatiemment alors que Trenton luttait afin de ne pas lâcher la pleine force de sa rage sur elle.

— Vous ne pouvez même pas me dire si elle va s'en sortir ?

L'infirmière pinça les lèvres et secoua la tête en refusant de divulguer toute information. Ce n'était clairement pas son premier rodéo.

— Alors, dites-moi qui paie la facture. Je me renseignerai auprès d'eux.

L'infirmière poussa un gros soupir puis céda un tout petit peu en baissant les yeux vers le dossier sur son bureau. Elle parcourut les pages du dossier ouvert devant elle, puis elle se retourna vers lui,

— C'est une BlueCard, monsieur.

— Bon sang qu'est-ce que ça signifie ?

— Cela signifie qu'elle n'a pas d'assurance, répondit Harper alors qu'il s'approchait. L'état paiera probablement la facture par le biais de l'aide aux victimes.

La mâchoire de Trenton se contracta. Il sortit son portefeuille, puis fit claquer une carte de crédit platine sur le comptoir en face de l'infirmière.

— Là ! Maintenant, c'est moi qui paie. Assurez-vous qu'elle obtienne une chambre privée. Et si tout ce qu'elle a pour s'occuper d'elle est un stagiaire de première année, un médecin BlueCard, renvoyez-le et envoyez-lui un spécialiste, le plus tôt possible. Puis revenez me dire si elle va s'en sortir.

L'infirmière regarda sa collègue assise à côté d'elle, qui haussa les épaules.

— Eh bien, s'il veut payer, laisse-le faire.

L'autre infirmière secoua la tête avec ironie, puis se retourna vers la paperasse sur laquelle elle était occupée. Ils n'avaient aucune loi interdisant à quelqu'un de payer.

La première infirmière haussa également les épaules et décida de céder.

— Donnez-moi une minute, je vais voir comment elle va.

Elle ramassa la carte de crédit sur le comptoir et disparut derrière un autre mur de séparation.

Satisfait de la réponse – pour le moment – Trenton se tourna vers Harper.

— Qu'as-tu découvert jusqu'ici ?

Il s'appuya contre le comptoir des infirmières, refusant de bouger ou de se pousser de côté tant qu'il n'obtiendrait pas ce pour quoi il était venu.

— Désolé, pas grand-chose pour l'instant, grimaça Harper. Personne n'a vu quoi que ce soit – la réponse habituelle à New York.

Il fit un grand geste de la main.

— Et si tu me donnais quelque chose qui ne me mettra pas en colère ?

Les sourcils de Trenton se froncèrent et son visage prit une expression renfrognée tandis que son regard semblait vouloir brûler un trou dans le sol en béton.

— Il faut que tu me donnes du temps. Cela vient tout juste de se produire. Ce n'est pas comme si j'avais pour habitude de monter un putain de dossier sur toutes tes petites amies de baise avant qu'on les ait attaquées.

— Fais attention Harper. Je t'ai dit de ne pas m'énerver.

Harper pivota, se penchant en arrière sur le comptoir comme Trenton le faisait, laissant l'humeur de son frère glisser. Trenton lui avait demandé auparavant s'il accepterait de vérifier où vivait la femme, mais il avait refusé, accusant Trenton d'être obsédé. Secrètement, Harper avait été prêt à le faire, parce qu'il savait que Trenton ne s'était jamais autant intéressé à une femme. Cependant, il n'avait pas l'intention de le dire, à moins qu'il y ait des raisons de s'inquiéter, mais la jeune femme n'avait jamais refait surface – jusqu'à présent. Et jusqu'à ce que Tate ait terminé son enquête, Harper n'avait pas grand-chose à offrir ; pas même l'endroit de l'attaque.

Tate avait appris à ne pas donner trop de renseignements jusqu'à ce que le service scientifique de la Crim ait eu la possibilité d'examiner la scène. Harper avait l'habitude de se présenter, d'analyser la scène et de trouver des preuves plus rapidement que les propres hommes de Tate. Ayant appris leur leçon, ils le gardaient maintenant dans le noir jusqu'à ce qu'ils aient terminé.

Trenton ne bougeait pas beaucoup. Un bras croisé sur la poitrine pour soutenir l'autre, tandis qu'une main se tendait pour faire glisser son pouce sur ses lèvres dans un mouvement continu, profondément plongé dans ses pensées.

— Es-tu allé chez elle ? demanda-t-il.

Harper secoua la tête.

— Tate a dit qu'il m'appellerait une fois qu'ils seraient prêts à libérer la scène.

— Je viendrai avec toi.

Harper hocha la tête.

— Je m'en doutais.

(ᵔωᵔ)

Les yeux de Trenton se déplacèrent à la vue d'un médecin qui approchait.

— Lequel de vous est...

Il regarda le papier sur le dossier qu'il portait.

—... M. Leos ?

— C'est moi, répondit Trenton en se redressant.

— Je suis le Dr Wheeler.

Il serra la main de Trenton, puis la remit dans la poche de sa blouse blanche.

— Eh bien, de façon générale, il semblerait qu'elle s'en sortira très bien. Elle a fait une sacrée chevauchée...

— Une chevauchée ? l'interrompit Treton.

— Eh bien, oui, elle conduisait une moto lorsqu'elle a eu son accident, répondit le docteur en haussant les épaules.

— Elle a été poursuivie jusque dans la rue par un tueur en série, espèce de crétin !

Trenton saisit le médecin par sa blouse blanche, soulevant ses pieds du sol, le poussant à travers le couloir jusqu'à ce qu'ils s'écrasent contre le mur de parpaing peint.

— Le moins que vous pouvez faire est de vous renseigner avant d'aller jouer au docteur sur des patients !

Harper tira Trenton afin de le séparer du médecin ; un pied planté sur le mur en contrepoids semblait être le seul moyen de rassembler suffisamment de force pour le faire bouger.

Le médecin était proche de la panique et plaida afin qu'il le relâche.

— D'accord ! D'accord... Je suis désolé.

Wheeler tendit les mains en signe de soumission, une pose que Trenton connaissait bien, et il remit le médecin sur ses pieds.

— Écoutez, nous recevons une centaine de personnes par jour ici et les ambulanciers ne font parfois que de brèves notes, nous laissant deviner le reste.

— Alors, comment va-t-elle ? s'interposa Harper afin de remettre le sujet sur les rails.

Il fit reculer Trenton d'un pas en arrière, pour s'assurer qu'il n'allait pas à nouveau bondir sur le médecin simplement parce qu'il était ignorant.

Wheeler redressa sa blouse, puis fit craquer son cou avant de continuer.

— Elle souffre d'une légère commotion cérébrale. Elle a une fracture de la mâchoire ; nous avons remis l'os en place et bloqué sa mâchoire fermée pour l'instant. Les dents semblent bien, mais parfois, elles se fracturent et vous ne le découvrez que plus tard. Alors, elle va devoir aller faire des check-up dentaires régulièrement.

Il dodelina de la tête, réfléchissant à la fréquence nécessaire de ces visites.

— Habituellement, une fois par trimestre pendant environ deux ans. L'épaule gauche a été disloquée. Elle a de la chance, la clavicule ne s'est pas fracturée, mais elle a été immobilisée à titre de précaution. De multiples fractures sur le cubitus gauche et externe, sur trois métacarpiens et phalanges. Nous avons dû mettre des épingles et un exosquelette sur sa main pour cela.

Wheeler s'arrêta, regarda ses notes et prit une longue et profonde inspiration.

— Qu'y a-t-il ? Il y a quelque chose d'autre ? le pressa Harper en voyant qu'il ne voulait pas leur dire ce qu'il avait en tête.

— La forme particulière des rétroviseurs de la moto s'est transformée en arme lors de l'impact et lorsqu'ils se sont plantés dans son bas-ventre, ils ont endommagé ses deux ovaires. Son utérus n'aura pas de séquelles, mais il est fort probable qu'elle n'aura jamais d'enfants.

— Des miracles peuvent se produire, suggéra Harper en essayant de trouver de meilleures nouvelles.

Mais le médecin secoua rapidement la tête.

— Je ne conseillerais pas.

Il regarda sa montre,

— Ils vont l'amener maintenant. Il faudra encore environ deux heures avant qu'elle sorte de la salle de réveil. Mais vous pourrez la voir ensuite.

— Et vous la mettrez dans une chambre privée ?

Trenton avait déjà insisté sur ce point.

— Non, nous allons la garder en soins intensifs pendant au moins une nuit. Nous lui ferons un scanner dans la matinée et nous verrons comment elle se sent à ce moment-là. Nous allons la maintenir sous sédatif pour l'instant, mais elle devrait bien se remettre.

Il se tourna et s'éloigna sans autre commentaire ou suggestion.

— Monsieur ? appela une voix derrière eux.

Trenton se retourna et trouva l'infirmière qui lui tendait sa carte de crédit. Il la prit et la replaça dans son portefeuille. Il se sentait léthargique, presque insensible. Il connaissait à peine Katianna, et pourtant il avait l'impression d'avoir reçu un coup dans la poitrine.

Le téléphone de Harper se mit à bourdonner et il répondit rapidement.

— Oui, Tate, qu'est-ce que vous avez pu découvrir pour moi ?

Il écouta la réponse un bon moment.

— Oui, envoyez-la-moi, vous voulez bien ? Nous nous mettons en route.

— Où allons-nous ? demanda Trenton, assis dans le siège passager de son propre véhicule.

Il regarda l'écran de navigation, remarquant que Harper n'y avait pas entré d'adresse.

— Bushwick, répondit solennellement ce dernier.

— Putain.

Trenton laissa tomber sa tête dans ses mains, essuyant ses lèvres d'une manière presque violente. Katianna n'aurait pas pu vivre dans une zone pire que celle-là. New York possédait beaucoup de mauvais quartiers, mais Bushwick était à égalité pour la première place avec neuf autres ; une liste qui comprenait Crown Heights, Inwood, Brownsville, Battery Park et Brooklyn.

Son cerveau accumulait les détails qui lui venaient à l'esprit et il était reconnaissant que Harper ait proposé de conduire. Il avait su, au moment où il avait déposé Katianna au Golden Yves et qu'il l'avait vue filer vers la station de métro, qu'il n'allait pas aimer quand il découvrirait où elle s'était cachée tout ce temps.

Les écrans d'ordinateur clignotèrent alors que les renseignements qu'envoyait Tate arrivaient.

Harper lut à haute voix les informations sur l'ordinateur portable de la console tout en conduisant Trenton vers l'appartement où l'attaque avait eu lieu.

— Vingt-huit ans, Katianna Aeryn Dumas née à Tarpon Springs, Floride. Le père était un pêcheur de crevettes, perdu en mer lorsqu'elle avait cinq ans ; la mère est restée seule jusqu'à ce qu'elle meure du Lupus il y a quatre ans. Katianna a été diplômée avec les honneurs, est allée au collège ici à New York en Arts Créatifs, puis elle est restée. Aucun antécédent, pas de mauvaises habitudes, pas de propriété, pas de permis de conduire.

— Et pas d'assurance, soupira Trenton. C'est juste une victime en attente d'être consommée par cette ville, et personne ne remarquera si elle disparaît.

Il regarda par la vitre.

— Alors, comment diable le suspect a-t-il fait pour la trouver ?

Cela l'énervait de constater à quel point certaines personnes étaient si facilement ciblées et devenaient une proie. Certaines étaient enlevées et vendues au marché noir. New York était un paradis pour de telles pratiques.

— Tu l'as remarqué, lui rappela Harper, sachant parfaitement où les pensées de son frère l'entraînaient.

Il avait vu suffisamment de malfaisance et de laideur lui-même. Les vicissitudes de son emploi étaient pleines de femmes et d'enfants battus ou disparus. Cela l'avait rongé jusqu'à ce qu'il ne soit plus en mesure de séparer son travail de ses propres habitudes sexuelles, et il s'était retiré des saveurs du monde D/s.

Harper repéra la voiture banalisée, garée en face de l'immeuble à l'adresse qu'on leur avait envoyée et se gara derrière elle. Ensemble, ils sautèrent hors du véhicule où ils furent accueillis par l'inspecteur Marshal.

— C'est une bonne chose que vous soyez venus avec le Knight, c'est un territoire dangereux, dit Tate en serrant la main de Trenton alors qu'il le rejoignait. Comment ça va, Trent ?

— Je ne m'attendais pas à ce que vous soyez encore là, le coupa Harper.

— Oui, eh bien, comme je l'ai dit, c'est un quartier difficile. Je me suis dit que je devrais vous attendre, afin de vous laisser jeter un coup d'œil avant d'arracher les scellés. Parce qu'une une fois que je l'aurais fait, vous savez comment sont les sauvages locaux, ils vont se déchaîner et tout prendre.

(•ᴗ•)

— Merci, dit Trenton en essayant de montrer un peu d'appréciation, mais il n'arrivait pas à se sentir reconnaissant pour quoi que ce soit dans son état d'esprit actuel.

Les trois hommes entrèrent, guidés par Tate qui monta les escaliers jusqu'au deuxième étage et se dirigea vers la dernière porte au bout du couloir.

Des bandes jaunes se croisaient sur la porte, identifiant l'endroit comme une scène de crime ; quelques voisins sortirent leurs têtes pour regarder.

(•ᴗ•)

— C'est marrant comme ils ne voient jamais rien quand un crime se produit, mais ils savent toujours quand un flic est là, murmura Tate pour alléger l'atmosphère.

Trenton semblait beaucoup plus tendu qu'il ne l'avait jamais été. Cela ne lui ressemblait pas. Bien sûr, ce n'était pas non plus le genre de Trenton de venir jeter un coup d'œil à une scène de crime, à moins que la victime se trouve être l'un de ses clients. En y réfléchissant, cela arrivait fréquemment, cependant Tate n'arrivait pas à se souvenir d'une seule fois où TL Sécurité avait perdu un client. Habituellement, une scène de crime impliquant Trenton était l'une de celles pour lesquelles Tate appelait le médecin légiste afin de venir nettoyer les corps des méchants. Trenton était bon dans cette partie – il ne faisait jamais de prisonniers.

Tate poussa la clé dans la serrure et déverrouilla la porte, l'ouvrit en grand, puis la retint pendant que les deux hommes pénétraient à l'intérieur avant de la refermer derrière eux.

Trenton regarda autour de lui ; il avait déjà enjambé un certain nombre d'éléments sur son chemin de la rue à la porte. Des déchets, un tricycle, un journal, un clochard... mais une fois à l'intérieur de l'appartement de Katianna, la vue était beaucoup plus propre, malgré le sac de nourriture chinoise sur le plancher de la cuisine et quelques éléments retournés. Pour commencer, c'était propre. Avec une nouvelle couche de peinture sur les murs : la moitié supérieure était jaune, la moitié inférieure se composait de larges bandes vertes et blanches. Ce n'étaient pas des nuances idéales, mais c'était tout de même de la couleur. La tentative donnait à l'espace un aspect propre et un peu plus gai que la dure réalité à l'extérieur. De courts rideaux jaunes en dentelle qui ne correspondaient pas tout à fait la peinture encadraient une fenêtre, tandis que des extensions avaient été cousues à la main le long du bord inférieur de sorte qu'ils s'étalaient sur le plancher. C'était une solution de style bobo qui diffusait la lumière du soleil venant de l'extérieur en y ajoutant la lumière de la couleur jaune du faux soleil de la pièce.

Si Trenton espérait obtenir des informations sur sa petite femme, ce ne serait pas ici. C'était le logement d'un pauvre. L'espace de vie était composé d'un canapé de seconde main avec une nouvelle housse et une de ces couvertures à poil, d'une table basse et d'une lampe de plancher qui, pour le moment, était couchée sur le côté.

Dans la cuisine, Trenton ouvrit le réfrigérateur, trouva un Tupperware rempli de nourriture de lapin et fromage, un autre avec un assaisonnement et un sac de Fritos, et une variété de fruits déshydratés ainsi que d'autres aliments pas essentiels pour la santé. Il s'attaqua aux placards où il trouva une casserole et une poêle à frire. Sous l'évier, des produits de nettoyage, deux vieux pots de peinture avec un autocollant de deuxième main d'un magasin de vente au détail et un bocal de biscuits avec quelques dollars encore à l'intérieur. Il se redressa, prenant une profonde inspiration et expirant lentement, en balayant la pièce du regard. C'est à ce moment-là qu'il se rendit compte de ce qui manquait – tous les extras qu'une personne avait habituellement avec elle.

Il n'y avait pas de photos sur les murs. Aucun bibelot sur les étagères. Pas de décoration, pas même une télévision. Un calendrier était accroché au mur à côté du couloir, quelques notations abrégées ; il y avait deux semaines – *Bug Man.* Sur la case d'aujourd'hui était griffonné le nom d'Amelia. Cinq jours à partir de maintenant – *Dépôt.* La case suivante disait : *Fabri.*

Trenton alla ensuite dans la chambre et au moins là, on avait l'impression que l'endroit appartenait à une femme au lieu de quelqu'un en transit.

Des draps ultras doux repliés sous une couette en duvet blanc et une pile de gros oreillers sur le lit. Cette vision lui ramena un bon souvenir et il sourit – du moins, il voulut le faire. Deux lampes, l'une à côté du lit, l'autre avec un foulard qui donnerait un kaléidoscope de couleurs si elle avait été allumée, posée sur le petit bureau qu'elle avait placé en face de la fenêtre où elle pouvait regarder les gens passer tout en écrivant ses histoires.

Un placard avec beaucoup moins de vêtements qu'une femme devrait en avoir et un signe révélateur que rien de ce qu'elle avait n'était neuf ou ne l'était plus depuis un certain temps. Il ouvrit la table de nuit pour y trouver ses trésors, culottes en dentelle, deux soutiens-gorge fantaisie à balconnet et un vibrateur. Eh bien, au moins elle était normale de ce côté-là. Même si ce n'était rien de plus que le modèle à dix dollars. Le deuxième tiroir était celui où elle cachait les deux paires de chaussures de marque qu'elle avait portées à l'exposition.

La salle de bain en possédait encore moins ; une armoire à pharmacie ne contenant rien de plus que de l'Advil liquide, sa brosse à dents, un dentifrice au bicarbonate de soude et un paquet de rasoirs bon marché – pas même une boîte de tampons. Sur le plateau de douche, une bouteille de shampooing et un après-shampooing coûteux, tous les deux presque vides, à côté de deux autres bouteilles de marques moindres – toutes les deux pleines. Il se souvint de la soirée où il l'avait rencontrée, il avait pris une bouffée de l'odeur de ses cheveux lorsqu'il s'était assis à côté d'elle. Il prit la bouteille de la marque coûteuse et renifla ; elle avait visiblement gardé les bonnes choses pour les occasions spéciales.

Tate entra au moment où Trenton revenait de la chambre et l'inspecteur regarda l'homme troublé se diriger vers la fenêtre pour en inspecter le cadre.

— Voilà pour où il est entré, directement de la sortie de secours, il a fait sauter le verrou et il a enjambé la fenêtre.

— J'aimerais emballer ses affaires et les emporter avec moi. Il ne restera rien ici si elle n'est pas là, dit Trenton tout en faisant face à son propre reflet dans la vitre.

— Je doute qu'elle ait envie de revenir. Elle était plutôt mal en point. Les ambulanciers ont dit qu'elle était cohérente pendant quelques minutes, et tout ce dont elle se souciait, c'était de son ordinateur et de ses carnets.

— Où sont-ils ? demanda Trenton en lui jetant un bref coup d'œil.

— Au commissariat.

— Je voudrais les récupérer, aussi.

— Bien sûr. Venez quand vous voulez demain. Je les aurai libérés d'ici là, assurez-vous simplement de signer pour leur sortie.

Tate regarda la pièce une dernière fois, puis de nouveau vers Trenton.

— Quoi que vous ayez l'intention de prendre, mieux vaut le prendre ce soir. Les vandales n'auront rien laissé à cette heure-ci demain. Je dois y aller – pour ce que ça vaut, verrouillez la porte en partant. Je ne manquerai pas de vous appeler si nous trouvons quelque chose d'autre.

(‿ω‿)

— Merci, Tate.

Harper lui serra la main et regarda l'inspecteur s'en aller, puis il se tourna pour jeter un coup d'œil à Trenton, qui regardait toujours par la fenêtre, évaluant la sortie de secours et les toits environnants.

— Qu'est-ce que c'est, Trenton ?

Les yeux de Trenton parcoururent l'appartement, mais il ne regarda pas Harper.

— Quoi ?

— Ça ?

Harper agita sa main en désignant l'appartement,

— Qu'est-ce qui t'obsède chez cette fille ?

— J'ai ce sentiment.

— Quel sentiment ? Trenton, ça ne te ressemble pas. Tu ne fais pas de fixation sur les femmes. Tu les choisis, tu joues un peu avec elles – tu les balades avec des laisses de soie, tu les cajoles avec une canne pour une nuit, puis tu les renvoies dans le monde afin qu'elles trouvent un autre Dom. Bon sang, tu n'as même pas baisé celle-là – qu'est-ce qui la rend si spéciale ?

Harper secoua la tête parce qu'il savait que personne, en dehors de ses « frères », n'avait jamais été considéré comme spécial en ce qui concernait Trenton.

— Parce qu'elle est tout ce que j'ai toujours voulu chez une femme et plus encore.

C'était bien plus qu'un sentiment, qui avait commencé la première fois qu'il l'avait rencontrée. Mais, lorsqu'elle était sous sa responsabilité lors de l'exposition, il avait alors su qu'elle lui était destinée. Et qu'elle lui appartiendrait.

Finalement, Trenton le regarda, ses yeux capturant les siens et Harper vit qu'il était sérieux. Il haussa les sourcils avec une expression déconcertée.

— Eh bien, je déteste avoir à te le dire, mon frère, mais ta princesse s'est avérée être une vraie Cendrillon et minuit est passé depuis longtemps.

Trenton se retourna, s'appuya contre le mur et croisa les bras sur sa poitrine.

— Même Cendrillon a eu son prince.

— Ouais, eh bien, d'accord. Allez, Prince Charmant, rassemblons ses affaires et sortons d'ici. Je meurs de faim et c'est au tour de Marcus de payer le repas.

QUEENS GÉNÉRAL : TROIS JOURS APRÈS L'ATTAQUE.
Katianna se réveilla, ne sachant pas où elle se trouvait. Quelques vagues souvenirs d'avoir été effrayée, mais bon sang, elle était continuellement effrayée. Seulement cette fois, il y avait des éclairs fugaces d'un grand mur rouge venant vers elle et quelque chose

d'autre qu'elle n'arrivait pas vraiment à se souvenir, ce qui la convainquit que quelque chose de plus était arrivé cette fois-ci. *Plus que son propre cerveau l'incitant à avoir peur.* Quelque chose qu'elle était certaine de ne pas vouloir se rappeler de sitôt. Ses yeux s'adaptèrent enfin à la faible lueur de la pièce, pas tout à fait sombre, mais suffisamment ambrée afin de lui permettre de dormir pendant tout ce temps sans se réveiller. Un peu plus que le crépuscule, mais elle n'arrivait pas à distinguer les détails de sa chambre.

Rien ne semblait lui indiquer l'endroit où elle était, mais elle reconnut l'homme affalé sur le fauteuil à côté de son lit. Elle essaya de s'asseoir, mais l'effort semblait être trop pour elle. Elle regarda autour d'elle, à la recherche d'autres détails reconnaissables afin de lui donner une indication sur sa situation. Il y avait des rails sur son lit, un moniteur sur le côté avec une lumière verte clignotante, qui avait des fils reliés au lit sur lequel elle était couchée. Un poteau en acier inoxydable avec un sac transparent d'où gouttait une sorte de fluide dans un tube relié à son bras montait la garde, sa pompe électrique émettant un doux bourdonnement. Elle était en train de devenir consciente de son bras, qui lui semblait étrange et extrêmement lourd.

Un hôpital. Elle était dans un hôpital. *Oh mon Dieu, qu'est-il arrivé ?*

Ses lèvres étaient amères et sèches, et elle poussa sa langue afin de les lécher, mais sa bouche ne voulait pas s'ouvrir. Elle serra la mâchoire ; rien – elle semblait verrouillée. Un flot de panique la traversa – pourquoi ne pouvait-elle pas bouger sa bouche ? Sa main lui donnait l'impression d'être un marteau alors qu'elle se précipitait vers sa bouche afin de comprendre pourquoi elle ne pouvait pas l'ouvrir. Mais ce faisant, quelque chose s'enfonça dans son visage. Elle tendit la main devant elle, pour la voir entourée d'une cage avec de minces tiges métalliques qui lestait son bras gauche. Ses yeux suivirent les tiges fixées aux broches en acier plantées dans sa main. Le mot « panique » était un euphémisme maintenant.

Katianna cria, mais même le cri fut bloqué et sortit avec autant de force qu'un gémissement émit entre des dents serrées.

ℭꙍℰ

Le cri tira Trenton de son sommeil épuisé ; il bondit de son fauteuil et fut à côté de Katianna en un éclair. Il attrapa son bras emprisonné, le déposa tendrement, mais fermement sur ses propres genoux alors qu'il enroulait son corps autour de celui de la jeune femme, la tenant doucement contre sa poitrine tout en la berçant.

— Chut… je te tiens. Tu es en sécurité maintenant.

Il embrassa son front, puis il repéra la petite coupure sur son nez qui commençait à saigner.

— Que s'est-il passé ?

Elle essaya de forcer la question hors de sa mâchoire bloquée ; sa prononciation était confuse, mais compréhensible.

— Que s'est-il passé ? répéta-t-elle.

— Chut. Je vais te le dire. Je vais tout t'expliquer, mais d'abord, je veux que tu te calmes afin de ne pas te blesser davantage, dit-il d'une voix profonde et apaisante afin de tempérer sa panique.

ℭꙍℰ

Elle sentit sa main caressant légèrement à l'arrière de sa tête. Son autre main tenait son plâtre sur ses genoux, la gardant sous son contrôle tendre, mais ferme.

— Détends-toi, tu es en sécurité maintenant, lui murmura-t-il avant d'embrasser à nouveau son front.

Katianna se laissa glisser dans son emprise tandis que sa voix profonde, comme du chocolat noir, lui parlait. Elle ne l'avait jamais oubliée. Ce ton, la force de sa voix. Elle se rendit à lui et ses paupières devinrent très lourdes. Elle était déjà fatiguée, épuisée comme si elle avait été consciente pendant des heures alors qu'elle venait juste de se réveiller.

Il y avait un bip qui résonnait doucement dans la chambre, et elle se tourna afin de regarder le petit dispositif en forme de pompe attaché à son intraveineuse. Un indicateur rouge apparut suivi d'un bip doux, et le piston à l'intérieur de la pompe se baissa lentement, poussant une dose de quelque chose dans l'intraveineuse plantée dans son bras, juste au-dessus du plâtre. En quelques secondes, elle se sentit groggy. La chambre parut encore plus sombre et ses paupières furent tellement lourdes qu'elle pouvait à peine les garder ouvertes. Elle essaya de lever les yeux pour voir son visage si fort et chaleureux alors qu'il la regardait.

— Dors maintenant. Je vais veiller sur toi et te garder en sécurité, murmura Trenton d'une voix chaleureuse alors qu'elle s'affaissait dans ses bras.

La morphine sous laquelle ils l'avaient mise était programmée pour délivrer de fortes doses, mais c'était nécessaire. Le conducteur du camion avait dit qu'il roulait probablement autour de 80-90 kilomètres/heure lorsqu'elle s'était précipitée devant lui. L'homme avait signalé aux enquêteurs que la petite femme avait essayé de sauter, mais la grille supérieure du camion l'avait frappée comme un bélier et l'avait faite rouler sur le capot et le pare-brise, avant de l'envoyer valdinguer lorsqu'il s'était arrêté, et elle avait atterri sur la moto.

Katianna avait reçu un sacré choc, même dans les parties où les os n'étaient pas brisés. Tout un côté de son corps était meurtri à la suite de l'impact, le pire étant situé sur son abdomen où elle s'était empalée sur la moto. La chair tendre qui aurait dû être d'un doux rose pâle était maintenant noire et bleue, parsemée d'agrafes sous les bandages chirurgicaux.

Lorsque l'aide-soignant était venu ce matin-là pour lui donner un bain à l'éponge, Trenton n'avait pas pu s'empêcher de devenir agité. L'homme était trop brusque. Il était indifférent ; pour lui, ce n'était qu'un travail comme un autre. Trenton pouvait seulement imaginer la douleur que cela causerait à Katianna si elle avait été réveillée pour protester. Elle était trop fragile et méritait un meilleur traitement que ce que l'aide-soignant de l'hôpital lui donnait. Finalement, Trenton en avait eu assez et l'avait renvoyé afin de le faire lui-même.

— S'est-elle à nouveau réveillée ?

Trenton leva les yeux pour voir l'infirmière Helen entrer dans la chambre. Helen était une grande femme noire trapue avec de longues boucles qu'elle gardait tirées en arrière à l'aide d'une pince à cheveux. Elle était stricte, mais compatissante en même temps. Elle était l'incarnation de la mère. Il l'aimait bien, plus que toutes les autres infirmières des soins intensifs.

Il étendit le corps sous calmants de Katianna sur le lit, ajusta un peu sa position ainsi que celle de ses oreillers, balaya ses longs cheveux ondulés sur le côté, puis il posa son bras plâtré sur sa poitrine.

— Oui. Un peu plus cette fois. Elle était consciente et elle a paniqué lorsqu'elle a découvert sa mâchoire et son plâtre.

Helen se dirigea vers l'écran et appuya sur quelques boutons, et instantanément le moniteur commença à imprimer un historique comme si c'était un reçu d'épicerie.

— Vous savez, les filles ont dit que vous aviez chassé Julio ce matin quand il est venu pour lui donner un bain.

— Elle ne devrait pas être lavée par un homme pour commencer, surtout lorsqu'elle est inconsciente. Et en plus, il était trop brusque.

— Elle a besoin d'être lavée et sa peau humidifiée afin de guérir plus vite, le réprimanda Helen.

— Et je m'en suis occupé.

— Vous l'avez lavée ?

Elle le regarda avec un sourcil levé.

— Je l'ai lavée, je lui ai brossé les dents et les cheveux. Je lui aurais rasé les jambes, mais je n'avais pas de rasoirs. Environ une heure plus tard, l'infirmière aux cheveux roux est venue et a changé ses pansements. J'ai également chassé le garçon de salle qui était venu pour la laver hier.

— Le garçon de salle ? Quel garçon de salle ?

Helen planta un poing sur ses larges hanches.

— Aucun garçon de salle ne s'occupe de l'hygiène des patients.

Trenton se figea, ne sachant pas si cette révélation signifiait quelque chose.

— Personne n'a ordonné de bain pour elle hier ?

Helen pinça les lèvres et secoua doucement la tête, puis elle haussa les épaules,

— Mon beau, dans cet hôpital, tout est possible. Si ça se trouve, ses fiches ont été mélangées. Cela arrive parfois. Parfois même, ils le font exprès.

— Pourquoi une infirmière ou un aide-soignant ferait-il cela ?

— Qui a envie de laver le vieux Monsieur Wilcox au bout du couloir ?

Elle releva sa lèvre supérieure dans une expression grotesque amusée.

— Eh bien, vous pouvez mettre dans sa fiche qu'à partir de maintenant, je lui donnerai ses bains à l'éponge.

Helen leva les deux sourcils, puis :

— Mon beau, vous voulez venir à la maison avec moi et me donner le même traitement ?

Elle fredonna alors qu'elle changeait le sac de l'intraveineuse et remplaçait la perfusion de morphine.

— Désolé, je suis déjà pris, lui répondit-il en souriant.

— Hmmm-hmmm.

Helen fredonna un peu plus alors qu'elle se dirigeait vers le lit et regardait le corps endormi de Katianna.

— J'espère qu'elle sait ce qu'elle a, médita-t-elle.

— En fait, elle ne sait même pas que je suis tout à elle.

— Eh bien, qu'attendez-vous ?

Trenton regarda sa belle endormie et repoussa soigneusement du bout des doigts les courtes mèches de cheveux qui encadraient sa mâchoire. Pourquoi attendait-il ? Il laissa échapper un soupir plein de dérision.

Pour commencer, il avait attendu qu'elle sorte de son trou.

CHAPITRE CINQ

QUEENS GÉNÉRAL : DIX JOURS APRÈS L'ATTAQUE

Katianna avait finalement été transférée dans une chambre individuelle en dehors des soins intensifs, tout en restant sous la garde du Dr Wheeler, et bien sûr, Trenton était toujours là pour tout superviser et contrôler autant qu'il le pouvait. Les attentions de Trenton s'accompagnèrent également de sacs pleins de culottes, de soutiens-gorges et de chemises de nuit ultra-douces. Il se divertissait secrètement, gâtant Katianna avec de la lingerie fine et luxueuse pour remplacer les tissus grossiers des blouses d'hôpital, mais sans qu'aucun ne soit trop révélateur afin d'épargner sa pudeur alors qu'elle était hospitalisée. Sauf pour les culottes – elles étaient élégamment intimes. Le genre de chose que l'on s'attendait à recevoir venant d'un homme comme Trenton Leos, si l'on avait de la chance de l'avoir comme amant.

Ces cadeaux la touchaient tellement qu'il aurait aussi bien pu arriver avec un ourson en peluche ou un chiot.

Des cartes de vœux de bon rétablissement arrivèrent de la part de fans de plus en plus nombreux lorsque la nouvelle de son attaque fit la une des journaux, et bien sûr, Harper et l'inspecteur Tate Marshal lui rendirent de fréquentes visites.

Katianna avait vu le visage de son agresseur et cela était très important pour eux. Elle pouvait désormais l'identifier, ce qui l'exposait au danger d'une nouvelle attaque. C'est pourquoi Trenton l'avait mise sous protection permanente, malgré les protestations du Dr Wheeler qui aurait souhaité renvoyer la sécurité.

Trenton arriva après avoir réglé quelques affaires au bureau. Ses compagnons l'avaient couvert, dans la mesure du possible, lui permettant de passer plus de temps à l'hôpital. C'était l'un des avantages de partager un immeuble et des entreprises avec ses quatre frères, à l'exception de Dane. Même si ce dernier avait également un bureau à l'intérieur du multiplex au cas où il en ressentirait le besoin.

Les quatre sociétés qui se partageaient le bâtiment se complétaient. Diesel était propriétaire d'une armurerie haut de gamme avec un stand de tir situé à l'arrière des locaux. Harper possédait son entreprise de détective privé, avec son bureau en face de l'entrée ; Marcus lui, vendait, louait, et entretenait des véhicules blindés – des véhicules privés comme des limousines, mais également des fourgons de service – avec un énorme show-room qui courrait le long de l'immeuble et un bureau à côté de celui de Trenton. Et puis il y avait TL Sécurité, le service de garde du corps privé de Trenton.

Alors que les quatre frères offraient des services de protection privée en tout genre, l'entreprise de Dane fournissait un exutoire à leurs désirs sexuels uniques. C'est leur monde parfait.

Trenton saisit la fiche médicale au pied du lit de Katianna et lut les notes du médecin avant d'aller s'asseoir à côté d'elle alors qu'elle était encore endormie. Il regarda tandis que l'infirmière finissait de changer ses pansements et de nettoyer les broches de sa main.

— Comment va-t-elle ?

— Elle s'accroche – elle dort beaucoup, puis elle pleure beaucoup, dit l'infirmière en effleurant gentiment le front de Katianna avec le dos de sa main.

— Ses graphiques disent vous avez commencé à diminuer les antidouleurs. Est-ce que ça pourrait venir de là ?

Elle secoua la tête avec un air pincé.

— Si on me le demandait, je dirais qu'elle a le cœur brisé.

— Le cœur brisé ?

Trenton prit un air préoccupé.

— C'est ce à quoi ça ressemble pour moi, répondit-elle en haussant les épaules.

— S'est-elle réveillé avant mon arrivée ?

Ce n'était pas une question d'incertitude, mais si l'infirmière avait une théorie, il était prêt à l'entendre.

— Les hommes ne sont pas toujours responsables des cœurs brisés, lui répondit-elle en lui souriant. Je dirais que vous êtes ce qu'il y a de meilleur pour elle en ce moment. Vous vous souvenez certainement... ce qu'elle a traversé ? Ce traumatisme va la tourmenter pendant un long moment.

Elle griffonna quelques notes sur la fiche médicale.

— Quelqu'un passera plus tard pour l'emmener faire des radios. Il est prévu de lui enlever les broches de la main demain matin.

— Et les fils ?

— Pas avant quatre à cinq semaines, elle devra les garder en rentrant.

L'infirmière se dirigea vers la porte.

— Ce n'est pas une façon agréable de passer les fêtes de Noël, mais il semble qu'elle pourra au moins être chez elle à ce moment-là.

Elle agita la main et sortit.

Trenton regarda le visage endormi de Katianna et il se fit la réflexion que rentrer chez elle pour Noël ne semblait pas être le chose qu'elle serait impatiente de faire. Elle n'avait plus de foyer.

Katianna s'agita, puis son regard bleu clair apparut à travers des paupières encore lourdes.

— Hé, murmura-t-il en lui souriant.

Elle lui rendit un sourire endormi.

— Comment te sens-tu ?

Il prit sa main valide dans la sienne, frottant son pouce sur le dos de celle-ci, puis la leva afin de l'embrasser et d'y frotter son nez.

Katianna grimaça légèrement.

— Ma mâchoire est douloureuse, marmonna-t-elle avec moins d'effort de prononciation à travers les fils qu'auparavant.

— Ils ont diminué tes antidouleurs avant de te laisser partir.

— Mal...

Elle déglutit.

—... pour parler.

— Alors sers-toi de l'iPad, c'est la raison pour laquelle je te l'ai apporté.

Elle hocha la tête en silence.

Il voyait désormais ce que l'infirmière avait dit. Quelque chose la préoccupait aujourd'hui.

— L'infirmière dit que tu as pleuré.

Elle regarda autour d'elle à la recherche son iPad. Elle le repéra sur le plateau roulant et tendit la main pour le prendre. Trenton s'en saisit, le lui donna et la regarda alors qu'elle griffonnait avec le stylet, puis elle lui rendit afin qu'il puisse le lire.

As-tu vu où j'habitais ?

Il hocha la tête.

— Oui.

— Désolée.

Le mot se brisa dans sa gorge et ses yeux se remplirent de larmes.

Trenton lui prit la main, effleurant le dos de ses doigts de ses lèvres, inhalant la douce odeur de son corps.

— Ne le sois pas. Je ne vois pas pourquoi tu as pensé que tu devais me le cacher.

Katianna retira sa main et griffonna de nouveau, puis pencha l'écran vers lui afin qu'il lise sur l'écran.

Je ne voulais pas que tu me regardes de haut.

Trenton lui offrit un sourire amusé face à l'ironie de son inquiétude.

— Chérie, tu mesures un mètre cinquante – tout le monde te regarde de haut.

Il embrassa sa main de nouveau, puis ses doigts, mais il avait vu la tristesse et avait aperçu ce cœur brisé, comprenant qu'elle n'allait pas être détournée de son humeur morose aussi facilement. Il relâcha sa main, la laissant dire ce qu'elle avait besoin d'exprimer.

Oui, si petite qu'on m'oublie facilement, mais si on me remarque maintenant, que va-t-on trouver ? écrit-elle.

— Que veux-tu dire ?

Mais au lieu d'écrire sa réponse sur l'écran numérique, elle agita sa main vers son visage et plissa son front.

Trenton la regarda attentivement, voyant le doute grandir dans ses yeux. Elle avait une beauté simple. Une chose qu'il appréciait. Ses longs cheveux ondulés brun doré cascadant sur ses épaules jusqu'au bas de son dos étaient maintenant éparpillés sur son oreiller, quelques mèches bouclées sur le devant et coupées au niveau de la mâchoire la faisant continuellement souffler afin de les dégager de ses yeux. Ces magnifiques yeux brillants bleu pâle. Il adorait ses yeux, la façon dont ils se levaient sur lui à travers leurs longs cils noirs. Son teint était relevé par quelques taches de rousseur sur son nez, puis par ces lèvres boudeuses rose pâle qui éveillaient en lui toute sorte de sensations excitantes. À chacune de leur rencontre, elle portait très peu de maquillage, et maintenant qu'il la voyait – faisant abstraction des ecchymoses qui avaient commencé à guérir – il savait qu'elle serait la même femme avec qui il s'était réveillé.

Seulement, pour l'instant, Katianna ne le voyait pas. Elle avait cette peur que toutes les femmes ressentaient, celle d'être défigurée au point de ne plus plaire. Elle ne voyait pas ce que lui voyait ; seulement ce qu'elle ressentait et pour l'instant, elle ressentait encore la douleur de son agression, la douleur de son corps qui essayait de guérir, et la douleur d'être perdue seule dans ce monde.

— Laisse-moi te montrer ce que je vois, murmura-t-il en se penchant avant d'embrasser ses lèvres.

D'abord, rien qu'un effleurement de ses lèvres sur les siennes, une chose qu'il voulait faire depuis qu'il l'avait rencontrée, et maintenant il devait être très prudent. Bon sang, il la désirait tellement, il voulait la submerger de ce besoin pressant de la posséder.

Contrôle-toi, se réprimanda-t-il. Il devait être doux et prudent. Ne pas la blesser et ne pas se précipiter sur elle tel un affamé. Elle souffrait suffisamment comme ça. Pour l'instant, il voulait ne lui donner rien d'autre que du plaisir. Il se pressa doucement contre ses lèvres et les suça légèrement. Il ne pouvait pas lui donner la pleine saveur de son baiser alors que sa bouche était bloquée, mais il pouvait faire en sorte qu'elle le veuille, qu'elle ait besoin de plus.

— Laisse-moi te montrer à quel point tu es magnifique.

Il se détendit sur le lit, s'allongeant à côté d'elle, et continua à l'embrasser, léchant ses lèvres alors que ses mains caressaient le côté de son visage et la tenaient près de lui. Il déplaça ses lèvres pour caresser son cou et mordiller son oreille, la remplissant avec le souffle brûlant de sa respiration. Sa main glissa le long de son torse jusqu'à ce qu'il trouve l'un de ses seins et l'empaume doucement à travers le tissu fin ultra-doux de sa nuisette. Il entendit un doux gémissement, la sentit se cambrer vers lui et son toucher devint plus ferme, se pressant contre elle – contrôlant toujours son emprise – la massant doucement, mais fermement. Son pouce taquina son mamelon, agaçant la pointe afin de la durcir sous son contact, puis traçant de petits cercles avec une pression stimulante.

Sa main dériva sur son sternum, du côté opposé afin de fournir une attention égale à son autre mamelon, puis descendit – de petits effleurements doux et chatouilleux, puis dépassant son ventre pour ensuite glisser entre ses jambes. Ses doigts s'étalèrent sur la peau sensible de ses cuisses puis reprirent leur course jusqu'à ce que sa main empaume son intimité à travers le séduisant bout de tissu. Il appuya sa paume sur le petit bouton de chair caché sous la fine couche de tissu, et instantanément, elle se cambra à nouveau en gémissant dans ses bras.

— Te souviens-tu de cette nuit à l'hôtel ? murmura délibérément Trenton au creux de son oreille, alors qu'il relevait lentement d'un geste taquin l'ourlet de sa nuisette afin de révéler la culotte qu'il lui avait achetée et dont il l'avait vêtue. Je t'ai regardée souffrir ce soir-là, incapable d'atteindre la jouissance.

Ses mots étaient passionnés, haletants et à couper le souffle.

Katianna pouvait entendre sa faim et la façon dont il l'utilisait afin de manipuler la sienne. Elle n'avait pas oublié cette nuit dans la chambre ; son corps agonisait sous ces sensations accrues. Il n'y avait eu aucun soulagement pour son corps cette nuit-là. Il l'avait regardée – observant ses tentatives torturées pour y arriver, puis il l'avait laissée. Cela n'aurait pas été approprié pour lui de rester – même si elle ne se serait pas plainte ni ne lui aurait résisté s'il l'avait fait. Et maintenant, alors que ses doigts glissaient sous le doux tissu de sa culotte, elle ressentait une sensation électrisante au moindre de ses contacts. Elle savait qu'elle ne lui résisterait pas cette fois non plus.

La main de Trenton se déplaça sur sa jambe, gardant le contrôle alors qu'il commandait à ses cuisses de s'ouvrir davantage, afin de lui donner l'accès qu'il désirait.

Ses doigts calleux repartirent vers sa culotte, effleurant ses petites lèvres, taquinant les doux pétales pour les séparer. C'était une torture, il bougeait si lentement – trop doucement et trop délicatement. Elle rejeta la tête en arrière ; déjà, elle avait besoin de reprendre son souffle et elle lutta contre les fils qui la maintenaient confinée. Ses hanches tressautèrent, cherchant un contact plus profond.

— Chut... doucement, *baby girl*. Laisse-moi te montrer comment cela doit être fait.

Alors que ses délicates petites lèvres s'ouvraient pour lui et qu'il honorait le bord de son entrée, Trenton sentit l'humidité qui l'attendait déjà tandis qu'il taquinait la fente de son sexe. Si douce et prête, cela l'émerveillait. Sa peau était lisse. La première fois qu'il l'avait baignée, des jours après son opération, il avait découvert qu'elle était rasée, alors il était sorti exprès pour acheter des rasoirs. Depuis, il l'avait rasée alors qu'il la baignait et s'occupait d'elle chaque jour, sans jamais savoir si c'était véritablement la façon dont elle aimait être.

Il la voulait débarrassée de sa culotte, il voulait regarder ses doigts glisser profondément en elle et voir sa moiteur les recouvrir lorsqu'il les retirerait. Sa culotte devait disparaître, mais il ne voulait pas bouger de son côté afin de faire lentement glisser le morceau de tissu le long de ses jambes. Il accrocha ses doigts autour de l'élastique et d'un geste brusque qui arracha un gémissement haletant à la jeune femme, il l'arracha de son corps.

Il glissa sa main sur l'une de ses cuisses, puis sur l'autre tout en la regardant.

— Si belle.

Il prit un bref instant pour se perdre en elle.

— Et maintenant, je vais te donner ce que j'aurais voulu te donner cette nuit-là à l'hôtel.

Il déplaça ses doigts vers son clitoris, faisant de petits cercles autour du petit bouton avec une pression ferme. Il écarta les petites lèvres humides afin de dévoiler sa fente, puis il poussa à l'intérieur.

Les sens de Katianna furent immédiatement en ébullition. Son souffle s'accrocha au fond de sa gorge avec un gémissement désespéré alors que les doigts de Trenton s'enfonçaient au fond d'elle, écartant les parois étroites pour son exploration. C'était tout ce sur quoi elle avait fantasmé, et plus encore.

Alors qu'il la caressait, il créa une vague d'allégresse qui prenait naissance dans un océan s'enroulant autour d'elle. Ses hanches roulèrent pour lui et elle sentit ses lèvres sur sa nuque – la caresse de sa bouche qui la suçait – tandis que ses doigts continuaient de bouger en elle, lentement, mais avec puissance, dansant et glissant.

Oh, mon Dieu, je vais mourir.

Des vagues chaudes ondulaient en elle, faisant fondre sa colonne vertébrale sous son contact. Elle était impuissante face cette domination suffocante. Cette douce extase croissante qui menaçait de la réduire à néant. Elle voulait hurler son nom, mais l'effort lui prendrait trop d'énergie. Elle voulait goûter sa bouche – l'embrasser, la sucer, la mordre – mais elle ne pouvait rien faire de tout cela. À la place, elle entendit ses propres lèvres crier quelque chose, trop empêtrée dans une vague de plaisir. Elle ne savait pas si tout ce qu'elle essayait de dire était intelligible.

Les doigts de Trenton la baisaient avec une telle intensité maintenant ; tout son corps se tordait sous l'accélération de la stimulation. Elle sentait le nœud serré d'énergie blanche palpiter dans son clitoris, menaçant d'exploser. Le pouce de son amant frotta brutalement son clitoris et elle sursauta. Elle leva la tête, l'enfouissant dans son cou. Elle aurait voulu l'embrasser – en fait, elle voulait le mordre, elle avait besoin de s'accrocher – et elle se retrouva s'envolant telle une tempête, caracolant dans les airs.

— Jouis pour moi, Katianna, lui murmura-t-il suavement.

Son aine pressée contre sa hanche laissait entrevoir son propre désir pour elle tandis que ses doigts plongeaient en elle, plus durement, s'enfonçant au plus profond de son intimité, exigeant qu'elle lui obéisse. Il poussa violemment encore une fois en elle et la tempête déferla, ses parois se serrant autour de ses doigts, et elle explosa. Il y eut une douleur, mais le reste n'était qu'un plaisir pur sans inhibition.

Le dos de Katianna se voûta violemment, les ongles d'une de ses mains trouvant le dos de Trenton et s'enfonçant dans sa chair. Elle cria alors que l'orgasme déchirait ses muscles au travers de spasmes intenses qui laissèrent tremblant chaque centimètre de son corps.

(·ᴗ·)

Elle était si belle quand elle jouissait dans ses bras, lâchant prise. Trenton voulait l'embrasser jusqu'à rompre les limites qui l'immobilisaient afin de sentir la caresse de sa langue contre la sienne et dévorer ses lèvres. Il voulait être en elle afin de prolonger l'orgasme de son corps, mais ses blessures étaient encore fraîches. Elle ne serait pas en mesure de le prendre si tôt.

Mais il pouvait la goûter, et tout à coup, c'était tout ce qui importait.

— J'ai besoin de te goûter, murmura-t-il.

Il glissa ses jambes hors du lit et rampa le long de son corps afin de se placer entre ses cuisses, ses doigts caressant toujours les parois sensibilisées, la préparant à nouveau pour une autre vague de plaisir.

La porte de sa chambre s'ouvrit. Trenton saisit rapidement les couvertures et les étendit sur elle. Sa main se figea entre ses jambes, mais il ne la retira pas.

— On ne vous a jamais appris à frapper avant d'entrer, grogna-t-il.

Son ton montrait son agacement envers l'infirmière alors qu'elle s'arrêtait net à la porte, jetant un regard vers lui et son comportement suspect. Ses yeux se posèrent sur lui et la position de sa main, puis sur Katianna, notant la rougeur sur son visage et leur respiration haletante.

Trenton reporta son attention sur Katianna en se rapprochant d'elle.

— Regarde-moi, ordonna-t-il, verrouillant ses yeux sur ceux de la jeune femme, la soutenant de son regard.

Elle sentit ses doigts se presser de nouveau en elle, lui coupant le souffle.

— N'oublie jamais à quel point cela est beau.

Il se pencha vers elle et l'embrassa.

Katianna savait qu'elle aurait dû se sentir terriblement gênée à cet instant, mais elle était tellement contrôlée par son contact et la sensation de béatitude qu'il lui procurait, qu'elle ne pouvait se concentrer sur rien d'autre.

— Je suis venue la chercher pour faire ses radios. Ils veulent enlever ses broches demain, dit l'infirmière en les interrompant.

Trenton retira ses doigts de sous la couverture et les porta à ses lèvres avant de les sucer. Ses yeux fixèrent l'infirmière avec un amusement effronté, ne montrant aucune honte au sujet de ce qu'il venait de faire.

L'infirmière déglutit difficilement, rougissant violemment.

— Je vais vous laisser un instant afin de la préparer.

Trenton regarda la porte se refermer et il retira rapidement la couverture du corps de Katianna. Il ne les laisserait pas l'emmener avant d'avoir eu une chance de rafraîchir son corps, mais avant tout, il avait besoin de la goûter. Sa faim d'elle menaçait son contrôle, elle menaçait sa poitrine d'exploser. C'était quelque chose qu'il avait déjà ressenti au moment où ils s'étaient rencontrés – cela s'était introduit en lui et s'était amplifié. Cela l'avait conduit à vouloir la posséder. Cela n'était pas suffisant de dire qu'il voulait la baiser. Cela ne serait pas suffisant de devenir son *sugar daddy* et de l'installer dans un bel appartement afin de la garder en sécurité et près de lui. C'était loin d'être suffisant. Il voulait le droit de la voir chaque fois qu'il le voulait, la toucher partout – et comme il le voulait. La protéger, prendre soin d'elle. L'appeler sienne – pour toujours. C'était là, la vérité qui mijotait dans un recoin de sa conscience, la raison pour laquelle elle était ancrée dans sa tête et coulait dans ses veines. Ce sentiment que Harper l'avait accusé de ne jamais avoir, c'était là, et il ne pouvait pas le nier. C'était pourquoi il la poursuivait si ardemment. Soudain, ce fut comme s'il était frappé en plein visage par un rêve, un désir pour lequel il brûlait, mais ne sachant pas s'il l'aurait un jour – c'était clair maintenant. Il la voulait de façon permanente.

Mais avant qu'il puisse aller plus loin qu'admirer son corps, ou lui donner un avant-goût de ce qu'il avait prévu pour elle ou la prendre, le jeune docteur Wheeler entrait d'un pas décidé.

— Fils de pute !

Trenton attrapa les couvertures, les rabattant à nouveau sur le corps de Katianna avant que quiconque puisse voir plus d'elle qu'il était prêt à l'autoriser.

— Je vais tuer quelqu'un, marmonna-t-il, se déplaçant afin d'embrasser sa joue et cachant son visage tourmenté dans ses cheveux.

Il l'entendit le gloussement qui lui échappa. Le doux son de son rire valait son éclat. Il l'embrassa de nouveau,

— Je suppose que je vais devoir les laisser te voler à moi pendant un petit moment, hein ?

Il se leva et vit une lueur brillante dans ses yeux. Cela aussi, ça en valait le coup.

— Je suis désolé, M. Leos, mais nous ne pouvons pas accepter ce genre de comportement ici et il va falloir que vous partiez.

— Vous devriez reconsidérer votre décision de me voir partir, Dr Wheeler.

Le regard de Trenton roula pour s'accrocher à celui du médecin.

— Car cela signifierait que je fasse venir cinq de mes gardes du corps armés afin qu'ils restent ici en permanence pendant mon absence. Et je devrais veiller à ce qu'ils soient lourdement armés.

Trenton le regarda avec raideur, défiant le médecin de le contrarier.

— Maintenant, vous savez aussi bien que moi que vous ne voulez pas de ça.

Wheeler laissa échapper un soupir contrarié, choisissant d'ignorer simplement Trenton. Son regard se déplaça jusqu'à Katianna.

— Mlle Dumas, si vous voulez bien vous lever et vous asseoir dans le fauteuil roulant, afin que nous puissions vous emmener en bas.

— Elle sera avec vous dans un instant, Dr Wheeler.

Trenton était catégorique. Il n'avait pas l'intention de savoir Katianna trimballée dans tout l'hôpital avant qu'il ait pu la laver. Lorsque le Dr Wheeler ne fit aucun mouvement pour quitter la pièce, Trenton souleva Katianna avec précaution et la porta dans la salle de bain afin de la nettoyer en toute intimité, puis la ramena et la plaça soigneusement dans le fauteuil roulant, l'enveloppa dans une couverture et la laissa partir avec un dernier baiser sur le front.

Wheeler marchait aux côtés de Katianna alors que l'aide-soignant la poussait dans le fauteuil. Le médecin resta silencieux la plupart du temps, mais elle pouvait sentir sa désapprobation vis-à-vis d'elle, comme s'il avait le droit d'émettre un jugement à son sujet.

— Ce qui vous est arrivé n'est pas étonnant, dit-il en brisant finalement le silence pour commenter ce qu'il pensait.

Katianna lui lança un regard,

— Que voulez-vous dire ? demanda-t-elle en exprimant sa surprise à travers les fils.

— Ce genre de comportement honteux attire les ennuis, répondit Wheeler en refusant de la regarder.

Le visage de Katianna s'enflamma sous ce commentaire.

— Vous ne faites pas l'amour à votre femme ? Vous ne la touchez pas pour qu'elle se sente bien ?

Elle n'arrivait pas à croire qu'il avait osé lui parler de cette manière, mais pire encore, il avait anéanti le profond bonheur que Trenton venait de lui donner. À un moment où elle touchait le fond, où elle avait besoin de ressentir quelque chose d'agréable – Trenton le lui avait offert, et que cela lui ait été donné sans contrepartie rendait la chose encore plus spéciale. La remarque du Dr Wheeler n'avait pour but que de la rabaisser, de la rendre vulnérable, seule et exposée.

— Je ne suis pas marié, Mlle Dumas, répondit-il, refusant de toute évidence de revenir sur l'aveu qu'il avait fait au sujet du comportement de la jeune femme.

— Donc, vous n'avez jamais été avec une femme, vous n'avez jamais essayé de la satisfaire pour son propre plaisir et non le vôtre, alors ?

Wheeler resta silencieux à broyer du noir. Il était sorti avec des femmes, mais il existait deux catégories : celles qui étaient faites pour des aventures sans lendemain et celles qui étaient faites pour le mariage. Lorsque Katianna avait été amenée, il avait immédiatement décidé qu'elle était le genre à épouser. Il ne savait pas vraiment pourquoi il avait pris une telle décision, peut-être parce qu'elle était si petite, elle semblait être du genre que vous vouliez ramener chez vous et protéger. Cependant, la présence de Trenton Leos l'avait mis mal à l'aise. L'homme dominateur était toujours présent et lorsqu'il n'était pas là, il y avait ses gardes du corps à la porte de sa chambre.

Wheeler ne pouvait même pas les déloger, non plus. Par arrêté judiciaire, elle était la victime dans une enquête en cours et était toujours en danger avec un soi-disant tueur en série à ses trousses. Wheeler comprenait tout cela, mais il aurait préféré qu'elle soit sous la garde d'un flic ordinaire de la ville, et non pas de cet homme influent qui avait une façon de contrôler tout autour d'elle, à tel point que ce M. Leos avait réussi à contrecarrer ses tentatives d'être seul avec elle.

Cela l'enrageait. Cela agitait un sentiment de jalousie en lui, mais entrer dans sa chambre et la retrouver dans une étreinte sexuelle si libre et scandaleuse l'avait rempli de mépris pour la jeune femme maintenant. Cela l'avait dégoûté. Elle ne méritait pas son désir et son attention. Elle ne méritait rien, à part les choses malsaines que cette ville pouvait apporter.

Trenton Leos avait brisé ses idéaux de la femme parfaite. Même dans sa propre colère lors de son interruption, quand Leos avait touché la femme, il avait été tendre comme si elle était une tasse de thé fragile ou l'un de ces œufs fantaisie suisses de collection. Leos ne l'avait pas seulement sortie de son lit, il l'avait apaisée tendrement, glissé son bras sous elle pour la soulever doucement, lui murmurant quelque chose – cela avait ressemblé à « souviens-toi » – avant de l'emporter dans la salle de bain pour la laver.

La bouche de Wheeler prit un pli amer, observant à quel point Leos avait corrompu la jeune femme avec sa revendication.

Le médecin entra dans la salle de radiologie puis se retourna afin de regarder sa patiente ; il pouvait voir ses faibles tentatives pour élever ses défenses émotionnelles. Elle pensait réellement qu'elle n'avait rien fait de mal, autorisant cet homme à la toucher comme il l'avait fait. Peut-être que cela l'avait plus mis en colère que le fait qu'elle permette à un homme de la toucher, quel qu'il soit. Il y avait quelque chose chez Trenton Leos qui le prenait à rebrousse-poil.

Il renvoya l'aide-soignant et sitôt que l'homme fut parti, Wheeler se pencha, ses mains agrippées sur les bras du fauteuil roulant.

— Vous êtes-vous déjà demandée pourquoi certaines femmes ont une telle malchance alors que d'autres obtiennent tout ce qu'elles veulent ?

Il la fixa d'un regard mauvais, mais ensuite ses yeux glissèrent sur son corps. Il la regardait différemment maintenant, il la regardait avec une convoitise aveuglante. Plus il la reluquait, plus elle se recroquevillait.

— Ces petits livres dégoutants que vous écrivez et le fait que vous lui ayez permis de vous toucher – un tel comportement n'attire que des mauvaises choses. Quand vous avez été agressée ? C'est vous qui avez provoqué cela.

La porte s'ouvrit, inondant la salle avec l'éclairage lumineux du couloir, mais Wheeler se redressa immédiatement, reculant afin de ne pas être en position compromettante lorsque la radiologue entra.

— Réfléchissez-y, Mlle Dumas, il se pourrait qu'il y ait encore de l'espoir pour vous.

Et il sortit d'une démarche allègre, comme s'il était soudain en quelque sorte mieux qu'elle.

Une heure plus tard, Katianna était de retour dans sa chambre, mais le moment qu'elle avait passé avec Trenton s'était dissipé. Son beau papier peint fleuri avait été arraché, déchiqueté et éparpillé sur le sol à ses pieds ; il lui était impossible de tout remettre en état.

Trenton put immédiatement voir le changement en elle. Le médecin l'avait en quelque sorte dépouillée de cette lueur chaleureuse qu'il avait créée en elle, la faisant glisser dans cette solitude lasse dans laquelle il l'avait trouvée. Elle était trop épuisée pour qu'il tente de restaurer ce bonheur. Il devait la laisser se reposer.

Il s'assit sur le bord du lit, lui tenant la main, et se contenta de la regarder. Il voyait ses pensées troublées obscurcir son esprit, la manière dont elles déposaient des ombres sur ses yeux et fronçaient ses sourcils, et il attendit de voir si elle lui dirait ce qu'étaient ces pensées.

— Est-ce que cela m'est arrivé à cause de ce que j'écris ?

La question fusa comme le grincement d'une souris.

— C'est ce que tu penses ?

— C'est ce que le docteur pense.

Wheeler avait visiblement fait des ravages, la plongeant dans un désespoir encore plus profond.

— Et qu'en penses-tu ?

Il espérait la soulager de ces pensées sombres qui n'étaient pas les siennes, mais desquelles il devait la sortir en douceur.

La brusquer ne la ferait que plonger plus rapidement, tête première.

— Je ne sais pas quoi penser.

Elle lutta pour ne pas pleurer, mais ses yeux s'humidifièrent et il pouvait entendre ses larmes dans sa voix. *Tellement perdue*.

— Mais j'ai encore perdu ma maison. Une fois de plus, je n'ai plus rien. Je ne veux même pas quitter l'hôpital, parce que je n'ai nulle part où aller et que c'est Noël. Et s'il avait raison ? Qui pourrait être à ce point malchanceux pour être jeté à la rue deux jours avant Noël ?

— Ne t'inquiète pas. Tu ne vas pas être à la rue. Tu as un endroit où aller – un endroit sûr.

— Non. Je suis juste une mauvaise herbe rebondissant là où le vent l'emporte, se brisant en petits morceaux ici et là. Je n'ai même plus d'ordinateur – je ne peux pas écrire sans ça. Je n'ai même plus ça.

Plus rien ne retenait ses larmes maintenant alors qu'elles coulaient d'abord sur une joue, puis sur l'autre. La main de Trenton ne pouvait pas les essuyer assez vite.

Il le voyait, finalement. *Son cœur brisé* – sa propre vie ne lui appartenait plus. Le peu qu'elle avait réussi à bâtir pour elle au cours de ces derniers mois lui avait été arraché, jusqu'à sa capacité d'écrire.

Trenton sentit ses espoirs s'évanouir. Juste au moment où il pensait qu'elle était dans ses bras, il s'en rendait compte maintenant, il devait laisser partir.

Il avait eu l'intention de l'héberger chez lui. Mais faire cela serait tout simplement prendre sa vie en main alors qu'elle était anéantie. Elle n'avait aucune vie à laquelle renoncer pour lui. Il ne ferait que ramasser les morceaux, et elle ne pourrait pas le lui refuser. Et cela ne conviendrait pas. Pas pour ce qu'il voulait d'elle, parce que finalement, une fois qu'elle aurait repris ses forces, elle commencerait à lui en vouloir de son emprise sur elle.

Elle devait avoir quelque chose bien à elle. Une vie à elle, avant qu'il puisse lui demander de se rendre à lui. Il ne pouvait même pas envisager de lui demander d'être avec lui. Bien que maintenant, abandonner le seul rêve auquel il aspirait plus que tout allait être la chose la plus difficile à faire pour lui.

Il se baissa vers elle, embrassant son front alors qu'elle commençait à s'endormir.

— Dors maintenant, bébé. Je restaurerai ton bonheur un jour, quand tu seras prête, lui chuchota-t-il à l'oreille.

Il attendit encore un peu, ayant des difficultés à s'éloigner. Juste quelques instants pour la regarder dormir.

Il sortit son portable, composa le numéro et patienta.

— *Allô ?* répondit une voix féminine familière.

— Amelia... c'est Trenton.

Il prit une profonde inspiration, plissant ses lèvres en réfléchissant.

— J'ai besoin que tu me rendes un service.

CHAPITRE SIX

Deux semaines après l'agression, Katianna était silencieuse dans la Lexus, assise à l'avant avec Harper Lancings, le détective qui était souvent passé à l'hôpital avec l'inspecteur Marshal, posant toujours des questions sur son agresseur, et elle était maintenant conduite dans sa nouvelle maison.

Alors qu'il conduisait, Harper s'excusa pour l'absence de Trenton, quelque chose au sujet du travail, et qu'il ne pouvait pas s'en dégager.

Katianna regarda par la vitre. Elle n'arrivait pas arrêter les larmes alors qu'elles s'échappaient lentement. Elle ne pouvait pas comprendre exactement pourquoi elle pleurait, seulement qu'elle était triste. Les infirmières lui avaient dit que c'était probablement un stress post-traumatique, mais Katianna n'en était pas vraiment convaincue. Même le monsieur distingué, avec les yeux bleus les plus profonds qu'elle ait vu qui était venu la voir et s'était présenté comme le Dr Laszkovi, avait fait un commentaire similaire. Il avait offert de l'écouter, aussi longtemps qu'elle parlerait d'elle-même. Elle n'avait pas su quoi dire et cela n'avait fait qu'aggraver sa douleur et sa frustration. Elle lui avait demandé si elle pouvait simplement pleurer et il avait plaisamment hoché la tête. Suivi d'un commentaire au sujet du flot de larmes qui ferait finalement remonter à la surface les réponses qu'elle cherchait là où elle pourrait les atteindre, et qu'il n'y avait aucune urgence de comprendre.

Elle ne savait pas si elle était déprimée ou tout simplement triste. Mais quand vous étiez déprimé, saviez-vous vraiment ce qui vous affectait ? Elle essaya de se dire que ce n'était pas à cause de Trenton ; il lui avait donné un moment de bonheur quand elle était au plus bas – il ne lui devait rien d'autre.

— Pourquoi ces larmes, petite ? demanda Harper en lui jetant un regard avant de le reporter sur la route.

Katianna sortit son iPad et en utilisant le stylet, elle griffonna quelques mots assez grands pour qu'il puisse lire tout en conduisant.

Juste au moment où je pense que je vais m'en sortir, je fonce dans une autre impasse.

— C'est une bonne chose que vous n'ayez pas de voiture, alors, dit-il en riant de bon cœur. Détendez-vous. Si cela s'avère être une autre impasse pour vous, c'est une sacrément bonne pour s'y arrêter.

Katianna n'avait aucune idée de ce que cela signifiait, mais elle se dit qu'elle le découvrirait bien assez tôt.

C'était un trajet assez long, l'emmenant loin de la ville proprement dite et de sa proche banlieue. Les petites villes et communautés passaient devant eux et ils avaient un aperçu occasionnel de l'océan Atlantique alors que le poids de la ville s'éloignait. Même l'air commençait à sentir plus propre.

Un peu plus de deux heures plus tard, Harper s'arrêta devant un grand portail donnant sur une pelouse bien entretenue où se trouvait un manoir qui dépassait toutes les propriétés sur lesquelles Katianna avait posé les yeux. Juste au-dessous des demeures flamboyantes de Hollywood avec ses étages multiples et ses nombreuses dépendances. Le tout d'une couleur crème avec des tuiles marine foncé. C'était le luxe européen dans toute sa splendeur.

Katianna hoqueta alors qu'ils s'engageaient dans l'allée et elle se sentit rapidement incroyablement petite et insignifiante.

— Qui habite ici ?

— Cela fait partie des biens de la famille Quinneth. C'est la maison d'Amelia Quinneth.

Katianna pencha la tête vers lui, pâlissant de désarroi.

— Pourquoi sommes-nous ici ?

Harper contourna la demeure afin de se retrouver à l'arrière où ils pouvaient voir la piscine et l'océan au-delà.

— Parce que ceci...

Il désigna une construction de la taille d'un cottage juste à côté de la piscine et où la pelouse touchait la plage.

—... est l'endroit où vos impasses s'écroulent.

CHAPITRE SEPT

CINQ SEMAINES PLUS TARD

Il y eut un coup frappé sur sa porte.

Trenton leva les yeux de son bureau alors que Marcus entrait dans son bureau. Il s'était attendu à le voir aujourd'hui, lui ou Diesel – un de ses frères allait venir lui parler.

— Je viens de ramener Katianna après sa visite chez le chirurgien-dentiste.

Marcus s'arrêta à mi-chemin, passant ses pouces dans les poches de son Jean afin d'attendre la réponse de Trenton. Les sombres cheveux ondulés lui tombaient devant les yeux. Il n'avait même pas pris la peine d'enlever ses lunettes de soleil.

Trenton resta concentré sur les papiers sur son bureau comme s'ils étaient beaucoup plus importants que tout le reste et exigeaient son attention.

— Oui ? Comment ça s'est passé ?

— C'est amusant que tu le demandes. Nous commencions tous à nous demander si tu t'en préoccupais.

— Bien sûr que je m'en préoccupe.

Mais Trenton garda son visage baissé et tourna quelques pages en feignant de les lire.

— Ça se voit, dit Marcus en faisant un bref signe de la tête.

C'était une tentative pour le faire réagir. Le coude de Trenton se posa sur le bureau et sa tête tomba dans sa main tandis que ses doigts ratissaient ses cheveux avant de s'immobiliser.

— Si tu as quelque chose à dire, alors dis-le et va-t'en, dit-il entre ses dents serrées. J'ai du travail.

Il lutta afin de se contenir, ravalant son angoisse avant qu'elle explose à la tête de Marcus. Il était prêt à exploser depuis des semaines maintenant. Toujours sur les nerfs,

— D'accord, si c'est comme ça. Il s'est à peine passé un jour sans que tu sois à l'hôpital avec elle. Maintenant, tu ne décroches même pas le téléphone pour lui dire bonjour ? Tu paies encore pour tout. Bon sang, tu paies pratiquement Amelia afin que Katianna vive sur sa propriété. Alors qu'est-ce qui se passe ?

— Je l'aide, voilà tout, gronda Trenton.

— Tu parles d'une aide ! Elle s'attendait à te voir aujourd'hui. Je suppose que l'espoir que tu serais peut-être là, l'attendant alors qu'elle sortait de chirurgie afin de voir son sourire pour la première fois depuis l'agression n'était que les divagations d'une petite fille, dit Marcus, la voix pleine de sarcasmes.

— Bon sang, Marcus. C'était seulement une simple procédure ambulatoire. J'ai un travail à faire et je pars pour l'Europe dans deux jours.

— Alors tu es trop occupé pour elle ? C'est ça ?

— Non, ce n'est pas ça. Bon sang, Marcus, je ne devrais pas avoir à te l'expliquer.

(◕ᴗ◕)

Marcus n'avait aucune intention de laisser tomber ; lui et ses quatre frères d'armes avaient traversé l'enfer ensemble. Leurs rêves avaient été planifiés avant même qu'ils terminent leur service actif. Ils s'aidaient mutuellement à rester sur la bonne voie : ils avaient même eu la chance de tirer un billet de loto gagnant qui leur avait alloué suffisamment d'argent pour faire une réalité de ces rêves.

Tous sauf un. Ils désiraient tous trouver une femme, la seule qui pourrait satisfaire leurs désirs les plus sombres et leurs cœurs. Mais Marcus savait très bien que parfois, un homme devait mettre de côté les plus sombres.

— Explique-moi quand même.

— Bon sang, Marcus ! Elle n'a pas de vie à m'abandonner. Elle a besoin d'en retrouver une, et je l'aide afin qu'elle y réussisse. Mais je ne peux pas être proche d'elle en le faisant. Je la veux trop violemment. Je la veux avec moi maintenant !

— Alors, pourquoi ne l'est-elle pas ? s'emporta Marcus en lui aboyant dessus.

— Parce que ! hurla Trenton en agitant ses bras en l'air. Comment puis-je lui demander de d'être mon Esclave de Vie quand...

— Une Esclave de Vie ? C'est donc de cela qu'il s'agit ? l'interrompit Marcus. C'est un fantasme, Trenton ! Ce n'est qu'un foutu fantasme !

Marcus était livide, faisant un pas en avant pour défier Trenton de continuer sur le sujet et de le faisant de toute sa puissance.

— Cela n'existe pas ! Tu brises son cœur – et le tien – parce que tu ne veux pas abandonner ce foutu fantasme !

— NON !

Trenton se leva, en pleine rage maintenant.

— Je ne l'abandonnerai jamais ! C'est tout ce que j'ai toujours voulu ! Et elle sera celle qui comblera mes besoins ! Je dois simplement lui donner du temps !

Marcus prit une longue inspiration en serrant les dents, puis il pointa un doigt sur son ami.

— Tu es fou de continuer à vouloir ces chimères, et tu rejettes la femme parfaite pour toi.

Marcus tourna sur ses talons et sortit comme un ouragan, heurtant presque de plein fouet Diesel dans le hall. Il s'arrêta et le fusilla du regard.

— Et je suppose que tu le soutiens là-dessus ?

(◕ᴥ◕)

— Bien sûr que oui. Et tu devrais le faire aussi, répondit calmement Diesel.

Et c'était le cas. C'était de là que venait la rage de Marcus. Diesel le savait. Marcus était comme Trenton et lui. Lui aussi voulait une femme qui s'abandonne totalement à lui. Mais Marcus avait déjà fait cette proposition deux fois et les deux fois s'étaient terminées dans la douleur pour leur frère d'armes.

La première de Marcus s'appelait Ajmaani. Il l'avait rencontrée lorsqu'ils étaient encore stationnés en Tchétchénie. Elle était si jeune, trop jeune pour un tel engagement en fait. Mais, elle était désespérée de fuir un pays déchiré par la guerre. Alors elle avait volontairement remis sa vie entre les mains de Marcus. Cela avait fait du bien à Marcus ; Ajmaani était une façon pour lui d'échapper au sang et au bruit de la guerre civile qui n'avait rien à voir avec lui. Elle avait accepté qu'il s'occupe d'absolument tout pour elle, parce qu'elle n'avait jamais connu une telle attention dévouée de la part d'un homme. Elle avait accepté sa tendre domination, parce qu'avant lui, elle n'avait connu que la cruauté et le viol. Elle avait accepté sa possessivité et sa surprotection, parce qu'elle avait besoin de cela dans une zone de combat et avait besoin de sa protection. Lorsqu'ils étaient tous retournés aux États-Unis, il l'avait emmené avec lui ; et c'était à ce moment-là que la liberté avait commencé à s'installer et la changer. Elle avait découvert une vie sans balles ni tirs de mortiers. Elle était allée à des fêtes, des concerts et des barbecues, tandis que le visage de Marcus ne lui rappelait que la maison et sa domination – lui rappelait ce qu'elle lui avait promis afin de s'en sortir. Même lorsqu'il lui donnait tout ce qu'elle demandait, lorsqu'il faisait tous les efforts possibles afin de compenser ce qui lui avait manqué dans sa vie antérieure, ce n'était jamais suffisant et elle avait commencé à lui en vouloir.

Elle s'était fait de nouveaux amis, des amis américains, et quand ces derniers avaient flippé lorsqu'elle avait avoué qu'elle était esclave de Marcus, elle avait voulu sortir de cette relation. Les rêves de Marcus avaient été détruits, mais il lui avait permis de le quitter, l'avait aidée à obtenir un endroit à elle et lui avait même donné un peu d'argent jusqu'à ce qu'elle puisse se débrouiller toute seule.

Peu de temps après, Marcus avait commencé à fréquenter Marissa. Il l'avait rencontrée dans une des soirées de Dane. Elle était nouvelle dans le monde de la soumission, guidée par sa curiosité sur la vie BDSM. Après un an, Marissa était prête à passer le reste de sa vie avec Marcus, mais lorsque ce dernier lui avait proposé de devenir son Esclave de Vie au lieu de son épouse, elle avait fait marche arrière et avait mis fin à leur relation. Marcus ne s'était pas impliqué avec une autre femme depuis.

Diesel regarda leur frère marcher en fulminant dans le couloir avant de disparaître dans son propre bureau, puis il poussa la porte de Trenton.

Ce dernier était encore à son bureau, son visage caché entre ses mains. Les dossiers qui étaient auparavant sur son bureau étaient maintenant éparpillés sur le plancher. Il n'y avait pas assez de place dans cette tête troublée pour en entendre plus sur le sujet. Alors Diesel le laissa seul.

C'est un rêve difficile à atteindre – posséder une licorne... et une fois que vous en aviez trouvé une, comment mettait-on une laisse sur un rêve ?

CHAPITRE HUIT

QUATRE ANS PLUS TARD

Dominus Trenton Leos – il ne possédait pas le club, mais ce n'était pas ce que vous pensiez en le regardant. La façon dont il contrôlait l'endroit... il régnait en maître et personne n'avait jamais osé le remettre en question. Comme Maître des Doms et investisseur dans l'établissement de son frère, il était l'un des cadres dirigeants du club. Même le box VIP le plus luxueux au fond du club n'était pas seulement réservé pour lui, il en était le propriétaire et il avait un accès illimité à tout ce qui se trouvait à l'intérieur du club, y compris ses soumises.

Peu importe ce qui se passait, il avait presque toujours plus d'une sub gémissant à sa porte, réclamant son affection, et selon son humeur, il pouvait les faire attendre dehors toute la nuit avant de faire un signe du doigt dans leur direction. Ce temps de jeu, bien sûr, était en plus des esclaves dont il assurait la formation.

Tout cela mis à part, Trenton était probablement l'homme le plus sexy sur lequel Katianna avait posé les yeux de toute sa vie. Et il avait été l'inspiration pour ses personnages à plus d'une occasion. Mais peu importait à quel point elle développait ses personnages imaginaires, ils n'arrivaient pas à la cheville de l'homme réel. Trenton n'était que chair, sang et sexe bruts. Et elle donnerait à peu près tout pour les goûter tous les trois. Il y avait juste un problème... elle n'était pas l'une des soumises du club – parce qu'elle ne jouait pas à son jeu.

— Tu sais, je pourrais te mettre en contact avec une jolie petite sub, offrit la voix sensuelle de la femme assise à côté d'elle.

Katianna se tourna afin de regarder son éditrice et logeuse, Amelia Quinneth.

— Non, Amelia. Je suis très bien comme je suis.

— Peut-être un Dom, alors ? dit Amelia en lui faisant un clin d'œil et Kat aurait pu jurer qu'elle jetait un regard complice à quelqu'un à l'extérieur du box VIP.

— Non plus.

La réponse de Katianna avait un ton léger pour montrer son espièglerie, mais en aucun cas elle ne voulait être mise en contact avec l'un des hommes avec lesquels Amelia jouait. Elle ne voulait pas renoncer à son contrôle pour l'un d'eux, non pas qu'elle ait beaucoup à abandonner, mais quand même.

— Tu sais, un de ces jours, ton puits de luxure va finir par s'assécher si tu n'apprends pas à le nourrir – et alors, je ne serai pas contente du tout.

Amelia arqua un sourcil dans sa direction. Elle plaisantait tout le temps en menaçant Katianna de la mettre dehors si son inspiration se tarissait. Jusqu'à présent, ce n'était pas le cas, et puisque Katianna travaillait en ce moment simultanément sur douze histoires différentes, elle était certaine que le puits n'était pas près de se tarir.

— J'ai beaucoup de nourriture pour l'esprit rien qu'en regardant. En plus, si j'avais un amant, où trouverais-je le temps d'écrire ?

— Je trouve simplement très inquiétant que tu puisses retranscrire tous ces détails alléchants sans en avoir jamais fait l'expérience.

— Préférerais-tu que j'arrête ? Je peux tout à fait explorer la science-fiction ou peut-être les livres pour enfants ?

— Ne t'avise pas de le faire ou je te jetterais vraiment à la rue.

Les yeux verts d'Amelia lançaient des flammes de défi. C'était un regard des plus sexy, se dit Katianna ; surtout sous toutes ces vagues de cheveux rouge vin, comme une fontaine de merlot qui se déversé sur sa peau ivoire. À quarante-six ans, Amelia était encore une vraie bombe. Une femme d'affaires avisée et désirée par beaucoup d'hommes à la recherche d'une compagne qui remplirait leur sexe de convoitise, mais sans leur donner l'impression de la prendre au berceau. Qui avait dit que la quarantaine était âgé ? Pas en regardant Amelia en tout cas – elle était exquise des pieds à la tête jusque dans les moindres détails.

Les lèvres de Katianna s'ourlèrent dans un sourire malicieux. Elle savait qu'elle allait gagner cette manche ; elle le faisait toujours. Amelia pouvait débattre à n'en plus finir au sujet de sa muse, mais menacez-la de retirer toutes les scènes croustillantes, et elle se pliait chaque fois.

— Baisse les yeux, voilà ton Dom qui arrive, la taquina Katianna alors qu'elle apercevait le gentleman plus âgé venir dans leur direction.

Carlton Dandricks était le Dom qui avait ses faveurs cette semaine. Amelia avait toujours eu un goût pour jouer à la soumise, mais son esprit entreprenant avait une façon de planifier chaque foutu détail bien avant qu'il se produise. Les Doms appelaient cela « Dominer le Dom ». Et ce n'était généralement pas toléré par la plupart d'entre eux, mais vous n'obteniez pas Amelia sans abandonner un petit pourcentage de contrôle.

— Merde, il est en avance.

Les mains d'Amelia volèrent à ses cheveux puis vérifièrent rapidement sa robe en satin ultra moulante qui épousait et modelait ses formes aussi bien que n'importe quel corset, soutenant à la perfection son voluptueux bonnet D. La robe juste assez courte pour avoir un aperçu du petit anneau en or à peine visible qui pendait à une chaîne entre ses jambes, donnant un subtil avant-goût des bijoux érotiques cachés plus haut. Le piercing extrême était un petit quelque chose qui surprenait la plupart des gens, même ceux qui connaissaient Amelia.

Amelia était riche, une richesse venue de sa famille. En plus de l'entreprise familiale pour laquelle elle travaillait dur et s'occupait principalement de la consultation du marché des pays européens et des installations énergétiques mondiales, elle dirigeait également plusieurs entreprises secondaires plus petites en fonction de ses envies ; des entreprises d'intérêt personnel qui comprenaient une ligne de vêtements avec quelques-uns des meilleurs designers du pays et une maison d'édition. C'était là que Katianna entrait en scène.

Amelia avait découvert Kat par accident lorsque cette dernière avait oublié son iPad dans un café et la personne qui l'avait trouvé avait été curieuse. Celle qui aurait dû être le sauveur du gadget oublia de retourner l'iPad après avoir perdu un après-midi entier dans ce café à lire une des histoires que Katianna corrigeait. La tablette avait ensuite été passée d'un ami à l'autre jusqu'à ce qu'elle atterrisse dans les mains d'Amelia un mois plus tard. Amelia avait un nez pour ces choses et puisque l'histoire lui était livrée avec une base de fans préexistante qui grossissait de jour en jour, elle avait su qu'elle avait trouvé un gagnant avant même de lire l'histoire. Même si une fois qu'elle l'avait fait, elle avait été accrochée.

Amelia avait lancé ses limiers à la recherche du propriétaire de l'iPad, et c'était ainsi que Quinn's Lovely Publishing devenu l'éditeur de Katianna. Peu après, Katianna était l'auteure extasiée de cinq titres.

Suivant de près cette nouvelle exaltation, apparut un enchaînement de déconvenues ; la perte de sa relation de cinq ans avec Garret Steton et les jours sombres qui avaient suivi, les difficultés afin de se loger, vivant sur le maigre revenu d'un écrivain, et juste au moment où elle pensait qu'elle était sur ce point crucial qui lui ferait remonter la pente, le destin en avait décidé autrement. Sa vie avait été mise sens dessus dessous en un clin d'œil. Cependant, elle pouvait au moins dire qu'elle avait échappé au tueur, même si cela n'avait pas été le cas pour sa collision frontale avec le camion rouge. Mais elle était en vie.

Elle avait souffert de ses blessures – sept semaines avec sa mâchoire fermée par des fils et un plâtre sur son bras. Et il avait fallu encore plus de temps à son ventre et ce qui avait autrefois existé à l'intérieur pour guérir. Mais un homme avec un contrôle inébranlable et une tendresse inattendue s'était assis avec elle à travers la partie la plus sombre de cette convalescence, alors elle n'avait pas été seule. Trenton Leos l'avait aidée à traverser cette épreuve, puis il l'avait libérée. Même si au début, cela avait été difficile, à la fois physiquement et émotionnellement, elle n'oublierait jamais ce qu'il lui avait donné.

Le jour où elle était sortie de l'hôpital, Amelia lui avait donné un endroit sûr où loger. *Je ne te fais pas de faveur. Ce ne sont que les affaires. Je protège mes actifs – c'est-à-dire les écrits*, lui avait dit Amelia lorsque le détective privé qui s'occupait de son agression l'avait conduite sur le domaine d'East Hampton.

Alors Katianna avait renoncé à son appartement sans aucun regret et avait emménagé dans la maison d'hôtes d'une pièce sur la propriété des Quinneth, accompagnée d'une pile de cadeaux à la Cendrillon de la part du Prince Charmant qui l'attendait à l'intérieur.

Après qu'elle ait eu le temps de guérir, elle avait découvert qu'elle avait également un emploi : la compagne et l'escorte personnelle d'Amelia lors de ses affaires les plus intimes. Et voilà comment Katianna s'était retrouvée à l'intérieur du *Club Pain*, et ce presque tous les week-ends.

Comme pour beaucoup, le *Club Pain* représentait la libération sexuelle d'Amelia. Après une semaine passée à diriger des hommes et le marché de l'argent du monde, elle ne désirait rien d'autre que de renoncer à tout ce contrôle, même si c'était seulement pour quelques brèves heures dans la soirée. Un répit dans le temps, quand son amant prenait toutes les décisions de quand et comment elle le satisferait pour avoir été une « bonne fille ». Katianna était simplement la confidente.

(˘ω˘)

Carlton fit une pause à la cloison de verre qui les séparait du reste des clients du club, lorgnant attentivement Amelia comme pour inspecter sa tenue et sa position d'attente.

Amelia permit l'inspection, adoptant la pose de la soumise obéissante ; sa tête penchée très légèrement, assez bas pour cacher ses yeux et pouvoir voler un coup d'œil si la tentation était trop difficile à résister ; ses mains jointes sur ses genoux et ses jambes croisées au niveau des chevilles et repliées alors qu'elle attendait.

Lorsque Carlton sembla satisfait, il entra. Son regard, presque tout de suite, se détourna de sa proie pour venir se poser sur Katianna, qui le regardait comme une mère poule regarderait un renard.

— Ton Dom devrait mieux te former. Tes yeux doivent être baissés, l'avertit-il.

— Il semblerait que j'aie égaré le mien quelque part, se moqua Katianna avec amusement, ce qui laissait entendre que peut-être, elle jouait le rôle de la sale gosse dans ce jeu.

Et elle savait qu'Amelia faisait de son mieux pour cacher le sourire qui menaçait de se révéler sur ses lèvres rouge rubis.

Carlton se tourna, ignorant la plaisanterie de Katianna, son attention se reportant sur Amelia.

— Debout.

Son ordre sortit comme s'il dirigeait un groupe d'hommes d'affaires.

Amelia se leva, les yeux baissés et les mains jointes ; une légère cambrure de son dos et elle mit ses seins en avant pour une meilleure vue, ce qui ne passa pas inaperçu.

— Joli, chantonna-t-il.

Il lui prit son menton dans la main et leva son visage afin qu'elle le regarde.

— Des règles intransgressibles ?

— Oui.

Katianna prit la parole pour répondre à la question posée à sa patronne.

C'était un moyen sûr de s'assurer que certaines des règles strictes étaient suivies, sachant qu'il y avait quelqu'un d'autre pour prendre des notes si elles étaient brisées.

— Vous la prenez *de moi* et lorsque vous aurez terminé, vous me la ramènerez. Pas d'alcool, pas de drogue, pas de sang, pas de marques, pas d'yeux bandés, et pas de partage.

Katianna dicta avec autant de confiance qu'elle pouvait en rassembler pour énoncer les règles de manière claire afin qu'il n'y ait pas d'erreur.

Carlton acquiesça alors qu'il sortait de sa poche une laisse en soie attachée à un collier en strass qu'il glissa autour du cou d'Amelia et fixa, puis il la conduisit hors du box VIP et à travers la salle vers la partie privée du club.

Alors que Kat les regardait disparaître dans l'escalier, elle se rendit soudain compte que Trenton l'observait – ou du moins, il semblait le faire – tandis qu'il se tenant juste à côté de la piste de danse et se penchait en arrière contre l'une des colonnes. Une botte remonta, fermement plantée sur le pilier sur lequel il était appuyé, une main posée sur sa cuisse.

Katianna regarda autour d'elle, mais ne put discerner quelqu'un d'autre comme étant sa cible. Sentant son regard comme s'il osait la déshabiller, elle se força à se détourner, les yeux sur son ordinateur dans une faible tentative pour faire couler les mots de sa tête à ses doigts. Cependant, la distraction au coin de son œil corrompait ses tentatives. Elle finit par abandonner et leva les yeux vers Trenton, croisant son regard. Il avait une expression bizarre ce soir. En y réfléchissant, il l'avait depuis des mois maintenant. Chaque fois qu'elle se retournait, il semblait qu'elle le surprenait regardant dans sa direction. Son regard, si lourd, lui donnait l'impression qu'une main caressait son corps. Cela suffisait à la faire se sentir embarrassée.

Elle lui retourna son regard pendant ce qui lui parut un très long moment, jusqu'à ce que le reste de la pièce semble s'enflammer, et le feu s'infiltra dans tous les pores de son corps, brûlant pour l'homme qui lui rendait son regard. Elle déglutit, repensant à l'époque où elle était à l'hôpital lorsqu'il lui avait donné quelque chose qu'aucun homme ne lui avait jamais donné. Il lui avait dit qu'elle était belle alors, et il avait insisté pour qu'elle ne l'oublie jamais. Elle ne l'avait pas fait, mais s'en souvenir la faisait toujours rougir ; même maintenant.

Tout à coup, elle avait une scène dans sa tête, elle rompit le contact visuel avant de la retranscrire rapidement sur son ordinateur. Son imagination courrait comme un tourbillon dans sa tête et ses doigts tapaient frénétiquement pour suivre. Le son de la piste de danse se déversa dans le box alors que la porte s'ouvrait et elle jeta un rapide coup d'œil par-dessus son épaule, étonnée que ce ne soit pas Trenton ou Amelia. Au lieu de ça, c'était Cliff Patterson.

— Bonsoir, Katianna.

Le blond élancé entra comme s'il possédait le lieu, mais elle n'était pas dupe. Contrairement à Trenton ou Dane, ou n'importe lequel des cinq frères d'ailleurs, si l'un d'eux venait à vous et vous disait que le monde était à lui pour le dominer, vous pourriez être enclin à le croire. Ils avaient ce genre d'aura autour d'eux. Quand ils donnaient leurs ordres, les femmes se prosternaient devant eux. Même les hommes – chaque fois. Cliff, quant à lui, passait plus de temps à parler de lui-même et de ce qu'il voulait vous convaincre qu'il était ; inoffensif, mais ennuyeux.

Elle l'ignora dans l'espoir de capturer les derniers moments de sa scène avant que l'interruption lui fasse tout oublier.

— J'espérais vous attirer hors de votre caverne pour une fois, continua Cliff.

— Désolée.

Tap, tap, tap.

— Je. Ne. Peux. Pas, déclara Katianna d'un ton malicieux.

Tap, tap, tap.

— Vous aimeriez peut-être savoir que j'ai gardé le meilleur de moi-même pour vous.

Cliff la contourna dans l'espoir d'entrer dans son champ de vision, elle en était certaine. Il avait toujours joué son approche avec ce qu'il pensait être son meilleur regard dominateur et sexy. *Plutôt celui d'un sale gosse.*

— Ce serait dommage pour vous de passer à côté d'une telle occasion d'être à mes pieds lorsque je deviendrais le nouveau Dominus. Après ça, je risque de ne plus vous l'offrir à nouveau.

Oh s'il te plaît... Katianna leva les yeux au ciel à cette pensée.

Cliff laissa tomber sa main sur la jambe de Katianna qu'elle avait posée sur la table, et elle s'éloigna instantanément de son contact.

— Ne me touchez pas, dit-elle rapidement d'un ton sec tout en continuant à taper.

Elle ne leva pas les yeux, ne lui donna pas cet avantage, mais son regard le suivit. Elle serra les dents en plissant les lèvres avec frustration devant l'intrusion forcée. Elle voulait simplement finir d'écrire sa scène ; celle qui lui avait échappé toute la nuit à cause de ses propres distractions. Maintenant qu'elle était lancée, elle ne voulait certainement pas être interrompue par Cliff. C'était comme s'il y avait un panneau sur le box qui disait : *Le défi de la soirée, posséder l'intouchable Katianna Dumas. Venez tenter votre chance et voir qui sera le Dom gagnant Dom ce soir.*

Eh bien, voilà une autre idée à travailler – quelque chose comme un concours – ah, une fille esclave qui sera la récompense du plus fort des gladiateurs.

Tap, tap, tap.

Le box se remplit de musique et elle risqua un coup d'œil par-dessus son épaule pour regarder Cliff sortir la queue entre les jambes. Elle haussa les épaules et ouvrit une nouvelle fenêtre sur son ordinateur portable afin de pouvoir noter sa nouvelle idée.

Amelia était impatiente d'avoir une histoire complète. Ses deux derniers manuscrits n'étaient que des nouvelles. Et même s'il y avait une place sur le marché pour elles. Amelia rongeait son frein pour avoir un autre roman érotique, en particulier le tome suivant de sa saga paranormale Lycaon.

Encore une fois, la pièce autour de Katianna se remplit de la musique venant de l'extérieur du box. Ces perturbations devenaient de plus en plus ennuyeuses et sans regarder, elle chercha à parer la passe de Cliff ou de celui qui était le prochain à essayer, étant donné que ce dernier et quelques autres semblaient avoir du mal à comprendre.

— Je ne suis pas disponible. Allez-vous-en.

— Il n'est jamais bon de refuser la visite du Dominus.

L'arrogance douce et cajoleuse atteignit ses oreilles. Elle connaissait cette voix.

Katianna jeta un regard par-dessus son épaule lorsque la réponse vint de nul autre que Trenton.

— Je suis désolée. Je ne savais pas que c'était toi.

Elle s'affaissa un peu sur son siège.

— Cela signifie-t-il que tu pourrais être disponible après tout ? la taquina-t-il, les yeux remplis d'une certaine convoitise amusée alors qu'il la regardait.

Katianna déglutit, se sentant épinglée sous son regard.

— Je veux dire… ce que je voulais dire, c'était…

Super. Maintenant, elle bafouillait – qu'avait-elle voulu dire ? Elle rougit et tenta rapidement de noter quelques mots. Rien que des mots maintenant – afin de se souvenir plus tard de ce qu'elle voulait écrire, parce qu'elle était vraiment distraite à l'heure actuelle et que dans quelques instants, il aurait neutralisé son cerveau et l'aurait complètement à sa merci.

Trenton attendit, regardant ses doigts danser sur le clavier. Il savait que lorsqu'elle était prise dans une idée, il devait attendre avant de l'interrompre à nouveau. Cependant, seuls ses mots attendraient. Ses yeux se déplacèrent vers ses jambes étalées sur la table. Il avait vu Cliff venir à l'intérieur du box, l'avait regardé lorsque le jeune homme avait osé la toucher, et il savait que Cliff l'observait de l'autre côté la salle en ce moment. *Qu'il regarde donc.* Trenton allait montrer à ce petit roquet qui était le véritable Dominus – et pourquoi.

Il tendit la main, s'autorisant à repousser l'ourlet de sa jupe, un lent mouvement taquin, la soulevant presque comme s'il avait l'intention de jeter un coup d'œil dessous, mais la remontant seulement jusqu'à ses genoux afin de révéler ses tibias. Ses doigts, légers comme une plume, descendirent le long de sa jambe – pas vers le haut, pour l'instant. Si lisse – une peau comme de la porcelaine. Il caressa légèrement chaque membre avec la paume de sa main, en notant l'hésitation dans sa façon de taper sur le clavier avant qu'elle s'arrête complètement et que ses yeux deviennent obsédés par sa main.

— Pourquoi ne viendrais-tu pas danser avec moi ?

Les yeux de Katianna regardèrent le glissement de la main de Trenton sur sa jambe, hypnotisés par le mouvement. Elle pouvait sentir la rougeur sur ses seins et son visage maintenant. La demande ressemblait plus à, *pourquoi ne viendrais-tu pas verser du caramel sur tout mon corps*, plutôt qu'à une invitation à danser. Il avait toujours ce timbre puissant et profond dans sa voix qui rendait une femme faible et prête à le supplier à ses pieds afin d'avoir son affection. Comme elle l'avait dit, elle allait être à sa merci.

— Je ne savais pas que tu dansais.

Une faible tentative afin de ne pas paraître affectée.

Il sourit avec une lueur malicieuse dans les yeux.

Cela n'avait pas été aussi convaincant qu'elle l'avait espéré.

— Ce n'est pas le cas. Je vais m'appuyer contre ce mur et te regarder danser pour moi.

— Je pense que je vais m'en abstenir.

Elle était un peu vexée par la demande. C'était quelque chose que ferait une soumise. Elle avait regardé des soumises anonymes danser devant lui. Comment il les déshabillait du regard alors qu'elles le faisaient. Elle était étonnée qu'il ne passe pas plus de temps au Pink Flesh où des lap-danses étaient données par les danseuses. Son appétit de voyeur serait satisfait là-bas.

— C'est juste une danse. Après tout, nous sommes dans une boîte de nuit, dit-il.

Il se concentrait davantage sur ce que ses mains faisaient que sur le fait de savoir si elle était prête à danser devant lui ou non.

— C'est beaucoup plus qu'une simple boîte de nuit, répliqua-t-elle, en pensant qu'elle pourrait peut-être dresser une barrière avec panache.

— Ce n'est pas faux, dit-il en hochant doucement la tête, les yeux fixés sur sa jambe où ses doigts s'installaient. Une chose dont je suis bien conscient, comme le sont la plupart des gens qui viennent au *Club Pain*. Pourtant, cette « chose » t'a visiblement échappée depuis tout ce temps et je suis curieux de savoir pourquoi tu es encore ici.

Katianna le regarda suspicieusement. Non seulement Trenton possédait la compagnie de sécurité qui fournissait à Amelia ses gardes du corps, elle savait qu'il était également un proche collaborateur de cette dernière, alors il savait pourquoi elle était là.

— Je suis ici à cause d'Amelia.

— Je suis au courant de cette partie – j'essaie simplement de maintenir une conversation légère pendant que tu décides si tu veux danser avec moi ou pas.

Sa main glissa sur sa cheville et avec une pression ferme, il commença à lui caresser la jambe. Son pouce agile appuyait sur son tibia tandis que ses doigts s'enroulaient autour de son mollet et massaient les muscles tendus.

Katianna étouffa le petit soupir qu'elle ressentit au contact de sa main. Elle était certaine de lui avoir dit qu'elle ne voulait pas danser, mais quelque chose avait dû la trahir et donner l'impression qu'elle pourrait facilement être convaincue du contraire pour qu'il lui fasse ce commentaire. Il voyait plus de nuances dans son corps qu'elle pensait en montrer et c'était tellement injuste, parce qu'il savait quoi faire avec ces nuances. Il la travaillait au corps – laissant l'approche lente de ses mains la faire fondre à son contact ; elle en était sûre. Ses yeux étaient fixés sur elle sous les sourcils ombrés. Oh, il était dangereux. Il était à l'affût et il vérifiait afin de voir si elle était une proie compatible prête à être attrapée. Elle pouvait le voir dans ses yeux, il pensait si fort. Ce maudit panneau sur le box devait être en néon ou quelque chose comme ça.

— S'il te plaît, tu ne devrais pas te donner tant de peine. Je ne vaux pas le temps que tu perds avec moi.

Il lui fallut toute sa force pour sortir ces mots alors que la main calleuse de Trenton glissait le long de sa jambe. Elle fondait sous son contact. Son souffle se bloqua dans sa gorge alors qu'elle tentait mentalement de rester sereine tandis que la main de Trenton la caressait juste sous son genou, puis se retira avant d'aller plus loin cette fois. Sa paume était déjà à mi-chemin le long de sa cuisse avant qu'elle se rende compte de ce qu'elle le laissait faire. Elle baissa brusquement ses mains afin de saisir les siennes, l'arrêtant alors qu'il était à peine à quelques centimètres de sa cible, mais cela n'empêcha pas la vague de désir de terminer sa course dans son sexe. Elle prit une profonde inspiration et se força à repousser sa main. Une décision regrettable, mais elle était certaine que son cerveau se transformerait en bouillie si elle le laissait continuer.

Trenton sourit, ses yeux s'adoucissant un peu, et il eut l'air d'un homme qui avait déjà obtenu ce qu'il voulait.

— Oh, je pense que tu vaux largement mon temps, Katianna.

Et il porta ses propres doigts à ses lèvres et les lécha comme s'il savourait quelque chose qui s'y attarderait. Elle se souvenait de la dernière fois qu'il avait fait ça – quatre ans auparavant – seulement ses doigts avaient été imbibés de son orgasme à ce moment-là.

Son souffle s'approfondit et elle se mordit la lèvre inférieure en le regardant – prise au piège de son regard. Sa poitrine se souleva alors que la rougeur sur son visage virait au pourpre et s'étalait sur toutes les parties de son corps jusqu'à ce qu'elle atteigne son intimité et qu'elle sente ses muscles internes frémir sous cette chaleur. Qu'il soit maudit. Il était comme un flacon de crème aphrodisiaque sur pattes.

Les yeux de Trenton se détournèrent vers un mouvement en dehors du box et elle suivit son regard pour voir Amelia escortée par Carlton. Qu'Amelia soit maudite, elle aussi.

— Bonne nuit, Mlle Dumas, dit Trenton en souriant comme le lion fier qu'il était.

Et il sortit tranquillement, les mains dans ses poches.

Qu'il soit maudit.

CHAPITRE NEUF

Katianna se tenait sur le côté, profitant du spectacle des danseurs sur la piste de danse. Elle n'était pas venue au club au cours des dernières semaines et même alors son écriture était dans une impasse. Pas les histoires en elles-mêmes, mais seulement à cause d'elle. C'était simplement qu'à cette époque de l'année, alors que l'été s'épanouissait pleinement, elle semblait perdre toute son énergie. Hantée par les fantômes de son passé, supposait-elle.

La dernière fois qu'elle était ici, Trenton lui avait demandé de danser, et elle espérait presque le voir. Se tourmentant en pensant qu'elle pourrait céder, seulement pour être à côté de lui et pour échapper à l'humeur morose qui la menaçait.

Elle haleta devant l'ombre la surplombant qui se rapprocha soudain, et elle leva les yeux pour trouver Trenton debout à côté d'elle. Elle soupira avec soulagement, heureuse de ne pas avoir convoqué un véritable fantôme.

Il se pencha.

— Cela te coupe-t-il le souffle quand je suis si près de toi ? lui murmura-t-il à l'oreille.

Elle se tourna vers lui d'un air penaud.

— Et plus encore, chuchota-t-elle.

Ses lèvres désiraient les siennes et son corps se languissait de son toucher.

Le tempo de la musique changea pour un rythme plus soutenu et les yeux de Katianna furent à nouveau attirés sur piste de danse, souhaitant silencieusement qu'il l'invite à danser. Elle aurait alors peut-être trouvé le courage de l'embrasser. Elle se retourna et se figea, découvrant que Trenton s'était déjà éloigné. Elle se mit sur la pointe des pieds, le cou tendu alors qu'elle le cherchait du regard. Elle le vit disparaître dans son box et la vitre s'assombrit instantanément.

Katianna sentit une agitation grandir en elle.

— Grrr... pourquoi fait-il ça ?

Se sentant un peu délaissée à un moment où elle était sans défense, elle se dirigea vers le box d'Amelia afin de bouder en privé.

Trenton se laissa tomber sur son siège, regardant Katianna se diriger d'un pas décidé vers le box d'Amelia où elle allait passer la nuit à travailler sur son roman, comme elle le faisait toujours.

Cela devenait de plus en plus difficile d'être en sa présence. Il ne pouvait pas supporter de l'être pendant plus de quelques secondes. La façon dont ses yeux pâles se levaient vers lui, comme s'ils le suppliaient. Il aurait pu jurer qu'ils lui disaient qu'elle avait besoin de lui, priant pour son contact, mais il n'était pas dupe. C'était simplement lui qui l'interprétait de cette façon. Il la désirait, alors il voulait qu'elle le désire en retour.

Son regard se décala vers le grand homme blond qui la regardait lui aussi. *Cliff.* Voilà un jeune homme qui avait attiré son attention et à qui il botterait les fesses s'il osait s'approcher de Katianna encore une fois. En fait, ce serait le cas pour tout homme qui le ferait. Trenton avait fait très clairement comprendre à tous les Doms qui venaient au club que

Kat était hors limites, et Amelia avait abondé dans son sens. Mais Cliff essayait encore plus durement ces derniers temps de prendre ses marques afin de monter dans la hiérarchie. Le gamin avait cette idée stupide qu'il serait un jour le Dominus – comme si le titre était en jeu.

Le jeune homme cherchant les ennuis avait motivé Trenton dans sa décision d'aller aussi loin qu'utiliser Katianna comme un moyen pour prouver à quel point Cliff était bas dans les rangs des Doms. Trenton l'avait touchée quand elle n'avait pas permis à Cliff de le faire. Il était même allé jusqu'à lécher ses doigts afin de suggérer qu'il était jusqu'au bout et lui avait volé un avant-goût de sa saveur. Bien sûr, la couleur cramoisie qu'il avait provoquée sur le visage et les seins de Katianna ne lui avait pas échappé non plus. Il s'était demandé tout au long de la nuit si elle se souvenait du jour où il avait goûté son doux miel quatre ans auparavant, lorsqu'il lui avait montré à quel point il pensait qu'elle était belle.

Trenton avait apprécié le souvenir ainsi que de la toucher encore une fois, mais la vérité, c'était qu'il l'avait utilisée. Il avait joué avec elle juste pour énerver le roquet qui avait osé essayer de toucher ce qui était sien.

Le regard de Trenton revint au moment présent. Le gamin n'avait rien appris, parce qu'il regardait encore Katianna, se donnant le courage de l'approcher à nouveau. Lorsqu'il vit Cliff se diriger vers elle, Trenton se leva afin d'intercepter le gamin arrogant avant qu'il ne s'attire encore plus de problèmes.

— Je ne crois pas, *Cliffy*.

Venu de nulle part, le Dominus enroula un bras puissant autour des épaules de Cliff et l'arrêta dans sa course.

— Si tu continues comme ça, je vais devoir faire un exemple de toi.

Trenton guida le jeune homme vers un mur, le retourna et le poussa contre la paroi. Une main claqua sur le mur au-dessus de sa tête et le Dominus se pencha.

— Ce n'est pas ce que tu veux, n'est-ce pas ?

— Vous ne pouvez pas me dire ce que je peux faire ou pas, répondit Cliff dans un geste audacieux, sachant très bien que Trenton pourrait le bannir pour ne pas suivre les règles du club.

Mais s'il voulait être reconnu comme un Dom un jour, on s'attendait également à ce qu'il agisse toujours comme tel. Même lorsqu'il était confronté au Dominus.

— Vas-y, crois ce qui se passe dans la jolie petite tête qui est la tienne, Cliff, mais tu restes loin de ce qui m'appartient. Compris ?

— C'est un tel gaspillage. Vous prétendez la posséder, mais je ne l'ai jamais vue avec votre laisse, dit Cliff, un coin de sa bouche se contractant sous sa répartie.

— Tu as vu où mes doigts se trouvaient la dernière fois qu'elle est venue ici, dit Trenton en portant lesdits doigts à ses lèvres afin de rappeler au roquet ce qu'il avait feint de goûter des semaines auparavant. Certains vins sont meilleurs lorsqu'ils sont autorisés à fermenter un peu plus longtemps que d'autres. Je te suggère de rester en dehors de ma vigne.

Trenton se redressa, pensant que l'ordre à lui seul serait suffisant, mais il se trompait lourdement.

— Sinon quoi ? ricana Cliff, son expression se durcissant alors qu'il tâtait le terrain.

Osant tester la détermination de Trenton à défendre la revendication d'une femme qui, tout le monde le savait, ne jouait les soumises pour personne.

Les yeux de Trenton lancèrent des flammes et il se pencha, son épaule se pressant presque contre la poitrine de Cliff.

— Sinon, je te mets dans les bras des *Femdoms*[10] afin que ton cul soit réajusté avec un plug et je les laisserai pratiquer leurs coups de canne sur toi lors d'un spectacle pour le club.

Il se tut un moment afin d'être certain qu'il avait toute l'attention du jeune homme. Il se redressa, le regardant de haut, observant l'expression sur le visage du roquet pour s'assurer qu'il avait une compréhension parfaite de sa position.

— Maintenant, dis les mots afin que je sois certain que toi et moi avons un contrat. Dis-les ou nous commençons dès ce soir.

Le désir de dominance de Cliff vacilla sous le contrôle véritable.

— Oui, Dominus, répondit-il immédiatement.

Même s'il voulait être reconnu comme un Dominus ou simplement un Dom supérieur, il ne voulait pas être sur la liste noire de Trenton. Cela le bannirait de chaque club et cercle privé de la ville.

— Bien.

Trenton frotta les cheveux du jeune homme avec sa main afin d'amplifier son humiliation publique, profitant du fait qu'il y avait un certain nombre d'yeux posés sur eux.

— Maintenant, sors de mon club. Je t'ai assez vu pour ce soir.

Puis il s'éloigna sans même prendre la peine de voir si Cliff suivrait son ordre. Il le ferait ou Trenton tiendrait sa promesse.

---

[10] Contraction de female domination, pratique sexuelle où une femme exerce une domination

Trenton retourna à son box, croisant le regard de l'une des soumises régulières du club. Elle oscillait dans un coin, dans l'espoir d'attirer son attention. Il se trouvait assez méprisable à l'heure actuelle, et il tendit le bras pour accrocher son collier avec un doigt et l'attira dans son box où il disparut pour le reste de la soirée.

C'était presque la fin de la nuit lorsqu'Amelia fit irruption dans le box de Trenton. Sans avertissement ni aucune demande d'autorisation, et elle était furieuse.

— Que diable lui as-tu fait, Trenton ?

Pas Dominus.

Trenton éloigna la *subbie* de ses pieds alors qu'il se levait de toute sa hauteur, laissant tomber sur la table la pile de papiers qu'il était en train de consulter. Ses yeux se rétrécirent sur Amelia pour avoir fait irruption comme ça, mais il garda son calme.

— Dis-moi à quoi tu fais allusion, et peut-être que je pourrais te répondre. Puis tu m'expliqueras pourquoi tu oses élever la voix contre moi, Amelia.

— Arrête ton cinéma, Trenton. Je parle de Katianna.

Cela changea complètement la direction de leur conversation.

— Qu'est-il arrivé ?

Il fut soudain inquiet, se souvenant du petit bras de fer qu'il avait eu avec Cliff plus tôt.

— Elle est restée dans ce box toute la nuit et elle n'a pas écrit un seul mot, et elle a un délai à tenir.

Amelia pointa un doigt vers la paroi de verre de son propre box à l'autre extrémité de la section en forme de L du club.

— La serveuse a dit qu'elle a boudé là toute la nuit, au bord des larmes, et Derek dit qu'il t'a vu parler avec elle plus tôt. Je veux savoir ce que tu lui as fait.

Trenton ne répondit pas, se contentant de la contourner en l'effleurant.

— Reste ici.

Et il sortit, traversant l'allée de box VIP. Il repéra Katianna debout juste à l'extérieur de celui d'Amelia et fonça sur elle. Cette dernière l'aperçut et se précipita vers l'entrée du club. Trenton accéléra, frôlant les corps qui se pressaient dans le club jusqu'à ce qu'il la rattrape dans le couloir et se plante devant elle.

— Pas si vite.

Il balança son bras, la bloquant.

Katianna recula et il se rapprocha, l'acculant dans le coin précédant l'arche qui s'ouvrait sur la salle du club, et ses bras furent rapidement et solidement plantés sur le mur de chaque côté de sa tête, la piégeant.

— Si je dois être blâmé pour quelque chose, le moins que tu puisses faire est de m'expliquer ce que j'ai fait.

Les yeux de Katianna se levèrent brusquement sur lui sous le choc et elle secoua faiblement la tête.

Même s'il était agacé des accusations lancées contre lui, il garda son calme avec elle, mais il n'allait pas permettre à la petite souris de lui échapper pour autant.

— Je ne te laisserai pas t'en aller tant que tu ne l'auras pas fait.

— Je ne sais pas de quoi on te blâme. Comment puis-je répondre quand je ne sais pas de quoi tu parles ?

Elle faisait la moue maintenant, mais c'était une moue effrayée, pas la boudeuse qui disait « j'ai besoin de quelque chose » qu'il aimait tant.

— Amelia dit que tu n'as pas écrit une ligne ce soir et elle me blâme pour ça.

Il laissa son regard descendre sur les traits doux de son visage et les yeux écarquillés qui le fixaient.

— Était-ce vraiment si désagréable lorsque je t'ai coupé le souffle, ce soir ?

Sa voix sombre s'enroula autour d'elle comme un besoin brûlant. Elle pouvait le sentir dans son haleine, dans la façon dont son corps réagissait. Elle rejeta la tête en arrière. Il avait pris beaucoup plus que son souffle, et il ne l'avait pas seulement emprunté ; il l'avait volé – et ne lui avait jamais rendu.

— Que s'est-il passé après que je t'ai coupé le souffle ? Que s'est-il passé pour que j'en porte le blâme, Katianna ?

— Tu l'as emporté avec toi.

Puis les larmes commencèrent à couler sur ses joues.

Elle aurait tout aussi bien pu le poignarder en plein cœur lorsqu'il vit les larmes couler. Cela le déchira – de savoir que se rapprocher d'elle l'avait autant blessée.

— Puis-je y aller, maintenant ? gémit-elle doucement.

Mère, puis-je... ?

Elle ne jouait peut-être à la soumise pour personne, mais elle était toujours soumise avec lui. Elle ne contestait jamais son contrôle sur elle – ou sur son environnement. Elle le laissait la diriger et s'occuper d'elle, même quand elle ne s'en rendait pas compte. Même maintenant, alors qu'elle se tenait appuyée dans le coin, torturée par lui, elle lui donnait les rênes.

Trenton se redressa, prit son visage entre ses mains et il essuya sous ses yeux avec ses pouces, souhaitant pouvoir essuyer aussi facilement la douleur qu'il avait causée. Il n'avait pas voulu lui faire de mal. Il mourait simplement d'envie d'être près d'elle. Il avait attendu quatre ans pour qu'elle change d'avis, et pas une fois elle ne lui avait montré un intérêt autre qu'amical. Cela le détruisait. Il voulait tellement plus. Il ne l'avait pas vue depuis des semaines et lorsqu'elle était apparue ce soir, il n'avait pas pu s'empêcher de l'approcher. Et lorsqu'il avait entendu le léger halètement s'échapper de ses lèvres, il avait tellement aimé le son que son sexe avait palpité et qu'il avait souhaité le provoquer à nouveau par d'autres moyens.

Même maintenant, alors qu'il fixait ses yeux tristes et ses lèvres boudeuses, tout ce à quoi il pouvait penser, c'était de l'embrasser.

Le temps sembla s'arrêter ; le monde autour d'eux se figea. Il n'y avait plus qu'elle. Il caressa ses lèvres du pouce, des lèvres qu'il voulait embrasser.

Katianna enfouit son visage dans sa paume – une douce caresse – et il s'immobilisa. Son souffle se figea dans sa poitrine.

Une réponse – et une de soumission qui plus est. Son cœur se fractura devant cette seule nuance, mais ses reins s'enflammèrent sous une vague de salacité. Après tout ce temps, elle avait finalement donné une réponse – une réponse réelle. Oh bon sang, il devait l'embrasser. Son corps entier hurlait pour elle maintenant.

— Katianna ?

Une autre voix dit son nom.

Un souffle dur lui échappa lorsque la voix interrompit son geste. Il sentit la secousse dans son corps, sentit le tressaillement dans celui de Katianna également. C'était comme être arraché d'un rêve et percuté par un brakeboard. Ses yeux s'éloignèrent de Kat, se posèrent sur Amelia debout derrière eux. Il pouvait voir la suspicion dans ses yeux. Cependant, il s'assura qu'elle ne voit pas ce qu'il ressentait en ce moment. Cela ne lui rendrait pas service, d'être vu vulnérable et excité.

— Je suis prête à partir, Katianna, dit Amelia d'un timbre froid et impatient.

Trenton pouvait sentir la fureur dans sa poitrine, furieux qu'Amelia les interrompe lorsqu'il avait enfin vu un certain type de réaction à son contact de la part de Katianna. Il ne se l'était pas imaginé cette fois. Et maintenant, cela lui était volé.

Il baissa les yeux sur Katianna, qui était déchirée entre le regarder et regarder Amelia.

— Tu as volé beaucoup plus de moi, lui dit-il doucement, puis il recula pour la laisser partir.

Son souffle s'approfondit. Ce n'était qu'une question de temps avant qu'il cesse de l'attendre. La prochaine fois, il lui volerait bien plus que son souffle.

CHAPITRE DIX

COMPLEXE DE FIVE SOURCE SECURITY

Trenton était dans son bureau, essayant d'abattre la montagne de paperasse en attente. Il regarda le meuble, la pile de dossiers et de fichiers sur un coin à côté de la bannette métallique remplie d'une autre pile de dossiers, puis la pile de papiers en désordre qui était dispersée sur le reste de son bureau. Il n'allait rien abattre du tout s'il ne choisissait pas bientôt un assistant pour cela. L'événement était tout simplement devenu trop important pour qu'il puisse tout gérer lui-même. Il appuya sur le bouton du haut-parleur de son téléphone qui sonna chez Stefanie à la réception.

— *Oui.*

Le ton sarcastique qui la caractérisait résonna à travers l'enceinte du téléphone.

— Avez-vous confirmé avec le Resort Montauk Gardens pour la vente aux enchères ?

— *Oui. Tout est sur votre bureau.*

Il regarda ledit bureau. Bon sang, il le regardait depuis la dernière demi-heure et rien dessus ne concernait des réservations au Montauk Gardens. Il secoua la tête en pinçant les lèvres ; « tout » était un euphémisme.

— Qu'en est-il du dossier sur l'hôtel de l'île ?

— *Également sur votre bureau.*

— Vous savez, je crois que nous devrions commencer à poser toute cette merde sur votre bureau, afin que je puisse trouver des choses plus facilement.

— *Ce n'est pas moi qui dois gérer tout cela.*

— Venez ici afin...

Son ordre s'étira. Il n'arriverait jamais à vérifier tout cela s'il ne reprenait pas le contrôle de son bureau maintenant. Et il y avait encore plus de demandes qui arrivaient.

— *Marcus me fait déjà travailler sur quelque chose. Cela devra attendre.*

Trenton laissa échapper un soupir ; en dehors du bâtiment qu'il partageait avec ses frères, ils se partageaient également Stefanie et elle avait un talent pour utiliser cette excuse afin d'éviter certaines tâches. Mais d'un autre côté, travailler pour quatre hommes qui dirigeaient quatre sociétés distinctes pouvait tenir occupé n'importe qui. Mais en aucun cas ils ne le reconnaitraient devant elle, sinon ils ne pourraient plus lui faire faire quoi que ce soit. Pourtant, il devait bien l'admettre – silencieusement bien sûr, afin qu'elle ne prenne pas la grosse tête – elle faisait un sacré bon travail pour tous les gérer.

Cependant, pour le moment, elle ne lui était d'aucune aide. Du moins, pas avec ses fonctions de Dominus ou l'événement à venir qu'il devait organiser.

Être Dominus n'était pas simplement être le chef de meute au club – cela n'avait presque rien à voir avec son titre et sa position. Le *Club Pain* représentait la partie « amusement » de ce qu'il faisait à l'extérieur, et son titre venait de la façon dont il maîtrisait son mode de vie au sein de la société BDSM.

Au Club, si quelqu'un voulait trouver un sub ou un Dom pour jouer, il s'en chargeait lui-même. Les gens se réunissaient pour une nuit et le matin, ils étaient à nouveau l'infirmière, le facteur ou l'étudiant ; ils retrouvaient les enfants, la circulation et les factures. Mais pour les véritables membres du mode de vie D/s, le fait que le soleil se lève ne signifiait pas que tous ces sombres désirs s'en allaient avec la nuit ou la fermeture du week-end. Ils avaient encore à s'occuper de leur esclave/sub ou leur Maître/Dom à satisfaire. Et c'était là que Trenton entrait en scène. Il avait un nombre suffisant de soumis, d'esclaves, de Maîtres et de Doms pour effectuer des rotations, et il les associait sur demande. L'entremetteur du D/s en quelque sorte.

Donc, il était nécessaire pour Trenton de passer leur vie au crible afin de s'assurer que les Maîtres étaient bien formés et ne nuiraient pas à ceux qui leur seraient confiés. En outre, il vérifiait qu'ils pouvaient subvenir correctement aux besoins de leur esclave. Il devait aussi s'assurer que les esclaves étaient prêts pour un tel engagement. Même un week-end de soumission totale pouvait être écrasant pour quelqu'un qui n'était pas correctement préparé.

En ce moment, son bureau était recouvert de demandes pour son plus grand événement, le banquet de l'*Elysian Field* où ceux qui le voulaient pourraient enchérir sur certains des meilleurs esclaves disponibles lors de la vente aux enchères.

Certains des plus beaux hommes et des plus belles femmes venaient afin d'être soumis aux désirs d'un autre pour un certain laps de temps. Mis à part le plaisir indicible qu'ils trouvaient dans leur servitude, ils recevraient également un bon pourcentage de leur prix de vente aux enchères, après avoir rempli le contrat obligatoire. C'était le premier événement de ce genre, où les soumis pouvaient vivre une expérience complète de soumission et où les Maîtres pouvaient obtenir la crème de la crème en matière de *subs*.

C'était étonnant de voir combien de personnes voulaient cela. Combien voulaient se soumettre à l'expérience. Trenton le savait, et il parcourait le dossier de chacun, sélectionnant les meilleurs ; il se basait sur la formation, l'apparence, les références et s'il pensait qu'ils étaient prêts pour cela.

La sélection des esclaves qui seraient vendus aux enchères cette année s'était achevée deux mois auparavant avec un programme réalisé avec des photos et de courtes biographies de chacun, généralement écrites par leurs formateurs. Les programmes d'enchères avaient ensuite été envoyés aux acheteurs potentiels. Maintenant, son bureau était couvert de demandes, et cette année, elles avaient augmenté. Tant et si bien qu'il était contraint de rouvrir les inscriptions des esclaves, simplement afin de répondre à la demande des acheteurs.

Le banquet de l'*Elysian Fields* était une vente aux enchères qui fournissait les meilleurs serviteurs sexuels et qui avait lieu tous les deux ans. Maintenant dans sa quatrième biennale, l'événement avait de plus en plus de succès.

Katianna se glissa sur sa chaise à côté d'Amelia au café, après que Piper soit venue la chercher sur la propriété afin de l'emmener en ville pour déjeuner. Dès qu'elle fut assise, une serveuse apporta une assiette de nourriture.

— Sandwich Capicola, salami et jambon ?

Amelia pointa l'assiette vers Katianna.

— J'espère que cela ne te dérange pas. Tu prends toujours la même chose quand nous mangeons ici, alors j'ai pris les devants et j'ai commandé pour toi.

Elle leva les yeux vers son chauffeur, en lui faisant un sourire amical.

— Piper, si vous voulez en profiter pour manger quelque chose, cela me convient très bien. Nous n'aurons peut-être pas d'autre chance de nous arrêter après ça. J'ai plusieurs courses à faire. Oh, et assurez-vous de demander à la serveuse d'ajouter votre repas sur ma note, s'il vous plaît.

— Bien m'dame, répondit Piper avec un accent jamaïcain prononcé, puis il s'excusa afin de s'installer à une table contre le mur où il aurait toujours une vue dégagée sur les deux femmes pendant qu'elles mangeaient.

Katianna mordit dans son sandwich, pas le moins concernée par les dégâts qu'elle causait alors que son contenu coulait sur le côté. Elle était affamée et elle adorait les sandwichs chauds de Subway. Elle laissa échapper un gémissement heureux et lécha le mélange de mayonnaise et de moutarde épicée qui dégoulinait sur ses doigts.

Amelia ne put s'empêcher de remarquer un jeune homme, quelques tables plus loin, qui regardait Katianna sucer le bout de ses doigts avec un regard avide.

— Oh, s'il savait ce que tu écris dans tes livres. Je me demande s'il éjaculerait dans son pantalon en te regardant simplement avec ce détail ajouté dans son crâne.

La diablesse rousse eut un large sourire.

— *Euh...* Coucou ? Je mange là, balbutia Katianna en essayant de mâcher sa récente bouchée du sandwich gluant. Je ne veux pas savoir ce que certains types étranges pensent de moi.

— Et si c'était Trenton Leos assis là-bas à te regarder ? Voudrais-tu le savoir ?

Le visage de Katianna avait dû passer par toutes les nuances allant du blanc au rouge cramoisi en réaction à la suggestion d'Amelia. Non seulement Katianna ne parlait pas de la façon dont l'homme l'avait troublée lorsqu'il s'était approché d'elle, mais elle luttait désespérément pour effacer toute trace de désir pour lui de son corps. Il aimait la tourmenter, jouer avec elle, elle le savait. Mais quel homme n'aimait pas tirer sur les chaînes sexuelles d'une femme simplement pour l'entendre gémir lorsqu'elle s'abandonnait. Mais c'était tout ce que Trenton voulait d'elle. Qu'elle lui montre de l'intérêt ne ferait que compliquer les choses, le conduirait à garder ses distances avec elle – et elle ne voulait aucune distance entre eux. Elle prendrait toute l'attention qu'il lui donnerait.

Katianna cligna des yeux en direction d'Amelia qui regardait le spectacle coloré des expressions qui passaient sur son visage, et décida que sa seule issue était de changer de sujet.

— Alors, tu as fini de lire le livre ?

Amelia hocha la tête en avalant une bouchée de sa salade, mais avant qu'elle puisse commenter, elles furent approchées par un grand homme imposant. Pas exactement imposant, mais assez « épais ». Mais ce qui attira le plus l'attention de Katianna, ce furent ses yeux ; de petits yeux globuleux d'un bleu grisâtre qui vous regardaient sous des paupières épaisses. Et la malice qui y rôdait troubla instantanément Kat.

Elle ne connaissait même pas cet homme – il n'avait pas encore dit un mot et déjà les yeux de Kat cherchaient l'emplacement de Piper. Elle avait envie de ramper loin de lui – pas de courir, courir n'était pas bon, mais plutôt de se glisser aussi discrètement que possible dans une cachette invisible dans un coin – ou sous un rocher. Les rochers étaient bien. Elle était toujours un petit chaton effrayé.

— Quel plaisir de vous voir. Vous êtes Madame Quinneth, c'est ça ? les salua l'homme.

Un léger accent tchèque dans sa voix, édulcoré par des années passées aux États-Unis. Il pencha la tête d'une manière qui se voulait respectueuse.

Amelia avala sa bouchée et s'essuya rapidement la bouche avant de pouvoir répondre.

— Je suis désolée, nous nous connaissons ?

L'étranger croisa les mains devant lui, ses petits yeux perçants se baissant sur elles. Encore une fois, Kat regarda Piper afin d'établir un contact visuel avec lui. Leur visiteur n'était pas passé inaperçu et Piper s'était arrêté au milieu de son déjeuner, les regardant très attentivement, et quelque chose à propos de la posture de sa main ne semblait pas naturel – pas détendu.

— Peut-être pas officiellement. Votre entreprise gère une quantité considérable de mes fonds sur le marché européen et les gère même très bien, pourrais-je ajouter, expliqua l'homme debout à côté d'elles avec un hochement de tête. Pardonnez mon impolitesse, mon nom est Kirshnov – Nikolai Kirshnov.

Il se pencha légèrement au niveau de la hanche cette fois-ci, mais n'offrit jamais sa main pour serrer la leur. Katianna se retrouva curieuse de savoir pourquoi il avait fait cet affront implicite. Ses yeux étaient sournois et elle était de plus en plus consciente qu'il la lorgnait elle, plutôt que de diriger son attention sur Amelia. Et son cœur fit presque un de ces soubresauts lorsqu'il bougea et la regarda directement.

— Vous me semblez familière. Je vous connais ?

Katianna sentit toute couleur disparaître de son visage alors qu'il regardait vers elle, tout ce rouge cramoisi qu'elle avait senti en pensant à Trenton était maintenant blanchi à la chaux, remplacé par des nuances de gris étranges, lui faisant souhaiter que Trenton soit là, maintenant. Il se rendrait certainement compte que l'homme était diabolique et le ferait disparaître. N'est-ce pas ? Elle déglutit, constatant que l'invité surprise et Amelia regardaient tous les deux dans sa direction, attendant une réponse.

— Je ne pense pas. Je ne sors pas trop souvent, je suis une écrivaine – nous avons tendance à nous enfermer la plupart du temps.

Kirshnov garda ses mains jointes devant lui, frottant distraitement l'un de ses doigts comme s'il y avait eu autrefois un anneau là et qu'il avait cette vieille habitude de le faire tourner. Mais il n'y avait plus d'anneau, juste l'habitude. Il se balança légèrement sur ses talons, hochant la tête presque comme s'il le savait – mais certains hommes étaient comme ça quand ils parlaient avec une femme. Comme si elle ne pouvait rien dire qui serait nouveau ou instructif, et que l'écouter jacasser sur tout et rien était leur façon d'être polis. Voilà comment elle se sentait sous son regard. Elle aurait pu dire quelque chose comme « je dirige un cirque sur Mars » et sa réponse aurait généralement été la même.

— Ah... ma femme... elle aime lire. Elle lit... et lit. Toujours en train de lire.

Il agita une main comme pour dire « vous vous imaginez ? » ou quelque chose de cette nature.

— Qu'est-ce que vous écrivez ?

Katianna déglutit.

— De la romance.

— Ah, c'est probablement ça alors.

Il se retourna vers Amelia.

— Eh bien, ce fut un plaisir de tomber sur vous deux. Bonne journée, mesdames.

Et juste comme ça, il s'en alla.

Katianna était prête à partir ; même si l'homme avait disparu, ce n'était pas le cas de l'instinct qui lui disait de s'enfuir. Amelia n'était pas contrariée le moins du monde à propos de cet homme. Pour elle, c'était simplement un autre client qui s'était arrêté pour dire bonjour. Elle avait à peine remarqué son passage. Contrairement à Katianna qui tremblait de tous ses membres alors qu'elle écoutait silencieusement Amelia revenir au sujet de son livre et qu'elles terminaient leur déjeuner.

Mais une fois qu'elles furent installées dans la limousine, l'attitude calme et nonchalante d'Amelia changea lorsque Piper l'informa que Trenton lui avait donné l'ordre de la conduire à son bureau à cause de préoccupations urgentes.

Katianna n'était jamais allée au bureau de Trenton. Elle n'avait jamais vraiment beaucoup réfléchi à ce sujet, un bureau était un bureau, mais lorsque Piper les amena devant complexe, elle dut redéfinir sa conception du mot. Ce n'était pas seulement un bureau, mais un assez grand complexe ; un bâtiment élevé d'architecture moderne, une œuvre extraordinaire de verre sombre et de poutres voûtées. Katianna se tint devant, regardant le bâtiment un long moment. Cela avait dû être conçu par un artiste, car plus elle regardait, plus elle avait la sensation que le devant de l'immeuble était fait pour imiter la silhouette des courbes d'une femme. D'accord, elle commençait vraiment à voir des choses maintenant et cela la rendait nerveuse. *Stupides écrivains.*

Une grande partie de la paroi vitrée frontale était composée de la salle d'exposition des véhicules blindés qui pouvaient être vus de l'extérieur ; tous faisaient partie des *Transport Blindés de Scriven*. Le reste du bâtiment supérieur était composé de l'espace de bureaux que les hommes se partageaient, chacun positionné au-dessus du garage où Marcus entreposait les véhicules blindés de service, également fourni par son entreprise. À l'arrière, au même niveau que le garage, une autre large section était rattachée à l'immeuble. Il y avait un panneau sur lequel on pouvait lire : *Armurerie et stand de tir de New Hyde Park.* Elle savait que c'était l'entreprise de Diesel Gentry.

Au fil des ans, Katianna avait appris que les *frères* n'étaient pas réellement frères, mais ils avaient tous servi ensemble dans les Marines. Ensemble, ils avaient formé une unité spéciale – un groupe de reconnaissance composé de snipers. Pendant cette période, ils avaient tissé des liens tellement étroits qu'on les avait surnommés les Frères du Dominion, et le nom leur était resté.

Seuls Diesel et Trenton se connaissaient depuis plus longtemps.

Piper guida Amelia à l'intérieur, Katianna dans son sillage, trouvant un certain plaisir dans la perception du monde de Trenton. Le design intérieur moderne, le mobilier, tout donnait une définition approfondie de l'homme qu'elle observait et désirait, mais qu'elle avait à peine connu au cours des quatre dernières années.

Tout, dans ce bâtiment, chaque détail n'était que lignes, précisions et contraste. Il n'y avait pas de couleurs neutres ou mélangées. Ce n'était pas une atmosphère chaleureuse, mais plutôt franche et saisissante, tout comme l'homme lui-même.

— Mamzelle Dumas, s'il vous plaît, m'dame, attendez ici.

Piper pointa les canapés de la salle d'attente dans l'angle ouvert et aéré à l'avant, puis il conduisit Amelia par-delà la réceptionniste alors que cette dernière passait un appel intérieur, faisant savoir à Trenton qu'ils étaient arrivés.

(°ᵤ°)

— Merci d'être venue, Amelia.

Trenton parlait alors qu'il déplaçait une pile de dossiers de son bureau sur le sol à ses pieds. Il fit un geste de la main vers le fauteuil en face de son bureau.

— Je n'avais pas le choix, tu as réquisitionné mon chauffeur, répondit Amelia en plissant les lèvres afin d'essayer de contenir son humeur tout en prenant position dans le fauteuil.

Elle posa un coude sur l'accoudoir, mais ses mains serraient son sac à main comme si c'était une balle antistress.

— Je suis désolé pour cela, mais c'était nécessaire.

Trenton était en mode « affaires ». Amelia aimait avoir le contrôle dans son métier, mais en ce moment, il fallait que ce soit lui qui l'ait, et ses excuses n'iraient pas plus loin.

— Alors peut-être que tu devrais abréger et en venir directement au « pourquoi ».

Amelia était ennuyée oui, mais elle aussi était en mode « affaires » et attendait la raison derrière ses actions.

— Que peux-tu me dire de tes relations avec Nikolai Kirshnov ?

Amelia se mit instantanément à tapoter un long ongle sur son sac à main, réfléchissant si elle voulait aller dans cette voie avec Trenton ou non. Il y avait de lourdes implications ici, plusieurs qu'elle considérait comme une violation de la politique entreprise/client, mais il n'aurait pas demandé s'il ne considérait pas qu'il y avait matière à s'inquiéter.

— Il a dit que ma société gérait ses comptes – des annuités européennes, je crois. Il s'est arrêté en passant afin de se présenter et dire bonjour.

— L'est-il ? demanda Trenton en l'observant attentivement. Un client ?

— Je ne sais pas vraiment. Je ne gère pas personnellement les comptes de nos clients. Il faudrait que je vérifie.

— Tu devrais peut-être le faire, en effet.

Et elle entendit le ton d'avertissement dans sa réponse.

— Tu es dangereusement près d'outrepasser tes limites quant à la part de ma vie et de mes affaires que tu as le privilège de contrôler.

— Nikolai Kirshnov ne fait rien « en passant », l'interrompit Trenton. Cet homme fait partie de la mafia tchèque. Et quand il est question de la protection de mes clients, il n'y a aucune limite quant à savoir jusqu'où je peux aller lorsque certaines personnes que je considère comme dangereuses font une apparition. Non seulement je vais m'y intéresser, mais je vais vouloir savoir pourquoi.

Trenton et Amelia passèrent plus d'une heure à discuter pour savoir si Kirshnov était une menace ou non. Elle s'offensa particulièrement lorsqu'il demanda à voir les comptes de Kirshnov avec sa société. Quelle que soit la réputation d'un homme, cela relevait de la confidentialité du client et elle n'avait aucune intention de rompre le protocole. Cependant, Trenton réussit à la convaincre d'enquêter elle-même sur les comptes de Kirshnov, et que si elle voyait quelque chose de suspect, alors peut-être pourrait-elle venir lui en parler.

Amelia regarda sa montre ; elle allait être en retard s'ils ne concluaient pas maintenant.

— Je dois y aller. Tu as suffisamment bouleversé mon emploi du temps pour aujourd'hui. Peut-être que tu pourrais raccompagner Katianna à la maison, dit-elle en se levant de son siège et en lissant son tailleur du plat de la main. Maintenant que tu m'as fait perdre une bonne partie de ma journée.

Trenton ignora le ton amer, il y était habitué. Amelia détestait être retardée dans son emploi du temps.

— Je vais la raccompagner, dit-il.

C'était quelque chose qui ne le dérangerait jamais.

Katianna regarda Amelia s'en aller – marchant d'un pas décidé et jetant à peine un regard dans sa direction alors qu'elle passait devant elle, Piper sur ses talons.

Vous souvenez-vous lorsque vous étiez enfant – peut-être adolescent – et que vous aviez été convoqué dans le bureau du directeur pour constater que la moitié de vos amis avaient également été appelés ? Vous étiez tous assis dans la salle d'attente de l'administration, échangeant des haussements d'épaules, mais ne parlant pas vraiment alors que vous attendiez que votre nom soit appelé. Alors que vous attendiez que ce soit à votre tour de subir un interrogatoire afin de savoir qui avait réellement enroulé une ceinture-gode autour de la statue en bronze du fondateur de la ville, puis l'avait habillée en drag queen. Vous vous souvenez de ce jour-là ? Eh bien, c'était à peu près ce qu'elle ressentit lorsqu'elle leva les yeux et vit Trenton debout au fond de la pièce, lui faisant signe de venir. Son cœur eut instantanément une attaque de frousse.

— On dirait que tu es sur le point de prendre tes jambes à ton cou, lui dit Trenton en lui jetant un coup d'œil alors qu'elle le dépassait.

Tu crois ? Ses yeux avaient dû sortir de leur orbite lorsqu'elle se retourna vers lui. Elle cligna des paupières et lutta afin de calmer la nervosité qu'elle ressentait. Elle ne pouvait la baser sur rien de plus qu'une imagination hyperactive – après tout, elle s'était elle-même imaginé toute une histoire. *Stupides écrivains.*

— Détends-toi. Ce n'est probablement rien, mais je veux m'en assurer.

Avec une telle déclaration, Katianna combattit l'envie de le regarder d'un air idiot. D'accord, alors peut-être y avait-il plus que ce qu'elle s'était imaginée.

— Qu'est-ce qui n'est probablement rien ?

Elle avait déjà foncé aveuglément vers le danger une fois, quatre ans auparavant. S'il y avait une façon de le voir venir cette fois-ci, cela lui serait utile.

Trenton lui fit signe de prendre un siège, puis il se laissa tomber dans le fauteuil en cuir noir de l'autre côté de son bureau.

— Kat, l'homme qui s'est présenté comme Kirshnov, l'as-tu déjà vu auparavant ?

Vous voyez ? Elle savait qu'il y avait quelque chose d'étrange dans ces yeux globuleux, mais elle secoua la tête.

Trenton nota la tension dans ses épaules, accompagnée de son expression pâle.

— As-tu remarqué si quelqu'un te suivait dernièrement ?

— Autre que tes hommes ?

Il étouffa un rire.

— Oui, autre que mes hommes.

Il était assis dans une posture presque paresseuse. C'était étrange, puisqu'il était censé l'interroger. Il leva les mains, le bout de ses doigts se rejoignant tandis qu'il faisait pivoter le fauteuil en la regardant attentivement. Une partie de lui avait l'air préoccupée, concentrée tandis qu'il parlait avec elle de l'homme qui les avait approchées au déjeuner, et une autre partie semblait simplement apprécier de la regarder. Comme s'il était capable de séparer les deux expériences et de profiter de l'une tout s'occupant de l'autre.

Encore une fois, elle secoua la tête.

— Y a-t-il quoi que ce soit au sujet de son approche que tu pourrais me dire ? Quelque chose qui t'aurait donné l'impression qu'il faisait plus que simplement dire bonjour à Amelia ?

Les yeux de Katianna se détournèrent nerveusement. Elle se sentait presque comme un de ces témoins qui avait trop peur de témoigner : *Répondez à la question, témoin. Avez-vous vu le maître d'hôtel, avec le chandelier dans le laboratoire ?*

Elle baissa la tête et fixa ses mains sur ses genoux.

— Il n'arrêtait pas de me regarder. Même lorsqu'il parlait à Amelia.

Elle releva brusquement la tête.

— Je ne suis pas raciste ou quoi que ce soit. Je ne me soucie pas qu'il parle comme s'il était russe ou quelque chose comme ça, mais il m'a rendue... nerveuse.

Mais la plupart des gens ainsi que la plupart des situations la rendaient nerveuse. Une fois qu'elle l'eut dit, une part d'elle-même voulut reprendre ses paroles. Cet homme ne devait pas être accusé de quoi que ce soit en raison de son témoignage. Elle laissa échapper un gros soupir et regarda à nouveau Trenton.

— Il n'a rien fait, il n'a rien dit pour suggérer que son intention n'était pas simplement sociable. J'ai seulement...

Elle détourna à nouveau le regard, le front plissé.

Trenton voyait bien qu'elle avait peur, que d'une certaine manière, elle s'était fait toute une histoire dans sa tête. Mais il connaissait Kirshnov, et même s'il n'avait pas encore fait quoi que ce soit, ce n'était qu'une question de temps. Kirshnov n'était pas du genre sociable. Il ne disait pas bonjour à quelqu'un à moins de vouloir quelque chose de cette personne.

Il tendit le bras sur son bureau et appuya sur l'intercom du téléphone.

— *Oui ?*

— Stef, pouvez-vous vous procurer une des puces munies d'un GPS et me l'apporter ? Une pour un téléphone.

Il termina l'appel et regarda Katianna.

— Puis-je voir ton téléphone ?

Katianna sortit son téléphone PDA et le glissa vers lui sur son bureau. Trenton ravala le commentaire qui aurait comparé son téléphone à un dinosaure, mais cela n'empêcha pas le sourire qui vint sur son visage.

— Je suppose que tu n'as pas fait d'emplettes afin de te mettre à niveau ces derniers temps ? demanda-t-il, espérant à moitié que c'était simplement quelque chose qu'elle n'avait pas encore eu l'occasion de faire.

— Il ne sonne pas assez souvent pour que je m'en inquiète... donc non.

Elle haussa les épaules.

Il serra ses lèvres alors qu'il faisait sauter le capot et retirait la batterie. Le téléphone avait cinq ans, avec une vieille carte mémoire qui prenait le peu d'espace entre le mécanisme du téléphone et la batterie, trop vieux pour ce qu'il voulait qu'il fasse. Il retira la carte mémoire afin de faire de la place pour installer la puce GPS.

— Qu'est-ce que tu fais ? J'ai besoin de ça ! dit Katianna en se penchant et en essayant de lui arracher son téléphone des mains.

Trenton le tint hors de sa portée.

— Je vais te commander un nouveau téléphone. Je peux le tenir prêt pour toi la semaine prochaine et je m'assurerai que tout soit chargé dans le nouveau téléphone.

— Juste comme ça, tu décides que je dois me débrouiller sans la carte mémoire de mon téléphone ?

Il leva un doigt, l'incitant à se calmer.

— Avoir un moyen de te suivre si quelque chose devait arriver est beaucoup plus important qu'une longue liste de numéros de téléphone ou des photos, Katianna, dit-il en essayant de ne pas paraître trop pompeux.

— Ce ne sont pas des numéros de téléphone ou des photos. C'est ma liste de synopsis et d'idées d'intrigue ! rétorqua-t-elle vivement, soudain furieuse qu'il fasse un commentaire aussi présomptueux.

Trenton mit un frein à son attitude moralisatrice. Il savait très bien ce que ses outils pour son écriture représentaient pour elle.

— Et si je te promets que le nouveau téléphone sera livré chez toi dès demain ? Peux-tu te débrouiller une soirée sans ces données ? Juste pour un jour, Katianna ? S'il te plaît, dit-il en la regardant. Fais-le pour moi, afin que je puisse avoir l'impression que je peux te protéger.

Il ne pourrait pas le supporter si jamais quelque chose lui arrivait à nouveau, et il espérait qu'elle ne le pousserait pas à lui imposer sa décision.

Carte mémoire ou non, il ne la laisserait pas prendre ce risque. Il pouvait voir sa réticence, mais alors qu'il attendait silencieusement, elle retomba finalement en arrière sur son siège, abandonnant le combat. Ou plus probablement, sachant qu'il ne lui donnerait pas vraiment le choix.

Trenton dut se rappeler que Katianna avait peu de choses ; même après quatre ans, elle avait gardé une vie simple. Ses outils pour son écriture étaient ses objets les plus précieux et il lui enlevait l'un d'eux. Même pour un jour, c'était suffisant pour qu'elle s'en inquiète. Il se jura de tenir sa promesse de lui livrer le nouveau téléphone le lendemain après-midi avec toutes ses données ainsi que quelques ajouts, comme vingt façons d'entrer en contact avec lui – son numéro de portable, celui de son bureau, de son pick-up, du club, de sa maison, et ceux de tous ses frères. Ainsi que des numéros abrégés pour joindre la police et d'autres numéros d'urgence. Il mettrait même en place des applications wifi pour presque tous les dictionnaires en ligne, thésaurus et autre Wikipédia qu'elle pourrait imaginer. Il le ferait pour la remercier d'avoir céder. Pour elle.

Trenton chargea un de ses hommes de ramener Katianna chez elle. Même s'il aurait préféré le faire lui-même, profiter d'un peu de temps avec elle, il avait trop de choses sur son bureau pour s'en éloigner – et il voulait découvrir ce que mijotait Kirshnov.

Il se plongea dans l'examen des demandes des soumissions pour la prochaine vente aux enchères, mais lorsqu'il ouvrit le dossier suivant et découvrit un formulaire de demande de nul autre que *Vedoucí*[11] Nikolai Kirshnov, toutes les préoccupations précédentes de Trenton revinrent en force et redoublèrent. Il y avait visiblement des problèmes à l'horizon.

Kirshnov traînait une réputation de contrebandier d'esclaves au marché noir. Il avait même une fois géré un donjon BDSM clandestin. Mais lorsque des rumeurs avaient circulé au sujet de femmes qui auraient été tuées et leurs corps jetés, le donjon avait commencé à se déplacer vers des lieux inconnus, évitant ainsi les raids de la police tout en essayant de rester dans les affaires. Quelques années auparavant, le gouvernement fédéral l'avait finalement trouvé et Kirshnov avait disparu de la région de New York. Sauf qu'aux dernières nouvelles, des soupçons croissants suggéraient qu'il était de retour dans le circuit lorsque de nouveaux corps portant les mêmes blessures avaient été découverts un peu partout au cours de l'année écoulée.

Des mois plus tôt, Trenton avait réussi à persuader Harper de fureter au commissariat au sujet de cette affaire afin de s'assurer que cet homme n'était pas le suspect dans l'agression de Katianna. Le dossier que lui avait apporté Harper racontait des histoires horribles où des filles avaient été victimes d'un sadique. Elles avaient subi de multiples lacérations dues à la canne et d'autres objets considérés comme non acceptables. Leurs poignets et leurs chevilles avaient été liés, leur gorge étranglée, leur bouche bâillonnée et elles avaient été pénétrées sexuellement avec un certain nombre d'objets. L'estomac de Trenton s'était soulevé alors qu'il lisait les rapports que Harper lui avait apportés. Cinq filles en seulement huit mois, et cela ne l'avait pas étonné lorsque l'inspecteur Tate Marshal leur avait finalement rendu visite, à Dane et lui, afin de leur poser une multitude de questions.

---

[11] Mot tchèque signifiant tête, dominant

Trenton lui avait assuré que cela n'avait rien à voir avec du BDSM, que c'était de la folie et le mal incarné, et qu'un tel comportement n'était jamais toléré. Le véritable monde du D/s était une forme d'art et exigeait un certain nombre de règles, de maîtrise de soi et de responsabilités. Même un nouveau venu négligent dans ce domaine ne ferait pas ce genre de blessures.

Et c'était la raison pour laquelle cela l'énerva tant lorsqu'il vit la demande de Kirshnov. Hors de question qu'il autorise ce fils de pute à enchérir sur l'un des esclaves à sa vente aux enchères. Kirshnov devait savoir que sa demande serait rejetée, et c'était une raison supplémentaire pour que Trenton passe en alerte rouge lorsque cet homme était venu parler à Amelia et Katianna.

Il pouvait sentir la rage obstruer ses veines, comme cette sensation qu'il avait juste avant d'être envoyé en opération secrète ; nerveux au point d'être nauséeux et les doigts resserrés autour d'une gâchette invisible.

Trenton se leva de son bureau et se dirigea vers le couloir, vers la porte arrière qui le conduirait au stand de tir. Il ne pouvait pas rester les bras croisés à son bureau une seconde de plus ; il avait besoin d'expulser un peu d'énergie.

— Hé, où vas-tu ? entendit-il Marcus l'appeler alors qu'il passait devant la porte de son bureau.

Trenton s'arrêta net et recula de quelques pas afin de passer la tête dans l'entrebâillement.

— Tirer quelques coups.

— Dane vient d'appeler, il a dit qu'il était en chemin afin de t'aider à terminer ces demandes avant ton départ pour Paris. Et il voulait revenir sur la sécurité de l'événement.

Trenton se pinça le nez puis se gratta la tête.

— Je dois tirer sur quelque chose, je vais exploser si je ne le fais pas… envoie-le-moi lorsqu'il arrivera, tu veux bien ?

Marcus lui fit un signe de tête, puis tapota son bureau avec le stylo qu'il avait dans sa main.

— Veux-tu que j'échange la limousine d'Amelia avec l'un des SUV ? Mettre un peu d'acier supplémentaire autour d'elle ?

Trenton secoua la tête avec une expression réticente.

— Elle n'acceptera pas. Elle aime la Lexus blindée. Impossible que tu la fasses entrer dans l'une des Ford Excursion, même pas dans l'une des Volkswagen Caddy.

Marcus se rencogna dans son fauteuil, réfléchissant un peu plus à la question, mais il fut distrait lorsque son téléphone sonna.

— Vas-y, je t'enverrai Dane lorsqu'il arrivera.

Trenton rejoignit les portes donnant sur l'escalier qui l'amena à l'armurerie. Il repéra Diesel à l'avant au comptoir et il traversa le magasin afin de le rejoindre. Il passa derrière le comptoir et accéda à l'une des armoires et en sortit deux harnachements pour pistolets laser qu'ils utilisaient pour des programmes virtuels.

— Hé frangin, je m'attendais à ce que tu me rendes visite aujourd'hui.

— Ouais…

Trenton se frotta le visage d'une main alors qu'il ouvrait l'un des tiroirs d'armes à feu sur la paroi arrière afin d'examiner les choix qui s'offraient à lui. Il était d'humeur à avoir quelque chose de lourd dans la main. Il choisit le Dragon Mark, un gros calibre 357 et un pistolet mitrailleur Tavor.

— Dis, tu as le temps de lancer le programme de la salle d'entraînement ? demanda-t-il par-dessus son épaule alors qu'il commençait à raccorder les récepteurs laser aux deux armes qu'il avait sélectionnées.

— Oui. Tu veux *Je n'y vois pas à un mètre* ou *L'enfer se déchaîne* ?

— Juste le programme *Je n'y vois pas à un mètre*. Je n'ai pas besoin de m'énerver plus que je ne le suis déjà.

— Pas de problème. Laisse-moi m'occuper du client et je l'aurai prêt pour toi au moment où tu seras en position, dit Diesel.

Il jeta un coup d'œil sur son épaule alors que Trenton se dirigeait vers le couloir et remarqua qu'il n'avait pas pris les lunettes à vision nocturne avec lui.

— Hé ! tu as oublié la vision nocturne ! l'appela-t-il.

— Je n'en ai pas besoin ! entendit-il Trenton crier en retour.

Diesel secoua la tête.

— *Je ne veux pas m'énerver plus que je ne le suis déjà* – mon cul, marmonna-t-il alors qu'il encaissait l'achat de l'homme au comptoir. Ça fera trois-cent-vingt dollars et trente-cinq cents.

Il reporta son attention sur l'écran d'ordinateur sur le comptoir et cliqua sur l'icône de la salle d'entraînement tandis que son client rangeait sa carte de crédit.

— Ouais, signe le pad et nous en avons terminé.

Sa main droite cliqua sur l'icône « accepter » sur le registre de son écran d'ordinateur, puis il poussa le pistolet acheté dans sa boîte vers son nouveau propriétaire tandis que sa main gauche mettait en marche un logiciel de programme sur l'ordinateur.

— Fais-moi savoir quand tu auras un peu de temps pour venir et tirer quelques coups avec ça, Rob.

— Je n'y manquerais pas, Diesel. Merci. Bonne journée.

L'homme lui fit un salut en guise d'au revoir, puis il se dirigea vers la sortie.

Au moment où Diesel lançait le programme d'entraînement et examinait les écrans de surveillance, Dane entra dans la boutique.

— Hé, Deez. Marcus m'a dit que Trenton était par ici.

Diesel pointa son pouce par-dessus son épaule, désignant les moniteurs sur le mur derrière lui avec un sourcil haussé. Six écrans de télévision fixés sur la paroi montraient l'intérieur de la salle d'entraînement virtuel sous différents angles, chacun fournissant une image de leur frère se mettant en place au fond de la pièce.

— Ouais ? dit Dane, ses yeux brillants comme ceux d'un enfant à qui on venait de donner accès au dernier jeu vidéo. À quel stade en est-il ?

— Il commence à peine.

Dane se planta à côté de lui et ils fixèrent tous les deux les écrans.

Trenton fit rouler ses épaules et laissa échapper un long soupir alors qu'il attendait que le programme démarre. Diesel avait passé des années à concevoir ce programme, une sorte de maison de l'horreur glorifiée – constitué pour moitié d'imagerie virtuelle, et de cibles apparaissant brusquement pour l'autre moitié, y compris un repositionnement mécanique des accessoires et des murs, d'où le nom : *Gun Gauntlet*[12]. Diesel avait dépensé un joli paquet d'argent afin de construire cette fichue chose, mais cela en avait valu la peine. Il s'était tout remboursé lorsqu'il avait signé un contrat avec l'armée ainsi qu'avec la police locale. On ne pouvait qu'adorer ces contrats militaires et gouvernementaux.

La chambre s'obscurcit et Trenton entendit des pas approcher autour de lui, créés par un certain nombre de haut-parleurs relayés par un système de son surround, venant à la fois du plafond et du sol. Un clic de talons – Trenton garda le Tavor rangé dans son holster à la cuisse, le Dragon357 fermement tenu à deux mains et fixant sa cible partiellement positionné, prêt à réagir, mais suffisamment calme pour ne pas agir trop tôt. Les cliquetis de talons se rapprochèrent. Il tenta d'identifier mentalement la cible avant qu'elle entre dans son champ de vision : ce devait être une femme en talons hauts ou une fille faisant le trottoir. Et effectivement, quelques clics plus tard, l'hologramme d'une jeune fille faisant le trottoir glissa sur le mur comme une apparition.

— Tu me cherchais, mon beau ? lui demanda l'image d'un ton envoûtant, mais en continuant son chemin sur l'écran.

Un claquement de bottes battant le pavé se fit entendre du côté opposé de la salle. Un souffle d'air à ses côtés pour le déconcentrer. Il sursauta, mais garda les yeux fixés droit devant lui, son arme levée, et il tira au moment où la silhouette bottée entra dans son champ de vision. L'hologramme de la fille qui faisait le trottoir cria, le bruit de ses talons courant sur l'asphalte s'estompant peu à peu, mais une autre cible vint en amont – un homme maigre avec une capuche qui tira sur lui. Il y eut un flash, puis la pièce s'assombrit encore plus avec des

---

[12] Une course d'obstacles en partie virtuelle et en partie mécanique à des fins de formation

images de fumée accompagnées d'une machine à brouillard qui rendait encore plus difficile d'y voir. Maintenant, Trenton devait écouter – se reposer sur son instinct.

Seulement, il y avait un problème lorsque vous ne pouviez pas voir et que votre esprit était troublé ; ce trouble avait une façon de hanter vos pensées.

L'écho d'un téléphone portable le fit se retourner rapidement et il vit l'image de quelqu'un derrière lui.

— Waouh ! Cool, mec ! lui dit l'apparition.

Puis le crissement des pneus d'une voiture s'approchant et un autre bruissement derrière lui.

Non, réfléchit-il, *la voiture en premier.*

Cette dernière apparut et Trenton put voir des silhouettes de mitrailleuses à l'intérieur du *véhicule*. Il visa. Pneu, capot, conducteur. Trois coups de feu éclatèrent, touchant ses cibles, et le système audio caché remplit la salle avec des sons d'accident de voiture. Qu'y avait-il derrière lui ? Une sorte de bruissement. Il plongea alors que des coups de feu retentissaient au-dessus de sa tête. Mais un autre appel téléphonique résonnait dans sa tête et pas celui du programme.

~~ Tu sais cette affaire sur laquelle je travaille...

... Oui...

... Il s'est attaqué à une autre victime...

... Si tu as besoin de quelques-uns de mes gars, tu n'as qu'un mot à dire...

... C'était cette écrivaine de tes amies ~~

La pièce replongea dans le noir, puis il y eut un éclair et le paysage virtuel changea. L'attention de Trenton se reporta sur la salle, la cartographiant mentalement alors que les murs physiques se poussaient hors du périmètre principal, créant un labyrinthe. Des coups de feu furent tirés dès le départ. Il plongea – et roula – mais il entendit le buzz.

Cible atteinte. Extrémité supérieure, annonça la voix du programme au-dessus de lui.

— Merde, jura Trenton.

Les scanners du programme informatique avaient détecté qu'il avait plus que probablement était touché à l'épaule.

— Reste concentré, se murmura-t-il à lui-même.

Il secoua la tête. Bon sang, il était concentré – trop concentré. Il ne l'était tout simplement pas sur la pièce dans laquelle il se trouvait.

~~ Qu'est-ce que c'est, Trenton ?

... Quoi ?...

... Ça...

... J'ai ce sentiment...

... Quel sentiment ? Trenton, ça ne te ressemble pas. Tu ne fais pas de fixation sur les femmes. Tu les choisis, tu joues un peu avec elles ~~

La salle se remplit avec les sons d'une foule se rapprochant – un groupe de petits voyous adolescents. Ils utilisaient la ruelle pour faire rebondir leur voix et l'écho protégeait leur position. Trenton garda les yeux en alerte et les oreilles dressées.

Un clic. Il pivota, tira le pistolet de son étui et ouvrit le feu, dégommant trois cibles avec un jet de laser simulant des balles.

~~ *Waouh... Rouge ! Dangereux territoire, mec. Tu penses que c'est la bonne, pas vrai ?* ~~

Trenton se jeta au sol, roulant sur le dos alors qu'une image hologramme émergeait de derrière une benne à ordures qui roula dans sa direction et entra durement en contact avec lui. Il leva le 357 et tira.

La scène virtuelle dans la salle changea à nouveau et plus de brouillard emplit l'air autour de lui. Un bourdonnement régulier, comme celui d'une machine, imprégna l'espace entier de l'entrepôt, remplissant ses oreilles, faisant vibrer sa poitrine sous le bruit. Il fallait qu'il donne un grand coup de pied à son instinct afin d'occulter le bruit sourd qui l'enveloppait. Pourtant, ses pensées le déstabilisaient toujours.

La menace de Kirshnov faisant une apparition publique. Il avait parlé à Katianna, s'était concentré sur elle – Kirshnov ! C'était une menace sérieuse. Une que Trenton ne pouvait ignorer et ne supportait pas. Pendant quatre ans, il s'était tenu à l'écart afin de donner du temps à Katianna. Afin qu'elle ait l'espace dont elle avait besoin pour trouver une certaine indépendance et pouvoir faire le choix qu'il allait bientôt lui demander de faire. Mais avec Kirshnov rôdant autour d'elle... il le tuerait si quelque chose arrivait à Kat. Comment pouvait-il la protéger sans précipiter les choses ?

~~ *C'est un fantasme, Trenton ! Ce n'est qu'un foutu fantasme !...*

... Non ! Je ne l'abandonnerai jamais ! C'est tout ce que j'ai toujours voulu ! Et elle sera celle qui comblera mes besoins ! Je dois simplement lui donner du temps ! ~~

Non, il devait y avoir un moyen de la faire entrer dans sa vie tout en la protégeant. Cependant, il lui avait caché tellement de choses, il l'avait protégée en ne lui disant pas à quel point ses désirs étaient profonds – ce que cela voulait vraiment dire lorsqu'on l'appelait le Dominus. Il ne pouvait pas simplement la jeter dans son monde.

~~ *Parce que, Trenton Leos... Elle n'est pas ton type.* ~~

Si, elle l'était. Elle était parfaite pour lui – parfaite pour s'abandonner à lui. Il en avait eu un avant-goût lorsqu'ils étaient à l'exposition.

~~ *Tous vos bains sont-ils aussi beaux à regarder ?* ~~

Un point rouge clignota sur le mur ; il était ciblé par le faisceau du laser. Trenton bondit de sa cachette, roula afin de se remettre sur ses pieds, visa et dégomma sa cible... un autre derrière... il se tourna...

Clic !

— Merde !

Il était à court de munitions. Il avait perdu le compte, il n'avait pas tapoté le laser de son arme pour indiquer qu'il rechargeait. Le tir de l'ennemi était à bout portant, un flash rouge éclairant un point sur sa poitrine.

Cible atteinte. Tir mortel.

L'ordinateur le désigna comme le perdant.

Et il l'était. Il laissa tomber son menton sur sa poitrine et il se tint là, tout en laissant ses pensées le tourmenter un peu plus.

~~ *Laisse-moi te montrer à quel point tu es magnifique... Tu as volé beaucoup plus de moi...*

... S'il te plaît, je ne vaux pas le temps que tu perds avec moi...

... Oh, je pense que tu vaux largement mon temps ~~

Il entendit la porte de la salle s'ouvrir. Il n'aurait pas dû s'infliger ça. Il rangea son arme et fit courir ses deux mains sur sa tête et dans ses cheveux, avant de s'autoriser à faire face à l'homme qui était venu pour le confronter.

— Tu veux en parler ?

Le ton calme et autoritaire de Dane traversa le brouillard sombre qui remplissait la salle.

Trenton secoua la tête de gauche à droite.

— Je ne saurais pas par où commencer.

— Commence par la laisser entrer afin que, lorsqu'elle sera prête, elle sache exactement dans quoi elle s'embarque. Tu ne peux pas continuer à essayer de la garder à proximité et de la tenir à distance en même temps. Et aucun de nous n'a envie de te ramasser sur le trottoir.

Bon sang – c'était comme s'ils étaient tous médiums ou quelque chose du genre. Ses frères savaient ce qui le tracassait, mais là encore, ce n'était pas très difficile à deviner. Rien et personne ne l'avait autant déstabilisé que Katianna.

— Tu en as terminé ici ? lui demanda Dane en lui lançant un regard inquiet.

— Oui...

Il leva les yeux en prenant une profonde inspiration afin de retrouver son sang-froid.

— Oui, je suppose.

— Bien, parce que nous avons beaucoup de papiers à examiner.

CHAPITRE ONZE

AÉROPORT INTERNATIONAL DE JFK – DESTINATION : PARIS, FRANCE.

Katianna devenait de plus en plus nerveuse au fur et à mesure que l'avion faisait vrombir ses moteurs. Ils n'avaient même pas quitté le terminal et elle était déjà dans tous ses états. Elle n'avait jamais pris l'avion auparavant, et tout ce à quoi elle pouvait penser, c'étaient à des scènes de films. Ils se terminaient toujours par un désastre. *Stupides écrivains.*

Trenton avait insisté pour qu'elle prenne le siège du côté du hublot, sans en expliquer la raison, mais elle savait pourquoi. Dans les films, quand les terroristes tentaient de détourner l'avion, les passagers des sièges de l'allée étaient les plus vulnérables, mais cela permettait également aux héros de sauter sur les méchants et de sauver tout le monde. Elle grimaça alors que ces scénarios se jouaient dans sa tête. *Stupides écrivains.*

De l'autre côté de l'allée, où Trenton et elle avaient pris place, se trouvait Diesel, lui aussi sur le siège donnant sur l'allée, puis Amelia, puis Ramos. Payton était assis quelques sièges devant eux. Ils étaient comme ces agents des services secrets ou quelque chose comme ça, placés à des positions stratégiques.

— Tu réfléchis trop, lui fit remarquer Trenton en la regardant, comme s'il y avait un néon sur son front qui lui disait ce qu'elle était en train de penser.

Stupides écrivains.

L'avion bougea brusquement et elle fut presque éjectée de son siège. Elle aurait fait un bond et aurait frappé le compartiment à bagages, si ce n'était la prise qu'elle avait sur les accoudoirs. Son cœur tomba au fond de son estomac lorsque l'avion commença à rouler en marche arrière et que la passerelle aéroportuaire qui avait été leur seul moyen d'entrer dans l'avion – et d'en sortir – se décrocha. Oh, mon Dieu, elle allait mourir.

Trenton pouvait sentir sa tension ; elle allait exploser de peur à la seconde où ils prendraient de la puissance pour le décollage si elle n'arrivait pas à se détendre. Il attrapa sa main et la tira à lui, donnant ainsi à ses doigts la liberté de s'accrocher à sa chemise. Ne nécessitant pas d'autres encouragements, ils s'agrippèrent instantanément au tissu, mais les yeux de Katianna ne se détournèrent pas du hublot.

Alors que l'avion attaquait le dernier virage afin de s'aligner sur la piste, la respiration de Katianna se transforma en halètements. Lorsque l'avion commença à rouler la piste afin de prendre de la vitesse, elle appuya violemment ses pieds sur le sol comme si elle pouvait le ralentir. Les doigts de son autre main, toujours fermement agrippés à l'accoudoir, devinrent blancs. C'était étonnant qu'elle ne s'évanouisse pas vu la façon dont elle hyperventilait lorsque l'avion décolla du sol.

— Ça aiderait si tu ne regardais pas, essaya-t-il de la réconforter.

— C-c'est comme dire à qu-quelqu'un de n-ne pas regarder vers le bas.

Elle déglutit, les yeux douloureusement exorbités, en regardant la terre ferme sécurisante devenir de plus en plus petite.

Trenton laissa échapper un soupir alors qu'il tendait le bras et fermait le hublot, la grondant doucement lorsque la main de Katianna se leva pour l'ouvrir à nouveau. Bon sang, il aurait dû le voir venir et emporter de la Dramamine ou un autre sédatif pour elle. Mais c'était trop tard maintenant. Cela voulait simplement dire qu'il allait devoir acheter une nouvelle chemise une fois qu'ils seraient arrivés à Paris. Il laissa tomber sa main sur son poignet, y enroulant ses doigts.

— Katianna ?

Elle le regarda d'un air plus nerveux qu'interrogateur.

— Désolé, dit-il avant de brusquement resserrer la main, appuyant ses doigts sur des points de pression sur chaque côté de son poignet.

La bouche de Kat s'ouvrit sur un large O, son souffle se coinçant dans sa gorge alors qu'elle luttait pour empêcher un couinement de s'échapper. Trenton ne la relâcha pas, augmentant au contraire la pression alors que l'avion grondait puis se soulevait du sol.

Katianna céda finalement et un gémissement franchit ses lèvres.

— Ouille.

Et lorsque l'avion se stabilisa, il assouplit sa prise, remplaçant l'étau par un massage doux, seulement pour la voir lui arracher rapidement sa main avec un air renfrogné en se renfonçant dans son siège.

Il laissa échapper un gros soupir. Au moins, il lui avait permis de supporter le décollage sans qu'elle ait une crise cardiaque. Cependant, il était toujours furieux qu'Amelia ait insisté pour emmener Katianna. Paris était magnifique et il apprécierait de lui montrer ses merveilles, mais Paris était également un endroit dangereux en ce moment. Tout comme l'était Amelia.

DEUX SEMAINES AVANT LEUR VOYAGE

— *Bon, je voudrais William et Ramos avec moi.*

Amelia avait appelé Trenton afin de mettre au point les dernières dispositions à prendre concernant les gardes du corps qu'elle comptait emmener.

— Bon sang, Amelia, tu sais parfaitement bien que j'organise personnellement les voyages à l'étranger.

— *Depuis quand ?* reprit la voix à l'autre bout du fil, essayant rapidement de rejeter l'implication de Trenton dans les arrangements.

— Depuis que la France a mis en place le plan Vigipirate ces derniers temps à la suite des récents attentats.

— *Ça n'aurait pas quelque chose à voir avec le fait que j'emmène Katianna cette fois-ci, par hasard ?*

— Outre le fait que je gère *toujours* les voyages à l'étranger, tu sais très bien que c'est en effet le cas. C'est déjà assez fou que tu prennes le risque d'aller en France avec les menaces de mort que ta famille a récemment reçues, mais l'entraîner avec toi est plus qu'irresponsable.

— *Les publicistes français ouvrent le marché à l'Érotica américain et Katianna Dumas est au sommet de la liste. C'est une occasion en or pour elle.*

— Génial ! Fais-lui passer un appel longue distance.

— *Je l'emmène et c'est tout.*

— Alors je l'accompagnerai à chaque pas, et c'est tout.

Maintenant, il se demandait à quoi avait bien pu penser Amelia en persistant dans son idée d'emmener Katianna.

Durant ces deux semaines, les plans de voyage d'affaires d'Amelia étaient allés de mal en pis. Elle avait été forcée de faire appel au Conseil d'administration pour une réunion au sommet. Un vote devait avoir lieu afin de savoir s'ils devaient ou non fermer deux des plus grandes usines d'ingénierie de l'entreprise. Une des usines fabriquait le plus large éventail d'équipement minier au monde : d'énormes dragueurs de terre capables de niveler une montagne en quelques jours, qu'ils louaient aux grandes sociétés minières qui les utilisaient. La deuxième usine produisait des pièces pour les machines de la première, ainsi que pour d'autres sociétés qui exploitaient des plateformes pétrolières sur terre et sur mer. Les deux usines étaient situées dans des pays déchirés par la guerre, la Turquie et l'Égypte. Alors que les usines elles-mêmes étaient productives et fournissaient un certain nombre d'emplois pour les communautés dans lesquelles elles étaient implantées, elles étaient également des cibles de choix pour les terroristes et les insurgés qui envahissaient ces zones. En bref, les investisseurs et les personnes qui dirigeaient ces usines avaient peur et voulaient se retirer.

Alors maintenant, le voyage de quatre jours initialement prévu était parti pour durer bien au-delà d'une semaine, jusqu'à ce que le Conseil ait pris une décision. Katianna n'avait besoin d'être présente que quelques heures.

Trenton avait en tête de ramener directement Katianna à la maison juste après, mais la menace devenait trop importante pour la famille Quinneth. Quelqu'un avait déjà tiré sur l'un des frères d'Amelia, et une alerte à la bombe avait été lancée dans l'entreprise familiale. Il devait rester pour le bien d'Amelia. Ce qui coinçait également Katianna.

PARIS, FRANCE

Trenton avait depuis longtemps appris que la meilleure façon de forcer son corps à s'adapter aux six heures de décalage ainsi qu'au double coup d'un vol de sept heures, c'était de ne pas vous coucher à l'heure à laquelle vous en aviez l'habitude, mais de vous astreindre à rester debout les heures supplémentaires puis d'aller au lit en même temps que Paris. Donc, dès qu'ils étaient revenus dans leur suite après le dîner, Trenton s'habilla afin de se rendre dans l'un des célèbres clubs de sexe de Paris, *La Nuit Rouge**.

Katianna pensait différemment au sujet de ses plans : ce n'était pas parce qu'elle avait écrit des livres avec des scènes de sexe torrides et explicites que cela signifiait qu'elle voulait aller dans un club où les gens pouvaient satisfaire ouvertement leurs fantasmes. Elle ne manifesta pas son désir de décliner jusqu'à ce qu'Amelia sorte de sa chambre, prête à accompagner Trenton.

Diesel se porta volontaire pour rester plutôt que de pousser Katianna à y aller, et peut-être que cela ferait également du bien à Trenton. Ce dernier allait rester avec Katianna tout au long de leur séjour à Paris et une telle constante proximité était susceptible de lui causer une surcharge de désir. Une libération partielle de sa tension sexuelle pourrait le maintenir sain d'esprit – bon, d'accord, probablement pas. Mais Diesel était prêt à rester à l'hôtel et à laisser son frère penser qu'il avait encore ce genre d'option.

Après leur départ, il ne fallut pas longtemps à Katianna pour grimper aux murs : trop de fatigue due au vol pour écrire et il n'y avait rien dans leur hôtel pour la divertir. Elle ne pouvait même pas regarder la télévision, car tout était en français. Pour ajouter à sa frustration, Diesel parlait couramment le français, tout comme Trenton et Amelia, alors la télévision lui convenait très bien.

Diesel était sorti pour une pause aux toilettes et lorsqu'il revint, il trouva Katianna qui, bien que toujours sur le fauteuil, était maintenant tournée à l'envers, assise la tête en bas. Sa tête pendait sur le bord du siège et ses pieds étaient drapés sur le dossier tandis qu'elle regardait à la télévision.

Diesel se mit à rire.

— Est-ce qu'être assise de cette façon t'aide à comprendre le français ?

Le front de Katianna se plissa instantanément, son visage prenant un air renfrogné et ses lèvres faisant sa célèbre moue.

— Non, répondit-elle sur un ton qui confirmait qu'elle boudait. Je m'ennuie. Pourquoi ne nous sommes-nous pas installés dans un hôtel avec piscine ?

— Peu d'hôtels à Paris en ont. Mais, *La Nuit Rouge**en a une.

Elle se redressa brusquement et cligna des yeux dans sa direction.

— Le club où Trenton et Amelia sont allés ?

— Oui, à l'intérieur. Ils permettent même d'y nager si on y met le bon prix.

— Quel genre de prix ? dit-elle avec un regard méprisant.

Diesel lui sourit.

— Le genre que je serais heureux de payer, si nous y allons.

Elle était sur le point d'accepter, mais de toute évidence, elle se souvint de la nature du club.

— Mais je ne veux pas aller dans une boîte de nuit pour y avoir des relations sexuelles, Diesel.

Ce dernier rit encore plus.

— Le fait que tu y ailles ne signifie pas que tu doives participer. Tout le monde ne le fait pas. C'est simplement autorisé, si tu veux le faire.

— Je ne veux pas regarder non plus.

Son visage affichait une inquiétude maussade.

— Il y a quatre salles dans le club, et ce genre de pratique n'est autorisé que dans deux d'entre elles.

Lorsqu'il fut clair que le sexe n'était pas une condition obligatoire, ses nerfs se détendirent et la curiosité sembla la posséder.

— Et comment tout cela fonctionne-t-il, de toute manière ?

Elle était curieuse de le savoir.

Diesel se réinstalla sur le canapé, croisant les bras sur sa poitrine.

— Je ne vais pas répondre à d'autres questions. Tu veux savoir comment cela fonctionne, tu vas devoir t'y rendre. Allez, il te suffit de penser que cela va donner une nouvelle tournure au jeu : *Nomme cette jupe.*

Il se moquait d'elle, se rappelant comment l'esprit de la petite écrivaine avait pondu quelques contes alléchants sur le genre qu'était une personne par rapport à la jupe qu'elle portait. Cela avait été encore plus amusant lorsqu'ils avaient ajouté des cartes de score à ce jeu.

Katianna rit. Diesel se demanda à quel point elle se souvenait de cette nuit, car une bonne partie devait être un peu floue après son deuxième Long Island Tea.

— Tu ne laisseras personne me toucher, n'est-ce pas ?

— Non, sourit-il. Et je peux t'assurer que Trenton ne l'autorisera pas non plus. Bon sang, si tu voulais un jour que quelqu'un d'autre te touche, tu aurais un mal de chien à le convaincre de te le permettre.

Le Club *La Nuit Rouge** était l'un des fameux clubs de sexe de Paris ; un endroit où vous pouviez venir seul ou avec un partenaire, profiter d'une soirée dans une atmosphère de boîte de nuit et apprécier ouvertement le sexe – si vous choisissiez de le faire. Contrairement aux clubs de sexe d'Amsterdam, celui-ci était un endroit où vous pouviez avoir des rapports sexuels consentis entre clients, pas une maison de passe. Les prostituées n'étaient pas autorisées à l'intérieur de *La Nuit Rouge**.

Le club se divisait en cinq sections : la première était un salon d'accueil spacieux et convivial avec un bar, un grand buffet de hors-d'œuvre et de nombreux sièges, et la musique était maintenue à un volume d'ambiance. C'était principalement pour permettre aux clients de rencontrer de nouvelles personnes ou tout simplement afin de « s'échauffer » pour les autres zones du club. Certaines tables étaient en fait des plateaux de jeux de société afin que les clients puissent s'y attarder et défier quelqu'un à un jeu d'échecs ou de dames. C'était une façon unique d'apprendre à se connaître les uns les autres, ou pour gagner du temps afin de calmer la nervosité de « la première fois ». Option que Diesel refusa à Katianna.

Passé la zone d'accueil et de rencontre se trouvait la partie principale du club et la plus grande de ses cinq sections. Un mélange de tables de bar, de canapés et de box encerclant les deux points d'intérêts de la pièce à l'atmosphère de taverne : le grand bar en îlot central et – comme Diesel l'avait promis – une grande piscine creusée dans le sol.

Diesel conclut son affaire avec le directeur du club et guida Katianna à l'intérieur. À leur droite, en face de la piscine, des doubles portes menaient à la piste de danse. Alors qu'ils passaient devant, ils purent voir à travers les portes de verre les corps qui se balanceraient et tournoieraient toute la nuit sur la musique techno européenne, ou plutôt jusqu'à ce que le faire avec des vêtements ne serait plus désiré. Ce serait alors que les clients se déplaçaient dans l'une des deux pièces à l'arrière où les vêtements étaient autorisés jusqu'à devenir facultatifs.

Il offrit de lui faire faire le tour de l'endroit, mais Katianna ne le laissa même pas la taquiner en jetant un coup d'œil au-delà de ces portes. Pour elle, savoir quel était le but du club était suffisant pour garder ses pieds solidement ancrés au bord de la piscine.

Trenton avait déjà englouti plusieurs shots d'une tequila quelconque ; il lui semblait plutôt logique que la boisson ne soit pas vraiment à son goût, tout comme ne l'étaient pas non plus les clients à l'intérieur du club. Il secoua la tête à ses propres observations désobligeantes. Il avait l'habitude de venir ici et de profiter au maximum de l'endroit alors qu'il se frayait un chemin à travers la foule des corps enlacés – à travers le labyrinthe de lits à peine séparés les uns des autres et les chaises longues sur lesquelles des couples se perdaient dans leur recherche de ce qu'ils n'avaient pas encore atteint. Il marchait parmi eux comme un aristocrate dans son propre château, parce qu'il savait – il savait ce qu'ils étaient désespérés de trouver et manquaient par là même ce que le vrai plaisir signifiait. Comme un seigneur, il connaissait le secret pour trouver le nirvana sexuel.

Peut-être que sa vanité était trop élevée dans un endroit comme celui-ci, mais il ne pouvait pas s'en empêcher ; voir un tel besoin sur leurs visages, leur désespoir à atteindre la satiété complète.

Trenton tendit la main vers son shot suivant en regardant son contenu. Il savait ce qu'il voulait. Ce n'était tout simplement pas ici, et comme la tequila bon marché qu'il buvait, il essayait seulement de faire pour le mieux avec les cartes qu'il avait.

Une femme dans le coin du bar sourit dans sa direction. Sa main qui tenait le verre s'immobilisa à quelques centimètres de ses lèvres alors qu'il la regardait – des mèches courtes et hérissées de cheveux brun doré encadraient son visage et sa nuque. Le chemisier au col rond plongeant révélait un décolleté pulpeux orné d'une longue chaîne et d'un médaillon qui glissait dangereusement entre ses seins. Il l'observa alors qu'elle prenait une longue gorgée de son verre de vin, puis léchait ses lèvres colorées d'un rouge aguichant tout en gardant les yeux baissés. Elle fantasmait sans avoir le courage de le regarder. Tant qu'elle gardait les yeux baissés, il la trouvait attrayante. Mais il ne ressentait rien.

Ce n'était pas bien. Il était ici en service commandé pour protéger Katianna ; il ne pouvait pas se permettre d'être en sa présence *et* complètement excité par elle. Il fallait qu'il se débarrasse d'un peu de sa frustration sexuelle d'une manière ou d'une autre. Sa main n'allait pas faire l'affaire ; il ne ferait que penser à *elle*. Ce qu'il devait faire, c'était se mettre quelqu'un d'autre dans la tête.

Son regard se déplaça vers le petit verre qu'il tenait encore entre ses doigts et il le fixa un instant. Il n'y avait de place pour personne d'autre dans sa tête.

Trenton sortit de ses pensées alors que quelqu'un s'approchait, et il fut étonné de voir qui c'était.

— Que fais-tu ici ? demanda-t-il lorsque Diesel se tint soudain à côté de lui.

— La meilleure question serait : que diable fiches-tu ici ? dit Diesel en tendant le bras et en prenant le verre des doigts de Trenton avant de le vider.

Il fit une grimace pincée.

— Beurk – c'est horrible.

Puis il posa le verre à l'envers avec tous ceux que Trenton avait alignés afin de tenir le compte.

— Je suis venu ici pour me distraire, se défendit Trenton.

Diesel regarda la rangée de verres en face de son frère en haussant un sourcil dans sa direction.

— Ah oui ? Et comment ça marche pour toi ?

Trenton se pencha en arrière sur le comptoir.

— Plus je bois, plus tout ça commence à avoir l'air attrayant.

Les yeux de Diesel se plissèrent.

— Laisse tomber. Ta queue ne durcit pour personne, sauf pour les esclaves que tu formes et pour Katianna.

Il abattit une lourde main sur l'épaule de Trenton.

— Alors arrête de te mentir à toi-même en pensant que tu vas trouver quelqu'un ici pour t'apaiser, frangin.

Trenton repoussa le bras épais et lourd de Diesel de son épaule.

— Ma queue va très bien, et ce soir, elle voudra quelqu'un d'autre que Kat.

Il protesta lorsque Diesel laissa échapper un sourire en coin.

— Fais ce que tu veux, mais pour l'instant, j'ai mis quelque chose dans la piscine – tu veux bien garder un œil dessus pendant que je vais faire un petit tour ?

Trenton regarda autour de lui et se souvint brusquement que Diesel était censé surveiller Katianna.

— Hé, où diable est Kat ?

Diesel sourit.

— Elle est en sécurité et plus proche que tu le crois.

Trenton marqua un temps d'arrêt alors qu'il comprenait le commentaire précédent de Diesel.

— Attends une minute, qu'est-ce que tu veux dire par « j'ai mis quelque chose dans la piscine » ? dit-il en lançant un regard dur à Diesel.

Il savait qu'il était ivre, mais qui diable Diesel avait-il mis dans la piscine ?

Diesel se tourna et pointa un doigt de l'autre côté de la salle, sur la petite femme nageant dans la piscine.

— Fils de pute, dit Trenton en se frottant le visage avec sa main. Pourquoi a-t-il fallu que tu l'emmènes ici, Deez ?

— Parce que tu as besoin d'elle – et que tu dois arrêter de la fuir.

Trenton lui jeta un regard mauvais.

— Je ne fuis rien du tout. Mais maintenant que tu l'as emmenée ici, tous les poivrots du club vont payer pour nager avec elle.

Il poussa Diesel de sa ligne de mire alors que ses yeux balayaient la foule à la recherche de signes montrant que d'autres pourraient bientôt la rejoindre.

— Détends-toi. J'ai payé le manager un millier de dollars pour refuser tout le monde pendant deux heures.

Trenton regarda Katianna tournoyer joyeusement puis plonger sous l'eau et nager sur toute la longueur de la piscine. Il fut immédiatement fasciné par sa présence, et enfin, son sexe se réveilla. Il grogna.

— Ma vengeance sera effroyable lorsque ton heure viendra, Deez.

— Si jamais je trouve quelqu'un qui peut gérer mes besoins – et je ne plaisante pas là – alors s'il te plaît, n'hésite pas à pointer mon nez dans la bonne direction. Je serai heureux de succomber, se moqua Diesel en lui assénant une grande tape sur l'épaule avant de s'éloigner et de disparaître dans la foule.

Trenton se rendit à la piscine et s'accroupit près du bord, attendant que Katianna refasse surface. Lorsqu'elle le fit, ses yeux semblèrent s'illuminer en le voyant et elle nagea vers lui et s'accrocha sur le bord, à côté de ses pieds.

Trenton fit de son mieux pour contenir le gémissement qu'il sentait gonfler dans sa poitrine et le sang qui se précipitait vers son sexe rien qu'en la regardant.

— As-tu une idée d'à quel point tu parais vulnérable et séduisante dans cette piscine ?

— Diesel m'a fait venir[13].

Mais à peine avait-elle dit les mots qu'elle réalisa qu'ils n'étaient pas sortis comme il fallait.

— Ici, ajouta-t-elle en clignant pensivement des yeux. Diesel m'a fait venir ici.

Trenton éclata de rire.

Elle se baissa dans l'eau jusqu'à ce qu'elle lui arrive à ses lèvres, ses yeux pâles regardant timidement vers lui. Il se souvenait de ce regard, sauf qu'elle était dans une baignoire à l'époque. Son sexe se raidit encore plus au souvenir. *Bon sang, Diesel.*

— Sors de la piscine afin que je puisse te sécher.

— Non, dit-elle en lui faisant une moue espiègle. J'aime être dans la piscine.

Trenton se frotta les lèvres tandis que des pensées terriblement tentantes de fessées pour avoir refusé lui venaient à l'esprit.

— Tu aimes les piscines ?

Elle acquiesça.

— As-tu déjà vu ces magazines d'architecte où ils conçoivent les piscines dans la maison ? Penses-tu que quelqu'un a vraiment ce genre de chose ? demanda-t-elle.

— J'en construirai une dans la mienne si c'est ce qu'il faut pour t'y attirer.

---

[13] « Diesel made me come » peut également se traduire par « Diesel m'a fait jouir »

L'offre fit briller ses yeux comme un néon et ses joues devinrent roses.

— Avec une baignoire dans la chambre à coucher ? ronronna-t-elle d'un ton lubrique.

— Surtout avec une baignoire dans la chambre.

Elle rit.

— Tu dis ça uniquement parce que tu as bu.

— J'ai seulement bu assez bu pour l'admettre bêtement. Pour toi, je ferais tout ce que tu désires afin de t'installer dans ma maison.

— Comme une piscine avec une chute d'eau ?

— Si cela te fait plaisir.

Il avait peut-être bu, mais il ne mentait pas. Il la voulait avec lui et sous lui. Il la voulait dans tous les sens imaginables, jusqu'à ce que cela fasse mal. Une chute d'eau lui semblait très exotique en ce moment.

Le sourire de Katianna s'agrandit.

— Tu vas me transformer en enfant gâtée.

— Tu ne sais pas à quel point ! répondit-il, son propre sourire égalant celui de la jeune femme.

Seigneur, il avait l'impression que son cœur allait exploser alors que la conversation était à deux doigts de faire plonger Katianna dans sa vie. Et elle lui souriait toujours, ses yeux timides miroitant dans l'éclairage du club.

— Et que dois-je donner pour un tel traitement personnalisé ?

— Toi. Toute entière. Ta soumission complète.

Katianna se figea au commentaire.

Trenton vit le changement en elle. Encore maintenant, le terme « soumission complète » était une demande qu'elle n'était pas certaine de vouloir accepter.

— Lorsque tu seras prête, ajouta-t-il subtilement afin de lui faire savoir qu'elle n'avait pas à s'abandonner à lui tout de suite.

Il adoucit son sourire, mais il ne perdit pas ce qu'il ressentait à l'intérieur pour elle. Elle était proche – si proche de lui maintenant.

— Cela signifie-t-il que je peux rester dans la piscine un peu plus longtemps ? dit-elle, utilisant le sens de son offre ouverte comme un moyen de changer le sujet.

Et apparemment, elle prit son rire comme un *oui* alors qu'elle se repoussait du mur et nageait avant de plonger sous la surface. Puis l'admira à travers l'eau, les ondulations à la surface créant une barrière qui lui permettait de le regarder indirectement, comme un rêve dans un univers parallèle.

Il l'observa du bord. Une sirène, voilà à quoi elle ressemblait à ce moment-là, flottant sous la surface dans la chemise blanche qu'elle portait. Ses jambes se déplaçaient gracieusement, comme une sirène avec des jambes. Elle était belle. Il rit presque tout haut alors qu'elle l'observait en retour. C'était tellement surréaliste. S'il ne la connaissait pas mieux, il aurait commencé à s'inquiéter qu'elle reste aussi longtemps sous l'eau, mais il l'avait vu de nombreuses fois lorsqu'il était allé sur la propriété d'Amelia. Il l'avait regardée alors qu'elle nageait dans la grande piscine là-bas, et il savait parfaitement combien de temps elle pouvait retenir son souffle.

Trenton fit glisser sa main sur son visage afin de briser le regard verrouillé entre eux. C'était un défi croissant pour lui, cela devenait trop difficile de ne pas la toucher lorsqu'elle était près de lui – comme une douleur au fond de lui, luttant pour sortir. C'était une bonne chose qu'elle soit dans la piscine à cet instant ; il avait bu trop d'alcool et cela jouait sur son contrôle.

Katianna regarda la silhouette ondulée et déformée de son corps s'éloigner du bord de la piscine. Quelle était l'expression qu'il arborait ? Quelque chose l'avait contrarié et elle aurait aimé savoir ce que c'était. Jouant avec le fantasme, elle se demanda s'il espérait vraiment trouver cette soumise pour remplir sa vie. Était-il possible qu'un homme ne veuille qu'une seule soumise, sa façon à lui d'avoir une épouse ? Elle avait besoin de respirer et elle émergea, nageant le long de la paroi de la piscine du côté opposé tout en apercevant Trenton de retour au bar. Elle le regarda alors qu'il payait son addition puis avalait un shot qui l'avait attendu sur le comptoir.

Elle pouvait voir l'angoisse en lui et elle ne pouvait pas s'empêcher de se demander si elle en était la cause. Après tout, il était venu ici seul et Diesel l'avait amenée, et maintenant, Trenton était coincé à veiller sur elle pendant que Diesel était quelque part dans le club, profitant sans doute de la liberté sexuelle qu'il lui fournissait.

Katianna aurait voulu avoir le courage de dire quelque chose à Trenton. De se soumettre à lui. Pas comme sa soumise, mais simplement se soumettre à ses désirs – elle pouvait faire cela – mais pas ici. Pas ici où ce n'était que du sexe – du sexe sans connexion. *Sans visage*.

Le choc instantané de la main de quelqu'un sur son épaule la fit s'agiter dans l'eau et elle plongea immédiatement sous la surface avant d'avoir eu le temps d'émettre un son. Mais lorsqu'elle vit l'homme essayer de l'atteindre à nouveau, elle s'éloigna du bord d'un coup de pied tout en restant sous l'eau. Elle entendit le splash et regarda en arrière, voyant le tourbillon de bulles et l'homme trapu qui avait sauté derrière elle. Le cœur de Katianna commença à rater plusieurs battements alors qu'elle nageait frénétiquement afin d'atteindre l'autre côté. Elle refit surface et laissa échapper un cri aigu lorsqu'elle sentit les doigts de l'homme saisir sa cheville.

— Viens ici, jolie petite chose. Je veux simplement apprendre à te connaître, appela l'homme américain, tendant une fois de plus le bras vers elle lorsqu'elle réussit à se dégager.

— Trenton ! hurla-t-elle, le nom rebondissant sur la surface de l'eau.

Trenton se retourna vivement au son de la voix de Katianna qui l'appelait et elle vit la fureur instantanée dans son regard à la vue d'une personne qui la poursuivait. Il fut au bord de la piscine juste au moment où elle l'atteignait et il se baissa afin de l'attraper. Il glissa un bras autour d'elle sous ses aisselles et la tira avec toute la force de ses jambes alors qu'il se levait, puis il la fit passer derrière lui et dans le même mouvement plongeait son bras de côté.

Katianna vit l'éclair sombre alors que Trenton sortait son arme et la pointait sur l'homme qui était encore en train de nager, inconscient du danger dans lequel il venait de se mettre. Au moment où l'homme leva les yeux et planta son regard sur le canon du pistolet de Trenton, il fit immédiatement marche arrière, les mains levées en signe de reddition alors qu'il reculait.

Trenton rangea son arme et guida Katianna, avec une commande ferme de son corps, vers le bar où une serviette l'attendait. Il enroula l'épais tissu éponge autour d'elle, la sécha, caressant son corps avec lui – laissant l'acte lui-même apaiser sa propre contrariété.

— Ça va mieux maintenant ?

Il força un petit sourire pour son bien-être. Elle hocha la tête, le laissant la sécher et la réchauffer avec un regard presque possessif.

Son esprit le ramena à l'époque où elle lui avait permis de faire beaucoup plus. Des souvenirs qu'il chérissait. Il fit passer le coin de la serviette sur ses cheveux, observant son expression calme alors qu'elle le regardait, pas dérangée par ses attentions. C'était une trop grosse tentation pour lui et il l'attira à lui, toujours enroulée dans la serviette, et l'embrassa.

Sa bouche s'ouvrit facilement pour lui et le premier goût de sa langue sur la sienne l'enflamma. Ce premier baiser léger était comme une bouffée d'oxygène frais et cela ne lui suffisait pas. La tentation s'épanouit en une faim incontrôlée comme un feu de broussailles pris dans une brise tiède, et il la piégea rapidement dans ses bras, la langue enfouie au-delà de ses lèvres, s'emmêlant avec la sienne. Il posa une main derrière sa tête afin qu'elle ne puisse pas s'éloigner, puis il s'enfonça plus profondément.

(ᵕ‿ᵕ)

La tête de Katianna tournait ; son baiser était si profond et affamé que c'était tout et bien plus encore que ce qu'elle avait imaginé. Il la faisait fondre et la marquait sous la force de sa bouche ; elle avait attendu cela depuis si longtemps. Elle avait l'impression de tomber dans sa tempête, chaque centimètre de son corps vibrant comme sous de petites décharges électriques, l'exigence de son baiser brisant tous les freins qu'elle aurait pu mettre alors qu'il la submergeait. Elle n'arrivait pas à le suivre dans sa quête, ne pouvait pas égaler la faim dévorante qui léchait sa bouche – pourtant, rien ne pouvait dissiper le goût de tequila qui lui rappelait qu'il avait bu et qu'il avait admis être ivre. Ce n'était pas réel du tout, mais c'était tellement agréable qu'elle ne voulait pas s'en soucier. Son corps flamba lorsqu'elle le sentit se presser contre elle – ses bras musclés se verrouillant autour d'elle envoyant des vagues de luxure et de désir dans toutes les directions. Oh, mon Dieu, elle avait besoin de ça.

Elle fut vaguement consciente qu'il la soulevait dans ses bras, l'emportant quelque part sans jamais rompre son baiser. Elle avait un besoin désespéré de respirer maintenant tandis qu'il dévorait ses lèvres. Ses bras puissants dominaient son corps, la gardant sous son contrôle. Elle entendit vaguement la musique du club s'estomper et sentit un rembourrage contre son dos alors qu'il la déposait sur quelque chose – puis elle entendit le son des autres personnes dans leurs étreintes sexuelles à proximité et elle se figea.

Elle sentit les mains de Trenton glisser sur le côté de son corps et s'immiscer entre ses jambes afin de les ouvrir pour lui. Plus de gémissements d'étrangers atteignirent ses oreilles, agressant ses sens. Les caresses excitantes de la main de Trenton n'étaient pas suffisantes pour bloquer les gémissements de ces inconnus qui avaient sans aucune honte des relations sexuelles à proximité d'elle.

Elle rompit le baiser et le repoussa, les paumes à plat contre sa poitrine.

— Stop ! protesta-t-elle lorsque ses poussées s'avérèrent vaines contre lui.

Le grognement bruyant d'un homme trop près pour son confort et une rage soudaine la remplit. Tout ce qu'elle pouvait sentir maintenant, c'était tout le monde dans le club et elle ne voulait pas être l'une d'entre eux. Elle ne voulait pas être la baise ivre de Trenton Leos à Paris. Elle ne pouvait pas supporter cette perte d'intimité, même si c'était celle dont elle avait rêvé – celle qu'elle avait toujours voulue entre eux. Mieux valait rester avec son fantasme silencieux que de se soumettre à cela. Et elle poussa une plainte exigeante cette fois.

— STOP !

(•ω•)

Trenton recula, sentant que quelque chose était inacceptable pour elle, et il sentit l'aiguillon de sa main sur son visage lorsqu'elle le gifla.

— Je ne te laisserai pas me prendre ici !

Son cri était rempli de douleur et de rage, mais avant que sa tête puisse calculer les excuses nécessaires, elle sauta de la chaise longue et s'enfuit. Sa fuite fut de courte durée et il l'entendit glapir encore une fois.

Il courut vers le couloir pour la trouver recroquevillée sur le sol contre le mur, le visage enfoui dans ses bras tandis qu'un homme nu comme un ver et tout aussi surpris qu'elle se penchait sur elle. L'homme croisa le regard mauvais de Trenton.

— Je ne voulais pas lui faire peur, dit-il en levant les mains et en faisant un petit geste impuissant, fréquent chez les Français. Elle a couru droit sur moi.

La réponse exaspérée vint en français.

Trenton se dirigea vers Katianna, l'attirant dans ses bras, la protégeant tout en faisant signe à l'homme de reculer.

— Chut, tout va bien. Je te tiens.

— Je veux rentrer chez moi, marmonna-t-elle dans sa chemise alors que ses doigts s'y crispaient.

Il la souleva dans ses bras, le cœur terriblement douloureux. Il avait vraiment merdé, laissant sa passion pour elle s'échapper. Il avait espéré qu'elle était prête, mais il avait eu tort.

— Je te promets de te ramener chez toi le plus tôt possible. Pour l'instant, je vais te ramener à l'hôtel.

Trenton héla un taxi, laissant la limousine pour Amelia et les autres. Il était si pressé de sortir Katianna du club qu'il ne prit même pas la peine de chercher Diesel ou de se rendre au vestiaire afin de récupérer les vêtements de la jeune femme. Il savait que Diesel n'aurait pas hésité à partir s'il le lui avait demandé, ce dernier n'étant pas dans l'exhibition de la passion sous quelques formes que ce fût. Le contact de sa main sur le cou ou le dos de ses partenaires – peut-être même un baiser sur la tempe, mais c'était à peu près tout. C'était un homme très privé quand il était question de ses propres partenaires, mais cela ne le dérangeait pas de regarder les autres.

Trenton jeta un regard sur Katianna, qui glissa à peu près aussi loin de lui qu'elle le pouvait au coin du siège.

— Kat... dit-il en se frottant le front. Je suis désolé. Je n'avais pas prévu que tu sois là. J'avais bu pas mal de verres et lorsque tu es arrivée... eh bien, je suis devenu vraiment excité...

(ᵔᵥᵔ)

— Non ! le coupa-t-elle sèchement tout en gardant ses yeux rivés à la vitre. S'il te plaît, non, répéta-t-elle, plus doucement cette fois, révélant sa douleur.

Elle ne voulait vraiment pas entendre qu'il était ivre et excité, et qu'elle était une cible facile pour le moment. Cela avait été une erreur, elle le savait. Elle n'était vraiment pas son genre, seulement quelqu'un avec qui s'amuser. Et cela faisait mal ; c'était aussi douloureux que ce qu'elle aurait ressenti si elle l'avait laissé combler ses désirs là-bas, avec le monde entier pour la voir dans sa honte. Elle se mordit les lèvres pour étouffer le sanglot qui menaçait de sortir alors que les larmes coulaient sur ses joues.

(ᵔᵥᵔ)

De retour à l'hôtel, Katianna s'enferma dans sa chambre. Lorsque Trenton essaya de s'excuser encore une fois à travers la porte, il n'obtint que le son de la douche qu'elle actionna afin de ne pas l'entendre.

Il était hors de lui, mais bon sang, quand les autres rentreraient, il allait étaler Diesel sur le sol pour avoir déclenché cet enfer. Se disant que Katianna ne sortirait pas de sa chambre ce soir, il descendit au salon. L'hôtel n'avait pas de piscine, mais il y avait un bar ouvert toute la nuit et une meilleure tequila.

Il commanda quatre doigts d'El Condeazul Blanco on the rocks, saisit une poignée de citrons verts et la petite bouteille de Tabasco, puis il trouva une table dans le coin d'où il pouvait voir le hall d'entrée de l'hôtel et il se mit à descendre des verres, essayant de mettre plus d'alcool dans ses veines qu'elles pouvaient en supporter. Il avait bêtement laissé ses désirs pour Katianna exploser et elle s'était enfuie loin de lui, alors ceci était sa punition. Il allait tuer Diesel pour ça.

Alors qu'il avait déjà ingurgité plusieurs verres, son téléphone vibra dans sa poche. Il songea pendant un instant à l'ignorer, mais même ivre, il avait plus de jugeote que ça. Il avait déjà fait une énorme erreur. Il le sortit de la poche de veste et répondit :

— Trenton.

— *Où diable es-tu ?*

La voix de Diesel venait par vagues.

— Au salon de l'hôtel.

— *Vous avez pris un taxi ?*

— Ouais.

Les réponses de Trenton étaient dénuées de convivialité, mais pas agressives non plus.

— *Je viens te retrouver.*

Et la ligne se coupa, ce qui signifiait que Diesel avait remarqué son ton et savait que quelque chose n'allait pas.

Trenton s'installa confortablement sur son siège en sirotant lentement sa boisson. Il créa une flaque de sauce épicée sur la table à côté de son verre, y trempa le doigt puis le porta à ses lèvres afin de le lécher avant de mordre dans une autre tranche de citron vert, permettant à ses émotions de mijoter. Une petite partie de lui l'avertit de ne pas le faire ; il était le seul à blâmer. Mais bon sang, il en avait assez, et ce qui était bien avec la tequila, c'était qu'un homme pouvait y noyer ces petites voix qui croyaient tout savoir.

Environ une demi-heure après avoir raccroché avec Trenton, Diesel était de retour à l'hôtel où il trouva son frère dans le salon où il avait dit qu'il serait, noyant sa blessure dans l'alcool et avec un air un peu trop moralisateur. Un avertissement clair que son frère était d'humeur à se battre.

— Alors... qu'est-il arrivé ?

Diesel interrogea Trenton, sans compter obtenir une réponse cohérente sinon une qui reflétait l'humeur dans laquelle il était.

Trenton vida son verre puis le laissa tomber sur la table.

— Oh, quelque chose au sujet de suivre les conseils de mon frère et de ne pas fuir loin de ce que je veux le plus.

— Tu l'as fait fuir, pas vrai ?

Diesel ne montra aucun remords ni sympathie ; cela aurait été vain dans une situation comme celle-ci.

— Allez... il est tard.

Il fit signe à Trenton de le suivre, et étonnamment, ce dernier se leva et suivit Diesel dans le couloir, vers les ascenseurs.

— C'est de ta faute... l'accusa Trenton d'un ton mordant alors qu'ils atteignaient les portes en acier.

— Hé, je t'ai dit d'arrêter de la fuir. Je ne t'ai pas dit de lui sauter dessus, répondit-il en appuyant sur le bouton pour monter.

— Qu'est-ce qui te fait penser que c'est ce qui s'est passé ?

— Putain Trenton, tu es comme un lion avec une érection en ce moment !

— Alors tu n'aurais pas dû l'emmener au club.

Les portes s'ouvrirent et Diesel entra dans la cabine.

— Et tu ne devrais pas boire quand tu es dans un tel état d'esprit.

— Hé, Deez ?

Diesel se tourna pour le regarder. Il savait qu'il n'aurait pas dû le faire, mais il le fit quand même. Il fonça droit dans celui-là. Avant qu'il puisse parer le coup, le poing de Trenton vola vers lui.

Au seizième étage, les portes de l'ascenseur s'ouvrirent et Diesel portait sur ses épaules un Trenton maintenant dans les pommes.

Alors qu'il faisait son chemin dans le couloir vers leur suite, il se frotta sa mâchoire et toucha légèrement l'os de la joue sous son œil droit. Heureusement que Trenton était ivre, sinon il aurait probablement reçu plus que quelques coups de poing avant de pouvoir le maîtriser ; mais, bon sang que ces quelques coups faisaient un mal de chien.

DIMANCHE

Trenton essaya plusieurs fois de faire sortir Katianna de sa chambre alors que la journée progressait – bon sang, il n'obtenait même pas qu'elle vienne à la porte ou lui réponde. Lui, de son côté, avait été près de briser la porte plus d'une fois. Seuls les yeux attentifs des autres l'avaient empêché de le faire. Surtout les regards désapprobateurs d'Amelia, qui avait remarqué qu'il avait apparemment fait quelque chose de terriblement mal, au point que cela avait modifié le comportement de Katianna. Heureusement pour lui, Amelia avait ses propres soucis, passant la plupart de son temps au téléphone ou sur l'ordinateur afin de parler avec divers membres de son conseil d'administration. Alors que la conférence au sommet ne commençait pas avant le lendemain, en vérité, les débats qu'il couvrirait avaient déjà débuté.

Trenton frappa à la porte de Katianna en passant encore une fois devant sa chambre.

— Kat ? Nous allons bientôt partir dîner. Comptes-tu sortir de là pour manger ?

Il fit de son mieux pour paraître amical, mais n'obtint rien d'autre que du silence, alors il retourna dans la grande salle et se laissa tomber sur le canapé dans un geste de frustration. Il avait vraiment merdé et à cause de cela, il n'arrivait pas à atteindre la jeune femme.

— Essaie de l'appeler, lui suggéra Diesel alors qu'il le rejoignait.

— Je l'ai déjà fait.

— Tu as essayé les textos ?

Trenton attrapa son téléphone sur la table et envoya un texto à Katianna. Il fut surpris lorsque, quelques minutes plus tard, il obtint effectivement une réponse.

Txt : *J'écris – arrête de me déranger. —Katianna*

Txt : *Vas-tu sortir pour manger ? —Trenton*

Txt : *Non. —Katianna*

Txt : *Veux-tu que je te rapporte quelque chose ? —Trenton*

Txt : *Soda. —Katianna*

Trenton réfléchit un long moment, puis il tapa *désolé* et cliqua sur « envoyer », mais aucune réponse ne lui parvint.

Il jeta sans ménagement le téléphone sur la table basse et se frotta le visage des deux mains avant de les faire passer dans ses cheveux. Puis il laissa échapper un profond soupir, ses mains reposant derrière sa tête.

Quelques instants plus tard, Amelia émergea de sa chambre, prête pour le dîner.

— Kat vient de m'envoyer un texto demandant que vous arrêtiez tous les deux de l'interrompre.

— Elle est restée enfermée toute la journée, rétorqua Trenton.

— Elle écrit... c'est comme ça qu'elle écrit, répondit Amelia en lui jetant un coup d'œil.

Elle voyait bien que Trenton n'était pas particulièrement heureux de ne pas avoir le contrôle sur la jeune femme. Elle n'était pas dupe cependant ; elle savait que quelque chose était arrivé la veille. Surtout depuis que Trenton et Diesel arboraient tous les deux un œil au beurre noir et une lèvre fendue. Mais quoi que ce soit, Katianna était dans une frénésie d'écriture et elle venait de terminer la lecture du long extrait que la jeune femme lui avait transmis par e-mail, prouvant qu'elle était bien en train d'écrire. L'histoire était si intensément érotique et sombre qu'elle avait rendu Amelia plus humide qu'elle ne l'avait été depuis un bon moment.

— Elle n'écrit pas,

Trenton ne croyait pas à cette excuse qui n'avait pour but que de le faire taire.

— Si. Je viens de lire une partie de ce qu'elle m'a envoyé. Elle a écrit plus de trente pages aujourd'hui. Cela fait beaucoup, même pour elle, mais c'est du lourd et pour ma part, je veux voir où cela va nous mener. Alors pour le reste de la journée, je ne veux pas que l'un de vous frappe à nouveau à sa porte.

<u>LUNDI</u>

Un autre matin arriva et toujours aucun signe que Katianna avait l'intention de sortir, mais cela n'était pas étonnant. Trenton était très conscient qu'elle était restée debout très tard, écrivant encore. Lorsque tout le monde était allé se coucher, il avait entendu le léger cliquetis de ses doigts sur les touches de l'ordinateur et vu la faible lueur sous sa porte. Mais lorsqu'il reçut l'appel du bureau de sécurité de l'hôtel, la règle de la laisser tranquille devint caduque.

— Deez ! Rassemble tout le monde ! Maintenant !

Qu'en est-il d'elle ? demanda Diesel en se redressant et en pointant la porte de la chambre de Katianna.

— Brise la putain de porte s'il le faut ! lui ordonna-t-il alors qu'il attachait son holster et rangeait le Beretta M92 à sa place.

— Qu'est-il arrivé ? demanda Payton qui était sorti de sa chambre en entendant le vacarme.

— Il y a une alerte à la bombe, répondit Trenton en se tournant et en lançant un regard inquiet à Diesel. Fais-les tous sortir. Je dois aller retrouver la sécurité en bas.

Puis il colla son téléphone à son oreille afin d'appeler le chauffeur tandis qu'il se dirigeait vers la porte.

En bas, Trenton parla avec un nombre incalculable de membres de la sécurité de l'hôtel, de la police locale, de la brigade antiterroriste et de l'unité de déminage française. La menace était arrivée quelques minutes auparavant, exigeant la mort de tout le personnel de Quinneth Global Management, dont neuf des membres du conseil d'administration étaient descendus dans cet hôtel. C'était la première fois que la société Quinneth n'avait pas fait des réservations pour tout le monde au même endroit. Cela aurait fait une cible plus accessible pour ceux qui voulaient que la conférence au sommet n'ait pas lieu. Il était plus sûr d'avoir tout le monde éparpillé. Mais alors, qui choisissiez-vous de frapper ? En fait, cela réduisait la menace à une seule personne – Amelia Quinneth. Elle était la vice-présidente de Quinneth Global Management et présidente du conseil d'administration ; la décision finale lors de la réunion serait prise par elle.

L'unité de déminage était déjà sur place, balayant l'hôtel avec les chiens, mais jusqu'à présent, aucune menace réelle n'avait été découverte. Trenton était sur le point d'appeler Diesel lorsqu'il entendit les cris de Katianna venant de la direction des ascenseurs.

Ils apparurent, Payton et Ramos en tête avec Amelia entre eux, Diesel loin derrière, avec Katianna jetée sur son épaule encore dans sa chemise de nuit. Trenton ne s'était pas attendu à ce qu'elle résiste d'une telle façon, mais les mots « mon ordinateur » devinrent clairs et il comprit. Néanmoins, ce n'était pas une excuse pour elle d'agir de cette façon. Pas quand ils avaient affaire à un problème grave qui mettait sa vie en danger.

— Katianna ! l'appela-t-il alors qu'il traversait le hall pour aller à sa rencontre, faisant un signe à Diesel afin qu'il la mette sur ses pieds.

Elle lui donna instantanément un coup afin qu'il s'éloigne d'elle et se précipita vers l'ascenseur. Diesel la rattrapa et la tira en arrière, la prenant dans ses bras et la maintenant en place.

— Ça suffit ! cria Trenton en attrapant le bras de Katianna, la faisant tourner afin qu'elle soit face à lui.

— J'ai besoin de mon ordinateur ! rétorqua-t-elle.

— Est-ce que tu es folle ? Il y a une bombe dans l'hôtel !

Trenton la tenait à deux mains maintenant.

— Nous n'avons rien inventé. C'est une menace réelle et tu dois arrêter ça tout de suite.

☙❦❧

Katianna se tut sous son emprise. Elle avait été surprise dans son lit lorsque la porte de sa chambre était sortie de ses gonds et que Diesel l'avait soulevée. Payton était entré derrière lui, attrapant des vêtements dans sa valise, puis ils l'avaient traînée hors de la pièce sans même un mot pour lui expliquer ce qui se passait.

— Je veux que tu restes avec Diesel et que tu fasses tout ce qu'il te dira de faire. Pas de questions et pas d'arguments. Tu me comprends ? lui ordonna Trenton en la poussant à nouveau dans les bras de Diesel.

Les doigts de ce dernier s'enroulèrent autour de ses bras et il la tira rapidement vers la sortie, les pieds de la jeune femme volant afin de le suivre. Elle regarda par-dessus son épaule en réalisant que Trenton ne venait pas avec eux.

— Attends ! Trenton ne vient pas.

Elle se retourna pour regarder Diesel qui ne s'arrêtait pas, la tirant plus fermement afin de la faire continuer à avancer.

— Pourquoi ne vient-il pas avec nous ? demanda-t-elle, la panique menaçant de l'envahir.

— Continue à avancer, Kat. Ce n'est pas le moment pour moi de t'expliquer son travail.

Ils atteignirent la porte et Diesel fit une pause, observant à travers la vitre la foule qui était rassemblée dans la rue. Il repéra la limousine avec Payton et Ramos qui se tenaient devant ses portières, les yeux en alerte. Cela signifiait qu'Amelia avait atteint la voiture en toute sécurité.

Diesel sortit le Desert Eagle neuf millimètres qu'il avait coincé dans sa ceinture dans son dos. Ses doigts fléchirent autour de lui alors qu'il le levait, se préparant pour toutes surprises, ses yeux balayant la foule une fois de plus. Souvent, la menace d'une bombe était simplement un moyen de débusquer la cible. Katianna n'était pas l'objectif, mais elle faisait partie du groupe Quinneth, ce qui faisait d'elle une cible par procuration et il n'allait pas prendre de risques.

— Tu vois la limousine, Kat ?

La tête de cette dernière se tourna afin de suivre la direction qu'il lui montrait.

— Oui.

— Lorsque je te le dirai, tu la rejoindras. Nous irons ensemble et tu resteras près de moi, d'accord ?

Elle regarda à nouveau Trenton qui vérifiait qu'elle quittait le bâtiment en toute sécurité.

— Oui.

— Bonne fille.

Le bras de Diesel s'enroula autour de l'épaule de Katianna comme s'il était prêt à la soulever si besoin était. Le bras tenant le pistolet poussa la porte et il entraîna la jeune femme à l'extérieur.

— Allons-y.

(•ᴗ•)

Trenton regarda de l'autre côté du hall alors que Diesel conduisait Katianna à l'extérieur. La crainte d'une véritable bombe commençait à être exclue, mais au moins elle était hors du bâtiment, juste au cas où.

— Nous sommes prêts à faire un balayage au seizième étage maintenant, vint l'informer l'un des agents français.

Leur étage. Trenton hocha la tête.

— Je viens avec vous.

Il suivit les deux agents ainsi que les bergers allemands formés à flairer la plupart des produits chimiques utilisés pour la fabrication ou l'allumage d'explosifs. La progression était lente, une section à la fois. Cependant, une fois qu'ils auraient vérifié tout l'étage, il se sentirait mieux.

Trenton utilisa sa clé pour ouvrir leur suite lorsqu'ils l'atteignirent.

— Y a-t-il des raisons de croire que la Suite Quinneth a été compromise ? demanda l'un des policiers.

— Non, cependant nous avons fait appel au service d'étage et le personnel de ménage est passé.

— Laissez nos gars entrer en premier alors, *M'sieur**.

Trenton attendit jusqu'à ce que les hommes ressortent avec les chiens et lui fassent signe que tout allait bien.

— Nous pouvons partir maintenant, dit l'un des policiers.

— Je dois juste prendre quelque chose dans la chambre. Je n'en ai que pour un instant, expliqua Trenton avant de s'engouffrer rapidement dans la pièce.

Puis il ressortit avec le sac contenant l'ordinateur de Katianna sur une épaule.

— Allons-y.

Il suivit à nouveau les deux agents dans le couloir vers la cage d'escalier.

— Le bâtiment est-il enfin sécurisé ? demanda-t-il, exigeant une mise à jour des progrès.

— *Non, m'sieur**. Ils sont encore en train de vérifier les zones de stockage et les espaces publics au sous-sol.

— Trenton ! l'appela quelqu'un.

Il se retourna pour voir Rashawn Matisse, un homme séduisant proche de son âge et membre du conseil d'administration, venir dans le couloir vers lui.

— Rashawn, vous devez quitter le bâtiment. Il n'a pas encore été sécurisé.

Il l'informa rapidement avec une certaine urgence qu'il devait quitter les lieux.

— *Oui**, je comprends. Cependant, ma voiture ne s'est pas montrée.

— Restez avec moi.

Rashawn emboîta le pas de Trenton. Il avait l'habitude de suivre les ordres de ses gardes du corps, de sorte qu'obéir à ceux de Trenton n'était pas différent pour lui.

— Je suis surpris que vous ne restiez pas avec votre père pendant votre séjour ici, dit Trenton à Rashawn alors qu'ils descendaient les escaliers.

— Je n'arrive jamais à travailler – ou à dormir d'ailleurs. Vous savez comment il est ; tout se rapporte à son art et à plus de sexe. C'est pire maintenant qu'auparavant.

Rashawn secoua la tête, déboutonnant quelques boutons de sa veste alors qu'ils progressaient dans les escaliers.

— Je pense que le vieil homme perd vraiment la tête.

En dépit de la façon dont il l'appelait, Trenton savait que Rashawn aimait son père.

Ils atteignirent le bas des marches et sortirent dans le hall d'accueil, en face des ascenseurs. Trenton ouvrit la voie vers l'avant du bâtiment, mais sa main se pressa contre Rashawn avant qu'ils sortent. Il attrapa son téléphone et appela Diesel.

— Deez, je suis avec un des membres du conseil d'administration, nous sortons dans une seconde.

Il coupa la communication sans prendre la peine d'attendre une réponse de Diesel. Il déplaça aveuglément sa main sur l'épaule de

Rashawn tandis qu'il jetait un regard à l'extérieur vers la foule et il vit Diesel sortir de la limousine, toujours en attente dans la rue.

— Allons-y – et restez près de moi.

Trenton poussa les portes, ses doigts se resserrant autour de Rashawn afin de s'assurer qu'il restait près de lui, et ils marchèrent rapidement vers la limousine. Diesel s'éloigna du périmètre de la voiture, comblant l'écart entre eux, ses yeux scannant les alentours et tendant le bras, sa main se posant sur le dos de Rashawn, le guidant vers la voiture. Une fois Rashawn à l'intérieur, Diesel et Trenton le suivirent et fermèrent la portière.

— En route ! ordonna Trenton.

Alors qu'ils avaient évacué les lieux sans incident, il n'était pas à l'aise pour traîner dans les environs. Il avait l'impression que c'était comme une invitation à venir les trouver. Une fois qu'ils eurent mis une certaine distance entre l'hôtel et eux, Trenton réussit enfin à se détendre, du moins jusqu'à ce qu'il réalise qu'il était assis à côté de Katianna, ses joues striées de larmes antérieures.

— Hé, tout va bien. Nous sommes en sécurité. On dirait que ce n'était qu'une tactique pour nous effrayer, lui murmura-t-il.

Mais ce n'était pas suffisant pour Katianna et elle s'effondra dans ses bras, ses doigts s'accrochant à lui comme si c'était la seule façon pour elle de se dire qu'il était en sécurité.

Trenton fut surpris par son geste, mais il en fut également ému et il drapa son bras autour d'elle, comme une couverture.

— Quelqu'un lui a-t-il pris des vêtements ? demanda-t-il ouvertement à ses hommes, remarquant qu'elle ne portait encore que la nuisette jaune en dentelle dans laquelle elle avait dormi.

Il combattit l'envie de sourire ; c'était lui qui la lui avait achetée. Une parmi les dizaines qu'il lui avait envoyées anonymement au Noël précédent. Sa peau apparaissait à travers la dentelle transparente de la lingerie *Aubade Asako*, la mettant magnifiquement en valeur, mais il était mal à l'aise que tout le monde puisse voir aussi distinctement son corps.

Payton jeta quelques vêtements vers lui. Juste ceux qu'il avait attrapés avant qu'ils se précipitent hors de la chambre, ce qui s'avérait n'être rien de plus qu'une robe légère, un foulard et des sandales. La robe blanche avait un design noir et gris le long de la jupe et des vignes florales grises qui remontaient jusqu'au corsage, ce qui la rendait joliment adaptée à presque toutes les situations. Le long foulard aquamarine n'allait pas vraiment avec le reste, mais Katianna ne protesta pas le moins du monde alors qu'il l'aidait à enfiler la robe dans un espace aussi étroit, puis lui glissait les sandales aux pieds, se promettant de ne pas révéler le plaisir qu'il y prenait devant les autres.

— Eh bien, voilà certainement une façon excitante de démarrer la journée, commenta Amelia avant de se tourner face à Rashawn. Quant à vous, c'était plutôt stupide de rester dans le bâtiment comme ça. Et si la menace avait été réelle ?

Elle fronça les sourcils dans sa direction.

— Je ne vous contredirais pas là-dessus, répondit Rashawn. J'ai essayé de contacter mon chauffeur depuis que j'ai été prévenu.

— Où est-il ? demanda alors Trenton.

Rashawn secoua la tête, pinçant les lèvres dans une expression interrogative.

— Je ne sais pas. Lionel est l'un des chauffeurs de la compagnie. Je l'utilise tout le temps. Il est très fiable.

— Nous devrions probablement vérifier, dit Diesel, sentant les problèmes.

Un employé de l'entreprise manquant était toujours un mauvais présage.

— Alors et vous ? Où Katianna et toi serez jusqu'à ce que tout cela se calme ? continua-t-il, sa préoccupation se reportant sur Trenton. Il faudra des heures avant que la police permette à quiconque de rentrer à l'hôtel.

— Pour commencer, un petit déjeuner pour elle, car elle n'est jamais sortie pour manger hier, répondit Trenton en jetant un coup d'œil mécontent à Katianna. Après ? Je ne sais pas, mais je vérifierai ça avec toi.

— Vous devriez aller au *Musée de l'Art du Corps**. C'est un endroit merveilleux, si vous ne l'avez jamais visité auparavant, et ils ont ajouté une troisième galerie qui sera bientôt finie, proposa Rashawn sans donner une quelconque explication à sa suggestion.

Le chauffeur se retourna afin de leur annoncer qu'ils avaient atteint l'endroit où se tenait la conférence au sommet.

— *M'sieur** Leos, nous sommes arrivés.

— Ramos, dit Trenton afin d'attirer l'attention du garde du corps principal d'Amelia, assis à l'avant avec le conducteur.

Ramos avait une meilleure vue de leur environnement pour balayer la zone entre eux et l'immeuble de bureaux.

— Nous avons une ligne de manifestants le long du trottoir, répondit-il à Trenton. Environ une douzaine de personnes pour l'instant, monsieur.

Trenton se contorsionna sur son siège, mais il n'arriva pas à avoir une vue dégagée d'où il se tenait.

— À quelle distance ?

— Trop près pour être satisfaisant, mais encore acceptable. Je vois six agents de police locaux.

Trenton regarda Diesel.

— Peux-tu les voir suffisamment clairement ?

Diesel regarda attentivement par la fenêtre.

— Oui. Ça m'a l'air plutôt calme pour l'instant.

— Allons-y Ramos, dit Trenton.

Il se tourna ensuite vers Amelia et Rashawn.

— Marchez vite, ne vous arrêtez pas pour qui que ce soit. Vous pourrez parler lorsque vous serez en toute sécurité à l'intérieur du bâtiment.

Amelia hocha la tête ; elle savait ce qu'on attendait d'elle. Elle savait aussi qu'elle ne devait pas lui dire qu'elle le savait. Cela faisait partie du travail de sécurité de Trenton d'énoncer l'évidence, parce qu'on ne savait jamais quand les règles devraient changer.

Avec le feu vert de Trenton, Ramos sauta hors de la limousine et se posta à l'arrière du véhicule, ouvrant la portière du côté de Diesel.

Trenton regarda Katianna.

— Reste dans la limousine. Je reviens tout de suite. Si quelque chose devait arriver, jette-toi sur le plancher. La voiture est blindée, mais c'est tout de même plus sûr de cette façon.

Il lui lança un regard interrogateur, exigeant qu'elle confirme qu'elle comprenait bien ses instructions. Elle hocha la tête.

— Bonne fille.

Il l'embrassa sur son front.

— Je reviens.

Il se tourna vers le chauffeur, le regardant à travers la vitre de séparation.

— Si l'enfer se déchaîne et que nous avons déjà atteint le bâtiment, vous l'emmenez loin d'ici jusqu'à ce que je vous appelle.

— *Oui, Monsieur*.

Diesel fut le premier sorti, puis Payton, puis Rashawn et Amelia suivis par Trenton. Ils escortèrent tous les quatre Amelia et son membre du conseil à l'intérieur à un rythme rapide avec simplement quelques cris et chants de la part des manifestants.

Tout comme l'avait dit Trenton, il fut de retour après seulement quelques minutes, ne s'attardant avec les autres que le temps de s'assurer que son groupe entrait en toute sécurité dans le bâtiment et afin de vérifier avec la sécurité de l'immeuble s'il y avait eu des incidents. Alors qu'il se dirigeait vers la voiture, il s'arrêta pour parler avec l'un des agents sécurisant la ligne de manifestants.

— Ils ont un permis pour être ici ? demanda-t-il en français.

L'agent hésita pensivement un moment, signe qu'ils n'en avaient pas. Cela jouait en faveur de Trenton.

— Alors faites-les partir d'ici, et lorsqu'ils réapparaitront demain avec leur permis, installez-les sur le trottoir d'en face.

— Mais *Monsieur*, ils ont le droit...

— Oui, ils l'ont. Néanmoins, après l'alerte à la bombe de ce matin, j'ai également le droit de décider à quel point ils peuvent être proches pour énoncer leurs opinions. Donc, veillez à ce qu'ils soient de l'autre côté de la rue demain. Tout le monde sera plus en sécurité.

Et sur ces mots, Trenton quitta l'agent et retourna vers la limousine et Katianna, donnant la direction d'un restaurant local au chauffeur où ils pourraient prendre un petit déjeuner tardif.

— Tu te sens d'attaque pour une journée dans un musée ? demanda-t-il ensuite à Katianna dans l'espoir d'alléger l'atmosphère.

— Sommes-nous autorisés à revenir à l'hôtel ?

— Désolé, Katianna, répondit-il en secouant la tête. Pas pendant un certain temps, du moins.

Puis il vit ses yeux se déplacer sur l'ordinateur qu'il avait apporté pour elle.

— Si tu as encore besoin d'écrire, je suis sûr que nous pouvons trouver un joli parc assez calme à proximité.

— Non. Le musée convient très bien, lui répondit-elle en retour.

Elle remua sur son siège, le regardant alors qu'il était assis en face d'elle.

— Pourquoi es-tu resté ?

Trenton pencha la tête d'un air interrogateur. Il n'était pas certain de ce qu'elle lui demandait.

— À l'intérieur de l'hôtel, je veux dire. Pourquoi es-tu resté à l'intérieur lorsque tu as ordonné à tout le monde de sortir ?

Trenton essaya de garder une expression chaleureuse, mais en vérité, son travail était très sérieux et il entraînait une quantité considérable de risques.

— C'est mon travail, Katianna. Sécuriser ta vie ne consiste pas seulement à faire bouclier devant ton corps ou tirer sur un attaquant. Une partie consiste à m'assurer que l'endroit où tu te trouves est sécurisé. Alors que Diesel s'occupait de te faire évacuer le bâtiment, je devais rester en arrière afin d'évaluer la menace.

— Mais s'il y avait eu une véritable bombe dans le bâtiment ?

Elle avait clairement du mal à comprendre pourquoi il restait en arrière quand il y avait un tel danger.

— C'est un risque que je prends, Kat. Maintenant, veux-tu bien faire quelque chose pour moi ?

Elle acquiesça.

— Peu importe à quel point tu es contrariée envers moi, ne me repousse pas. Diesel m'a dit que nous devons payer pour la porte que nous avons défoncée dans ta chambre.

Les yeux de Katianna se détournèrent.

— Kat ?

Elle releva la tête, surprise de voir un sourire chaleureux et amical sur le visage de Trenton, et elle hocha la tête.

— D'accord.

— Et autre chose, afin que tout soit clair entre nous. Pour ce que tu as fait, je devrais t'allonger sur mes genoux et te donner une fessée.

Kat remua sur le siège et se poussa lentement loin de lui de quelques centimètres.

— Cela fait également partie de ton travail ? risqua-t-elle d'ergoter sur la sémantique de son autorité et ses directives.

— Non, en tant que personne qui se soucie personnellement de ta sécurité, je le ferais pour t'enseigner une leçon.

— Comme Dominus, murmura-t-elle.

Elle ressentit de la déception. Comme Dominus, comme son garde du corps, il se souciait de sa sécurité. Encore un autre facteur qui disait qu'elle n'était rien d'autre pour lui que sa responsabilité, sauf quand il avait bu et qu'elle était la seule sur laquelle il pouvait diriger son attention. Mais si cela était tout ce qu'elle était, comment osait-il dire qu'il voulait lui donner la fessée ?

— Tu frapperais une femme qui ne fait pas partie de tes *subs* simplement parce qu'elle a verrouillé sa porte ?

— Discipliner, pas frapper, la corrigea tout d'abord Trenton. Je le ferais certainement si je sentais que tu en avais besoin. Et j'ai vraiment l'impression que tu en as besoin, mais je ne vais pas le faire pour cette fois, parce que même si tu m'as bloqué à l'extérieur, tu étais tout de même en sécurité sous ma responsabilité.

Le Musée de L'art du Corps* appartenait et était géré par un ami de Trenton, Fambleush Boismier, autrefois professeur *Es* Art et Antiquités, et maintenant conservateur de son propre musée d'art érotique. Ses couloirs servaient également d'exposition pour la plupart des travaux d'un artiste renommé en architecture et en sculpture, Cardiff Matisse.

Katianna se tenait à l'avant du bâtiment, fixant la voûte massive en pierre et les lettres qui y étaient gravées.

Trenton lut les mots à haute voix pour elle.

— *L'art est le corps de mon amant**.

— Qu'est-ce que ça veut dire ?

Il lui traduisit la phrase.

— Qu'y a-t-il à l'intérieur ? demanda-t-elle en le regardant curieusement.

— De l'érotique. Les visuels mêmes qui alimentent ton écriture.

Il n'osa pas lui mentir et il espéra qu'elle ne s'éloignerait pas, se sentant offensée comme elle l'avait été au club. Quand elle se contenta de le regarder sans faire un geste, il se tourna, plia le coude et lui offrit son bras.

— Y allons-nous, *ma chérie** ?

Katianna n'avait pas oublié l'avertissement sévère que Trenton lui avait fait de la fesser si elle lui désobéissait. Elle ne songeait même pas à mettre sa parole en doute. Même si elle ne pensait pas qu'il avait l'autorisation de le faire avec elle, il semblait penser qu'il l'avait, et comment est-elle censée le contredire ? Son visage se crispa alors qu'elle essayait de l'effacer de son esprit. Ses yeux se posèrent à nouveau sur la voûte et elle se souvint de l'après-midi où il avait toléré sa curiosité sans relâche à l'expo toutes ces années auparavant. Maintenant, debout à l'entrée d'un musée dédié à l'art, comment pourrait-elle refuser l'offre ? Cela semblait intéressant en fait. Et pour une fois, elle pourrait passer un peu de temps avec lui en dehors d'un club. Quatre ans et il semblait que presque chaque minute qu'elle avait passée avec lui s'était déroulée dans un club – la majorité de ce temps en tout cas.

Elle afficha une expression joyeuse en le regardant.

— Nous y allons.

Elle lui sourit, enroulant son bras dans le sien et lui permettant de la conduire à l'intérieur.

Un seul pas et un coup d'œil autour d'elle, et Katianna tomba immédiatement amoureuse du petit musée. Son genre, bien que manquant délibérément de candeur, faisait directement appel à sa propre nature artistique. Elle n'arrêta pas de sourire et commença presque instantanément à bavarder à propos de tout ce qu'ils voyaient.

Le Musée de L'art du Corps était exactement cela – la découverte et l'exposition de la beauté érotique du corps humain. Et pourquoi nous, en tant qu'êtres humains, aimions tellement nos corps.

Deux galeries principales se divisaient par périodes de temps : une partie de la première salle était réservée aux œuvres modernes d'artistes récents à d'autres plus anciennes, telles que des photographies érotiques vintages, des gravures spécialisées en images orientales, des photos érotiques et homoérotiques de la fin des années 1800 jusqu'au milieu des années 1900, avec des inclusions d'artistes tels que Wilhelm Von Gloeden et Leon Roze. Georges Topfer, qui se révéla être l'un des artistes préférés de Trenton, puisque la plupart de ses travaux tournaient autour des représentations de fessées sexuelles et de flagellations, faisait également partie de la collection. Quelques gravures de Louis Malteste, un autre artiste qui avait apparemment un penchant pour les postérieurs rougis, et pour les adeptes du bondage, il y avait des œuvres de l'artiste John Willie.

Même certains des modèles les plus reconnaissables au monde étaient présents, tels que Lina Cavalieru et Bettie Page.

L'espace restant était réservé en tant que boudoir baroque, dédié aux peintures, sculptures et personnalités.

Le préféré de Katianna dans la première galerie était un cliché d'un couple du début des années 1930 sur le trottoir du parc, dont le nom du photographe avait été oublié depuis longtemps. La femme reposait sur les genoux de son amant qui l'entourait de ses bras, ses propres mains tenant le parapluie qui tentait de garder la pluie à distance, tandis que son amant chevaleresque relevait sa robe bien au-dessus de ses hanches, révélant sa culotte noire et les doigts de l'homme cachés entre ses cuisses, prenant et donnant du plaisir à compagne.

Katianna fixa ce cliché pendant un certain temps, sentant une rougeur brûlante se répartir sur son corps tandis qu'elle se souvenait d'elle dans une situation similaire. Que n'aurait-elle pas donné pour échanger une mâchoire raccommodée contre un parapluie. Sa rougeur rosée tourna au pourpre profond lorsqu'elle se rendit compte que Trenton la regardait alors qu'il se penchait en arrière contre l'une des colonnes de la galerie. La lueur dans ses yeux et le sourire satisfait sur son visage lui assura qu'il se remémorait également le « moment » qu'il lui avait donné.

La deuxième galerie était remplie avec des pièces intemporelles commençant là où la première se terminait et continuait aussi loin que l'histoire humaine antique. Des peintures à l'huile de la bourgeoisie ; des estampes originales de Fanny Hill et d'Edouard-Henri (Paul) Avril ; des copies restaurées du Marquis de Sade et de Martin Van Maele ; des lithographies d'Achille Devéria ; des gravures d'impression sur bois de Jacques Joseph Coiny ; des aquarelles chinoises de représentations sans complexes de couples copulant ; des vitrines remplies de reliques de la Grèce antique, de Rome, d'Égypte, d'Inde et d'Orient. Une variété de poteries, sculptures, tapisseries, peintures, tous dépeignant le corps humain et divers actes sexuels et plaisirs oraux.

Certains des célèbres poteries homoérotiques grecques et des morceaux des thermes romains étaient exposés. Il y avait même quelques tablettes et papyrus égyptiens sur le culte phallique. Des copies des sculptures de l'érotisme hindou du Temple Kandariya Mahadeva étaient exposées dans un coin. Ils avaient même quelques-uns des rares livres japonais sur la façon d'être un bon amant. Et partout où elle regardait, il y avait une multitude de phallus – sur les murs, sur les podiums, dans les vitrines. Certains étaient même accrochés au plafond et munis d'ailes.

Il y avait même une vaste collection de médaillons de pornographie Victorienne, une chose dont Katianna n'avait jamais entendu parler, mais dont elle adora l'idée d'un gentleman qui aurait sorti sa montre à gousset, mais plutôt que de regarder l'heure, admirerait secrètement la petite image d'un couple engagé dans des rapports sexuels. Où l'idée d'une femme ouvrant le petit médaillon en forme de cœur autour de son cou pour jeter un coup d'œil, non pas à son promis, mais à ce que son amant pourrait avoir l'espoir de lui faire la prochaine fois qu'elle échapperait à la vigilance de son chaperon.

Tout était là et Katianna aima chaque objet. Une des choses qu'elle préféra fut la grande sculpture en bois de presque trois mètres, le bois huilé, sculpté pour imiter les plis intérieurs et extérieurs des petites lèvres de la femme. Katianna la reconnut tout de suite, l'ayant vu utilisée comme accessoire dans un film culte populaire, *Harold et Maude*. Elle valsa autour de la sculpture, appréciant les lignes gracieuses ainsi que le grain du bois et la façon dont elle représentait parfaitement les contours de son sujet. Un éclat de rire s'échappa de ses lèvres alors qu'elle repensait au film, lorsque le personnage principal, Harold, tentait d'enfouir sa tête en elle. C'était une chose qu'elle n'avait pas comprise à l'époque, mais maintenant qu'elle se tenait à côté d'elle, elle ressentait le besoin de faire de même, sauf que Trenton n'arrêtait pas de la regarder. S'il lui avait tourné le dos ne serait-ce qu'une seconde, elle aurait tenté une reconstitution du film. Son visage était brûlant d'embarras sous la force de la tentation, mais lorsque Trenton lui sourit, elle comprit qu'elle ne pourrait jamais le faire. Il savait visiblement ce qui se passait, mais il eut la gentillesse de ne rien dire.

L'autre chose qu'elle préféra fut la petite pièce privée qui contenait les dernières fresques récupérées de Pompéi, des images qui étaient d'une nature tellement pornographique que la plupart des historiens d'objets art voulaient qu'elles restent ignorées du public.

Katianna trouvait simplement ces images humoristiquement osées – les êtres humains, même à cette époque, n'étaient que des êtres humains et le sexe était un point central de la vie quotidienne. Peu importe à quel point les contrôleurs moralistes de la société moderne tentaient de le cacher en les censurant.

C'était comme cela que c'était censé être. De l'art, pas de la pornographie – pas du scabreux – pas des filles faciles aux coins des rues vendant cinq dollars une fellation, mais deux personnes – ou plus, si c'était la coutume – s'appréciant les unes les autres ou appréciant tout simplement les courbes du corps humain dans toutes leurs perfections et leurs défauts.

Le meilleur dans tout ça, c'est qu'elle put parler de chaque objet avec une adoration sans fin. Pas une seule fois elle n'avait senti que Trenton voulait la presser ou la détourner de sa contemplation. Elle avait vraiment l'impression que si elle avait voulu regarder un objet pendant une heure, il se serait tenu là et l'aurait regardé avec elle – eh bien, peut-être bien qu'il aurait passé une partie de ce temps à la regarder elle, découvrit-elle.

Alors qu'elle parlait des objets exposés, Trenton partagea ses propres pensées et perceptions avec elle et ils débattirent à propos de ce que l'artiste avait essayé de dépeindre dans les images présentées. Ils touchèrent même un peu à la politique des tabous alors qu'ils lisaient, affichée sur les murs entre les deux galeries, l'histoire à travers le temps des tentatives de censure de la sexualité humaine.

La participation de Trenton dans la conversation s'approfondit dans la seconde galerie alors qu'ils discutaient des esclaves des temps anciens et de ce qu'était la véritable vie d'une concubine ou d'une courtisane, et les différences entre les deux.

Ils parlèrent des Geishas et du fait qu'au Japon, cela avait été la chose la plus proche de la liberté qu'une femme pouvait obtenir. Dans la culture japonaise, être une Geisha était le véritable mouvement féministe.

Ils parlèrent des esclaves sexuels des sociétés romaine et grecque, de ce que cela signifiait d'être un sub-serviteur. Comment les deux parties profitaient de cet arrangement. Comment cela se faisait volontairement ou de quelle façon on y était forcé. Et comment, le cas échéant, cela pouvait se comparer aux jeux sexuels du présent. Trenton avait une approche beaucoup plus philosophique à ce sujet que ce à quoi elle s'était attendue. Mais évidemment, ils n'avaient jamais discuté aussi profondément d'un tel sujet. Elle fut même surprise lorsqu'il lui dit que même si tout cela n'avait presque plus rien à voir avec les jeux sexuels modernes, la sub-servitude était encore pratiquée aujourd'hui dans les relations Maîtres/esclave, proche de sa forme originelle comme elle l'était dans les temps anciens. Ce n'était tout simplement pas les mêmes jeux BDSM ou fétichiste qu'elle avait l'habitude de voir au *Club Pain*.

Ils continuèrent leur chemin vers l'arrière où une nouvelle galerie était en cours de rénovation, bloquée par un mur de duvetine. Ils trouvèrent une causeuse de jardin en osier, rendue plus confortable par d'épais coussins rembourrés et ils s'y installèrent afin de discuter un peu plus.

— Tes pieds te font souffrir ? demanda Trenton en voyant qu'elle se débarrassait de ses sandales et les glissait sous le banc.

— Un peu.

Il sourit, tendit le bras vers l'un de ses pieds et le tira sur ses genoux, ses doigts entamant un mouvement circulaire sur la plante. Ils avaient marché et étaient restés debout dans le musée depuis des heures maintenant, et les sandales plates que Payton avait récupérées n'étaient pas l'idéal pour une telle activité. Mais c'était ce que la vie lui avait apporté dans la tempête d'une alerte à la bombe, alors elle ne se plaignait pas.

Trenton lui souriait d'une oreille à l'autre, ce qui la déstabilisait un peu.

— Quoi ? lui demanda-t-elle timidement.

— Oh... rien.

Il haussa légèrement les épaules.

— Je me disais que depuis quatre ans que nous nous connaissons, je ne t'avais jamais entendu dire autant de mots à la fois comme tu l'as fait aujourd'hui.

— Je suis désolée, s'excusa-t-elle doucement.

— Ne le sois pas. C'était sympa. J'ai finalement pu voir une partie du véritable toi.

Katianna s'enfonça plus profondément dans les coussins du siège de jardin, se détendant davantage.

— Moi aussi, répondit-elle avec un doux sourire.

Ses yeux se fermèrent alors qu'il continuait à masser son pied, ravalant le besoin immédiat de gémir. La tendre caresse de Trenton était tellement agréable. Elle avait eu ses pieds massés par un massothérapeute auparavant, mais elle ne se souvenait pas s'être sentie aussi bien qu'elle l'était en ce moment. Quand Trenton le faisait, cela semblait beaucoup plus intime, ses doigts pétrissant sa plante puis s'enroulant autour de son cou-de-pied avant de délivrer une caresse profonde autour de ses chevilles. C'était comme s'il faisait l'amour à ses pieds. Mais son jugement était biaisé, car elle avait souvent l'impression que tout ce qu'il faisait avec elle était spécifique à ses besoins ; ce qui était tout simplement fou de sa part de rêver à de tels fantasmes. Parce qu'il l'avait souvent démontré, c'était uniquement pour ses besoins à lui, comme cela avait été le cas quelques jours auparavant.

Elle n'avait jamais vraiment compris ce qu'elle était pour lui – peut-être « sans danger » était un bon point de départ. Elle n'était pas la femme profondément soumise qu'il recherchait, par conséquent, il la maintenait à bout de bras. Pourtant, il pouvait flirter avec elle sans risque d'être pris trop au sérieux ; une position des plus étrange. Elle était certaine qu'il se souciait d'elle, bien qu'ils n'aient jamais été suffisamment proches pour qu'elle puisse dire qu'elle était son amie. En fait, c'était la première fois qu'elle passait autant de temps avec lui en dehors d'un club, ou qu'ils parlaient à bâtons rompus d'un sujet pour lequel ils partageaient visiblement une passion, même si c'était pour des raisons différentes. Katianna voyait un côté beaucoup plus profond de lui, et alors qu'elle aurait volontiers été partante pour quoi que ce soit d'autre qu'il aurait voulu d'elle, elle appréciait plus que tout le massage de ses pieds.

Elle était complètement détendue maintenant. Sa tête retomba sur le banc de jardin en osier débordant de coussins, comme s'ils avaient été disposés là à dessein afin que les amants soient confortablement installés et oublient le monde extérieur. Elle laissa échapper un soupir satisfait.

— Alors, comment se fait-il que le Dominus me frotte les pieds ? Depuis quand laisses-tu tomber ton titre ? Surtout pour moi.

— Tu crois que je suis autre chose en ce moment que qui et ce que je suis d'habitude ?

La question était énoncée aussi fermement que tout ce qu'il disait d'habitude. Katianna releva la tête dans un sursaut, inquiète de l'avoir peut-être insulté.

— Non ! Je suis désolée, je ne voulais pas…

— Kat…

Elle déglutit difficilement lorsqu'il arrêta son massage afin de la regarder les yeux plissés.

—… donne-moi ton autre pied, continua-t-il, affichant enfin l'expression profonde de son doux contrôle.

Elle bougea lentement, l'autorisant à changer de pied, et il commença à le masser comme il l'avait fait avec le premier, avec la même quantité de tendresse que des mains si puissantes pouvaient procurer – eh oui, cette intimité qu'elle aimait prétendre être là.

— Donc, tu penses que parce que je suis le Dominus, je ne devrais pas faire ça ?

— Je suis désolée Trenton. Je n'avais pas l'intention…

— Katianna, tout va bien. Je ne suis pas offensé. Je ne serais pas le Dominus si une si petite chose me faisait me remettre en question.

Il était si doux, et pourtant il contrôlait tout autour d'eux avec une poigne de fer dans un gant de velours.

— Je veux que tu me confesses quelque chose. Si je te choyais comme ça, te soumettrais-tu à moi ? Ferais-tu presque tout ce que je te demanderais en sachant que tu pourrais être récompensée avec ce genre de soins apportés à ton corps ?

— Oh, mon Dieu oui.

Elle ne prit même pas le temps de réfléchir à ce sujet alors qu'elle s'affaissait sur le banc de jardin, mais sa main vola pour couvrir sa bouche avec un glapissement gêné comme si elle pouvait arrêter les mots qui en sortaient trop rapidement.

Trenton laissa échapper un petit rire.

— Eh bien voilà, prodiguer des soins ne veut pas dire que c'est le travail d'un sub-serviteur. Un Maître – un bon Maître – récompense toujours son esclave pour sa soumission.

Il y eut un bruit derrière le mur de bâches en plastique, puis un grand homme ressemblant à un Viking vieillissant en émergea ; de larges épaules recouvertes par une cascade de longs cheveux blond argenté et une barbe bien taillée, sauf qu'il était habillé avec des vêtements d'influence plus orientale. Son expression était intense et concentrée alors qu'il passait devant eux, puis il s'arrêta brusquement. Il tourna alors les talons pour leur faire face.

— Dominus ?

Trenton se retourna et sourit en reconnaissant l'homme. C'était Cardiff Matisse lui-même.

— Dominus. C'est vous ! dit Cardiff en fonçant sur eux, attrapant Trenton pour le mettre sur ses pieds presque plus vite qu'il aurait pu le faire lui-même et en lui donnant une accolade chaleureuse avant de lui embrasser une joue puis l'autre. J'aurais dû savoir que vous seriez à Paris cette semaine. *Bonjour** !

— *Bonjour**, Cardiff, mon ami.

Trenton lui rendit les salutations à la française entre vieux amis.

— Oui. J'ai vu votre fils, Rashawn, ce matin. Il travaille pour Quinneth Global maintenant.

— Pas seulement...

Le vieil homme rayonnait de fierté.

— Il est membre du conseil d'administration. Il est ici pour la réunion au sommet. C'est malheureux ce qui se passe dans le monde ces jours-ci, Trenton.

Cardiff lui lança un regard préoccupé – pour le monde ? Ou peut-être pour son fils. Il était difficile de dire ce qui l'inquiétait le plus. Cet homme s'ouvrait rarement de cette façon – pour cet artiste, la vie et le monde dans lequel nous vivions n'étaient qu'art. La vie était une toile et nous étions tous notre propre artiste. Et la toile de Cardiff était remplie à ras bord de couleur et de nudité.

— Mais s'il vous plaît, ne parlons pas de ça, dit Cardiff en agitant les mains comme pour rejeter les mauvaises pensées. Cela me fait plaisir de vous voir. Mais honte à vous de ne pas m'avoir prévenu de votre venue ; j'aurais planifié quelque chose.

Ses yeux se posèrent au-delà de Trenton pour découvrir la sylphide nubile au pieds nus sur le banc.

— C'est bien le problème... planifier est difficile en ce moment, s'excusa Trenton, mais le regard vagabond de Cardiff ne lui échappa pas.

— Ah, je comprends, répondit ce dernier, mais ses yeux ne quittaient pas Katianna. Aah, Dominus, vous avez toujours les meilleures beautés.

Trenton lui lança un avertissement rapide en français :

— Faites attention à votre langage et à vos mains. Elle n'est pas pour tout le monde.

— Ah ? Elle est pour vous alors ? répondit Cardiff également en français, en regardant Trenton par-dessus son épaule.

— Bientôt.

— Bientôt ? Mais pas encore ? dit l'artiste en souriant. Alors, pas aujourd'hui, ajouta-t-il en se rapprochant rapidement du banc. *Ma chérie** ; s'il vous plaît, permettez-moi…

Mais il prenait déjà ses épaules et la déplaçait de sa position, tournant son corps d'un côté et sa tête de l'autre avant de lui soulever le menton comme si elle était une poupée de chiffon.

Les yeux de Kat s'élargirent et elle lança un coup d'œil à Trenton, seulement pour avoir sa pose corrigée par l'artiste. Trenton resta un pas en arrière en la regardant avec amusement, mais également attentivement.

Cardiff prit ensuite son pied afin de le positionner, mais s'arrêta pour le caresser. Katianna n'était pas du tout à l'aise avec cela et elle le lui retira rapidement. Les yeux toujours fixés sur Trenton, suppliant qu'il la débarrasse de cet homme. Et Dieu merci, Trenton reconnut immédiatement son appel silencieux à l'aide. Même si ce fut en français et qu'elle ne comprit pas ce qu'il dit à l'autre homme qui s'arrêta et fit un pas en arrière.

— Merci, la salua Cardiff avant de sourire à Trenton. Je ne savais pas que vous vouliez en garder une. Elle doit être très spéciale…

Son sourire s'approfondit.

— Mais je savais que vous ne la partageriez pas si c'était le cas.

Le vieil artiste laissa échapper un rire profond qui surprit Katianna puisqu'elle n'avait aucune idée de ce que les deux hommes racontaient, mais elle se détendit lorsque Trenton se rassit à côté d'elle et commença à lui remettre ses chaussures.

— S'il vous plaît, permettez-moi de vous montrer la nouvelle galerie. Elle n'est pas complète, mais il y a suffisamment de choses à apprécier, dit Cardiff en revenant à l'anglais, et Katianna s'égaya à l'idée que ce magnifique musée avait encore plus à offrir.

D'après Katianna, la troisième galerie était pratiquement terminée. Il fallait encore un peu de travail et un bon nettoyage, mais dans l'ensemble, c'était exquis, conçu pour imiter une chambre des anciens jardins suspendus de Babylone avec un bain au centre.

Deux rangées de colonnes blanches entouraient la galerie, soutenant un large aqueduc de feuillage qui commençait à s'épanouir, envoyant ses feuilles de vigne fleurir les bords et qui s'enrouleraient un jour autour des colonnes dans une cascade de verdure.

De grandes cuvettes remplies de plantes tropicales divisaient le chemin en plusieurs alcôves séparées, chacune comportant sa propre œuvre à contempler, ses pièces maîtresses, des sculptures grandeur nature d'amants copulant figés dans une étreinte intemporelle, chacune d'elles magnifique non seulement dans la maîtrise de la sculpture, mais également pour le marbre dans lequel Cardiff avait choisi de les tailler.

Le marbre *Azura Aquamarina* d'un bleu lumineux était utilisé pour la jeune fille qui se penchait en arrière sur un banc alors que son amant était à genoux devant elle afin de goûter à son nectar intérieur, et la pierre de marbre semblait briller dans la lumière tamisée de la galerie inachevée comme si elle était enflammée par la passion des amants.

Un *Rosso Conchiglia*, un rose de coucher de soleil, était utilisé pour la jeune fille tibétaine qui embrassait une autre jeune fille assise sur ses genoux, une main délicate semblant caresser des parties plus intimes.

Le *Bianco Carrera Venato* était un marbre blanc avec de fines veines noires qui avait été sculpté pour représenter une femme à califourchon sur les genoux d'un homme alors qu'ils faisaient l'amour dans un fauteuil.

Une femme au torse parcouru de cordes, agenouillée au pied d'un homme était sculptée dans du marbre *Salome-Leopard*, une couleur rouge marbrée avec des taches de vert moussu.

Le corps d'une femme tenue par de larges épaules et des bras mâles tandis que le visage de ce dernier était enfoui dans un acte de cunnilingus était formé à partir des couleurs brunes fossiles du marbre *Mondragone*. Un couple persan, allongé dans une position de cuillère ayant des rapports sexuels était sculpté dans un délicieux *Amarello orange*, tandis que deux hommes se caressaient mutuellement dans un *Onice Verde*, un marbre inhabituel et rare, dont la pierre s'approchait de la teinte de la peau.

Dix-huit statues en tout ; neuf de chaque côté, le long de la galerie, chacune avec un nouveau couple d'amants dans leur propre pose unique, et sculptée dans sa propre pierre.

Même les murs faisaient partie de la vision de la galerie, sculptés en reliefs rinceaux encadrant des mosaïques colorées d'amants du monde entier et d'une variété de cultures ; Babyloniens, Minoens, Perses, et Samaritains. Il y avait même une scène amérindienne où deux amants étaient agenouillés dans les bras l'un de l'autre au milieu d'un tas de peaux de bisons.

L'ensemble de la galerie une fois terminé serait la quintessence de l'œuvre de la vie de l'artiste, qui était également l'architecte concepteur de la pièce, chaque représentation conduisant à son apogée personnel. Pour le numéro dix-neuf de la collection, Cardiff avait gardé le meilleur pour la fin. Utilisant ce que Katianna pensait être le plus gros morceau au monde de marbre noir de Saint Laurent, était installée devant le bain, soutenue par un mur d'eau et de la flore, une sculpture plus vraie que nature de deux hommes dans une étreinte sexuelle ; l'homme allongé sur son dos était nul autre que l'artiste lui-même, Cardiff Matisse. Son amant se tenait au-dessus de lui, prenant appui sur deux bras puissants, son aine poussée entre les jambes de Cardiff et en tenant une sur son bras. Mais il était plus qu'un homme, il était représenté sous la forme d'un ange. Le corps musclé et massif de l'ange était assombri par de grandes ailes dans son dos, atteignant le plafond de la galerie.

Katianna se laissa tomber sur l'un des bancs à proximité et se contenta de regarder la sculpture de l'homme dans les bras de l'ange ; le marbre noir ne faisait qu'ajouter à son charme tabou magnifiquement sombre. Elle ne se souvenait pas avoir vu quelque chose d'aussi remarquablement beau que ceci.

Trenton l'observa alors qu'elle semblait émerveillée par l'énorme sculpture. Katianna le rendait perplexe. Comment pouvait-elle voir une telle beauté dans l'un et craindre l'autre ? Était-ce parce que les personnages n'étaient pas en chair et en os ? Que tant que c'était de l'art, elle était en sécurité ?

— Katianna ? À propos du club où nous sommes allés samedi soir...

Elle détourna brusquement les yeux pour le regarder, son expression se crispant rapidement en signe d'auto-défense, comme il l'avait craint. Mais il n'avait pas l'intention d'aborder le sujet de ce qu'il avait fait pour l'offenser. Il attendrait jusqu'à ce que cette expérience ne soit plus aussi fraîche.

— Qu'est-ce qui rend cet endroit facile à accepter et pas le *Rouge Nuit*?

— Il n'y avait pas de visages là-bas.

Sa réponse sortit rapidement comme la hache du bourreau.

— Pas d'intimité – seulement des gens qui baisaient.

— Ce n'est pas très différent des thermes romains de l'ancien temps.

(ᵔᵜᵔ)

Elle haussa les épaules.

— Je ne pense pas que j'aurais aimé ça à l'époque non plus.

Son regard se déplaça vers la grande sculpture noire.

Ici, il y avait des visages – et des expressions. Les hanches de l'ange poussant Cardiff vers une libération orgasmique. L'homme était submergé par la faim de l'Ange, comme elle avait été submergée par le baiser de Trenton. Seulement maintenant, il était sobre et il ne cherchait plus à l'embrasser.

— Qu'est-ce que tu vois quand tu regardes ça ? demanda ensuite Trenton.

Katianna tourna la tête de côté, contemplant la sculpture un instant, puis le regarda encore plus longtemps avant de répondre, comme si quelque chose en elle venait de voir la lumière alors qu'elle réfléchissait à sa question.

— C'est son « Cellar Door ».

Trenton secoua la tête avec une expression perplexe.

— *Cellar Door*? La porte de la cave ? Qu'est-ce que c'est ?

— *Cellar Door*...

Elle prit une profonde inspiration et la relâcha dans un soupir puis, comme si elle voyait la représentation dans sa tête, elle commença à expliquer.

— *Cellar Door* est devenu l'exemple d'un mot – ou d'une phrase – qui est beau en termes de phonétique sans égard pour la sémantique. Il a été diversement présenté, soit simplement comme une belle proposition parmi tant d'autres, ou comme la plus belle de la langue anglaise. Cela a été débattu par de nombreux écrivains et souvent utilisé comme un terme ou une analogie – pour un moment ou un acte, quand un artiste succombe à sa plus belle expression.

Trenton répéta la dernière partie comme une caresse liquide sur sa langue.

— Succomber à sa plus belle expression – j'adore ça...

Cela déclencha un sens plus profond dans son regard alors qu'il lui faisait un clin d'œil.

— Mais il doit y avoir une sorte de sens – dans la sculpture, je veux dire.

Elle la regarda à nouveau. Pour elle, c'était une pure fantaisie, ce qui était seulement un mot, une idée, mais elle ne connaissait pas Cardiff aussi bien que Trenton apparemment.

— Qu'est-ce qui te fait dire ça ?

Trenton regarda la sculpture puis elle à nouveau.

— Cardiff ne couche pas avec des hommes, répondit-il.

— Quelque chose a changé pour lui alors, dit-elle en croisant son regard.

— Pourquoi dis-tu cela ?

— Parce qu'il est dans la sculpture celui qui est submergé par l'autre homme. Cela ne fait que confirmer ce que je disais. Ton ami Cardiff n'en connaît peut-être pas le sens, mais c'est pour lui la plus belle combinaison et il veut l'avoir à nouveau.

Trenton l'observa, voyant sa capacité à se plonger profondément dans quelque chose, peut-être pour la première fois depuis qu'il l'avait rencontrée. C'était de toute évidence cette capacité de « voir » dans une personne – voir les fantasmes et les désirs d'une personne – qui lui permettait de créer les contes érotiques qu'elle écrivait. Maintenant, sa souris était hors de son trou. Tout comme il était à l'aise pour parler des significations philosophiques derrière les relations maître/esclave ; tout comme elle, lorsque cela concernait les mots et la signification profonde qu'ils avaient sur les gens. En tant qu'écrivain, elle avait un don pour les mots, même si elle parlait rarement.

— Et toi ? As-tu une *Cellar Door* ? demanda-t-il.

Katianna détourna le regard tandis que son visage prenait une nuance de rose. Elle rougissait, pourtant quel que soit son mot, elle le garda pour elle.

Trenton dit au revoir à son ami Cardiff, notant qu'il le reverrait bientôt à la vente aux enchères et lui demandant de passer son bonjour à Fambleush et de lui présenter ses excuses pour l'avoir manqué. Ensuite, Katianna et lui partirent pour rejoindre leur hôtel et les autres.

Dans l'ascenseur afin d'accéder à leur chambre, Katianna s'agita puis finit par poser la question qui attisait sa curiosité.

— Au musée, tu as parlé d'une vente aux enchères à Cardiff – quelles enchères ?

— Tu veux me dire quelle est ta *Cellar Door* ?

Son visage rougit immédiatement et elle secoua la tête.

— Alors, je ne te parlerai pas non plus de la vente aux enchères pour l'instant, répondit-il en lui souriant.

CHAPITRE DOUZE

DOMICILE DE PIERRE FAMBLEUSH BOISMIER, PARIS, FRANCE

La large porte s'ouvrit à la volée et Trenton sembla surpris par l'accueil du grand homme qui l'avait ouverte.

— Trenton ! *Mon vieil ami**. Venez, venez.

L'homme imposant recula, ne retenant pas la lueur amicale dans ses yeux.

— Vous êtes venu. Cela va être une bonne soirée.

Il embrassa une joue puis l'autre, puis ses yeux se posèrent sur Katianna et ils se mirent à pétiller.

Le bras de Trenton se pressa doucement contre le dos de la jeune femme.

— *Monsieur** Fambleush Boismier, je vous présente *Mademoiselle** Katianna Dumas.

Fambleush eut brusquement l'air surpris, ses yeux passant de Katianna à Trenton.

— Vous présentez la vôtre si tôt ? balbutia-t-il.

— Je n'ai pas encore bu mon *vin* dans le lit, répondit Trenton.

Katianna jeta un coup d'œil à Trenton. Tout cela n'avait pas de sens et son front se plissa, mais quoi qu'il ait voulu dire, il était clair que son ami comprenait et il l'observa tout à coup avec un regard nouveau avant de reporter son attention sur Trenton.

— Venez, venez. Joignez-vous à moi. Nous allons un peu rattraper le temps perdu avant de dîner et que vous puissiez voir comment mes esclaves se débrouillent.

Il rayonnait alors qu'il se reculait pour les laisser entrer, mais Katianna ne manqua pas le mot clé dans cette phrase.

— Esclaves ? dit-elle en fixant leur hôte.

Le sourire de Fambleush se réchauffa et elle aurait pu jurer qu'elle entendit un petit gloussement.

— Oh ! *Elle est mignonne*.*

— Que vient-il de dire ? demanda-t-elle, décidant pour une fois qu'elle voulait une traduction.

Le sujet des esclaves l'avait instantanément déstabilisée, et le fait que l'homme glousse en la regardant rendait la chose pire.

— Il a dit que tu étais mignonne, répondit Trenton avec un sourire afin de marquer son accord, tout en suivant Fambleush dans sa maison.

Les deux hommes discutèrent en français le long du chemin, mais cette fois Trenton n'offrit pas de traductions ou d'explications à Katianna à propos de ce qui était dit.

Ils se réunirent dans un grand et plutôt opulent salon. En fait, chaque partie de la maison que Katianna avait aperçue en chemin était décadente avec des marbres dans lesquels étaient sculptés des jeunes filles et des héros nus. De belles reproductions artistiques de jeunes filles nues jouant dans des jardins parsemaient les murs. La maison de Fambleush n'était pas loin d'être surchargée et en accord avec la crème de la crème du musée où Trenton l'avait emmenée l'autre jour, sans surprise, mais non moins éblouissant, puisque Fambleush possédait la galerie.

Des tapisseries, aussi vieilles que les paysages qu'elles représentaient étaient accrochées sur les murs et des tapis persans ornaient les sols le long du couloir.

Katianna crut voir des mouvements du coin de l'œil, mais dès qu'elle regardait, les têtes disparaissaient et se cachaient derrière le mur, suivis de rires. Les doigts de Katianna se resserrèrent encore plus sur la chemise de Trenton. Il l'avait prévenue avant de venir que ce qu'elle verrait ici ne serait pas comme au *Club Pain*. Ici, les soumises ne rentraient pas chez elles à la fin de la soirée, leurs vêtements et leurs portefeuilles rendus, et leurs colliers enlevés. Au contraire, elles restaient sous le contrôle de leur Maître – elles allaient se coucher quand on leur disait, se réveillaient quand on leur disait, mangeaient quand on leur disait, et avaient des relations sexuelles quand on leur disait. Et si nécessaire, elles étaient disciplinées lorsqu'elles se conduisaient mal.

Fambleush les conduisit dans son fumoir où il s'installa confortablement dans un fauteuil en cuir brun foncé. Il claqua des doigts et une fille se précipita dans la pièce, presque trop vite, et se mit à genoux à côté de ses pieds, ses yeux sombres le regardant avidement.

— Ma pipe s'il te plaît, ma chère.

Et aussi vite qu'elle était entrée, elle disparut pour aller chercher la pipe de son Maître.

Katianna était encore absorbée par les détails de la pièce pour la remarquer. D'un mur à l'autre, du sol au plafond, des étagères en acajou étaient remplies de livres, anciens et nouveaux. Une échelle sur roulettes était accrochée à une barre en laiton qui encerclait la pièce afin de donner un accès facile aux livres placés sur les étagères supérieures.

Elle ferma les yeux et prit une profonde inspiration, enchantée par l'odeur des vieux livres reliés en cuir. Elle pouvait presque se convaincre qu'elle sentait le vieux papier à l'intérieur, de la façon dont un magasin de livres anciens devrait sentir, avec une odeur de fumée de pipe qui s'attardait. Il y avait quelque chose de vieux et d'intemporel à propos de cette odeur qui la rendait agréable. Ce ne fut que lorsqu'elle entendit Fambleush demander à quelqu'un d'aller chercher sa pipe qu'elle se retourna pour voir une beauté aux cheveux noirs se précipiter hors de la pièce.

Katianna lutta pour fermer sa bouche béante. Elle l'avait presque ratée alors qu'elle se contorsionnait sur le canapé victorien à côté de Trenton, observant la pièce et ses nombreux détails.

— Un grog avant le dîner ? demanda Fam en haussant les sourcils.

Pas pour moi, merci, répondit Trenton en s'installant plus confortablement sur le canapé, se détendant facilement dans cet environnement et observant Katianna alors qu'elle regardait autour d'elle en absorbant tous les détails.

Il aimait sa curiosité, bien que cela irrite la plupart des Doms – lui aussi habituellement, mais Katianna était différente pour lui, et il aimait qu'elle n'essaie pas de se composer un visage. Jamais trop cool ou pas affectée par ce qu'elle voyait. Il se disait que c'était peut-être l'aspect ludique dans tout cela qu'il aimait tant. Elle allégeait sa vie lorsqu'il était avec elle, et il adorait la regarder.

La jeune fille que Katianna n'avait fait qu'entrevoir avant qu'elle soit envoyée faire une course revint avec un plateau chargé d'une lourde pipe en forme de bulbe et d'une boîte en bois sculpté.

Katianna regarda avec des yeux écarquillés alors que la jeune fille se mettait à genoux au pied de Fambleush, posant le plateau à côté d'elle et commençant à bourrer la pipe avec le tabac de la boîte. La jeune femme avait un visage rond et mature – proche de la trentaine, supposa Kat – mais une apparence plus jeune et des cheveux magnifiques d'une teinte de sable doux avec des reflets cuivrés et ensoleillés qui tombaient en boucles douces jusqu'à ses omoplates. Elle portait une de ces jupes boho à volants, illuminée par un kaléidoscope de couleurs et avec tellement de tissus qu'elle s'étalait sur le sol. Elle portait la jupe de manière suggestive, basse sur ses hanches et attachée avec une lourde ceinture d'argent avec des franges de larges disques également en argent qui tintaient. Elle avait des bijoux assortis sur son bras, ainsi qu'un collier qui descendait sur sa poitrine nue, attirant délibérément les yeux sur ses seins de taille moyenne et leurs mamelons érigés. Elle ressemblait à l'une de ces danseuses du ventre d'Inde, moins quelques morceaux essentiels de tissu.

La femme passa la pipe préparée à Fambleush et attendit alors qu'il tassait un peu plus le tabac. Elle l'alluma même pour lui et il laissa échapper un flot de fumée juste au-dessus de sa tête, remplissant instantanément la pièce d'un doux parfum boisé. Son devoir accompli – pour le moment – la femme se recroquevilla entre les jambes de Fambleush et posa la tête sur ses genoux. Katianna crut voir une douce expression de tristesse et se demanda d'où elle venait alors qu'elle avait tout d'abord semblé si enthousiaste et ravie d'être appelée aux côtés de son Maître.

— Vous vous souvenez de Rachel, n'est-ce pas ? commença Fambleush en laissant échapper un long jet de fumée de ses lèvres.

Il tapota la jeune fille sur la tête, une sorte de contact stimulant profondément enraciné comme pour lui offrir un certain réconfort.

— Ahh, ma bien-aimée Rachel est toujours avec moi, mais elle est mon assistante personnelle maintenant. Vous voyez ? Je la laisse même porter des vêtements... dit-il en riant, mais l'admission à sa nouvelle position dans sa vie était sincère. Elle se débrouille tellement bien, et le fait qu'elle était une servante auparavant l'a préparée pour mon style de vie.

Il secoua la tête, puis se gratta la nuque pendant un instant.

— J'aurais dû y penser depuis longtemps. Je me serais épargné un peu de souci avec ces tabloïds sur la violation des droits des femmes.

Il commença comme s'il racontait une histoire avant d'aller se coucher :

— Eh bien, parce que j'ai eu une assistante qui a essayé de m'accuser de harcèlement sexuel quand j'ai refusé que mes esclaves portent des vêtements. Ce n'est pas comme si j'avais demandé à mon assistante de se balader nue. Bien que je lui aie dit qu'elle était libre de le faire si elle en avait envie. Mais peu importe...

Fambleush s'arrêta un instant et rit de lui-même à cette idée, avant de terminer sa déclaration en se penchant en avant afin d'accentuer ses paroles,

— Rachel est parfaite pour cet emploi.

— Pourquoi a-t-elle l'air aussi triste ?

Katianna laissa échapper la question avant même de pouvoir s'en empêcher.

— *Mmmm...* fredonna-t-il en regardant d'un air inquiet la jeune femme à ses pieds. Vous avez remarqué, n'est-ce pas ?

Il lui caressa les cheveux d'un air pensif.

— *Ma chérie**, Rachel est en train de se remettre d'un cœur brisé. Elle a commencé à fréquenter un gentleman de Milan, qui vient souvent à la galerie afin d'y acheter des pièces pour les revendre dans le monde entier. Mais alors que le jeune homme était prêt à approfondir les choses avec elle, elle a naturellement... comment appelez-vous ça, les américains... elle est sortie du placard ? Elle s'est offerte à lui de toutes les façons qui soient. Le pauvre bougre ne pouvait pas gérer une femme qui se soumettait si entièrement à lui et il s'est enfui.

Fambleush fit à nouveau courir sa main dans les cheveux de la jeune femme, puis la glissa sur sa joue alors qu'elle le regardait, le bout de ses doigts caressant le côté de son visage avant de tapoter ses lèvres. L'expression de Rachel se réchauffa et elle embrassa ses doigts avant de baisser la tête afin de la poser à nouveau sur ses genoux.

— Cela l'a blessée, alors je lui ai proposé de revenir au manoir pour aussi longtemps qu'elle en aurait besoin, et je lui rappellerai sans cesse à quel point elle est belle dans sa soumission.

Katianna reporta son attention sur Fambleush alors qu'il parlait et fumait nonchalamment sa pipe, très détendu avec une certaine tendresse émanant de lui. Au premier abord, elle ne l'avait pas considéré comme un bel homme ; un peu lourd, plus âgé, son épaisse chevelure sel et poivre ébouriffée tombant sur son visage pourvu d'une barbe bien taillée, et qui pour le moment, avait quelques trous là où il s'était gratté. Des yeux bruns profonds remplis de connaissances et de compréhension. Des yeux de père. Il y avait quelque chose de plaisant à son sujet qui réchauffait une personne, et Katianna réalisa qu'il n'était pas déplaisant à regarder non plus. Bien qu'à la retraite, il dégageait encore une certaine prestance. Elle essaya d'imaginer ce à quoi il ressemblait lorsqu'il était encore professeur à l'Université. Elle l'imagina enseignant l'art comme si c'était de la poésie, montrant à ses étudiants des sculptures et des peintures comme si elles étaient la clé pour une relation sexuelle longue et durable. Il aurait une voix profonde et douce qui vous caressait les oreilles tandis qu'il lirait de la littérature classique pour vous séduire, ou peut-être de l'Edgar Allan Poe pour vous faire peur afin que vous vous réfugiiez dans ses bras qu'il enroulerait autour de vous comme une couverture chaude, vous promettant d'éloigner le monstre du placard en échange de son affection.

Katianna rougit, se demandant combien de filles de sa classe avaient versé des larmes lorsqu'il ne les avait pas ramenées chez lui.

— Alors, dites-moi, combien de temps comptez-vous rester à Paris ? demanda Fambleush en reportant son attention sur ses invités.

— Nous sommes arrivés samedi, et j'espère partir d'ici la fin de cette semaine, mais il y a de grandes chances que nous soyons obligés de rester plus longtemps.

— Avez-vous essayé le nouveau spa ? leur demanda leur hôte.

— J'en ai entendu parler – j'ai quelques subs qui veulent nous quitter et aller servir là-bas. Mais, je ne pense pas que nous aurons le temps d'y aller au cours de ce séjour. Au fait, je n'ai pas vu passer votre inscription pour la vente aux enchères de cette année, dit Trenton en changeant de sujet. Vous ne prévoyez pas d'y assister ?

— Ahhh… j'avais l'intention de vous appeler à ce sujet.

Fambleush frotta sa barbe, essayant de toute évidence de gagner du temps.

— Je vais probablement y assister, mais seulement comme invité. Je ne peux pas me refuser ce plaisir. Combien ces premiers instants sont doux, lorsqu'ils montent sur scène et que la réalité des choix qu'ils ont faits apparaît sur leur visage.

Il prit une profonde inspiration.

— Vous ne comptez pas acheter cette année ? demanda Trenton.

Il était étonné.

Fambleush était un habitué qui se plaignait souvent d'avoir à attendre jusqu'à la vente aux enchères une fois qu'il avait repéré l'une des esclaves sur la brochure, mais il patientait parce que c'était la meilleure sélection d'esclaves disponibles et qu'il ne voulait pas manquer ça.

Rachel avait été le premier achat de Fambleush à la vente aux enchères. Trenton avait pris en main sa formation et l'avait entraînée à la perfection. Lorsqu'elle était venue lui faire savoir qu'elle voulait entrer en service sur du long terme, il savait exactement qui lui conviendrait et il avait envoyé son profil à Fambleush. Il aurait bien arrangé un contrat privé, mais elle voulait passer par la vente aux enchères. Elle avait besoin de ce rite de passage, un point marquant dans sa vie dont elle pourrait se souvenir et dire que c'était là qu'avait commencé sa vie – que c'était là qu'elle était devenue libre.

Pour Fambleush, elle surpassait tous les esclaves qu'il avait possédés. Après elle, il avait juré de ne plus acheter chez personne, sauf chez Trenton, fanfaronnant souvent auprès de ses amis et collègues au sujet de ce mode de vie et l'art de Trenton pour assortir parfaitement Maîtres et esclaves.

Fambleush recommença à frotter sa barbe avec ses doigts épais. Il roula ses lèvres en une moue maladroite puis fit claquer sa langue. Il se tortilla sur son siège.

— Non, je crains que vous me bannissiez des achats pour cette année.

— Qu'avez-vous fait ?

Le corps de Trenton se raidit, mais seulement légèrement. Sa réponse était plus du genre « quelle sorte d'enfer avez-vous déclenchée cette fois ? », une question qu'il avait l'habitude de poser à ses frères.

— Nous avons acheté en dehors de votre cercle, marmonna Fambleush.

— Nous ?

Une question à la fois, et Trenton voulait d'abord savoir à qui leur hôte faisait allusion en disant « nous ».

— Ahh... Je ne vous l'ai pas dit ? Je me suis marié.

Le visage de Fambleush s'éclaira, ses mains volant dans un semblant de célébration, heureux d'avoir quelque chose d'autre à dire pour reculer ses aveux.

— Vous vous êtes marié ? Qui voudrait vous épouser, je me le demande, et en plus vous permettre de garder vos esclaves ?

Puis les yeux de Trenton se posèrent sur Rachel au pied de Fambleush. Il se mit à espérer que ce dernier ne l'avait pas épousée sur un coup de tête afin de guérir son cœur brisé, tout ça parce qu'un certain jeune fou n'avait pas eu l'intelligence d'accueillir une femme soumise dans sa vie. Il le bannirait assurément de façon permanente de ses ventes aux enchères si c'était le cas.

— Ahh... *oui**, j'ai épousé Chemène, continua Fambleush. Nous nous sommes rencontrés au club de Dane il y a deux ans, juste après la vente aux enchères. Nous nous sommes mariés il y a seulement six mois et pendant notre lune de miel en Argentine, elle a acheté une fille pour moi. Seulement, la jeune fille n'était pas aussi prête qu'on nous l'avait laissé croire. J'avais d'ailleurs l'espoir de parler avec vous à ce sujet.

Le visage de Fambleush s'assombrit pendant un instant.

— Je n'ai pas la finesse ni le temps pour cela. J'espérais vous l'envoyer. Seriez-vous intéressé ? Je suis prêt à payer les frais et la pension. Vous avez une place ?

— Les chambres de la pension sont dans la maison de Diesel et Marcus.

— Marcus, je l'aime bien. Il est bon avec les filles. Diesel aussi. Il est votre second, non ? Cela me convient parfaitement, du moment que c'est principalement vous qui vous occupez de sa formation.

Trenton se déplaça, se préparant pour s'engager profondément dans une conversation qu'il n'avait jamais eue en présence de Katianna. Cependant, Dane avait peut-être raison, il devait s'exposer à elle autant que possible, et le faire entre amis était la meilleure façon.

— Je dois d'abord y jeter un œil. Et je ne serais pas capable de la prendre maintenant, je suis en mission ici à Paris et ça devient très tendu. Vous devrez me l'envoyer après que je sois revenu à New York.

Les yeux de Fambleush se déplacèrent vers Katianna à ce moment-là.

— Qui voudrait faire du mal à une belle créature comme ça ?

— Ce n'est pas Katianna, mais l'Héritière Quinneth, qui me préoccupe en ce moment. Katianna est un auteur représenté par la société d'édition d'Amelia et elle l'a accompagnée afin de rencontrer des éditeurs français.

(•ᴗ•)

Fambleush regarda Katianna avec un intérêt renouvelé et, ce faisant, essaya d'être courtois et de l'inclure dans la conversation, puisque Trenton avait clairement annoncé qu'elle n'était pas encore une véritable esclave.

— Vous êtes un auteur ?

Elle hocha la tête. Elle n'avait pas dit plus de quelques mots depuis qu'ils étaient arrivés et elle avait été satisfaite de se contenter d'écouter, même lorsqu'ils parlaient en anglais et qu'elle comprenait.

Fambleush ne s'offensa pas de son silence, se contentant de sourire. Elle était naturelle, assise si tranquillement ; petite créature curieuse cependant, ses yeux errant partout, écoutant sans dire un mot. Maintenant qu'il y pensait, il n'était même pas certain qu'elle ait dit bonjour quand ils étaient arrivés. Tout avait semblé s'arrêter lorsqu'elle avait entendu le mot esclave. Comme elle était mignonne quand son visage pâlissait. Seuls ses doigts parlaient, la façon dont ils se resserraient et se détendaient dans leur emprise sur la chemise du Dominus. La garde-robe de ce dernier allait avoir besoin de s'étoffer avec elle, aucun doute là-dessus.

(•ω•)

— Katianna écrit de la romance érotique et paranormale, offrit Trenton à la place de son silencieux trésor lorsqu'elle ne continua pas la conversation avec Fambleush.

Un sourire faussement timide fleurit sur le visage de ce dernier.

— Vous savez que j'aime lire. Je suis ce qu'on appelle un junky littéraire. J'apprécie tout, des classiques aux romans en passant par les philosophes.

Ses yeux se concentrèrent à nouveau sur Katianna.

— Et la présence d'auteurs m'impressionne toujours. La façon dont vous, les écrivains, vous tissez des mots ensemble pour créer de nouveaux mondes ou des pensées, vous remuez mes émotions et vous me faites même croire des choses qui ne sont pas réelles. Les livres sont le pouvoir.

Il agita la main autour de la pièce vers la bibliothèque pourvue d'une collection impressionnante afin de lui montrer qu'il pensait ce qu'il disait.

Trenton posa ses doigts sur ses lèvres afin de bloquer un rire. Fambleush lisait tellement que Trenton était certain qu'il avait un lien direct dans la psyché humaine. Cela l'étonnait que son hôte n'ait pas pris le temps de devenir un formateur lui-même. Il aurait été bon dans ce domaine.

Les yeux de Fambleush s'illuminèrent.

— *Ahh...* vous devez me donner vos titres. Chemène et moi... nous faisons la lecture à nos filles. Cela fait partie de notre rituel du soir. Nous aimons particulièrement les romans érotiques. Nous aimons les torturer avec ça, puis leur refuser tout contact sexuel pendant une semaine. Simplement pour les tourmenter un peu plus, avant de les laisser atteindre leur jouissance avec nous.

Il eut un sourire diabolique et fit un clin d'œil à Katianna.

— C'est délicieusement amusant.

— *Monsieur Boismier, le dîner est servi**, les appela un intendant qui se tenait dans l'embrasure de la porte, et Fambleush guida ses invités dans la salle à manger.

La femme de Fambleush, Chemène Larou-Boismier arriva au moment où ils s'asseyaient pour dîner. Elle était la parfaite image d'un membre du Club-Med d'âge moyen et habillée à la perfection, portant un chemisier blanc sans manches à col montant et un ensemble de chaînes en or pour attirer le regard sur ses seins. Ses cheveux blond platine étaient tirés en arrière dans une tresse française légèrement décentrée dans le dos. Mais c'était son visage radieux comme si elle sortait d'un spa qui était le véritable point de mire. Elle avait le physique d'un super modèle rehaussé par une maturité qui faisait certainement tourner les têtes partout où elle allait.

— Dominus Trenton Leos, je suis ravie d'être arrivée à temps pour profiter de votre compagnie durant votre séjour, dit-elle en souriant à Trenton avant de diriger son regard vers les deux hommes qui la suivaient. Dominus, voici mon frère, Toussaint Larou.

Elle désigna le plus grand des deux. Il partageait avec elle les mêmes traits, mais pas les cheveux blonds. Les siens étaient blond cendré avec des mèches dorées. Il avait des yeux saisissants, mais égaux en perfection avec ceux de sa sœur. Toussaint fit un léger signe de tête à Trenton en guise de salutation, ses yeux reflétant une débauche sans fin,

— *Bonjour**, Dominus.

Trenton lui rendit son signe de tête.

— *Bonsoir.*

— Et voici un ami de la famille, Merri Calbur, ajouta Chemène en agitant la main en direction du deuxième homme aux traits méditerranéens.

Encore une fois, un échange de salutations subtiles et les deux arrivants prirent place à la table en face de Trenton et Katianna, aucun des deux ne cachant leurs regards en direction de Katianna, et elle se retrouva à souhaiter être plus près de Trenton ou plutôt de pouvoir ramper sous son bras... littéralement.

— Chéri...

Chemène se pencha, embrassant son mari avant de prendre le siège à sa gauche.

— Je viens de voir Rachel dans le couloir et elle avait un air tout à fait épouvantable.

Pour Katianna, Chemène parlait même comme ces femmes du country club – *Chéri, étaient-ce des larmes que je viens de voir dans les yeux de notre précieuse fille ?*

— Oui, Chemène, répondu Fambleush avec une expression sombre. Raul s'est arrêté au musée aujourd'hui et elle l'a vu. Le gamin est devenu blanc comme un linge et s'est sauvé aussi vite qu'il pouvait en payant les peintures pour lesquelles il était venu.

— Chéri ?

C'était presque une réprimande cette fois, la façon dont le mot fut traîné sur un ton aigu – *pourquoi as-tu laissé une telle chose se produire ?*

— Je sais, je sais, répondit son époux en agitant la main en l'air par-dessus sa tête. Je n'aurais pas dû l'emmener au travail avec moi, mais je pensais que l'occuper serait bon pour elle, plaida-t-il afin d'obtenir le pardon de sa femme.

Après avoir mangé, Fambleush invita tout le monde à se joindre à lui dans la *salle de bien-être*, comme il l'appelait. La pièce était énorme, et pourtant accueillante, remplie d'un assortiment de canapés bien rembourrés, de beaucoup de cousins, à la fois sur les canapés et sur le sol. Il y avait un billard finement sculpté dans un coin et deux cheminées afin de garder la pièce chauffée durant l'hiver ; plus un set complet de balancelles et de rocking-chairs dans un autre coin, entouré d'un mur rempli avec encore plus de livres.

Un bar le long d'un mur était pourvu de tout ce dont vous aviez besoin pour passer une bonne soirée. Et enfin, un nombre d'accessoires que Katianna avait l'habitude de voir au *Club Pain* était accroché sur une patère sur le mur du fond.

Fambleush s'arrêta et frappa dans ses mains. Rachel, qui attendait à la porte, comprit le signal et fit signe d'entrer à trois femmes qui laissèrent Katianna bouche bée.

Trenton n'aurait jamais dû laisser l'imagination de Katianna s'emballer pour créer sa propre définition d'une *esclave* lorsqu'il avait choisi de ne pas expliquer leur conversation sur ce sujet. Bien sûr, elle aurait dû avoir plus de jugeote que de laisser son esprit d'auteur fabriquer l'image d'une créature étant traînée avec d'épaisses chaînes en fer. *Stupides écrivains.*

Les trois femmes, bien que Fambleush les avait constamment appelées les filles, n'étaient pas des filles du tout, mais de magnifiques jeunes femmes. La plus petite faisait environ un mètre soixante-dix, alors que la plus grande avoisinait le un mètre quatre-vingt-cinq, toutes avec de longues jambes drapées dans un tissu teint en bleu qui atteignait leurs pieds, et la poitrine dénudée tout comme Rachel. Leurs cheveux bruns étaient tressés et décorés de perles assorties à celles qui pendaient au bout de leurs boucles d'oreilles. Leurs bras étaient ornés de manchettes en argent, à la fois sur leurs poignets et sur le haut de leurs bras, et des anneaux et des clips sur chacune d'elles permettaient de les attacher ensemble ou à quelque chose d'autre. Des colliers et des bracelets de chevilles assortis complétaient l'ensemble. Les trois filles étaient belles dans leur apparence unique, comme les anciennes esclaves grecques dépeintes dans des œuvres d'art, et leurs yeux brillaient d'impatience alors qu'elles entraient rapidement comme si elles avaient attendu d'être appelées et que l'attente avait été insupportable.

Oh quelque chose mijotait définitivement dans la tête de Katianna maintenant.

Fambleush se dirigea vers les filles, la main levée pour les arrêter, en commençant par la plus petite.

— Trenton, peut-être vous souvenez-vous d'Esmé ?

Il lui embrassa le front.

— Avec votre permission, elle a renouvelé son contrat afin de rester avec moi pour deux ans de plus.

Il se tourna vers la fille suivante.

— Et bien sûr, Donát.

Il l'embrassa également et Katianna surprit le mouvement de ses doigts, s'étendant dans une tentative subtile de voler un contact avec la jambe de son Maître. Son visage s'échauffa sous le baiser et elle leva les yeux, plaidant pour plus qu'un simple effleurement de ses lèvres.

Trenton sourit tendrement.

— Oui. Je me souviens de Donát. C'était l'une des rares que j'ai eue qui voulait un premier contrat de cinq ans.

Fambleush hocha la tête ; son affection était évidente.

— Et elle vaut chaque euro dépensé, se vanta-t-il, reculant d'un pas lorsque les doigts de la jeune femme essayèrent de le retrouver.

Il lui tapota doucement le bout du nez.

— Sauf qu'elle a eu un orgasme sans ma permission, et maintenant je la punis. Je lui ai refusé tout contact depuis deux semaines maintenant.

Il se retourna et regarda Trenton.

— A-t-elle l'air d'avoir suffisamment souffert ?

Le regard amusé de Trenton se déplaça vers la fille. Il pouvait voir qu'elle retirait encore beaucoup trop de plaisir de tout ça.

— Non. J'ai l'impression que vous souffrirez bien avant qu'elle le fasse, taquina-t-il son hôte.

Comme Rachel, Trenton avait affiné la formation de Donát lui-même et il l'avait presque gardée pour lui. Elle l'avait pleinement satisfait, mais elle n'était pas l'Esclave de Vie qu'il recherchait. Regarder Donát maintenant l'excitait encore, mais il était content de ne pas l'avoir gardée, parce que maintenant, il avait exactement ce qu'il désirait assis à côté de lui.

Fambleush s'arrêta devant la dernière fille. Grande, une peau bronzée couleur miel, des yeux noisette et des lèvres roses charnues ; elle était l'image même de la vierge qui aurait été sacrifiée aux dieux. Son visage révélait ses secrets, sa timidité, son humble désir de satisfaire teinté d'une pointe de honte de ne pas y parvenir.

— Et voici notre petite Marcena, notre enfant déesse argentine, dit-il avant de lui embrasser également le front.

Mais l'*enfant*, comme il le disait, était dans la vingtaine et magnifiquement exquise.

— Voulez-vous un verre, Trenton ? demanda Chemène une fois que la présentation de leurs esclaves fut terminée.

— Du vin, s'il vous plaît. Un Bordeaux si vous avez.

Fam agita une main en direction de Donát tout en prenant un siège à côté de sa femme et en faisant signe aux deux autres filles de s'asseoir à ses pieds. Donát se précipita vers le bar, prépara diverses boissons, y compris quelques-unes qui n'avaient pas été mentionnées, et les apporta, servant en premier son scotch à Maître Fambleush, l'un des verres de vin à sa Maîtresse, puis apporta le dernier verre au Dominus.

Trenton sirota le vin, savourant la saveur fruitée alors qu'il regardait Donát servir Toussaint et Merri. Il tendit son verre à Katianna, la pressant de goûter le vin. Il savait qu'elle avait choisi de ne pas boire, mais il sentait que la soirée se déroulerait un peu plus facilement si elle avait au moins un peu d'alcool dans le sang.

Elle leva le bras afin de prendre le verre, mais il l'éloigna, attendant qu'elle baisse la main avant de le lui tendre à nouveau, l'approchant de ses lèvres afin de lui montrer que son intention était de nourrir lui-même ses lèvres avec la saveur fermentée. Il l'observa alors que ses lèvres acceptaient le verre, regarda le mouvement délicat de sa gorge alors qu'elle avalait et la petite moue de sa lèvre inférieure lorsqu'il retira le verre. *Bon sang...*

— Encore.

Il replaça le verre à ses lèvres, mais elle secoua la tête, comme s'il lui avait donné le choix.

— Encore, répéta-t-il doucement, mais en lui faisant comprendre que ce n'était pas une requête, et elle accepta, comme elle le faisait toujours.

Il adorait ça – sans même développer ce qu'il attendait d'elle, elle acceptait déjà son contrôle, l'autorisant à prendre les rênes. La façon dont elle le laissait la nourrir lorsqu'il en ressentait le besoin et maintenant, l'autorisant à la remplir de vin... Son corps répondit et ses dents se plantèrent dans sa lèvre alors qu'il la regardait à nouveau boire dans son verre. La seule chose qui manquait était le plaisir d'embrasser ses lèvres pour y goûter le vin. Il savait que cela devrait encore attendre.

— Aurez-vous besoin des filles ce soir ? demanda Toussaint à son beau-frère avec une étincelle de luxure dans les yeux.

— *Oui**. Dominus est notre invité d'honneur. J'ai l'intention d'avoir mes filles à mes pieds, pas aux vôtres, répondit Fambleush avec un visage rayonnant.

Il se détendit sur le canapé et son bras se tendit vers sa femme. Il toucha son épaule d'une caresse aussi légère qu'une plume. Son autre main offrit une tendre caresse à Donát alors qu'elle se glissait entre ses jambes et s'asseyait à ses pieds, se rapprochant aussi près de lui que possible, tout comme Marcena et Esmé.

Toussaint ne s'offusqua pas du refus de Fambleush, carrant son dos contre le corps de Merri qui était étendu sur la chaise longue. Il prit la main de Merri dans la sienne et la glissa sous sa chemise afin de l'inciter à caresser sa poitrine. Merri comprit le message, se rapprochant en se léchant les lèvres, sa main obéissant instantanément à la commande silencieuse et se déplaçant sous la chemise de Toussaint, sur ses muscles toniques et un mamelon viril caché là. Merri fut si rapidement en phase avec le corps de l'autre homme que Katianna était certaine qu'ils allaient tous les deux se jeter l'un sur l'autre en un rien de temps, juste là, sur le canapé, devant eux. Mais un raclement de gorge de Fambleush les fit ralentir, même s'ils n'ajoutèrent aucun millimètre de distance entre eux.

Chemène ne fit pas attention à son frère ou à son amant. Apparemment, pour eux, c'était normal. La seule différence était la demande qu'ils ralentissent en présence de leurs invités. La main de Chemène se posa sur Esmé qui était assise en face d'elle, et elle commença à lui caresser tendrement les cheveux, alors que les mains de Fambleush ne touchaient maintenant que sa femme. Fambleush remua dans son siège, son regard cherchant Rachel et la trouvant maintenant toujours à son poste à la porte. Il lui fit un signe lui indiquant de se joindre aux autres. La jeune femme se glissa à côté de Donát, enroulant un bras autour de la taille de la jeune fille, puis elle lui tira la tête en arrière par les cheveux avant de lui donner un tendre baiser.

— *Ahh...* on ne doit pas la toucher. Elle est toujours punie. Tu veux l'être également ? dit Fambleush, ses yeux se plissant en direction de Rachel.

Cette dernière lui sourit, tout comme le fit Donát.

Voyant cela, Katianna se demanda si cet homme arrivait à tenir ses promesses lorsqu'il s'agissait de discipliner ses filles. Elles semblaient connaître parfaitement leur Maître et le fait qu'il était un tendre à l'intérieur.

— Trenton, Fambleush vous a-t-il parlé de Marcena ? demanda Chemène en lui lançant un regard plein d'espoir.

— Il l'a mentionnée, mais je dois l'examiner d'abord, avant de décider quoi que ce soit.

— Fam chéri... commença Chemène en se tournant vivement vers son mari. Qu'attends-tu donc ?

Ce dernier rougit ; sa femme était toujours si impatiente.

— Nous allions également discuter de la raison pour laquelle il n'avait pas rempli un formulaire d'inscription afin d'enchérir pour elle.

C'était en fait une question piège, une façon pour Trenton de voir la réponse de Chemène sur ce qu'il s'était passé.

— Oh... eh bien...

Elle se lécha les lèvres.

— Je crois que c'est de ma faute. Nous sommes passés par un service local de l'endroit où nous séjournions et nous l'avons partagée au cours de notre lune de miel. Marcena répondait si joliment à nos attentes, nous avons pensé qu'elle avait été formée correctement. Regardez-la...

Chemène fit passer ses doigts dans les cheveux de Marcena.

—... elle est d'une telle beauté et de penser que si je ne l'avais pas achetée, elle aurait fini dans un quelconque bordel...

Trenton écouta, alors que Chemène donnait sa version de leur séjour en Argentine. Sa propre attention sur Katianna ne faiblit jamais, jetant toujours des coups d'œil dans sa direction. Elle ne s'immisça dans aucune des conversations de son propre choix ; elle aurait pu parler si elle l'avait voulu, mais il avait appris au fil des ans qu'elle laissait généralement cela aux autres. Mais il s'assura tout de même qu'elle se sente incluse dans la soirée et pas ignorée, et il continua à l'abreuver par de fréquentes gorgées de son vin, acceptant avec empressement lorsqu'Esmé fut chargée de remplir son verre.

C'était amusant d'observer Fambleush avec sa nouvelle épouse et les trois filles. Ces dernières auraient tout aussi bien pu être des chiens de pure race, et le couple des éleveurs. Sauf qu'à la place, ils étaient un couple français d'éleveurs d'esclaves. Cependant, acheter en dehors du cercle de Trenton était contre la politique. Ce n'était pas nécessaire d'acheter spécifiquement auprès de lui, mais on devait le faire auprès de quelqu'un qu'il approuvait ; quelqu'un faisant partie de ses cercles. C'était de cette façon qu'il protégeait ses membres de la traite des esclaves au marché noir ; et c'était de cette façon qu'il empêchait les trafiquants de prospérer. Ce n'était qu'une petite entaille qu'il avait créé dans ce monde sombre, mais une entaille tout de même. Maintenant, il devait décider s'il devait refuser la demande de Fambleush et Chemène d'enchérir à la vente aux enchères de cette année. Non, ils savaient qu'ils avaient eu tort en agissant sur une impulsion, mais en fin de compte, ils avaient bien géré tout ça et ils cherchaient un moyen d'améliorer leur nouvelle esclave. Il leur permettrait d'enchérir et oublierait le faux pas.

Après avoir écouté la version de Chemène, Trenton donna sa réponse.

— Soumettez votre candidature, mais assurez-vous de la remplir ensemble. C'est différent maintenant que vous êtes mariés. Vous devez tous deux être acceptés et assurez-vous que j'ai des références pour Chemène.

Cette dernière lui sourit chaleureusement et elle se pencha pour embrasser son mari visiblement étourdi par la nouvelle.

— C'est une bonne nouvelle ; nous cherchions à éventuellement ramener un esclave mâle cette fois, dit Fambleush en souriant à sa femme.

— Alors je vous suggère d'emporter un portefeuille bien rempli. La demande pour les hommes va être énorme cette année.

— Cela n'aurait-il pas quelque chose à voir avec ce complexe dans les Caraïbes ?

— En effet. Le *Salientis du Deliciarum Island Resort* est à la recherche de dix mâles et dix femelles. Cela va rendre la compétition féroce cette année.

(ᵔᴥᵔ)

Katianna fit tout ce qu'elle put pour étouffer son rire, le noyant afin qu'il ne soit plus qu'un gloussement étouffé, mais son visage devint rouge lorsque Trenton se tourna dans son siège pour la regarder, son visage rempli de perplexité.

— Tu as compris, n'est-ce pas ?

Elle hocha la tête, mordillant sa lèvre et cachant son visage dans le bras de Trenton alors qu'elle entendait le ricanement de Fambleush. Le nom du complexe que Trenton avait mentionné était en latin, et seulement quelqu'un versé dans cette langue pouvait comprendre son but ludique ; cela pouvait être traduit par *Délicieuse Éjaculation*. L'humour pervers était trop pour le laisser passer et ne pas en rire.

Fambleush réussit lui aussi à un peu contenir ses gloussements.

— J'aime les bonnes blagues moi aussi, mais cela est extraordinaire, non seulement pour les gens comme nous, mais pour vous aussi. Aurez-vous suffisamment d'esclaves pour contenter tous vos clients ?

Trenton sourit.

— Ça va être serré. Nous avons étendu la fenêtre des inscriptions afin d'en obtenir un peu plus.

— Eh bien, assurez-vous simplement que ma Marcena n'est pas sur la liste des enchères lorsqu'elle sera avec vous, plaisanta Fambleush.

— Je ne l'ai pas encore acceptée, lui rappela Trenton.

— Eh bien, passons à l'examen alors.

Fambleush se remit sur ses pieds et enjamba ses filles en leur faisant signe de ne pas bouger avant d'aller chercher son banc à fessées préféré.

On aurait pu confondre celui-ci avec une table de massage s'il n'y avait pas eu les coussinets recouverts de daim doux placés pour installer le corps de l'esclave qui s'y allongeait et pouvait ainsi être facilement positionné. Un large pouf en daim se trouvait à côté pour le confort du Maître s'il choisissait de s'agenouiller à côté de son esclave.

Fambleush le fit rouler pour le mettre en place afin que tout le monde puisse regarder, puis il remit à Trenton un bâton rouge en acrylique. L'une des extrémités était gainée de cuir souple noir avec d'épaisses lamelles, créant un martinet doux qui pendait à la poignée.

Trenton regarda l'objet et lança un regard curieux à Fambleush.

— Vous savez que je préfère la canne ou un bâton en bambou.

Fambleush secoua la tête.

— Elle n'est pas encore prête pour ça. Vous aurez le plaisir de l'y initier.

Et alors que Trenton n'aimait pas se servir d'un substitut, l'idée de commencer depuis le début avait une certaine attirance pour lui. Ses yeux se posèrent sur Katianna qui était à ses côtés. Il ne pouvait rien lui dire de plus. Il l'avait prévenue de quelle sorte d'homme était Fambleush avant qu'ils quittent l'hôtel, et du fait qu'il lui demanderait certainement de faire une démonstration. Une requête qu'il n'avait pas l'intention de refuser.

Ce n'était pas le *Club Pain*. Le monde de Trenton Leos était beaucoup plus intense ; il ne s'arrêtait jamais d'être le Dominus. À l'hôtel, il lui avait donné l'option de rester en retrait, mais elle avait voulu venir. Il l'avait clairement prévenue qu'il la toucherait peut-être et lui ordonnerait de faire des choses ; rien de trop extrême, mais qu'il pourrait lui demander de rester silencieuse ou de ne pas lever les yeux, et qu'il s'attendrait à ce qu'elle fasse ce qu'il lui dirait. Que même s'il ne s'attendait pas à ce qu'elle soit sa soumise, il ne tolèrerait pas qu'elle le défie devant les autres. Non pas qu'il pense qu'elle le ferait, mais il avait établi les règles comme il le faisait dans son travail de protection, où même là, il était nécessaire qu'elles soient dites. À son grand plaisir, Katianna avait hoché la tête avec complaisance. Il en avait été un peu surpris, mais également soulagé. C'était le monde qu'elle avait besoin de voir. La part de ce qu'il était vraiment. Bien qu'en y réfléchissant, il ne savait pas pourquoi il avait été surpris qu'elle veuille venir. Elle avait toujours été curieuse, du moment qu'elle pouvait rester à une certaine distance ou qu'elle pouvait chercher refuge sous son bras, comme il le découvrait à présent.

— Essayez l'acrylique... je pense que vous l'aimerez, dit Fambleush en le sortant de ses pensées, le ramenant au moment présent et l'encourageant à continuer.

Trenton se remit sur ses pieds, prit le bâton rouge en verre, fit un signe de la tête afin de faire comprendre à tout le monde de reculer d'un pas, et la pièce sembla brusquement se remplir d'électricité. Il fit signe d'un doigt à Marcena de s'approcher. Elle se leva gracieusement et marcha vers lui. Il lui prit la main et la fit contourner le banc comme s'il la conduisait sur une piste de danse, notant sa démarche gracieuse. *Très gracieuse, en effet.* Puis il la retourna afin qu'elle fasse face au banc.

— Ne bouge pas.

Trenton contourna d'abord Marcena, examinant sa silhouette, sa pose, la nervosité grandissant dans ses yeux. Des yeux qu'elle gardait baissés, mais qui le suivaient – l'étranger qui tenait maintenant le bâton.

Il le fit taper dans sa main, le laissant émettre un son cassant, tout en continuant à l'observer comme une proie. Il voulait que la peur s'installe. Il voulait qu'elle fasse l'expérience de ces petits frissons de panique, voir combien de temps cela lui prendrait, si cela devait arriver, pour qu'elle se souvienne que c'était là qu'elle avait choisi d'être. Après tout, Fambleush lui avait offert la liberté lorsqu'ils avaient compris qu'elle leur avait été vendue sans qu'elle l'ait voulu, mais elle avait choisi de revenir. C'était en effet la vie qu'elle voulait. Il devait simplement lui montrer ce que c'était réellement et elle avait besoin de savoir que quoiqu'il arrive, il n'y avait rien qu'elle puisse faire.

Il fit une pause derrière elle afin de caresser les fesses rondes avec le bout du bâton d'acrylique, observant ses doigts se contracter le long de son corps. Il se rapprocha et se pencha, laissant son souffle l'effleurer.

— Remonte ton sarong et tiens-le afin que je puisse voir ta peau nue.

Il se recula afin de regarder tandis que les doigts de Marcena remontaient le tissu sur ses hanches, petit à petit.

— Joli, commenta-t-il. Maintenant, penche-toi un peu en avant.

Et lorsqu'elle le fit, il frotta l'intérieur de ses cuisses avec le bâton.

La jeune femme les resserra automatiquement autour de l'objet en réponse.

— Je ne t'ai pas dit de te donner du plaisir, la morigéna Trenton en tapotant sa fesse avec le bâton d'acrylique d'un geste sec.

Sa respiration s'altéra sous ce contact, mais Trenton n'était pas satisfait de ce bâton comme substitut de canne ; c'était trop épais pour pouvoir obtenir cette piqûre, et cela lui demanderait bien trop d'énergie, contrairement à la canne qui, lorsque lancée à une puissance modérée, laissait une jolie zébrure sur la chair. Utiliser la même quantité de pression avec le bâton ressemblerait plus à une bastonnade. Il allait devoir utiliser le côté muni du martinet. Toutefois, les bâtons avaient d'autres utilités – certaines qui le pousseraient, il en était certain, à l'utiliser plus souvent, songea-t-il alors que ses yeux se déplaçaient vers Katianna qui le regardait, complètement transfigurée.

Tout de suite, il énuméra mentalement les règles.

Règle numéro un : écarter les jambes de l'esclave.

Il pressa le bâton contre l'intérieur d'une cuisse, puis de l'autre, la poussant à écarter les jambes. Une fois qu'il les eut en place comme il le voulait, il fit tourner le bâton dans sa poigne et balança les lanières d'abord sur l'une des cuisses, puis sur l'autre. Les genoux de Marcena tremblèrent, mais elle resta en position et il répéta le mouvement. Soudain, après le premier des deux coups et alors qu'il s'apprêtait à frapper la deuxième cuisse, la main de la jeune femme se leva afin de recouvrir la peau rougie et Trenton frappa ses doigts avec le martinet.

Il n'avait pas anticipé son mouvement. Il savait qu'il devrait le faire à partir de maintenant, et ce n'était pas quelque chose de facile.

Il se pencha et chuchota, son souffle chaud caressant son oreille.

— Nous allons essayer à nouveau, mais cette fois-ci, ne bouge pas. Tu comprends ?

Il la regarda pendant un instant.

— Hoche la tête et dis-moi que tu comprends.

Marcena hocha la tête.

— *Sí, Jefe*, gémit-elle.

Le mot qu'elle utilisa voulait dire Patron plutôt que Maître dans sa langue natale.

— *No me llames jefe. Usted siempre se refieren a mí como el Dominus.*

Il lui parla en espagnol pour la première fois, afin qu'elle comprenne exactement ce qu'il attendait d'elle. De cette façon, il n'y aurait pas d'incompréhension.

— *Dominus.* Tu dois t'adresser à moi en m'appelant *Dominus*.

Il répéta le titre correct en anglais.

— Oui Dominus, se reprit-elle en murmurant.

Il fit un pas en arrière, faisant légèrement traîner les lanières du martinet le long des courbes des fesses de Marcena, la tourmentant, l'habituant à son contact afin de pouvoir anticiper, puis il leva le bras et l'abattit rapidement. Elle gigota brusquement et tout aussi rapidement, elle essaya de corriger sa pose, revenant dans sa position initiale. Le bras de Trenton se figea afin de ne pas répéter la même erreur que précédemment, mais la main de Marcena retourna à sa place. Il continua donc et asséna un coup sur chacune de ses cuisses. Son observation finale fut que cette fille devait être attachée. Il retourna encore une fois le bâton dans sa main et glissa le bout en acrylique entre ses jambes, le pressant contre son entrée avant de le soulever.

Règle numéro : inciter l'esclave à bouger.

— Rampe sur le banc.

Règle numéro trois : tourmenter l'esclave.

Et c'est ce qu'il fit, frottant contre ses petites lèvres, les écartant lentement avec le bâton, et il fut certain d'avoir entendu Donát gémir derrière lui. *Pauvre gamine torturée,* pensa-t-il alors qu'un sourire machiavélique s'étalait sur son visage. Combien de fois avait-il rêvé de faire la même chose à Katianna ?

Retour à la règle numéro un : écarter les jambes de l'esclave.

Il pouvait voir l'humidité s'échapper déjà du corps de Marcena. Oui... elle répondait joliment. Il se déplaça devant elle alors qu'elle se penchait sur le banc étroit qui la maintenait en place, mais cela n'allait pas être suffisant. Il allait falloir qu'il l'attache.

Règle numéro quatre : faire lécher l'esclave.

— Ouvre la bouche.

Lorsqu'elle le fit, il taquina ses lèvres avec le bâton jusqu'à ce qu'elle le lèche, mais le retira avant qu'elle puisse vraiment s'y attaquer, et il se déplaça vers les restrictions. D'abord, ses poignets, attachant les manchettes qu'elle portait aux chaînes plantées dans le banc. Ensuite, il enroula une lanière autour de sa cuisse, juste au-dessus du genou, et une autre autour de sa taille pour l'empêcher de gigoter. Il était en train de resserrer les liens lorsque le cri de Katianna le fit se retourner brusquement. Il la trouva recroquevillée sur le canapé – Toussaint et Merri s'étaient rapprochés d'elle, et vu le bras tendu de Toussaint, ils avaient essayé de la toucher.

Trenton leur jeta un regard mauvais, mais garda une démarche tranquille et contrôlée alors qu'il se dirigeait vers le canapé, son regard sur les deux hommes ne s'adoucissant jamais ; il tendit une main à Katianna.

— Vous ne devriez pas toucher la propriété d'un homme sans lui demander la permission, et il n'est pas très sage du tout de toucher la mienne.

Il la souleva du canapé, guida sa main afin qu'elle reprenne la place qui lui revenait – accrochée en permanence à sa chemise – puis retourna vers Marcena.

☙❧

Fambleush n'arrivait pas à contenir son admiration alors qu'il regardait Trenton former son esclave, Marcena, tout en gardant un œil sur sa propre future protégée. C'était magique. Trenton était vraiment concentré sur ce qu'il faisait avec Marcena alors qu'il l'entraînait à accepter le fouet et amenait son corps à un niveau d'excitation élevé. Pourtant, en même temps, il avait cette main qui s'occupait aveuglément de la petite femme qui s'accrochait à lui, ne l'oubliant jamais – n'abandonnant jamais la connexion, la gardant toujours alignée à son propre corps et ses mouvements. Comme un danseur qui savait où il devait se placer pour la figure suivante – ou un torero, les yeux toujours sur le taureau, mais les mains contrôlant la cape rouge. *Oh bravo* !*

☙❧

Trenton, quant à lui, était dur comme un roc, appréciant l'esclave, la façon dont son corps réagissait, cependant elle avait bien besoin d'une formation, et pas qu'un peu. Elle avait encore peur et était si nerveuse que cela gâchait le plaisir qu'aurait dû lui procurer les liens et la flagellation, et ses yeux erraient beaucoup trop. Elle gigotait, ce qui était problématique. S'il n'avait pas anticipé le mouvement de son corps et avait continué à lui donner des coups de bâton, il aurait pu la frapper incorrectement et aurait fini par la blesser. Ses mauvaises habitudes devraient être corrigées au plus vite – ce serait l'une des premières étapes de sa formation. Il devenait affamé simplement en s'occupant de l'esclave inexpérimentée. De plus, l'indéniable présence de Katianna, se déplaçant si aisément en accord avec son corps, rendait son excitation et son besoin de satisfaction encore plus puissants. Il ne pourrait pas supporter de revenir à leur hôtel avec une pareille érection, il était trop enivré par l'adrénaline et par son odeur.

Il se déplaça devant Marcena, une main guidant Katianna afin qu'elle se tienne directement derrière lui. Une petite partie de lui aurait préféré qu'elle ne soit pas là à cet instant, craignant qu'elle soit blessée par ce qu'il s'apprêtait à faire. Et pourtant, si elle observait, cela rendrait les choses tellement plus excitantes et d'autant plus agréables.

Il défit sa braguette et retira la chair dure de son emprisonnement avant de l'agiter devant les lèvres de Marcena. Il bloqua son menton avec le bâton d'acrylique rouge et releva sa tête afin d'amener ses lèvres au niveau de son sexe.

— Lèche, lui ordonna-t-il doucement, et avant que Marcena obéisse, il sentit les doigts de Katianna se crisper et sa tête se presser contre son dos – *se cachant*.

Marcena approcha sa tête, ses lèvres s'ouvrant pour lui. Trenton recula prestement.

— Hum, j'ai dit *lèche*.

Encore une fois, il était doux dans ses instructions, mais il y avait toujours une certaine fermeté.

La langue rose de Marcena glissa hors de sa bouche et elle lécha l'extrémité engorgée de son sexe, cherchant la fente humide du bout de sa langue ; mais ses yeux se relevèrent à la recherche de son approbation. C'était la seule chose que Trenton ne tolérait pas et ses doigts firent pivoter le bâton dans sa poigne et envoyèrent les lanières de cuir s'abattre sur son dos en un éclair. Le son du claquement fit sursauter Katianna et se propagea dans tout son corps. Oh, bon sang, il aimait ça – deux sursauts pour le prix d'un.

— Garde les yeux baissés à tout moment, ordonna Trenton d'une voix douce et contrôlée.

— Oui, Dominus, chuchota Marcena.

Alors qu'il autorisait la bouche de la soumise à s'activer sur lui, il sentit Katianna se détendre derrière lui, pendant que lui devenait tendu dans le même temps. Encore une fois, Marcena montrait toutes les failles de son entraînement et pour lui, c'était très décevant. Il avait besoin de ce soulagement.

Ce dont il avait besoin, c'était des lèvres de Katianna enroulées autour de lui délibérément, mais il doutait encore qu'elle soit prête. Il devait attendre qu'elle le soit, car une fois qu'il aurait commencé avec elle, il ne serait pas capable de s'arrêter ni de se retenir.

Il essuya la sueur de son sourcil. Il ne savait pas ce qui le faisait transpirer le plus, la frustration due à la bouche inexpérimentée de ce délice latin ou le fait d'avoir Katianna si près de lui alors qu'il ne pouvait pas être plus près pour elle.

Un frottement de dents soudain le tira de ses pensées, et il retira rapidement la chair éprouvée de la bouche de Marcena.

— Assez.

Son ordre s'échappa à travers ses dents serrées.

— Mais je ne vous ai pas amené à l'orgasme ! dit Marcena alors que ses lèvres tremblaient.

— Je préfère finir à la main plutôt que de supporter ça plus longtemps.

Il referma sa braguette et sa main se posa doucement sur la femme derrière lui, s'excusant de ses mots irrités. En fait, il voulait surtout la toucher, sentir son corps le long de son bras. Qu'elle l'autorise à profiter du contact de son corps alors qu'il caressait ses hanches calma sa déception et éveilla ses besoins.

Une bouche experte était l'un de ses plaisirs préférés, au même titre que la canne. Même une bouche ordinaire était facile à former. Après cela, le reste suivait. Mais il pouvait voir que Marcena n'avait reçu *aucun* entraînement. Très probablement, les hommes qui l'avaient eue avaient été suffisamment satisfaits de se contenter de se frotter dans sa bouche. Visiblement, tout ce qu'elle savait faire, c'était s'asseoir et se laisser faire.

Mais ce n'était pas ce qu'il voulait. La bouche d'une femme était un paradis pour lui, et il aimait la sentir danser autour de son membre. Il aimait lorsque l'extase qu'elle créait se propageait dans tout son corps et le plongeait dans un maelström de sensations. S'il devait se masturber afin de ressentir quelque chose de la bouche d'une femme, alors ce n'était pas bon, comme du vin amer, et il valait mieux y mettre fin. Il valait mieux conférer à la jeune fille un peu de honte plutôt que de la blesser en lui enfonçant son désir dans la gorge.

Fambleush le regarda avec une expression inquiète sur le visage, craignant que la mauvaise prestation de Marcena pour satisfaire le plus simple des plaisirs ne le dissuade d'accepter de former la jeune femme.

Trenton secoua la tête.

— Elle est endommagée, Fambleush. Elle n'a jamais été entraînée et a gardé ses mauvaises habitudes trop longtemps sans les corriger, habitudes qu'elle a développées au fil du temps.

Il secoua à nouveau doucement la tête, son cerveau lourd des calculs qu'il faisait. Il était très difficile de briser les défauts d'une personne qui n'avait jamais été corrigée. Cela prenait trop de temps à rectifier. Du temps qu'il n'avait pas et qu'il ne désirait pas perdre avec elle, du moins pas sans de gros honoraires.

Les épaules de Fambleush s'affaissèrent ; il avait espéré que Trenton la prendrait. Aussi agréable à regarder que l'était Marcena, son manque de compétences était une déception pour les sens.

Trenton sentit Katianna tirer sa chemise et il se retourna, baissant les yeux sur elle alors qu'elle tirait encore pour lui intimer de se pencher afin qu'il puisse l'entendre. Lorsqu'il le fit, elle lui chuchota quelque chose à l'oreille qui le fit sourire, et il dut combattre la soudaine envie de l'embrasser en voyant le feu brûler dans ses yeux et ce sourire malicieux étirer ses lèvres.

Sucette

Elle tenait du génie et il décida qu'il voulait ce baiser de toute façon. Après tout, il l'avait prévenue.

— Embrasse-moi, lui ordonna-t-il afin de voir si elle allait suivre les instructions qu'il lui avait données plutôt ce soir-là – à savoir que s'il lui demandait quelque chose, il s'attendait à ce qu'elle lui obéisse.

Et à son plus grand plaisir, elle le fit, se mettant sur la pointe des pieds afin de presser ses douces lèvres contre les siennes. Un étrange sentiment grisant le brûla de toute part et il suça ses lèvres avec précaution, la gardant prisonnière dans le gouffre de son désir pendant un long moment, puis il se redressa. *Maudite soit-elle. N'avait-elle donc aucune idée d'à quel point il la désirait – à quel point il avait besoin d'elle ?*

— Je suppose que vous n'avez pas de sucettes dans la maison ? demanda Trenton, à son hôte.

Il n'en avait jamais mangé, mais il mourait d'envie de savoir ce que Katianna en ferait.

— En fait, j'en ai, dit Chemène.

Fambleush jeta un coup d'œil dans sa direction et elle haussa les épaules.

— Je viens d'arrêter de fumer et ça aide.

Elle haussa à nouveau les épaules et murmura à l'oreille d'Esmé afin de l'envoyer en chercher une. Quelques minutes plus tard, la jeune esclave revint avec le bonbon et le tendit à Trenton, sans cacher le fait qu'elle en avait pris d'autres. Elle en enfourna rapidement une dans sa bouche et Fambleush tendit la main vers elle et la lui retira avec un doigt joueur en la réprimandant. Elle se mit à bouder et il se rendit assez vite, tenant la récompense devant sa bouche. La langue d'Esmé se lança pour la lécher, mutine, avant de la lui prendre des doigts avec ses dents.

Trenton offrit la sucette à Marcena de la même façon, la tentant afin qu'elle ouvre la bouche et sorte la langue. Il fit traîner la sucrerie sur sa langue, d'abord au centre, puis il titilla les bords, d'un côté puis de l'autre, avant de la ramener à nouveau au centre de sa langue. Il la tint hors d'atteinte et observa alors que sa langue s'allongeait à la recherche du goût sucré. *Oh, voilà, c'est bien.* Il fit rouler la sucrerie sur ses lèvres, les recouvrant de la saveur sucrée, puis il lui ordonna de les lécher. Il lui dit alors de sucer le bonbon en lui rappelant de garder sa langue enroulée autour de la sucette.

— Maintenant, je veux que tu fasses la même chose avec ma queue, lui dit-il alors qu'il sortait à nouveau sa chair dure comme de l'acier et la pressait contre ses lèvres.

Et comme elle l'avait fait avec la sucette, elle le lécha, enroulant ses lèvres sur la pointe et léchant plus encore jusqu'à ce qu'elle soit autorisée à le prendre dans sa bouche, Katianna se blottissant amoureusement pendant tout ce temps contre son dos. Du moins, c'était ce à quoi cela ressemblait pour lui. Les doigts de chacune de ses mains agrippant ses côtés avec la tête pressée contre son dos, elle bougea avec lui alors qu'il poussait doucement son érection dans la bouche de Marcena, appliquant de doux et lents va-et-vient tandis que cette dernière apprenait comment se servir de sa langue. C'était loin de la perfection, mais cela ferait l'affaire. Et cela démontrait qu'elle serait capable d'apprendre rapidement avec les bonnes instructions.

(°ᵕ°)

Katianna ne regarda pas, mais elle sentit et écouta la respiration de Trenton : pas rauque, mais lourde, sa tête un peu penchée en arrière, cachant son visage de sa vue, mais elle pouvait imaginer son expression emplie de l'exaltation du plaisir. Elle se demanda quel son il ferait s'il était complètement pris par la sensation humide de la bouche d'une femme. Bien sûr, elle avait déjà tout détaillé dans son imagination, l'ayant écrit tant de fois. Trenton avait depuis longtemps été le sujet fréquent de sa muse. Mais pour elle, il n'y avait rien de plus sexy que le son d'un homme approchant l'orgasme et elle voulait entendre celui de Trenton.

Quant à l'esclave qui le servait, c'était encore une débutante en ce qui concernait la fellation. Katianna sentit le corps de Trenton se raidir ; il était proche. Il se balança un peu plus rapidement dans la bouche de la fille. Katianna se pencha de côté, risquant un coup d'œil furtif ; Trenton tenait la tête de Marcena, son pouce caressant ses cheveux soyeux, alors qu'il la tenait gentiment près de lui.

Il se déplaça, sa main libre attrapant celle de Kat qui était serrée sur sa chemise et la ramena vers son abdomen, provoquant un contact avec la base de son sexe et maintenant fermement sa prise alors que ses hanches commençaient à se ruer en avant. Elle pouvait sentir sa jouissance se frayer un chemin dans son corps sous ses doigts. Son gémissement s'approfondit comme si son contact était tout ce dont il avait besoin pour le faire basculer par-dessus bord. Ses doigts caressèrent la main de Katianna et elle profita de cette occasion pour regarder son visage. La ride profonde au-dessus de ses sourcils indiquait que ce n'est pas là tout ce qu'il voulait ou désirait, mais c'était néanmoins une jouissance. Puis les soubresauts de ses hanches s'arrêtèrent – relaxation totale.

Mais la véritable surprise fut lorsqu'il se retira de la bouche de Marcena et que Katianna découvrit qu'il était percé au bout de son sexe. Un petit hoquet de surprise s'échappa de ses lèvres, ses yeux suivant les deux ornements jumeaux en acier perçant son extrémité et la barre qui traversait l'épaisseur du gland d'un bout à l'autre. Tout cela disparut lorsqu'il le rentra de nouveau dans le confinement de son pantalon.

— Es-tu en train de le fixer ?

Katianna releva brusquement les yeux alors que Trenton la taquinait avec cette question, et elle se mit à rougir violemment, se cachant à nouveau derrière lui. Elle l'entendit rire d'elle, mais elle n'allait pas montrer son visage de si tôt. Pas même pour le réprimander.

— Dominus… appela Fambleush d'un ton cordial qui était le reflet de sa satisfaction, ayant assisté à la scène. Notre Rachel souhaite vous satisfaire.

Trenton pouvait déjà sentir le sang se précipiter à nouveau dans son sexe à cette suggestion. Rachel était bonne, l'une des meilleures. Cela faisait longtemps, mais Rachel était le genre d'esclave qu'on n'oubliait pas. Il accepterait forcément, surtout si cela aidait également la jeune femme à se débarrasser de ses fantômes. Souvent, une bonne fessée faisait du bien à certains esclaves. Cela les lavait des profondes blessures qu'ils transportaient avec eux, et seuls les meilleurs Doms savaient comment les extraire.

Trenton n'aurait pas su dire à quel moment Rachel avait pu se procurer cette canne de choix, mais elle se faufila devant lui, faisant glisser le bâton d'acrylique rouge de sa main avant de le jeter nonchalamment sur le pouf, le remplaçant par un bâton en bambou. Un épais assemblage de fines lamelles de bambou, comme une poignée de cannes, et qui, contrairement au bâton, délivrait une ribambelle de zébrures cuisantes à chaque coup. Rachel se mit à genoux devant lui, ses mains se déplaçant sur son pantalon. Les mains de Trenton attrapèrent les siennes et l'arrêtèrent.

— Je ne t'ai pas donné la permission de me toucher.

— Je ne voulais que vous satisfaire, offrit-elle, en faisant bien attention à garder les yeux baissés.

— Non, fut tout ce qu'il lui répondit.

Il avait eu le soulagement physique nécessaire, et quant à son soulagement mental, Katianna ne s'était pas enfuie loin de lui. Il ne la pousserait pas, tout comme il ne laisserait pas l'esclave l'exciter à nouveau. Même s'il se souvenait qu'elle avait une bouche talentueuse, elle n'était pas celle qu'il voulait, et il en avait assez d'avoir la mauvaise femme pour ce soir.

Le bras de Trenton se tendit vers Marcena toujours attachée au banc, sa main lui caressa le dos.

— Viens ici Rachel.

Il la guida sur le banc puis fit pression sur elle afin qu'elle se penche sur Marcena.

— Occupe-toi d'elle, lui dit-il, et elle se mit immédiatement à délivrer de douces caresses de ses mains au corps de Marcena –

effleurant sa poitrine, frottant ses tétons érigés – puis elle tourna la tête de la jeune femme de côté afin de pouvoir l'embrasser.

Trenton parcourut le dos de Rachel avec les tiges attachées de bambou, titillant ses cuisses, glissant entre elles, frottant sa chair et celle de Marcena en même temps. Rachel fut instantanément mouillée, ses hanches pivotant, se pressant contre la fille au-dessous d'elle, et elle laissa échapper un gémissement désespéré qui fut repris par Donát derrière eux.

Il tendit le bras derrière lui, déplaçant Katianna, et juste au moment où elle bougea, sa main aux commandes abattit violemment la canne en bambou sur les fesses de Rachel. Cette dernière était plongée dans un profond baiser avec Marcena et elle poussa un gémissement dans la bouche de l'autre fille. Lorsque Trenton lui donna un autre coup, elle rompit le baiser afin de laisser échapper un halètement.

Elle se mordit la lèvre alors qu'il enchaînait des coups rapides sur toute la longueur d'une cuisse, et elle se balança vers lui, son corps rougissant sous ses attentions, en voulant toujours plus. Il voyait qu'elle en avait vraiment besoin et qu'elle était prête à se dépasser pour ça. Les mains de Rachel se glissèrent sous le corps de Marcena, frottant le ventre de la jeune femme avant de glisser entre ses jambes, trouvant le nœud de nerf encapuchonné et commençant à le masser d'une pression douce. Son propre souffle s'approfondit alors que Trenton délivrait les mêmes coups sur l'autre cuisse. Les gémissements de Marcena se joignirent à ceux de Rachel alors que cette dernière se frottait contre son fessier, écrasant son propre clitoris contre la courbe de la chair ferme. Trenton se déplaça autour d'elles, abattant le bambou sur le dos de Rachel plusieurs fois, lui procurant des piqûres de plaisir intense qui réchauffèrent sa chair à un degré qui ne pouvait pas être atteint d'une autre manière.

(◕ᴥ◕)

Rachel sentit la succession suivante de coups et avec elle, ses larmes commencèrent à couler.

— Oui ! haleta-t-elle.

Le plaisir et un sentiment de liberté envahirent son corps. Elle se tordit sous les coups du Dominus, appréciant le soulagement d'être libérée des démons de son cœur, les extrayant d'une façon que lui seul pouvait faire. La canne aux multiples tiges faisait un tel bruit que même Marcena frissonnait à chaque craquement. Et Rachel ne se relâcha pas, la poussant près de l'orgasme et la tenant pendant que Trenton lui donnait tout ce dont elle avait besoin.

— Si tu avais un souhait, à l'instant. Qu'est-ce que ce serait, Rachel ? demanda Trenton en faisant une pause afin de lui murmurer à l'oreille.

Rachel remontait ses doigts humides pour inciter Marcena à les lécher lorsqu'elle entendit la question. Elle agrippa le visage de la jeune femme d'une poigne ferme.

— S'il vous plaît Dominus, plus fort.

Elle poussa un soupir dans la bouche de Marcena puis elle l'embrassa brutalement, faisant glisser sa langue entre les lèvres de cette dernière afin de la goûter et lui apprendre comment « danser » avec un baiser. Un glapissement se coinça entre elles lorsque le coup suivant de Trenton fut dangereusement violent, atterrissant sur l'emplacement parfait, sur la partie la plus épaisse des cuisses de Rachel et l'autre sur la douce courbe de ses fesses.

Katianna s'accrochait comme elle l'avait fait plutôt, mais elle était envoûtée. Horreur et dégoût la captivèrent quand la femme commença à pleurer – des sanglots incontrôlés trempant ses joues, ce qui fit que ses cheveux y restaient collés, et pourtant Rachel en demanda plus. Plus le bambou frappait fort contre sa peau, plus elle semblait le vouloir. C'était extrêmement effrayant qu'un tel acte puisse mener quelqu'un à l'orgasme, mais c'était le cas et Katianna pouvait entendre les halètements de Rachel mélangés aux sanglots de détresse alors qu'elle se rapprochait du précipice.

Katianna regarda Trenton. C'était comme voir Hamlet sur scène. Cet étalage de souffrance, de douleur et de désir traversant le corps de l'acteur, et pourtant le public applaudissait à la fin. Trenton était en parfait équilibre avec tout ce qui l'entourait. C'était ce qu'il faisait – il procurait du plaisir d'une façon qu'un étranger à ce style de vie ne pouvait pas comprendre. La confiance de Rachel afin que Trenton abatte le bambou sur son corps avec un contrôle parfait afin de lui donner le douloureux plaisir dont elle avait besoin, tout en laissant sa peau intacte, était un acte profondément intime. En plus de ça, Trenton était capable de lire son corps et savait exactement combien elle pouvait en supporter.

C'était la partie de sa vie dont Katianna connaissait l'existence sans en avoir été témoin. Combien de fois avait-elle tremblé sur son siège lorsque la conversation tournait autour des coups de bâton ? Elle ne pouvait apporter que des images de sa propre expérience – une jeune fille se faisant punir par sa propre mère. Mais ça n'avait rien à voir. Même alors que le derrière de Rachel devenait rouge cramoisi, Katianna voyait pour la première fois ce que cela provoquait – le plaisir indéfinissable qu'elles en recevaient. Non pas qu'elle pourrait partager ce plaisir, elle était toujours certaine qu'elle ne voulait pas que Trenton lui fasse ça. Mais maintenant qu'elle voyait ce que c'était pour elles, ce n'était plus aussi effrayant qu'auparavant.

Un dernier coup de canne et Rachel cria, son corps tremblant d'extase alors que la jouissance s'emparait de son corps. Marcena tremblait également, son dos arqué sous la femme qui la contrôlait à présent. Les muscles de ses bras et de ses jambes se tendirent, luttant contre les liens et se frottant l'une contre l'autre, se réconfortant l'une l'autre alors que les dernières répliques de leur orgasme faisaient trembler leur corps.

La tête de Rachel retomba et Katianna entendit ses sanglots. Fambleush apparut brusquement, enroulant Rachel dans ses bras, une douce main écartant ses cheveux trempés de son visage et découvrant un sourire béa.

— Vous le remercierez pour moi, n'est-ce pas ? murmura une voix faible, mais assurée.

— Oh je le ferai certainement, répondit Fambleush, l'excitation lourde et épaisse dans sa voix. Prête à aller au lit ? lui demanda-t-il.

Elle acquiesça avec une expression approchant de l'ivresse sur le visage.

— Nous aussi, sourit-il.

Katianna était assise de travers sur la banquette arrière du véhicule pendant le voyage de retour à l'hôtel, sa tête appuyée sur le dossier. Elle regardait Trenton, dans l'angle, ses jambes étirées en diagonales sur le siège, l'air détendu et satisfait.

Il la regardait également, ses pensées vagabondaient dans un monde lointain. Si loin qu'elle ne pouvait discerner aucune expression ou émotion sur son visage. Après un moment, il prit soudain la parole, calmement, mais un peu sortie de nulle part.

— Je suis désolé pour ce qui s'est passé plus tôt, lui offrit-il en guise d'excuses.

Elle était confuse et incertaine quant à la raison qui le poussait à s'excuser.

— Ta main… je voulais simplement…

Il s'arrêta, une ébauche de sourire sur les lèvres – peut-être même un éclair dans ses yeux. C'était difficile d'en être sûre dans la pénombre du véhicule.

— C'était... bref, je suis désolé.

Il l'avait dit sur un ton plat – il n'était pas désolé. Elle le savait. Il ne faisait que le dire au cas où elle serait contrariée à ce sujet. Mais ce à quoi elle pensait, c'est pourquoi ne l'avait-il jamais approchée – pour de l'attention, du sexe – n'importe quoi d'autre que les coups qu'il avait donnés à Rachel. Il n'avait visiblement pas de problème à partager son corps et à laisser une femme recevoir et lui procurer du plaisir. Alors pourquoi ne s'était-il jamais tourné vers elle pour cela ? Oh, il la regardait – quelquefois, elle pensait qu'il était sur le point de bondir sur elle – mais à part l'autre nuit au *La Nuit Rouge**, il ne l'avait jamais fait. Était-ce seulement une tentative intentionnelle afin de « percevoir », comme il le disait toujours, alors qu'elle était une cliente et que par conséquent cette ligne ne pouvait pas être franchie ? Ou était-ce parce qu'elle ne faisait pas partie de son monde et qu'elle était un met sur un menu qu'il ne pouvait pas se permettre de commander ? Si c'était le cas, ça craignait vraiment, parce qu'elle savait quoi faire avec une sucette. Elle ressentit l'envie de poser une question rien que pour briser le silence, prenant une grande inspiration comme pour rassembler son courage, sans savoir pourquoi elle se sentait nerveuse.

— Combien de langues parles-tu ?

Trenton esquissa un sourire presque endormi et incroyablement heureux.

L'avait-elle déjà vu comme ça auparavant ?

— Cinq – français, espagnol, breton, perse, tchéchène et latin.

Elle cligna des yeux de surprise,

— Pourquoi autant ? Et pourquoi celles-là ?

— La mère de Diesel est une linguiste. Elle travaillait en tant que traductrice pour l'armée. Elle nous a élevés en nous apprenant différentes langues. Deez a un don naturel comme elle. Il les assimile aussi facilement que d'autres assimilent de l'alcool. En plus des cinq que j'ai nommées, il parle également allemand, mandarin, grec et portugais.

Son sourire s'élargit, et elle laissa échapper un son, du genre de ceux que vous faites lorsque vous riez, mais que la bouche ne bouge pas. Elle se recula dans son siège en se contentant de le regarder.

— Je suppose que tu connais le latin. As-tu déjà essayé d'apprendre une autre langue ?

Elle secoua légèrement la tête.

— Juste le latin. Mais je sais uniquement le lire. Je ne suis pas très douée pour le parler.

Ils restèrent assis en silence pendant un moment, se contentant de se regarder – ou plutôt, il la fixait. Les yeux de Katianna commencèrent à se fermer.

— Fatiguée ? demanda-t-il un long moment plus tard.

— Très, lui répondit-elle en lui souriant d'un air endormi.

— Moi aussi, lui sourit-il, mais il ne prit pas la peine de faire plus de commentaires au sujet de la soirée ni de lui demander si cela ne l'avait pas contrariée.

Il la laissa gérer toute seule. Ceci faisait partie de ce qu'il était ; il ne faisait pas d'excuses ni d'exclusion et bizarrement, elle découvrait que cela ne la dérangeait pas.

De retour dans leurs chambres d'hôtel, même si elle s'était dit qu'elle allait bien, cela ne voulait pas dire que son esprit était calme. Elle se tourna et se retourna dans son lit, épuisée mais incapable de dormir. Elle se remémorait la soirée et les quatre filles agenouillées aux pieds de Fambleush. Katianna n'aurait jamais cru qu'il existait encore des esclaves dans ce monde et encore moins des esclaves heureuses. Mais ce qui l'inquiétait le plus, c'était que c'était le monde de Trenton et elle ne savait pas trop où il pouvait trouver une place pour elle. Elle n'était pas une sub et elle n'était surtout pas une esclave. Elle n'avait aucune envie d'être fouettée ou attachée ou de se lier avec un contrat de service. Elle se demandait si Trenton avait déjà eu une femme dans sa vie d'une autre façon. Avait-il déjà eu une simple petite amie ?

Pendant toutes ces années, elle l'avait vu avec plusieurs filles. Des filles qu'il appelait toujours des « subs en formation ». Toujours pour quelqu'un en particulier, cependant elle ne se souvenait pas qu'une d'entre elles soit restée bien longtemps ou qu'il ait eu l'air très attaché à elles, ou qu'il leur ait montré une affection particulière. Était-ce tout ce qu'elle pouvait s'attendre à avoir dans une relation avec lui ? Pourrait-il y avoir plus ? Désirerait-il un jour sa compagnie, bien que n'étant pas dans ce style de vie, même si elle ne se considérait pas comme une partenaire sexuelle ennuyeuse ? Elle en aurait l'air pour lui, pour des raisons évidentes.

Apparemment, sa seule connexion avec Trenton était quand il était son garde du corps. Seigneur, elle avait l'impression que sa poitrine se gonflait et que son cerveau allait exploser. Pourquoi se sentait-elle ainsi ?

Finalement, elle se leva et se fraya un chemin dans l'obscurité vers le canapé dépliant de sa chambre où Trenton dormait comme il l'avait fait depuis la première alerte à la bombe. Il y en avait eu deux de plus depuis, et *comme il l'avait dit,* il ne prenait pas le risque qu'elle bloque la porte de nouveau.

Trenton fut tiré du sommeil lorsqu'il entendit un léger bruit de pas à côté de lui, trouvant Katianna au-dessus de lui l'observant. Il cligna des yeux plusieurs fois en la regardant, le regard silencieux de la jeune femme comme si elle attendait quelque chose. Avait-elle besoin de quelque chose ? Quelque chose la troublait-il ? Il ne savait pas ce qu'elle voulait ou ce dont elle avait besoin. Mais il savait qu'il y avait un profond besoin dans ses yeux.

— Ça va ?

Mais elle ne dit pas un mot. Finalement, il poussa sa couverture et lui fit signe de venir se caler contre lui, ce qu'elle fit en silence.

Comme si c'était la chose la plus naturelle pour elle, elle s'enroula contre lui, faisant son nid entre lui et le dos du canapé. Il pouvait sentir un léger frisson dans son corps, mais ce n'était pas le cas, c'était sa nature nerveuse qui tremblait à l'intérieur. Cependant, elle ne disait toujours rien, alors il ne pouvait rien lui offrir. Il ne pouvait pas répondre à une question qu'elle n'avait pas posée. Il ne pouvait rien lui offrir avant de savoir ce dont elle avait besoin. Toutefois, elle était venue à lui, même si c'était au milieu de la nuit, et qu'elle ait besoin de lui pour se protéger de sa propre imagination l'avait rapprochée de lui.

Ses bras se resserrèrent autour d'elle, ses doigts caressant sa peau, sentant la tension dans ses muscles se détendre. Il fut peiné qu'elle ne soit pas prête pour son monde, pour être dans sa vie. Il ne pouvait la tenir comme ça seulement à ce moment-là, l'abriter dans ses bras pendant que sa tête essayait d'analyser ce qui la tourmentait ; la partie de sa vie dont elle avait été témoin aujourd'hui.

CHAPITRE TREIZE

C'était vendredi aujourd'hui, et la semaine ne s'était pas bien passée pour la réunion au sommet d'Amelia. Plus de protestants se réunissaient chaque jour devant la société, attendant d'entendre la décision finale à la fin de la journée, à savoir si les deux usines dirigées par Ümran Global Endüstrisi fermeraient ou resteraient opérationnelles.

Le rôle de Trenton, protéger Amelia et Katianna, était mis à rude épreuve à différents niveaux. La menace des manifestants contre Amelia grandissait et sa présence était requise pour de la protection rapprochée supplémentaire, mais cela voulait aussi dire, laisser Katianna avec une protection limitée dans la limousine avec le chauffeur pendant qu'il escortait Amelia dans le bâtiment où le sommet avait lieu.

Dans la plupart des cas, les manifestants suivaient Amelia et son escorte, mais hier il était sorti pour trouver la limousine en feu alors qu'un manifestant avait jeté un cocktail Molotov dessus. Alors que Katianna n'avait pas été blessée, Trenton ne pouvait pas en dire autant de son état d'esprit. Il était hors de question de la laisser à l'hôtel alors qu'il avait reçu plusieurs menaces d'attaques à la bombe. Quelqu'un avait même essayé de s'infiltrer en tant qu'employé du service de chambre, entrant par effraction dans leur chambre avec l'intention d'attaquer Amelia.

Cela ne faisait que rendre Trenton plus furieux contre la mauvaise idée qu'avait eue Amelia d'emmener Katianna à Paris, mais il était inutile de ressasser cette rancœur contre l'héritière maintenant. Ce qui était fait était fait et Amelia avait son propre petit enfer à gérer.

— Des plans pour aujourd'hui ? demanda Diesel à Trenton alors qu'ils accomplissaient leur routine matinale qui consistait à vérifier et charger leurs armes pendant que les autres finissaient leur petit déjeuner à table.

— J'ai pris contact avec nos amis Aubert et Mavis. Je les retrouve pour déjeuner au bistro entre le Pont Neuf et le Quai du Louvre.

— Tu parles du pont avec le petit numéro neuf pas loin du Musée du Louvre ?

— Celui-là.

— Aubert et Mavis, tu dis. Je suis jaloux. Assure-toi de leur transmettre mon amour, d'accord ?

— Je le ferai, mais peut-être que vous devriez vous joindre à nous lorsque la réunion sera en pause. Cela fera du bien à Amelia de s'éloigner de la violence qui entoure le bâtiment de la société.

Diesel acquiesça,

— Je t'appellerai lorsque nous serons sur le point de faire une pause pour voir où vous en êtes. Vous allez au Louvre ?

— Bien sûr, après vous avoir déposés à la réunion, c'est là-bas que nous nous dirigerons. Je te renverrais la voiture.

Après quelques heures à traîner dans les grands halls du célèbre musée français, le Louvre, Katianna et Trenton retrouvèrent les vieux amis de ce dernier, Aubert et Mavis, sur la terrasse d'un bistro à côté d'un des plus vieux ponts de Paris, Le Pont Neuf qui traversait la Seine vers l'île de La Cité.

Le vieux couple, qui devait avoir dans la soixantaine, était aussi précieux et détendu que n'importe quel couple le serait. Ils étaient tous deux la quintessence emblématique du couple, se baladant main dans la main dans les parcs, ne dépassant jamais la vitesse d'un escargot, comme si aller plus vite allait interrompre le romantisme enjoué dans leurs yeux ou l'étreinte de leurs doigts. Même leurs tenues décontractées rajoutaient à leur allure romantique hors du temps ; comme s'ils sortaient tout droit d'un ancien village de campagne et non de la ville.

Katianna observa à quel point ils s'adoraient si ouvertement et comment Trenton semblait les adorer en tant que couple. Elle se demandait ce que ça signifiait.

Mavis ne parlait pas beaucoup anglais, mais comme Katianna, elle n'était pas très bavarde de toute façon, alors que la conversation passait de l'anglais au français puis de nouveau à l'anglais entre Aubert et Trenton, ce qui laissait Katianna complètement perdue. Alors son attention avait tendance à se partager entre regarder le vieux couple et les touristes qui passaient.

Trenton et Aubert parlèrent sans s'arrêter au sujet des récentes attaques terroristes, pas seulement à Paris, mais ailleurs dans le monde. Les gens étaient effrayés ces derniers temps, et la peur leur faisait faire des folies.

Après quelque temps, la conversation passa au français,

— Elle est adorable, elle est parfaite pour toi, commenta Aubert.

— Je suis si heureuse pour toi, Trenton, dit Mavis avec un visage rayonnant, sa main enroulée dans celle d'Aubert. Depuis combien de temps est-elle avec toi ?

— Elle n'est pas mienne, répondit Trenton, toujours en français, alors qu'il essayait de cacher ses sentiments aux yeux pâles qui le regardaient.

— Que veux-tu dire ?

Mavis semblait surprise et s'interrogeait sur l'aveu de Trenton.

— Pas encore. Elle n'est que sous ma responsabilité professionnelle, mais je veux tellement plus avec elle.

Les yeux de Trenton se posèrent sur Katianna, la caressant de son regard.

— Je sais qu'elle est parfaite pour moi, mais elle n'est pas encore prête.

Aubert jeta un coup d'œil à la petite femme et remarqua la façon dont elle s'accrochait à lui. Elle n'avait pas lâché sa chemise une seule fois depuis qu'ils étaient arrivés. Il avait observé comment elle répondait à son ami Trenton. Lorsque la main de ce dernier venait pour la bouger, elle obéissait. Lorsqu'il avait offert de lui faire goûter son dessert, elle s'était penchée pour l'accepter sans broncher. Aubert pouvait voir qu'elle était déjà prête pour Trenton, il le voyait dans ses yeux ; elle l'attendait.

— Je pense qu'elle est bien plus prête que tu ne veux le croire, mon ami, dit-il en faisant un clin d'œil à Katianna. Peut-être que c'est toi qui attends, ajouta-t-il à l'intention de Trenton.

Mavis se pencha vers Katianna.

— *Parlez-vous**… euh… you speak *français** ?

(ᵕ◡ᵕ)

Katianna secoua timidement la tête. Elle rougit ; elle suspectait qu'ils parlaient d'elle vu la façon dont Trenton la regardait, mais à quel sujet ? Elle ne pouvait que deviner et encore, elle n'était pas certaine de deviner juste.

— Euh… ce n'est pas grave. Je ne parle que très peu anglais moi-même, ajouta Mavis en anglais d'un ton léger. Vous aimez Monsieur Trenton, non ?

Les yeux de Katianna se jetèrent sur le concerné, puis revinrent vers la femme et elle rougit de nouveau.

— *Ahh*, c'est bon alors ? *Oui**? C'est un homme bon. Il vous adorera si vous le laissez faire.

Assis devant un verre de vin, la conversation resta légère et ils parlèrent de bonnes choses, quels musées et jardins visiter, et les meilleurs endroits où faire l'amour dans cette ville faite pour les amoureux.

Diesel arriva enfin, accompagné d'une Amelia qui semblait épuisée. Ce qui devait être le dernier jour de leur négociation ne se passait pas bien, et se trouvant dans une impasse, le conseil s'était séparé pour un long déjeuner pour se réunir à nouveau dans quelques heures.

Diesel donna à Aubert une poignée de main ferme qui se termina en une étreinte de vieux amis, puis ils échangèrent la salutation traditionnelle des Français, les baisers sur la joue. Mais lorsque Mavis se leva, Diesel la souleva dans ses bras, la bloquant contre son corps, et il la fit tournoyer.

— Mavis, mon exquis petit ange, lui murmura-t-il à l'oreille, la taquinant malicieusement. Quand vas-tu me laisser te dérober à ce vieil homme ?

Mavis rougit avant d'éclater en fou rire, comme si l'offre sensuelle l'avait fait régresser à son état de jeune écolière pleine de jeunesse dans ses bras.

— Tu t'en trouveras une un jour. En attendant, lâche ma femme espèce d'idiot démoniaque.

Aubert secoua son poing devant Diesel, mais le sourire sur son visage démentait sa menace.

— Mais j'aime bien la tienne.

Diesel rit et planta un baiser sur la joue de Mavis, puis s'affala sur la chaise qu'elle occupait auparavant et l'installa sur ses genoux. Aubert s'assit à son tour, sa main atterrissant sur la cuisse de sa compagne alors que les deux hommes se lançaient dans une conversation amicale en français.

Trenton prit la relève auprès de l'Héritière, permettant ainsi à Diesel de rattraper le temps perdu avec ses amis avant de devoir partir.

— Des progrès ? demanda-t-il.

Ils étaient censés rentrer chez eux le lendemain, mais si un vote n'était pas conclu aujourd'hui, il pourrait se passer plusieurs jours avant qu'ils puissent partir.

— J'ai bien peur que non, répondit Amelia en levant les yeux au ciel et en laissant échapper un lourd soupir. La famille veut toujours se retirer d'Istanbul et Carac, les deux plus grandes usines au Moyen-Orient, mais en pleine guerre, avec des terroristes et des insurgés – ils menacent toute la région de représailles. Cela rend les employés morts de peur.

— Les profits sont-ils en baisse pour l'une ou l'autre des compagnies ?

— Pas du tout, les deux emplacements se maintiennent mieux que nos agences Américaines et Britanniques. Le pire, c'est que si nous nous retirons maintenant, cela va handicaper Nordstorm et Amasteilah, deux grosses autres compagnies dans la région, ainsi qu'une avec laquelle nous maintenons des relations de commerce intercontinentales.

— Et la main-d'œuvre ? Combien vont perdre leur travail ?

Trenton était certain que tous ces faits avaient déjà été pris en considération, mais parfois discuter avec quelqu'un d'externe soulevait des possibilités non abordées.

— Cela va supprimer cent cinquante mille postes dans chaque région. Sans compter les cent mille employés de nos usines.

Elle croisa les mains sur la table.

— Inutile de dire que je ne suis pas très aimée en ce moment.

Après avoir raccompagné et pris congé de leurs amis, Trenton et les autres retournèrent à la limousine. Trenton remarqua qu'un homme les suivait à une courte distance derrière eux. Les vêtements qu'il portait semblaient pires que tout, comme s'il avait dormi avec pendant plusieurs jours. L'homme portait un sac à dos, mais à part ça rien ne semblait sortir de l'ordinaire. Encore un sans domicile fixe dans une ville qui en était remplie. Sauf que Trenton avait un mauvais pressentiment qui le titillait à l'arrière de la tête, et il continua à jeter des coups d'œil par-dessus son épaule afin de garder l'homme sous surveillance.

Même lorsque l'homme cessa de les suivre, s'asseyant sur le muret qui bordait le fleuve, Trenton n'arriva pas à se détendre. Quelque chose le dérangeait encore et il ne pouvait pas se séparer de l'impression qu'il allait se passer quelque chose ; un sentiment qui se solidifia lorsqu'il vit Diesel se frotter la nuque nerveusement. Diesel avait un sixième sens pour les balles en approche.

— Deez ?

Ce dernier se tourna en jetant un coup d'œil par-dessus son épaule.

— Nan...

Il secoua la tête, ce qui voulait dire qu'il ne pouvait pas l'expliquer, mais que cette sensation était bien là.

— Quelque chose ne va pas.

Diesel sortit son pistolet du harnais de son épaule, mais le garda plaqué contre son ventre afin de le cacher des regards et ne pas éveiller une crise de panique sur le trottoir.

— Ramos, Payton, avancez, appela Trenton en poussant Amelia entre les deux hommes pour la faire accélérer. Appelez la voiture, qu'elle soit au bout de la rue, maintenant !

Payton sortit son téléphone pendant que Trenton attirait Katianna à ses côtés afin de la positionner devant lui au lieu de suivre derrière comme elle le faisait habituellement.

Les yeux de l'homme regardaient de tous les côtés, scannant la foule qui passait et se mélangeait, les rues et les trottoirs grouillants du trafic piétonnier de tous les jours dans ce quartier. Beaucoup trop de monde pour la tranquillité d'esprit de Trenton.

Il se tourna, jeta un coup d'œil par-dessus son épaule afin de voir l'homme qu'il avait surveillé, mais ce dernier n'était plus en vue.

— Allons-y ! Ma cible a disparu !

Trenton les poussa immédiatement jusqu'à les faire presque courir. Ramos et Payton étaient devant avec Amelia et ils atteignirent le coin de la rue juste au moment où la limousine se garait sur le bord du trottoir devant eux.

Dans la foule, quelqu'un commença à hurler quelque chose. Rage et douleur verbalisées dans un langage que Trenton ne reconnut pas, mais il était prêt à parier que c'était du turc. Ses yeux parcoururent les alentours jusqu'à ce qu'il repère l'homme qu'il avait surveillé, sortant des buissons d'un jardin public et se dirigeant droit sur leur chemin.

Devant, Amelia et Ramos avaient déjà disparu dans la limousine, Payton attendait à la portière, s'en servant comme bouclier et leur faisant signe d'avancer. Des coups de feu furent tirés dans leur direction – ils n'étaient pas assez proches pour faire entrer Katianna dans le véhicule. Diesel pivota en faisant feu. Il atteignit sa cible, mais l'homme avançait toujours vers eux. Tout ce à quoi Trenton pouvait penser était que Katianna était dans la ligne de tir et que s'ils la manquaient, la balle atteindrait Diesel.

Alors que l'homme désespéré s'approchait suffisamment pour atteindre sa cible, Trenton se jeta devant Katianna et la poussa sur le sol. L'air se chargea de coups de feu, le sifflement des balles passant près de sa tête. Il sentit la morsure cuisante le traverser presque en même temps qu'il entendit les cris de Katianna et la voix de Diesel qui hurlait son nom. Il sentit le sol heurter son dos et la main de Diesel sur son épaule, le maintenant à terre, puis il entendit à nouveau les cris de Katianna.

Des flashs de douleur, de lumière blanche passaient devant ses yeux, l'aveuglant. Il lutta afin de pouvoir regarder autour de lui. Il aperçut l'homme qui leur avait tiré dessus, étendu face contre terre à quelques pas de lui sur le trottoir. Les yeux de l'attaquant étaient ouverts sans vie, et il vit la mare de sang qui s'étendait sous son corps. Trenton cligna difficilement des yeux plusieurs fois afin de ne pas laisser l'obscurité gagner du terrain, la main et la voix de Diesel le rassurant, lui disant « *tiens bon, frangin* ».

Où est-elle ? pensa-t-il, voulant demander, mais n'étant pas certain d'y arriver. Puis il la vit. Elle avait rampé sous la limousine ; il tendit la main vers elle.

— Bonne fille, parvint-il à murmurer.

Katianna vit le sang qui recouvrait la main tendue vers elle, le sang qui trempait la chemise de Trenton, au-delà de lui, elle vit le corps de l'homme qui leur avait tiré dessus. La panique s'empara d'elle et elle rampa frénétiquement pour se dégager de sous la voiture afin d'atteindre Trenton. C'est à ce moment-là que la portière de la limousine s'ouvrit et que quelqu'un l'attrapa, l'attirant à l'intérieur. Elle bloqua ses bras autour de Trenton et s'accrocha à lui, criant et pleurant pour qu'il se réveille.

Il essayait de lui dire quelque chose, de lui répondre, mais elle ne pouvait l'entendre par-dessus ses propres cris. Puis la portière se referma sur lui.

Trenton laissa échapper un lourd gémissement, sa tête s'éclaircissant suffisamment pour mettre un peu de sens sur ce qui venait de se passer, mais il n'était pas certain du temps que cela durerait.

— Ah, putain !

Il essaya de bouger, mais Diesel avait une emprise ferme sur lui, le maintenant au sol.

— Bon sang, Deez... grave comment ?

— Deux, frangin... reste couché, l'ambulance arrive.

Trenton devint conscient du nombre de personne autour d'eux, y compris de l'arrivée de la police française. Il pouvait entendre l'ambulance au loin.

— Où est-elle ?

— En sécurité – elle est dans la limousine.

— Ouvre la portière, laisse-moi la voir, marmonna-t-il.

Diesel ouvrit la portière de la limousine et immédiatement, une Katianna hystérique se précipita, tombant à genoux à côté de Trenton, le suppliant.

— S'il te plaît Trenton, parle-moi, sanglota-t-elle. S'il te plaît, ne meurs pas.

— Tout va bien, bébé, je te le promets.

Son choix de mots lui avait échappé. Il n'avait pas voulu l'appeler « bébé » devant les autres, mais son cerveau vacillait. La douleur dans son épaule était supportable, mais ses boyaux se tordaient et il avait du mal à rester concentré. Il voulait la prendre dans ses bras, lui faire savoir que tout irait bien, mais la main de Diesel le maintenait au sol afin de minimiser la quantité de sang qu'il perdait. Tout ce que le cerveau de Trenton voulait, c'était calmer la frayeur de Kat et plus elle pleurait, plus cela rendait les choses difficiles.

(ᵔᴥᵔ)

Lorsque l'ambulance arriva, Diesel dut se battre pour séparer Katianna de Trenton, ce qui ne fit qu'aggraver l'état dans lequel ce dernier se trouvait. Le corps de Trenton réagissait d'instinct et il se débattait pour répondre aux cris de la petite femme qu'il adorait.

Katianna était sous le choc et elle pleurait sans interruption. Les mots de réconfort ne pouvaient pas diminuer le sang qui avait taché la chemise de Trenton, et lorsque Diesel la sépara de lui, c'en fut trop pour elle – elle s'évanouit dans ses bras.

En fait, il en fut reconnaissant. Trenton pu se calmer et les ambulanciers purent s'occuper de lui et le mettre dans l'ambulance.

Amelia devait retourner à la réunion et Diesel savait qu'il devait rester pour faire sa déposition auprès de la police, alors il déposa le corps sans réaction de Katianna dans l'ambulance avec Trenton. Elle serait en sécurité de cette façon ; ils la garderaient aux urgences jusqu'à ce qu'il puisse les rejoindre.

CHAPITRE QUATORZE

Amelia était retournée à la réunion, bien qu'à contrecœur, mais Trenton avait fait son travail en la protégeant ; maintenant, elle devait faire le sien. Il était vital qu'elle le fasse. Ramos et Peyton restèrent avec elle, tandis que Diesel attendit sur place afin de gérer la police sur la scène de crime.

Silencieusement, alors qu'ils partaient tous dans des directions différentes, ils prièrent pour Trenton.

Il fallut deux heures avant que Diesel puisse se rendre à l'hôpital. Il avait essayé d'appeler Katianna afin de prendre de ses nouvelles, pour découvrir que son téléphone avait fini sur le plancher de la limousine. Dès qu'il arriva à l'hôpital où Trenton avait été emmené, il se dirigea vers l'accueil des infirmières aux urgences afin de se renseigner sur sa condition.

— *S'il vous plaît, excusez-moi. Pouvez-vous me dire où est l'homme qui a été admis pour des blessures par balles* ?*

— *Monsieur Leos ? Il est toujours en chirurgie. Il est toujours sur la table d'opération**l'informa l'infirmière.

— *Et la femme qui est arrivée avec lui ? Savez-vous où elle est* ?* demanda Diesel, mais l'infirmière haussa les épaules en secouant la tête.

Elle ne semblait pas savoir à qui il faisait allusion.

Il la lui décrivit, une petite femme avec de longs cheveux bruns et des yeux pâles, certainement effrayée et pleurant beaucoup. L'infirmière se leva de son siège et pointa un doigt en direction du coin le plus éloigné de la salle d'attente. Les yeux de Diesel suivirent le doigt de la femme et il vit une Katianna recroquevillée sur le sol, presque complètement cachée par une grande plante en pot, sa tête enfouie dans ses bras qui étaient posés sur ses genoux, entièrement masquée par ses cheveux.

— *Merci,* dit-il à l'infirmière, puis il partit chercher Katianna.

Katianna se réveilla brusquement quand Diesel la souleva du sol. Ses bras et ses jambes s'enroulèrent immédiatement autour de lui alors que de nouvelles larmes coulaient sur ses joues.

— Il est mort, n'est-ce pas ? Je ne comprends rien à ce que disent les gens et ils ne m'ont pas laissée aller le voir, sanglota-t-elle dans le cou de Diesel.

Ce dernier la serra contre lui et lui tapota le dos, essayant de la calmer, mais il avait peu d'espoir d'y réussir.

— Il n'est pas mort. Il est toujours en salle d'opération, c'est pour cela que tu ne peux pas le voir pour l'instant.

Katianna garda sa tête enfouie dans son cou, rendant ses paroles sanglotées encore plus incompréhensibles.

— Tu en es sûr ? Comment sais-tu qu'il n'est pas mort ?

— Parce que je viens de parler à l'infirmière et que Trenton a déjà pris plus de balles que ça, et il s'en est toujours sorti.

Elle releva la tête et le fixa du regard, essayant de décider s'il disait la vérité ou pas. Elle renifla.

— Tu en es sûr ?

— Oui, j'en suis sûr. S'il était mort, je le saurais, dit-il en resserrant son emprise sur elle. Allez, petite souris, allons à la cafétéria. J'ai grand besoin d'un café, murmura-t-il sans prendre la peine de la reposer sur le sol, la portant toujours enroulée autour de sa taille.

Lorsqu'Amelia retourna à la réunion, l'immeuble tout entier était en état d'alerte maximum. Les membres du conseil étaient prêts à passer à l'action, mais Amelia refusa d'autoriser le vote justement à cause de cela. À la place, elle ne fit qu'une chose.

Beaucoup trop de vies allaient être détruites avec la fermeture de ces usines. Elle voulait que les membres du conseil y réfléchissent – leur demandant de rechercher des alternatives afin de trouver une solution à ces problèmes. Elle insista sur le fait qu'en faire moins était inacceptable. La peur était une compagne de tous les jours dans le Moyen-Orient, mais leur société amenait quelque chose de bien dans la région. Elle leur procurait des emplois et avec ça, les gens pouvaient trouver la force et le courage d'affronter tout le reste.

Elle voulait que le conseil réfléchisse intensément à une autre solution au cours de la nuit, puis qu'ils reviennent le lendemain matin avec un plan. Et c'est ainsi qu'ils avaient conclu leur journée.

Rashawn Matisse était le dernier membre à avoir été nommé au conseil, ainsi que le plus jeune, mais Amelia l'avait apprécié dès le début. Contrairement aux membres plus âgés, c'était un libre penseur, presque irrationnel lorsqu'on le comparait aux autres hommes, mais il avait des réponses, trouvait des solutions et travaillait dur pour les appliquer. Il n'avait pas peur non plus de se salir les mains pour obtenir ce qu'il voulait. Son dernier succès – prendre des sociétés en difficulté, réorganiser leur direction et leur fonctionnement, puis les remanier afin de les sortir du rouge – était impeccable et efficace. Succinctement, il était capable d'instaurer un plan sur deux ans, qui débouchait sur des résultats positifs. C'était ce genre de management qui l'avait propulsé au comité de Direction lors de sa cinquième année dans l'antenne européenne de la société. Et Amelia espérait qu'il pourrait également venir avec une idée dans ce cas.

Rashawn était d'accord avec Amelia, il était absolument contre la fermeture des usines. Faire cela entraînerait une chaîne de réactions qui leur reviendrait éventuellement dans la figure. Cela dirait au monde que lorsque les choses se compliquaient, Quinneth Global Managements s'enfuyait. Ce n'était pas le genre d'image qu'une grande compagnie comme la leur voulait renvoyer à leurs clients. Alors il avait pratiquement passé la semaine au téléphone avec les membres-clés d'Istanbul et de Carac. Il sortait souvent de la réunion au sommet afin de contacter des gens qui, il l'espérait, pourraient prodiguer suffisamment de sécurité sur les sites afin de protéger les employés d'Ümran Global et sa production, et faire en sorte qu'ils puissent rester à leur emplacement actuel. Et cela n'avait pas nui à sa cause lorsqu'une marche avait eu lieu à Istanbul deux jours auparavant pour se plaindre que la ville ne faisait pas assez pour protéger les emplois et les entreprises telles que Nordstrom et Ümran Global.

Cette nuit-là, il avait parlé avec Mehmet Küçük, le président du conseil d'administration de la Chambre d'industrie d'Istanbul, qui proposait de travailler avec eux afin d'aider à la sécurité et de renforcer la protection locale pour empêcher Ümran Global de se retirer.

Ce samedi matin, le conseil d'administration de Quinneth Global se réunissait à neuf heures précises.

Rashawn entra dans la salle ; il était épuisé, ayant seulement pu grappiller deux heures de sommeil, car il était resté au téléphone jusqu'à six heures trente. Mais il était stimulé, sachant qu'il apportait à Amelia exactement ce qu'elle voulait pour son entreprise. Et il espérait que cela attirerait suffisamment son attention pour peut-être lui parler un peu plus personnellement.

Il avait à peine eu le temps de s'habiller ; son pantalon n'avait pas de ceinture, sa veste de costume était drapée sur son bras et sa chemise était déboutonnée sur plus de la moitié de la longueur, avec sa cravate qui pendait librement sur sa poitrine nue.

Amelia était déjà installée en bout de la table et elle haussa un sourcil dans sa direction lorsqu'il entra. Il ne put que sourire, comme s'il venait d'avoir une séance de sexe sauvage avec elle et qu'il prévoyait de le faire à nouveau, sauf qu'elle ne le savait pas encore. Il jeta sa veste sur le dos de sa chaise, posa les dossiers sur la table, puis il prit le temps de finir de boutonner sa chemise. Pourtant, lorsqu'il surprit Amelia le scrutant, il eut presque envie de la laisser déboutonnée pour elle.

Stanley Hostimshires, qui était assis en face de lui et qui était toujours là pour souligner à quel point Rashawn était jeune et inexpérimenté, se racla la gorge.

— Votre mère a-t-elle oublié de vous apprendre à vous habiller ?

— Pas du tout. Mais j'ai croisé votre femme dans l'ascenseur, et elle semblait désireuse de me montrer comment me déshabiller, répondit-il en regardant son vis-à-vis de haut en bas.

Ce n'était un secret pour personne que Stanley avait quitté sa première femme pour s'enfuir avec une belle évaporée qui était jeune, même pour Rashawn, et qui avait un tel appétit sexuel que Stanley avait du mal à suivre.

— Ça suffit, messieurs, dit Amelia, fixant une limite avant que d'autres répliques puissent être partagées. Pouvons-nous commencer ?

Elle prit le dossier en cuir en face d'elle, dardant ses yeux vers Rashawn puis de nouveau sur son dossier.

— M. Matisse, si vous voulez bien ? Terminez de vous habiller... c'est distrayant.

Rashawn observa attentivement ses réactions. Elle ne leva pas les yeux, les gardant soigneusement baissés sur les papiers devant elle, mais il eut un aperçu de cette langue rose glissant hors de sa bouche pour lécher ses lèvres, et qui était tout ce qu'il avait besoin de voir.

Amelia était son aînée d'au moins dix ans, mais cela ne le gênait absolument pas. Cette femme exsudait la puissance pure et le sexe. Il s'émerveillait de chaque détail de son corps, de son visage raffiné à la couleur merlot profond de ses cheveux, et la forme en sablier parfaite de son corps. Bon sang ! Elle le faisait saliver.

Il aimait la façon dont elle s'asseyait de côté dans son siège et enroulait ses jambes l'une autour de l'autre, rabattant ses chevilles délicates sous elle. Elle reposait en arrière sur une épaule, un bras calé, et elle tapotait ses dents lorsqu'ils devenaient ennuyeux avec les rapports, ou elle caressait ses lèvres lorsqu'elle était intéressée. Il avait mémorisé chaque nuance de son langage corporel. Et à quarante ans et des poussières, elle avait le corps d'une star d'Hollywood. Très souvent, tout ce à quoi il pouvait penser, c'était de quelle couleur pouvait être la touffe de poils entre ses jambes. Il espérait toujours qu'elle égalait la couleur merlot de ses cheveux, car il adorait l'image qu'il avait créée dans ses fantasmes et à quel point cela serait sexy lorsqu'il aurait la chance de plonger son sexe dans son vin.

Il sentit son sexe devenir dur rien qu'à cette pensée. Son membre tressauta sous son excitation croissante, le sortant de ses pensées. Ce n'était vraiment pas le lieu ni le moment d'avoir une érection qui formerait une tente dans son pantalon. À tout autre moment, par exemple s'il l'avait emmenée dîner, il lui aurait demandé de danser – qu'il y ait de la musique ou non – et l'aurait attirée contre lui afin qu'il n'y ait aucun doute dans son esprit qu'elle sente à quel point il la voulait. Mais la réunion au sommet n'était certainement pas le bon moment. Il ferma les quelques derniers boutons de sa chemise, saisit sa veste et l'enfila, se félicitant silencieusement d'avoir choisi la longue veste grise croisée au lieu de la bleu marine plus courte qu'il avait eu l'intention de porter.

— Vous avez l'air bien présomptueux ce matin, monsieur Matisse. Peut-être devrions-nous commencer par vous. Que m'avez-vous apporté ? lui demanda Amelia, sa voix s'enroulant autour de lui comme si elle avait remarqué son érection et en ressentait un certain plaisir elle-même.

Mis à part une queue dure pour toi, ma belle ? Rashawn écarta ses pensées.

— J'ai passé la moitié de la nuit au téléphone avec Mehmet et j'ai obtenu une certaine protection étendue avec Istanbul...

Amelia perdit presque sa contenance lorsqu'elle se redressa brusquement sur son siège, ses yeux remplis d'une surprise victorieuse qu'elle essaya de cacher. Néanmoins, il pouvait le voir alors qu'il continuait à lui parler de sa conversation avec Istanbul, puis d'une autre similaire avec Carac. Ces pourparlers avaient procuré des accords mutuels incluant des mesures de sécurité supplémentaires, les deux villes étant prêtes à faire des efforts pour protéger les usines. Il avait également réussi à obtenir une pause d'un an sur les frais de fonctionnement. Le regard d'Amelia était comme enflammé ; elle avait voulu garder les usines, mais l'espoir lui avait été drainé tout au long de la semaine. Et maintenant, il avait trouvé la pierre angulaire dont elle avait besoin. Cela venait de lui, et les yeux d'Amelia le récompensèrent par un regard concupiscent. *Bon sang, il voulait la baiser.*

La réunion continua encore trois heures, repassant les détails de ce qui devait être fait tout de suite et de ce qui devrait suivre afin de maintenir la sécurité des sites. En fin de journée, l'ensemble du conseil vota à l'unanimité le maintien des deux usines.

Rashawn fut celui qui eut le privilège d'accompagner Amelia à l'extérieur où ils affrontèrent la presse pour annoncer leur décision finale, et elle fit en sorte que les journalistes notent bien son nom comme étant celui qui avait trouvé la solution.

— Permettez-moi de vous inviter à dîner. Célébrons ça, Amelia, lui demanda-t-il une fois qu'ils réussirent à s'éloigner des caméras et des micros.

Il lutta pour se contenir. Lorsqu'il lui avait donné les solutions dont elle avait besoin pour garder les usines ouvertes, elle les avait adoptées et les avait reprises, faisant fonctionner la réunion comme un chef d'orchestre symphonique, et tout ce qu'il avait pu faire, c'était de durcir encore plus pour elle en la regardant – la façon dont elle contrôlait tous les détails... Elle était la physique quantique exprimée à la peinture à l'eau.

Lorsqu'ils étaient sortis pour parler aux journalistes et que le bras d'Amelia s'était glissé autour de sa taille, il avait pensé qu'il allait jouir dans son pantalon rien qu'en sentant la chaleur de sa paume contre son dos. Il pouvait la sentir à travers sa chemise et... Oh ! À quel point il voulait lui prendre la main et la placer ailleurs.

— *S'il vous plaît**, qu'en dîtes-vous Amelia ?

Il osa la prendre par les épaules dans une douce emprise.

— Vous méritez de sortir un peu.

Il prit une profonde bouffée de son odeur et la laissa tourbillonner en lui – c'était l'essence même d'une femme et il arrivait même à attraper la légère réminiscence du parfum qu'elle avait mis le matin – Majesté Impériale. Le parfum le plus cher au monde, mais pas encore assez pour une Héritière comme Amelia. Comment le savait-il ? Parce que c'était lui qui l'avait acheté pour elle. Comme cadeau de Noël, à la fête de l'entreprise l'an dernier, ici à Paris. Il avait payé Bartholomew mille dollars pour échanger avec lui le nom tiré au sort, simplement afin de pouvoir être celui qui avait le nom d'Amelia pour l'échange de cadeaux.

Peu de temps après cet échange peu orthodoxe, tandis qu'il était à Londres pour une semaine de réunions d'affaires, Rashawn avait parcouru les boutiques le long du marché de Dover Street, peu de chose attirant ses yeux que d'autres n'avaient pas déjà essayé, utilisé ou goûté. Il avait marché, puis s'était arrêté pour boire un thé tardif sur Haymarket, et c'était là qu'il avait découvert l'étrange boutique de meubles et de parfum. C'était vraiment une combinaison bizarre, mais il était à Londres, et les Anglais ? Eh bien, les Anglais étaient exactement ça – des Anglais. Mais le grand magasin avait attiré son attention et il avait décidé qu'il méritait un coup d'œil, afin de voir s'il détenait un trésor caché digne d'être un cadeau pour Amelia Quinneth.

Une bouffée de la création de Clive Christian et il avait su que c'était *ça*. Il n'avait même pas cillé lorsque le caissier lui avait demandé £130,000, ce qui faisait 215,000.00 dollars américain.

Pour Rashawn, il n'y avait rien de tel que de faire pénétrer un parfum sexy de fleurs et de musc sur la peau d'une femme en la massant, de savoir comment le parfum viendrait à la vie lorsque son corps s'échaufferait sous lui alors qu'il ferait l'amour avec elle.

Son corps se raidit presque d'excitation lorsque la main d'Amelia glissa sur sa poitrine, les doigts délicats tendant sa cravate, l'ajustant puis la lissant de sa paume.

— Et vous le méritez également, Rashawn, susurra-t-elle.

Rashawn, pas M. Matisse. Il aimait ça, mais il aimait également la façon dont elle disait *M'sieur Matisse* – cela ressemblait un peu à *oui, Maître*. Oh, il n'y avait rien au monde que Rashawn chérirait plus que l'opportunité de maîtriser Amelia Quinneth.

— Cela me plairait beaucoup, mais je vais devoir vous demander de remettre ça. Il y a encore énormément de choses à faire afin de s'assurer que tout votre dur labeur ne soit pas enterré avant de pouvoir le mettre en pratique. Travail auquel je ne peux porter toute mon attention que dans mon bureau de New York. En plus, mon garde du corps est à l'hôpital.

— Comment va Trenton Leos ?

Les yeux d'Amelia papillonnèrent un peu et elle arbora une expression interrogative.

— Vous connaissez bien Trenton ?

Oui, Rashawn le connaissait, mais il se demanda si Amelia le connaissait vraiment. Si elle le connaissait autrement que l'homme qui possédait et dirigeait TL Sécurité. Si elle le connaissait en tant que Dominus ou le monde BDSM qu'il appelait son domaine et dans lequel il s'occupait de ceux qui menaient cette vie. Rien que d'imaginer qu'elle puisse connaître tout cela lui fait se lécher les lèvres juste en face d'elle. Un geste qui, il en était certain, avait réchauffé le corps de la jeune femme rien qu'en le regardant le faire.

— Avant cette semaine ? Pas vraiment. J'ai entendu mentionner son nom à quelques reprises auparavant.

Il lui donna une version édulcorée d'à quel point il connaissait bien Trenton.

— Il a bien supporté la chirurgie, mais il va être coincé ici un bout de temps avant de pouvoir retourner chez lui. Moi, d'un autre côté, il faut que je rentre maintenant. Quant à vous, ne défaites pas vos bagages, il se pourrait que je réclame votre présence à New York. Je veux m'assurer que tout se met en place, mais c'est toujours votre bébé, et je m'attends à ce que vous supervisiez l'opération.

Elle fit un pas en arrière, une main gracieuse volant vers sa poitrine comme si elle était sur le point de s'éventer, mais ne réussissant qu'à attirer les yeux de Rashawn sur son décolleté.

— Combien de temps allez-vous rester à Paris ? lui demanda-t-elle.

Il lui fit un sourire chaleureux.

— Pas plus d'un jour, je pense. Puis retour au Maroc. La sécurité de Carac est temporaire. Il n'y a aucune chance que ça se maintienne. Si nous commencions à songer à déplacer l'usine, disons au Maroc ?

Il fit une pause afin de voir si elle aimait cette idée.

— Continuez.

Sa main flotta jusqu'à son menton et elle effleura sa lèvre d'un doigt. Elle était intéressée.

— C'est suffisamment proche pour que cela ne change rien aux délais de livraisons ou aux coûts, et beaucoup de ceux qui travaillent à Carac auront la possibilité de déménager avec l'usine. Cela nous éviterait d'avoir à former une nouvelle équipe. Nous n'aurons besoin de déplacer que cinquante pour cent de nos effectifs pour mettre les choses en marche, avec très peu d'incidences sur l'usine délaissée.

Amelia prit une profonde inspiration, savourant le moment comme si elle pouvait sentir le succès de cette opération.

— J'aime la façon dont vous pensez.

Elle se redressa brusquement, ajustant son emprise sur son attaché-case, redevenant purement professionnelle.

— Assurez-vous de noter toutes vos dépenses là-bas.

— Ce ne sera pas nécessaire. Je vivrai au Maroc.

— Vraiment ? Je croyais que vous viviez à Monte-Carlo ?

— C'est le cas, mais le Maroc n'est qu'à une demi-journée de bateau. Je déplacerai ma fille d'ici la fin de la semaine.

— Faites-vous référence à votre yacht ?

Elle haussa un sourcil ; ce n'était pas une expression méfiante ou amusée, mais plus comme s'il avait ouvert une boîte décadente de chocolats. Et dans un sens, il l'avait fait. Il savait de première main qu'elle avait un faible pour l'eau et les bateaux de luxe.

Il sourit.

— Oui, et à ses quatre-vingts mètres. Vous devriez venir la visiter. Ou peut-être que je l'amènerais lorsque vous me demanderez de vous rejoindre à New York. J'embarquerais votre bureau et je vous ferais naviguer vers une quelconque île des Keys.

— Si vous faites cela, je ne voudrais peut-être plus jamais rentrer à la maison.

— Cela ne me dérangerait pas du tout, répondit Rashawn, sa voix devenant plus grave alors qu'il se rapprochait d'elle pour voir son visage immédiatement rougir.

Il aimait vraiment ça. Mais ce magnifique moment qu'il était sur le point de vivre avec elle quand il avait vu son corps s'enflammer et qu'elle l'avait regardé avec des yeux vitreux, ces lèvres rouges et gonflées par le besoin croissant d'être embrassées – embrassées par lui – s'arrêta brusquement. Rashawn se dit qu'il allait frapper violemment ce garde du corps, quand Payton sortit de la limousine afin de rappeler à Amelia qu'ils avaient un avion à prendre.

Il ravala son désir de jurer et il fit un pas en arrière, la regardant alors qu'elle enfilait à nouveau ce costume de femme d'affaires, faisait ses adieux et promettait de le contacter bientôt, puis laissait ses hommes la mettre dans la voiture et l'emmener loin de lui.

CHAPITRE QUINZE

Trenton supporta l'opération et le docteur avait assuré à Diesel qu'il allait se rétablir. La balle n'avait fait aucun dommage à ses organes vitaux, mais il était resté sous sédatif depuis. Alors Katianna était convaincue que tout le monde lui cachait la vérité. C'était toujours ce qu'ils disaient dans les films : *il va bien, il a seulement besoin de repos*, puis il tombait dans le coma. *Stupides écrivains.*

Katianna était assise dans le siège en vinyle près de son lit, refusant de partir – refusant de retourner à l'hôtel. Elle était tellement fatiguée qu'elle somnolait. Elle mit ses pieds sur le fauteuil et entoura ses genoux de ses bras, le surveillant et attendant qu'il se réveille. Elle ne partirait pas, elle ne s'autoriserait pas à dormir jusqu'à ce que Trenton se réveille et lui dise qu'il était vivant.

Elle se réveilla brusquement lorsque sa tête tomba en avant pour la millième fois. Chaque fois, un étrange phénomène la réveillait avec un « boom » dans sa tête, comme si une énorme boule se balançait et venait s'écraser contre elle, la sortant du pays des songes chaque fois qu'elle s'y perdait. Elle se demanda s'il y avait une sorte d'explication métaphysique pour le « boom » ou si elle hallucinait à cause du manque de sommeil.

— Hé, quand as-tu dormi pour la dernière fois ?

Une voix rauque et enrouée de trop de sommeil et des médicaments pour la douleur qui lui étaient injectés par intraveineuse la sortit de sa somnolence.

La tête de Katianna se releva brusquement, sauf que cette fois, au lieu des rêves étranges, c'était Trenton qui la réveillait.

— Trenton !

Le soulagement l'envahit alors qu'elle commençait à haleter, comme si elle avait également refusé de respirer comme de dormir, et qu'elle s'était retenue durant tout ce temps.

— Viens ici et allonge-toi près de moi. Tu as besoin de repos.

La main de Trenton farfouilla pour rabattre les couvertures de côté pour elle. Il avait besoin de sentir son corps près du sien. À part les effets dû à la perte de sang – ce qu'il ne doutait pas avoir perdu en grosse quantité puisqu'on lui avait tiré dans le ventre – il se sentait toujours groggy de l'anesthésie et des cauchemars qu'il avait faits à cause de celle-ci. Sa tête était remplie d'images sombres de quelqu'un emmenant Katianna loin de lui, et cela l'avait rendu agité, lui donnant presque la nausée.

Katianna fut instantanément au bord du lit, ses doigts se resserrant autour des draps, mais elle n'osa pas ramper à côté de lui. Mais il pouvait voir dans ses yeux que c'était là qu'elle voulait être, le plus près possible de lui.

Même s'il se réveillait à peine lui-même, il pouvait voir les cernes sombres dus au manque de sommeil ainsi que ses yeux injectés de sang, probablement causé par des pleurs interminables. Et pourtant, elle était magnifique pour lui.

— Viens ici, comme je te l'ai dit.

Il essaya de prendre une voix autoritaire, mais il se sentait aussi faible qu'il le paraissait. Il ferma les yeux une seconde afin de les humidifier.

— Je ne peux pas... tu es blessé, gémit-elle.

— Et je vais guérir... c'est mon quotidien. Maintenant, viens ici.

Sa voix se durcit en un ton plus insistant.

— Mais on t'a tiré dessus.

Il se rendit compte qu'elle n'allait pas abandonner si facilement.

— C'est mon travail.

— De te faire tirer dessus ? demanda-t-elle alors que de nouvelles larmes commençaient à couler sur son visage.

Trenton tendit la main afin de les essuyer.

— Si on en arrive là, oui. C'est mieux que l'autre alternative.

— Qui est ?

Elle boudait ; se faire tirer dessus n'était visiblement pas acceptable dans son vocabulaire à elle, mais ça l'était pour lui.

— Qu'on *te* tire dessus. Maintenant, grimpe sur ce lit avant que j'appelle une infirmière pour lui dire que tu es méchante avec moi.

Elle finit par céder et grimpa, mais avec mille précautions, et elle s'installa sur le bord, laissant le plus d'espace possible entre eux. Elle craignait visiblement de lui faire mal, mais cela ne lui convenait pas, et il l'attrapa, l'attirant contre son corps. Il sentit la petite protestation, mais le corps de Katianna accueillit immédiatement la chaleur du sien.

Les tremblements, qui l'avaient probablement parcourue depuis la fusillade, commencèrent à se calmer.

Elle essaya de le regarder pour voir son visage. Il savait qu'elle ne lui faisait pas confiance pour lui dire qu'il avait mal ou qu'il n'était pas à son aise, mais il ne lui permit pas cela non plus. Il caressa l'arrière de sa tête, lissant les cheveux emmêlés avec sa main, puis la tira afin qu'elle repose sur lui, appuyant sa joue contre sa poitrine. Cela était tellement agréable de l'avoir blottie contre lui. Il sentit même son propre corps se détendre contre elle, tout comme le sien se détendait contre lui. Une fois dans ses bras, tout le stress quitta son être ; son souffle s'approfondit contre sa poitrine, et elle dériva dans le sommeil.

Diesel revint après avoir parlé avec les médecins de Trenton. Il se figea un instant à la porte en voyant Katianna recroquevillée à côté de Trenton, qui ronronnait presque avec elle dans les bras.

— Elle dort ? demanda-t-il en voyant que Trenton était réveillé.

— Oui, murmura ce dernier.

— Bien. Cela va m'épargner des ennuis.

Diesel fit le tour du lit, se plaçant derrière Katianna. Il souleva son chemisier, descendit la ceinture de son pantalon, et la piqua dans la hanche avec une seringue, injectant une petite quantité de liquide clair. Elle était si profondément endormie qu'elle tressaillit à peine sous l'aiguille.

— Qu'est-ce que tu viens de lui injecter ? demanda Trenton en regardant curieusement Diesel alors qu'il laissait tomber la seringue utilisée dans la boîte à aiguilles sur le mur.

— Les médecins ont concocté un cocktail de Diazépam pour elle.

— À ce point, hein ? dit Trenton en embrassant Katianna sur le sommet de sa tête.

— Pire. Elle n'a pas mangé, et le seul sommeil qu'elle a eu, c'est lorsqu'elle somnolait alors qu'elle attendait ici. Je n'ai pas pu la faire partir, et essayer de la forcer est un peu comme essayer de traîner un chat dans l'eau, répondit Diesel en se grattant la tête avec un sourire penaud. Ce qui, dans des circonstances différentes, aurait été un véritable plaisir.

Ce n'était un secret pour personne qu'il avait un faible pour les diablotins et les sales gosses, plus que pour les subs.

— Quel jour sommes-nous ? demanda Trenton en changeant de sujet.

Il n'était toujours pas dans son assiette et il avait besoin de savoir où il en était.

— Dimanche.

— Merde, j'ai dormi pendant deux jours ?

Diesel hocha la tête, reculant du lit afin de faire rouler Katianna dans ses bras. Ceux de Trenton se resserrèrent autour d'elle, refusant de la lâcher si vite.

— Non. Laisse-moi la garder un peu.

— Elle a besoin de sommeil. Et toi aussi.

— Ah, allez. Sais-tu depuis combien de temps je ne l'ai pas eue dans mes bras comme ça ? Laisse-la un peu.

— Oui, c'était il y a trois jours, lorsqu'elle s'est glissée dans le lit avec toi à l'hôtel.

Trenton sourit à ce souvenir. Cela avait été une sacrée bonne nuit ; il s'était même réveillé avec elle toujours dans ses bras. Il se souvenait comment il avait roulé sur son côté, l'entraînant avec lui. Elle était encore profondément endormie lorsqu'il s'était réveillé et il avait pu rester là à la regarder dormir, appréciant d'un sentiment plus profond ce que ce serait de l'avoir dans sa vie. Ce que ce serait de se réveiller avec elle dans ses bras chaque matin. C'était beau.

Diesel essaya de forcer le bras de Trenton à la lâcher, mais ce dernier ne fit que resserrer son étreinte, enroulant ses bras autour de la souris endormie. Il embrassa son front tandis que ses yeux se posaient sur Diesel.

— Juste un peu plus longtemps.

— Tu sais, tu commences même à bouder comme elle, répondit Diesel, mais son visage était déformé par une profonde douleur.

Trenton le vit.

— Qu'est-ce qu'il y a ?

— C'est moi qui aurais dû prendre ces balles. Pas toi.

— D'abord tu veux prendre ma fille, et maintenant, tu es jaloux de mes balles.

Trenton étouffa une toux alors qu'il se préparait à rire, les deux lui faisant mal au ventre.

Diesel le foudroya du regard. Il se sentait vraiment mal et ne prenait pas bien la tentative de Trenton de tourner cela en dérision comme si tout allait bien.

— Diesel, ne te fais pas ça. Nous ne pouvons pas prédire quand les gens décident de frapper ou qui va prendre le coup. Ce qui importe, c'est que j'aille bien, que tu ailles bien, qu'Amelia soit en sécurité, tout comme Kat.

Mais il pouvait voir que Diesel n'allait pas être rassuré si facilement.

— Crois-tu sincèrement que je voudrais que tu prennes une balle ? continua-t-il. Ce n'est pas ton travail. Tu es bon dans ta partie et tu es mon frère, alors je suis heureux que tu m'aides quand j'ai besoin de toi. Je peux toujours compter sur toi pour être là, mais je ne peux pas te laisser te faire tirer dessus. Je ne le tolèrerai pas.

Trenton le regarda un long moment. Diesel avait l'air aussi épuisé que Kat et c'était probablement la seule raison pour laquelle il ne discutait pas.

— D'ailleurs, Patrice ne me le pardonnerait jamais, ajouta-t-il.

Il savait ce qui contrariait Diesel. Les cinq coups que le tireur avait réussi à tirer avant qu'ils l'abattent avaient été dirigés vers Diesel et Katianna, et Trenton avait fait en sorte de les bloquer. Qu'il ait pris une balle pour lui, ce qui lui avait presque coûté sa vie, était plus que Diesel pouvait en supporter.

— Je viens avec toi parce que tu te places toujours à l'épicentre des pires dangers, et tu as besoin de moi pour surveiller tes arrières. Tu prendrais tous les risques si je n'étais pas là, riposta finalement Diesel.

Trenton souffla.

— Tu viens avec moi afin de pouvoir sortir de la boutique avant que tu deviennes complètement fou.

Il essaya de ne pas rire, mais cela ne fonctionna que lorsque Diesel finit par sourire lui-même.

— Repose-toi. Je serai de retour avec elle plus tard.

Diesel tendit les bras vers Katianna et Trenton essaya encore une fois de s'y accrocher – de l'en empêcher.

— Où est Amelia, demanda Trenton en changeant à nouveau de sujet afin de gagner du temps alors que son frère essayait de lui arracher son trésor.

— Elle est rentrée chez elle la nuit dernière. Bon... plus de discussion. Lâche-la et laisse-moi la ramener à l'hôtel. J'ai besoin de me reposer moi aussi, tu sais.

Et il la prit des bras de Trenton pour la mettre dans les siens.

— Je te la ramènerai ce soir après qu'elle ait pris une douche et mangé un peu. Je te rapporterai quelque chose aussi.

— Très bien.

Trenton rabattit les couvertures sur lui avec une moue forcée.

HÔPITAL FRANÇAIS : UNE SEMAINE APRÈS LA FUSILLADE
À la télévision : chaîne d'information internationale

... Et il y a eu un sursaut dans les actions lorsqu'Ümran Global Endüstrisi a annoncé aujourd'hui qu'ils ne fermeraient pas leurs usines situées à Istanbul, en Turquie et à Carac, en Égypte. La vice-présidente Amelia Quinneth, de Quinneth Global Managements, qui supervise le réseau mondial d'Ümran, a déclaré que sa décision était fondée sur de nouveaux arrangements pour des sources de gestion alternatives. Le nouveau plan a été mis en place par le membre du conseil Rashawn Matisse, fils du légendaire artiste Cardiff Matisse.

Mme Quinneth dit que la décision du conseil d'administration est fondée sur un plan de gestion de deux ans fourni par M. Matisse et non par les récents attentats contre sa personne.

Quinneth est devenu la cible d'un membre de famille mécontent, qui aurait été déplacé avec près de cent cinquante autres employés, si Ümran Global avait fermé ses usines à Istanbul. Quinneth a plus tard déclaré que l'incident était tragique.

— Maman, je te le jure, il va bien. Il dort. C'est tout.

Diesel était au téléphone avec sa mère, essayant de la rassurer sur l'état de Trenton, tandis que ce dernier et Katianna regardaient les nouvelles et lui, avec un certain amusement.

— Je ne dis pas ça simplement pour te faire sentir mieux...

Il s'arrêta, écoutant alors qu'elle continuait dans un état frénétique à s'inquiéter.

— Maman...

Une pause.

— Maman...

Une pause plus longue.

— Maman !

Diesel lutta pour pouvoir placer un mot.

— Non, ce n'est pas comme dans les films. Il va bien. Il dort... non, je ne vais pas le réveiller.

Il sourit en secouant la tête à l'intention de Trenton.

— Je le ferai, je te le promets. Maintenant, passe-moi papa, tu veux bien ?

Un moment passa et il entendit le père de Trenton, Jonas, marmonner quelque chose à sa mère avant de prendre le combiné.

— *Deez ? Qu'est-ce que tu lui as fait ?*

— Moi ? Papa... Trenton va très bien. Les médecins disent qu'il pourra rentrer chez lui dans un jour ou deux. Elle refuse simplement de me croire.

— *C'est parce que vous deux êtes des aimants pour les balles. Ne crois pas que nous ne savons pas qu'on t'a tiré dessus il y a quatre ans. Patrice et Annette sont persuadées que si l'un de vous nous quitte, l'autre suivra rapidement. Mon conseil ? Arrêtez de vous faire tirer dessus. Les filles me rendent fou. Maintenant...*

Jonas prit un ton plus calme et réservé.

— *... comment vas-tu ?*

— Tout va bien...

— *Je t'ai demandé comment tu allais*, le coupa Jonas.

Diesel s'arrêta : il savait ce que Jonas essayait d'obtenir, il ne voulait pas entendre de réponses toutes faites. Il voulait entendre ce qui se passait dans la tête de son garçon. Jonas le connaissait trop bien et Trenton savait que Diesel lui dirait tout à ce sujet.

— La balle aurait dû être pour moi, papa. Amelia était sous ma responsabilité.

— *Vous les garçons, vous avez besoin d'arrêter de vous remplir de cette culpabilité chaque fois que l'un de vous prend une balle. Tu ne peux pas faire ça. Cela nuit à ta concentration. Tu dois veiller sur lui et tenir le fort, tout comme il le ferait si les rôles étaient inversés. C'est ce que vous faites. Vous êtes des soldats et vous protégez les autres. Parfois, le plus gros effort est fait en surmontant ce qui vous menace. Il n'y a pas de « qui aurait dû ou non être touché ». Si c'était le cas, alors il n'y aurait pas de gens innocents blessés tout le temps. Mais les méchants existent tout comme les gens désespérés, et ce sont les pires, les plus imprévisibles. Bon sang, la plupart du temps, ils ne savent pas eux-mêmes quand – ou si – ils vont frapper. Tu as fait ce que tu pouvais, et heureusement, aucun de vous n'a dû donner sa vie pour ça. C'est comme ça que tu dois le voir.*

Diesel laissa échapper un long souffle.

— Je vais essayer de garder cela à l'esprit.

Bon sang, il parlait exactement comme Trenton.

— *Bien. Bon... nous t'aimons. Appelle-nous lorsque vous reviendrez au pays.*

— Je t'aime aussi, papa. Embrasse maman pour moi, tu veux bien ?

— Je le fais chaque fois que je le peux.

— Je voulais dire un baiser de ma part, dit Diesel avec un grognement amusé.

— *Oh... eh bien, je vais essayer d'en placer un quelque part,* répondit Jonas en gloussant.

Diesel éteignit son portable et le remit dans sa poche.

— Tu sais, cela aurait été plus facile si tu avais pris le téléphone et que tu avais parlé avec eux. Je n'ai même pas pu avoir ta mère au téléphone.

— Qu'est-ce qui s'est passé avec Patrice ?

— Je lui ai dit que tu dormais, et elle a craqué en disant que c'était...

—... ce qu'on disait toujours dans les films, continua Trenton avec Diesel.

— Stupides écrivains, murmura Katianna de sa chaise avec un profond froncement de sourcils.

Trenton la regarda et il ne put que rire. Elle avait la même personnalité inquiète que la mère de Diesel, et tout le monde adorait cette femme, y compris son propre père.

— Viens ici.

Il tira les couvertures pour lui faire de la place afin qu'elle puisse ramper à côté de lui.

— Je t'ai eue dans mes bras une fois et Diesel t'a enlevée à moi. Maintenant, je veux que tu reviennes.

Katianna grimpa sur le lit et se glissa à côté de lui comme il l'avait demandé, et il l'attira contre sa poitrine en l'entourant de ses bras.

— Alors, tes parents vivent avec ses parents ? demanda-t-elle en levant les yeux vers Diesel qui s'était installé au bord du lit, à côté d'eux.

— Et couchent avec eux, mais juste ma mère, maintenant.

Diesel ajouta l'information supplémentaire avec un sourire triste.

— Mais attends, tu l'as appelé papa, ça veut dire que vous êtes vraiment frères, comme des demi-frères ?

— Non, dit Trenton en enfouissant son nez dans le cou de la jeune femme.

Il ressentait encore les effets de la morphine qu'ils lui donnaient et considérait que c'était une excuse suffisante. Puisqu'elle était disposée à le laisser se blottir contre elle, il était plus que prêt à en profiter.

— Nos pères ont grandi ensemble. Et ils ont fait leur service militaire ensemble, et quand ils se sont mariés, eh bien... ils ont partagé cela aussi.

Il lui fit un sourire timide lorsqu'elle ne sembla pas comprendre pleinement les implications.

— Ce sont des échangistes. Lorsque Nelson a été tué au cours d'une mission à l'étranger, Patrice est restée avec mes parents. C'était ce qu'ils avaient toujours convenu, et mon père a adopté Diesel officiellement.

Katianna sourit largement.

— Ça a fonctionné pour eux apparemment. Je veux dire, ils sont toujours ensemble, semble-t-il ?

— Les trois abeilles les plus heureuses de la planète, dit Diesel en souriant.

CHAPITRE SEIZE

<u>VENDREDI : UNE SEMAINE APRÈS LEUR RETOUR DE PARIS</u>
Paris Dalqeaute s'assit dans la salle d'attente du bureau d'accueil raffiné et masculin de l'immeuble. Son regard survola la salle d'exposition, où trônait une Rolls Royce restaurée couleur argent du début des années 50. Juste derrière, il y avait une Lexus Executive, aux côtés d'un large SUV qu'il n'arrivait pas identifier sans s'approcher pour y regarder d'un peu plus près.

Le téléphone du bureau d'accueil sonna et la femme présente y répondit.

— Complexe de Five Source Security. À qui souhaitez-vous parler ?

Il y eut une longue pause, puis elle continua :

— Laissez-moi vérifier s'il est présent.

Elle appuya sur un bouton et une autre sonnerie se fit entendre dans l'un des bureaux du fond.

— Il y a un Monsieur Boy-me-yah ? au téléphone pour vous. Oh, et n'oubliez pas que Paris Delcek... Delquick... quel que soit son nom, attend toujours pour vous voir.

Elle leva les yeux au ciel en transférant l'appel puis jeta un regard à Paris qui essayait de l'ignorer.

— Cela va prendre un moment, lui dit-elle.

— Bien, répondit Paris, en reportant son attention sur le dossier de profils qu'il avait apporté avec lui.

Il n'avait pas besoin de relire ce qu'il contenait, mais cela lui permettait d'éviter d'avoir à faire attention à la femme qui avait recommencé à le fixer en le déshabillant du regard tout en mâchouillant son stylo.

Paris avait été engagé pour être le Directeur de la saison BDSM et Fétichisme du *Salientis du Deliciarum Island Resort*. Il n'avait jamais ressenti d'envie ou de besoin pour des scénarios de ce genre, mais lorsqu'il avait entendu qu'un invité pouvait avoir des relations sexuelles pratiquement partout où il le désirait sur l'île sans qu'un membre du personnel ne débarque pour lui dire que cela n'était pas autorisé – *Oh oui* – il devait absolument travailler là-bas. Cependant, après qu'il eût pris son poste, il ne fallut pas longtemps pour qu'on découvre qu'il n'avait jamais eu aucune sorte de formation par un Maître. Apparemment, selon la politique de la compagnie, tous les membres du personnel qui devraient gérer et superviser les serviteurs employés/esclaves et les invités, devaient avoir auparavant suivi une formation. La découverte qu'il n'en avait jamais suivi lui avait presque coûté son poste avant même que la saison commence, mais Paris n'était pas homme à abandonner sans se battre. Avec le début de la saison qui approchait, il avait négocié avec le conseil d'administration et ils avaient accepté qu'il garde sa place du moment qu'il suivait un minimum de formation afin de faire l'expérience de la soumission pour remplir les critères requis. Quel autre choix avaient-ils ? Il ne restait plus suffisamment de temps pour lui trouver un remplaçant et le former avant la cérémonie d'ouverture de la saison.

Après l'accord du Conseil, d'autres instructions lui étaient parvenues du directeur général de l'île, Alan Pridmore, restreignant la liste des personnes que Paris pourrait aller voir pour sa formation, afin d'avoir l'assurance que ce serait un Maître approuvé. Et cette liste était remarquablement courte.

~~Dominus Trenton Leos de New York ; Maîtresse Abigail Lane de San Diego ; Gramaire Cardiff Mastiff ; ou Dominare Principal Maître Giovanni Terracciano de Bari en Italie. ~~

Paris n'avait aucune intention d'aller voir Giovanni. Aller en Italie aurait été un délice, mais il avait trouvé une photo de Giovanni et découvert que l'homme était un vrai gorille ambulant. La simple pensée de cet énorme homme poilu se frottant contre son corps – il frissonna à cette pensée – suffisait à lui donner la nausée.

Quant à Cardiff ? Paris avait déjà visité son lit et il n'avait aucune intention d'y retourner. Et il était hors de question qu'il laisse une femme le toucher, encore moins le dominer. Ce qui ne laissait que Trenton Leos. Le problème, c'était que d'après ce que Paris avait compris, Trenton ne faisait pas le *dom* pour les hommes.

Paris avait essayé de trouver une photo, mais n'avait réussi à obtenir qu'une vue partielle sur un cliché qu'un journaliste avait pris sur une scène de crime. Il était grand, avec des cheveux sombres, peut-être noirs comme les siens et l'ombre d'une barbe bien entretenue sur le visage, comme l'une de ces barbes taillées de dix jours. Il était musclé, mais son corps était tonique et non massif comme le sien. Paris n'avait pas réussi à distinguer le visage de Trenton sur la photo, mais cet homme possédait une aura très séduisante. Il n'y avait absolument aucune chance que cet homme soit aussi hideux que Giovanni.

En plus de l'attrait grandissant de son physique, Trenton Leos faisait partie du Conseil d'Administration. Paris savait au moins cela, et il avait été sous-entendu que Leos était également un investisseur silencieux de l'île. Paris avait reçu cette information en devenant le

Directeur Événementiel alors que très peu d'autres personnes le savaient. Il relut le profil de l'homme qu'on appelait aussi Dominus ; il était considéré comme un Maître très respecté partout dans le monde. Paris n'aurait pas été surpris d'apprendre que la saison Bondage/discipline – communément appelée B/d – était en partie de son fait. Cependant, à part cela, il n'avait pas trouvé grand-chose sur l'homme qu'il était en privé. Seulement que c'était un homme avec un pouvoir considérable.

Paris se lécha les lèvres alors que son désir augmentait pour l'homme qui était sur le point de devenir le sujet central de ses projets. Oui, Trenton Leos allait définitivement nourrir tous ses appétits.

Désormais, alors qu'il était assis dans la zone d'accueil, attendant de le rencontrer, il espérait seulement que Trenton accepterait de le former. Surtout parce qu'il faisait partie du Conseil – ce même Conseil qui avait voté pour l'autoriser à remplir les conditions requises avant le début de la saison. Peut-être que s'il venait à lui, M. Leos se sentirait obligé de travailler avec lui là-dessus. Ou du moins, c'était ce que Paris espérait. Il pourrait même montrer au Dominus à quel point les hommes étaient délicieux. Surtout lui. Le Dominus ne serait pas déçu. Aucun des amants de Paris ne l'avait jamais été.

— Cela n'aurait pas pu arriver à un pire moment, Paris. Je suis vraiment énervé par votre mauvais timing, et cela se répercutera inévitablement sur votre entraînement.

Trenton s'adossa dans son fauteuil, ses doigts formant une sorte de cage sur ses genoux alors qu'il observait le nouveau Directeur de l'île par-dessus son bureau.

— Cela veut-il dire que vous assurerez mon entraînement afin que je remplisse les conditions requises ?

Paris maintint ses commentaires sur le plan professionnel, même s'il n'avait pas arrêté de baver sur l'homme depuis qu'il était entré. Trenton dépassait toutes ses attentes en ce qui concernait un amant séduisant. Il était aussi torride que l'enfer, et Paris était impatient de voir venir l'heure des jeux. Maintenant, si seulement l'homme voulait bien se détendre un peu. Trenton semblait tellement tendu. Mais... être tendu pouvait être une bonne chose... au lit.

— Nous commençons maintenant.

Oui ! Où est le lit ? Commençons.

— Mon mot de sécurité ?

— Tu n'auras pas de mot de sécurité, Paris. Cela fait partie de la formation accélérée.

Trenton fit une pause en se disant qu'il aurait besoin d'un programme.

— Et ce sera pour quarante-cinq jours, pas trente.

— Quarante-cinq ? Monsieur ? Pourquoi quarante-cinq ? Le Conseil avait accepté trente.

Ok, changement de plan.

— Paris, plus je passe de temps à m'expliquer, plus long ce sera avant que nous fassions ce qu'il faut, et si je dois t'expliquer pourquoi tu es ici, alors nous ferions tout aussi bien d'oublier tout ça et d'arrêter de me faire perdre mon temps.

Trenton se redressa sur son siège, se pencha sur son bureau et pointa la porte du doigt.

— La porte est juste là.

Et il attendit.

Paris ne bougea pas – ou plutôt, il se figea. *Merde. Ce n'est pas bon.* Il ne s'était pas attendu à ce que cela se passe de cette façon. Il s'était mis en tête que ce ne serait qu'une formalité. Le genre : *Faisons comme si nous l'avions fait alors que non.* Il resterait dans le coin quelque temps, aurait du sexe phénoménal, puis il retournerait à ses affaires de Directeur de la saison B/d au *Salientis.* À quelques variantes près, c'était ce qu'il avait espéré. Pendant qu'il avait envisagé ses choix quant à la personne qu'il laisserait être son *Dom* pour son « expérience » requise, cela ne lui était jamais venu à l'esprit qu'il devrait réellement *agir* comme un esclave.

Paris déglutit en rassemblant ses esprits – avec des pensées professionnelles, pas des pensées du genre, *allons nous ébattre dans un lit.* Hors de question qu'il laisse passer cette chance.

— Je suis ici pour remplir les conditions requises pour mon poste, pas pour vous faire perdre votre temps, Monsieur, se soumit-il autant qu'il le pouvait pour l'instant.

Pendant un long moment, Trenton se contenta de regarder l'homme soigné à l'excès. Paris n'avait pas la moindre idée de ce qu'il faisait là, ce qui était un problème en soi. Il avait fait une énorme erreur en s'imaginant qu'il n'y avait qu'une absence de formation survolée requise pour ce travail. Cela ne suffirait pas. En premier lieu, Paris devait comprendre pourquoi certaines personnes devenaient des esclaves. Pourquoi elles se dédiaient à une servitude qui allait au-delà de la soumission habituelle, physiquement et émotionnellement. Et pourquoi un Maître se devait d'être sur la même longueur d'onde que son Esclave. Afin d'assurer une direction correcte et sécurisée de l'hôtel, le directeur en place devait comprendre les besoins et les limites des esclaves, et comment les aider à dépasser ces limites avec toutes les précautions possibles. Mais malgré cela, Trenton pouvait le voir sur le visage de Paris ; il était déterminé à garder son poste et supporterait tout cela, même s'il ne rejoignait jamais les rangs des esclaves. Ce n'était que maintenant qu'il acceptait finalement ce qu'il était sur le point de vivre. Cependant, la question du pourquoi devrait être revue. Mais chaque chose en son temps, et pour l'instant, il devait enlever toute forme de contrôle à Paris.

— Quarante-cinq jours, parce que la saison B/d commence bientôt, et mes propres responsabilités m'empêchent de m'occuper de toi 24 heures sur 24 et 7 jours sur 7. Tu auras un peu de temps, presque chaque jour, pour t'occuper des affaires de l'hôtel, soit d'ici, soit de l'un des bureaux de l'immeuble. Tu seras surveillé en permanence, donc assure-toi de rester dans le cadre du travail. Il y a quatre autres Maîtres ici, et tu leur obéiras tout comme tu m'obéis. Suis-je assez clair, pour l'instant ?

— Oui.

— Et tu t'adresseras toujours à moi en m'appelant Dominus.

Il regarda Paris et plissa les yeux quand la réponse qu'il attendait n'arriva pas assez vite.

De toute évidence, Paris le sentit, et il gigota sous le regard de Trenton avant d'obéir rapidement.

— Oui, Dominus.

Trenton continua ensuite en apportant plus de détails et de définitions pour savoir qui était qui.

— Parce qu'il s'agit de notre mode de vie ici, et à cause du nombre de Maîtres et de Doms qui en font partie, il est devenu nécessaire de développer une terminologie spécifique pour permettre d'être clair sur les titres et les statuts. Alors tu vas entendre des titres qui ne sont pas habituellement utilisés dans le langage BDSM des autres communautés. Tu vas apprendre la différence entre un soumis et un esclave, et les différents titres de Maîtres. Et tu t'adresseras à chacun d'entre eux de la façon appropriée. Nous les verrons au fur et à mesure que tu les rencontreras ou que tu en entendras parler.

— Oui, Dominus, murmura Paris.

À son expression, il était évident qu'il avait l'impression que son monde était en train de s'effondrer autour de lui. Après tout, il ne s'agissait pas de l'orgie qu'il attendait avec impatience. Découvrir la réalité était déconcertant.

— Ton corps m'appartient à présent, tout comme tes besoins sexuels. Tu n'as pas le droit de te masturber à moins que je te l'ordonne. Tu jouiras quand je te dirai de le faire, et ce par n'importe quels moyens que je choisirai à ce moment-là. Si je te donne un avertissement, sache que ce sera le seul que tu recevras. La punition sera prompte et pourra, parfois, être sévère. Alors, garde pour toi tes pensées irréalistes quand tu me défieras volontairement pour goûter à ces expériences. Je ne tolèrerai pas que tu lèves les yeux, pas plus que je ne tolèrerai que tu essaies de « dominer le dominant ».

Trenton fit une pause pour observer Paris, regardant les mouvements réguliers de son corps. La tension croissante de ses muscles alors que la colère de l'homme grandissait, et les tics qui révélaient également sa peur. Trenton était curieux de savoir laquelle des nouvelles règles avait déclenché ces réactions. Des réponses qu'il obtiendrait bien assez tôt. Ce qu'il y avait de mieux, c'était la tempête d'émotions qui s'agitaient derrière ses profonds yeux marron, effaçant ainsi le lourd désir qui y régnait encore quelques instants auparavant.

Trenton jeta un regard au dossier personnel de Paris.

~~A fait ses études supérieures à Berkley, où il a obtenu sa maîtrise en affaires, qu'il a payée en travaillant comme danseur de revue. ~~

Les yeux de Trenton revinrent sur l'homme. De larges épaules puissantes suivies de muscles épais sur son torse et ses bras. Si Paris se tenait debout devant lui, leurs yeux arriveraient sans doute à la même hauteur, mais en termes de volume, il était définitivement plus imposant que lui. Il prenait soin de sa personne et gardait volontairement une légère ombre de barbe sur sa mâchoire anguleuse. Une frange stylée de cheveux noirs de jais reposait au-dessus de ses yeux. Il avait un air d'ange déchu et il était certainement très recherché par les hommes et les femmes. Il allait devoir les repousser au club avec celui-là.

Trenton recommença à lire le profil de Paris, même s'il se souvenait encore de ce qu'il y avait lu auparavant.

~~A développé la tournée d'un musée de poupées vivantes. Des hommes et femmes qui posent en recréant les plus célèbres peintures et sculptures de nus. Sa tournée de l'Art Vivant a même fait un arrêt au Musée de Fambleush ; L'Art du Corps. ~~

Environ un an après l'ouverture de l'hôtel sur l'île privée, près des côtes de la Martinique, le portfolio de Paris était apparu sur leurs bureaux, exigeant presque, plutôt que demandant, d'être nommé Directeur Événementiel.

Cet homme avait dû faire appel à une diseuse de bonne aventure pour réussir un aussi bon timing. Il s'était avéré que le portfolio de Paris était arrivé quelques jours à peine après que le Conseil d'Administration ait accepté la proposition de Trenton de créer une saison B/d à l'hôtel pour la fin de l'été.

Paris avait tout ce qu'ils recherchaient chez un directeur. Sans aucun doute, il était la personne dont ils avaient besoin depuis le début. C'était celui qui s'assurerait que les événements spéciaux de l'hôtel soient des succès. Pourtant, malgré tout ce qui leur convenait, Paris n'avait aucune expérience dans le mode de vie BDSM.

Maintenant, Trenton devait lui faire assimiler à toute vitesse chaque facette de cette vie, et il n'avait que quelques jours.

— Tu es très musclé. Est-ce que tu as des besoins spécifiques pour tes séances de sport ?

— J'aimerais pouvoir continuer à m'entraîner, si vous me l'autorisez, Dominus.

Trenton leva les yeux du dossier.

— Bonne réponse, c'est pour cela que je te l'autorise. Trois jours par semaine dans une véritable salle de sport, Patronus Diesel t'accompagnera et te ramènera. Il y a aussi un petit appareil pour lever des poids dans la maison où tu logeras, et tu auras le droit de l'utiliser si d'autres activités n'occupent pas ton temps.

— Puis-je poser une question, Dominus ?

Paris se souvint de garder les yeux baissés, ne serait-ce que pour mériter un instant pour poser sa question.

— Tu peux.

— Vous avez mentionné le Patronus Diesel ? S'agit-il de M. Diesel Gentry, du Conseil ?

— En effet, et tu le saurais déjà si tu avais fait correctement tes recherches.

Paris ressentit comme un pincement en entendant la réprimande. Bon sang, il avait essayé de se renseigner sur chaque membre du Conseil ; ils étaient vingt-trois en tout. Mais Diesel et Trenton menaient tous deux leurs vies en privé. Il était au courant de leur entreprise ici à New York, il savait par rapport à l'adresse, qu'ils partageaient le même immeuble. Mais il ne s'était pas attendu à ce que Diesel s'implique lors de son séjour. Lors de ses recherches, il avait trouvé une photo de Diesel – sans parler de ses tatouages, Diesel avait vraiment un corps d'enfer qui avait l'air délicieux. Paris ne put s'empêcher de sourire, deux pour le prix d'un. Son séjour lui paraissait encore plus prometteur désormais.

Trenton se leva et fit le tour du bureau. Il s'appuya dessus et croisa les bras sur son torse en baissant les yeux sur Paris.

— Qu'est-ce qui t'excite, Paris ?

— Vous, Dominus.

Paris fut soudain sur ses pieds, et le désir présent dans ses yeux indiquait clairement que, même s'il avait l'air d'un ange, il y avait une véritable bête en lui.

Trenton se redressa rapidement.

— Lève-toi de cette chaise sans ma permission et ton premier jour commencera avec des coups de canne.

L'avertissement avait été rapide, et Paris se laissa rapidement retomber sur son siège. Son regard vacilla sous celui que Trenton posa sur lui, et il déglutit difficilement.

— Tu ne te lèveras ni ne parleras, à moins que je te dise de le faire. Tu ne lèveras pas le regard sur moi, à moins que je te dise de le faire. Tu resteras assis ou agenouillé tout le temps, à moins que je te dise de faire autrement.

Trenton commença à tourner autour de Paris tout en continuant de lui énoncer les règles.

— À la maison, tu resteras nu ; les vêtements ne seront autorisés que lorsque tu devras sortir. Il y aura peut-être des fois où je te demanderai de te déshabiller ici pendant que je travaillerai. Et quand nous irons au club, tu porteras ce que je te dirai de porter.

Il s'arrêta juste derrière lui et observa la vague d'anxiété qui traversa Paris – une réponse exquise, que les Doms adoraient voir chez leur soumis. Cependant, Paris n'était pas là pour une formation de soumis, il était là pour une formation d'esclave. Il était vital qu'il apprenne la différence entre les deux, puisque ceux qui serviraient les invités sous sa direction seraient des esclaves, et non pas des soumis venant d'un club.

Trenton se pencha en avant, plaçant une main ferme sur chacun des accoudoirs du fauteuil de Paris, se rapprochant de son oreille, mais ne disant rien pour le moment. Laissant simplement la proximité de son corps et la chaleur de son souffle surplomber et tourmenter l'autre homme.

Paris pouvait sentir la chaleur qui émanait du corps de Trenton, et cela l'excitait. Enfin, une chose qu'il savait gérer, et il adorerait s'occuper du corps de Trenton. Bon sang, il avait commencé à durcir à la seconde même où il avait passé la porte du bureau de Trenton. Il ne se doutait pas du tout que le Dominus se révélerait être aussi séduisant. Cela allait certainement rendre toute cette histoire de formation encore plus facile. Mais après que les règles lui aient été dictées, Paris n'était plus aussi certain que ce soit si facile.

— Tu comprends que ta satisfaction sexuelle ne viendra pas de moi personnellement, mais qu'*elle* découlera de mes ordres, l'instruisit Trenton d'un ton chaud de commandement. Afin que tu comprennes ce que cela signifie : pendant que j'autoriserai les autres à profiter de ton corps, tu n'auras pas le droit de jouir, à moins que je te dise de le faire. Si tu jouis sans ma permission, la punition sera à la hauteur de ton manque d'obéissance.

Paris fut brusquement saisi de vertiges. Se faire interdire quelque chose qui était juste à côté de lui, narguant son corps pour obtenir une réponse. Il voulait sentir les lèvres de Trenton sur sa joue, son visage se consumait à l'idée de ce contact et il se pencha vers lui. Trenton se contenta d'esquiver le geste, refusant la caresse que Paris recherchait tant, ce qui lui coupa le souffle.

Oh Seigneur, était-ce ce que l'on ressentait lorsqu'on était dominé et dénié en même temps ? Paris ne pouvait se souvenir d'une seule fois où il avait été dénié ou rejeté. C'était intense et étourdissant. Cela le déconcertait complètement. Sa respiration s'approfondit à chaque pensée vaine que Trenton pourrait tout de même prendre du plaisir avec son corps. Paris savait que l'homme n'avait pas besoin d'être gay pour le trouver désirable.

— Maintenant, revenons à la question posée.

Trenton se redressa, fit le tour de Paris avant de s'appuyer de nouveau contre le bureau.

— Qu'est-ce qui t'excite ?

Paris leva les yeux sur lui. On ne lui avait jamais posé cette question auparavant, et il n'était pas certain de la réponse qu'il devait donner.

— Paris.

Trenton interrompit ses pensées vagabondes pour qu'il réponde.

— J'ai un appétit insatiable. Les hommes puissants qui représentent une possibilité de satisfaire ma faim m'excitent.

La réponse sortit de façon presque sadique, comme si cela faisait partie de son plan depuis le début.

Désormais, Trenton comprenait la première réponse de Paris. En fait, cela n'avait pas été une réponse de lèche-cul. Il le pensait vraiment.

— Tous les hommes puissants ne sont pas de puissants amants.

— Pas plus que les hommes faibles, mais où est le plaisir dans le fait de maîtriser et séduire un homme faible ?

Les yeux de Paris remontèrent pour envoyer un regard brûlant de désir à Trenton.

— Couches-tu avec des femmes, ou pas du tout ? demanda-t-il, afin de cerner ses préférences selon la logique de Paris.

— Jamais.

Paris siffla pratiquement sa réponse.

— Jamais, ou préfères-tu éviter si tu as d'autres alternatives ?

— Jamais.

Trenton prit une longue inspiration pensive avant d'expirer doucement.

— Je pense que je vais adorer agiter un certain nombre de carottes devant toi.

Si c'était les hommes puissants qui excitaient Paris, Trenton en connaissait un très grand nombre. Et ils lui seraient très utiles pour faire face à la dépravation de Paris.

Il se pencha sur son bureau et appuya sur un bouton du téléphone. Diesel répondit.

— Pourrais-tu venir un instant ?

— Bien sûr. Qu'est-ce qui se passe ?

— Paris Dalqeaute de l'hôtel est ici.

(ᵔ ͜ʷᵔ)

Un instant plus tard, Diesel entra, son regard passant de Trenton à l'hédoniste bien musclé qui requérait son attention ; il était comme une offrande aux Dieux suppliant pour qu'ils le séduisent. Le séduisant même lorsque l'homme se retourna, jetant un regard par-dessus son épaule. Leurs regards se verrouillèrent. Merde, il n'avait jamais ressenti une tentation aussi immédiate auparavant.

— Paris, voici Diesel Gentry, le Maître des Doms, et tu t'adresseras à lui par son titre, c'est-à-dire *Patronus*. Quand tu ne recevras pas d'ordre de ma part, c'est de lui qu'ils viendront.

Trenton reporta son attention sur Diesel.

— Il semblerait qu'il soit de ma responsabilité de remédier au manque d'expérience de Paris.

Diesel ne fit pas de commentaire, mais il s'approcha de Paris et l'attrapa doucement, mais fermement par la nuque avant d'appuyer dessus.

— Mets-toi à genoux, maintenant, lui ordonna-t-il.

(ᵔ ͜ʷᵔ)

Paris bougea, levant les yeux sur Diesel qui venait tout juste de les rejoindre, mais lui donnait déjà des ordres. La photo qu'il avait trouvée de lui ne rendait pas justice à l'homme qui se tenait devant lui. Il avait une apparence légèrement plus dure que celle de Trenton ; ses cheveux étaient rasés comme ceux d'une jeune recrue et son visage avait l'air d'avoir connu quelques jours depuis son dernier rasage. Il portait un jean ample gris sombre, comme s'il l'avait traîné plusieurs fois dans la terre avant de le porter, avec une chemise gris ardoise –

son observation s'arrêta net en voyant les bords effilochés de la chemise. *Sérieusement ?*

— Quelle personne saine d'esprit déchirerait les manches d'une chemise de créateur ?

Paris savait reconnaitre la qualité quand il la voyait, et il voulait bien prendre le risque de se prendre la tête avec Diesel au sujet de la destruction de cette luxueuse chemise.

☙⚘❧

Diesel laissa un sourire envahir son visage, mais il avait l'air d'être plus sardonique qu'amical.

— Ne m'oblige pas à le répéter, esclave, l'avertit-il en s'adressant à Paris en tant qu'esclave et non pas en tant qu'homme avec un nom.

Diesel était là pour effectuer la métamorphose de cet homme ; il l'avait bien compris. Cela fonctionnait toujours mieux de cette façon pour quelqu'un qui se retrouvait jeté dans ce genre de transaction. Il allait retirer à Paris tout ce qui lui restait de contrôle, puis le rendrait à Trenton en tant que simple sub-serviteur. Même si celui-ci était sacrément bel homme.

☙⚘❧

Paris se laissa glisser de la chaise, se mit à genoux et s'assit sur ses talons. On lui avait déjà indiqué une fois la sortie au cours de la dernière demi-heure, il ne voulait pas courir le risque d'y être *raccompagné* cette fois.

— Est-ce que l'idée que j'utilise une paire de ciseaux sur une chemise Armani en soie t'agace ?

Paris releva brusquement le regard.

— Pourquoi feriez-vous cela ?

Diesel laissa échapper un petit souffle.

— Parce que je le peux, répondit-il. Retire ta veste et tends-moi tout ce qu'il y a dans tes poches : portefeuille, clés, et tout ce que tu as d'autre. Et il vaudrait mieux que je commence à entendre des titres sortir de ta bouche.

— Oui, Patronus.

Paris suivit les instructions données alors que des pensées tournaient dans sa tête afin d'essayer de comprendre ce qui était en train de se passer. Il retira sa veste et la déposa dans la main tendue, puis tendit son portefeuille, ainsi que tout ce qui lui avait été demandé.

— Est-ce vraiment nécessaire ?

— Pas un mot de plus de ta part, ordonna Trenton en regardant Diesel lui confisquer ses affaires.

Paris devait être privé de tous les objets qui lui donnaient l'impression de contrôler la situation. Le costume, la cravate, le portefeuille, l'argent, les clés, toutes ces choses qui donnaient à un homme d'affaires l'impression d'être respectable et en contrôle devaient lui être pris. Ces choses, une fois retirées, permettaient d'amorcer le processus de vulnérabilité. Paris semblait ne jamais avoir connu le sens de ce mot, et cela allait demander un bon nombre de d'essais pour l'amener à ce stade.

— C'est un bavard, pas vrai ? commenta Diesel pour Trenton qui se contenta de souffler en entendant cela.

Paris tendit la carte magnétique d'une chambre d'hôtel.

— J'en aurai besoin à la fin de la soirée.

— Il n'est pas non plus doué pour écouter, ajouta Trenton au commentaire de Diesel.

— Qu'est-ce qui te fait penser que tu auras besoin d'une de ces choses ? demanda Diesel en passant en revue le contenu du portefeuille de Paris.

Presque mille dollars en espèces, trois cartes de crédit. Une carte d'accès pour une salle de sport. Une carte d'adhésion pour le Musée National des Arts, une carte de membre VIP du Choix du Chef, mais pas de photos.

— Afin que je puisse regagner ma chambre ce soir, quand vous me libérerez pour la nuit ?

Diesel ricana.

— C'est moi qui déciderai des seules choses dont tu auras besoin.

Paris commença à protester.

— *Ahh...*

Diesel posa son doigt sur les lèvres de l'homme.

— Dis encore un seul mot, et nous commencerons la journée par une fessée.

Il fit une pause pour voir si Paris allait se soumettre, et quand il le fit, Diesel continua.

— Retire ta cravate.

Il jeta un regard à Trenton.

— Déshabillage complet ?

— Non, je vais bientôt devoir partir pour l'aéroport. Je dois y rencontrer Fambleush pour recevoir l'autre esclave. Peut-être une jupe, commence avec un kilt plissé si tu peux en trouver un à sa taille, et mets-lui un anneau ou une cage.

Trenton frotta son front en faisant dans sa tête la liste des choses à faire.

— Nous allons bientôt avoir l'impression que la maison est pleine à craquer avec l'enchère qui approche, et nous avons également des esclaves volontaires qui vont venir pour l'inscription, commenta Diesel en regardant Trenton faire le tour du bureau avant de se laisser tomber dans son fauteuil.

Ce dernier fit glisser un doigt le long de sa joue, plongeant profondément dans ses pensées.

— Laisse Marcus s'occuper des enchères. De cette façon, tu pourras te concentrer sur la formation des deux qui seront là, dit Diesel.

Trenton planta ses coudes sur le bureau, posa son visage entre ses mains et resta comme cela pendant un long moment.

— As-tu eu l'occasion de faire une sieste ? lui demanda Diesel.

Trenton bougea la tête, ou plutôt la fit glisser pour apercevoir Diesel entre ses doigts.

— Tu viens sérieusement de me demander cela ?

Il leva les mains, les passant sur sa tête et frottant ses cheveux comme s'il essayait de faire partir le sentiment d'épuisement qu'il ressentait.

— Le téléphone n'a pas arrêté de sonner aujourd'hui. J'ai encore cinquante demandes de tickets pour l'événement sur mon bureau et six nouveaux esclaves qui veulent s'inscrire.

Il fit un geste de la main pour désigner Paris.

— Celui-là a débarqué devant ma porte aujourd'hui, et Fambleush va atterrir dans trois heures pour livrer l'autre esclave.

— Je vais m'occuper de celui-là pour l'instant, l'interrompit Diesel. Tous les acheteurs de l'enchère ont-ils été vérifiés ?

— Oui, Dane a vérifié les candidatures un peu plus tôt dans la semaine.

— Bien.

Diesel se laissa tomber sur le bureau de Trenton, se pencha et attrapa le téléphone avant d'appuyer sur le bouton pour appeler le bureau d'accueil.

— Ouais, Stef, dites à William de venir afin de gérer le bureau de Trenton pour le reste de la journée, vous voulez bien ? Et assurez-vous que tous les appels de TL Sécurité lui soient transférés directement.

Les doigts de Diesel commencèrent à feuilleter les dossiers sur le bureau de Trenton, tout en écoutant Stéphanie qui appelait William pour lui dire de venir au bureau.

— Merci, Stef. Oh, et autre chose, assurez-vous que tout ce qui concerne les enchères soit transféré à Marcus.

— Diesel, je ne peux... commença à protester Trenton, mais Diesel repoussa ses paroles d'un geste de la main, sans rien dire jusqu'à ce qu'il ait raccroché.

— Tu as fini pour aujourd'hui. Rien d'autre à faire jusqu'à ce que l'avion de Fam atterrisse. Ce qui te donne trois heures pour t'allonger et te reposer un peu.

Il appuya sur un autre bouton.

— Hé, Marcus. Trent a besoin de s'allonger un peu. Peux-tu prendre les appels pour les enchères ? Non, juste pour les enchères, j'ai fait venir William pour qu'il s'occupe du reste. Je dois m'occuper de quelques trucs pour lui, alors je vais prendre les dossiers avec moi...

— Pas question ! Je peux m'en occuper, aboya Trenton.

Encore une fois, Diesel repoussa sa protestation d'un mouvement de la main.

— Merci.

Diesel reposa le combiné sur son support, saisit rapidement les dossiers et les tendit à Paris.

— Pour l'instant, ton boulot c'est de les porter, dit-il à Paris.

Le désaccord de Trenton sortit comme un grondement.

— Diesel, ne t'avise pas de le faire travailler ! Cela irait à l'encontre du but fixé.

— Du calme. Il sera en esclavage. Ne t'inquiète pas. Mais je ne peux pas conduire et lire en même temps, et *tu* ne vas pas le faire du tout.

Diesel sauta du bureau.

— Allons-y, esclave.

Il s'arrêta, se retourna et attrapa le combiné du téléphone.

— Fils de pute ! jura Trenton, mais il était trop épuisé pour se battre contre son frère plus longtemps.

Son cerveau avait commencé à s'éteindre petit à petit dès qu'il avait entendu le simple mot dormir. De toute façon, Diesel l'ignora, débrancha le téléphone et l'emporta avec lui.

— Qu'est-ce qui ne va pas avec lui ? demanda Paris une fois qu'ils furent dans le couloir.

Diesel ne répondit pas.

— Me le direz-vous, Patronus ?

— Il s'est pris une balle et a failli mourir en me protégeant, moi et quelqu'un autre, il y a un peu plus de deux semaines.

Diesel s'arrêta et se tourna vers Paris.

— Ne pense pas une seconde que ta formation va être banale. Pour info, j'étais contre le fait de te laisser cette chance. La compréhension des relations est bien plus importante que ton diplôme de maîtrise. Mais voilà, tu es là, et à partir de cet instant, tu ne parleras que lorsque je te le dirai. Si tu as une question, ce sera : *Patronus, puis-je ?* Quoi que ce soit d'autre, et je te ferai ramper à quatre pattes en disant : *mère, puis-je*, pendant toute la durée de ton séjour. Et j'installerai peut-être même des électrodes dans cette cage pénienne que nous allons t'acheter. Désobéis, et tu seras purement et simplement mis à la porte.

Paris se contenta de le regarder, son cœur battant jusque dans sa gorge. Il avait entendu ce qu'avait dit Diesel. Maintenant, il essayait simplement de déterminer si le *Patronus* le pensait vraiment. Il n'avait pas fait exprès de défier ou d'énerver Diesel. Il n'avait simplement pas l'habitude d'être totalement ignoré, pas comme ça. Il avait connu beaucoup de Doms et il s'était débrouillé pour tous les séduire, les défiant puérilement alors qu'il était en dessous. Il avait même eu le dessus sur certains sans même jouer à leurs jeux.

Diesel voyait bien que Paris était en train de réfléchir, et il ne pouvait pas le laisser faire. Il fit un pas déterminé vers lui afin qu'ils soient à la même hauteur. En fait, Paris avait quelques centimètres de plus, mais Diesel n'y réfléchirait pas à deux fois avant de plaquer l'homme au sol.

Trenton était à l'intérieur, blessé, son corps encore en train de guérir suite à la balle qui avait traversé ses entrailles. Le fait qu'il s'épuisait pour faire tout ce qu'il y avait à faire énervait Diesel. Cela le mettait en colère, car cela aurait dû être lui, et non Trenton, qui aurait dû prendre cette balle. Et celui-là… celui-là était une affiche vivante prônant l'insubordination. Paris n'appartenait pas à ce milieu, et Diesel pouvait d'ores et déjà voir qu'il allait enfreindre les limites à chaque étape. Chose dont Trenton n'avait vraiment pas besoin pour l'instant. Ce n'était pas bon pour lui non plus, car maintenant, il allait devoir contenir son tempérament pour s'assurer de traiter Paris avec la plus stricte autorité et dominance, et non pas comme un exutoire à sa propre angoisse.

ᥫᩣ

Paris déglutit, ses yeux se détournant, son regard tombant sous celui de Diesel. Il voyait bien que ce dernier n'était pas content de lui, mais le contrôle du Patronus était fermement discipliné. Désormais, c'était clair pour lui ; Diesel pensait chaque mot qu'il avait prononcé. Ce qui était pire, c'est que Paris sentait son sexe frémir en subissant le contrôle de l'autre homme.

— Mes excuses, Patronus.

Puis Paris fit ce qu'auparavant il aurait jugé impensable. Il se mit à genoux aux pieds de Diesel avant que ce dernier le lui ordonne, et il appuya la tête contre sa jambe.

ᥫᩣ

Pendant un moment, Diesel dut reprendre son souffle. Qu'il soit maudit si Paris n'était pas l'homme le plus séduisant qu'il ait remarqué depuis très longtemps. Non seulement ça, mais en plus, il irradiait de désir. Comme s'il pouvait se faire prendre pendant des jours, sans se plaindre, et ensuite se retourner pour en redemander encore plus. Bon sang, il sentait bon en plus. C'était un mélange d'un gel douche de sport parfumé, de musc et de putain de pommes vertes. Et maintenant, il se soumettait à ses pieds, obligeant son sexe à le remarquer.

Diesel compta jusqu'à dix en regardant au plafond, puis il revint sur le magnifique lutin qui était à ses pieds.

— Bon garçon. C'est la première chose de bien que tu as faite depuis que tu es arrivé. J'espère, pour ton bien, que tu apprends vite, ange déchu.

— Patronus, puis-je ? demanda Paris, la tête toujours baissée.

Diesel prit une profonde inspiration et recommença à compter, *un... trois... cinq... huit... et putain de dix...* Par l'enfer, il devait se rappeler que tout cela était nouveau pour Paris. Naturellement, il aurait des questions, beaucoup même, et tant qu'il gardait sa place de soumis, il devrait l'autoriser à les poser.

— Oui... Tu peux.

— C'est juste... je ne sais pas comment me *rabaisser*.

Diesel laissa échapper un profond soupir. Il s'accroupit en face de Paris et lui souleva le menton avec un de ses doigts afin de le regarder.

— C'est là que se situe l'un de tes problèmes. Il ne s'agit pas de se *rabaisser*. Il ne s'agit pas non plus d'être faible. Il est question de capituler et d'avoir confiance en ton Maître et dans le fait qu'il sait ce dont tu as besoin, et de lui abandonner ton corps sans laisser ta *tête* s'en mêler. Cela, cette connaissance, cette concession, c'est ce qui apporte du plaisir au Maître et subvient également aux besoins du Dom.

Et avec cette explication, il déposa un léger baiser sur le front de Paris avant de se relever.

— Allons-y. Nous avons beaucoup à faire avant l'arrivée des invités du Dominus.

Trenton se réveilla en sursaut.

— Waouh… du calme, frangin, ce n'est que moi.

Diesel se tenait debout au-dessus de lui ; sa main se posa rapidement sur son épaule pour l'inciter à se rallonger.

— Mec, tu étais vraiment bien endormi.

Trenton lui lança un regard en biais, puis il se frotta les yeux afin de s'éclaircir la tête et de se donner une chance de vraiment se réveiller, mais lorsqu'il le fit, il regarda son bureau et prit brusquement conscience qu'il faisait sombre. Il consulta sa montre et se leva d'un coup,

— Merde ! Fambleush…

— Du calme. Je suis allé le chercher. Tout va bien.

— Quoi ?

Trenton retomba en se frottant le visage d'une main pendant un moment.

— Où est-il ?

— Il est ici. J'ai pensé que nous pourrions tous faire le trajet ensemble en limousine. William a proposé de rester pour conduire.

Trenton prit une profonde inspiration, s'étira, puis dégagea ses jambes nues de la couverture avant de s'asseoir et de poser ses pieds par terre. Il se gratta distraitement l'entrejambe un moment puis caressa son érection à moitié érigée et confortablement enfouie dans le tissu de son boxer. Il avait rêvé de Katianna, et cela le faisait toujours durcir. Il amena un coin de la couverture à son nez et inspira. Après quatre ans, l'odeur de son corps avait depuis longtemps disparu, mais il aimait penser qu'il la sentait encore. Il l'avait gardée lorsqu'il avait emballé ses affaires après l'attaque. Il la gardait ici, dans son bureau, pour les fois, pas si rares que ça, où il travaillait trop tard pour s'embêter avec le long trajet jusque chez lui. C'était simplement une chose qui lui restait d'elle et qu'il gardait près de lui, ça et il avait également conservé un de ses oreillers pour son lit.

Il se frotta encore une fois le visage, puis se passa la main dans les cheveux pour les coiffer. Ses yeux repérèrent Paris de l'autre côté de la pièce qui le regardait, ou plutôt qui regardait son corps presque nu.

— Comment s'est-il comporté ?

— Il est têtu, mais nous avons réussi à bien faire diminuer ta pile de demandes.

Trenton consulta encore sa montre.

— Tu n'aurais pas dû me laisser dormir si longtemps.

— Et tu ne devrais pas te surmener autant.

— Mais je suis tellement doué pour ça.

— Oui, eh bien, la nuit n'est pas encore finie. Alors habille-toi. Je meurs de faim.

Diesel attrapa le pantalon qui traînait sur le fauteuil et le jeta à Trenton.

Dans la limousine, les cinq frères ainsi que Fambleush étaient assis confortablement sur les sièges. Diesel avait volontairement gardé Paris sous ses ordres, soulageant Trenton afin qu'il puisse négocier avec Fambleush sans avoir à se soucier de lui. Malgré une certaine gêne en public, Paris s'était installé sur le plancher aux pieds de Diesel, suivant ainsi ses instructions. Il ne fut pas le moins du monde soulagé lorsqu'il vit qu'il n'était pas le seul. Marcena avait fait de même aux pieds de Fambleush. Rachel s'était délibérément assise près de Trenton, et avait posé une main sur sa jambe, laissant ses doigts jouer sur sa cuisse. Diesel vit aussitôt que le contact présomptueux énervait son frère. Trenton ne permettait à personne de simplement prendre la liberté de le toucher à leur guise. Aucun d'eux ne le faisait.

— Retire tes mains de moi, Rachel. Je ne t'ai pas donné l'autorisation de me toucher, la réprimanda finalement Trenton.

— Dominus, je voulais simplement vous rendre le plaisir que vous m'avez donné lors de votre visite à Paris.

Elle se soumit, gardant les yeux baissés et s'agenouillant docilement à ses pieds.

— Profitez-en. C'est pour cela que je l'ai emmenée, dit Fambleush avec un geste de la main pour lui offrir Rachel.

Trenton rejeta l'offre, se sentant encore épuisé par sa semaine passée à essayer de rattraper son retard.

— Je suis bien comme cela, pour l'instant.

Fambleush haussa les épaules,

— Comme vous voulez. Elle est là pour vous jusqu'à ce que je revienne pour les enchères.

— Que voulez-vous dire par elle est là jusqu'à ce moment ? demanda Trenton, immédiatement irrité par cette suggestion.

Il n'attendait personne d'autre à part la livraison de Marcena.

— Je l'ai amenée pour vous, comme cadeau. Pour vous remercier de prendre soin de Marcena pour moi.

— N'imaginez même pas que m'offrir Rachel est un substitut acceptable en échange de mes honoraires, Fam.

Trenton s'échauffa en pensant à une suggestion aussi défavorable, mais réussit à limiter l'amertume du ton de sa voix. Il était déjà d'assez mauvaise humeur à cause de Paris, mais penser que Fambleush pourrait essayer de tirer ainsi les choses à son avantage...

— Non. Non. *Mon ami**, ce n'est pas ça. J'ai déjà préparé le chèque pour payer intégralement vos honoraires...

Il sortit un morceau de papier de sa poche et le lui tendit.

— Rachel est mon offre de paix. Je sais que ma demande arrive à un mauvais moment pour vous et que former Marcena est beaucoup vous demander. Surtout après ce qui vous est arrivé à Paris. Rachel est ici pour soulager votre frustration, et professionnellement, c'est une très bonne assistante personnelle. Elle comprend rapidement et peut vous aider de cette façon, si c'est ce que vous souhaitez.

Il sourit alors, espérant que son explication serait acceptable.

Rachel était douée. Elle était probablement encore l'une de ses meilleures étudiantes, mais pour dire la vérité, Trenton ne la désirait pas. Il ne désirait personne, à part Kat, et la dernière chose dont il avait besoin, c'était d'une troisième esclave dont il devrait s'occuper. Surtout avec l'entraînement intensif que nécessiterait Paris, sans parler des enchères qui se rapprochaient. Tout cela s'enchaînait au moment même où il sentait que Kat se rapprochait de ses rêves.

— Son aide pourrait t'être utile, commenta Diesel dans un souffle, faisant en sorte que sa suggestion ne soit entendue que d'eux deux afin que Trenton ne se sente pas obligé d'accepter.

Il savait que ce dernier subissait beaucoup de pression en ce moment. À cause de la fusillade, ils avaient été coincés en France beaucoup plus longtemps que prévu, et cela avait entraîné un retard important dans l'organisation des enchères. Cela, et il avait *besoin* d'une foutue assistante.

— Je n'ai même pas le temps de la former pour être mon assistante, répondit-il à Diesel avant de reporter son attention sur Fambleush,

— M'avez-vous apporté ce que je vous avais demandé ?

Fambleush sourit en fouillant dans la poche de sa veste, puis en sortit une petite boîte cadeau qu'il tendit à Trenton.

Ce dernier ouvrit la boîte en velours rouge, découvrant à l'intérieur une montre gousset sterling. Il appuya sur le bouton d'ouverture qui se trouvait sur le côté, et l'avant de la montre s'ouvrit pour révéler une miniature. Il sourit et la referma.

— Nous sommes en bons termes, *mon ami* *?* demanda Fambleush.

— *Oui*.*

Le regard de Trenton revint sur Fambleush,

— Mon ami, nous sommes en bons termes.

Trenton avait réservé dans un des restaurants les plus populaires de New York, malheureusement pour leurs invités, ils servaient principalement de la cuisine française. D'après lui, c'était plutôt injuste

pour eux d'arriver de France pour se faire servir des plats français cuisinés selon la méthode américaine, mais c'était l'un des seuls restaurants qui offrait encore des salles privées. La confidentialité était une préoccupation majeure, et ces salles étaient très utiles lorsque vous aviez un soumis avec vous – ou dans le cas présent, plusieurs – et que vous vouliez pouvoir discuter sans vous inquiéter que les murs puissent avoir des oreilles.

— *Maître** Fambleush Boismier, vous vous souvenez du Grand Maître Dane Masters, Grand Maître Marcus Scriven, Maître Harper Lancings, et voici le Maître des Doms, Patronus Diesel Gentry.

Trenton présenta chacun d'entre eux en citant leur titre alors qu'ils prenaient place à table. Fambleush les connaissait déjà tous, cependant, puisqu'il s'agissait d'une rencontre professionnelle et non sociale, l'utilisation des titres était de circonstance et cette présentation faisait partie du rituel pour la soirée.

Pendant que les filles s'asseyaient près du bout de la table à côté de Fambleush, Trenton fit signe à Paris de se mettre à genoux entre Diesel et lui.

— Une question, Dominus ?

— Tu peux la poser.

— Attendez-vous de moi que je mange également sur le sol ?

— Non, c'est juste pour le moment.

— En voilà une idée, s'exclama Fambleush, Dane, vous devriez ouvrir un restaurant pour les gens comme nous. Nous avons déjà des hôtels, des clubs... même des spas, alors pourquoi pas un restaurant ? Il pourrait y avoir des repose-pieds pour que mes filles s'assoient et des petites tables qui pourraient être placées à côté de leurs maîtres ? Et elles auraient même le droit de se dévêtir.

— C'est en effet une chose à envisager, dit Dane, visiblement intrigué par cette idée.

— Tu devras réserver une table spéciale pour Trenton. Il prévoit de mettre sa Licorne *sur* la table, gloussa Diesel.

Il tourna le regard vers son frère qui ignorait tout le monde en examinant le menu tout en caressant pensivement sa lèvre inférieure d'un doigt.

— Cela ne fonctionnerait pas, déclara Paris, oubliant – *encore une fois* – l'ordre qu'il avait reçu de garder le silence. Vous n'obtiendrez jamais l'accord de l'inspection sanitaire.

— Tu connais les règlements sanitaires ? lui demanda Dane.

Il n'aurait pas dû encourager l'homme à converser, mais il voulait en entendre davantage avant que son imagination ne s'empare totalement de cette idée.

Trenton se tourna pour fixer Paris d'un regard mauvais tout en posant son menton sur ses doigts.

— En plus de son évidente incapacité à obéir aux ordres, Paris a un diplôme d'affaires et possède une grande connaissance des lois, y compris celles du code de la santé.

— J'accepterai de prendre le blâme pour cela, mais si tu le permets, j'aimerais en entendre davantage.

Dane espérait que Trenton allait se détendre et autoriser cette conversation. Il ne savait pas vraiment pourquoi Trenton semblait de si mauvaise humeur, et il lui parlerait en privé dès qu'il le pourrait, mais il voulait surtout continuer sur ce sujet maintenant qu'il avait été lancé.

Trenton jeta un regard contrarié à Dane et plissa les yeux quand son regard revint sur Paris,

— Prends une chaise, et explique ton point de vue, mais je te préviens, quand le sujet sera clos, tu retourneras par terre et resteras silencieux à moins que quelqu'un te parle directement. Est-ce clair ?

— Oui, Dominus. Merci, Dominus.

Paris se remit sur ses pieds et tira sa chaise, s'asseyant sur le bord afin de répondre à Dane.

— Votre premier problème sera au niveau de l'hygiène des surfaces utilisées pour le service et qui doivent être désinfectées. Dans la cuisine, la Salmonelle est un risque tout comme les cheveux, mais dans votre cas, nous parlons d'IST, de fluides corporels et de poils pubiens sur les tables de la salle. Vous ne pourrez jamais contourner ou gagner sur ce point. Néanmoins, imaginons que vous passiez l'inspection sanitaire afin d'envisager les autres problèmes à prendre en compte. Vous évoquez un panel de clients intéressés qui sera très restreint. Les restaurants connaissent un très grand taux d'échec dans les circonstances actuelles, et lorsque vous vous restreignez à un groupe aussi peu nombreux... vous n'aurez pas une chance de prospérer.

— Eh bien, c'est pour cela qu'il faut élargir le groupe ciblé ; les clients ne viendront pas forcément avec un soumis ou un esclave. Il vaut toujours mieux avoir des salons privés pour cela, par exemple un étage avec assez d'espace pour des sections privées alors que le thème du rez-de-chaussée sera modéré pour les clients plus classiques. Ou plutôt, créer une ambiance qui permettra d'introduire l'environnement de l'étage, comme des esclaves en tant que serviteurs, ou des serviteurs habillés comme des esclaves – inspirés de la Rome ou de la Grèce Ancienne. Qui cela embêterait-il de se faire servir son vin par une servante à la poitrine nue ?

— Dans ce cas, vous aurez besoin d'un permis de divertissement pour adultes.

Dane sourit avec un air arrogant,

— Ça, je l'ai déjà. Je peux tenir jusqu'à cinq établissements différents avec ce permis.

Paris n'avait pas besoin de faire beaucoup d'efforts pour que les images se forment dans sa tête. De magnifiques corps d'éphèbes, hommes et femmes, habillés de toges romaines ou grecques, portant des plateaux de nourriture, tandis que des corps dorés utilisaient des amphores pour verser le vin. C'était quelque chose qu'il avait déjà mis en place pour l'un des thèmes de l'hôtel. Mais même dans ce cas, sur l'île, tout avait été arrangé en matière de permis pour éviter tout problème de santé et de fonctionnement. Les esclaves, comme les autres membres du personnel, n'avaient pas le droit de manger avec les invités. Il n'y aurait aucun cas de corps nus étendus sur les tables destinées aux repas.

La conversation se poursuivit pendant que la nourriture arrivait, les hommes lançant des idées et Paris expliquant les lois et leurs conséquences. Lorsqu'ils arrivèrent à la fin du repas, Dane avait déjà élaboré tout son projet dans sa tête, et il remercia Fambleush pour son idée, ainsi que Paris pour la richesse de ses connaissances.

— Cela suffit, tu as été nourri et tu as démontré ton avis d'expert. Il est temps de reprendre l'entraînement. Tous ces arrêts et ces reprises ne feront que compliquer ton adaptation.

Trenton s'était décidé à intervenir pour remettre l'homme sous contrôle.

— Nous pourrions peut-être simplement recommencer demain matin ? demanda Paris en espérant obtenir un sursis.

— Non. Nous avons déjà commencé, et maintenant, tu retournes par terre.

— Oui, Dominus, dit Paris.

Il ferma les yeux un moment, prit une inspiration et essaya de ravaler l'humiliation qu'il ressentait.

— En fait, je te veux sous la table, à mes pieds.

Paris sentit la chaleur envahir son visage. C'était déjà assez difficile de recevoir l'ordre de se mettre de nouveau à genoux. Il ne pouvait pas contredire la véracité de ce que venait de dire Trenton. C'était difficile d'être l'homme d'affaires un instant, pour ensuite recevoir l'ordre de garder le silence et de s'asseoir comme un chien l'instant suivant ; même si l'ordre n'avait pas été dit avec autant de cruauté que celle qu'il avait ressentie en l'entendant. Cependant, être un homme adulte à genoux devant tous les autres hommes rendait la situation encore pire. C'était humiliant. Néanmoins, quand il vit le regard de Trenton qui s'assombrissait, il s'installa rapidement sous la table, même si ce n'était que pour éviter son regard.

Il gigota, l'ennui grandissant rapidement en lui sous la table alors que la conversation au-dessus de lui concernait désormais les enchères à venir, celles où il était supposé accompagner Alan Pridmore, le directeur général de l'hôtel, ainsi que Blaine Davenport, le gardien chef des D/s. Cela s'était passé à peine quelques semaines auparavant, ils avaient eu tous les trois une réunion pour déterminer quelles caractéristiques ils devaient rechercher lors de leurs achats, les préparatifs nécessaires une fois les esclaves achetés, et leurs retours sur l'île avec lesdits esclaves. C'est alors que le manque de compréhension de Paris concernant ce mode de vie avait été découvert, ce qui lui avait attiré ces problèmes en premier lieu. Même en un million d'années, il n'aurait jamais cru qu'ils allaient acheter de vrais esclaves, et alors que Blaine commençait à évoquer les règles spécifiques qu'ils devraient mettre en place, Paris s'était retrouvé sans voix. Il n'avait pas réussi à sortir une seule réponse correcte. C'est alors qu'ils lui avaient demandé qui l'avait formé. Lorsqu'il avait échoué à ce test, son poste comme Directeur Événementiel avait aussitôt été remis en cause.

Alan avait voulu le licencier sur-le-champ, mais Paris lui avait coupé l'herbe sous le pied en adressant une demande de négociation concernant son licenciement, et en lui laissant une ouverture pour remplir les conditions requises. Et maintenant, il était là, assis sous une table, en ayant l'impression d'être un idiot. On pourrait qualifier cela d'échec épique.

Mais bon, que faisaient les vilains garçons quand ils étaient sous la table ? Il sourit pour lui-même.

(●ᴥ●)

Trenton était en train d'expliquer comment ils avaient réussi à obtenir trente-trois esclaves supplémentaires pour les enchères, ce qui les amenait au nombre total de cent quinze, lorsqu'il sentit la main de Paris remonter doucement le long de sa jambe.

— Paris, l'avertit-il sur un ton de commandement, mais un moment plus tard, Diesel sursauta sur sa chaise.

— Merde.

La main de Diesel fila sous la table pour repousser Paris. Maintenant, *il* était agacé, et il jeta un regard à Trenton,

— Est-ce que tu as des liens sur toi ?

Trenton secoua la tête. Diesel regarda autour de la table, et un par un, ils secouèrent tous la tête, mais c'est alors qu'il vit les bracelets que Marcena portait en haut des bras. *Ils feront parfaitement l'affaire.*

Diesel lui parla en espagnol, lui ordonnant de les retirer et de les lui donner. Dès qu'il les eut en mains, il se leva de sa chaise et se pencha, attrapant Paris par les pieds pour le faire sortir de sous la table et le retournant rapidement, face contre terre. Diesel se laissa tomber sur lui, le plaquant au sol avant qu'il ait une chance de se débattre. Il rassembla rapidement les poignets de Paris et les maintint dans son dos, pendant que Trenton refermait les liens de cuir autour de ses poignets et les attachait ensemble.

— Voilà qui règle ceci.

Diesel se releva, remettant Paris à genoux.

— Maintenant, souviens-toi de garder le silence. Si tu ne le fais pas, la prochaine étape sera le bâillon-boule.

Paris se mordit les lèvres pour retenir les jurons qui menaçaient de sortir et baissa la tête. Il ne voulait même pas voir ce que les autres pensaient de lui.

— Ce serait peut-être le bon moment de se rendre au club, suggéra Dane en essayant de ne pas rire à cause de l'être visiblement difficile que ses frères allaient devoir gérer.

En fait, c'était particulièrement divertissant, même si Trenton et Diesel ne le voyaient pas de cette façon.

— En fait, je pense qu'il est temps que nous emmenions Paris récupérer ses affaires, commenta Diesel, les yeux rivés sur Paris. Il n'est pas là pour recevoir une formation ou vivre une expérience. C'est une cause perdue et nous perdons notre temps. Du temps que nous ferions mieux de passer à chercher un nouveau directeur.

Paris fut mortifié en entendant cette suggestion.

— Patronus, je vous en supplie. Pitié.

Mais Diesel le faisait déjà taire, attendant de voir si Trenton était d'accord avec lui. Paris se tourna en regardant Trenton, mais se souvint de garder les yeux baissés,

— Dominus, s'il vous plaît, ne me renvoyez pas. S'il vous plaît. J'ai besoin de le faire.

— Il est impossible, répliqua Diesel aux supplications de Paris. Il ne comprend pas et n'essaiera pas. Renvoie-le.

— Dominus, s'il vous plaît, ne le faites pas. Je suis la personne la plus qualifiée pour l'hôtel. Ne me renvoyez pas.

— Je te le dis, Dominus, en un rien de temps, il amènera les esclaves les mieux entraînés à une désobéissance totale. Ce sera le chaos, et quelqu'un finira par être blessé.

— Bon sang. Non ! Ce n'est pas vrai, aboya Paris en se tournant vers Diesel avec des yeux suppliants. S'il vous plaît, Patronus, ne me faites pas ça. Cela ne va pas se passer comme ça.

Paris était hors de lui. Il avait travaillé tellement dur pour obtenir ce poste, depuis le jour où ils en avaient ouvert les portes jusqu'au jour où il s'était tenu debout devant Alan Pridmore avec son portfolio en main. Il avait travaillé sans relâche pour s'assurer qu'il n'y ait personne de plus qualifié que lui pour ce poste. Il connaissait chaque centimètre carré de sa terre, chaque grain de sable de ses plages, les lois concernant les îles privées et celles des environs, dirigées par des pays voisins. Il connaissait tous les atouts qui existaient à proximité – ainsi que les plans d'urgence pour continuer à attirer les clients, les rendre heureux et les garder en sécurité, même pendant la saison des ouragans.

Il avait passé les six derniers mois en tant que directeur, préparant les événements spéciaux pour la saison, ajoutant de nouveaux menus, divertissements, fournitures et tout ce travail ! Et maintenant, tout allait lui être enlevé parce qu'il n'avait jamais fait l'expérience d'être soumis ou d'être dominé. Comment cela pouvait-il être juste ? Ils ne lui avaient même pas donné la possibilité de se glisser dans le rôle, de lui laisser trouver une position confortable dans laquelle il ne se sentirait pas aussi humilié d'avoir à dire, *« oui maître, non maître »*.

Parfois, il faut savoir quitter sa zone de confort, pour obtenir ce que l'on veut. Quelqu'un lui avait dit cela une fois, mais il n'avait encore jamais voulu quelque chose au point de devoir le faire – *jusqu'à présent.*

Il prit une profonde inspiration et s'inclina, pressant la tête contre la botte de Diesel, et il resta dans cette position,

— S'il vous plaît, ne me renvoyez pas.

Trenton et Diesel gardèrent le silence un moment, se contentant de regarder la soumission de Paris. Pour la première fois, il craquait, mais il n'y était pas encore complètement parvenu. S'ils n'arrivaient pas à le faire se livrer complètement avant la fin de la nuit, alors ils n'y arriveraient jamais. Du moins pas d'une façon acceptable, et certainement pas suffisamment pour qu'il achève sa formation. Il était supposé se soumettre à la formation et râler concernant les tourments sexuels, pas lutter contre la formation en elle-même.

Fambleush les observait avec une inquiétude croissante alors que Diesel et Trenton semblaient tous deux perdre patience avec l'homme, alors qu'il faisait des efforts. Mais Diesel était livide, et menacer de renvoyer un esclave lors de son premier jour ne lui paraissait pas être le comportement approprié. Il n'avait jamais vu le Patronus Diesel ni le Dominus être aussi emportés. Il n'était pas surprenant que l'homme se rebiffe, après tout, ils l'avaient laissé parler affaires à table puis ils l'avaient renvoyé s'agenouiller en position de soumission. Ils auraient dû le voir venir. Cela inquiéta encore plus Fambleush alors qu'il regardait sa douce Marcena. Il savait qu'elle avait besoin d'une quantité considérable de formation, mais il se surprenait à hésiter pour le cas où le Dominus avait perdu sa patience pour le travail de Maître de premier plan.

— Il est...

Il était sur le point de protester lorsque Trenton le fit taire d'un geste de la main.

Fambleush garda le silence. Il n'oserait pas manquer de considération au Dominus concernant son propre esclave, et c'est alors qu'il vit la transformation avoir lieu. Dès le début, l'homme magnifiquement bien bâti n'avait cessé d'essayer de tenir ses propres rênes. Ce n'était que lorsque le Patronus et le Dominus avaient menacé de le renvoyer qu'il avait finalement accepté de les leur donner.

Ce qui avait ressemblé à une perte de patience de la part de Maître Diesel était en fait une mise en scène pour manipuler l'homme et lui faire abandonner son contrôle et enfin se soumettre, au lieu de simplement se laisser faire. Comme c'était extraordinaire. Dire qu'il avait osé douter du Dominus. Il ne referait plus jamais cette erreur.

Gardant ses yeux fixés sur Paris, Trenton fit un geste de la main afin que le groupe garde le silence, sans se soucier de qui était sur le point de parler. Cela n'avait pas d'importance. Il ne voulait pas que quiconque fasse le moindre commentaire – quel que soit le commentaire en question. La moindre réflexion ressemblant à un jugement ferait aussitôt remonter les murs de protection de Paris, et il recommencerait à se rebiffer avec la même vigueur qu'au début. Lorsqu'il fut certain que Paris lui donnait le contrôle, il hocha la tête en direction de Diesel, qui se pencha vers Paris.

— Es-tu prêt à te soumettre à la formation maintenant ?

Paris ne perdit pas de temps pour répondre,

— Oui, Patronus. Oui, Dominus.

Mais il resta baissé, sans rompre le contact entre sa tête et la botte de Diesel.

— Dans ce cas, il est temps pour toi de renoncer à tout contrôle.

Diesel jeta un regard à Fambleush et remarqua l'écharpe de soie nouée autour de son cou,

— Puis-je ?

Fambleush suivit son regard jusqu'à son écharpe,

— Ah... oui, elle est à vous.

Il la retira de son cou et la lui tendit.

Diesel prit l'écharpe bleu marine et la plaça sur les yeux de Paris avant de la nouer, pendant que Trenton expliquait son point de vue à leur audience.

— Laisser Paris parler affaires ne devrait pas interférer avec sa soumission, pas plus que si je l'avais autorisé à me sucer. En tant que son Maître, j'utiliserai parfois ses compétences, comme il me plaira, mais il doit me rester soumis à tout moment.

Écoutant avec la nouvelle compréhension qui lui avait été donnée, Paris ne se rebiffa pas, mais sa respiration s'accéléra alors que Diesel appuyait sur son épaule afin de le faire asseoir de nouveau sur ses talons. Attaché – et désormais aveugle.

Diesel le maintint ainsi pendant un moment, le laissant s'adapter à la perte de sa vue. Un pas à la fois. Lui et les autres observèrent tous Paris alors qu'il se décomposait lentement et en silence.

(ꞏ‿ꞏ)

Paris ne voyait plus rien du tout. C'était une chose de se cacher sous une table et de ne pas vouloir voir les expressions des autres concernant son sort, mais qu'on lui refuse de voir, qu'on lui retire complètement la vue était bien pire. Qu'étaient-ils en train de penser ? Par l'enfer, pourquoi s'en souciait-il ? Il était à genoux, attaché et désormais aveuglé, tout ça pour un foutu travail.

Il pouvait sentir la chaleur de la main de Diesel sur son épaule, et c'était la seule confirmation qu'il avait que ce dernier était toujours là. Diesel ne parlait pas. En fait, personne ne parlait. Tout le monde gardait scrupuleusement le silence. Qu'est-ce que c'était que ça ? Cela n'avait aucun sens. Ils avaient parlé toute la soirée. Pourquoi tout le monde se taisait-il désormais ? S'il n'y avait pas eu la main de Diesel, il se serait demandé s'il y avait encore des personnes présentes autour de lui.

Paris ne pouvait pas faire taire la panique qui montait en lui. Il ne pouvait pas arrêter le frisson qu'il ressentait ; seule la main de Diesel lui donnait quelque chose à quoi s'accrocher.

— Doucement, mon grand. Tu es toujours en sécurité, lui dit finalement Diesel.

Paris prit une profonde inspiration, ok, il était toujours en sécurité. Diesel était vraiment là, il ne s'agissait pas que de sa main.

— Tu t'en sors bien.

D'autres paroles de réconfort furent prononcées juste pour lui et la main se déplaça sur sa nuque pour la caresser. *Ah bon sang, pourquoi était-ce si bon ?* Quand sa tête se pencha, il se demanda si c'était pour se détendre sous la caresse de Diesel ou si c'était simplement pour mieux la sentir. Comme si c'était précisément ce dont il avait besoin.

— Nous allons maintenant nous lever et partir pour le club, et tu vas bien te comporter, n'est-ce pas ?

— Oui, Patronus.

La réponse de Paris était sortie dans un murmure haletant et bas.

— Bon garçon.

— Patronus, puis-je ?

— Tu peux.

— Je porte une jupe et j'ai les mains derrière le dos. Il va m'être difficile de me relever.

— C'est vrai, parce que maintenant, tu dois t'en remettre à tes Maîtres.

Diesel déplaça l'ourlet du long kilt que portait Paris afin de dégager ses bottes, puis il plaça une main sous son bras,

— Balance-toi en arrière et je te redresserai.

Paris fit ce qu'il lui avait ordonné, se balança en arrière sur ses orteils, puis sur ses pieds, pendant que le bras puissant de Diesel lui permettait de garder son équilibre alors qu'il se relevait.

— Tu as retrouvé ton équilibre, maintenant ? l'interrogea Diesel, sa main continuant de maintenir Paris au cas où ce ne serait pas le cas.

— Oui, Patronus.

— Bien. Maintenant, je veux que tu marches. Je vais te guider, mais je ne veux sentir aucune résistance de ta part.

— Vous n'allez pas m'enlever le bandeau pour traverser le restaurant ?

— Non. La moitié des personnes présentes viendront faire un séjour à l'hôtel, et ils te supplieront pour que tu satisfasses leurs besoins. C'est pour cela que tu es ici maintenant, Paris. Afin que tu puisses apprendre par toi-même ce que seront ces besoins.

— Bonsoir Dominus. Vous êtes un peu en avance ce soir.

Ils furent tous accueillis par l'hôtesse dès qu'ils pénétrèrent dans le *Club Pain.*

— Bonsoir, Vida. Note un invité et trois esclaves pour moi s'il te plaît.

Trenton donna les instructions à l'homme androgyne en habits de soirée, maquillé et portant une perruque. Toutefois, l'élégance de Vida n'était pas ce qui la rendait si spéciale vis à vis des frères. C'était en réalité le petit frère de Dane et il était considéré comme la Belle du *Club Pain.*

Vida aperçut Paris ; ses épaules larges et son torse moulé dans une chemise grise étriquée et un kilt en plaid rouge qui descendait jusqu'au sol.

— Oh, il est agréable à regarder.

Paris osa quelques gonflements de muscles et envoya un baiser à l'admirateur qu'il ne voyait pas, sans le geste de la main étant donné que celles-ci étaient enchaînées derrière son dos.

— Oooh, s'exclama Vida en laissant échapper un halètement aigu. Et un véritable charmeur, en plus.

— Comment ça se passe ce soir, ma poupée ? demanda Dane en s'approchant et en s'appuyant contre la fenêtre, en posant un bras sur le comptoir.

— Il y a foule.

Vida suivit du regard les derniers frères tandis qu'ils entraient et sourit au sien.

— Et un flush royal en plus. Tu sais que la fête d'anniversaire n'a lieu que le week-end prochain ?

— Je sais.

— Alors, comment as-tu fait venir Harper ici ?

Vida regarda son frère avec une expression douloureuse.

Dane toucha son visage afin de la chasser.

— Un coup de chance, je suppose.

Il parcourut le hall du regard tandis que Harper suivait les autres vers le box de Trenton.

— Cela faisait longtemps, hein ?

— Trop longtemps. Parfois, je m'inquiète que tu l'aies perdu en tant que frère.

— Cela n'arrivera jamais, dit Dane en se retournant pour fixer Vida comme si ce qu'il venait de dire avait une double signification.

Il gratta son front avec son pouce. Mais la vérité, c'était qu'ils s'étaient tous fait du souci pour Harper au cours des années, depuis qu'il avait monté sa société de détective privé en fait. Il était devenu distant ; plus il voyait ce que l'humain pouvait être de pire, et plus il s'éloignait d'eux. Il avait même renoncé aux plaisirs qu'il avait obtenus autrefois du BDSM. Il avait du mal à le supporter et il n'arrivait pas à le séparer des horreurs vues dans la vie réelle. Et ils ne l'avaient jamais poussé, mais ils ne lui avaient jamais laissé oublier qu'il faisait toujours partie de la bande. Cela ne changerait jamais.

— Fais-moi un résumé, dit Dane en changeant de sujet.

— Bien, il est encore tôt, mais Olla a mis sa soumise sur l'autel pour quelques petits jeux de cire chaude. Sasha a l'un de ses soumis en réserve avec la participation du public pour des chatouilles aux pieds et...

Vida jeta un œil à son programme.

— Et il y a eu une demande afin que tu fasses une démonstration de bondage.

Dane se pencha et planta un baiser sur le front de Vida.

— Merci.

Il lui chatouilla le menton du bout des doigts d'un air taquin, puis il disparut dans la salle du club.

Les oreilles de Paris étaient remplies des bruits du Night-Club. Il entendit des voix crier leurs envies de boissons au barman, d'autres tentant de discuter malgré la musique. Les voix allaient et venaient tandis qu'ils s'enfonçaient plus profondément dans le club. Il fut guidé sur un ensemble de marches donnant sur un sol surélevé qui semblait encercler la piste de danse, identifiée par la musique qui devenait de plus en plus forte et qui couvrait maintenant tout le reste, et Paris fit de son mieux pour ne pas tomber. Il n'osait plus provoquer le Patronus ou le Dominus. Peu importe ce qu'ils avaient en tête pour lui, il ne les combattrait pas.

— Relax mon grand.

Paris entendit les mots prononcés au creux de son oreille, sentit la main de Diesel sur son cou le réconfortant à nouveau. Ils entrèrent dans une autre zone. Il pouvait le dire par la façon dont la musique s'estompait autour d'eux, et il entendit la porte coulisser contre la vitre et la voix de Diesel devint plus douce, plus chaude qu'elle ne l'avait été de toute la soirée.

— Cette soirée portera sur la confiance. Il est important qu'un esclave ait confiance en son maître. Que peu importe jusqu'où il poussera les limites de son esclave, il n'autorisera jamais qu'il soit blessé. Il te faut l'apprendre. Ce soir, peu importe ce que tu entendras ou ressentiras, rien ne t'arrivera.

Trenton se retourna vers son invité.

— Fam, si vous voulez laisser les filles s'amuser un peu sur la piste de danse, je l'autorise.

Il avait déjà les mains pleines avec Paris et arrivait seulement maintenant à lui faire adopter une cadence raisonnable, alors il n'était pas pressé de s'occuper des deux filles pour l'instant. Il vit immédiatement que sa proposition récréative faisait son effet dans les yeux illuminés de joie de ces dernières.

— Harper pourrait les accompagner et garder un œil sur elles, dit-il en désignant délibérément son frère distant.

— Trenton... commença à protester Harper.

— Je ne t'ai pas demandé de les fouetter, le coupa-t-il rapidement. J'ai simplement suggéré que tu regardes de jolies filles danser.

Il se retourna pour lui faire face.

— Tu sais, je n'aurais jamais pensé dire cela à un homme un jour, mais tu devrais vraiment essayer de penser avec ta queue plutôt qu'avec ta tête de temps en temps.

Il laissa échapper un petit rire puis il fit signe à Diesel de le suivre alors qu'il sortait du box afin de faire parader Paris dans le club.

Trenton et Diesel guidèrent Paris toujours attaché et les yeux bandés, sur la piste de danse, s'engouffrant au centre de la mer de corps. Le rythme de la techno bourdonnant à une cadence hypnotique fit lentement avancer et vibrer en harmonie la foule des danseurs. Une fois en place, ils s'arrêtèrent et permirent aux corps de s'approcher, ondulant contre l'ange déchu attaché et les yeux bandés, telle une offrande pour eux à convoiter – et c'est ce qu'ils firent.

Paris pouvait sentir le mouvement des corps, la radiation de chaleur. D'abord, l'effleurement d'un bras, puis des hanches de quelqu'un. Il sentit quelqu'un se presser contre son dos et un autre à son côté, une main caressant son torse ; son cerveau se concentra sur chaque caresse, tentant de distinguer quelle main appartenait à ses Maîtres. Ils l'avaient tous les deux tenu lorsqu'ils l'avaient traîné sur la piste de danse, mais à présent, il était incapable de dire si leurs contacts étaient encore mélangés avec les autres, leurs mains n'étant plus où elles étaient auparavant. Il n'était pas complètement certain que l'un d'entre eux le tenait encore, mais les mains qui le touchaient le troublaient – ces mains étrangères parcourant son corps étaient trop nombreuses pour pouvoir les distinguer. D'accord, peut-être que *troublé* était un euphémisme. Il était très nerveux, et plus il sentait de corps l'encercler, moins il pensait qu'il était entre les mains de Dominus ou de Patronus, et plus son cerveau se rapprochait d'un sentiment de peur.

— Dominus ? appela-t-il afin de trouver cette connexion avant d'être réellement pris de panique.

Il sentit la main puissante contre le côté de son cou et les mains qui avaient parcouru son corps disparurent.

— Détends-toi, tu es encore à moi ce soir.

Trenton fut soudain devant lui, l'intonation puissante de sa voix affirmant sa revendication.

Soulagé, Paris poussa sa tête en avant, rencontrant l'épaule de Trenton, et il resta. Le contact de son corps contre le sien devint son repère, sa sécurité contre le mouvement derrière lui. Cet abandon raviva un désir ardent en lui, celui d'avoir plus de contact avec le Dominus. Pourtant, de trop nombreux corps entraient en contact avec lui. Aveugle, il ne pouvait pas voir lesquels. Attaché, il ne pouvait les repousser. C'était une sensation surnaturelle, comme d'être un pilier au beau milieu d'une orgie. Il lutta contre la forte envie – ou plutôt le besoin – de ramper vers les bras de Trenton afin d'échapper aux autres.

Il leva le visage, trouvant le cou de Trenton et inhalant le mystérieux parfum de basilic et d'absinthe.

— J'ai eu peur que vous soyez parti.

— Non, mais si tu cherchais à échapper à ma responsabilité, tu risquerais de t'aventurer sur des terrains dangereux. Tu te rendrais vulnérable.

— Je ne comprends pas...

Et il ne se souciait pas vraiment de ce qu'était la réponse. Ce qu'il voulait, c'était d'être libéré de cela, de retrouver le contrôle sur son environnement. Sa position actuelle, prouvant qu'il ne l'avait pas, lui donnait le vertige.

— Tu dois toujours rester proche de ton maître. Lorsqu'il bouge, tu bouges avec lui. Ne laisse jamais les autres t'entraîner loin de lui. Ton maître est responsable, non seulement de ton plaisir et de ta discipline, mais également de ta sécurité. Alors cette connexion doit être conservée à travers certains paramètres. T'enfuir ou tenter de t'échapper ne ferait que te mettre en danger.

— S'il vous plaît, retirez-moi ce bandeau. Je ne supporte pas de ne rien voir.

Son seul réconfort pour l'instant, c'était de sentir le corps de Trenton contre le sien, le souffle du Dominus caressant son oreille alors qu'il lui parlait. Mais ce n'était pas encore suffisant pour réveiller son sexe.

— Non, il est important que tu apprennes à me faire confiance. Que tu comprennes que je ne laisserai jamais rien t'arriver. Tu dois également apprendre qu'une fois que tu te soumettras, tu n'auras plus aucun contrôle sur ce qui arrivera.

Puis Trenton s'éloigna de lui.

Paris eut un moment de panique lorsqu'il perdit le contact avec lui et il essaya immédiatement de faire un pas dans sa direction afin de retrouver le lien qu'il avait eu avec son Dominus, mais une autre main puissante le retint par l'épaule. La main du Patronus, mais même son contact fut perdu lorsqu'elle glissa le long de son dos, se mêlant aux caresses des autres, leur donnant un accès total à lui encore une fois.

Des mains frottèrent à nouveau son dos, ses flancs et ses épaules. Quelqu'un – ou plusieurs personnes – toucha son torse. Il sentit la forme musculeuse de quelqu'un se frotter contre sa cuisse, quelqu'un de sexe masculin, et l'érection qu'il désirait déclencher.

Paris se raidit et sa respiration devint plus haletante. Il n'aimait pas cela, ne pas pouvoir contrôler qui était autorisé à le toucher. Alors qu'il aimait faire tourner les têtes, il ne laissait personne le toucher. C'était son plaisir personnel de les attirer et de décider ensuite qui il séduirait et qui serait autorisé à le toucher. Toujours concentré sur son objectif, et aucune tentative de qui que ce soit ne pouvait le détourner de ses désirs. Même à présent, alors que les corps qui tournaient autour de lui pourraient provoquer de l'excitation chez un autre homme, cela ne lui faisait rien. Il savait ce qu'il désirait et son besoin d'excitation était ciblé sur les deux hommes qui seraient ses maîtres durant les quarante-cinq prochains jours. Les seuls par qui il voulait être touché étaient Trenton et Diesel.

— Détends-toi. Rien ne t'arrivera ce soir.

La voix de Diesel était de retour dans son oreille et Paris leva immédiatement la tête, rencontrant le corps de Diesel, tout comme il l'avait fait avec celui de Trenton.

— Viens. Il est temps que nous t'emmenions là-haut.

Trenton fut soudain avec lui, sa main empoignant fermement son épaule et le guidant vers la prochaine étape de la soirée.

— Qu'y a-t-il là-haut ?

— La douleur.

Ce fut Diesel qui lui donna la réponse.

— Et quelques règles sur le sexe.

Le sexe ? D'accord, aller là-haut pour avoir du sexe avec Trenton et Diesel, ça, il pouvait le supporter. C'était ce qu'il voulait. Pourtant, il n'avait ressenti aucune excitation émanant d'eux de toute la soirée. La suggestion était un peu froide, mais la sensation des mains fermes de Diesel à sa taille, le poussant en avant et l'éloignant de ceux qui l'entouraient, était une sensation bienvenue, et le cerveau de Paris se concentra sur ces deux mains qui le guidaient. Son sexe palpita sous l'anticipation de ces mains bougeant bientôt pour le toucher, s'enrouler autour de son membre et lui procurer le plaisir de la jouissance. *Le plaisir.* C'était ce que Trenton avait dit : un maître contrôlait le plaisir de son esclave.

Avec l'aide de l'emprise ferme de Diesel, Paris fut mené à un grand escalier. En haut, la musique s'amoindrit et juste devant lui, les gémissements de quelqu'un qui se faisait fouetter la remplacèrent.

Clac.

— Ohhhh...

— Bienvenue Dominus, Bienvenue Patronus.

Paris prit note de la voix de baryton accueillant ses Maîtres et il fut conduit dans un environnement inconnu et imprévisible. Une fois encore, le bruit d'un claquement contre une peau fut suivi par un gémissement.

Paris sentit la main de Diesel le pousser vers le sol, ses genoux rencontrant la douce moquette, son dos le bord d'un canapé. Ses sens suivirent Trenton et Diesel alors qu'ils s'asseyaient tous les deux de part et d'autre de lui. Il se pencha d'un côté puis de l'autre, jusqu'à ce qu'il sente leurs jambes contre son corps, s'assurant de leur proximité.

Les coups de fouet firent une pause.

— S'il vous plaît, *Desiderio*, continuez.

Trenton donna l'ordre, et les bruits de fouet reprirent accompagnés de gémissements.

Paris essaya de garder son calme, mais perdait pied tandis que Trenton et Diesel demeuraient silencieux, probablement occupés à regarder ce qu'il ne pouvait qu'entendre. Cela semblait tellement absurde qu'ils puissent réellement fouetter quelqu'un à l'intérieur d'un club. Alors, il décida que ce n'était que pour le spectacle ; un jeu de scène plutôt que la réalité et le fait qu'il ait les yeux bandés rendait la situation encore plus dramatique.

— Sais-tu pourquoi nous t'avons emmené ici Paris ? lui demanda Diesel.

— Vous voulez me tourmenter en me faisant croire que quelqu'un est en train d'être fouetté, alors que c'est faux, afin de me montrer que rien ne m'arrivera.

— Tu crois que ce que tu entends n'est pas réel ? demanda soudain Trenton dans son autre oreille, mais il n'attendit pas sa réponse. Debout, esclave.

Paris se leva avec un peu d'aide de la part de Diesel, lui permettant de garder son équilibre. Puis il se retrouva dans les mains de Trenton et les menottes qui enserraient ses poignets furent enlevées.

— Faites-moi l'honneur, Olla, demanda Trenton à la femme que Paris soupçonnait de faire tous ces bruits à son intention.

— Mais certainement, Dominus.

Et le bruit du fouet s'arrêta.

Trenton prit la main de Paris dans la sienne, entrelaçant leurs doigts ensemble, et il tendit le bras jusqu'à ce que Paris sente la peau sous le bout de ses doigts. La chair était brûlante au toucher et tandis que le Dominus guidait son sens de la perception, Paris commença également à sentir les zébrures, des lignes gonflées desquelles s'échappaient la chaleur. Il put distinguer la courbe des fesses d'une personne. Une peau douce, marquée de nombreuses rangées de zébrures qui s'accumulaient de la taille fine jusqu'au dos. Il sentit un léger frisson en réponse à la caresse combinée de sa main dans celle du Dominus. Il déglutit difficilement, non seulement en prenant conscience de ce que ses doigts lui disaient, mais également à cause de cette étrange excitation que cela provoquait en lui. Il se pencha en arrière, rencontrant le corps ferme de Trenton, le maintenant en place, et ce lien solide l'enflamma encore plus.

— Te semblent-ils irréels ?

Le souffle de Trenton caressa son cou lorsqu'il lui posa la question. Mais ce n'était pas par sarcasme qu'il lui demandait ça, mais par lubricité. Paris n'entendait pas seulement du désir dans la voix de Trenton, il pouvait également le sentir. Sentir comme les doigts du Dominus, entrelacés avec les siens, effleuraient la peau meurtrie d'une tendre caresse.

Paris secoua énergiquement la tête. Cela semblait très réel.

— Pourquoi quelqu'un se soumettrait-il à cela ? murmura-t-il.

— Parce qu'il y a du plaisir là-dedans.

Trenton souffla pratiquement la réponse dans son oreille, comme si les mots eux-mêmes voulaient faire l'amour à ses sens bouillonnants.

— Non.

Paris secoua encore la tête avec incrédulité.

— Du plaisir pour vous, peut-être.

— Dis-moi, sub...

Paris sentit la tête de Trenton s'éloigner de la sienne et l'ordre envoyé vers le corps qu'ils touchaient.

— As-tu déjà joui pour ta Maîtresse lorsqu'elle te fouettait ?

Il y eut une réponse, tout d'abord seulement des halètements, puis un « oui » chuchoté.

Paris lutta pour accepter ça, craignant que sa réponse enrouée puisse réfuter son déni.

— Je ne pourrais jamais.

— C'est ce qu'ils disent tous au début.

La voix chuchotée de Trenton taquina à nouveau son cou et Paris le sentit se presser contre lui plus fermement, le laissant sentir son renflement contre ses fesses. La connexion envoya une vague de faim dans son corps, provoquant des afflux de sang dans son aine. Les mains de Trenton se déplacèrent sur ses bras, le tenant fermement, et il se pressa plus étroitement contre lui, le poussant à avancer, un pas lent après un autre. Le frottement ferme du corps du Dominus contre le sien le faisant bouger, déclencha une profonde excitation se mêlant à une peur de ce qui allait arriver alors qu'il était déplacé jusqu'à ce que ses hanches rencontrent une barre ou le bord rembourré de quelque chose. Allait-on lui donner un échantillon de coups de fouet ce soir ? Cette pensée le secoua, mais la pulsation dans son sexe ne semblait pas trop déconcertée. Au contraire, plus Paris le redoutait, plus son corps s'éveillait. C'était fou et il ne pouvait pas l'expliquer. Si seulement il pouvait sentir l'excitation de Trenton alors qu'il se pressait encore contre lui, mais il ne pouvait pas être certain que la chair l'effleurant était l'érection qu'il avait sentie contre ses fesses quelques instants auparavant. Peu importait – avant qu'il comprenne ce qui lui arrivait, il fut poussé contre le bord rembourré au niveau des hanches, forcé dans une position courbée, et il sentit à la fois Trenton et Diesel debout à ses côtés, le tenant, étirant tous les deux ses bras et plaçant ses mains sur une barre.

— Accroche-toi. Je ne veux pas que tes mains s'en éloignent, compris ? lui commanda-t-on.

— Oui, Dominus.

L'un d'eux lui écarta les jambes. Une botte. Diesel était celui qui portait des bottes. Puis Paris sentit les mains de Diesel remonter brutalement le long du kilt qu'il portait jusqu'à ce qu'il sente de l'air sur ses fesses exposées.

Il se sentit plus vulnérable que jamais. Alors que son appétit pour les deux hommes grandissait, il n'avait pas prévu que cela se produirait de cette façon. Il avait à moitié espéré qu'une ambiance sulfureuse serait impliquée. Il s'était attendu à être caressé par leurs mains, qu'ils prennent plaisir dans les mensurations et la musculature de son corps. Même un baiser brutal aurait été un plus agréable. Pourtant, il avait également cru qu'il serait celui qui mènerait la séduction.

— Détends-toi, lui dit à nouveau Diesel, et il sentit sa main juste en dessous de sa fesse gauche.

Des doigts fermes saisirent ses muscles et commencèrent à descendre. Le contact devint rapidement érotique et chaque terminaison nerveuse de Paris se retrouva à suivre la pression ferme des cinq doigts alors qu'ils pressaient sa jambe. S'il n'y avait pas eu le banc sur lequel il était courbé, il se serait écroulé sur le sol lorsque ses jambes cédèrent subitement en signe de soumission sous ce contact, pour être brusquement ramené à la vie avec la claque d'une main nue contre sa cuisse. La légère piqûre qu'il ressentit lui coupa le souffle.

— As-tu déjà été fessé auparavant ? lui demanda Trenton.

Paris dut y réfléchir. L'avait-il été ? Il était certain de l'avoir été, il l'avait certainement été – il avait été impliqué dans quelques "relations" assez sauvages. Certainement, quelqu'un l'avait frappé quelques fois à un moment donné, mais il ne pouvait se souvenir d'un seul incident de ce genre.

— Je ne m'en souviens pas, Dominus.

— Alors tu vas apprécier ton séjour. Tu ne m'oublieras pas.

Le corps de Paris se raidit instantanément lorsqu'il sentit l'effleurement des franges en cuir contre ses fesses et sur le bas de ses cuisses, mais aussi vite qu'elles étaient apparues, elles disparurent sans un seul coup. Seulement, il n'arrivait pas à se détendre. Comme si ce premier coup planait dans l'air, attendant le feu vert pour s'abattre sur sa chair. Cette simple pensée le fit frissonner de manière incontrôlée.

Puis, il entendit ce que ses muscles douloureux attendaient – le clac de la sangle en cuir frapper la peau nue. Il tressaillit puis frémit lorsqu'il prit lentement conscience que ce n'était pas son corps qui venait de prendre le coup de la cordelette en cuir. Celui-ci avait été infligé à quelqu'un d'autre, peut-être la sub dont il avait touché le corps un instant plus tôt.

Un nouveau claquement du cuir sur une peau et Paris frémit à nouveau puis gémit lorsque la main ferme saisit son sexe, lui faisant comprendre à quel point il était devenu dur en quelques instants.

Un autre claquement, un autre gémissement, seulement cette fois, le son provenait de ses propres lèvres. Pas une goutte d'alcool et Paris aurait pourtant juré qu'il était saoul tant l'euphorie prenait possession de son corps. La peur se transforma en plaisir intense lorsque la main puissante de Diesel fit des va-et-vient le long de son membre.

— Oh, putain oui.

Ses hanches ondulèrent autour de la main seulement pour que son souffle lui soit volé lorsque la main retomba.

Il sentit l'effleurement des franges en cuir chatouiller l'arrière de ses jambes une fois encore et il se raidit instantanément. C'était ça. À présent, ils allaient vraiment lui donner un échantillon. Ses mains s'agrippèrent à la barre dans l'anticipation de la douleur.

— Te souviens-tu de ce que j'ai dit ? lui demanda Diesel.

La réponse de Paris ne vint pas immédiatement. Son cerveau était obnubilé par le cuir qui effleurait ses cuisses et son érection pressée contre le banc rembourré sur lequel il était penché.

— Paris.

Il entendit son nom, lui rappelant qu'il était censé répondre.

— Oui, Patronus.

— Qu'est-ce que c'était ?

Il déglutit difficilement.

— Que quoi qu'il advienne, rien ne m'arriverait ce soir.

— C'est exact.

Les sangles de cuir disparurent et Diesel le remit dans une position debout.

— Je pense que tu as mérité une récompense.

Sa main se resserra sur l'épaule de Paris.

— Agenouille-toi, garde les bras le long de ton corps et repose-toi un peu.

Paris se mit à genoux et sentit immédiatement la main de Diesel sur son cou, le tirant afin qu'il se repose contre sa cuisse et là, le Patronus lui caressa le cou et passa les doigts dans ses cheveux. Ce contact était tellement bon. De loin plus excitant que cela aurait dû l'être. Ce n'était que sa main – et la caresse était légère comme lorsqu'on câlinait un chat. Comment diable pouvait-ce être bon ? Mais même s'il ne pouvait l'expliquer, c'était le cas – cela fit frémir ses reins, approfondit sa respiration, lui donnait envie d'en avoir plus. Mais où était sa récompense ? Diesel avait dit qu'il en avait mérité une. Quelle serait-elle ? Peut-être ce baiser langoureux dont il brûlait d'envie un moment auparavant, ou bien, le poing de Diesel autour de son sexe, le masturbant jusqu'à ce qu'il jouisse partout sur sa main, ou alors une chance de sentir le membre dur dans le caleçon de son Maître. Comme c'était étrange qu'il n'ait encore eu qu'un contact furtif de la part de Diesel, le privant ainsi d'un plaisir sensuel. C'était probablement judicieux de leur part ; si Paris avait eu l'opportunité de les toucher l'un ou l'autre, il aurait certainement voulu prendre le contrôle. Dominer le Dominant, Trenton appelait ça. Paris ne voyait cela que comme une emprise sur ses amants et cela ne présageait rien de bon. Pas pour ce soir du moins.

— Allons-nous rester pour regarder le reste de la flagellation ?

Paris savait que la question de Diesel était adressée au Dominus.

— Pas ce soir. La flagellation d'Olla peut être très intense. Elle donne l'impression que c'est pire que ce ne l'est en réalité. Ce n'est que la première nuit de Paris, et nous avons un invité en bas.

La main de Diesel abandonna sa douce caresse et se déplaça sous le bras de Paris, le tirant doucement.

— Il est temps de te lever Paris.

Paris s'exécuta, mais attendait toujours sa récompense et se demandait combien de temps il devrait attendre avant de l'obtenir.

— Patronus ?

— Oui ?

— Vous avez dit que j'avais mérité une récompense. Je me demandais quand j'allais la recevoir.

Il entendit le léger gloussement amusé.

— Les châtiments sont petits ce soir, alors les récompenses sont également subtiles. Tu viens juste de la recevoir.

Paris resta perplexe un moment.

— Attendez, les caresses ? C'était ça la récompense ?

— Cela ne t'a pas plu ?

— Si, je...

Paris était de plus en plus perplexe.

— Quoi ?

Un gloussement surpris émana à nouveau de Diesel.

— Tu t'attendais à plus ?

— Eh bien... oui.

Puis, soudain, les lèvres de Diesel frôlèrent son oreille et murmurèrent :

— Tu dois subir plus pour recevoir plus. Aimerais-tu faire un essai ?

— Je...

Paris se frotta contre la barbe naissante de Patronus, mais son corps se raidit ; il n'était pas vraiment certain de cela. Il voulait sentir le corps de Diesel contre le sien, *ça*, il en était certain. Il voulait le baiser jusqu'à l'aube, mais il n'était pas certain de vouloir endurer le fouet pour l'obtenir.

— Détends-toi. Comme je l'ai dit, rien ne t'arrivera ce soir.

De retour dans l'intimité de son box, Trenton s'installa sur l'un des canapés, sa main frottant légèrement le pincement de douleur dans ses entrailles. Il autorisa ses yeux à se fermer un instant, se déconnectant de la conversation entre ses frères et les invités, se coupant du reste du monde et forçant son corps à se calmer et à évacuer la tension persistante.

Il ressentait toujours la douleur de sa blessure par balle, il avait une tonne de travail à faire pour la prochaine vente aux enchères, et trois esclaves étaient à présent sous sa protection. C'était le pousser au-delà de sa capacité à être le meilleur. Cela menaçait également d'empiéter sur le temps qu'il espérait passer avec Katianna. Il ne l'avait pas vue depuis qu'ils étaient rentrés, mais ce n'était pas inhabituel. Cela ne faisait qu'une semaine et ce soir était un vendredi. Il la verrait le lendemain et s'arrangerait pour passer un peu de temps avec elle.

Diesel remarqua le stress sur le visage de Trenton et il se pencha à l'oreille de Paris.

— Tiens-toi bien. Ce n'est pas un avertissement.

L'ordre résonna avec autorité et Paris savait qu'il ne devait pas se révolter à nouveau. Il entendit et comprit le ton protecteur ; il ne pouvait pas voir ce que Diesel voyait, mais il ne demanda pas la cause de cet ordre. Diesel pouvait ordonner ce qu'il voulait et aucune remise en question n'était autorisée. Cela, il l'avait rapidement compris. Il sentit la main puissante le guider vers le sol et se retrouva bientôt assis entre les jambes de Trenton et se résigna à y trouver du réconfort.

La conversation dériva rapidement sur le club et sur la façon dont les choses allaient pour Dane. Puis elle porta sur l'événement à venir : la vente aux enchères de Trenton. La plupart des questions venaient de Fambleush, s'enquérant sur la sélection de cette année, ramenant Trenton à la réalité.

— Fera-t-il partie des enchères ? demanda Fambleush en désignant Paris d'un signe de la tête. Je paierais une belle somme pour lui.

Trenton lui sourit.

— Je suis sûr de pouvoir en retirer avec beaucoup d'argent si je le mettais aux enchères.

Paris tourna vivement la tête vers Trenton.

— Baisse les yeux, lui ordonna celui-ci.

— J'ai les yeux bandés, l'admonesta ouvertement Paris.

— Mais ils sont tout de même levés, le taquina Trenton en retour.

Paris baissa la tête, se remémorant l'ordre de Diesel de bien se tenir.

— Vous êtes déjà riche, déclara Fambleush en riant. Mais ne le serez-vous pas de toute façon ?

— Non. Paris n'est pas à vendre. C'est le nouveau directeur événementiel du complexe de l'île qui pensait qu'il pourrait s'en tirer sans faire l'expérience de la soumission.

La main de Trenton se déplaça pour effleurer le visage de Paris. Il ne lui avait pas donné beaucoup de réconfort ce soir, mais le fait qu'il reste silencieux et immobile devait être récompensé par un peu de contact.

— Alors ils vous l'ont envoyé ?

Fambleush cherchait à comprendre l'arrangement.

— Je suis l'un des principaux investisseurs et un membre du conseil d'administration, répondit Trenton en haussant les épaules.

— Ahh. J'aurais dû savoir que vous étiez impliqué dans hôtel, s'exclama son vieil ami.

— À quel point ? demanda soudain Paris à Trenton avec une curiosité évidente.

Il avait toujours su qu'il y avait eu un investisseur silencieux et il avait toujours soupçonné que c'était Trenton Leos, mais il n'avait jamais réussi à confirmer le lien. S'apercevant qu'il avait parlé sans demander la permission, il rectifia rapidement son erreur.

— Je veux dire, Dominus, puis-je ?

Trenton serra les dents, essayant de décider s'il allait lui donner une punition ou non.

— Dominus, veuillez pardonner mon emportement.

Paris inclina la tête afin de montrer sa honte.

— Je... j'étais simplement curieux. Votre implication a été évoquée, mais elle n'a jamais été confirmée. En tant que nouveau directeur de l'hôtel, il est naturel que je veuille être bien informé et que je pose des questions. Cela m'aide à gérer son fonctionnement, qu'il soit le mieux adapté aux préférences des propriétaires, lorsque je sais qui ils sont.

Trenton y réfléchit un moment et décida de laisser tomber. La correction rapide de Paris était satisfaisante. Après tout, ce dernier avait les épaules pour diriger. Trenton ne pouvait pas réellement s'attendre à ce que le cerveau de cet homme se mette hors service uniquement parce qu'il suivait une formation.

— Très bien, je vais l'autoriser pour cette fois, mais la prochaine fois, demande avant de poser ta question.

— Oui, Dominus.

— Pour répondre à ta question : mes frères et moi représentons un tiers de l'argent investi.

— Pour la saison B/d ?

— L'île entière, répondit Trenton d'un ton catégorique.

(ᵔⱅᵔ)

— Vous avez une résidence sur l'île ?

Paris savait qu'il y avait seulement trois propriétés privées sur l'île. Toutes appartenaient aux trois principaux investisseurs et alors qu'on lui avait confié le soin de leur gestion, seul Alan Pridmore savait qui étaient les propriétaires et jusqu'à présent, il n'avait pas partagé l'information avec lui.

— La maison moderne en granit méditerranéen sur la pointe ouest est à nous.

— Celle qui en construction en ce moment ? Celle que Cardiff Matisse a conçue ?

— Oui, tu le connais ?

— Je l'ai rencontré à Paris.

Le ton de Paris changea légèrement passant d'un intérêt profond pour l'île à une expression du genre *« J'ai déjà donné »*.

— Et t'a-t-il offert ses amantes lorsque tu étais là-bas ? s'enquit Trenton avec curiosité.

— Seulement Cardiff.

— Cardiff ?

Trenton se redressa sur son siège et se pencha sur le corps de Paris.

— Es-tu en train d'affirmer que Cardiff lui-même a été ton amant ?

C'était presque une accusation, un avertissement pour qu'il ne profère pas de mensonges ou n'exagère pas ses propos.

— Il a eu ce plaisir, oui.

Paris se passa la langue sur les lèvres en se remémorant l'homme qu'il avait séduit après avoir posé pendant des jours pour l'une de ses sculptures. Et ce n'était pas exagéré. Il savait pourquoi Trenton lui avait demandé ça – que Cardiff ait mis Paris dans son lit était surprenant pour ceux qui connaissaient l'artiste. Cardiff était connu pour permettre aux hommes de le couvrir d'attentions, mais il ne couchait jamais avec eux. Il nourrissait plutôt ses esclaves mâles avec les femmes de son harem, une fois qu'il avait été comblé par eux.

— Oui. Maintenant, je me rappelle ton visage, lâcha Fambleush. Tu avais apporté les statues à mon musée. Cardiff était fou de toi.

— Je pourrais vous rendre fou de moi également, Dominus.

Paris devint impudique en une fraction de seconde.

— Fambleush aimerait peut-être tenter l'expérience ? dit Trenton.

Il avait été rapide pour orienter l'attention du sale gamin gâté dans une autre direction.

— Le vieil homme ?

Paris était blessé, mais il tenta de ne rien laisser transparaître. Il n'avait pas l'habitude d'être rejeté, même s'il avait eu l'occasion d'exercer sa magie sur le Dominus.

Rachel se mit soudain debout et se rua sur Paris. Il ne l'avait pas vue venir, mais il sentit la piqûre de sa main alors qu'elle s'abattait sur son visage.

ᥫᩣ

— Rachel !

Trenton se mit abruptement debout, se tenant à côté de Paris.

Son hurlement fit se recroqueviller Rachel sur le sol alors qu'il la surplombait. Les traits de Trenton étaient déformés par la colère qui trahissait son mécontentement devant ses actions.

Rachel gémit de rapides excuses.

— Je suis désolée, Dominus, mais il a insulté mon Maître.

L'approche de Trenton était tendue, mais il n'éleva pas la voix, montrant seulement sa domination et sa désapprobation.

— Ce n'est pas ton rôle de donner des punitions. Oser frapper un autre esclave, surtout lorsqu'il est soumis, les yeux bandés, est de loin un acte plus répréhensible qu'une simple réflexion de sa part.

Paris tenta de l'interrompre pour excuser ses propos.

— Dominus, puis-je ? Je voulais simplement dire qu'à son âge, il ne pourrait peut-être pas...

— Silence Paris.

Trenton ne se préoccupait pas de la raison de Paris ni de savoir si celle-ci était acceptable. Cependant, Rachel était allée bien au-delà d'une action provocante ou délibérée. C'était inexcusable.

— Puisque tu as pris sur toi d'essayer de dominer un autre esclave, ta punition sera d'être maintenant dominée par lui.

Les yeux de Rachel s'arrondirent et elle secoua la tête. Être prise par l'homme qu'elle venait de frapper était dégradant. Elle rampa rapidement sur les genoux de son Maître en l'implorant, mais Fambleush ignora ses gémissements.

— Ne le supplie pas. Il n'est plus ton Maître. C'est moi qui le suis. *Maître* Fambleush Boismier t'a donnée à moi ce soir. Tu t'en souviens, esclave ?

Un autre gémissement, puis elle descendit des genoux de Fambleush et se soumit aux pieds de Trenton.

— Oui Dominus.

Elle baissa la tête et lutta pour refouler ses larmes qui menaçaient de couler. C'était sa première nuit sous les ordres du Dominus et elle l'avait déjà contrarié de la pire des manières.

— Acceptes-tu ta punition ? Ou as-tu besoin d'utiliser ton mot de sécurité ?

Elle réprima un sanglot.

— Non, j'accepte mon châtiment.

— Dominus, s'il vous plaît...

Le visage aveuglé de Paris se leva vers lui et Trenton savait pourquoi. Il lui tapota les lèvres afin d'arrêter ses suppliques. Paris embrassa rapidement sa main, puis frotta son visage contre elle.

— Alors, comment dois-je punir une esclave désobéissante quand l'esclave qu'elle a offensé ne veut pas d'elle ?

Trenton dit tout haut le dilemme auquel il faisait face. Le forcer à la prendre quand même serait une punition pour Paris. Il retourna à son siège, son cerveau envisageant les options d'une punition appropriée jusqu'à ce qu'il trouve la bonne. Une dont il était certain que Paris apprécierait.

— Ta punition sera d'accepter n'importe quelle correction la prochaine fois que Paris en méritera une.

Et Trenton pouvait déjà entendre les rouages se mettre en marche dans la tête de Paris.

Le sale gosse profiterait certainement pleinement de cette porte de sortie.

CHAPITRE DIX-SEPT

SAMEDI

Lorsqu'ils arrivèrent au *Club Pain*, la nuit suivante, Trenton avait hâte de voir sa petite souris dans son box, pour finalement être déçu de le trouver vide lorsqu'il émergea du couloir. Il était encore tôt, mais tout comme lui, Amelia et Katianna étaient d'ordinaire déjà là à cette heure, se rendant toujours au club peu après la foule du dîner.

Alors que Trenton, accompagné de Diesel et de Paris, se rendait au bar pour commander à boire, il lui envoya un texto pour savoir si elle et Amelia étaient en route.

— Paris, attends à genoux, ordonna-t-il doucement en sirotant son verre de tequila.

Il prit conscience du sentiment d'angoisse qui le rongeait en attendant sa réponse. Diesel se détendait à ses côtés, près du bar, chatouillant l'oreille de Paris pour provoquer une réaction quelconque de sa part en sirotant son shot d'añejo. Le téléphone de Trenton bipa et il s'en empara pour le lire, mais la réponse ne le satisfit pas, le message de Katianna l'informant qu'elles ne viendraient pas ce soir. Il lui renvoya un message disant que cela lui manquerait de ne pas la voir.

Trenton engloutit le reste de son shot puis mordit dans sa tranche de citron vert, la mâchonnant pensivement, se demandant si son commentaire n'avait pas été fait un peu trop tôt, mais chassa rapidement cette idée de sa tête. Il avait patienté suffisamment longtemps pour dévoiler ses sentiments à Katianna et en était las. Bon sang, il devait rester concentré sur Paris. Sa formation était importante et il y avait tant de choses à aborder : c'était déjà difficile qu'il ne domine pas les hommes, et il peinait à trouver des façons d'établir un entraînement à la dominance tout en parvenant à offrir une forme de plaisir à Paris. Cela compliquait encore plus les choses quand tout ce à quoi il pouvait penser était Katianna et que cela le rendait maussade lorsqu'elle n'était pas près de lui.

Diesel était d'une aide relative dans la mesure où cela ne lui posait pas de problème d'avoir des relations sexuelles avec des hommes, mais Deez ne s'exhibait jamais, pas même au club ; alors une fois encore, la gratification sexuelle que Paris devrait expérimenter manquait.

Trenton agita deux doigts en direction de Derek pour obtenir un autre verre et décida d'essayer d'approfondir sa relation avec l'objet de ses pensées par une petite conversation SMS ; et peut-être saurait-elle améliorer son humeur.

Txt : *Alors, que portes-tu en ce moment ? — Trenton*

Il envoya cette plaisanterie aguicheuse pour voir si elle se prêterait au jeu. Elle était, après tout, un écrivain. Quel mal y avait-il à ce qu'elle lui écrive des messages émoustillants ? Il espérait au moins qu'elle mordrait à l'hameçon.

Son téléphone bipa un moment plus tard.

Txt : *Pas grand-chose. — Katianna*

Txt : *C'est quoi, « pas grand-chose » ? — Trenton*

Il sourit. Elle allait visiblement faire durer le plaisir et cela lui remontait déjà le moral.

Txt : *Une nuisette et un shorty assorti en dentelle. —Katianna*

Txt : *Mmm... Quelle couleur ? — Trenton*

Txt : *Sourire. Marron clair comme du sable brun avec des motifs brodés. Très transparent. —Katianna*

L'image s'imposa à son esprit ; il était certain de savoir de quel ensemble il s'agissait. Même s'il lui avait acheté de nombreux sous-vêtements sexy, seuls un ou deux correspondaient aux couleurs qu'elle avait décrites. La série Sahara de Chantelle Afrique. Le seul fait de l'imaginer le portant le fit se mordre la lèvre. La dentelle transparente enveloppant son corps, mettant en valeur ses jolies courbes, ses tétons dressés se pressant contre le tissu.

Il tapa finalement sa réponse :

Txt : *Rrrrr... — Trenton*

Txt : *Glousse et rougis. —Katianna*

Txt : *Est-ce que tu écris, ce soir ? — Trenton*

Il pressa sur le bouton « Envoyer » puis attendit. Quelques instants plus tard, sa réponse arriva.

Txt : *Je suis déconcentrée. —Katianna*

Trenton esquissa un sourire satisfait.

Txt : *Qui te déconcentre ? — Trenton*

Txt : *Toi. —Katianna*

Txt : *C'est bien. J'aime quand je te déconcentre. — Trenton*

Un long moment s'écoula, puis finalement, une réponse arriva.

Text : *Moi aussi. — Katianna.*

Trenton laissa tomber son téléphone dans sa poche, retournant à ses responsabilités vis-à-vis de Paris :

— Allons en haut.

Il adressa un signe de la main à Diesel et Paris et ils montèrent.

— Tu as de la chance cette nuit, Paris, déclara-t-il sur le ton de la conversation.

— Et pourquoi donc, Dominus ?

— Quelqu'un de spécial m'a mis de très bonne humeur.

— En quoi est-ce positif pour moi, Dominus ?

— Tu ne vas pas tarder à le découvrir.

À l'étage, Trenton et Diesel guidèrent Paris l'emmenant dans un coin salon séparé, éloigné de l'espace principal, où un banc incliné surplombé d'une barre capitonnée les attendait. Le banc, destiné à tout type d'exercice physique, apparut à Paris comme une simple machine de musculation modifiée, mais il savait qu'on ne l'y avait pas amené pour soulever des poids.

Diesel se plaça directement devant lui, avec à ses côtés un chariot de service recouvert de plusieurs sets de cordes de soie aux multiples couleurs. Le corps tout entier de Paris vibra d'appréhension et d'excitation. Ils étaient à l'étage, et comme on le lui avait expliqué, il n'y avait rien de subtil aux jeux qui se déroulaient ici, et ce soir, ils lui avaient dit que ses limites seraient repoussées.

La première chose qu'ils firent fut de lui ordonner de se dévêtir complètement. Pas sa chose préférée puisque le vestibule à l'étage étant tout sauf vide. Il regarda autour de lui, retardant le moment alors qu'une vague d'appréhension l'envahissait. Dane, le Grand Maître, et ce jeune Dominant blond qui l'avait peloté la nuit dernière étaient assis non loin avec ses jumeaux Soumis Steampunk.

Plus loin se tenait une femme, si musclée qu'il était possible que ce soit une bodybuildeuse professionnelle. Et avec elle se trouvait une femme de plus petite carrure, mais tout de même très athlétique, et à leurs pieds, était agenouillé un jeune Latino svelte.

Un autre homme, dont le visage était caché derrière un masque de cuir qui recouvrait sa tête tout entière, se tenait contre le mur. Son torse était nu à l'exception de lanières de cuir cloutées qui le traversaient et rattachées à son pantalon, également en cuir. Seigneur, cet homme avait l'air de sortir tout droit du tournage d'un film d'horreur SM à faible budget. Il y en avait d'autres également ; des visages que Paris préféra ne pas remarquer.

Il ferma les yeux et brancha son cerveau en mode pilote automatique. Il avait retiré ses vêtements suffisamment de fois par le passé et n'avait pas besoin de réfléchir pour cela. Ce qui lui semblait le plus étrange était qu'il avait financé ses études en étant strip-teaseur. Alors pourquoi cela lui semblait-il si accablant maintenant ? Puis il eut une pensée égrillarde, et alors qu'il faisait glisser son jean, il fit onduler son bassin une fois, puis une autre, après quelques pas incertains afin de dégager ses pieds. Les jeans n'étaient pas les meilleurs amis d'un strip-teaseur. Il fit tournoyer le vêtement dans les airs et l'envoya à ses Maîtres, qui secouèrent la tête avec un amusement contenu, refusant de le gratifier d'un vrai rire, mais il entendit des ricanements derrière lui et c'était suffisant pour flatter son ego. Du moins jusqu'à ce qu'il reçoive une claque sur les fesses de la main ferme de Diesel.

— Aïe.

Le sourire de Diesel ne fit que s'agrandir.

— Je t'en prie, continue de t'amuser.

— Mais vous m'avez tapé sur les fesses ! protesta Paris en faisant ressortir sa lèvre inférieure, lui adressant une moue exagérée.

— Parce que claquer les fesses de mon sale gosse m'amuse, le réprimanda Diesel et il le récompensa d'une autre claque.

— Ouille ! grimaça Paris, ressentant cette fois la piqûre cinglante.

Il tenta de lui jeter un regard noir, mais ces yeux le fixaient... malicieux et débauchés. Ils éveillaient quelque chose que personne jusqu'à présent n'avait jamais éveillé. Les yeux de la plupart des gens, lorsqu'ils le regardaient, hurlaient « Oh s'il te plaît, s'il te plaît, je te veux ! », mais ceux de Diesel ne disaient qu'une seule et unique chose : « à moi ».

Le sexe de Paris tressaillit instantanément à cette pensée : il comprenait cette sorte d'excitation, mais que celle-ci soit issue de la volonté d'un autre, cet aspect-là était tout nouveau. Il ferma les yeux, essayant de rompre le charme du regard de l'autre homme. Il avait fait des milliers de danses et n'avait jamais récolté d'érection en le faisant. *Je ne bande jamais, je ne bande jamais...* Pourtant la réprimande mentale ressemblait plus à : *On n'est jamais aussi bien que chez soi*[14].

Mon Dieu ! Il était un idiot, et devinez quoi... son sexe avait déjà atteint la moitié de sa taille et continuait à se raidir. Bientôt, au cours de la soirée, il était certain qu'il allait crier quelque chose comme « ça vient ! », puis lorsqu'il pourrait enfin jouir de la fête de bienvenue, sans mauvais jeu de mots – enfin peut-être que si – il se retrouverait

---

[14] There's no place like home, citation tirée du Magicien d'Oz.

probablement en train de chanter des trucs du genre « Alléluia » ou « Gloire à Dieu » au lieu de faire son one-man-show.

— Mains derrière le dos.

L'ordre de Diesel coupa court au petit théâtre dans l'esprit de Paris, exigeant tout son sérieux comme s'il avait claqué des doigts.

Le regard de Paris dériva de son corps nu au tas de cordes à côté d'eux, et il observa alors que Diesel saisissait deux d'entre elles, les dénouait et déroulait environ neuf mètres de liens de soie brillante ; l'une noir, l'autre rouge, qui disparurent derrière son dos. Il sentit la main de Diesel autour de ses poignets, s'étonnant, car il ne s'était pas rendu compte qu'il avait déjà obéi à son ordre. Mais alors qu'il contemplait les cordes restantes qui attendaient leur tour, il se perdit dans ses pensées.

Ça commençait. Peu importait *ce* que c'était, ça commençait. Et Paris sentit les premières boucles de cordage glisser autour de ses poignets.

— Reste immobile. Ne bouge pas à moins que je te le dise. Amuse-toi autant que tu le veux dans ta jolie petite tête, mais souviens-toi que c'est moi qui suis aux commandes ici. Tu feras ce que je te dirai, quand je te le dirai.

La stricte règle d'or lui fut délivrée d'une main de fer ; le ton « *Ne t'avise pas de me provoquer* » lui dictait de ne pas broncher et de s'y soumettre.

— Quand je voudrai que tu bouges, je t'en donnerai la permission.

— Oui Patronus.

Diesel prit les deux longueurs de corde et commença à les enrouler autour des poignets de Paris, les étalant sur environ huit rangées. Puis il plaça une gaine autour de la colonne formée, continua à la dérouler de quelques centimètres pour atteindre ses coudes, fit un nœud central et commença une nouvelle colonne de cordes juste au-dessus, resserrant les bras de Paris l'un contre l'autre en un corset de six liens. Quatre autres rangées de cordes furent enroulées autour de la partie supérieure de ses biceps, puis il fixa les extrémités. Il prit une nouvelle longueur, d'un orange brillant cette fois, fit un double nœud de cabestan au-dessus de la dernière colonne, la sanglant fermement, puis un nœud libellule autour des épaules de Paris, avant de redescendre les dernières longueurs le long de ses bras. Chose plus difficile à faire étant donné que les membres de Paris étaient déjà liés, mais la couleur ajoutée compensait par son aspect esthétique. En plus, cela offrait à Diesel une corde guide sur les poignets de Paris pour faire ce qu'il avait prévu sur une autre partie de son corps.

Trenton entra en scène ; ses mains se posèrent sur les épaules de Paris et le guida de nouveau vers le banc situé un peu plus loin. La lourde botte de Trenton repoussa ses pieds afin qu'ils soient en position ouverte puis il le fit reculer de quelques pas, jusqu'à ce que ses jambes se placent de chaque côté du banc.

— À genoux.

Comme chaque fois que Trenton parlait, le ton était calme et chaleureux, mais ne sonnait en aucun cas comme une requête. Paris se baissa, posant d'abord un genou, puis l'autre, ses fesses se retrouvant au bord du banc. Diesel était toujours derrière lui et il lui leva ses bras entravés, les plaçant par-dessus la barre tandis que la main de Trenton l'incitait à s'allonger sur le banc incliné et le maintenait en place. La respiration de Paris se fit haletante alors qu'il devenait de plus en plus nerveux à chaque étape. La chaleur de la main de Trenton l'embrasa, attisant sa nervosité jusqu'à ce qu'il ne puisse plus faire la distinction entre la main du Dominus et son propre torse. Il releva la tête jusqu'à ce que ses lèvres trouvent le poignet de son Maître. C'était la seule partie qu'il pouvait atteindre, mais pour le moment, cela lui suffisait. Il l'embrassa, le lécha et à son plus grand soulagement, Dominus ne se déroba pas, l'autorisant à continuer jusqu'à ce que la contraction dans son cou l'implore de s'arrêter et de se détendre.

Diesel avait effectué un travail rapide avec les cordes, pendant que Paris avait porté ailleurs son attention. Légèrement surpris, il découvrit que ses chevilles et ses mollets avaient été entravés en une sensation très proche de celle qu'il ressentait au niveau de ses bras, à l'exception de l'écarteur placé au sol, entre ses genoux, maintenant ses jambes grandes ouvertes. Diesel s'agenouilla alors face à lui, s'attelant aux cordes autour de ses cuisses, chaque jambe cette fois liée individuellement.

L'attention de Patronus se concentra entièrement sur les nœuds complexes qu'il confectionnait, comme quelqu'un montant une maquette d'avion – plus rien n'existait autour de lui, à l'exception des cordes tressées entre ses mains. Puis Diesel recommença à enrouler des cordes autour du corps de Paris, les faisant glisser autour de son bassin de sorte qu'elles le maintiennent contre le banc sur lequel il s'appuyait. Il semblait qu'il fût lui-même inclus dans la concentration de Diesel. Les doigts de ce dernier glissaient sur sa peau, comme pour mettre les cordes en place d'un chatouillement. Patronus ne l'attachait pas comme ces méchants de dessins animés qui enroulaient corde après corde autour de la damoiselle et la jetaient sur les rails d'un train. Paris voulait toujours que le méchant et le train l'emportent. Hélas, le héros récupérait toujours la fille. Pourquoi ne faisaient-ils pas de dessins animés gay ? Mais, contrairement aux dessins animés, pour les cordes de Diesel, chaque emplacement était précis. La tension était calculée, et il les déployait sur la peau de Paris tels des coups de pinceau à la peinture colorée.

Arrivant à la fin d'une autre longueur, Diesel se saisit de deux autres jeux de cordes, cette fois d'un bleu cobalt et d'un vert sapin foncé. Il prit quelques instants pour étendre chaque chute individuellement à l'aide d'un nœud de pêcheur.

Le nœud proprement confectionné ajoutait un côté esthétique au côté pratique ; un simple nœud double aux extrémités empêchait la colonne du nœud de pécheur de glisser. Diesel plaça les deux nœuds « décoratifs » en évidence, sécurisant leur positionnement alors qu'il commençait à créer une colonne de liens autour des hanches de Paris, le liant au banc. Un ensemble parfait de dix cordes, soigneusement placées, commençant juste sous les os appétissants de son pelvis jusqu'au bas de ses hanches. Une boucle de Leinchman modifiée lui donnait un lien facile pour la dernière section de corde dont il aurait besoin. Une simple attache dans la boucle et Diesel fit glisser la nouvelle longueur magenta au centre de la poitrine de Paris. Un nœud central, puis deux ensembles de liens, quatre autres juste sous ses pectoraux et deux derniers au-dessus achevèrent l'ouvrage jusqu'au nœud final.

Paris était enchanté de faire en quelque sorte partie de ce chef-d'œuvre de couleurs et de cordes. Il avait observé alors que Diesel terminait le dernier nœud autour de son torse puis s'était à nouveau placé derrière lui. Il sentit quelques tiraillements sur ses poignets, puis Diesel bougea, remontant les deux longues cordes guides orange qu'il avait laissées sur les poignets de Paris par-dessus ses épaules et jusqu'au centre de son torse. Il confectionna un nœud central, puis une boucle suivie d'un autre nœud central, donnant à l'ensemble une position stratégique. Leur fonction sembla plus claire lorsque Diesel fit glisser la boucle autour de son sexe et l'enroula autour de son scrotum, puis fit passer les cordes entre ses jambes et sous lui, avant de les remettre à Trenton, une de chaque côté de sa tête.

Paris avait l'impression d'être dans un état de stupeur alors qu'il regardait, presque comme s'il était à l'extérieur, observant cela arriver à quelqu'un d'autre – sans vraiment se rendre compte que cela lui arrivait réellement. Il se sentit ivre, même s'ils ne lui avaient même pas permis de prendre un shot de tequila avant de monter, bien qu'il les ait suppliés. Il s'était dit que cela aurait été plus facile avec un peu d'alcool dans le sang. Pourtant, pour une raison qu'il était incapable d'expliquer, il était relativement calme, à défaut d'un autre terme, parce que ce n'était pas vraiment du calme qu'il ressentait, mais plutôt une transe surréaliste – comme du somnambulisme. Il se contentait de rester assis et de regarder les différentes couleurs des cordes en soie enroulées autour de son corps. Et tout ce à quoi il pouvait penser, c'était « *waouh, j'aime les couleurs* ». Ce détail était franchement étrange, et il décida de chasser rapidement cette pensée décalée. Elle n'avait rien à faire là. Ce qu'il aurait dû faire, c'était s'affoler, paniquer, peut-être même se débattre et dire à Dominus de reprendre son offre de travail sur l'île et de se la mettre quelque part. Mais non, il voulait garder cet emploi, et il voulait absolument savoir ce que ce serait d'avoir cet homme en lui – l'un ou l'autre... bon sang, les deux.

Il laissa retomber sa tête en arrière en laissant échapper un long et profond soupir. Du moins, jusqu'à ce que Diesel se mette à côté de lui et lui souffle d'ouvrir la bouche, et soudain, elle fut envahie par quelque chose de dur et froid. Il pouvait distinguer les crochets de chrome de chaque côté de sa bouche. Il poussa sa langue pour aller à la rencontre du corps étranger, découvrant que le métal était enveloppé de gomme dans laquelle ses dents se plantèrent naturellement. Diesel prit l'extrémité d'une des cordes que tenait Dominus, puis l'autre, et les fit glisser dans les crochets du mors. Un mors buccal. Paris secoua vivement la tête, mais le mouvement fut répercuté ailleurs, les cordes tirant sur son sexe et ses mains. Il gémit immédiatement lorsque ses bras résistèrent par réflexe et inversèrent le mouvement des cordes, les faisant de nouveau coulisser autour de son sexe et de son scrotum, tirant sa tête en arrière.

Ce fut à ce moment-là qu'il commença à prendre véritablement conscience de la réalité, alors que Dominus et Patronus faisaient un pas en arrière et l'observaient. Ils observèrent la lente progression de la panique comme s'il était une œuvre d'art, une statue ou un objet prenant vie et la vie n'était présentement pas l'endroit idéal où se trouver. Ils observaient avec de subtiles expressions animées de désir, luisant telles de petites flammes dans leurs yeux. Il était évident qu'ils savaient que cela arriverait, qu'ils s'attendaient à sa réaction tardive et ils savouraient l'instant. Comme s'ils attendaient la fin d'un monotone feu d'artifice pour arriver enfin au bouquet final, où de réels « boums » et « oh ! » se faisaient entendre.

☙

Trenton et Diesel observaient – ils observaient comment le cerveau et le corps de Paris prenaient lentement conscience de leurs entraves. Tout d'abord sa tête qui tirait sur ses poignets, puis l'inverse. C'était cette simple *mata nawa shibari*, cette corde située sur son entrejambe, qui avait tout déclenché. La stimulation générée dans ses testicules et son pénis le tirait de sa torpeur et maintenant, le reste de son corps se contractait et se tordait sous les liens, testant et cherchant quels mouvements lui étaient possibles. Paris le découvrit rapidement ; Diesel ne lui en avait pas laissé beaucoup. Et il sembla le réaliser tout à coup, parce que brusquement, il se débattit de plus belle.

Ses épaules se tendirent, s'avancèrent, mais cela ne fit que soulever ses poignets et une fois de plus, la corde de son entrejambe glissa, le faisant gémir sous la stimulation. Son torse et ses côtes se murent de part et d'autre des maigres centimètres dont il disposait. Son bassin ne parvint à rien de plus qu'un tressaillement. D'autres torsions et tensions – sa panique atteignait son paroxysme – et Paris laissa finalement échapper un juron.

— Fich' de fute !

C'était le mieux qu'il pouvait faire avec ce foutu mors de cheval dans la bouche.

Il fit tout ce qui était en son pouvoir pour déplacer ou détendre ses liens. Prenant de profondes inspirations, il gonfla son torse, se tordit et se tendit, contractant aussi durement ses muscles qu'il le pouvait, mais rien ne céda, et ses Maîtres ne lui donnèrent aucun signe qu'il y ait quoi que ce soit qu'il puisse faire. Ils se contentaient de le regarder alors qu'il craquait. Rien sur leur visage ne trahissait d'inquiétude sur le fait qu'il pourrait se détacher et il réalisa soudain que même s'il ne pouvait pas beaucoup bouger, les liens n'étaient pas serrés trop étroitement et qu'il avait beau se débattre, rien ne semblait glisser ou commencer à le couper. Il ne pouvait bouger, mais il ne souffrait pas non plus. Il n'y avait que cette corde qui pressait légèrement ses testicules de haut en bas contre son pénis chaque fois qu'il tentait de bouger sa tête ou ses poignets.

Aussi soudainement qu'était née la panique, l'énergie requise pour l'alimenter s'évanouit. Paris capitula. Sa tête retomba mollement, ses épaules se détendirent et il se calma, laissant sa respiration s'apaiser. Ce ne fut qu'à ce moment que ses Maîtres revinrent vers lui.

Il ferma les yeux un long moment, écoutant les battements de son cœur résonner dans ses oreilles, forçant son torse à prendre des inspirations plus profondes et plus lentes contre les liens qui l'enserraient.

— C'est ça, respire.

Paris écouta son Dominus, sa voix profonde et réconfortante. Pourtant, il maintint ses yeux clos, alors que la main de Dominus caressait son torse, ses doigts errant autour des cordes et cela lui parut étrangement excitant.

— Tu t'en es très bien sorti, ajouta son Patronus.

Trenton ajouta son autre main et Paris gémit sous la sensation des deux paumes parcourant son corps. Dieu que c'était bon. Ces doigts puissants et fermes se pressaient contre ses muscles tendus, courant le long des liens, le détendant. Le stimulant. L'excitant.

— Très bien, répéta Trenton. Souviens-toi seulement que tu n'as aucun contrôle sur ce qui t'arrive. Tu ne dois que te contenter de croire que tes Maîtres ne te feront jamais de mal. Que tu ne seras jamais poussé au-delà de ce que tes Maîtres sentent que tu peux endurer.

Paris entendit quelque chose vers ses jambes. Il savait que Diesel était là, mais il avait peur de regarder, peur de savoir ce qu'il adviendrait ensuite. Mieux valait se contenter de rester allongé là, les yeux fermés, et de se concentrer sur Trenton. Croire qu'il ne serait pas blessé.

Mais cette idée fut jetée aux oubliettes lorsqu'il sentit un gel froid étalé sur l'entrée de son orifice. Ses yeux s'écarquillèrent et sa tête se releva brusquement – merde, la corde. Un râle lui échappa et sa tête se baissa à nouveau.

— Détends-toi. Tu peux le supporter, entendit-il lui dire Diesel.

Et la première pénétration débuta, glissant en lui doucement. Écartant l'anneau ferme de muscles pour s'y frayer un chemin, un peu dedans, encore un peu, puis un peu dehors. Un premier étirement de plaisir accompagné d'une pointe de douleur. Paris expira brutalement, à bout de souffle.

La main de Trenton se déplaça vers la tête de Paris et il fit courir ses doigts dans ses cheveux en regardant Diesel, et Paris vit Dominus hocher positivement la tête dans sa direction. Quelques secondes plus tard, il entendit un bourdonnement, puis il sentit l'objet se presser à nouveau contre ses fesses, avec en supplément une sensation de vibration, et Diesel poussa. Les terminaisons nerveuses de Paris s'embrasèrent alors que le vibromasseur s'enfonçait plus profondément, se retirait un peu puis s'enfonçait encore, chaque fois un peu plus loin, se frayant un chemin. Paris gigota autant que la corde le lui permettait, le gel se réchauffant et le picotant. Seigneur, au diable la préparation et les préliminaires, il voulait simplement le sentir complètement, profiter de la douce sensation d'être complètement étiré et pénétré. Il gémit son plaisir du mieux qu'il le put contre le mors :

— Oh 'on Dieu, far fitié.

Il lutta afin de pousser ses fesses vers le plug vibrant. Son regard s'éleva en direction de Trenton qui le fixait, et il lui montra l'expression la plus suppliante qu'il pensait pouvoir afficher.

— Détends-toi, tu auras ce dont tu as besoin, mais au rythme où nous le déciderons et pas avant.

Et comme pour prouver ses dires, le vibromasseur disparut.

— Ah... Futain. Non.

Les yeux de Paris roulèrent dans leur orbite, regrettant la perte des sensations procurées par il ne savait quel objet utilisé par Diesel pour stimuler son sphincter.

Le son du vrombissement changea puis il le sentit revenir en lui, et tout comme le son, la sensation se fit en quelque sorte plus caressante et Diesel l'inséra complètement en lui en une seule et ferme poussée. L'étirement était exactement ce que Paris désirait – doux et exquis. Il grogna contre son mors. Le plug anal s'enfonça profondément, lui procurant des vibrations fortes et obsédantes. Les muscles rectaux de Paris se resserrèrent, étreignant la source de ces sensations, et il découvrit qu'il pouvait faire pivoter ses hanches juste assez pour profiter plus encore de l'intrusion. Mais aussi bon que cela pouvait être, cela ne serait pas suffisant pour s'octroyer un orgasme s'ils décidaient de le lui refuser.

Un clic se fit entendre et la fréquence de la vibration augmenta. Paris gémit encore, son corps fourmilla pour annoncer la ruée de sang se dirigeant vers le sud – vers son sexe – et il sentit naître la douleur, le besoin d'un orgasme qui ne viendrait pas facilement. Son corps le sut avant même son cerveau, et malgré le balancement de ses hanches pour ajouter de la friction, cette chevauchée si séduisante fut soudain teintée d'une insoutenable souffrance, car son corps savait qu'il ne pourrait pas obtenir de délivrance.

Puis tout s'arrêta. Paris ouvrit les yeux pour découvrir Diesel à présent à ses côtés, qui le fixait. Il tenait quelque chose entre ses mains. Un long objet noir. Une télécommande.

— Nous allons laisser quelques membres faire ta connaissance, maintenant. Sasha et ses jumeaux Soumis.

Diesel caressa la tête de Paris, sa forte poigne le rassurant. C'était ce contact que Paris voulait, quelque chose d'aussi bête que la main de Diesel sur lui, avoir cette paume chaude le palpant comme la nuit dernière. Et malgré le risque de tirer sur la corde de son entrejambe, il se pressa contre la paume de Diesel pour mieux apprécier sa caresse.

— Je vais les laisser prendre du plaisir à te toucher comme je l'ai fait, cependant souviens-toi que ton orgasme est le mien et celui de Dominus.

Et Diesel s'éloigna.

Paris releva vivement la tête, mais vit Dominus s'écarter également. *Non, attendez, que voulez-vous vous dire par « les autres » ?* Il n'eut pas à attendre longtemps pour obtenir la réponse. Immédiatement, le grand blond habillé en style gothique qu'il avait vu assis près du propriétaire des lieux fut le premier à s'avancer. Le jeune homme blond et grand tendit le bras, ses mains glissant sur le corps de Paris.

— Je m'appelle Sasha et je compte prendre du plaisir avec toi ce soir.

Il continua à caresser le corps de Paris, ses bras, ses épaules – partout.

— Bon sang, tu es magnifique... Regarde-moi ces muscles.

La main de Sacha vint agripper ses pectoraux entravés par les liens de soie, et il pressa.

— Regarde-moi ces superbes tétons roses.

Et juste au moment où le grand Dominant se baissait pour les lécher, le plug anal dans l'orifice de Paris redémarra. D'une manière encore différente. Vibrant comme la première fois, il le sentit également s'agrandir comme s'il s'enfonçait plus encore, s'étirant en lui, se reculant, se rallongeant puis refluant encore. La sensation duelle dans son orifice ajoutée à la fervente succion prodiguée par le Dom penché sur lui, étaient – oh mon Dieu. Il ne savait comment la nommer, mais c'était bon – vraiment bon. Et ses nerfs déjà attisés s'embrasèrent plus encore.

Son sexe enfla jusqu'à ce qu'il soit tellement dur que ça en devenait douloureux, mais il ne fut pas délaissé longtemps. Deux paires de mains commencèrent à glisser le long de ses cuisses jusqu'à son entrejambe.

— Dom, pouvons-nous ?

Paris entendit un duo de voix faire la requête.

— Hmm... Qui suis-je pour refuser un tel festin à mes soumis ?

Sasha se leva et contourna Paris pour se placer derrière lui. Le Dom se pencha sur Paris, ses mains caressant encore un peu son torse et son abdomen avant de se retirer.

— Je pense que je vais les laisser te sucer pour pouvoir regarder.

Paris lutta pour lever la tête en dépit du mors pour voir les jumeaux agenouillés à ses pieds. Derrière eux, Trenton et Diesel observaient comme ils l'avaient annoncé, détendus dans un canapé, contre le mur.

— Pouvons-nous profiter de votre esclave ce soir ? Dominus, Patronus ? s'enquit Sasha, demandant respectueusement la permission.

Paris avait déjà été offert, mais la requête faisait partie du cérémonial ; une nécessité pour obtenir que ces deux-là partagent.

— Profitez-en jusqu'à ce que nous en décidions autrement.

La permission accordée, le vibromasseur commença à déclencher d'autres sensations – la pulsation, la sensation d'extension et de profonde pénétration se mit à pivoter contre ses parois internes, comme si l'extrémité oscillait, et c'était trop à assimiler tandis qu'elle effleurait sa tendre prostate. Paris gémit bruyamment. Sasha, qui était toujours penché sur lui, n'avait pas cessé ses larges caresses sur son corps. Les jumeaux, dont Paris ne pouvait distinguer que les dreadlocks noires, baignaient son sexe de leurs langues et caressaient ses testicules contractés de leurs mains.

Tentant encore de démêler l'accumulation de stimulations, Paris en ressentit une autre ; à l'unisson, deux langues tournoyèrent autour de sa hampe, s'affairant vivement telles de petites fées humides dansant sur son sexe et ses cuisses. Il ne pouvait plus identifier ce que les jumeaux étaient en train de lui faire. Si seulement il pouvait regarder, alors peut-être pourrait-il comprendre une partie de ce qu'ils faisaient, mais il pouvait à peine assimiler les mouvements du jouet rotatif vibrant dans son orifice alors qu'il étendait et étirait ses parois. Ces deux irrésistibles plaisirs se mêlaient aux larges caresses des mains de Sasha sur son corps.

Le corps tout entier de Paris s'élevait et s'embrasait tels des arcs électriques se déclenchant à diverses fréquences. Il voulait bouger, produire une forme de rythme dans son corps afin de l'amener là où il pourrait le maîtriser, mais ces sensations... Elles se déplaçaient toutes à des cadences différentes, aucunement synchronisées les unes avec les autres, et cela le rendait fou. Putain, c'était trop. Il se contracta et lutta contre ses entraves. Une fois de plus, la panique s'empara de son corps et de son esprit. Il avait besoin de contrôler une partie des stimulations qu'il recevait, mais il n'arriva à rien, et pire encore, l'assaut enivrant de sensations le consuma. Accélérant. Dévorant son âme et la moindre de ses capacités sensorielles.

Puis, alors qu'il pensait être sur le point de perdre la raison, si excité qu'il finirait par succomber à cette lente et douce agonie, l'une des deux bouches le prit, son sexe engorgé s'enfonçant profondément au fond de la gorge du sub.

Enfin, une félicité brûlante – *Aaah* – il ne put même pas réprimer le râle de soulagement qui s'échappa de sa gorge. Putain, c'était incroyable. De plus, son cerveau était enfin capable d'analyser ce qui se passait et de comprendre et définir ce qu'il ressentait, et tout cela était absolument exquis. Être totalement maîtrisé par les liens de la corde tandis qu'une combinaison de mains et de bouches se repaissait de son corps pour leur plus grand plaisir. Il n'était pas un participant volontaire, mais plutôt assujetti. À l'image d'une glace à l'eau qui se faisait dévorer par tous sous un soleil d'été brûlant. Il ne pouvait rien faire d'autre que fondre dans leurs mains et leurs bouches. Il ne pouvait pas retourner ces sensations ou le plaisir à ces trois hommes ni les leur prendre de lui-même. Il acceptait ce qu'ils donnaient. Et cet objet de haute technologie dans son orifice... celui qui le faisait monter plus haut, sa cadence et sa fréquence changeant et augmentant chaque minute, attisant de plus en plus ses sens. Il percevait cette euphorie croissante, ce besoin d'atteindre le paroxysme. Il ne savait simplement pas quelle stimulation l'y mènerait en premier.

Le Dom blond déplaça ses mains, les faisant rouler sur les épaules de Paris, le long de ses bras, massant ses muscles comprimés dans leurs entraves jusqu'à ce qu'elles atteignent ses poignets.

— Oui...

Paris l'entendit dire alors que l'homme continuait de tenir ses poignets fermement dans une main... l'autre ? En fait, il n'était pas certain de l'endroit où elle se trouvait maintenant, mais la réponse vint rapidement lorsqu'il sentit le sexe du Dom glisser entre ses mains.

— Mets tes mains en coupe afin que je puisse les baiser.

Paris s'exécuta et immédiatement, le Dom immisça son membre long et dur au creux de ses paumes, déclenchant une succession de sensations. Une pression s'exerça sur ses bras qui tirèrent les cordes contre son scrotum, conférant plus de matière aux deux bouches qui continuaient leur travail sur son propre sexe – l'une suçant tandis que l'autre léchait son aine et ses testicules contractés. À un moment qu'il ne parvint pas à déterminer, Paris songea qu'elles avaient permuté, car la méthode de léchage avait changé, puis l'objet dans son orifice changea lui aussi de mouvement ; une combinaison différente de vibrations et d'étirements, la pulsation s'accélérant avant de se réduire.

Bon sang, il allait jouir ; son corps tout entier tremblait. Il pouvait ressentir la violente tempête qui allait le ravager. Il leur gémissait de ne pas s'arrêter maintenant – Mon Dieu, était-ce vraiment lui ? Avait-il déjà gémi d'une telle façon ? Grogné ou grondé, peut-être, mais uniquement lorsque c'était lui qui était aux commandes. Il faisait ce genre de bruits lorsqu'il pilonnait quelqu'un dans le lit, lorsque c'était lui qui faisait tout le travail. Il ne contrôlait rien du tout en ce moment.

Il ressentait tellement de choses – les mains de Sasha étaient de retour sur ses côtes, caressant son abdomen, pinçant fermement ses tétons avant de refluer vers son torse. Oh, Seigneur, il y était presque. Paris se tordit, faisant pivoter ses hanches contre les cordes. Il savait qu'il ne pouvait rien faire, mais il ne pouvait pas non plus réprimer le besoin de son corps d'essayer de ruer plus avant. Ce besoin bestial et brutal de s'enfoncer dans la bouche du sub. Les muscles de ses zones intimes se resserrèrent. Son souffle devint erratique dans sa poitrine – une chaleur par trop extatique le consumait, le mettant à fleur de peau. Seigneur, c'était incroyable.

— Assez !

L'ordre incisif coupa court à toutes les sensations qu'il ressentait et tout – les bouches, les mains, le plug, et même le sexe qu'il tenait entre ses mains se retirèrent et disparurent.

Que... ? Oh Seigneur, non ! Vous n'allez pas vraiment faire ça, n'est-ce pas ? Un besoin frénétique lui ordonnait de supplier afin d'en obtenir plus.

— Non... Noooon. Fitié.

Le corps de Paris tremblait et suppliait compulsivement malgré le mors buccal. Être si proche et tout à coup, plus rien. Avoir ce plaisir effréné lui être arraché, avec pour seuls vestiges ces contractions persistantes et privées de jouissance. Son sexe si dur qu'il frappa furieusement contre ses abdominaux. Il s'effondra complètement, immobile et haletant. Il ne pouvait rien faire. Aucun mouvement ne parviendrait à changer cela, ne pourrait faire revenir ces deux douces bouches vers sa hampe, redémarrer l'objet profondément enfoncé en lui ou ramener le Dom qui avait utilisé ses paumes pour son propre plaisir. Tout ce qu'il pouvait faire, c'était rester silencieux, immobile, se concentrer afin de reprendre son souffle et, avec un peu de chance, peut-être que les deux hommes qui contrôlaient sa vie lui rendraient tout et le laisseraient atteindre sa jouissance. Il pouvait toujours espérer.

Diesel et Trenton observaient sans un mot. Ils étaient stupéfaits de voir à quel point Paris gardait le silence. Ils s'étaient attendus à ce qu'il lutte et se débatte – qu'il rue considérablement contre ses contraintes, mais il ne le fit pas. Pas longtemps du moins. Cédant beaucoup plus rapidement qu'il l'avait fait la première fois qu'ils l'avaient attaché.

L'étage supérieur était empli des sons érotiques de gémissements des autres personnes impliquées dans leurs propres jeux et bientôt, le bruit exquis d'un martinet en cuir claqua contre la peau d'un sub.

Les sons affluaient autour de leur nouvel esclave, le tourmentant plus alors qu'il attendait que leurs prochains souhaits commencent. Ils avaient autorisé Sasha et ses deux soumis à jouer pendant presque trente minutes et maintenant, ils le faisaient patienter depuis cinq insoutenables minutes. Même si Sasha avait indiqué à ses garçons de s'occuper de son sexe tandis qu'ils attendaient, Diesel semblait prêt à supplier lui-même, si Trenton ne laissait pas le trio reprendre leur plaisir avec l'ange attaché.

Trenton tapota le bras de Diesel et appuya sur la télécommande afin de commencer une série de sensations destinées à augmenter lentement, retomber, puis augmenter un peu plus, et retomber à nouveau puis à la troisième vague délivrerait l'orgasme tant attendu. Paris sursauta, son corps entier se tendant lorsque le gadget dans son orifice se mit en marche, ses gémissements l'attendant déjà. Un hochement de tête de Trenton et Sasha ordonna à ses jumeaux de retourner à leur délicieux repas tandis qu'il plaçait son propre membre douloureux entre les caresses des mains liées de Paris.

La symphonie de connexion érotique recommença et plusieurs membres qui n'étaient pas déjà pris par leur propre scène se rassemblèrent pour regarder tandis que l'intensité augmentait.

Les profonds gémissements de Paris emplirent la pièce. Chaque muscle de son corps se tendait contre les cordes alors que son orgasme remontait doucement à la surface. Sasha rejeta la tête en arrière dans un halètement puissant arraché de sa gorge, et ses hanches commencèrent à se balancer violemment. Même les jumeaux trouvèrent des moyens supplémentaires pour ajouter à leur plaisir, caressant chacun l'érection de l'autre alors qu'ils continuaient à sucer et lécher la hampe engorgée de leur sujet, le conduisant vers un tel pic de plaisir que leur prix allait exploser à tout moment.

Le cerveau de Paris tournait comme une toupie, son corps passant d'une sensation à l'autre, chacune allant crescendo. Même l'acte brutal et érotique qui se déroulait dans ses mains était une vague enivrante de stimulation. Même s'il était certain que ses paumes ne pouvaient éjaculer, le reste de son corps le pouvait, et cela allait arriver rapidement.

Les muscles de Paris se crispèrent. Bon sang, il voulait pousser, il voulait s'introduire avec force dans cette bouche succulente qui continuait de le lécher, son sexe s'enfonçant dans la gorge du jeune sub – si foutrement bon. Oh, Seigneur, il était dévasté, amené au bord de l'extase et de la destruction, et il les trouverait toutes les deux lors d'une ultime poussée. Paris perdait l'esprit sous une telle ivresse de plus en plus intense. La manière dont elle ondulait dans tout son corps, l'échauffait, palpitait juste sous ses testicules, son sexe se languissant de sa libération. Il allait jouir et son cerveau jaillirait de son membre en même temps. Tout son corps exploserait s'il n'y avait pas les cordes pour le retenir. Lancinant et vibrant. Le vibromasseur ondulant et s'étendant dans son orifice atteignit le sommet de la troisième vague et Paris ne pouvait plus le supporter plus longtemps.

— Jouis maintenant, Paris.

L'ordre fut murmuré à son oreille.

— Dominuffs ?

Ses yeux s'ouvrirent et découvrirent Trenton se tenant au-dessus de lui, ses doigts peignant ses cheveux.

— Souviens-toi, ça m'appartient. Jouis pour moi, Paris.

Comme si son corps avait réellement attendu l'ordre lui permettant de trouver sa libération, tout se verrouilla. Ses muscles se raidirent et Paris mordit la partie en caoutchouc de son mors. La foudre traversa son corps, explosant dans son scrotum et dans sa prostate, jaillissant et pulsant de son membre pourpre. Son corps trembla et ces tremblements devinrent violents contre les cordes le maintenant. Il ne pouvait pas pousser, ne pouvait pas chevaucher son propre orgasme, mais l'ordre était donné et son corps obéit – si intense qu'il ne pouvait que ressentir le rythme ondulant – crête après crête, un raz-de-marée de sensations tumultueuses et fracassantes le parcourant de la tête à son aine. Il ne pouvait qu'imaginer le soumis qui l'avait dans la bouche et qui était maintenant probablement noyé. Ses propres cris, enroués au-delà du possible, emplirent ses oreilles, se déversant hors de sa dernière once de conscience jusqu'à ce que le dernier déferlement s'apaise. Même le gadget caché profondément en lui sembla sentir la crête qu'atteignit son corps et ralentit sa sensation rythmique, se calmant jusqu'à ce qu'il finisse par s'arrêter.

Il sentit les deux bouches laper son ventre, prenant ce qu'elles avaient visiblement laissé déborder. Il sentit les lèvres du Dom sur le côté de son visage, le remerciant pour ce fabuleux orgasme. À quel point était-ce étrange ? D'être remercié ? Bon sang, il n'avait fait que subir, incapable de bouger ou de participer pour aider.

Mais le cerveau de Paris était déjà à la dérive, son corps complètement épuisé, devenant mou. Ses bourreaux le quittèrent. Comme bercé dans une sensation onirique, Paris remarqua à peine leur absence. Il sentit une main forte et ferme sur sa tête, lui caressant les cheveux – la main de Patronus. Elle était déjà gravée dans sa mémoire. Il reconnaitrait ce toucher n'importe où, même s'il n'arrivait pas à trouver suffisamment d'énergie pour ouvrir les yeux et le confirmer. Dérivant – se balançant – comme flottant dans une sensation de sommeil sur un radeau sur l'océan.

Le léger contact des cordes disparut, un bout à la fois, et des mains fermes massèrent sa chair et ses muscles là où les liens s'étaient trouvés. Mince, que lui était-il arrivé ? Son cerveau, son corps entier étaient épuisés, sans aucun effort physique de sa part. Il sentit le plug être retiré de son corps, le gémissement qui suivit – une voix inconnue dont il lui fallut quelques instants pour reconnaitre comme sienne. Elle semblait même étrangère à ses propres oreilles, son corps ayant l'air de ne plus lui appartenir.

— Nous allons te relever, Paris.

Quoi ? Étaient-ils fous ? Bon sang, son corps flottait quelque part dans l'espace et ils voulaient qu'il se lève ?

— C'est bon. Nous allons t'aider, maintenant, lève-toi, dit la voix profonde et rassurante comme une caresse, le tenant tendrement, alors que ses Maîtres ressuscitaient son corps du banc.

Chaque pensée semblait lui demander un effort, comme si on lui disait de se réveiller alors qu'il était profondément endormi, et que le cerveau l'interprétait différemment. Mais ses pieds réussirent à trouver le sol, alors que deux corps solides comme des piliers passaient au même moment sous ses bras. Seigneur, c'était si sacrément embarrassant, incapable de marcher par lui-même après n'avoir eu qu'une fellation et un plug dans son orifice. Ils devaient penser qu'il était vraiment faible. Cependant, ayant à peine la force d'aller par lui-même là où ils le conduisaient, il décida qu'il travaillerait sur sa défense à un autre moment.

Un corps se volatilisa de son flanc, puis il sentit un peignoir, ou peut-être rien de plus qu'un sarong ou une serviette, il n'était sûr de rien, être noué autour de sa taille. Il était si parti. Puis il sentit des mains l'étendre sur l'un des canapés et il se retrouva entre des jambes épaisses.

Trenton allongea Paris jusqu'à ce qu'il soit à plat ventre sur les genoux de Diesel. La scène avait presque submergé Paris et il planait proche d'un début d'euphorie. Ils le firent si doucement et lentement, afin de ne pas le sortir de cet état et lui voler cette expérience, mais il devait être tenu après cette activité. Il reviendrait bientôt de lui-même et entrerait sûrement dans un profond état émotionnel. C'était un moment fragile pour un soumis, ce qui était la raison pour laquelle l'attention qui suivait était une part si importante, afin de prévenir une dépression post-scène. Et même un grand type comme lui avait besoin d'être aussitôt rassuré. Même si les soins étaient vitaux, leur importance grandissait en fonction de l'intensité de chaque scène.

Diesel se détendit tandis que les bras de Paris s'enroulaient instinctivement autour de ses hanches, s'accrochant presque violemment, sa tête reposant sur les cuisses de Diesel alors que le reste de son corps s'étirait entre ses jambes.

Paris resta résolument planté sur les genoux de Diesel, mi-endormi, mi-conscient. Son corps frissonnait de partout comme s'il était lui-même le jouet vibrant maintenant. Les mains fermes de Diesel caressaient l'arrière de sa tête et sa nuque, lui assurant que tout allait bien, mais Paris n'en était pas si certain. Que diable venaient-ils de lui faire ? Il ne pouvait pas expliquer comment il avait joui de plus d'une manière, toutes en même temps, se noyant dans une tempête de sensations multiples et se retrouvant dans un tel état de faiblesse au premier acte de stimulation qu'ils lui avaient délivré. Mon Dieu, si ce n'était que le commencement, à quoi ressemblerait-il quand Trenton et Diesel se lâcheraient réellement sur lui.

Il souhaitait pouvoir retrouver sa force. Bon sang, il ne savait même plus où il était désormais. Il le savait, mais il ne le savait pas. Il avait l'impression d'être séparé de son corps. Étendu sur les genoux de son Patronus, ce corps musclé érotique qui lui mettait l'eau à la bouche, et il n'avait même pas la force de faire quoi que ce soit à ce sujet. Quelle ineptie humiliante ! Il songea à ne se concentrer que sur une partie de son corps – sa tête. Il pouvait la bouger, alors il pouvait lever les yeux vers son Maître, mais non – ce serait encore pire que son état émotionnel à cet instant, de voir la déception de Diesel envers lui qui s'était montré d'une telle faiblesse incompétente. C'était de la folie. Il était censé être insatiable, toujours prêt et dur comme le roc pour le prochain round. Était-il dur ? Avait-il même une érection ? Il ne pouvait vraiment pas le dire, il était si... si... waouh... satisfait. *Je pense que je vais rester ici un peu plus longtemps.*

— Derek, avons-nous encore de ces plateaux de fruits ? demanda Trenton au barman alors qu'ils atteignaient le bar, descendant du club privé à l'étage.

— Je crois que oui, Dominus.

Les yeux de Derek se posèrent sur Paris et l'expression épuisée sur le visage de l'esclave.

Paris sentit un éclair de chaleur sur ses joues. Mon Dieu, est-ce que tout le monde ici savait ce que Trenton et Diesel lui avaient fait ? Savaient-ils tous qu'il n'était rien de plus que du beurre fondu entre leurs mains et qu'il n'avait même pas encore été baisé ?

— Demande à l'un des subs d'en apporter un dans mon box ainsi qu'un grand verre de smoothie revigorant, lui dit Trenton avant de faire courir sa main le long du corps de Paris puis de lui donner une petite pression dans le bas de son dos pour le faire avancer.

— Oui, Dominus, répondit le barman.

Trenton et Diesel se dirigèrent vers la pièce, Paris étroitement gardé entre eux. Il récupérait toujours mentalement et émotionnellement de son expérience, ils ne voulaient pas que quiconque prenne la liberté de le toucher. Les regards dans sa direction, ils ne purent les stopper que quand ils atteignirent l'intimité derrière la vitre sombre de son box.

Trenton prit sa place habituelle au centre du canapé en forme de croissant et fit signe à Paris de s'installer à ses pieds, l'autorisant à poser sa tête sur ses cuisses, tandis qu'un jeune blond entrait avec un plateau de fruits coupés et un grand verre rempli d'une épaisse concoction verdâtre.

— Bois, lui dit Trenton.

Paris amena le verre à son nez et renifla ; jus d'orange et Dieu sait quoi d'autre. La couleur n'était certainement pas attrayante.

— Je passe, dit-il en le reposant sur la table avant de laisser sa tête retomber contre la cuisse de Trenton.

— Ce n'était pas une requête. Maintenant, bois, ordonna Trenton tandis qu'il passait sa main dans les cheveux de Paris.

— Qu'y a-t-il dedans ? s'enquit ce dernier, luttant contre son hésitation à le reprendre.

— Jus d'orange, grenade, avocat, goyave, ananas, thé vert, lait de coco et algue bleue. Ton corps en a besoin et ce n'est pas aussi mauvais que ça en a l'air.

Paris prit une timide gorgée. C'était légèrement pulpeux, mais comme Dominus l'avait dit, ce n'était effectivement pas trop mauvais, alors il se résolut à le boire avant que son palais ne change d'avis, puis il reposa le verre vide sur la table.

— Le plateau est également pour toi, mais ne mange pas aussi vite que tu as bu. Ton corps est encore pris dans un tourbillon de sensations. Je ne veux pas que tu tombes malade.

Paris ramassa une rondelle de banane entre ses doigts. Son estomac eut brusquement envie de protester à toute suggestion de nourriture.

— Vous devez penser que je suis un imbécile.

— Pourquoi crois-tu que je penserais cela ?

La question n'était pas pour se moquer de lui ou contrarier plus profondément ses émotions, mais plutôt chaleureuse et soucieuse.

— Je n'ai pas su gérer ce que vous m'avez fait là-haut.

— Tu as plutôt bien réagi. Pourquoi penses-tu le contraire ?

Paris leva les yeux vers lui – *était-il sérieux ? Ne voyait-il pas ?* – il avait joui comme un garçon inexpérimenté, il avait mouillé son pantalon pour la première fois et puis rien – pas même la force de s'éloigner et d'en sourire.

— Vous avez pratiquement dû me porter pour sortir.

Il se détourna, incapable de mettre son humiliation en paroles.

— C'est parce que tu es habitué au sexe actif, pompé à l'adrénaline et aux endorphines. Maintenant, tu as expérimenté la stimulation sans rien d'autre que des sensations. Ton corps a fait ce que ferait n'importe quel corps – il a ressenti jusqu'à ce qu'il n'en puisse plus.

— N'importe lequel ?

Cela avait retenu son attention.

— Même vous ?

Trenton émit un bruit de gorge qui était presque un rire – presque.

— Je ne me soumets jamais, Paris. Alors non, mais ton corps a fait ce que tout sub ou esclave que j'ai eu a fait. Et tu l'as fait si magnifiquement. Tous ceux qui regardaient ont apprécié.

Paris fronça les sourcils. Seigneur, il aurait pu passer le reste de sa vie sans connaître ce dernier détail. Juste au moment où il commençait à se sentir un peu moins embarrassé – ce ne serait plus le cas à présent.

— Détends-toi, Paris. Tu as bien fait.

Trenton caressa la tête de Paris, l'exhortant à se relâcher et à cesser de penser.

Comme si c'était possible.

CHAPITRE DIX-HUIT

VENDREDI SOIR

Trenton venait d'arriver au club après être passé chercher Diesel, Marcus et Harper. Ses trois esclaves, Paris, Marcena et Rachel, le suivaient de près alors qu'il approchait du bar, faisant un signe à Derek. Il n'avait pas besoin de dire quoi que ce soit d'autre ; Derek savait ce qu'il buvait et comment il le buvait. Il avait à peine atteint le comptoir lorsque Dane sortit de son bureau derrière le bar et l'appela.

— Dominus, il y a une esclave pour le club dans le bureau. J'ai besoin que tu passes en revue les règles du protocole.

Trenton se dirigea vers la porte du bureau afin de lui parler en privé, loin de la foule qui s'agglutinait au comptoir, accompagné des trois subs qui le suivaient docilement comme son ombre.

— Dane ! J'ai déjà les mains pleines – j'ai trois esclaves à gérer. Dont un que je prévois de confier à quelqu'un d'autre ce soir, mais cela ne signifie pas que je peux m'occuper d'une autre ou même que j'en veuille une autre.

— Je n'ai pas besoin que tu la formes. Elle veut être servante pour le club. Elle sera gérée par les Doms.

— Alors pourquoi ne vois-tu pas directement le protocole avec elle ?

Les mains de Trenton positionnèrent distraitement ses trois esclaves à genoux afin qu'ils patientent tranquillement alors qu'il bataillait avec son frère.

Dane ignora la tension de Trenton, lui adressant un sourire enjoué.

— Prends seulement un moment pour lui expliquer les règles et me donner une évaluation. Je dois passer au *Stilettos* ce qui me prendra un peu de temps et je dois faire l'inventaire des boissons ici avant la fermeture.

Dane leva ses mains en l'air dans un geste qui voulait dire *« que veux-tu que je te dise »* et ajouta pour faire bonne mesure :

— D'ailleurs, tu fais cela mieux que moi.

— Très bien, vas-y et ne reviens pas trop tard.

En dépit de ses intentions, Dane s'arrêta et baissa les yeux vers Paris, agenouillé devant la porte. Il fit courir sa main dans les cheveux sombres de l'homme et les tira pour qu'il le regarde.

— Tu devrais me laisser te débarrasser de celui-ci un moment.

Bien que la remarque de Dane soit pour Trenton, ses pensées, autant que ses yeux, s'attardaient définitivement sur Paris.

— Paris reste ici.

Trenton saisit la carafe de tequila que Derek avait posée au bord du comptoir pour lui, ainsi qu'un verre vide et un autre rempli de condiments, puis passa devant Dane et entra dans le bureau pour rencontrer la nouvelle fille que son frère avait amenée. Trenton revendiqua le fauteuil derrière le large bureau, se versant un shot alors qu'il prenait un moment pour survoler la candidature déjà remplie de la jeune fille.

Paris, voyant qu'il avait toujours l'attention de Dane, ne bougea pas pour le laisser passer.

— Je ne savais pas que vous étiez gay ?

Ses yeux étincelèrent d'une lueur de luxure au charme sombre pour le Grand Maître.

— Hum, je baise tout ce qui m'attire, et là maintenant, je ne serais pas contre le fait d'avoir ta bouche sur ma queue.

Dane tira sur ses cheveux afin de l'asseoir et frotta le renflement lancinant contre le visage de Paris qui répondit en le mordillant à travers son pantalon.

— Je peux être addictif...

Paris se lécha les lèvres, et *porta l'estocade.*

— Je suis bon à ce point.

Il laissa sa fierté transparaître. *Et aucun de ses scrupules.* Il était si excité qu'il était plus que prêt à accepter n'importe quelle avance, à ce stade. Surtout venant d'un des golden boys des frères du Dominion. Cela était encore mieux.

— Oui ?

Dane fut emballé par la proposition et recula rapidement dans son bureau, se déplaçant sur le sofa alors qu'il déboutonnait son pantalon et sortait son érection grandissante tout en se laissant tomber sur les coussins.

— Viens ici, nous allons tester cette affirmation.

— Dane, ne fais pas ça, l'avertit doucement Trenton, mais il était trop tard.

Paris était trop désireux de le satisfaire et il était déjà à genoux devant Dane, prenant sa longueur dans sa bouche.

Ce dernier gémit dès le début alors que Paris le suçait, sa langue chaude s'enroulant autour de l'érection douloureuse. C'était l'une des rares choses sur lesquelles Trenton et lui divergeaient. Dane avait peu de scrupules au sujet du sexe, du moment qu'il en avait, mais il préférait davantage se faire sucer par un homme, plutôt qu'une femme. Ce n'était que lorsqu'elle était formée par Trenton que la bouche d'une femme était tout aussi bonne. Pourtant, dès le début, Dane put le dire – il n'y avait aucun doute à ce sujet – Paris était tout ce qu'il prétendait être. La bouche de cet homme était incroyable.

Dane laissa sa tête retomber sur le canapé et poussa un cri rauque – moitié grognement, moitié gémissement.

— Bon sang, c'est bon – *Ahh* – tu vas me faire jouir très rapidement.

Paris y mettait tout son cœur. Dominus et Patronus l'avaient gardé excité et sur le qui-vive toute la semaine. Taquinant son excitation pour la garder à son paroxysme, mais ne l'autorisant jamais à recevoir ou même donner un quelconque plaisir physique. Ce manque conféra à Dane une saveur plus piquante et masculine dans sa bouche. Il avala avidement la chair raidie, suçant et léchant le gland sensible, déterminé à avoir sa récompense.

Trenton secoua la tête, se disant qu'il ne pourrait pas mettre un frein à ce que faisaient ces deux-là. Il pouvait voir que Paris en profitait autant que son frère, ce qui signifiait qu'il allait devoir les arrêter bientôt, d'une manière ou d'une autre. Mais s'il faisait cela, il allait voir Dane souffrir autant que son esclave, alors il allait devoir attendre la toute dernière minute avant de le rappeler. En attendant, Trenton fit un signe à ses deux autres esclaves attendant toujours à l'extérieur du bureau et regardant les deux hommes les yeux écarquillés. Il indiqua aux filles de s'asseoir sur la banquette, en face du canapé, dans le coin, puis reporta son attention sur la jeune fille assise devant lui.

— Cameron, c'est ça ? demanda-t-il en éloignant l'attention de la jeune fille de Paris et Dane.

Elle détourna rapidement le regard du spectacle et lui fit face, les joues rouges.

— Oui, Maître.

— Je suis le Dominus. Comprends-tu dans quoi tu t'engages ?

— Oui, Dominus. À être une servante pour les membres du club dans une section privée.

— Et tu comprends que cela signifie que tu seras disponible pour être utilisée sexuellement par l'un d'entre eux, comme il lui plaira, ce qui veut également dire plusieurs membres différents dans une même soirée, à la fois masculins *et* féminins.

Il vit son souffle s'approfondir ; son excitation la trahissait. Spécialement à la façon dont elle essayait si durement de regarder Dane tandis que Paris le suçait pour son grand plaisir, sans tourner totalement la tête, *mais oh combien ses yeux s'efforçaient d'observer.* Elle se lécha les lèvres avec la satisfaction muette qu'elle pourrait être la prochaine à servir son nouveau patron de la même manière.

— Ah, putain, oui !

Dane haletait, sa tête complètement renversée sur le dossier du canapé alors qu'une de ses mains agrippait un côté du visage de Paris.

Trenton secoua la tête en direction des deux hommes puis poursuivit avec la fille.

— Et tu comprends qu'en signant un contrat avec le club, tu seras soumise à différents modes d'expressions du BDSM ? Tu seras attachée, menottée, enchaînée, fouettée, fessée, tu recevras des coups de canne et tu auras des dénis d'orgasme. On attendra de toi que tu effectues ou reçoives des performances orales, et ce genre de sexe s'accompagne souvent de jouets. Comprends-tu et acceptes-tu tout cela ?

— Oui, Dominus.

Elle se lécha à nouveau les lèvres.

— Et tu comprends que tu ne pourras jamais demander d'argent à un membre du club. Tu n'es pas autorisée à fraterniser avec les membres en dehors du club. Si l'un d'eux souhaite te mettre un collier en tant que soumise personnelle, tu devras soumettre un formulaire de fin de contrat et tu ne seras plus employée par le club. Nous nous quitterons en bons termes et ton Dom pourra t'emmener s'il le souhaite. Comprends-tu bien tout cela ?

— Oui, Dominus.

Elle ne manquait jamais de répondre de façon appropriée.

— As-tu déjà été soumise auparavant ?

Avant qu'elle puisse répondre, les cris de plaisir de Dane se déversèrent en gémissements essoufflés.

— Oh oui… si proche. Suce, Paris, suce-moi plus fort.

Dane était dans son propre monde, totalement immergé dans la sensation. Ses mains retenaient l'esclave enroulé autour de son membre.

— Cameron ?

Trenton ramena son attention sur lui.

— Tu dois rester concentrée sur moi en ce moment. Est-ce que c'est compris ?

Son regard papillonna vers Trenton.

— Oui, Dominus, répondit-elle en hochant timidement la tête.

— Maintenant, tu vas me parler de ton expérience.

— Mon petit-ami, Tommy, m'a formée. Il a envoyé une candidature pour me vendre à cette vente aux enchères, mais je suppose que j'ai été refusée. Alors, je suis venue ici à la place.

Trenton tapota ses doigts sur le bureau pendant un instant, comme si en faisant ça, cela apporterait l'information nécessaire ; il avait refusé de nombreuses candidatures. Toutes les mêmes, des demandes de petits amis souvent coincés. C'était toujours de mauvaises nouvelles candidatures. Certains hommes pensaient pouvoir rapidement se faire de l'argent parce qu'ils avaient trouvé une petite amie avide et peut-être naïve. Trenton ne les acceptait jamais.

— Te souviens-tu pourquoi tu as été refusée ?

— Tommy a dit que c'était tous des connards qui ne savaient rien de ce que les gens voulaient acheter…

Elle s'interrompit un instant, ses yeux volant dans la pièce comme si elle s'inquiétait que quelqu'un puisse l'entendre, puis elle se pencha en avant.

— J'ai trouvé la lettre qu'ils avaient envoyée dans son bureau quand je rangeais son linge. Elle disait que ma candidature ne pouvait être examinée à l'heure actuelle, car je n'avais pas été correctement formée par un Dom reconnu et que je manquais d'une réelle expérience d'esclave pour être vendue.

— C'est une expérience profondément et émotionnellement bouleversante. Ce n'est pas pour les âmes sensibles.

— Oh, je ne le suis pas. C'est pourquoi je veux travailler ici.

— Et ton petit ami ? Que veut-il ?

Il n'était pas question pour Trenton de reconnaître un petit ami comme un Dom, s'il était celui auquel elle se réfèrerait en tant que Maître, Monsieur, ou quoi que ce soit d'autre.

— Oh.

Elle baissa les yeux.

— Nous avons rompu.

Cela ne fit que confirmer que ce *Tommy* espérait filer avec quelques billets et se débarrasser de sa petite amie par la même occasion. Par la suite, il se renseignerait plus précisément sur *Tom* et aurait une petite discussion avec ce gamin. Il jeta un œil vers Paris et Dane, toujours en pleine action. L'esclave avait ajouté quelques manipulations sur les testicules de Dane, donnant un nouveau sens au jeu d'endurance. Dans tous les cas, la récréation approchait de sa fin, mais pour le moment, il se retourna vers Cameron.

— T'a-t-il donné un mot de sécurité ?

— Oui. Super bunny.

Trenton poussa un profond soupir.

— Ici, tout le monde utilise les mêmes mots : Rouge pour arrêter, Jaune pour faire une pause si tu es *incertaine ou deviens trop nerveuse.* Enfin, nous utilisons Vert pour assurer verbalement que *tu es prête.* Tu devras également t'adresser à tous les membres en utilisant Monsieur/Maîtresse ou Dom/Domina. Compris ?

— Jaune, Monsieur ? demanda Cameron en lui lançant un regard perplexe.

— Il y aura des moments où un Dom poussera tes limites, si tu es effrayée, mais que tu ne veux pas réellement que la scène prenne fin pour l'un d'entre vous, tu peux dire Jaune. Ton Dom pourra ralentir le jeu ou faire une pause afin de t'expliquer un peu plus ce qu'il attend de toi, ou alors changer entièrement le jeu. Bien compris ?

— Oui, Monsieur.

Elle cilla un instant puis leva les yeux.

— Dominus ?

— Oui.

— Vous n'arrêtez pas de me demander si je comprends. Je ne suis pas une gourde.

Elle défendait son honneur sans pour autant être impertinente.

— Je n'insinue pas que tu l'es. En tout état de cause, tu es encore nouvelle dans ce domaine, ainsi que pour nous, et je dois m'assurer que tu comprends dans quoi tu t'engages. La plus grande part du BDSM est basée sur la confiance, et elle ne vient qu'avec la communication. Une fois que tu comprends ce pour quoi tu signes, nous pouvons commencer l'apprentissage des besoins de ton corps afin qu'il puisse faire l'expérience du plaisir. Compris ?

Un sourire chaleureux fondit sur son visage.

— Oui, Dominus.

Sur le canapé, Dane s'enfonçait à présent dans la bouche de Paris, ses inspirations profondes et rauques sortant en sifflements exacerbés.

— Paris, appela calmement Trenton, et il savait que ce dernier saurait ce qu'il attendait de lui. Paris, arrête maintenant, ajouta-t-il en donnant l'ordre final.

(ᵕ̈)

Paris entendit le Dominus et il savait qu'il ne devait pas désobéir, mais bon sang, c'était difficile de s'arrêter. Il avait presque fait atteindre l'orgasme au Grand Maître et il se serait délecté de sa saveur, mais il fit comme ordonné et s'éloigna du membre de Dane. Il embrassa l'extrémité pourpre enflée puis baissa son visage sur les genoux de Dane, déposant un baiser léger sur la peau douce de son aine à travers le pantalon et se mordit la lèvre. Il était si sexuellement frustré ; il allait exploser, violer quelqu'un ou simplement baiser un trou dans le mur si Dominus ne lui donnait pas une sorte de libération. Bon sang, rien que d'avoir le sperme de Dane dans sa bouche aurait été suffisamment agréable pour lui apporter une solution temporaire.

(ᵕ̈)

— Putain, tu es un enfoiré, Trenton, haleta Dane, sa main caressant la tête de Paris.

— Au moins, *mes* esclaves m'obéissent.

— J'aurais aimé qu'ils ne le fassent pas, juste une fois.

— Paris, viens ici avant qu'il ne t'incite à faire une telle chose.

— Je pourrais finir, Grand Maître Dane, offrit Cameron en se tournant.

Dane se contenta de gémir, puis commença la tâche douloureuse de remettre son érection dans son pantalon.

— Désolé, chérie, je ne peux pas te laisser faire.

Cameron lança un regard blessé à Trenton.

— C'est le protocole. En tant que propriétaire, il ne peut profiter de toi que soixante jours minimum après ton arrivée.

— Vraiment ? Pourquoi ?

Elle ne réussit nullement à cacher sa déception.

— C'est une période d'adaptation. Comme cela, tu n'auras pas le sentiment que l'on profite de toi, *et* cela le protège des poursuites.

Trenton fit signe à Paris de s'agenouiller près de son siège, puis il se leva et se dirigea vers la porte afin de l'ouvrir en grand.

— Derek ! Viens ici, ton Grand Maître a besoin de toi.

— Le bar ? demanda ce dernier.

— Il est encore tôt. Zane peut s'en occuper seul.

Trenton lui adressa un regard d'avertissement, lui faisant savoir qu'il devait passer de barman à soumis dans l'instant.

Il obéit et entra.

Derek travaillait au *Club Pain* depuis son ouverture. Un sub dévoué au club et qui servait son Grand Maître chaque fois qu'il était appelé. Dane prenait bien soin de lui en retour du plaisir qu'il lui procurait.

Derek ferma la porte derrière lui et se tint debout en silence, attendant les instructions alors que Trenton reprenait sa place derrière le bureau de son frère et se versait un verre de la petite carafe que Derek lui avait servie à son arrivée. Les yeux de Trenton surprirent les doigts de Cameron se pressant entre ses jambes.

— Cameron, stop !

L'ordre de Trenton jaillit rapidement et la tête de la jeune femme se releva vivement dans un halètement, ses doigts se figeant sur place.

— Je ne t'ai pas donné la permission de te toucher, n'est-ce pas ?

— Non, Dominus.

Elle retira timidement sa main et la reposa à ses côtés.

— Bonne fille.

Il but son verre de tequila, ravalant la brûlure, puis retourna à ses affaires avec Derek.

— La queue de ton Grand Maître a besoin qu'on prenne soin d'elle. Occupe-t'en, s'il te plaît.

Trenton donna négligemment ses nouvelles instructions au barman puis saisit la main de Paris et l'attira pour le mettre à ses genoux, le positionnant délicieusement près de sa propre érection engorgée.

Paris prit cela comme un bon signe et bougea ses doigts afin de caresser Trenton à travers son pantalon, mais des paroles sévères l'arrêtèrent.

— Ne touche pas !

— Sérieusement ? demanda Paris en lui lançant un regard incrédule.

— Je suis vicieux, n'est-ce pas ?

— Oui, convint Paris en faisant la moue.

Derek s'agenouilla devant Dane, se léchant instantanément les lèvres à la vue du membre enflé de son Grand Maître, partiellement rangé et essayant désespérément de sortir.

— Quel est le problème, mon Grand Maître ? L'ange n'a pas été aussi bon qu'il veut le faire croire et n'a pas pu finir la queue de mon Maître ?

Derek jeta un coup d'œil à Paris par-dessus son épaule, uniquement pour le provoquer. Il savait qu'il n'aurait pas dû le faire, rien qu'à le regarder. Mais il savait également que l'esclave était conditionné pour les jeux de ce soir. Dominus et Patronus ne lui laisseraient pas plus avoir le plaisir de la libération d'un Maître que la sienne, mais cela n'empêchait pas Derek de tirer profit de la situation délicate de l'autre homme en le provoquant un peu pour son propre plaisir.

Derek libéra le membre de Dane de son pantalon et enroula sa main autour de la hampe raidie, la masturbant doucement.

— Regardez ça, si belle et dure pour moi.

Dane remua sur le canapé afin d'être de nouveau à l'aise. Il ignora la ruse de son soumis, l'autorisant à jouer avec l'esclave de Trenton. Ce n'était que justice et constituerait un bon amusement plus tard, quand ils les opposeraient l'un à l'autre. Mais pour le moment, ce qu'il voulait, c'était la bouche de Derek sur son membre et il tendit le bras pour saisir sa tête et la guider vers le bas.

— Cesse de parler, *pet*, et suce-moi.

Derek lapa le gland évasé et collant avec sa langue et fredonna de plaisir, haut et fort, afin que Paris l'entende.

— Vous êtes si proche, Grand Maître, et de penser que la récompense va être mienne... chantonna-t-il dans un murmure rauque.

(•ᵕ•)

Paris bouillonnait de convoitise, ce qui l'énervait. Il pouvait encaisser les provocations, mais que Derek obtienne la récompense ? C'était des propos de défi.

(•ᵕ•)

Ayant réglé le problème dans la pièce, Trenton se retourna vers la fille, toujours assise sagement devant lui, les mains le long du corps et les yeux baissés.

— L'étage ferme une heure avant le reste du club, ce qui te donne tout le temps nécessaire pour nettoyer le matériel. On attend de tous les soumis du club qu'ils nettoient tout l'équipement, le matériel et les jouets pour une hygiène irréprochable. La seule exception est si tu entres dans la zone juste avant la fermeture.

— La zone ?

— Certains l'appellent le sous-espace.

Mais il pouvait voir qu'elle ne savait pas non plus ce que c'était.

— C'est une anomalie physique lorsque tu atteins une euphorie accrue provoquée par une soumission totale et qui te plonge essentiellement dans un état second. Ce n'est pas une expérience courante, mais quand cela arrive, cela procure beaucoup de plaisir au soumis et même au Dom, car c'est le meilleur compliment qu'il reçoit sur ses compétences qui t'ont emmenée vers ce phénomène en premier lieu.

— Combien de temps cela dure-t-il ?

Malgré la distraction renouvelée près d'elle, la zone retenait son attention.

Trenton sourit. Le fait qu'elle gère la scène à côté d'elle alors qu'il passait en revue les détails et les règles du monde dans lequel elle voulait plonger la tête la première était une bonne chose.

— Le temps varie. Cela peut durer de quelques minutes à une demi-heure. Parfois, en de rares occasions, un peu plus longtemps. Mais seul le Maître sait comment obtenir ce genre de résultat.

— Mais, et si mon Dom ou un autre Dom veut que cela se produise, que dois-je faire alors ?

— Rien, la zone est ta récompense. Et personne n'est autorisé à t'en sortir. Un tel acte les bannirait ou leur adhésion serait suspendue. Si quelqu'un tente de le faire, utilise ton mot de sécurité : Rouge.

— Un Dom a-t-il jamais ignoré un mot de sécurité ?

— Pas dans notre club à l'étage. Je ne dis pas que cela n'arrivera jamais. Nous sommes humains. Si cela devait se produire, alors va chercher la personne qui garde la porte et dis-lui que tu as prononcé le mot Rouge et que tu dois voir l'un des Maîtres. Puis tu t'agenouilleras dans la position appropriée et tu attendras.

— Mais je n'aurai pas d'ennuis avec le Dom pour cela ?

— Pas du tout. Les représailles ne sont pas tolérées. Tu ne seras pas non plus susceptible de rencontrer ce genre de chose à l'étage.

Derrière Cameron, la respiration de Dane s'intensifia ; ses mains se refermèrent autour de la tête de Derek et il lança un fort gémissement quand ses hanches enfoncèrent profondément son membre dans la gorge du soumis.

La main de Paris s'était déplacée, caressant l'intérieur de la cuisse de Trenton comme si *c'était* son sexe. Regarder l'orgasme du grand Maître et la récompense qui aurait dû être la sienne avalée par un autre le rendit plus énervé que jamais. Tandis qu'une main caressait toujours la jambe de Trenton, l'autre se posa sur son propre sexe et commença à le masturber par-dessus l'épais tissu de son kilt.

Trenton aperçut son geste.

— Paris, si ta main bouge à nouveau, je vais devoir les attacher toutes les deux.

— Désolé, Dominus, marmonna-t-il, sa main s'arrêtant lentement.

Il serra les dents, mais son regard continua de creuser un trou à l'arrière de la tête qui avait amené le Grand Maître à sa libération.

Dane se laissa tomber en arrière, poussant un long soupir de plaisir soulagé juste au moment où Diesel entrait, faisant une rapide évaluation de la pièce. Son expression indiqua qu'il trouvait la plupart des événements très amusants.

— Derek ne devrait-il pas être derrière le bar ?

Diesel ne se gênait pas pour critiquer les motivations de Dane qui faisait passer ses propres besoins avant ceux du club.

— Paris n'a pas été suffisamment viril pour amener mon Grand Maître à la ligne d'arrivée, dit Derek, profitant pleinement d'une autre occasion d'irriter le nouvel esclave.

Diesel s'arrêta net et jeta un regard à Paris, qui était toujours agenouillé aux côtés de Trenton, le visage agacé et ayant l'air très perturbé. Le regard de Diesel revint sur Derek.

— Je ne jouerais pas à cela à ta place, Derek, ou je pourrais te demander de le sucer.

C'était le pire genre de punition qui soit pour punir un sub – qu'on lui ordonne de servir un esclave.

Derek se releva lentement et s'approcha de Diesel, les yeux rivés sur Paris.

— Peut-être que Patronus aimerait que je m'occupe également des besoins de sa queue ?

Ce n'était pas un secret que Paris avait un sérieux béguin pour son Patronus. Tous les subs du *Club Pain* le savaient et la plupart devenaient de plus en plus jaloux de l'apparition soudaine de Paris aux pieds du Maître des Doms, là où d'autres avaient échoué à y parvenir.

La main de Diesel attrapa la nuque de Derek dans une prise ferme, mais non menaçante.

— Sur l'ordre de qui es-tu ici, soumis ?

Derek baissa instantanément la tête. Il sut immédiatement que Diesel ne faisait pas de concession dans le jeu de pouvoir et se soumit aux volontés de Patronus sans hésitation.

— Sur l'ordre de Dominus, mon Patronus.

— Alors, agenouille-toi en position jusqu'à ce qu'il te libère et te renvoie à tes tâches derrière le bar.

— Oui, Patronus.

Derek obéit silencieusement.

Diesel tourna autour de Cameron, toujours assise sur la chaise. De toute évidence, Trenton jonglait avec beaucoup trop de choses – il n'avait pas mis la nouvelle fille à genoux comme elle aurait dû l'être pour sa première introduction.

Marcena et Rachel, qui étaient calmement agenouillées sur la banquette, vêtues de la tenue du club qu'il avait choisie pour elles pour la soirée, restaient silencieuses, mais appréciaient le jeu de volontés qui avait lieu dans la pièce. Au moins, *elles* étaient à leur place. La main de Diesel se posa sur la nuque de la jeune fille, douce et ferme.

— Tu dois toujours être à genoux en présence du Dominus ou de moi-même.

La tête de Cameron se releva brusquement, les yeux écarquillés d'avoir fait quelque chose de mal.

— Ne me regarde pas.

Son autorité se renforça, inébranlable.

— Garde toujours les yeux baissés. Ne les lève jamais, à moins que ton Maître te l'ordonne.

Elle baissa rapidement la tête, ses yeux suivant le mouvement, mais elle oublia totalement le premier ordre.

— À genoux, maintenant ! répéta Diesel, donnant une intonation sévère à son ordre.

Rapidement, elle se précipita sur le sol pour se mettre à genoux, écartant les jambes et s'asseyant sur ses talons, ses mains volant sur ses cuisses, puis elle retourna ses paumes dans la pose adéquate, tout comme Derek attendait à présent.

— Très bien. Donc tu dois avoir été formée.

La main de Diesel lui caressa doucement la joue, la récompensant pour son obéissance.

— Oui, Maître.

Elle mit lentement ses bras derrière son dos et noua ses doigts. La pose poussait davantage ses seins en avant et ses tétons tendus pointèrent à travers le fin coton de son tee-shirt, trahissant son excitation. Diesel se redressa, la surplombant. Il ne lui donna pas l'ordre de regarder, mais il voulait qu'elle sache où il se trouvait et ressente sa position un instant.

— Je suis un Maître des Doms et à partir de maintenant, tu devras me répondre en m'appelant Patronus.

— Pa..., bégaya Cameron, sans comprendre le titre.

— *Pa – tron – nus*, la guida-t-il à travers la prononciation latine.

— Patronus – oui, Patronus, répéta-t-elle doucement.

Diesel se laissa tomber sur la chaise où elle avait été assise ; son attention se reporta sur Dane se prélassant toujours sur le canapé, sans même avoir pris la peine de ranger son sexe.

— N'avais-tu pas des choses à faire, ce qui est la raison pour laquelle nous avons dû venir ici ?

— C'est vrai, mais les lèvres de Paris m'ont fait faire un détour.

La main de Dane commença à caresser paresseusement sa hampe bien utilisée. Ses yeux démentaient cette impression, il envisageait déjà une autre tentative sur l'homme à qui Trenton autorisait si peu de liberté.

— Du moins, jusqu'à ce que Trenton lui dise d'arrêter.

La tête de Dane roula sur le côté et il sourit malicieusement à Diesel.

La main de ce dernier prit plusieurs mèches de cheveux de Cameron, raides et mordorés, avec de larges stries auburn et cuivrés. Ils étaient doux comme du velours et il apprécia la sensation entre ses doigts. Il leva les yeux et vit que Trenton attendait que le bavardage qui l'avait interrompu prenne fin. Diesel laissa échapper le plus petit des rires et hocha la tête, le laissant poursuivre les dernières parties de son protocole. Cependant, ses pensées retournèrent sur les cheveux de la jeune fille. Ils étaient longs, pas aussi longs qu'il les aimait chez une femme, mais suffisamment pour faire ce qu'il aimait faire avec, ce qui consistait à les frotter sur son membre pendant qu'il se masturbait. Cette seule pensée amena sa main sur le renflement de son jean qu'il frotta. C'était une chose de plus pour malmener les émotions de Paris, qui tendait le cou pour lui jeter un coup d'œil par-dessus le bureau.

Ce dernier sentit un pincement de jalousie et sa main se resserra, oubliant qu'elle était encore posée sur la cuisse de Trenton, qui le remarqua et le regarda.

Pour le Dominus, la pièce sembla brusquement surpeuplée.

— Derek, tu peux partir. Toi aussi, Dane.

— Hé, c'est mon bureau, sourit Dane, mais il n'avait pas l'air offensé.

Il avait épuisé la patience de Trenton, alors il devrait aller s'occuper de ses affaires au lieu de tirer avantage d'être assis ici sans aucune autre raison que de semer une espiègle zizanie.

— J'y vais.

Il se releva du canapé, lissa son pantalon et rentra sa chemise.

— Assure-toi d'être revenu à temps pour la fermeture, lui rappela Trenton.

— Je n'y manquerai pas, répondit-il en lui lançant un sourire satisfait.

Diesel se leva et contourna le bureau, se tenant derrière Paris. Les émotions orageuses de ce dernier n'étaient pas passées inaperçues et Diesel décida que cet esclave pour lequel il devenait rapidement intéressé avait besoin d'un peu de contact afin de l'aider à se concentrer. Il se pencha et laissa ses mains glisser sur les épaules de Paris, puis le long de son torse, saisissant les muscles tendus de ses pectoraux. Ses mains se refermèrent sur les disques plats des petits mamelons virils de l'esclave et les pincèrent.

Paris siffla, rejetant sa tête contre les cuisses de Diesel, et il gémit bruyamment. Il était déjà émotionnellement lessivé, mais la façon dont Diesel délivrait cette douleur exquise enflamma sa chair. Il ne désirait rien d'autre qu'attraper les mains du Patronus et les forcer à descendre autour de son sexe. Il voulait pomper dans sa prise jusqu'à ce qu'il explose, puis il obligerait Diesel à se baisser et...

Ses pensées furent interrompues lorsque Dane passa brusquement sa tête dans le bureau.

— Hé ! Ta souris vient d'arriver, ricana ce dernier alors qu'un sourire sinistre s'étalait sur son visage. Tu vas tomber par terre quand tu vas voir ce qu'elle porte.

Paris poussa un grognement. Diesel se moqua de lui, posant une main sous son menton et lui relevant la tête afin qu'il le regarde.

— Excité ?

— Putain, ouiiii, répondit Paris dans un grognement.

Trenton sauta pratiquement de son fauteuil.

— Kat est ici ? Ce soir ?

Il se précipita à la porte et y passa la tête. Un juron s'échappa de ses lèvres avant qu'il revienne dans la pièce et ferme la porte.

— Merde ! Ne sait-elle pas ce que ces petites robes me font ? Et me tourmenter davantage avec ces mi-bas ?

D'emblée, Trenton voulut en finir avec tout et tout le monde qui se tenait devant lui, afin de pouvoir être avec elle. Ce qui, il le savait, était impossible, cependant il *pouvait* remanier sa liste de choses à faire afin de libérer un peu de temps pour sa souris. Ce qui signifiait tout d'abord conclure les choses ici. Il retourna au bureau et se versa immédiatement un autre verre de tequila.

— Donc, Cameron, je veux que tu rentres chez toi et que tu réfléchisses à tout ce que je viens de te dire. Si tu veux toujours signer le contrat, alors appelle le bureau mercredi. Quand tu viendras, porte une tenue décontractée. Ne viens pas vêtue en tenue de club ou toute autre tenue de bondage ou fétiche. Tu te changeras pour porter ce genre de choses après ton arrivée. Tu te présenteras au Grand Maître Dane, qui sera toujours ton principal Dom.

— Je ne peux pas commencer ce soir ?

Le gémissement dans sa voix était clair comme le jour.

— Non. Tu dois d'abord y réfléchir.

— J'ai bien réfléchi et je veux le faire.

— Peut-être l'as-tu fait, mais pas avec les informations que je viens de te donner. Maintenant, mon premier ordre a déjà été donné. Ne me désobéis plus, à moins que tu n'aies plus l'intention de travailler ici.

— Oui, Dominus. Pardon, Dominus, dit-elle en baissant les yeux. Puis-je partir, Dominus ?

— Oui.

Elle se leva et attrapa son sac.

— J'appellerai mercredi pour mon emploi du temps.

— Bonne fille.

Il leva son verre et renversa son contenu dans sa gorge puis fit traîner son doigt sur sa langue, y portant la saveur de la sauce épicée.

— Oh, et Cameron ?

Il mordit une tranche de citron avant de la poser sur une serviette sur le bureau, attendant qu'elle se tourne vers lui.

— Pas de sexe avec quiconque entre maintenant et ton premier jour ici, et pas de masturbation non plus. Je te veux prête et excitée quand tu commenceras.

Son regard attentif s'étrécit, voyant son expression vaciller lorsqu'il lui donna ce défi dominateur, et il apprécia réellement la façon nerveuse qu'elle eut de déglutir en réponse à son ordre.

— Oui, Dominus.

— Si tu veux ce travail, tu ne me désobéiras pas. Je le *saurai*, et je devrai te punir pour ton premier jour. Ce n'est pas ce que nous voulons, n'est-ce pas ?

Elle déglutit à nouveau, mais son corps s'échauffa d'excitation et d'anticipation, et Trenton se demanda si elle serait du genre à désobéir délibérément, juste pour pouvoir être fessée.

— Oui, Dominus, haleta-t-elle, puis elle disparut par la porte.

Trenton s'installa confortablement dans son fauteuil, laissant ses pensées prendre possession de lui. Il lécha à nouveau ses doigts, savourant la saveur épicée s'y attardant toujours. Il aimait le premier jour d'un esclave, passer les règles en revue, les exciter puis leur refuser leur orgasme. Une torture si douce, si émoustillante. *Il avait hâte d'avoir la chance de le faire avec Katianna.*

Diesel profitait toujours de ses attouchements sur le corps de Paris quand il questionna Trenton.

— Que penses-tu de la nouvelle fille ?

— Une chaude petite diablesse, qui avait un petit ami aspirant Dom. Soit elle sera diaboliquement ouverte et deviendra une favorite du club, soit elle aura un important rappel de la réalité et sera complètement mortifiée d'être venue. Je mise sur la première option.

Trenton jeta un coup d'œil à Paris, qui était rapidement retombé dans sa zone de confort ; à savoir son fantasme d'être fermement pris en sandwich entre le corps de Diesel et le sien. *Qu'allait-il faire avec celui-ci ?*

— Diesel, peux-tu emmener les filles, s'il te plaît ?

— Et Paris ? demanda-t-il en indiquant l'esclave à ses pieds.

— Je le garde avec moi. Nous l'avons bien préparé pour les jeux de ce soir ; je ne veux pas que quiconque se faufile et mette la main dessus – ou inversement.

Diesel éclata de rire et tendit le bras pour frotter l'érection de Paris à travers son kilt, le trouvant épais et avide.

— Oh oui, Paris a été bien préparé en effet. Il est aussi dur que la pierre.

Paris laissa échapper un gémissement et se pencha en arrière contre le corps dur de Diesel, épais de muscles, qui correspondait au sien. Il saisit sa main, renforçant leur emprise combinée sur sa hampe raidie.

— Seigneur, s'il vous plaît, Patronus… ne vous arrêtez pas, gémit-il.

— Tu aimerais cela, n'est-ce pas ? le provoqua Diesel, laissant son souffle tourmenter la nuque de Paris. Que je te baise ?

— Oui, Patronus… j'aimerais vraiment cela.

Paris se tourna pour l'embrasser, n'attrapant que le goût du cou de Diesel. Il aurait embrassé sa bouche, mais Diesel s'était toujours débrouillé pour lui refuser cela.

— Pouvons-nous commencer maintenant ? demanda-t-il, ne retenant absolument pas son espoir qu'ils le feraient.

Depuis une semaine maintenant, il avait essayé de séduire ces deux hommes afin qu'ils l'amènent dans leurs lits, sans succès. Il n'était pas loin de carrément supplier pour l'obtenir à présent.

— Pas cette fois. Nous avons d'autres projets pour ta queue ce soir. Mais ne t'inquiète pas ; tu seras servi avant la fin de la nuit. Soit ta queue, soit ton cul, ça dépend d'à quel point tu es réellement fort.

Diesel lécha l'arrière de l'oreille de Paris avant de le relâcher et de lui ordonner de suivre le Dominus d'une main ferme sur sa nuque.

— De plus, je doute fort que tu puisses gérer la taille de ma queue.

— Au moins, laissez-moi mourir en essayant, gémit pitoyablement Paris.

Il ne savait pas combien de privation il pouvait encore supporter. Son sexe était si dur qu'il pourrait – *sans jeu de mots* – couper du bois avec. Ou plutôt, il pourrait percer un trou dans le mur en béton tel un marteau piqueur.

— Reste avec ton Dominus et garde tes mains derrière ton dos, loin de ta queue, l'avertit Diesel alors qu'ils pénétraient dans le club.

— Katianna, dit Trenton lorsqu'il arriva dans le box, essayant de contenir la surprise dans sa voix, ainsi que de contrôler son désir pour elle.

Il fit signe à Paris de s'agenouiller près de la porte, mais du côté intérieur. Il n'osait pas le laisser à l'extérieur alors que sa propre attention était distraite. Paris aurait sans doute trouvé un Dom pour le baiser et un fan disposé à le sucer en quelques minutes. Il y avait suffisamment de langues dans le club pour baver sur lui et Paris maîtrisait tellement bien l'art de la séduction que Trenton était lui-même tenté de remettre en question sa propre position et d'accepter de profiter de toutes ces offres. Il était évident que Paris profiterait de toutes les occasions, et il n'avait besoin que d'un tout petit peu d'effort de sa part pour obtenir ce qu'il voulait.

Katianna se tordit dans son siège, son ordinateur sur les genoux, et ses écouteurs dans ses oreilles ; sa pose habituelle pour écrire lorsqu'elle était ici. Mais cette fois, c'était différent. Cette fois, son visage s'illumina à sa vue et cela lui coupa le souffle. Tout ce qu'il voulait faire, c'était de l'attraper, la prendre dans ses bras et la kidnapper. La ramener chez lui, la couvrir de baisers et de caresses jusqu'à ce qu'il soit complètement en elle. *Grrr... Freine... Respire profondément.*

— Je ne pensais pas te voir ici, ce soir. Ça fait longtemps. Amelia est-elle ici ?

Il jeta un coup d'œil autour de lui et repéra le sac à main de l'héritière sur le sol, ce qui lui donna sa réponse, se rendant compte que la question était stupide. *Bien sûr qu'Amelia était ici. Katianna ne venait jamais ici toute seule.* Il se laissa tomber sur un genou à côté d'elle, luttant pour garder ses mains pour lui-même.

Katianna remarqua son hésitation ; elle ne pouvait qu'être en phase avec lui là-dessus.

— Oui, elle est déjà à l'étage. Elle a été tellement occupée avec ses affaires à l'étranger qu'elle n'a pas eu le temps de sortir, mais elle a dit quelque chose à propos d'un des membres du conseil d'administration qui devait venir à New York pour travailler sur les nouveaux plans et elle avait besoin de venir ici avant son arrivée.

Elle haussa les épaules, ne comprenant pas ce que cela avait à faire avec le fait qu'Amelia ait besoin de sortir ou pourquoi il posait cette question. Elle jeta un coup d'œil à l'homme qu'il avait laissé à la porte et qui, malgré sa posture soumise, avait les yeux rivés sur Trenton. Elle nota également un fait étrange ; il se trouvait à l'intérieur plutôt qu'à l'extérieur de la salle VIP. Trenton n'avait jamais fait ça auparavant.

— Qui est-ce ?

Trenton ne prit pas la peine de regarder.

— Nouvel apprenti esclave.

— J'ignorais que tu formais des hommes, sourit-elle.

— Normalement, non. Mais je ne suis pas homophobe pour autant.

Il plissa les lèvres avec consternation.

— Néanmoins, certains de mes investissements m'obligent à faire une exception avec celui-ci.

— Il est mignon.

La lueur chaleureuse qui enveloppait Trenton se brisa à son commentaire et son expression s'assombrit. Il serra les dents, mais se força à se détendre aussitôt. Peut-être était-ce sa chance de cesser ce bavardage ridicule et de passer aux questions plus excitantes.

Il se pencha pour chuchoter :

— Tu veux le baiser ?

Katianna recula, ses yeux s'agrandissant sous la surprise et elle secoua la tête.

— Non.

Il avait fait un pas vers le chemin qu'il souhaitait arpenter et ne comptait pas se retenir.

— C'est l'anniversaire de Marcus ce soir. Tous les frères seront ici pour le fêter. Peut-être l'un d'eux ?

— Non !

Sa réponse vint un peu plus difficilement cette fois, le choc brûlant son visage.

Il pouvait voir qu'elle ne comprenait pas pourquoi il osait poser cette question. Il se pencha jusqu'à ce que ses lèvres frôlent son oreille, son souffle chaud scellant le contact.

— Mais veux-tu me baiser ?

Et il laissa sa joue effleurer la sienne telle une plume. C'était là tout ce qu'il pouvait faire pour *ne pas risquer* d'en faire plus.

(�•ᴗ•)

Katianna sentit sa colonne vertébrale fondre sous son souffle chaud ; elle déglutit doucement, incapable de lui répondre. Même son odeur la faisait chanceler. Elle le respira profondément alors qu'il restait près d'elle, toujours en attente de sa réponse. Un mélange musqué de pamplemousse piquant et d'épices aux notes vives ; coriandre, basilic, cardamome et gingembre, avec un viril soupçon de tabac ; classique et confortable – mieux que l'odeur des vieux livres en cuir reliés et elle *adorait* cette *odeur.*

Trenton réprima un sourire diabolique alors qu'il se reculait.

— Je vais prendre ton silence comme une forte possibilité.

Et il aimait cette idée.

— Tu es de nouveau ivre.

Elle retrouvait finalement un peu de courage. Bon sang, si elle apprenait qu'il avait bu quelques verres, peut-être penserait-elle que cela n'était que la conséquence de son enivrement et lui rappellerait la dernière fois qu'il lui avait porté de l'intérêt.

— Je t'assure que je ne le suis pas. Mais cela te dérangerait-il que je le sois ?

Il se pencha un peu en arrière afin d'étudier attentivement son visage sur lequel il découvrit de l'irritation.

— Ce sont les seules fois où tu t'intéresses à moi.

Son visage arborait une déception solennelle. Ou était-ce de la désapprobation ?

Trenton se pencha plus en arrière sur ses talons, son visage reflétant une soudaine prise de conscience.

— Est-ce ce qui est arrivé à Paris, Kat ? Tu pensais que je te voulais juste parce que j'étais éméché ?

— Pas seulement – tu allais me prendre devant tous ces gens, balbutia-t-elle tout à coup, prise entre panique et souffrance.

Le front de Trenton se plissa. Il secoua la tête et laissa échapper un doux soupir afin de remettre de l'ordre dans ses idées.

— Non, Katianna, tu te trompes. Je ne t'aurais pas fait ça. Je l'avoue, j'ai perdu le contrôle de ma faim pour toi, mais je ne serais pas allé si loin.

— Donc, même ivre, tu ne me trouves pas désirable. Pourtant, tu flirtes avec moi tout le temps.

Maintenant, elle commençait à s'énerver. Elle pouvait sentir la chaleur envahir son visage. Elle se rendait compte que cette discussion ne menait nulle part, mais elle ne pouvait pas s'en empêcher. Soit il ne voulait pas d'elle du tout, soit seulement lorsqu'il était ivre – et les deux options lui faisaient mal.

Trenton rit, ce qui ne fit qu'attiser sa colère. Elle voulut s'extraire de son siège et s'éloigner de lui, elle avait déjà commencé à le faire, mais Trenton l'agrippa brutalement par le bras et l'attira à lui. Ses lèvres vinrent sur les siennes, douces et tendres, appuyant la chaleur de sa bouche contre la sienne, puis il se recula pour lécher ses propres lèvres, comme pour savourer son goût.

— Katianna, je ne l'aurais pas fait uniquement parce qu'il n'y aurait pas eu assez de temps pour profiter de toi selon chacune de mes envies. De plus...

Il poursuivit, ne lui permettant pas d'émettre la moindre protestation avant qu'il puisse s'expliquer.

—... je veux tellement plus de toi. Bien plus que tu ne pourrais l'imaginer.

Il vit que son visage se radoucissait, le rouge de sa rage se transformant en un rose d'excitation. C'était *phénoménal* de la regarder telle une bague changeant de couleurs au gré de son humeur sous la chaleur de sa main. Il se dit qu'il n'allait pas attendre plus longtemps. Il s'était montré suffisamment patient. Elle savait qui il était, que ses goûts allaient beaucoup plus loin que ce qu'elle avait vu ici au club. Oubliant les questions, elle répondait à ses facéties tel un roseau sous le vent... maintenant était un aussi bon moment qu'un autre pour poursuivre.

— Pourrais-tu envisager d'être mon Esclave de Vie ?

Le rose pâlissait à présent.

— N'y a-t-il pas ici assez d'esclaves ici pour que tu puisses en choisir une ?

— Pas n'importe quelle esclave. Je veux dire *mon unique*, mon Esclave de Vie. Tu viendrais habiter avec moi, sous mon seul commandement. Pour toujours.

— Je... euh...

D'accord, voilà qu'elle était muette à présent et elle ne savait même pas ce que signifiait être une *Esclave de Vie*. La panique l'envahit à cette pensée. Elle le regarda d'un air vide et perplexe, assimilant ce petit sourire qui retroussait ses lèvres et la façon dont il la regardait. Comme si elle était déjà sienne.

Trenton prit son bégaiement pour ce qu'il était, après tout, pourquoi aurait-elle su ce qu'il attendait d'elle ? Il ne lui avait jamais expliqué ce qu'était une Esclave de Vie et il savait que personne d'autre dans son entourage n'aurait pu le faire.

— Tu as vu Fambleush et ses esclaves...

Elle acquiesça.

— Et tu comprends bien qu'ils n'ont rien à voir avec les subs que tu vois ici au club.

Nouveau hochement, plus perplexe.

— Mais elles aussi sont sous contrat, et un jour leur contrat prendra fin et elles seront libres de partir. Je cherche l'unique. Celle qui restera pour toujours. Pas comme ma servante, mais comme ma Licorne adorée. Le sacrifice ultime lorsqu'une femme donne tout – son corps, son âme, son cœur – pour toute la durée de sa vie.

Il la parcourut du regard. Il pouvait déjà l'imaginer dans sa maison et il sentit à quel point cette vision le submergeait avec l'envie de la ravager de son désir. Il prit son ordinateur portable, le déplaça de ses genoux à la table, puis il revint vers elle, l'embrassant, suçant ses lèvres, mais seulement brièvement. Il ne voulait pas qu'elle pense qu'il pouvait perdre le contrôle une nouvelle fois, comme cela avait été le cas au *Rouge Nuit*.* Alors, il se recula et, observant l'humidité luisante de leur baiser sur ses lèvres, l'essuya d'une douce caresse de son pouce. Il passa ses doigts sur le côté de son visage et dans ses cheveux. Ses yeux s'imprégnant de ses caresses.

— Je subviendrai à tous les besoins que tu pourrais exiger en étant mienne.

Renoncer à tout ne semblait pas être une idée très alléchante.

— Donc, tu m'enchaînerais dans un coin jusqu'à ce que tu rentres à la maison et tu me promènerais. J'irais chercher tes pantoufles et tu m'amènerais dans ton lit lorsque l'envie t'en prendrait ?

Elle voulait être en colère à cette suggestion, et elle aurait au moins dû prétendre l'être, mais son baiser, son toucher… lui avaient volé tout ceci. Sauf le fait qu'il la désirait vraiment et pas uniquement pour un plan baise afin de satisfaire un besoin sexuel débridé qui lui faisait déjà tourner la tête. Pourtant, elle ignorait toujours en quoi consistait d'être une Esclave de Vie. Elle n'était même pas certaine que ce soit une bonne chose. Son cerveau était toujours à la recherche d'une définition, mais son corps avait déjà répondu *oui* à bien des égards.

— Absolument pas.

La main de Trenton avait abandonné la boucle de ses cheveux pour venir caresser une fois de plus le côté de son visage avant de l'attraper pour la fixer du regard.

— Tu serais toujours à mes côtés – sur moi...

Il sourit.

—... sous moi. Je t'habillerais, te nourrirais, t'embrasserais...

Il embrassa le coin de sa bouche, puis sa joue, son oreille, son cou.

— Je te dorloterais à un point que tu n'imagines même pas.

Le souffle de Katianna s'approfondissait à chaque baiser. Elle entendait tout ceci, mais envisager *ce dont* il s'agissait réellement, prenait plus de temps à assimiler. C'était tellement différent de ce qu'elle avait vécu avec Garrett ou de ce que Trenton avait souvent fait avec elle. Pourtant, elle savait qu'être Esclave de Vie impliquait bien davantage que ce que ses mots lui disaient.

— Et mes écrits ?

— Tu pourras continuer.

Il lui offrit un sourire espiègle.

— Quand je ne te baiserai pas. Je ne t'enlèverai jamais ça.

Ses yeux scintillaient de pensées diaboliques cachées derrière ce sourire.

— Mais je dois t'avertir, je peux baiser pendant très longtemps. Les scènes de sexe de tes romans te paraîtront bien fades à côté.

Elle se dégagea de lui non sans lui lancer un regard plutôt suffisant.

— Tu es fou. Personne ne peut faire paraître mes scènes de sexe ennuyeuses.

— Tu veux parier ? T'es-tu déjà faite baiser pendant trois bonnes heures ?

Elle déglutit, sentant le sang refluer de son cerveau pour se diriger vers d'autres zones de son corps avec une sensation perceptible de brûlure. Lentement, elle secoua la tête. Elle le regarda tandis qu'il se décalait et se penchait près d'elle afin de lui murmurer à l'oreille :

— Quel est le plus long temps durant lequel un homme t'a baisée, Katianna ? Combien de temps a-t-il tenu avant de répandre sa chaude semence en toi ?

Tout comme la vision qu'il créait, ses mots illicites se déversèrent sur elle comme un grog brûlant, puis le contact le plus doux de ses lèvres embrasa son oreille. Un courant chaud souffla sur le côté de son cou, se diffusant le long de sa colonne vertébrale et enflammant chaque terminaison nerveuse pour se loger dans ses reins. Sa poitrine se souleva sous une profonde respiration et elle était certaine d'être en train de rougir – ou du moins brûlait-elle d'une couleur cramoisie sous son contact. Voilà comment son corps réagissait à ce premier contact de séduction, et il disait clairement *oui.*

— Combien de temps, Katianna ? demanda à nouveau doucement Trenton afin d'avoir une réponse.

Elle secoua la tête et tressaillit.

— Tr-trente ? Je... je... ne sais pas, peut-être quarante-cinq ? Habituellement seulement trente... Vingt ? Peut-être...

Elle se tut, réalisant qu'elle n'en savait rien. Ça n'avait certainement pas été le marathon dont elle se serait souvenue toute sa vie, pas même pour réchauffer les quatre dernières années qu'elle avait passées sans relations sexuelles. Elle prit une profonde inspiration.

— Ça fait un moment.

(ᵒꙍᵒ)

Sa réponse se termina sur une moue boudeuse. Et malgré cela, Trenton était heureux de ce petit morceau d'information, bien qu'il sache déjà qu'elle n'avait eu aucun rendez-vous officiel depuis qu'ils s'étaient rencontrés. Elle avait essayé de se rendre à un dîner en tête à tête une fois, et il se souvenait qu'il l'avait assez mal vécu.

Il baissa la tête vers son épaule et put entendre son cœur battre derrière le souffle lourd, s'approfondissant doucement à un rythme nerveux. Il cacha son sourire satisfait ; sa pauvre Licorne était partie pour un sacré défi avec lui. Il embrassa son épaule à travers le tissu de sa robe vintage, puis son cou, se déplaçant lentement jusque sur sa joue, entendant son souffle s'approfondir au fur et à mesure. Puis il se rassit.

— Je dois retourner au *Dominion*. Je te demanderais bien de venir avec moi...

Il marqua une pause, comme si une partie de lui nécessitait un moment pour retrouver son sang-froid.

—... mais nous allons bientôt fermer le club ici, et ça risque de devenir assez brutal. Te verrais-je demain ?

Ses yeux se baissèrent sur les mains de la jeune femme et il en attrapa une pour la porter à ses lèvres et embrasser chacun de ses doigts un à un.

Il pourrait fermer les yeux et continuer inlassablement. Le monde entier pourrait disparaître en cet instant qu'il ne s'en soucierait pas tant qu'il pourrait l'avoir, elle, l'embrasser, la toucher.

Sa main libre descendit sur sa taille de Katianna et caressa son côté, jusqu'à ce que son pouce effleure la courbe extérieure de son sein, et il voulut immédiatement le prendre dans sa main. Sa paume le brûlait de pouvoir la toucher davantage. Il se pencha, ayant bien l'intention de l'embrasser. Il était presque haletant. Il avait tant besoin d'elle. Elle poussa un petit cri d'exclamation avant même qu'il soit arrivé jusque-là et il s'interrompit brusquement. Merde, il était à nouveau sur le point de lui sauter dessus.

Il permit seulement à son visage de toucher le sien et lutta pour ralentir sa respiration, freiner son désir.

— Je te veux, lui souffla-t-il. C'est tellement intense qu'il est difficile d'arrêter. Mais je ne veux pas refaire la même erreur qu'à Paris.

Il déposa un doux baiser sur sa joue.

— Dis-moi que tu seras là demain.

Katianna était encore sans voix ; à bout de souffle à cause de ce baiser qui avait été à deux doigts d'être échangé. Elle ne put produire le moindre son. Alors elle se contenta de hocher la tête. Non seulement était-elle sans voix et à bout de souffle, mais également stupide apparemment. Elle devait ressembler à un hibou alors qu'elle l'observait, les yeux écarquillés, tandis qu'il se redressait et la laissait là, ardente et enflammée.

Le *Club Pain* fermait ses portes au public plus tôt ce soir-là et aussitôt le personnel du bar et les amis préparèrent la zone du bas en vue de l'extravagant spectacle de l'année, afin de célébrer l'anniversaire de l'un des frères. Après la première année du club, ils avaient lancé une grande fête pour l'un des cinq frères. Dane avait naturellement été le premier à être célébré lorsque le club avait ouvert ses portes. L'anniversaire de Harper l'année suivante, puis l'année dernière avait été celui de Diesel. Cette année, ils fêtaient celui de Marcus. De ce fait, le club avait été transformé, passant de boîte de nuit à amphithéâtre, afin de faire de la place pour les divertissements qui étaient sur le point de commencer en son honneur. Comme toujours, Dane et Trenton avaient organisé une fête mémorable, et leurs amis semblaient vraiment impatients que les choses commencent.

Les invités continuèrent d'arriver tandis que la nourriture et l'alcool étaient amenés et que la piste de danse se transformait en arène. Des tapis de gym étaient disposés sur la piste, fixés et huilés en vue de la préparation des *Jeux*.

Un trône avait été mis en place à l'arrière, en face de la croix de Saint-André, et Marcus fut invité à prendre place parmi ses disciples.

Trenton prit place à côté de lui et décida qu'il était temps d'agir.

— Mesdames et Messieurs, Doms et subs, vous avez été invités ce soir en l'honneur de notre Seigneur Magistrat de la nuit...

Acclamations.

— Le Grand Maître Marcus Scriven...

Nouvelles acclamations.

— Peuple du *Club Pain* ! Apportez à présent vos offrandes en guise de célébration de cette journée, lorsque les Dieux ont béni les futurs esclaves sexuels affamés de notre monde avec la naissance de cet être dominant !

Et à l'annonce de Trenton, un éclat de rire goguenard se fit entendre et les cadeaux arrivèrent.

Ouvrant la procession, quatre soumis et employés du club entrèrent, portant sur une civière une femme offerte, son corps recouvert d'une variété de fruits et de desserts, et là, au milieu de son ventre se trouvait le gâteau d'anniversaire et ses trente-quatre bougies. Les serviteurs la portèrent autour de la piste de danse, zigzaguant afin que chacun puisse observer cette délicatesse sur le point d'être servie avant de venir s'arrêter devant le trône. Marcus se leva pour recevoir l'offrande, découvrant que sous toutes les sucreries, se trouvait la belle Marcena.

— Ai-je le droit de la manger aussi ? sourit-il, lui offrant un clin d'œil.

Tout le monde éclata de rire – et même un petit gloussement franchit les lèvres de Marcena – puis Marcus souffla les bougies. Il fit courir ses doigts le long de son sexe délicat avant d'attraper un morceau de gâteau qu'il fourra dans sa bouche.

— Mangez ! annonça-t-il avant d'ajouter : mais la fille est à moi.

Dane avança avec ses cadeaux, deux bouteilles qui avaient une forme phallique.

— Qu'est-ce que c'est ?

— Tequila *AsomBroso.* La première, *Platino* d'argent, la deuxième saveur *La Rosa.*

Il leva la seconde, dévoilant sa couleur rose unique.

— Et après, tu peux toujours utiliser ces bouteilles pour *d'autres* choses. Tu sais, dans le cas où ton *branleur* perdrait son endurance avec l'âge, se moqua Dane.

— Et tu te considères comme un sujet loyal, grimaça Marcus à cet humour pris à l'encontre de son âge et de son sexe.

— Absolument. Voilà pourquoi je t'en offre deux.

Il le gratifia d'une claque sur le dos puis l'étreignit.

Diesel était le prochain et lui offrit une boîte enveloppée d'un ruban. Lorsqu'il l'ouvrit, Marcus trouva une version électronique *Star Wars* du jeu de société Battleship.

— D'accord. À quoi ça sert ?

Marcus se gratta la tête en redoutant d'entendre la réponse.

— Oh oui…

Diesel s'agita puis fouilla dans sa poche avant pour en sortir un flacon de pilules médicales qu'il posa en face de lui.

— J'ai failli oublier la partie la plus importante.

Marcus prit le flacon et lut l'étiquette.

— Du viagra ?

— Oui, acquiesça Diesel sans laisser deviner le moindre soupçon de facétie.

— Et le jeu ?

Diesel hocha la tête.

— C'est pour que tu aies de quoi occuper les filles pendant que tu attends que le Viagra fasse effet.

Tout le monde éclata de rire. Marcus se contenta de hocher la tête.

Harper fut le prochain à remettre son cadeau. Marcus était réticent, mais il ouvrit consciencieusement le paquet pour y trouver le jeu de pêche électronique Bass Pro Fishing Rod. Il regarda Harper, sachant qu'il y avait une plaisanterie qui attendait d'être annoncée.

— Pour la pêche à la mouche, j'ai entendu quelque part que c'est ce que font les vieux, dit Harper en haussant les épaules.

— Les gars, vous me tuez. Fini les cadeaux pour le moment, je veux me divertir.

— Le Maître a parlé ! annonça Diesel, et Trenton comprit rapidement le signal et se tourna vers son auditoire.

— Peuple du *Club Pain* ! En son honneur, je vous offre les Jeux des Gladiateurs !

Et enfin, l'événement tant attendu de la soirée arriva et fut accueilli par une salle remplie d'acclamations bruyantes et de rugissements.

— Premier combat ! appela Trenton.

Cliff, le jeune blond qui aspirait à un rang élevé parmi les Doms, descendit sur la piste de danse transformée en arène. Il n'avait pas reçu d'invitation directe, mais sa demande d'intégrer le combat afin de faire valoir une meilleure position lui fut accordée. Le fait qu'il soit peu gradé parmi les Doms l'obligeait à intégrer le rang le plus bas de la compétition ; il devait d'abord gagner un combat entre subs simplement pour être reconnu comme Dom, ce qui signifiait qu'il devait être le premier à prendre place. Cependant, debout ici et maintenant, il était en train d'y réfléchir à deux fois lorsque le nouvel esclave du Dominus, Paris, descendit pour venir s'opposer à lui.

— Allez, Cliffy, tu n'as pas peur, si ?

Sasha fut soudain derrière son dos, lui soufflant ces mots à l'oreille dans l'espoir de le motiver. Cliff déglutit. L'homme était énorme, foutrement superbe – à en crever – autant qu'un homme puisse l'être, et avec un physique que l'on ne pouvait pas comparer avec celui de Cliff. Avec son mètre quatre-vingt-quinze, le type se tenait les yeux dans les yeux avec Dominus, mais il devait avoir encore dix ou quinze centimètres de plus au niveau de ses épaules et ses bras étaient presque aussi épais que les cuisses de Cliff. Il se surprit à regarder de haut en bas afin de prendre sa juste mesure. *Putain, il n'avait pas la moindre chance contre lui.*

— Pourquoi te tracasser, il n'est encore qu'un esclave, le taquina Sasha.

— Un esclave qui fait plus de deux fois ma taille, marmonna Cliff, perdant le peu de confiance qu'il avait.

— Mieux vaut bien être « huilé » alors, hein ?

Sasha gifla les fesses déjà nues de Cliff.

— Ne t'inquiète pas, si tu ne parviens pas à devenir un Dom, je te prendrais comme sub. Je pourrais te donner à manger aux jumeaux.

Cliff le foudroya du regard. *Enfoiré !* Il allait le leur montrer. Et il avança sur le tapis pour relever le défi.

(ᵔⱷᵔ)

Paris jeta un coup d'œil au gamin maigre devant lui, mince et un peu musclé – comme un coureur ou quelque chose dans ce goût-là. Il n'avait pas que la peau sur les os, mais contre toute attente, la seule chose que le jeune blond avait pour lui était un sexe décent, qui en ce moment semblait être en mode passif.

— Quelles sont les règles ? demanda Paris, sentant Diesel derrière lui.

— Mettre l'homme à terre. Tout d'abord, le premier à éjaculer gagne.

— *Jeux du donneur.*

— Tu y as déjà joué ?

— Je suis allé à l'université, répondit Paris d'un air suffisant, indiquant qu'il avait beaucoup utilisé ce prétexte pour prendre son pied avec quelques mecs hétéros.

— Eh bien, Cliff doit te battre afin de gagner une reconnaissance en tant que Dom. Par conséquent, voici ton premier cul.

Diesel claqua l'emballage du préservatif dans la paume de Paris.

Paris déchira l'emballage et le déroula lentement le long de son sexe, le caressant légèrement. Il était déjà dur, il l'était depuis qu'il s'était levé ce matin, et Diesel et Trenton avaient fait en sorte qu'il le reste. Maintenant, il savait pourquoi. Il les avait seulement entendus utiliser le mot *jeux*, mais chaque fois qu'il avait posé la question, ils lui avaient simplement répondu qu'il le saurait bien assez tôt. Toujours cette même réponse – *il le découvrirait lorsqu'ils seraient prêts à le lui annoncer.* Attendre faisait partie de l'expérience.

Mais celui-ci ? Paris regarda à nouveau Cliff. Il serait facile. Et il n'aurait même pas besoin de répandre sa semence pour gagner le match. Cliff devait être *donneur,* peu importe comment, pour obtenir son statut. Il suffisait à Paris de le rendre *receveur* pendant une minute et les espoirs de son adversaire à être actif disparaîtraient. Il savait qu'ils ne prendraient pas la peine de vérifier le préservatif. Ils ne le faisaient jamais, sauf lorsque les enjeux étaient élevés et le match serré. Maintenant qu'il avait compris ce qu'il y avait en magasin pour lui ce soir, il était certain que Derek et lui finiraient par s'affronter.

— Je pense que je vais baiser celui-là debout, se vanta bruyamment Paris avant d'avancer.

— Seigneur Magistrat ! cria Diesel pour attirer l'attention de tout le monde. Les gladiateurs sont prêts à recevoir vos ordres.

Paris regarda par-dessus son épaule à la recherche de l'homme dont c'était l'anniversaire. Bien que Marcus secoue la tête avec incrédulité, il esquissait également un sourire incroyable. Apparemment, il savait que ce combat était déjà terminé. Le Grand Maître avait vu Paris en action à la maison, le regardant en compagnie de Diesel et Trenton tandis qu'il prenait un jeune homme qui lui avait été offert pour le divertir. Au moins, *ce* sub avait-il joui, Paris n'y avait pas été autorisé. Pas ce soir cependant. Néanmoins, lorsque la nuit serait terminée, il n'y aurait aucun doute sur le fait qu'il était une brute.

Marcus leva la main ; lorsque la salle se tut, il l'abaissa.

Paris fit un bond en avant sur le tapis, profitant de l'élément de surprise. Il se baissa juste au moment d'atteindre son adversaire et fit instantanément tomber Cliff sur le sol, coinça ses deux jambes dans ses bras et le souleva.

— As-tu déjà rêvé d'être baisé par un taureau ? demanda-t-il pour provoquer sa proie.

— Putain !

Cliff lutta, se débattit en l'insultant, cependant il ne parvint pas à libérer ses jambes. Les bras de l'autre homme étaient comme un étau vicieux autour de lui.

— Tu ne m'as pas encore, tenta de contrer Cliff pour prouver qu'il pouvait toujours avoir une chance.

— Oh, je pense que si.

Paris le laissa tomber sur son sexe, se poussant dans l'orifice étroit. L'homme entre ses bras se tordit et cria, mais ses mains s'accrochaient au cou de Paris.

— Ahh, grogna Paris. Tu as un putain de cul serré, mais j'ai mes vingt-trois centimètres en toi à présent.

Paris commença ses va-et-vient. Il ne voulait pas éjaculer, mais il allait en profiter un peu pendant qu'il était là. Son public commença à scander son nom à chaque poussée.

(•ᵥ•)

Cliff gémit, la douleur se transforma en plaisir et explosa dans son corps, le surprenant profondément mentalement. Il se perdit dans le plaisir de l'assaut et lâcha le cou de Paris, retombant en arrière jusqu'à ce que ses mains balaient le tapis de sol et qu'il se retrouve accroché la tête en bas. Son cul était resté là où il était, empalé sur l'énorme sexe. Les bras d'acier de Paris serraient fermement Cliff tandis que ses hanches le pilonnaient, poussant chaque centimètre de son membre épais à l'intérieur de son orifice.

Le public rugit à la vue de l'ange déchu baisant l'autre homme alors qu'il se tenait encore debout – accomplissant ce prodige en quelques secondes à peine.

(•ᵥ•)

Un rugissement sortit des poumons de Paris tandis qu'il rejetait sa tête en arrière pour donner l'impression de sa jouissance victorieuse, faisant saillir ses genoux pour faire croire que des spasmes orgasmiques lui tendaient les muscles. *Qui a dit qu'un homme ne pouvait pas simuler ?*

Il laissa lentement Cliff glisser sur le tapis et leva les bras au-dessus de sa tête de manière triomphale, le sexe encore dur et prêt pour le suivant. Plus de rugissements et d'acclamations résonnèrent à ses oreilles, remplissant son ego. Tandis que plusieurs Doms s'occupaient de Cliff, l'éloignant du tapis afin de prendre soin de lui, une poussée de vanité puissante envahit Paris tandis que la luxure brûlait dans les yeux tels des feux de forêt lorsque son attention se porta sur Diesel. Ses pensées imaginèrent instantanément un combat de catch avec le Patronus. L'énergie et son propre fantasme faisaient se soulever sa poitrine profondément et laborieusement. Il sortit de l'arène au signe de la main de Diesel et s'agenouilla volontiers à ses pieds. « Suffisant » ne décrivait même pas la moitié de son attitude et il se récompensa en enfouissant son visage dans l'entrejambe de Diesel, attrapant son jean avec ses dents et tirant fort, secouant la tête comme un chien avec son jouet avant de laisser échapper un grognement passionné.

L'acte même avait excité Diesel au point de vouloir goûter l'homme, envisageant de redonner à Paris la liberté de son propre corps. Il prit une profonde inspiration et passa ses doigts dans les cheveux noirs soyeux, hésitant à la lisière du *faire* ou *ne pas faire*. Il se mordilla la lèvre puis éloigna à contrecœur Paris de lui. Cependant, ce dernier avait déjà laissé une empreinte érotique dans sa tête, du genre de celles qui menaçaient de se développer.

Trenton monta sur son estrade improvisée, les bras tendus vers les coulisses, et Rachel, l'esclave que Fambleush avait emmenée afin de l'apaiser fit un pas en avant.

— Bien évidemment, tout Magistrat doit posséder sa propre esclave !

Rachel marcha avec grâce jusqu'à ce qu'elle se tienne devant le Dominus, faisant face au Seigneur de la Nuit, et la main de Trenton s'abattit sur ses épaules, la retournant pour s'adresser à Marcus :

— Si cela vous convient, mon Seigneur Magistrat, pour vous honorer et pour les trente prochains jours, je vous lègue ce cadeau.

Il s'inclina en riant avant de pousser Rachel vers lui.

Marcus riait, mais son sexe se tordait de douleur pour cette femme. Il se redressa sur son trône et lui fit signe de s'asseoir sur ses genoux, embrassant aussitôt la peau de ses épaules tandis qu'elle fondait dans ses bras, avant de commencer à la chatouiller.

Rachel glapit en se tortillant dans ses bras jusqu'à ce qu'elle soit autorisée à se libérer et glissa à ses pieds. Elle resta là, se soumettant à lui comme servante avec un sourire éclatant et heureux sur son visage.

Marcus sourit jusqu'aux oreilles.

— J'accepte votre cadeau comme le cadeau parfait pour un Seigneur, lança-t-il malicieusement à Trenton.

Sa main tira sa nouvelle esclave afin de l'intimer à s'asseoir et la caressa pendant qu'elle se tenait, soumise, à ses pieds.

— Plus de divertissement.

— Combat numéro deux, annonça Diesel, selon sa volonté.

Une fois de plus, Trenton s'avança afin de s'adresser à la foule.

— Peuple du *Club Pain* ! cria-t-il à la foule comme s'il se tenait dans une arène romaine. Êtes-vous prêt pour le prochain combat ?

Des acclamations et rugissements venant de l'assemblée surchauffée lui répondirent.

— Alors sans plus de cérémonie, je vous offre le très fidèle sujet du *Club Pain*, Derek.

Il agita son bras d'un côté alors que Derek le barman se dirigeait vers le tapis de sol.

Les fans et amis applaudirent tandis que le blond aux taches de rousseur posait le pied sur le tapis.

— Et je vous offre...

Mais avant qu'il puisse annoncer le nom du concurrent prévu, Paris fut sur le côté de l'arène, poussant l'homme destiné au combat hors de son chemin et faisant un pas en avant pour prendre sa place.

— Celui-ci est à moi, grogna-t-il et il fut accueilli par un clin d'œil lascif de Derek.

— Je l'accepte, sourit ce dernier en réponse.

Trenton regarda son esclave de haut en bas et sut qu'il n'y avait pas de retour en arrière possible, sans compter que cela décevrait son public. *Je ne peux pas me le permettre.*

— Et je vous offre Paris.

— Magistrat ! cria Diesel à l'attention de Marcus, mais lorsqu'il se retourna, il se retrouva à court de mots.

Marcus ne prêtait aucune attention au prochain combat ; sa tête était rejetée en arrière, les mains enroulées autour des boucles de cheveux bruns répandus sur ses genoux qui montaient et descendaient sur sa hampe. Haletant, il agita distraitement la main, plus pour faire disparaître la foule que pour annoncer le début du prochain combat, puis son attention revint sur le visage caché sous tous ces cheveux.

Trenton détourna les yeux en essayant de regagner une certaine impassibilité, mais lorsqu'il sentit Diesel pratiquement tomber contre lui à force de rire, il ne put se retenir plus longtemps. La légère douleur dans son ventre lui fit rapidement poser sa main sur la partie de son corps incriminée afin de la tenir comprimée sous la pression de son rire. Le bras de Diesel s'enroula sur son épaule, le stabilisant et l'étreignant fermement en même temps.

— OK, arrête de rire avant que je te botte le cul.

Trenton réussit à étouffer ses derniers ricanements et retourna à son auditoire.

— Bon. Puisque le Magistrat est occupé à tester sa nouvelle esclave, je déclare le combat ouvert.

Et il laissa retomber sa main pour donner le signal du départ.

Alors que le combat débutait, Trenton remarqua Amelia assise à côté du ring. Bien qu'elle ait été invitée, il ignorait qu'elle était restée. *Mais, oh merde*, si Amelia était encore ici, cela signifiait que Katianna l'était aussi. Ses yeux se dirigèrent instinctivement vers le box, mais il était vide. Puis il la repéra dans un coin, observant la foule.

— Deez, prends le relais une minute.

Il lui fit un geste de la main et s'éloigna afin de surprendre sa souris.

Katianna avait tiré l'une des chaises d'une table et se tenait debout dessus, s'agrippant à une colonne tandis qu'elle regardait. Bon sang, elle était si alléchante dans la robe vintage qu'elle portait ; un amas de petites fleurs blanches, comme le souffle d'un bébé, sur un fond noir. De minuscules boutons transparents descendaient de son décolleté jusqu'à son ourlet, plissant le tissu sous sa poitrine et autour de sa cage thoracique tandis que le reste offrait le côté typique Baby-Doll de la jupe qui lui descendait à mi-cuisse.

Et les bas ? C'était ce qui l'excitait le plus. Des bas noirs qui montaient juste au-dessus du genou, ornés de petites fleurs de satin blanc cousues autour du haut afin qu'ils soient assortis à la robe et au vernis noir Mary Janes. *Merde, elle était adorable et ardemment désirable*. Il ne pouvait pas se retenir et se faufila derrière elle, la faisant sursauter.

Kat glapit lorsqu'elle sentit des mains inattendues agripper ses hanches et elle se retourna vivement. S'il ne s'était pas intentionnellement tenu contre elle, elle serait probablement tombée de la chaise, mais Trenton ne relâcha pas sa prise sur la petite femme qui avait tendu la main pour l'agripper également.

— Trenton ! Seigneur, tu m'as fait peur, le gronda-t-elle. Ce n'était pas très malin de te glisser comme ça derrière moi.

— Tu as raison, je n'aurais pas dû, mais j'aime quand tu t'accroches à moi.

Ses yeux se baissèrent sur ses doigts déjà entremêlés aux manches de sa chemise et il sourit. Il releva la tête pour la regarder, combien de fois était-ce arrivé ? Pourtant, debout sur sa chaise, elle faisait une tête de plus que lui, et cela réveilla son instinct de chasseur, déjà bien entamé par l'humeur virile dans laquelle l'avaient mis les événements de ce soir.

— Comment se fait-il que j'aie la chance de te trouver encore ici ? sourit-il, comme s'il semblait heureux de l'avoir trouvée.

— Dane a convaincu Amelia de rester encore un peu.

Cela sembla bizarre à Trenton. Bien qu'Amelia ait été invitée à rester pour la fête, il savait qu'elle avait refusé. Cela ne ressemblait pas non plus à Dane de prendre la peine d'insister, d'autant plus qu'Amelia devait passer demain soir avec un groupe d'amis.

— Je suppose que je vais devoir le remercier.

Quelque chose dans l'expression de Trenton conforta Kat dans le fait qu'il y avait quelque chose de beaucoup plus calculateur dans sa déclaration, plus que la notion de chance, mais elle voyait bien qu'il irradiait dans sa position de Dominus ce soir, et lorsque c'était le cas, il cachait toujours quelque chose, ayant toujours l'air d'être en chasse.

— Alors que penses-tu des jeux ? demanda-t-il, ses yeux brûlants posés sur elle.

Kat jeta un regard vers la piste, en direction du combat entre le plus récent esclave en formation de Trenton et le barman. Après quelques empoignades musclées, Derek s'était poussé à l'intérieur de Paris, mais il n'y resta pas longtemps. Paris fredonnait des éloges, gonflant l'ego de Derek. Avant que quiconque se rende compte qu'il ne s'agissait que d'un stratagème, Derek commit l'erreur fatale de penser que son adversaire était trop pris dans le plaisir et il relâcha son emprise sur Paris qui le retourna aussitôt, s'enfonça en lui et le martela jusqu'à ce que le canal de Derek soit rempli de sa semence brûlante.

Katianna détourna les yeux du combat se terminant afin de reporter son attention sur Trenton, qui la regardait toujours. Mon Dieu, ses yeux la taquinaient de son appétit féroce, le sien s'éveillant sous son regard.

— Brutaux.

— En effet.

Il fit un pas en arrière pour s'appuyer sur le poteau sans cesser de la regarder, profitant de la vision de son corps.

— Les gladiateurs n'organisaient pas vraiment de tels jeux, si ?

— En fait, si. Mais il s'agissait généralement de soirées privées organisées à l'intérieur du Lanista. Les combats sans armes étaient un moyen d'établir un rang parmi les combattants à l'intérieur du Lanista lui-même, sans rapport avec le fait d'être un champion de l'arène.

— Et maintenant ?

— Très amusant et divertissant. Les Doms ici au club se servent également de cet événement pour se défier les uns les autres pour confirmer leur statut et, comme tu le sais, Dane prend cette histoire de statut très au sérieux, et ils ont certains privilèges dans le club.

— Mais qu'en est-il du perdant ? Pas très amusant pour lui, frissonna-t-elle.

— C'est le risque qu'il prend en s'inscrivant. S'ils ne veulent pas risquer d'être dominés, ils n'ont qu'à ne pas s'inscrire. Il n'y a donc aucune raison d'être en colère à ce sujet.

— À moins que l'on s'appelle Cliff.

— En effet.

Trenton laissa échapper un petit rire doux tout en verrouillant son regard sur elle. Pas avec adoration ou émerveillement, mais avec un air purement carnassier. La seule chose qui manquait était le cure-dent dans sa bouche ; il était totalement prêt à faire d'elle son dîner. Et la chaleur... elle sentait la proclamation de son désir sur elle, si vive qu'elle pouvait fermer les yeux et aisément convaincre son cerveau qu'il était allongé sur elle. C'était intense à ce point.

Elle se sentait étrangement gênée d'être plus grande que lui. Surtout, alors que sa présence l'affectait, remplissant sa tête d'images qu'elle retranscrivait habituellement dans ses livres. Elle était sur le point de descendre lorsqu'il se pressa vivement contre elle.

— Reste. Ne bouge pas encore, lui ordonna-t-il doucement, mais avec toute sa prestance de Dominus.

— Pourquoi ? haleta-t-elle.

Il savait qu'il lui avait coupé le souffle, à agir si vite, mais il adorait la façon dont son corps frissonnait lorsqu'il le faisait.

— Afin que je puisse me tenir là et songer au plaisir que j'aurais d'agresser ton corps un peu plus longtemps.

Il déplaça ses mains jusqu'à l'arrière de ses cuisses, caressant la peau lisse au-dessus de ses bas et serrant, tirant son sexe pour le plaquer contre son torse.

(ꞋꞌꞌꞋ)

Katianna haleta sous ce contact et ses genoux se dérobèrent instantanément. Elle désirait cet homme depuis si longtemps que sa garde était totalement baissée maintenant qu'il venait à elle, et elle se rendit compte qu'elle n'était pas mentalement préparée pour lui.

— Trenton ?

Elle se mordit la lèvre. Elle était totalement impuissante dans les bras forts maintenant requis pour la maintenir debout. Elle craignit tout à coup de ne pas pouvoir suivre son rythme, ne pas se montrer à la hauteur de sa passion, mais elle était certaine qu'elle se noierait dans la sienne.

— Ne bouge pas.

Ses doigts se resserrèrent à l'arrière de ses cuisses, la serrant contre son torse, et il déposa un baiser sur sa poitrine, enroulant ses lèvres autour du mamelon qui tentait de l'atteindre à travers le tissu floral.

— Tu as envie de ça. Tu l'as toujours voulu.

Il mordit.

Le souffle de Kat s'altéra.

— Mais tu m'affectes bien trop, murmura-t-elle difficilement, incapable de détacher ses yeux de lui, ou de ce que ses lèvres et ses dents étaient en train de lui infliger.

Elle chancela ; c'était si bon, et elle *était* submergée.

— Depuis quand est-ce une mauvaise chose ? murmura-t-il en retour, avant de reprendre ses attentions sur son mamelon.

Katianna siffla involontairement et essaya de se dérober, mais ses dents se resserrent, la gardant en place par cette menace érotique tandis que ses lèvres agissaient comme si elles pourraient effectivement complètement l'aspirer jusqu'à ce qu'elle soit entièrement à l'intérieur de lui. Avant qu'elle s'en rende compte, elle laissa échapper un gémissement. C'était bon à ce point.

(•ῳ•)

— Tu vois ? Ton corps me répond comme une allumette qu'on aurait enflammée. Tu as simplement peur que je prenne l'ascendant sur toi.

Il se déplaça pour accorder la même attention affectueuse à son autre sein, s'arrêtant lorsqu'il sentit la parure de bijoux qu'il mordit avant de tirer dessus. Il la relâcha et regarda son visage et le mélange de plaisir et d'émotions incertaines qui y défilaient.

— La seule façon de l'empêcher est de me laisser te toucher, petit à petit, chaque fois que j'en ai envie, tel le filet d'eau qu'on laisse couler pour relâcher la pression d'un barrage.

Ses doigts glissèrent plus bas entre ses cuisses, jusqu'à ce qu'ils puissent sentir la chaleur émanant de la lisière de sa féminité. Sa porte d'entrée. Il voulait la toucher, plonger à l'intérieur de ses plis humides, mais elle se raidit entre ses bras. Il n'aima pas ce retrait, mais lorsque les yeux de Kat parcoururent la pièce, il se rendit compte que sa tension était due, non pas à son contact, mais à la salle pleine de gens. Dans un sens, elle était comme Diesel. Il y avait en elle beaucoup de besoins sexuels voulant être assouvis, mais pas avec un public.

— Détends-toi. Tu es en sécurité dans mes bras.

— Tu en es sûr ?

Elle se mordit à nouveau les lèvres, ses yeux passant du club bondé à lui. Son expression laissait voir son inquiétude au sujet de la réponse qu'il pourrait lui donner.

Trenton se contenta de sourire, pas le moins du monde vexé par sa question. Encore une fois, cela ne faisait que montrer la nervosité de sa petite souris. Cela faisait partie de tout ce qui la rendait si adorable.

— Bon, alors j'admets que tu mets mon contrôle en péril lorsque tu apparais en ayant l'air incroyablement comestible dans ta petite robe et tes bas.

Ses bras s'enroulèrent autour de ses cuisses, l'emprisonnant à présent contre son torse, et il souleva son pied de la chaise sur laquelle elle se tenait. Il délivra la morsure prévue sur le mamelon percé à travers le tissu de sa robe, provoquant un soupir de ses lèvres.

— Mais je t'assure, tu seras bien plus en sécurité en étant dans mes bras ce soir.

Le corps de Katianna enfla entre ses bras tandis qu'il la portait vers l'endroit où Marcus et les autres frères étaient rassemblés. Son cerveau, cependant, était ailleurs. Dans les bras puissants de Trenton qui la portaient sans le moindre effort, le club disparut, pour être remplacé par sa chambre à coucher. Lorsqu'il reposa doucement ses pieds sur le sol, elle s'imagina être allongée dans son lit. Elle était sous son charme maintenant, et elle ne pouvait plus réfréner le désir ardent de se tenir sous lui.

L'annonce de Diesel la sortit de son rêve éveillé alors qu'il désignait le gagnant du combat entre Doms et annonçait l'élévation de son statut.

Katianna regarda tandis que Trenton préparait le prochain combat et cette fois, elle n'eut pas à se dresser sur la pointe des pieds pour voir, mais lorsque le combat débuta et les lutteurs se rapprochèrent, elle recula d'un pas, percutant Trenton.

— Je te préviens, je suis aussi dur que de la pierre en ce moment, murmura ce dernier, les lèvres contre son oreille.

Katianna se tourna pour le regarder, une expression choquée sur le visage.

— Je dis simplement que...

Il poursuivit, inclinant légèrement sa tête.

—... si tu continues de reculer, tu vas éventuellement finir par me sentir contre toi.

— Ce genre de choses t'excite ?

— Oui. Parmi d'autres choses.

Il riva ses yeux sur elle et lui offrit un profond sourire.

Durant l'heure suivante, Trenton était sur un nuage, tenant confortablement Katianna dans ses bras. Et cela se propagea chez ses frères, comme s'ils semblaient tous partager sa bonne fortune. C'était une première en un sens ; être dans les bras de Trenton comme elle l'était. Pourtant, les frères du Dominion lui donnaient l'impression que cela était écrit depuis longtemps et qu'ils étaient heureux que cela soit enfin révélé au grand jour. Elle ne connaissait pas toute l'histoire et elle se sentait un peu mal à l'aise. Encore plus alors que Paris, l'homme formé par Trenton et Diesel, n'arrêtait pas de la fixer, bien que son attention, sauvage et féroce comme un dragon en chaleur, soit concentrée sur les deux hommes.

Quant à Trenton, il exultait. Il avait sa souris dans ses bras. Elle n'avait pas peur et le lieu ne la rendait pas nerveuse. Il n'était donc pas nécessaire qu'elle se cramponne à lui pour sa propre sécurité. Cela lui permettait de la tenir comme il le voulait, enveloppée dans ses bras. *De préférence nue*, mais cette partie arriverait bien assez tôt. Il était tout simplement heureux d'avoir montré qu'elle lui appartenait et qu'il avait l'intention de la garder. Mais l'heure s'écoula trop vite pour lui et elle dut partir lorsqu'Amelia fut prête à s'en aller. Il s'éloigna des jeux afin de la conduire à la limousine.

Katianna s'arrêta, faisant brusquement volte-face, clignant largement de ses yeux pâles avec un émerveillement presque enfantin.

— Pourquoi me veux-tu ?

La question était aussi innocente que toutes celles qu'elle avait déjà posées.

— Ma vie ?

Elle secoua la tête, son cerveau sondant ses propres pensées à la recherche d'une réponse, mais elle n'en trouva aucune, et cela la conduisit à lui poser cette question.

— Je ne pourrais jamais être plus qu'une tache sur ta chemise blanche.

— Non Katianna.

Le dos de ses doigts glissa sur le côté de son visage, puis les doigts eux-mêmes se tordirent pour attraper son cou, son pouce caressant sa mâchoire et l'obligeant à garder ses yeux rivés au siens.

— Non. Tu es le rouge à lèvres et le soupçon de parfum laissé sur ma chemise, me remémorant chaque instant que j'ai eu avec toi. Tu es le besoin et le désir ardent qui brûle dans mon esprit, parce que je veux plus.

Puis il l'embrassa afin qu'elle ne puisse plus discuter, laissant ce qu'il venait de dire se frayer un chemin pour devenir exactement ce qu'il venait de dire qu'elle était. Le baiser était lent et doux comme de la soie liquide sur la langue de Kat. Elle brûlait d'envie de l'approfondir, mais la douce pression de son pouce la maintenait en place, le laissant contrôler la profondeur et la température de leur étreinte.

Lorsqu'il recula, les yeux de Katianna étaient encore écarquillés sous l'incrédulité qu'il puisse la vouloir elle parmi tous les choix qu'il avait – et en tant que Dominus, il en avait beaucoup – mais au moins elle ne l'avait pas rejeté.

— Bonne nuit, Souris.

Il déposa un baiser sur son front puis lui tint la main tandis qu'elle pénétrait dans la limousine d'Amelia avant de refermer la portière.

La regardant alors qu'elle s'éloignait, il aurait déjà voulu pouvoir accélérer le temps et se tenir, ici même, lorsqu'elle arriverait le lendemain.

De retour à l'intérieur, les Doms étaient tous alignés ; c'était l'heure des fessées de Marcus.

— Magistrat, à quel sub voulez-vous ordonner de recevoir vos fessées d'anniversaire ? lui demanda Trenton avec un petit sourire narquois.

Marcus n'hésita même pas.

— Paris va les prendre à ma place.

Paris leva vivement les yeux, son visage blanchissant alors que la réalité de la raison pour laquelle il avait été désigné s'imprimait en lui. Et tout le monde rit à ses dépens.

Diesel le mit en position ; penché, les mains crispées sur les accoudoirs du trône de Marcus, les jambes écartées à largeur d'épaules. Marcus, qui se tenait à côté de lui, remis le paddle à l'Alpha, premier dans la file d'attente.

Trenton se positionna juste derrière lui, tenant le paddle prêt, sa paume frottant distraitement sur sa surface pour en vérifier les défauts.

— Tu compteras, esclave, jusqu'à ce que tu reçoives les trente-quatre coups d'anniversaire. C'est compris ?

(｡◕‿◕｡)

— Oui, Dominus, se força à répondre Paris, tout en luttant contre la tension s'installant déjà dans ses muscles.

Il n'avait pas du tout hâte de vivre ça.

PHWACK. Trenton frappa le plat du paddle dans la région inférieure des fesses de Paris. Ce n'était pas un coup violent, mais c'était là toute la beauté des paddles. Il n'en fallait pas beaucoup pour offrir une douleur cinglante à la chair nue.

— Grrr...

La poigne de Paris se resserra sur les accoudoirs du trône et il laissa échapper un grognement étouffé lorsque la première claque du paddle atterrit sur ses fesses nues.

— Tu disais ? demanda Marcus.

— Un, mon Magistrat, répondit Paris pendant que la palette passait dans les mains du suivant.

PHWACK

— Deux.

PHWACK

— Trois.

Et les fessées furent données à tour du rôle jusqu'au numéro vingt-sept, quand ce fut au tour de Diesel.

— Je pense que je devrais prendre le relais à partir d'ici.

Il empauma le derrière de Paris, appréciant la chaleur qui se dégageait de ses globes.

— Je crois que la plupart d'entre vous ont été beaucoup trop doux avec Marcus ici. Il mérite une bonne et dure fessée pour célébrer cette étape importante de sa vie.

Diesel désigna les fesses de Paris ainsi que le public, en faisant claquer le paddle dans sa paume.

— Ils semblaient bien assez durs pour moi, mon Patronus, tenta Paris pour défendre son postérieur torturé, ce qui lui valut quelques gloussements de la part du public.

Diesel leva le bras et le claquement du paddle contre les fesses à vif de l'esclave retentit tandis que Paris grognait :

— Ahhh ! Vingt-huit.

Diesel hocha la tête, puis recommença.

PHWACK

— Trente-quatre !

Paris cracha délibérément ce mauvais décompte à haute voix. Et tout le monde éclata de rire.

— Oh non ! Votre esclave a perdu le compte. Maintenant, vous devez recommencer depuis le début, cria quelqu'un.

Paris feignit un évanouissement, tombant sur le sol dans l'espoir de s'en sortir.

— As-tu perdu le compte, esclave ? l'interrogea Diesel alors qu'il se tenait au-dessus de l'homme qui faisait l'imbécile sur le sol.

— Non, Patronus, je suis un peu désorienté, voilà tout.

Sa main frotta distraitement son derrière, redoutant la moindre suggestion qu'il doive recommencer depuis le début.

— Très bien, nous allons reprendre là où nous nous sommes arrêtés dans ce cas. D'accord ? sourit Diesel à son sale gosse.

Paris accepta consciencieusement les cinq coups restants, pas certain d'avoir apprécié la caresse que Diesel avait délivrée à son arrière-train après ça. Bien qu'il crève d'envie d'avoir cet homme, il aurait préféré éviter tout contact avec sa peau brûlante pendant un certain temps. Mais il garda ses protestations pour lui puisque son Patronus semblait visiblement apprécier. Et pourquoi n'aurait-ce pas été le cas ? Après tout, ce n'était pas *son* cul qui était en feu en ce moment.

Après les fessées et avoir autorisé que les vêtements de Paris lui soient rendus, Trenton donna l'autorisation de formuler des demandes. La première vint de Ripley, un habitué du club, qui voulait défier Trenton pour son statut. Une demande qui créa un émoi hostile parmi les autres Doms dans la salle.

— Vous ne pouvez pas défier un Maître pour un statut. Le titre de Dominus ne peut pas être gagné par défi ! hurla Olla à travers la pièce.

— Cela n'aurait pas d'importance. Dominus est toujours en voie de guérison à la suite de la blessure par balle qu'il a reçue il y a seulement deux semaines, intervint Diesel. Un défi physique ne peut pas être reconnu, même à des fins de divertissement.

Diesel énonça la loi qui les concernait. C'était plus pour Trenton, au cas où son frère se sentirait un peu invincible, un peu comme le roi du monde après avoir tenu Katianna dans ses bras ce soir.

Le sourire de Trenton était énigmatique.

— Je suppose que tu devras essayer une autre fois, Ripley, intervint-il afin de ramener un peu de paix dans la pièce. Je pourrais être en mesure de combattre un frère, mais certainement pas tous les quatre et avoir encore assez d'énergie pour accepter ton défi.

Il offrit au membre du club un regard plein d'humour qui disait « *c'est dommage* ».

— Tu aurais un avantage injuste sur moi.

Et tout le monde se mit à rire de plus belle.

— J'aimerais défier ton esclave, annonça Darko Laszkovi en s'avançant.

Le bel homme musclé et sombre pointa Paris du doigt. Darko, qui était aussi l'un des frères aînés de Sasha, n'était pas un Dom dans la communauté, mais c'était un habitué du club et ami avec la plupart des gens ici.

— Paris a déjà eu beaucoup de combats. Tu as vu sa force, et même pour toi Darko, il peut être un défi.

Mais Trenton pouvait voir l'érection pressée contre le pantalon de Darko et le désir dans ses yeux. Paris avait cet effet sur tous. Il était extrêmement beau et irradiait le sexe.

— J'accepte.

Trenton entendit la réponse de Paris derrière lui et il se tourna pour lui jeter un regard. Il avait déjà participé à quatre combats et pourtant il était déjà en train de se dévêtir.

— Darko est un athlète professionnel. Il est plutôt fort et possède une endurance considérable, l'avertit Trenton.

Paris possédait sa propre force, mais il devait être fatigué. La résolution de ce dernier ne s'altéra pas et Trenton pouvait voir qu'il y avait un autre type de luxure exsudant de ses yeux sombres.

— Vous savez à quel point j'aime le pouvoir.

— Ta mère ne t'a-t-elle jamais dit de *ne pas* fourrer ta queue dans les prises électriques ? renchérit Diesel.

Paris pencha la tête avec un regard sensuel vers Diesel.

— Elle ne m'a jamais dit que je ne pouvais pas.

Diesel étouffa un rire. Paris était clairement à la fois magnétique et gonflé. Et il se demanda s'il était vraiment aussi insatiable qu'il prétendait l'être. Cette seule pensée lui donna encore plus l'envie de le goûter, mais pas ici et pas encore. Il était encore trop tôt. Les caprices n'étaient jamais satisfaisants. Il regarda Darko.

— Es-tu certain de vouloir relever le défi ? demanda Diesel pour en avoir confirmation.

— Quelqu'un a besoin de remettre ton esclave à sa place, sourit lascivement Darko tout en commençant à ôter ses vêtements.

Ce spectacle à lui seul obtint une vague de murmure d'approbation de la part de ceux qui regardaient Darko préparer son membre en le badigeonnant d'une épaisse couche de gel lubrifiant. Des paris amicaux furent même lancés.

Les deux hommes s'avancèrent pour se faire face, et lorsque Trenton annonça le début du combat, ils s'empoignèrent aussitôt. Mais avant que quiconque puisse réaliser ce qui venait d'arriver, Paris s'était volontairement empalé sur le sexe de Darko et commençait à le presser de le baiser avec toute la force d'un véritable gladiateur.

Diesel se glissa derrière tout le monde et regarda l'ange déchu se faire posséder jusqu'à la béatitude. Il savait déjà que Paris était un appât addictif pour lui. Ce n'était pas souvent qu'il prenait un homme dans son lit et il était prudent dans ses choix. Mais plus il regardait Paris, tandis que des images qui allaient bien au-delà de ce qui se déroulait devant ses yeux inondaient son cerveau, plus il se forçait à considérer cet attrait comme rien de plus qu'un simple désir impulsif. Quelque chose qu'il autorisait rarement pour dicter ses actions. En fait, il n'avait jamais rien fait d'impulsif. Surtout lorsqu'il s'agissait de prendre un amant. Il prenait toujours son temps. Mais Paris n'avait pas vraiment le profil d'un amant. Son passé de « aime-les et jette-les » pouvait en témoigner. Ceci dit, il ne pouvait nier que pendant qu'il regardait le sale gosse s'activer avec toute l'endurance et la luxure qu'il recherchait chez un amant, cet homme était comme de l'argent qui lui trouait les poches. Une fois encaissé et dépensé, il disparaîtrait.

Une fois la fête terminée, leurs invités rentrant chez eux, les frères commencèrent à charger la Becker Ford Excursion de Marcus. Harper guida Marcena dans le véhicule et rejoignit Trenton, en le tirant sur le côté.

— Je veux ta permission de ramener Marcena à la maison avec moi pour le reste de son séjour.

Trenton fut surpris par la demande. Harper s'était depuis longtemps éloigné du mode de vie D/s, excepté en ce qui concernait les personnes ici présentes, en raison de son travail. Alors qu'espérait-il obtenir d'une esclave privée ?

— Non, Harper. Elle est ici pour se former. Je suis payé pour corriger ses mauvais comportements. Je ne peux pas te la laisser. Tu ne pourrais pas suivre.

— Si. Dis-moi simplement ce dont elle a besoin. Je veillerai à ce que sa formation soit complète.

Harper baissa la tête un instant et se frotta le menton avant de lever les yeux afin de croiser le regard vigilant de Trenton.

— J'en ai besoin.

Trenton l'étudia, son visage et ce quelque chose qui apparaissait dans ses yeux. Il allait mal depuis un certain temps et aucun d'eux ne parvenait à l'atteindre. Pourtant, de toute évidence, quelque chose chez cette fille y arrivait. Peut-être y avait-il en elle ce qui arriverait à *le réparer*, mais cela ne voulait pas dire que Trenton devrait le faire. Elle appartenait à Fambleush, mais Harper avait autrefois été très bon pour l'entraînement. Il était un éducateur doux, mais sacrément doué. S'il y avait ne serait-ce qu'un infime espoir de tirer Harper de son trou noir, Trenton devait essayer, il devait bien ça à son frère.

— Très bien, emmène-la. Mais je viendrais vérifier.

— Merci, Trent.

La longue soirée de fête terminée, la conversation était légère tandis qu'ils rentraient tous à la maison.

— Dominus, appela Paris vers l'avant, où Trenton était assis pendant que Diesel conduisait. La femme qui était dans vos bras ce soir ?

— Doucement. Fais attention à toi, le mit en garde un des frères assis derrière lui d'un ton sévère.

— Je voulais seulement demander si je devais commencer à m'adresser à elle comme Maîtresse ou Domina ?

Paris prenait les devants, espérant plaire à Trenton. Il avait observé Dominus avec la femme et avait entendu la majorité de la conversation plus tôt dans la soirée, donc elle représentait de toute évidence quelque chose de spécial pour lui, davantage qu'un simple jouet qui aurait attiré son œil.

— Absolument pas. Tu ne t'adresseras à elle en aucune manière, jamais.

Son ton donnait l'impression que Paris venait de l'insulter, lui ou la femme dont il venait de parler.

— Elle est ma première et seule Esclave. Je la garderai pour moi.

Paris retomba sur son siège, perdu à la suite de cette déclaration. Dominus avait eu beaucoup d'esclaves auparavant, n'est-ce pas ? Alors comment était-il possible que celle-ci soit sa première ? Elle ne ressemblait ni n'agissait même pas comme une esclave. Ni comme une maîtresse d'ailleurs, mais tout de même. Et par-dessus le marché,

Trenton ne l'avait pas traitée comme une esclave ou une soumise. Paris ne l'avait certainement pas vu *elle* à genoux ou subissant le paddle pour Marcus. Il était vraiment confus maintenant, mais également très fatigué. Il regarda les frères de Trenton ; ils ne semblaient pas trop dérangés par tout ça. En fait, ils semblaient très heureux pour lui, comme si Trenton venait d'annoncer qu'il allait se marier ou quelque chose comme ça. D'accord, il était *bien trop* fatigué pour réfléchir clairement, alors il laissa tomber, pour le moment.

C'était samedi soir et Amelia avait convié de nombreux amis et invités afin de célébrer la sortie de la dernière collection de vêtements de Vashon, marquant l'occasion d'un peu de plaisir personnel en contractant une soirée avec un nouveau Dom, et rapidement après son arrivée, elle disparut à l'étage tandis que ses invités retournaient sur la piste de danse ou se prélassaient dans le carré VIP.

Kat ne connaissait aucun des amis d'Amelia, mis à part Vashon, alors elle tenta de se concentrer sur l'histoire de son livre, mais la vague incessante d'invités entrant et sortant ne fit rien pour l'y aider. À cela s'ajoutaient les conversations sans intérêt qu'entretenaient les femmes présentes dans le groupe, y compris de nombreux mannequins. Toute l'activité autour d'elle était plus qu'oppressante et Kat se retrouva rapidement avec un mal de tête aigu.

L'un des membres du groupe lui offrit une poudre contre les maux de tête. N'étant pas certaine d'être soulagée quoiqu'elle fasse, elle accepta volontiers et il ne fallut pas longtemps avant qu'il réussisse également à la convaincre de le rejoindre sur la piste de danse.

Trenton et Paris venaient à peine de descendre au rez-de-chaussée lorsque ce dernier aperçut Katianna sur la piste de danse, se débattant dans les bras plutôt possessifs d'un homme qu'il n'avait jamais vu auparavant. Paris connaissait les gestes d'une personne qui en malmenait une autre, alors lorsqu'il vit l'homme ignorer les faibles tentatives de Katianna qui essayait d'empêcher ses mains baladeuses de se déplacer trop bas sur son corps, il tapota l'épaule de Trenton.

— Dominus.

Paris pointa la femme menue du doigt sur laquelle il avait appris que Dominus avait un droit de revendication.

ʕ•ᴥ•ʔ

Trenton vit rouge instantanément.

— Reste là, ordonna-t-il en se ruant sur la piste de danse.

Atteignant l'homme qui avait osé poser les mains sur sa femme, Trenton se montra tout sauf doux. Une main puissante poussa l'homme loin de Katianna.

— Va-t'en !

L'homme tituba, mais reprit rapidement contenance avant de tenter de regagner la place qu'il avait investie.

— Mêle-toi de ce qui te regarde ! Elle était avec moi en premier, répondit-il tout aussi sèchement.

La main de Trenton se referma autour de la gorge du prétentieux en un éclair.

— Pas si tu veux te réveiller à l'hôpital pour t'être battu à cause d'elle.

L'homme laissa échapper une série de jurons étouffés, mais finit par abandonner, reculant à l'instant où l'emprise de Trenton se relâcha.

— Trenton...

Katianna parut soulagée lorsqu'elle le vit et ses mains volèrent afin de s'accrocher à sa chemise.

Trenton la prit dans ses bras et l'emporta loin de la piste. Il était furieux qu'elle ait osé parader avec un autre homme en sa présence, surtout après les événements de la nuit précédente. Néanmoins, quand il la déposa sur le sol et qu'elle faillit trébucher, il suspecta que quelque chose n'allait pas. Il resserra son emprise autour d'elle afin de l'empêcher de tomber avant d'attraper son menton et de relever sa tête pour qu'elle le regarde. Ses habituels pâles iris bleus étaient presque entièrement voilés par ses pupilles, beaucoup plus dilatées qu'elles auraient dû l'être dans l'éclairage tamisé de la boîte.

— Qu'as-tu pris ? exigea-t-il de savoir.

La tête de Katianna trembla contre sa main, lui faisant perdre à nouveau l'équilibre. La poigne de Trenton se resserra autour d'elle, la force de son emprise la soulevant pratiquement du sol.

— Qu'as-tu pris, Katianna ?

Son ordre rebondit contre elle, coupant court à sa stupeur médicamenteuse.

Elle hocha faiblement la tête alors qu'elle tentait de se concentrer, fouillant dans sa poche et sortant l'emballage de la poudre contre les maux de tête, et le lui montra.

— J'avais mal à la tête. Ce type... l'un des amis d'Amelia, Lenny, m'a donné ça. Mais je n'avais pas envie d'aller sur la piste...

Ses doigts se tendirent pour attraper sa chemise, mais il les repoussa, lui baissant les mains sur ses côtés alors qu'il continuait de la maintenir debout.

— À quel point es-tu défoncée ?

— Je ne suis pas défoncée.

Elle le fusilla du regard.

— J'ai seulement pris une poudre contre les maux de tête.

— Sur une échelle de un à dix ?

Elle leva les yeux vers lui et ce simple geste la fit à nouveau tituber.

— La pièce ne cesse de tourner...

Un sourire fendit son visage.

—... mais je ne ressens aucune douleur... et c'est moi ou il fait vraiment chaud ici ?

— Merde, tu as été droguée, Katianna. J'ai besoin de savoir à quel point.

Il reformula sa question, espérant la faire revenir à la raison.

Il fallut un moment à son cerveau pour assimiler ce qu'il venait de dire, mais quand ce fut le cas, ses yeux s'agrandirent et elle le fixa.

— Si je ne réalise pas que je suis défoncée, alors ça veut dire que ce n'est pas bon signe, non ?

L'inquiétude fit son apparition.

— Tu prendras soin de moi, n'est-ce pas ? demanda-t-elle, chancelante.

Trenton se calma, évaluant son état ; elle était troublée, mais tout de même capable de comprendre si elle était un peu poussée à se concentrer. Néanmoins, comme il ne savait pas ce qu'elle avait pris, il était pleinement conscient que son état pouvait empirer.

— Je dirais que tu es à un sept pour le moment.

Katianna fronça les sourcils.

— Bon sang, Trenton, tu pourrais au moins mentir à une femme en lui disant qu'elle est un dix quand elle est défoncée, pour qu'elle se sente mieux.

Trenton pinça les lèvres, secouant la tête quelques instants. Elle était bel et bien défoncée. Elle ne perdait généralement pas ses moyens aussi facilement en sa présence. La situation aurait pu être risible si elle n'avait pas été droguée, chose qui n'était pas drôle du tout.

— Règles strictes ?

Pour son bien, il considérerait ce soir comme un contrat.

(ᵔⱳᵔ)

L'implication de Trenton commençait à faire son chemin dans son esprit. Cela faisait un moment, mais elle se souvenait des amis de Garrett et de la manière dont ils se comportaient quand ils consommaient. Et il avait beaucoup d'amis dans ce cas, et elle se souvenait principalement de ce qui se passait autour d'eux. C'était pire encore lorsque personne n'était assez sobre pour contrôler certaines des choses qui se déroulaient.

— Ne profite pas de moi...

L'expression de Katianna devint de plus en plus inquiète alors qu'elle réalisait qu'elle n'était pas dans le bon état d'esprit et qu'il y avait de grandes chances que cela empire. Cela ne faisait même pas une heure qu'elle avait avalé la poudre. Ses mains s'agrippèrent une fois de plus à la chemise de Trenton et elle serra les doigts de toutes ses forces afin d'empêcher qu'il s'éloigne d'elle.

— Je ferai tout ce que tu me diras, ne profite simplement pas de moi.

Elle jeta un coup d'œil à Paris par-dessus son épaule avant de reporter son regard sur lui.

— Tu ne laisseras pas quelqu'un d'autre non plus, n'est-ce pas ?

— Jamais. Tu seras en sécurité avec moi, tu le sais.

— Bien. Car quoi qu'il se passe, ça ne serait pas juste, parce que je ne pense pas que je me souviendrai de quoi que ce soit.

La pièce se mit à tourner et elle tituba, ses doigts se crispant encore plus autour de la chemise de Trenton et les mains de ce dernier la serrèrent plus fort afin de l'aider à rester debout.

— Oh seigneur, souffla-t-elle en tentant de contrôler sa respiration. Je vais être malade demain, pas vrai ?

— J'irai te chercher de l'eau à la menthe plus tard. Ça fonctionne généralement après avoir mangé un peu.

Katianna hocha la tête jusqu'à ce que celle-ci retombe contre la poitrine de Trenton et elle attendit sa réponse.

— Après ça, je veux que tu acceptes que je te fasse la cour.

Il lui releva la tête afin qu'elle le regarde, son pouce effleurant sa lèvre.

— Me faire la cour ?

— Pour ta soumission comme mon esclave.

Ce qu'elle avait vu quelques instants auparavant comme étant de la rage s'était transformé en passion et en un désir profond, comme s'il s'apprêtait à diriger le monde.

— L'Esclave de Vie ?

— Oui.

Elle hocha la tête, mais elle était déjà en train de passer au niveau huit et la nouvelle information qu'il venait de lui fournir fut déviée, plutôt que faire son chemin dans sa tête. Elle ne savait pas ce à quoi elle venait de consentir, mais sa sécurité était tout ce qui lui importait pour le moment – *et peut-être toucher le corps solide qui la tenait.*

— Viens, petite souris, faisons un arrêt dans le box d'Amelia afin de récupérer tes affaires.

Il entrelaça ses doigts aux siens, n'étant pas certain qu'elle puisse s'accrocher à lui dans son état, et la guida pour qu'elle le suive.

— Paris, suis-nous.

Trenton longea les box, Katianna lui tenant la main et Paris les suivant de près, jusqu'à ce qu'ils atteignent celui d'Amelia au fond. Il n'y avait aucune trace de l'Héritière ou même de Vashon. Trenton marqua une pause, jetant un œil aux quatre hommes qui étaient assis. Il fit un signe de la main en direction de Paris, commande silencieuse afin que celui-ci s'agenouille. Son regard se posa sur l'homme qui était allé sur la piste de danse avec Katianna.

— Surveille-la, Paris.

Mais avant qu'il puisse s'éloigner, Katianna couina :

— Trenton, tu as promis !

Trenton prit rapidement son bras dans son emprise.

— Chut Kat, tout va bien. Je ne t'abandonne pas. Cependant, j'ai besoin d'avoir une petite discussion avec ces garçons et elle sera loin d'être amicale. Alors j'ai besoin que tu restes là afin de ne pas être blessée. Paris, ici présent, va te garder dans ses bras afin que tu ne tombes pas, d'accord ?

Elle hocha la tête.

— Paris, assieds-toi sur tes talons.

Alors que Paris s'exécutait, Trenton fit asseoir Katianna sur ses genoux.

— Si qui que ce soit la touche, hormis mes frères, brise-leur la nuque.

— Oui, Dominus.

Paris prit une inspiration qui fit gonfler sa poitrine et ses épaules, signe de défiance pour quiconque essaierait.

Trenton se leva, puis laissa échapper un sifflement aigu qui alerta les deux videurs debout près du bar. Ceux-ci marchèrent rapidement dans sa direction alors que Trenton s'avançait dans le box d'Amelia.

Katianna s'effondra contre Paris et regarda les événements se dérouler de l'autre côté de la vitre.

— Oh, mon Dieu, il va leur tirer dessus, n'est-ce pas ?

— S'il ne le fait pas, je suis prêt à parier que Diesel s'en chargera, murmura-t-il en réponse quand il vit Patronus descendre les marches.

Diesel aperçut l'affrontement qui avait lieu à l'intérieur du dernier box alors qu'il venait de descendre au rez-de-chaussée et s'y dirigea avant de s'arrêter lorsqu'il vit Katianna sur les genoux de Paris.

— Que s'est-il passé ?

— Je vais bien, chantonna-t-elle.

— Apparemment, quelqu'un lui a glissé quelque chose, dit Paris, lui donnant une meilleure évaluation de l'état de Katianna.

Diesel s'accroupit en face d'eux et la força à ouvrir les yeux à l'aide de deux doigts, les étudiant avant de faire glisser sa main vers son cou afin de tâter son pouls.

— Ne t'ai-je pas appris lors de mes cours sur la sécurité, de ne jamais accepter de verre d'un étranger ?

— Je n'ai pas pris de verre. J'ai pris de la poudre contre les maux de tête, protesta-t-elle, maussade.

C'était le deuxième à l'accuser d'être responsable de l'état dans lequel elle se trouvait.

Diesel soupira profondément, plusieurs pensées se débattant dans son esprit.

— Je pense que je vais être malade, dit Katianna dont le visage vira brusquement au gris.

Diesel fit rapidement un mouvement de la tête en direction du mur du bar.

— Emmène-la dans le bureau de Dane afin qu'elle puisse y utiliser la salle de bain. Ensuite, restez là et attendez-nous.

Paris venait de finir de rincer le visage de Katianna quand Trenton entra, suivi par Diesel et les deux videurs. Trenton se chargea directement de s'occuper de Katianna et donna la permission à Paris d'aller s'asseoir sur le canapé.

— Une idée de ce qu'ils lui ont donné ? demanda Diesel maintenant qu'il avait été mis au courant de la situation.

Trenton lui tendit l'emballage vide qu'il avait récupéré sur Katianna.

— Quoi que ce soit, c'était là-dedans.

— Eh bien, c'est nouveau ça.

Diesel commenta la nouvelle méthode de dopage en observant l'emballage au nom d'une marque de calmants courante. Il le renifla, mais rien ne lui permit d'identifier la substance.

Trenton s'affala sur le fauteuil derrière le bureau, attirant Katianna sur ses genoux.

— Où est Amelia ?

Sa question était destinée à son frère.

— Dans l'une des chambres privées à l'étage, répondit Diesel. Tout comme Dane. Quelque chose au sujet d'un vieil ami en ville pour passer du bon temps.

— Il ne sert à rien de les interrompre, il n'y a rien qu'ils puissent faire. Il ne s'agit pas de la responsabilité d'Amelia, de toute façon.

Trenton s'enfonça dans son siège, Katianna toujours sur les genoux, même si celle-ci ne faisait rien d'autre que se tenir immobile.

— Oui, mais je prévois d'avoir une discussion avec elle à propos de son entourage, dit Diesel avec sarcasme.

Une part de lui pouvait se montrer particulièrement mauvaise lorsqu'il s'agissait de prédateurs rodant autour de jeunes filles, ou de quiconque, dans le but de les droguer et de profiter d'elles.

— Que faisons-nous maintenant ?

Trenton secoua la tête, observant Kat avec attention.

— Il n'y a rien d'autre à faire que d'attendre qu'elle évacue tout ça, et autant qu'elle le fasse ici.

— Veux-tu que je reste ?

Trenton secoua à nouveau la tête. Il ouvrit le premier tiroir du bureau et trouva un paquet de chewing-gum à la menthe. Il en déposa plusieurs dans la main de Katianna afin qu'elle les mâche.

— Dans ce cas, je vais vous laisser. Qu'en est-il de Paris ?

Trenton lança un coup d'œil dans la direction de ce dernier.

— Eh bien, Paris, grâce à toi, elle est en sécurité, alors quoique tu aies envie de faire, tu l'as mérité.

— Je suis encore un peu fatigué à cause de la nuit dernière. J'aimerais rentrer et profiter du reste de la nuit pour me détendre, si cela ne vous pose pas de problème ?

— Ton vœu est exaucé.

Il regarda Diesel.

— Ramène notre esclave à la maison, Diesel.

Après le départ de Diesel avec Paris, Trenton se retira dans son box, Katianna toujours avec lui.

Katianna se sentait sexuellement stimulée, ainsi que considérablement plus bavarde qu'à son habitude. Deux états qui firent surface en elle sans aucune résistance de la part de sa conscience.

— Qu'est-ce qui t'excite ?

Katianna cligna des yeux en direction de Trenton alors qu'elle s'asseyait à côté de lui sur le canapé.

Trenton avait attendu cette soirée avec impatience pour la voir gâchée par le fait que Katianna avait été la victime d'une espèce d'ordure. Maintenant, il devait adopter une conduite exemplaire et elle voulait parler de ce qui l'excitait ? Il eut brusquement le sentiment que cette nuit allait être difficile.

— Toi.

Autant être honnête, n'est-ce pas ?

— *Hum–hum,* protesta-t-elle. Je voulais parler des actes qui t'excitent.

Trenton sourit.

— La soumission d'une femme m'excite.

— Trenton, ça, c'est une évidence. Je suis sérieuse.

— Moi aussi. Je ne trouve rien de plus séduisant qu'une femme soumettant son corps afin que je lui procure du plaisir.

— Que se passe-t-il une fois que tu as sa soumission totale ? Je veux dire, en toute logique, une fois que tu l'as obtenue, tu commences à t'ennuyer, non ?

Elle paraissait profondément perplexe à ce sujet.

— Ici, dans le club, la dominance est la règle du jeu. J'aurais tendance à penser que l'insoumission du sub rendrait le jeu plus stimulant et excitant, mais que se passe-t-il quand il n'y a aucun défi ?

Le sujet de la conversation en lui-même était suffisant pour l'exciter, d'autant plus qu'il en discutait avec elle. C'était le moment parfait pour l'attirer plus près de lui. Il passa un bras autour de sa taille et l'attira sur ses genoux, ses mains capturant ses hanches, son corps se remplissant de la sensation d'elle contre lui alors que son esprit s'échauffait en repensant à cette conversation qui l'excitait de manière équivoque.

— C'est parfait, lui répondit-il, la voix rauque.

Katianna fronça les sourcils à sa réponse.

— Parfait ? Tu veux dire que tu ne t'ennuierais pas ?

— Non. Je sais ce que je veux faire avec toi.

— Moi ? murmura-t-elle, mais dans son état d'esprit actuel, son cerveau était déjà passé à autre chose plutôt que de tenter de comprendre sa réponse.

Son regard vitreux vacilla vers son corps solide et ses mains en firent de même, le touchant, ses doigts glissant sur ses épaules.

Elle ne l'avait jamais touché de cette manière auparavant. Elle s'était accrochée à sa chemise, s'était recroquevillée près de lui, mais elle ne l'avait jamais *touché*. Il était impeccable, aussi solide que n'importe quel guerrier sous sa chemise. *Pourquoi n'avait-elle jamais tenté de le toucher auparavant ?*

— Dis-moi, as-tu déjà laissé l'une de tes soumises te séduire ?

Ses mains et son cerveau prirent des directions différentes alors que ses doigts défaisaient plusieurs boutons de sa chemise afin d'exposer la peau douce et chaude en dessous, et elle hoqueta.

— Si je permettais cela, ce serait elles qui me domineraient.

Il regarda ses mains alors qu'elle déboutonnait sa chemise.

— Mais si tu voulais qu'elles le fassent ?

Elle se pencha dans son étreinte, tendant le bras vers la table pour récupérer un glaçon dans le verre d'eau qu'il avait fait apporter pour elle. Elle le trempa dans le verre de tequila blanche qu'il buvait toujours et le porta aux lèvres de Trenton, les traçant juste assez pour laisser la saveur parfumée se répandre sur ses lèvres et sur sa langue.

⊙ᴗ⊙

Trenton n'était pas certain de savoir ce qu'elle avait en tête. Elle n'était pas aussi réservée qu'à son habitude et ce n'était pas non plus son genre de jeu à lui, mais il était curieux de savoir où elle voulait en venir. Quelles pensées l'agitaient ? Sans mentionner le fait qu'il appréciait d'être le centre de son attention et était plus que consentant à la laisser l'explorer – jusqu'à un certain point – afin de voir jusqu'où elle pouvait aller, de découvrir le monde secret de la sexualité de Katianna Dumas. Il ouvrit la bouche, prenant le glaçon de ses doigts et les suçant avec la même avidité que le petit cube de glace. Son regard était rivé sur le visage, la respiration et la curiosité des pupilles dilatées de la jeune femme.

Lorsqu'il permit à ses doigts de se retirer de sa bouche, elle tendit le bras vers le citron qui se trouvait à côté du verre et en versa le jus sur ses propres lèvres avant d'y rajouter une pointe de sauce piquante. Trenton n'eut besoin d'aucune autre indication ; il cracha le glaçon et s'empara de la bouche de Katianna avec tellement de ferveur qu'elle ne parvint même pas à reprendre son souffle. Elle gémit contre lui alors que sa langue léchait ses lèvres épicées avant de plonger dans sa bouche pour trouver la sienne, imbibée du jus amer du citron. Il la lécha et suça ses lèvres avec voracité. Chaque fois qu'il l'embrassait, c'était comme s'il le faisait pour la première fois et chaque fois que leurs baisers prenaient fin, il en voulait plus, désirant plus que tout revivre la sensation. Et juste au moment où il pensa la relâcher, elle passa les bras autour de son cou et se poussa vers lui, approfondissant le baiser plutôt que de s'en éloigner comme elle l'avait fait auparavant.

Ses lèvres étaient si souples et chaudes maintenant, imbibées des saveurs du citron vert et de la sauce épicée. Sa langue le sonda avec un empressement égal au sien, puis il la sentit se frotter contre lui en une prière désespérée, et cela lui fit atteindre de nouveaux sommets. Le baiser de Katianna se renforça en profondeur et en intensité. Elle n'était pas à la recherche de doux baisers, son corps le suppliant de recevoir son attention brutale et ardente.

S'il avait eu une carapace qui gardait tous ses organes vitaux en place, elle vola en éclats au moment où les lèvres de Katianna répondirent aux siennes, le contenu de sa poitrine se déversant à cause de la sauvagerie de la simple étreinte de sa bouche.

Jamais dans sa vie il n'avait ressenti ou imaginé qu'un baiser pouvait être aussi annihilant. Un baiser qu'*elle lui* donnait, et non l'inverse.

Il sentit brusquement sa main le repousser et il se fit violence pour la laisser s'écarter. Elle haleta, inspirant profondément, lorsqu'il la relâcha. Après avoir pris plusieurs inspirations, elle se mordit la lèvre inférieure. *Seigneur, il aurait pu s'en charger à sa place*, pensa-t-il en la regardant. Sa poitrine se soulevait et s'abaissait laborieusement et ses yeux étaient voilés par le désir. *Merde, elle est délicieuse.* Il s'en voulait d'avoir fait cette promesse.

Un sourire machiavélique fendit le visage de Katianna et elle tendit la main vers un autre glaçon.

— Ne remets pas ça dans ma bouche. Je peux imaginer de bien meilleures choses à y mettre, suggéra-t-il plus qu'il ne le lui ordonna en espérant qu'elle se passerait de toute taquinerie et l'embrasserait à nouveau.

À quoi diable pensait-il ? La taquinerie était essentielle. Pourquoi voudrait-il s'en passer ?

Parce qu'il voulait tellement se retrouver en elle que cela en était douloureux. Il voulait la sentir se cambrer sous lui et crier de plaisir alors qu'il la possèderait jusqu'à lui faire perdre la tête. Il n'aurait jamais dû faire cette promesse.

— Et si l'une de tes soumises voulait t'exciter ? T'embrasser et taquiner ta peau jusqu'à ce que tu trembles de désir ?

Elle avait repris la conversation là où elle l'avait interrompue – ce qui le surprit – avant de poser le glaçon sur son téton et de dessiner de petits cercles sur le disque viril.

Ses yeux pâles s'assombrirent sous le désir, l'observant afin de voir ses réactions. Elle était à deux doigts de recevoir une fessée pour cela. Puis elle baissa la tête vers le bout dur et refroidi. Elle le lécha avec respect et le suça entre ses lèvres, l'ardeur de sa langue rétablissant la chaleur de son mamelon refroidi, et le mélange de températures lui coupa le souffle.

Elle marqua une pause et leva les yeux afin de croiser son regard.

— Et si ta soumise voulait te torturer avec les caresses chaudes de sa langue jusqu'à ce que tu sois au bord de la folie. Te faire atteindre un niveau de désir tellement élevé que tu perdrais le contrôle et prendrais ce que tu veux d'elle ?

— Ça s'appelle Dominer le Dominant. Et c'est un acte punissable en ce qui me concerne.

Son ton était ferme, mais pas autoritaire. Au contraire, il était prêt à la laisser jouer avec l'idée dans sa tête. Elle ne tirerait pas grand-chose de lui par la rébellion. Néanmoins, il lui permettrait de l'explorer librement si cela signifiait qu'elle sortirait de sa coquille afin qu'il puisse enfin avoir un aperçu de la femme sensuelle et solitaire qu'elle était.

— Je suppose que ça signifie que je serai dessus ce soir, le taquina-t-elle. Parce que d'après mon point de vue, je *suis* sur toi.

Elle resserra ses jambes autour de ses genoux et se frotta à son entrejambe déjà dur et désireux de s'échapper de son pantalon.

— N'essaie pas d'échanger nos places, la prévint-il.

Elle l'avait déjà poussé au bord d'un précipice de désir sauvage, même s'il n'en était jamais loin quand il s'agissait de son envie d'elle. La moindre tentative de séduction de sa part lui faisait perdre la tête.

— Tu es sur moi parce que j'ai promis de ne pas profiter de toi, grogna-t-il.

Katianna n'écoutait pas. Elle prit ses mains dans les siennes et les porta autour de ses seins en se collant à lui, puis lui toucha le visage. Ses petites mains s'emparèrent de sa mâchoire et elle se pencha, à la recherche d'un autre de ses baisers. Il lui suffit de lui accorder l'accès à sa bouche afin que sa langue y plonge profondément, léchant chaque recoin. Elle trouva sa langue et y enroula instantanément la sienne. Elle était tellement exquise qu'il ne put s'empêcher de resserrer son emprise sur ses seins. Il glissa un bras dans son dos, l'attirant encore plus près de lui et gardant son autre main exactement là où elle l'avait posée, profitant pleinement de sa localisation. Ses doigts s'enroulèrent autour de la courbe pleine de sa poitrine et pressèrent jusqu'à ce qu'ils trouvent son mamelon à travers le tissu de son haut, puis le massèrent avec la pression rugueuse de son pouce. Il inclina la tête afin d'approfondir son baiser, ses hanches se soulevant jusqu'à se presser contre elle. Elle était mouillée, son membre avait l'impression de pouvoir ressentir la moiteur dans son pantalon. Il glissa la main dans son dos jusqu'aux globes ronds et fermes de ses fesses et pressa les douces courbes avant de l'attirer plus fort contre lui, déclenchant en lui plus de désir, plus d'avidité – menaçant de lui faire faire exactement ce qu'elle disait vouloir se produire. Pour le conduire à prendre ce qu'il voulait – et ce qu'il voulait, c'était elle. Être en elle, son membre caressant les parois humides de son intimité jusqu'à ce qu'elle pleure d'extase. Sa langue plongea dans sa bouche, l'embrassant avec ferveur, faisant en sorte qu'elle réponde à ses besoins. Il la désirait comme il n'avait jamais désiré personne auparavant.

Tandis qu'elle se livrait à la tempête de son baiser, ses mains ne restèrent pas immobiles. Elles erraient sur lui, glissant dans ses cheveux et les tirant jusqu'à ce qu'il en ressente de la douleur, suivie par la sensation d'une caresse apaisante le long de sa nuque et de ses épaules.

— Mmmm, Kat, pourquoi ne portes-tu pas une de tes petites robes ce soir ? J'aurais pu me glisser en toi sur le champ et te faire mienne, grogna-t-il en embrassant sa mâchoire et la ligne de son cou.

Les doigts de Katianna découvrirent finalement le pendentif en forme de tête de lion qui pendait à son cou. Elle fit courir la griffe aiguisée du pendentif sur sa poitrine et la sensation de piqûre attira suffisamment son attention pour qu'il l'écarte de lui, rompant le baiser qu'il désirait tant. Il baissa les yeux, surpris de voir la petite marque rouge qu'elle venait de créer avec la pointe de son collier.

— Si je ne te connaissais pas mieux, je commencerais à me demander si une nature sadique ne se cache pas en toi.

— Non. Seulement un petit fantasme, dit-elle d'une voix soudain timide.

Un fantasme ? Eh bien, elle avait toute son attention maintenant. Même dans ses réponses corporelles les plus expressives envers lui, elle n'avait jamais exprimé ses propres désirs et encore moins ses fantasmes. Quoi que ce soit, il voulait absolument savoir.

— Dis-moi quel est ton fantasme.

Katianna garda la tête baissée, les yeux rivés sur le pendentif qu'elle tenait entre ses doigts.

— Les griffes, les serres – je suppose que les couteaux feraient également l'affaire.

Elle haussa les épaules, plus pour elle-même que pour lui. Elle n'avait plus vraiment conscience d'être en train de lui parler à ce stade ; c'était plutôt son esprit qui était à la dérive, comme si elle pouvait donner vie à ses fantasmes et les regarder de là où elle se trouvait. Il ne comprenait pas tout à fait ce qu'elle voulait dire pour l'instant, alors il resta silencieux et immobile afin de ne pas briser sa confession rêveuse. Il voulait tout entendre, chaque mot.

— Et que fait un homme une fois que Katianna est excitée ?

La question en elle-même sembla apporter une nouvelle vague de chaleur lorsqu'il la posa.

Kat leva les yeux, brusquement consciente qu'elle était en train de dévoiler son secret le plus intime. Elle ne l'avait fait que peu de fois et s'était ridiculisée à cause cela. Elle ne voulait pas que son fantasme fasse à nouveau l'objet de railleries, surtout pas de la part de Trenton. Elle tenta de quitter les genoux de l'intéressé, mais il s'empara de ses bras et l'attira à nouveau près de lui.

— Oh non. Tu ne vas pas me fuir maintenant, petite souris. Dis-moi. Que désires-tu plus que tout ?

— Tu vas rire ou me dire que je suis bizarre.

Il leva son visage afin qu'elle le regarde.

— Non Katianna, je ne le ferai pas. Je prends au sérieux les fantasmes et les désirs de tout un chacun. Les tiens en particulier.

Trenton se montrait à la fois doux et ferme. Il savait se faire respecter comme personne et elle savait qu'il pourrait la contrôler sans lui faire de mal. Néanmoins, c'était la façon dont elle le voulait qui lui posait problème et non ce qu'il ferait. Maintenant, elle luttait pour le dire à haute voix. On s'était moqué d'elle par le passé avant même d'avoir pu aborder la partie qui incluait son propre corps.

— Les autres l'ont fait, murmura-t-elle, toujours incertaine de savoir si elle pouvait se confier à lui.

— Je ne suis pas l'un des petits garçons avec lesquels tu as l'habitude de coucher, Katianna.

Elle se nicha contre lui et posa la tête sur son épaule, jouant toujours avec le pendentif entre ses doigts. Elle ne pouvait pas le regarder pendant qu'elle lui avouait. Cela ne pouvait qu'être murmuré, et cela devait se faire dans le noir.

— Tu sais combien de personnes fantasment sur des métamorphes paranormaux ? Je veux qu'un mâle dominant me revendique – comme un partenaire. Je veux être revendiquée comme les animaux sauvages le font, dit-elle doucement.

(◕ᴥ◕)

Trenton prit une grande inspiration ; il était certain que son cœur allait sortir de sa cage thoracique quand elle lui révéla cela. Jamais en quatre ans elle n'avait montré qu'être dominée par un homme était ce qu'elle désirait profondément. Et elle le lui disait maintenant. Finalement, l'espoir de la voir devenir son Esclave de Vie refit surface en lui.

— Et cela t'a pris autant de temps pour me le confier ? Je suis le Dominus, Katianna, et je t'attends depuis longtemps. Je suis certain de pouvoir exaucer ton vœu.

— Pas de la manière dont tu le fais habituellement.

D'accord, il était confus.

— Il y a une autre manière ? sourit-il.

Elle leva la tête et le regarda.

— Les femmes font ce que tu leur dis simplement parce que tu le leur ordonnes. Parce qu'elles ont décidé d'être une partenaire soumise. Je ne suis pas une soumise. Et je ne t'obéirai pas au doigt et à l'œil simplement parce que tu *m'ordonneras* de le faire.

Il la connaissait mieux que cela. Il n'avait pas besoin de lui ordonner quoi que ce soit ; elle le suivait naturellement chaque fois qu'il était avec elle. Malgré tout, elle était en train de lui confier son fantasme le plus profond et peut-être y avait-il plus qu'elle ne le disait. Peut-être avait-elle besoin qu'il l'aide à tout avouer.

— Tu sais, je ne fais pas avec les soumises subversives.

— Ce n'est pas ce que je voulais dire.

Elle baissa les yeux sur le pendentif dans sa main et le tourna pour admirer les détails de la tête du lion avant de passer pensivement la langue sur ses lèvres.

— C'est comme pour le lion. Même lui doit chasser ses proies et parfois, il lui faut plusieurs tentatives pour les attraper.

— Chasser. Tu veux que je te chasse ?

Les yeux de Katianna s'embrasèrent et ce regard fit durcir son membre. Il n'avait jamais vu autant de chaleur dans son regard auparavant.

☙❦❧

Katianna pensa presque qu'il se moquait d'elle, mais rien dans son regard ne l'indiquait. Il voulait être certain qu'elle était consciente de ce qu'elle disait. Elle baissa à nouveau les yeux sur le pendentif ; ça allait au-delà de la chasse. Il y avait le rituel de l'union – la revendication.

Elle s'affaissa à nouveau dans ses bras et laissa échapper un soupir de frustration.

— Seigneur, pourquoi rends-tu les choses si compliquées ?

— Chut, calme-toi. Je ne complique pas les choses. Tu as simplement du mal à le dire, mais j'écoute – plus que tu ne l'imagines, *baby girl*... j'écoute vraiment.

Kat prit une grande inspiration avant de la relâcher doucement. Ce n'était pas uniquement le fait qu'elle ait du mal à le dire à voix haute, elle ne savait pas non plus comment le décrire. Sans parler du fait qu'elle n'avait pas toute sa tête. Elle avait du mal à rester concentrée et son corps ne désirait rien d'autre que de se rapprocher encore plus du sien.

— As-tu déjà vu des lions s'accoupler ? demanda-t-elle, son esprit laissant parler ses fantasmes.

— Peut-être à la télévision. Je dois reconnaître que cela n'a jamais particulièrement attiré mon attention.

— Quand ils s'accouplent, la femelle ne se soumet pas directement. Le mâle doit prouver qu'il est plus fort qu'elle et pour ça, elle le défie. On a l'impression qu'ils se battent, mais ce n'est pas le cas. Ça paraît violent simplement parce qu'il doit imposer sa revendication sur elle. Cependant, une fois qu'il l'a revendiquée, il devient très affectueux. C'est amusant de regarder des lions mâles ; ils agissent avec fierté et essayent de faire croire qu'ils ne font pas attention à leurs femelles, alors que c'est le contraire. Ils ont toujours un œil sur elles.

— Certains appelleraient ce dont tu parles un viol.

Elle leva brusquement la tête en plissant les yeux, le fusillant presque du regard.

— Non ! Ce n'est pas un viol et ce n'est pas un jeu, dit-elle sur un ton à la fois énervé et boudeur.

— Mais, tu veux que je te force à te soumettre à moi ? Que j'utilise ma force afin de te revendiquer ?

Sa réponse était oui, mais elle ne parvint pas à la formuler. C'était une chose de désirer et ressentir, c'en était une autre de l'admettre et de le dire à voix haute. C'était pour cela qu'elle écrivait ses histoires, y inscrivant tous ses fantasmes et ses désirs interdits, afin qu'une femme – ou un homme – puisse les lire, les ressentir, les visualiser sans avoir à les confesser ou y succomber dans la vraie vie. Les explorer et apprécier ce que ces stimulations pouvaient faire au corps humain. Sans honte ni gêne.

(ꞏ෴ꞏ)

— Je vais prendre ton silence pour un oui.

Il savait que c'était ce qu'elle voulait répondre. Les femmes timides avaient toujours du mal à dire ce qu'elles pensaient. Et elles n'admettaient *jamais* ce qui leur passait par la tête. Sauf si bien sûr elles étaient sous sa dominance. Placée sous entraves et sous une canne, il pouvait faire avouer à une femme tous ses désirs. Sauf que Katianna n'était pas prête pour ce genre d'expérience avec lui. De cela, il en était certain. Mais que tout le reste remonte à la surface et qu'elle s'ouvre à lui, du moins partiellement, en lui parlant de ses fantasmes ? C'était suffisant pour que son entrejambe se réveille. Ainsi que son cœur. Il l'avait choisie quatre ans plus tôt sur la base d'un simple baiser sur la main et il avait su qu'il la voulait. Ce désir ne s'était jamais estompé depuis. Maintenant, il savait qu'elle désirait un partenaire pour la vie – en l'occurrence lui.

— J'accepte ton challenge.

Katianna se redressa sur les genoux de Trenton, clignant furieusement des yeux. Il avait accepté sa proposition, ne pensant pas que c'était ce qu'elle offrait. Mais l'était-ce ? Elle en avait toujours rêvé, toujours aspiré à ce genre de domination lorsqu'un homme montrait qu'il était l'alpha, la revendiquait puis répondait à ses besoins tout en la protégeant. Ses amies pensaient qu'elle était folle, mais son corps désirait quand même ardemment ce genre de connexion animale avec un homme. Elle avait toujours su que Trenton pouvait répondre à ce désir. Il était le Dominus, et il l'avait choyée d'une manière dont elle n'avait même pas osé imaginer. Mais elle n'avait jamais pensé non plus qu'il l'accepterait elle, un jour. Maintenant, il était soudain là, prêt à réaliser son fantasme, et elle se trouva submergée par un trac immense.

Et puis une pensée particulière dut le frapper et la façon dont ses yeux scintillèrent brusquement fut comme l'explosion de feux d'artifice. Même dans son état de stupeur, elle le remarqua.

— Quoi ?

Un sourire éclatant fendit le visage de Trenton.

— Une chose qu'un auteur a écrite il y a quelques années. J'ai toujours aimé cette phrase, mais je n'ai jamais rencontré une situation ou le fantasme d'une personne correspondant à sa signification.

— Qu'a-t-il écrit ?

— Traquer la soumise sauvage.

Katianna resta silencieuse. Elle n'avait pas besoin qu'il lui explique ; cette citation avait fait mouche – profondément. Son fantasme venait d'être idéalisé en quelques mots, quelque chose qu'elle avait été incapable d'exprimer, car elle était trop troublée par ce qu'elle voulait. Elle pouvait également voir à quel point cela attirait Trenton de nombreuses façons. Elle déglutit difficilement et sentit la chaleur se répandre entre ses jambes. Soit elle optait pour la traque, soit elle s'offrait comme repas au lion.

— Mais quand j'aurai exaucé tous tes souhaits et réussi à te revendiquer, tu deviendras mon Esclave de Vie. Tu te soumettras entièrement à moi. D'accord ? demanda-t-il, ses yeux à la recherche des siens.

Katianna sentit son cœur battre la chamade. C'était presque effrayant de rêver de quelque chose et de la voir brusquement se réaliser. Tout ce qu'elle réussit à faire fut de hocher la tête pour manifester son accord.

— Parce que quand je t'aurai revendiquée de la façon dont tu l'as demandé, je n'aurai aucune intention de te laisser t'en aller. Tu comprends – *partenaire* ?

À nouveau, elle hocha la tête. D'accord, elle serait l'objet de plus qu'un simple repas, mais elle était trop abasourdie pour réagir autrement qu'en hochant la tête, comme une petite souris sous sa patte et tout aussi vulnérable. La nervosité venait de gagner chaque cellule de son corps. Elle avait des amis qui adoraient chanter et désiraient plus que tout en faire leur carrière, mais n'y parviendraient jamais, car ils n'avaient pas le courage de monter sur scène. Sa respiration devint plus profonde ; elle était au bord de cette scène maintenant. Son choix était soit de rester derrière le rideau et se cacher pour toujours, soit avancer et se retrouver au centre de la lumière.

En un instant, elle se retrouva partout sur lui. Elle avait fait son choix. Son corps s'embrasa en quelque chose qu'elle ne pouvait pas comprendre et une forme de communication étrange s'installa entre eux. Elle allait devenir sienne et il allait devenir son fantasme. Des scénarios différents jouèrent dans son esprit créatif et elle brûla de l'embrasser. Sa bouche se retrouva sur la sienne, l'embrassant comme il l'avait fait auparavant, lorsqu'il était sauvage, hors de contrôle. Elle lui donna le genre de baiser qui lui avait toujours coupé le souffle et la terrifiait parce qu'il pouvait faire n'importe quoi d'elle dans ces moments-là. Mais elle savait que cela n'aurait pas le même effet sur lui. Il pouvait le gérer. Alors pourquoi se retenir ?

Sa langue dansa, passant sur les lèvres de Trenton encore et encore comme une vague afin de glisser profondément dans sa bouche et chercher la sienne. Le goûtant. Se noyant dans l'appétence de son baiser et les bras puissants qui l'écrasaient presque contre son corps. Rapidement, elle gémit dans son étreinte, ses doigts enroulés dans les bords de sa chemise, essayant aveuglément de la retirer de son corps.

Trenton se noya dans sa passion. Elle le poussait à s'abandonner à ses désirs. Et elle en avait désespérément besoin ; son corps suppliait d'être touché, désirait plus que tout l'attention d'un homme – la sienne – et bon sang, il lui avait promis. Elle lui avait fait promettre, mais il se retrouvait incapable de se contrôler entièrement. Il avait besoin d'avoir quelques bouts d'elle, juste un avant-goût afin d'étancher sa soif.

Il l'attira contre ses lèvres, les suça puis plongea dans sa bouche, sa langue brûlant de la goûter à nouveau, de caresser la sienne. Ses mains se mirent à explorer sa petite silhouette, comme elle l'avait fait pour lui. Il trouva ses petits seins parfaits sous son tee-shirt et cela ne lui suffit pas. Ses doigts s'emparèrent de son ourlet et il tira dessus. Le tissu céda sous sa force alors qu'il le déchirait par son centre puis le faisait glisser sur ses épaules, utilisant les morceaux pour maintenir ses bras en place. Il s'immobilisa alors que cette vision submergeait ses sens. Ses seins bronzés étaient amoureusement retenus par un soutien-gorge en dentelle bleu pâle. L'un de ceux qu'il lui avait offerts comme cadeau. Bien sûr, elle ne savait pas qu'ils étaient de sa part, elle avait simplement trouvé une boîte sur le pas de sa porte sur laquelle était inscrit « pour sa Cendrillon de la part de son Prince Charmant », et dans cette boîte s'en trouvait une autre contenant une douzaine de soutiens-gorges en dentelle. Il avait acheté tous les autres après celui-ci. Il avait attiré son attention par sa couleur qui lui rappelait celle de ses yeux – un bleu clair très pâle, presque blanc. Il adorait ses yeux, alors bien sûr, il s'était senti obligé d'acheter le soutien-gorge et cela l'avait poussé à en acheter un autre, puis encore un autre. Lorsqu'il avait eu fini, il en avait choisi assez pour qu'elle se retrouve au paradis de la lingerie.

Ce soutien-gorge était particulièrement séduisant sur elle. Le bonnet en dentelle était assez fin pour qu'il puisse voir ses tétons essayer de le traverser, et le tissu délicat les retenait avec élégance. Il glissa un doigt sous sa bretelle et la retira de son épaule en une caresse, puis traça sa peau douce de ses bras du bout des doigts alors que sa main voyageait à nouveau vers son sein.

Elle le regardait silencieusement, presque timidement. La couleur pâle de ses yeux fut avalée par ses pupilles dilatées qui suivirent ses doigts, jusqu'à ce qu'ils tirent sur le bonnet de son soutien-gorge et permettent à ses tétons durcis de s'échapper. Et la superbe rondeur de ses petits seins fut un délice auquel s'ajoutèrent ses tétons extraordinaires. Ses seins n'atteignaient peut-être même pas la taille d'un bonnet B, mais ses tétons étaient de magnifiques petits boutons roses qui pouvaient si bien s'accorder aux lèvres d'un homme. Parfaits à sucer.

Il n'y avait pas d'attente possible, pas de prise lente dans sa bouche. Il plongea sur le petit bout pointu comme un enfant affamé, se mettant immédiatement à le sucer. Il utilisa sa langue afin de lui délivrer une caresse impudente, faisant malicieusement rouler son téton sous elle avant de le sucer à nouveau avec une frénésie féroce et affamée.

Katianna haleta sous son assaut, mais plutôt que de le repousser, elle se cambra pour lui, ses bras s'enroulant autour de son cou, le serrant afin de le retenir contre elle. Puis elle se mit sur ses genoux, se frottant si avidement contre son membre dur qu'il n'avait pas d'autre choix que de le garder enfermé dans son pantalon. Cependant, Katianna continua à le torturer alors qu'elle se relevait suffisamment afin de lui faciliter l'accès à ses tétons.

Les mains de Trenton se déplacèrent pour caresser ses fesses, remplissant ses paumes avec les deux globes fermes et les serrant, la plaquant encore plus fort contre son entrejambe prisonnier tandis que sa bouche allait tourmenter son second téton, attaquant tout d'abord le mamelon à travers son soutien-gorge, le menaçant de ses dents et tirant malicieusement dessus.

Katianna lâcha un petit cri de douleur et sans le lui demander, ses doigts se placèrent à côté des lèvres de Trenton et baissèrent le bonnet de son soutien-gorge, se déplaçant juste assez pour s'assurer qu'il prenne son téton dur et douloureux dans sa bouche. Il le suça puis fit de même avec son aréole. Il voulait la dévorer. Il la suça comme un bonbon avant de reculer pour se remettre à taquiner le bouton engorgé à l'aide de sa langue, entamant une danse en spirale autour de lui et l'embrassant avec une douceur déconcertante.

Elle avait un goût tellement sucré. Il aimait la sensation de soie de sa peau alors qu'il la touchait. Tandis qu'il léchait ses tétons désespérément douloureux, il se mit à rêver du goût qu'aurait son nectar sur sa langue lorsqu'il la goûterait et il se demanda s'il oserait pousser les choses aussi loin ce soir.

Il pouvait sentir son désir, ressentir le feu entre ses jambes. Elle avait besoin d'être baisée – et souvent. Bien sûr, il savait ce qu'elle voulait et ce que voulait son corps, mais cela devrait être réservé pour un moment où ses inhibitions ne seraient pas effacées par une drogue.

Il était dangereusement proche de perdre sa résistance à ne pas aller trop loin, mais il ne pouvait pas s'arrêter. Il l'avait attendue durant quatre années et il n'y avait aucun moyen qu'il puisse cesser. Il voulait la sentir atteindre l'orgasme, et simplement en jouant avec ses tétons, il poussa son corps dans cette direction.

Il leva une main afin de taquiner l'un de ses mamelons, le pinçant entre ses doigts alors qu'il suçait l'autre. Son bras gauche resta enroulé autour des hanches de la jeune femme et la pressait sur son érection engorgée sous son jean tout en balançant ses propres hanches afin d'affoler ses sens.

— Jouis pour moi, bébé, murmura-t-il avant de passer à son autre sein et de remplacer sa main par sa bouche.

— Toi d'abord... haleta-t-elle et elle se mit à accélérer ses girations contre lui, lui volant le contrôle.

Bon sang, il devait absolument jouir sinon elle ne sortirait certainement pas de ce club sans qu'il ait profité d'elle et l'ait proprement baisée.

— Tu veux que j'éjacule pour toi ?

— Oui.

— Cela te rendrait heureuse ?

— Oui, siffla-t-elle tout en gémissant.

— Alors, supplie-moi.

Il était toujours le Dom. Elle était peut-être en train de lui voler son contrôle, mais il ne relâchait rien.

Katianna roula des hanches contre lui et sentit le corps de Trenton attiser sa propre libération, le tissu de son jean et de sa culotte obligeant ses pétales à se séparer chaque fois qu'il la rencontrait – s'écrasait contre elle – enflammant le petit nœud de nerfs encapuchonné, prisonnier du tissu. Elle ne put arrêter le gémissement qui passa ses lèvres lorsqu'elle sentit ses dents se resserrer à nouveau autour de son mamelon. Seigneur, elle était sur le point d'exploser, et ce seulement grâce à sa bouche. C'était tellement bon, une sensation qu'elle n'avait jamais connue auparavant. Pas comme ça, pas avec une telle passion affamée. Il la léchait comme s'il pouvait faire d'elle son dîner et elle sentit son clitoris exploser de cette découverte déferlante.

— Je vais déjà le payer.

Ses cuisses se serrèrent avec un frisson tendu alors qu'elle les enroulait autour de lui.

— Supplie-moi quand même...

Trenton la repoussa et rua contre elle. Il voulait la regarder, sa main aplatie contre la poitrine de Katianna afin de ressentir son corps se tendre, puis la violente ondulation qui la secoua comme un tremblement de terre qui avait sommeillé trop longtemps. La tension des couches de pression menaçait de se libérer de la croûte qui s'était formée pour maîtriser les besoins de son corps alors qu'il n'y avait personne pour les enflammer.

— Oh Seigneur, s'il te plaît.

Les mots sortirent étranglés de la gorge de Katianna dans un souffle tremblant.

— J'ai besoin de savoir que je te satisfais.

Il ne savait pas si c'était sa supplication ou simplement son orgasme réprimé, mais qui était-il pour refuser à cette jolie petite chose qu'il désirait depuis si longtemps et qui fondait soudain dans ses bras, quelque chose de si petit et pour lequel il aurait volontiers lui-même supplié. Même si cela lui ferait plus de mal que de bien.

Ses mains s'accrochèrent à ses hanches et il l'attira contre son corps, poussant ses reins en avant, claquant contre son intimité dans un simulacre d'acte sexuel. Mais bon sang, il pouvait la sentir – sentir à quel point elle était mouillée à cet endroit. Quel gaspillage, alors qu'il aurait pu s'abreuver à sa rosée et l'emmener encore et encore vers de nouveaux sommets.

Les ongles de Katianna s'enfoncèrent simultanément dans son torse, une chose qu'il ne laissait jamais faire à ses soumises, mais c'était le déclencheur, et il se laissa entraîner. La sensation lui envoya des vagues brûlantes qui descendirent de sa poitrine jusqu'à ses testicules, les faisant se contracter, et il explosa. Ses mains se resserrèrent sur les hanches de la jeune femme alors qu'il se ruait contre elle et laissait échapper un grondement rauque se transformant en respiration haletante. Il sentit la chaleur se répandre sur sa peau, humidifiant l'intérieur de son pantalon, mais à ce moment-là, il s'en fichait. Sa jouissance avait été tellement exaltante que cela ne lui importait pas. Ceci jusqu'à ce qu'il sente Katianna s'échapper de ses mains. Il se débattit pour ouvrir les yeux, la regardant glisser sur le sol entre ses jambes. Ses lèvres déposant des baisers sur sa poitrine où la chemise était ouverte et ses mains se mirent à défaire son pantalon et à lui retirer sa chemise, tandis que sa langue commençait à le lécher, lapant chaque goutte savoureuse de son essence masculine.

— Oh bon sang, bébé... tu dois arrêter, souffla-t-il, mais il n'avait pas la force de la repousser. Tu seras en colère contre moi demain.

— Hmm, fredonna-t-elle contre sa peau.

Il devait admettre qu'il adorait la sensation.

— Tu es tellement bon, dit-elle, sa langue s'enroulant autour de la pointe de son membre alors que le gland engorgé dépassait des rabats de son jean et tressautait à son contact.

Il était encore à moitié dur, prêt à passer à autre chose et devenant de plus en plus épais alors qu'il sentait sa langue danser sur son abdomen, caressant sa peau douce et sensible, s'arrêtant pour la sucer légèrement et l'embrasser avec des baisers affamés et désespérés. Elle le dévorait et séduisait ses sens avec ses baisers chauds et humides. Il était submergé par la nécessité de l'avoir empalée sur son sexe. Le simple contact de sa bouche contre sa peau le faisait tressauter, mettant son self-control à l'épreuve. Elle devait savoir qu'il avait un faible pour le sexe oral ; il en était certain. Maintenant, elle allait le pousser à rompre sa promesse.

— Seigneur. Kat. Bon sang, c'est bon, gémit-il, ses mains tirant sur son jean afin de l'ouvrir davantage.

Un son perturba son esprit, crissant sur ses terminaisons nerveuses comme du papier de verre, jusqu'à ce que son cerveau comprenne enfin ce que c'était. Quelqu'un était en train de tapoter contre la vitre, juste au moment où Katianna s'apprêtait à engloutir son sexe dur dans sa bouche, s'enroulant déjà autour du gland engorgé.

Trenton laissa échapper un grognement de frustration, ses poings se serrèrent, lui faisant reprendre ses esprits. Il grogna de nouveau, en se faisant violence pour s'éloigner d'elle, et il laissa échapper un soupir bruyant. Si elle le prenait dans sa bouche, il ne parviendrait pas à la repousser. Ni un troupeau d'éléphants ni une guerre à l'extérieur ne pourraient détourner son attention d'elle.

Des yeux pâles clignèrent dans sa direction et elle osa mettre en avant sa lèvre inférieure, à présent gonflée par leurs baisers et la torture qu'elle avait fait subir à sa peau. Alors c'était cela sa vision d'une soumise séduisant son Dom ? D'accord, elle lui avait lancé un appât, ce petit côté grivois qui avait été caché en elle tout ce temps montrait son visage, et il l'avait beaucoup apprécié – jusqu'à en devenir stupide, d'ailleurs. Il avait même dérogé à certaines de ses règles uniquement pour faire l'expérience du côté débridé de cette petite femme.

Trenton se leva, replaçant son membre encore dur dans son jean avant de remonter la braguette avec un tressaillement d'inconfort qui peignit une grimace sur son visage, et il grogna une nouvelle fois. Il tourna Katianna afin qu'elle s'agenouille près du canapé, dos à la porte, et tenta de remettre son soutien-gorge et son tee-shirt dans leur position initiale afin de la couvrir, l'empêchant d'être vue directement jusqu'à ce qu'il sache qui tapait à sa porte. Les yeux de la jeune femme, avides et intoxiqués, le regardaient fixement – et ses lèvres gonflées et rougies qui l'empêchaient de s'éloigner... il se pencha, l'embrassant profondément avant de mordiller sa lèvre en s'écartant. Des yeux doux et soumis clignèrent avec impatience dans sa direction et il grogna à nouveau. Il n'aurait jamais dû faire cette promesse.

— Ne bouge pas, lui chuchota-t-il dans l'oreille avant de se diriger vers la porte.

Trenton entrouvrit seulement la porte et jeta un œil à l'extérieur, il y trouva Dane.

— Putain Trenton, s'il te plaît, dis-moi qu'elle est avec toi.

Trenton reposa sa tête contre la vitre teintée ; il sut à ce moment-là qu'il avait des ennuis.

— Oui, elle est avec moi.

Dane bougea comme pour se retourner, mais reprit subitement sa position initiale avec un air de surprise incrédule sur le visage.

— Attends ! C'est vrai ?

Trenton passa la main sur son visage, puis à travers ses cheveux.

— Oui.

Bon sang. La signification de la partie « ennuis » commençait à vraiment s'infiltrer en lui. Il était censé prendre soin d'elle, la surveiller avec la promesse qu'il ne profiterait pas d'elle. Cela ne signifiait pas qu'il devait la laisser profiter de lui, et maintenant, c'était lui qui allait être tenu pour responsable de cela. Il recula, ouvrant un peu plus la porte, juste assez pour permettre à Dane de se faufiler dans le box, puis il la verrouilla à nouveau.

☙❧

Dane regarda son frère puis la forme féminine qui était visiblement Katianna, assise par terre, regardant par-dessus son épaule. Elle semblait ivre et excitée, et plutôt fière de tous les problèmes dans lesquels elle venait de se fourrer. Puis il lança un coup d'œil beaucoup plus appuyé à Trenton.

— Qu'est-ce qui cloche chez elle ?

— Quelqu'un l'a droguée, l'un des invités d'Amelia.

— Oh merde, Trent, et tu en as profité ?

Dane n'était pas un homme à se mettre en colère très facilement, mais il n'hésiterait pas à frapper Trenton s'il l'avait fait.

— Non ! Bien sûr que non.

Il fit un pas en arrière au cas où Dane déciderait d'agir avant de le questionner.

— Mais elle n'a rien fait pour me faciliter les choses.

— Oui, je peux voir à quel point tu as tenté de résister.

Il fusilla Trenton du regard, ses mains se resserrant sur ses côtés. Il pensait sincèrement le frapper, simplement pour avoir laissé les choses aller aussi loin. Ce qui le retint fut probablement le fait que Trenton ne tenta pas de se trouver d'excuse, ainsi que la culpabilité lisible sur son visage. Trenton ne prétendit pas non plus ne pas mériter la raclée qu'il pourrait lui infliger ce soir.

— Amelia est prête à rentrer.

Quelqu'un frappa à la porte vitrée au même instant. C'était Amelia, l'air fatiguée et impatiente.

Trenton et Dane sortirent plutôt que de la laisser entrer et tentèrent de lui expliquer noblement l'état de Katianna.

— Avec quoi pensez-vous qu'elle a été droguée ?

Dane jeta un regard à Trenton ; ils n'étaient pas encore arrivés à ce point dans la discussion.

Trenton se frotta le menton.

— De l'ecstasy ou l'une de ces drogues du viol, je suppose.

Les épaules d'Amelia s'affaissèrent quand elle entendit cela.

— Oh, Trenton, dis-moi que tu n'as pas fait ce que je pense ?

Trenton se passa la main dans les cheveux avec frustration.

— Non, Amelia, je ne l'ai pas fait.

Sa réponse avait un ton presque trop inquiet, mais bon sang, il s'en était vraiment approché.

— Mais n'oublions pas que c'est l'un de tes invités qui la mise dans cet état.

C'était un fait qu'il n'allait pas permettre d'être oublié.

— Eh bien, que suis-je censée faire d'elle ? Je ne sais pas comment m'occuper de quelqu'un d'intoxiqué, Trenton.

— C'est bon. Je vais prendre soin d'elle et la ramener.

Après que Trenton lui ait expliqué dans les détails comment il comptait s'occuper de Katianna, Amelia partit, laissant la jeune femme à ses bons soins en lui faisant promettre de ne pas profiter d'elle, peu importait à quel point Katianna pensait le vouloir ; elle était fortement droguée et cela ne serait pas correct.

Trenton n'avait pas besoin qu'on lui rappelle l'état dans lequel se trouvait Katianna, mais il écouta, car il avait besoin de se rappeler qu'il ne pouvait pas céder à ses avances, même s'il mourait d'envie de lui donner tout ce qu'elle demandait. Il n'eut pas non plus besoin qu'on lui dise que ce serait mieux, ou du moins plus facile pour lui, de faire sortir Katianna du club. Mais Dane lui fit tout de même la morale à ce sujet tout en veillant à ce qu'ils quittent effectivement le club.

Ou du moins, c'était ce qu'ils pensaient, car emmener Katianna à l'extérieur se révéla difficile pour lui alors que les mains de la jeune femme reprenaient vie jusqu'à ce qu'il s'en empare tandis qu'ils se dirigeaient dehors.

Trenton l'aida à se hisser dans la Conquest Knight, comme il l'avait déjà fait par le passé, mais avant qu'il puisse fermer la portière, elle passa les bras autour de son cou et il s'arrêta. Il dégagea du bout des doigts les cheveux qui tombaient sur le visage de la jeune femme et lui caressa la joue. Puis il se pencha, l'embrassa, luttant pour ne pas approfondir le baiser. Il devait simplement survivre à cette nuit, après cela, il n'aurait plus aucune raison de rester éloigné.

— Allez, laisse-moi te ramener chez toi avant que je m'attire plus d'ennuis que j'en ai déjà.

Katianna resta silencieuse pendant un moment, mais une fois qu'ils furent sur l'autoroute en direction des Hamptons, elle tenta de trouver un moyen de poser la main sur son genou depuis son siège. La console entre eux fut une barrière bien trop large pour qu'elle puisse y parvenir, alors mettant de côté toute forme de grâce, elle se glissa de façon ostentatoire par-dessus et atterrit directement sur ses genoux.

Trenton n'essaya même pas de l'en empêcher. Il était tellement désespéré de l'avoir à nouveau dans ses bras, de sentir son corps contre le sien qu'il était prêt à renoncer à toute forme de contrôle pour pouvoir l'avoir aussi près de lui que possible tant qu'il le pouvait.

— Tu aurais dû enlever ton jean. J'aurais pu rendre ceci beaucoup plus amusant pour toi, lui susurra-t-il en glissant une main entre ses jambes alors qu'elle s'installait sur ses genoux.

Il taquina l'intérieur de sa cuisse, pressant son pouce contre son entrejambe toujours coincé dans son jean serré.

— Trop tard. Ce truc est une putain de montagne, dit-elle en donnant un coup à la console qu'elle avait dû enjamber pour arriver là où elle était.

— Je ne veux pas t'entendre utiliser ce genre de langage, dit-il en soufflant bruyamment.

Il détestait entendre ce mot être utilisé de manière non provocante, et plus particulièrement de ses lèvres douces.

Kat ne fit pas attention à la petite réprimande alors que ses mains se dirigeraient vers son pantalon afin de l'ouvrir. Ses doigts firent de leur mieux pour s'enrouler autour de son érection qui était plus que désireuse d'être à nouveau libérée. Katianna se retrouva bientôt entre ses jambes. Trenton retira rapidement son pied de l'accélérateur et écarta ceux de Katianna lorsqu'ils atteignirent le plancher afin de les éloigner en toute sécurité des pédales, puis il remit les gaz, une main sur le volant tandis que l'autre guidait la tête de la jeune femme, malgré son désir de la laisser prendre les choses en main.

— C'est probablement une mauvaise idée... tenta-t-il de lui dire sans grande conviction.

— C'est bon.

Elle lécha le large gland engorgé avec un effleurement de sa langue.

— Nous sommes dans ta voiture, tu t'en souviens ?

— Oui... c'est ce qui me fait peur...

Il laissa échapper un soupir bruyant au contact de sa langue.

— Nous pourrions écraser quelqu'un et... ahhh... je ne le sentirai jamais sous ces roues.

Mais ses protestations moururent lorsqu'il sentit sa bouche chaude glisser le long de son membre jusqu'à ce qu'il frappe le fond de sa gorge. Le pick-up s'emballa, le surprenant, et il réussit rapidement à reprendre suffisamment de bon sens pour retirer son pied de l'accélérateur alors que la bouche de Katianna lui coupait le souffle.

Des lèvres humides et chaudes emprisonnèrent son sexe dur comme l'acier tandis que sa langue s'activait autour de la hampe comme un petit démon. Elle lécha et s'enroula autour de lui, puis se retira pour sucer le gland engorgé, taquinant les piercings, se délectant de la saveur des gouttelettes de fluides clairs qui s'en échappaient, puis engloutit le membre épais aussi loin qu'elle pouvait le prendre. Elle gémit sous le plaisir de son goût salé et complètement mâle.

Trenton était large – beaucoup plus large que son petit ami précédent et il avait également meilleur goût. Le moment était intense, érotique et à cet instant, il était tout à elle. Ses doigts ne parvinrent pas à s'enrouler complètement autour de son membre épais et parcouru de nombreuses veines alors qu'elle le masturbait dans une tendre emprise. Il était fait de soie tendue sur du fer dur, et elle aimait la sensation que sa taille provoquait dans ses reins.

Elle laissa la hampe glisser de ses lèvres et risqua un regard brillant vers lui avant de retourner à ses occupations.

— Ceci est l'un de tes plaisirs préférés, n'est-ce pas ?

Elle haleta alors qu'elle relevait le défi de le sucer et de le lécher avec toute l'attention qu'elle pouvait lui prodiguer tout en s'assurant qu'aucune partie de lui n'était ignorée. Elle décala l'étreinte de sa bouche sur les côtés avec une frénésie humide de la langue, suçant chaque centimètre de lui.

Le corps de Trenton se raidit, ses hanches tressautant comme s'il ne voulait rien faire d'autre que se pousser dans sa bouche, de la même façon qu'il s'était frotté contre son corps un peu plus tôt.

— Merde ! grogna-t-il.

Il lutta pour garder une partie de son attention concentrée sur la route tandis que le reste de son corps ne voulait rien d'autre que de sombrer dans la multitude de sensations qu'elle créait autour de son sexe.

Elle fit travailler sa bouche sur la peau fine du gland engorgé, l'engloutit au fond de sa gorge tout en faisant glisser sa langue contre la face inférieure sensible et gémit sous l'excitation sombre qui la remplit lorsque les mains de Trenton se serrèrent dans ses cheveux.

Bon sang, sa bouche était tellement succulente ; ça le tuait. Il voulait la regarder, il était tellement près de la rupture qu'il avait besoin de la voir alors qu'elle avalerait sa récompense lorsqu'il jouirait dans sa bouche. Ses reins ruaient sous les vagues de son plaisir, attendant la libération. Elle était enivrante. Elle avait raison, c'était l'une des choses qu'il préférait, et il avait des goûts spécifiques à ce sujet. Si une femme n'était pas douée pour le sexe oral, il l'arrêtait afin d'éviter toute déception. Cependant, rien dans la langue de Katianna n'était insatisfaisant en ce moment. Une spirale de chaleur humide s'enroula autour de lui, l'emmenant au bord du précipice. Elle le léchait de côté, suçait la peau douce de la racine de son membre et le remontait à nouveau dans l'euphorie de sa bouche, ne laissant aucune parcelle intouchée alors qu'elle le dévorait. C'était ce que sa petite souris faisait avec des sucettes. La barre de son plaisir préféré venait d'être élevée, et il se retrouva accro en un instant.

Il tendit la main pour masser son membre, le bout de ses doigts effleurant les lèvres de Katianna avant de caresser sa joue. Il sentit son sexe remplir sa bouche et replaça sa main dans ses cheveux, les enroulant autour de son poing. Le besoin de simplement rejeter sa tête en arrière et se noyer en elle prit d'assaut sa conscience. La route n'existait plus pour lui, seulement sa bouche, la pure caresse humide de sa langue alors qu'elle la faisait rouler contre la face intérieure sensible de sa hampe. Oh bon sang, il devait se garer avant de tuer quelqu'un.

Trenton dirigea le SUV vers le bas-côté de la route avant de l'arrêter brusquement. Il fit reculer son siège, un bras autour des épaules de

Katianna afin de la maintenir contre lui alors qu'ils se déplaçaient en arrière, puis il abaissa le dossier du siège. Il avait l'impression de ne pas pouvoir bouger assez vite, sentant la faim de la jeune femme le dévorer de plus en plus au fur et à mesure qu'il lui donnait plus d'accès.

Au moment où il réussit à s'allonger, il sentit le bout de son membre frapper le fond de sa gorge, puis elle en prit plus avant de reculer à nouveau pour sucer son gland.

Les poings de Trenton se resserrèrent dans ses cheveux.

— Seigneur, oui, bébé, grogna-t-il d'une voix rauque en ressentant une vague de plaisir se répandre en lui. Prends tout de moi.

Katianna fit ce qui lui était ordonné et le suça, prenant plus de lui. Il sentit sa gorge se dilater autour de lui et il s'enfonça plus profondément en elle. Il avait l'impression qu'il allait mourir. Il ressentait beaucoup plus de choses qu'il n'aurait dû. Chaque caresse de sa langue contre sa hampe épaisse le brûlait, l'envoyant s'écraser dans un raz-de-marée de plaisir qu'il avait rarement connu.

Il était impossible qu'il ait autant envie d'elle – impossible qu'elle puisse lui faire perdre à ce point le contrôle, le faisant nager dans un océan de félicité.

Tout ce qu'il ressentait pour elle – chaque désir, chaque once de faim dévorante qu'il avait endurée en l'attendant, explosèrent en lui. Il rejeta violemment la tête en arrière et ses hanches se mirent à ruer.

— Oh, Seigneur bébé, je vais mourir dans ta bouche.

Ses veines épaisses pulsèrent et sa jouissance le traversa, ses cuisses se contractant, son scrotum se resserrant tandis que des jets de sperme remplissaient la bouche de Katianna.

Katianna sentit la pulsation dans son membre et elle avala à l'instant où sa semence se déversa en elle, imbibant sa langue de sa saveur. Oui, elle avait eu raison. Ses papilles lui confirmaient son affirmation précédente alors qu'elle le léchait, savourant le goût de sa saveur masculine. Il avait le goût d'une nuit d'été sur la plage. Un dieu que la mer avait déposé sur le rivage pour elle, et elle s'était prosternée à ses pieds et lui avait rendu hommage en s'adonnant au culte phallique.

D'accord, elle était écrivaine – et droguée en plus – et il était tout ce dont une femme pouvait rêver. Elle adorait son goût, ce qu'il lui faisait ressentir – et son dieu avait l'air satisfait. Elle embrassa le membre sensible qui ramollissait maintenant sur son ventre, puis traça un chemin de baisers jusqu'à sa poitrine.

Les mains de Trenton s'enroulèrent autour de ses bras et l'attirèrent à lui jusqu'à ce qu'elle repose sur sa poitrine, ses mains caressant ses cheveux. Ses soupirs profonds lui exprimaient tout ce que des mots ne pouvaient dire, la détendant. Elle en voulait plus, tellement plus. Et elle désirait également lui donner tout ce qu'elle avait retenu jusque-là.

Les mains de Trenton se resserrèrent autour ses bras et elle se sentit tirée vers le haut.

— Viens là, bébé.

Une main atterrit sur le devant de son jean.

— Enlevons tout ça. J'ai besoin de te goûter.

Ses mains poussèrent afin de faire glisser son pantalon sur ses hanches.

— J'ai besoin de la saveur de ta fleur.

Et il avait l'air affamé, comme si sa vie en dépendait alors qu'il lui murmurait dans l'oreille.

Sauf que le bruit de quelqu'un frappant contre la vitre le surprit et le figea.

— Putain ! jura Trenton en serrant les dents.

Des flics. Dire qu'il allait avoir du mal à leur expliquer cette situation était un euphémisme.

Il remonta rapidement le jean de Katianna sur ses hanches, remis la fermeture éclair dans sa position initiale et redressa le siège. Son entrejambe à moitié flasque était toujours exposé et il n'était pas certain de savoir comment le cacher.

— Merde.

On frappa à nouveau sur la vitre et il aperçut à travers le verre teinté de sa voiture l'ombre d'une personne se tenant à l'extérieur. C'était étrange qu'il n'y ait aucune lumière de police clignotant autour d'eux. Il ne vit que les phares arrière d'une Audi R8 garée devant lui.

Il laissa échapper un soupir de frustration alors qu'il baissait la vitre.

— Bon sang, Dane !

La tolérance de Trenton pour toute forme d'interruption avait atteint ses limites.

S'il avait eu n'importe qui d'autre dans ses bras, personne ne s'en serait soucié ni n'aurait pensé à les interrompre, mais pour la première fois en quatre ans que Katianna était finalement en sa possession, cela s'était produit à deux reprises. Deux fois de trop.

— Ne t'avise même pas de faire cette tête, dit Dane. Tu as de la chance que je ne sois pas un flic. Ils n'aiment pas trop les gens qui baisent au bord de la route. Tu étais supposé la ramener chez elle.

L'attention de Dane se tourna vers Katianna assise sur les genoux de Trenton. Elle le regarda de ces yeux pâles et ces lèvres roses et gonflées formant une moue boudeuse. Oui, il comprenait pourquoi Trenton avait du mal à résister à celle-là. Il regarda à nouveau Trenton puis son érection encore à moitié rigide sur son ventre. Au moins, Katianna portait toujours ses vêtements.

— Belle érection, dit Dane, le regard dur. Tu t'avances sur un terrain dangereux, frangin. Maintenant, ramène-la chez elle – directement chez elle. Plus d'arrêts. C'est un ordre, ajouta-t-il de la même voix autoritaire que celle qu'il utilisait durant ses premières années chez les Marines lorsqu'il était le sergent-chef de leur équipe.

— Non, je dois m'arrêter pour lui prendre quelque chose à manger et de l'eau mentholée afin d'aider à sa désintoxication.

— Bien. Un arrêt et puis directement chez elle… et tiens…

Dane sortit une petite boîte de la poche de sa veste et la lui tendit.

— J'ai oublié de te donner ça avant ton départ. Fais-lui une petite prise de sang afin que nous puissions faire des tests et découvrir ce qu'ils lui ont donné.

Trenton regarda Dane remonter dans sa voiture.

— Je suis maudit, murmura-t-il alors que Dane s'en allait.

— Pourquoi dis-tu ça ?

— As-tu remarqué que chaque fois que je m'apprête à céder à mes pulsions avec toi, quelqu'un fait en sorte de nous interrompre ?

Katianna éclata de rire et Trenton réajusta son siège en position de conduite, mais il la garda sur ses genoux. Il ne pouvait pas encore la lâcher. Il ne laisserait pas son self-control lui échapper à nouveau ce soir, mais il avait besoin d'elle, de sentir chaque parcelle de son rêve – chaud et vivant – dans ses bras.

CHAPITRE VINGT

Habituellement, Trenton ne travaillait pas les week-ends, mais la vente aux enchères arrivait rapidement et il lui restait de nombreux détails à régler avant l'événement. Alors maintenant, travailler le week-end était devenu primordial.

Dane n'était pas en mesure de lui fournir de l'aide les week-ends en raison de ses responsabilités vis-à-vis des clubs, mais Diesel était présent et savait aussi bien que lui ce qui avait besoin d'être fait. Il avait également demandé à Paris de travailler sur quelques détails. Ce dernier était doué pour parler aux gens et il était capable de faire baisser son pantalon à une none pour obtenir ce qu'il voulait, si c'était nécessaire.

Paris venait juste de rentrer d'une pause aux toilettes lorsqu'il revint dans le bureau de Trenton.

— Il y a quelqu'un qui frappe à la porte de devant.

Il ne pouvait pas dire qui, seulement que c'était une femme par la silhouette de son corps à travers le verre fumé.

— Une femme, dit-il.

— Tu attends quelqu'un ? demanda Diesel.

Trenton leva les yeux vers Paris, puis vers Diesel avant de secouer la tête.

— Je sais simplement qu'il y a quelqu'un que j'ai envie de voir aujourd'hui, mais non, je ne l'attends pas, répondit-il tapotant les poches de son jean.

— Je vais ouvrir, dit Diesel en sortant ses clés tout en se levant. Pourquoi n'as-tu jamais tes clés sur toi ?

— Parce qu'elles gênent mon érection, plaisanta Trenton alors que Diesel sortait du bureau.

— La satisfaction n'est qu'à un esclave de distance, mon Dominus, intervint Paris avec un sourire malicieux qui était devenu plus large et calculateur qu'à ses débuts.

— La satisfaction de qui ? La mienne ou la tienne, esclave ?

Trenton le regarda, lisant son langage corporel. Il connaissait déjà la réponse, mais voulait quand même l'entendre de la bouche de Paris.

— Pourquoi ne pourrait-ce pas être les deux ? Je vous satisfais et votre satisfaction devient la mienne.

— Tu viens de mériter une punition.

Trenton retourna à ses papiers comme si de rien n'était et sourit. Il adorait distribuer des punitions à cet homme, adorait le voir craquer. Paris avait une profonde convoitise pour la vie, et quand il voyait quelque chose qu'il voulait, il faisait absolument tout pour l'obtenir. Alors que Trenton lui retire cette habilité – ce contrôle – le faisait craquer mieux que le ferait une paire de menottes.

— Une punition ? demanda Paris surpris.

Trenton se mit à rire. Paris pensait certainement qu'il avait formulé la réponse parfaite, qu'en plaçant le plaisir du Dom avant le sien sans mentir sur le fait qu'il en retirerait lui-même du plaisir serait suffisant. C'était un mauvais calcul.

— Parce qu'au final, c'est encore à tes désirs que tu penses.

— Merde, jura Paris. Vous m'avez déjà privé de sexe toute la semaine. Quelle forme de punition pourrait être pire ?

Mais avant que Trenton ne puisse argumenter sur les cinq hommes que Paris avait eus durant les combats de la nuit de vendredi, il entendit la voix de Katianna dans le lobby et se leva instantanément. Il se précipita hors du bureau pour la trouver debout au milieu de la salle d'attente, les joues rougies.

— Kat ?

Il ne retint pas sa surprise de la voir.

— Je veux savoir ce qui s'est passé hier soir.

Elle porta ses mains à ses lèvres et les caressa bizarrement, comme si elle était hantée par une sensation dont elle ne se souvenait plus. Sauf que lui se souvenait, et il était plus qu'enclin à lui rafraîchir la mémoire.

Il jeta un rapide coup d'œil à Diesel et tendit la main à la jeune femme. Diesel se retira silencieusement, leur donnant de l'espace au moment où Katianna s'approchait de Trenton et posait sa main dans la sienne. Il l'attira vers lui, passant sa main d'une main à l'autre, la faisant passer devant lui, et la suivant afin de l'enfermer dans le bureau. Il pouvait voir qu'elle était dans un état émotionnel fragile, et il devait la contenir, contrôler le torrent d'émotions qui menaçait de s'abattre sur elle. Empêcher que ces désirs méconnus qui l'assaillaient ne se transforment en un abîme de peur.

— Sors.

Le mot sévère était dirigé vers Paris alors qu'il suivait Katianna dans son bureau. Il se sentit instantanément agacé d'être accablé d'esclaves en formation à un moment où Katianna était à la portée des désirs auxquels il aspirait depuis si longtemps.

Aussitôt que Paris fut sorti, il referma la porte et saisit Katianna, sa bouche venant à la rencontre de la sienne dans un baiser brûlant et gratifiant. Ses bras s'enroulèrent autour de sa taille avant de tomber sur ses hanches, glissant plus bas alors qu'il se penchait pour trouver ses jambes et la soulevait afin qu'elle s'enroule autour de lui. Puis il se retourna jusqu'à ce que le dos de Katianna soit contre la porte et il l'épingla contre elle.

— Oh, mon Dieu, Kat.

Il parvint à souffler son nom en faisant une pause dans la faim qu'il avait d'elle. Son cœur battait la chamade sous son désir.

— Bon sang, jura-t-il à cause de l'effet qu'elle avait sur lui.

Il grogna et approfondit leur baiser alors que sa langue s'enroulait autour de la sienne.

La faim et l'avidité de Trenton se répandaient de sa bouche dans la sienne, la remplissant d'un désir d'une intensité qu'elle n'avait jamais connue. Katianna passa ses doigts dans les mèches sombres et soyeuses de ses cheveux, la caresse de ceux-ci contre ses doigts étant sensuelle et érotique. Tout chez Trenton l'envoûtait. Cela avait toujours été le cas, mais maintenant qu'il était là, qu'elle était prise au piège dans la tempête qu'il était, elle réalisait à quel point tout ceci était réel. Ils n'étaient pas dans le club ou excités par des forces extérieures, et il n'y avait aucune trace de la saveur poivrée de sa tequila habituelle.

— Je ne m'attendais pas à te revoir si tôt, dit-il en passant la langue sur ses lèvres gonflées. Je comptais t'appeler afin de pouvoir passer te voir ce soir.

Ses lèvres couvrirent à nouveau les siennes alors qu'un son étouffé s'échappait de sa gorge. Ce baiser était un tourbillon de désir et de besoin salace. Il caressait ses sens tout comme sa langue caressait la sienne. Le corps dur de Trenton la poussa davantage contre le mur.

— Serre tes jambes plus fort autour de moi, petite souris, gémit-il alors qu'il déplaçait sa bouche vers son oreille pour en mordiller le lobe, avant de lécher son cou et de sucer la peau douce.

Son souffle s'altéra alors que les mains de Trenton se resserraient sur ses fesses, la soulevaient et l'attiraient plus près de lui. Ses cuisses s'ouvrirent pour lui, s'enfonçant dans ses hanches. Le sexe de Trenton, bien que recouvert de son jean était aussi dur que de l'acier – et affamé – alors qu'il se pressait dans le berceau de ses cuisses et caressait son clitoris. Ses mains l'attirèrent contre lui afin de la frotter contre son renflement rigide – se pressant contre elle, la rendant folle de désir.

Seigneur, elle était à deux doigts de le supplier – de l'implorer de faire ce qu'il voulait d'elle. Peu lui importait ce qu'il voulait tant qu'il ne s'arrêtait pas, et cela l'effraya. Plus que jamais auparavant, elle avait l'impression d'être une souris comme il l'avait si bien surnommée : une petite créature sans défense prise dans la mâchoire d'un lion. Il devait savoir ce qu'il lui faisait ressentir. L'arrogance faisait tellement partie de lui. Cela résonnait dans ses grognements affamés alors qu'elle essayait de s'éloigner de lui, et il ajouta l'autorité à la prise qu'il gardait derrière sa tête afin de la maintenir en place pour son baiser.

꧁꧂

La capacité de Trenton à se retenir était perdue avec elle dans ses bras. Il avait à peine fermé l'œil la nuit précédente, sachant que le moment de la goûter était finalement arrivé. Il s'était levé au milieu de la nuit et s'était caressé jusqu'à l'aube en pensant à elle et à toutes les choses qu'il planifiait pour lui faire la cour. Il voulait la tourmenter jusqu'à ce qu'elle lui demande d'établir sa revendication finale sur elle, lorsqu'elle s'abandonnerait à lui.

Il avait été tellement dur lorsqu'il était arrivé au travail cet après-midi qu'il avait été impatient de repartir afin de pouvoir l'appeler. Le temps s'était écoulé plus lentement que jamais. Maintenant qu'elle était dans ses bras, son goût sur ses lèvres alors qu'il l'embrassait et le fait qu'elle était venue le chercher – putain, il était sur le point d'exploser ici et maintenant, avec sa petite souris enroulée autour de lui. Le diable en lui se souvenait dans les détails de la manière dont elle l'avait léché la nuit précédente sans qu'il ait eu besoin de le lui ordonner, ne faisant qu'alimenter le plaisir de continuer le rythme effréné dans lequel il l'avait entraînée.

Il se dirigea à nouveau vers sa bouche et la lécha comme s'il y restait un soupçon de son essence. Il lui demanderait très vite de lui faire à nouveau une fellation. Mais s'il ne s'écartait pas de ses cuisses sur-le-champ, tous ses plans pour lui faire la cour seraient annihilés.

Il recula et l'aida à se remettre debout. Mais une fois que ce fut fait, Trenton la fit pivoter et la poussa contre la porte avant qu'elle n'ait le temps de réaliser ce qui lui arrivait. Il savait qu'il ne pouvait pas la laisser s'en aller. Les désirs qu'elle renfermait au fond d'elle devaient être remontés à la surface, touchés puis gardés sous *Son* contrôle. Il captura l'un de ses bras, le tordant et le gardant épinglé entre eux au niveau du bas de son dos alors qu'il tendait l'autre main et s'affairait rapidement sur le jean de Katianna, poussant sa main au-delà du confinement du denim jusqu'à ce qu'il trouve le renflement sensible de son intimité.

— Hmm... sois maudite pour mettre autant à l'épreuve mon self-control.

Ses doigts calleux écartèrent la dentelle de sa culotte et s'arrêtèrent lorsqu'ils trouvèrent ses poils délicats.

— Hmm, tu ne t'épiles plus ? demanda-t-il en embrassant le côté de son visage.

Puis d'un léger mouvement de la tête, il fit glisser ses lèvres sur sa joue, sa mâchoire, son cou, poussant sa tête sur le côté afin d'avoir un meilleur accès à la zone érogène de sa peau sensible.

— Nous devrons y remédier. Rendre cet endroit doux et lisse afin que je puisse le fesser chaque fois que je le désirerai.

(ᵔ◡ᵔ)

Ce mot à nouveau – fesser. Le visage de Kat devint écarlate et la chaleur se répandit dans ses seins. Comment pouvait-il l'allumer à ce point ? C'était comme si elle s'embrasait dès qu'elle se retrouvait dans ses bras.

Katianna pouvait sentir le membre de Trenton grandir, presque capable de mesurer sa taille alors qu'il le pressait délibérément contre ses fesses, suivi par la vibration de ses gémissements contre sa joue.

La main de Trenton s'aventura plus bas, jusqu'à ce que ses doigts rencontrent son point sensible et elle frissonna instantanément.

— Oh oui, grogna-t-il dans son oreille. Nous y sommes.

Elle eut l'impression que sa colonne vertébrale se liquéfiait, la rendant faible et dépendante du corps ferme qui la maintenait écrasée contre la porte. Sa tête était aussi lourde que du plomb alors qu'elle la laissait tomber contre sa poitrine, prise dans un tourbillon de sensations.

— Je ne m'attendais pas à te voir si tôt. Mais tu m'as promis de me laisser une chance de te courtiser.

— Me courtiser ? répéta-t-elle en ouvrant brusquement les yeux.

C'est vrai, elle était venue pour découvrir ce qui s'était passé la nuit précédente. À quelle vitesse sa séduction lui avait fait oublier le but de sa visite !

— Afin de pouvoir posséder ton corps, ronronna Trenton dans son oreille.

Ses doigts taquinèrent gentiment son clitoris, faisant trembler et tressauter ses jambes sous son assaut, puis il s'enfonça plus profondément, écartant ses petites lèvres afin de pouvoir sentir l'humidité déjà présente pour lui jusqu'à ce qu'il s'arrête et qu'elle sente le sourire qui fendit son visage.

— Je savais que tu avais d'autres piercings ailleurs.

Ses doigts repartirent à l'aventure et trouvèrent deux anneaux et un autre bijou les maintenant ensemble, un objet que ses doigts ne purent identifier.

— Qu'est-ce que c'est ? demanda-t-il en tirant légèrement dessus.

— Une serrure, gémit-elle alors qu'il l'utilisait pour taquiner son clitoris sensible.

Il rit en posant ses lèvres sur son épaule et roula des hanches contre elle.

— Pas mal. Alors où est la clé ?

— Arrête s'il te plaît.

Elle haletait maintenant, le toucher de Trenton prenant les commandes de son corps ; c'était trop rapide. Elle n'avait pas la moindre idée de ce qui était en train de se produire. Comment était-elle passée de « se tenir hors de portée » à « sous ses pattes » en si peu de temps ? Quelque chose avait dû se produire la nuit précédente, quelque chose dont elle n'arrivait pas à se souvenir, mais qui avait tout changé entre eux. Seulement à ce moment précis, il profitait d'une nouvelle liberté qu'elle ne se souvenait pas lui avoir accordée.

(°ω°)

— Mot de sécurité ? murmura-t-il dans son oreille.

Quand elle n'en donna pas, il se pressa à nouveau contre elle. Bon sang, elle était délicieuse. Il mourrait d'envie d'être en elle. Mais ensuite, il sentit ses défenses s'ériger autour d'elle – sentit son corps se tendre. Cela n'aurait pas dû l'exciter. Il aimait ses femmes complètement excitées par ses caprices. Pourtant, les boucliers de son corps pour le tenir à distance semblaient transformer quelque chose en lui de bien plus corporel que le faisait la soumission, le poussant à briser ses inhibitions et à la libérer. Comme pour la serrure enfouie dans son entrejambe, il devrait trouver la clé pour entrer et pouvoir la revendiquer.

— Tu as profité de moi la nuit dernière, dit-elle.

Son affirmation était censée être ferme si elle n'avait pas été mêlée au gémissement qui s'échappa de ses lèvres alors qu'il taquinait son clitoris en ajoutant un peu plus de pression.

— Absolument pas.

Il plongea ses doigts entre ses petites lèvres humides avec l'intention de passer les piercings qui les maintenaient fermées.

(°ω°)

— J'ai dit NON !

Elle se débattit contre la porte, se jetant sur lui, et elle parvint à se dégager de son emprise. Les doigts de Trenton glissèrent le long de sa fente, caressant son clitoris avant que sa main sorte de son jean.

Elle chancela, haletante, les mains tendues vers la porte pour se stabiliser tandis qu'elle se retournait pour le fusiller du regard.

Trenton porta ses doigts à ses lèvres et lécha la sève qu'ils avaient volée à son corps d'un air aguicheur, taquinant ses sens avec un coup de langue bestial. Comme un animal quelques secondes avant que ses dents se plantent dans la chair.

— Tu as le goût du miel sauvage.

Il se déplaça pour tourner autour d'elle.

— Une chatte douce et brûlante, ronronna-t-il.

Toute forme de résistance quitta Katianna. Seigneur, elle n'avait jamais écrit une déclaration aussi explicitement exaltée. Même dans ses histoires les plus érotiques, elle n'avait jamais utilisé de mots aussi crus. Elle sentit son corps fondre à nouveau. Cela était-il même possible ? De s'abandonner au contrôle d'un homme plus d'une fois dans le même instant ? Elle secoua la tête ; elle était dans l'incapacité de gérer ça – elle n'avait aucune défense pour le contrecarrer. Il poussait son propre corps à refuser qu'elle reprenne le contrôle. Il trichait – non, c'était non.

Trenton tendit à nouveau la main vers elle, mais s'arrêta en voyant quelque chose en elle, et il redevint sérieux.

— As-tu besoin d'utiliser un mot de sécurité ? demanda-t-il.

— Un mot de sécurité ? Q-quel mot de sécurité ? s'exclama-t-elle blessée et en colère.

La tempête de désir qui était née en elle l'avait tourmentée sans qu'elle n'en connaisse le pourquoi ni le comment. Elle voulait avoir son mot à dire. Il était... trop pour elle. Il savait ce qu'il voulait alors qu'elle ne connaissait rien d'autre que des contes de fées. Il était capable de lui faire tourner la tête, de la toucher et de l'embraser d'une manière qu'elle n'avait jamais imaginée, même dans ses histoires érotiques. Mais quand il en aurait fini avec elle, quand elle serait vidée, lui resterait-il assez de force mentale pour survivre seule à nouveau ? Non. Elle savait déjà qu'elle ne pourrait pas lui survivre. L'énergie masculine et arrogante qui émanait de lui ne faisait que confirmer sa certitude. Elle le voulait, mais maintenant qu'il était là, elle avait également peur de ce qu'il pouvait lui faire ressentir.

— Les mots de sécurité sont utilisés afin que je sache si j'ai atteint tes limites. Ils te permettent de me prévenir ou de me demander d'arrêter.

Le propre désir de Trenton s'était transformé en inquiétude pour son bien-être et cela la surprit, mais pas suffisamment pour la calmer.

— Combien de fois dois-je à nouveau te répéter *non* et *arrête* pour que cela se produise ?

Seigneur, à quoi pensait-elle ? Cela ne lui avait pas traversé l'esprit d'employer les mots que l'on utilisait dans ces situations. Elle n'était pas une soumise et elle n'avait jamais agi comme telle. Mais Trenton était un véritable Maître ; il les utilisait lui.

— Je suis désolée, je…

✐

— Rouge, jaune et vert – ce sont les mots de sécurité, Kat, dit-il avant de réaliser qu'elle n'avait jamais eu de raison d'y avoir recours.

Imbécile, pensa-t-il, *elle a été droguée la nuit dernière*. Il le savait, mais elle lui avait parlé, lui avait révélé ses secrets. Il s'était imaginé qu'après avoir passé tant de temps avec lui durant ces dernières années, elle saurait les utiliser. Il était tellement pris par elle, tellement excité, il s'était permis d'ignorer une simple vérité : elle ne savait pas.

— Non, Katianna. C'est moi qui te dois des excuses. J'ai fait l'erreur de penser que tu saurais les utiliser. Pardonne-moi, s'il te plaît.

— Non, c'est ma faute. J'aurais dû le savoir, mais…

— Quoi, Kat ? Parle-moi, demanda-t-il lorsqu'il se rendit compte qu'elle ne comptait pas terminer sa phrase.

Il lui parlerait autant que nécessaire pour l'aider à comprendre que ce qui s'était passé entre eux la nuit précédente, malgré qu'elle ait été droguée, était réel, et qu'il avait pleinement l'intention de continuer à la voir, à la désirer, à la revendiquer.

— Mes lèvres étaient gonflées quand je me suis réveillée ce matin.

Elle se sentait étourdie maintenant, l'adrénaline ayant laissé place à la stupéfaction. Il ne la laisserait même pas rester en colère. Elle n'avait même pas vu comment il lui avait volé cette colère – comment il l'avait contrôlée. Comment avait-il fait ça ? Comment la dirigeait-il si facilement ? Son cerveau tourna à plein régime afin de saisir une sorte de compréhension à laquelle elle avait besoin de s'accrocher.

Trenton déglutit. Il adorait déjà la sensation de ses lèvres contre les siennes et le fait d'entendre qu'elles étaient gonflées ce matin l'excita à nouveau.

— Nous nous sommes embrassés. Et pas qu'un peu. Seigneur, j'ai éjaculé dans mon pantalon quand tu m'as supplié de le faire, c'était sacrément excitant, dit-il sans réfléchir.

Il n'avait pas l'habitude d'admettre qu'il pouvait éprouver une telle attirance envers une femme, mais quand il vit la rougeur apparaître sur son visage, il se dit que son honnêteté et son audace en valaient la peine.

— Je suis désolé. J'espérais que tu t'en serais souvenue. Nous avons discuté hier soir. Nous avons discuté d'un grand nombre de choses… et tu m'as fait une fellation.

Il marqua soudainement une pause. Il savait qu'il regretterait de lui avoir avoué la vérité. Si elle ne se souvenait pas de leur conversation, elle ne se souviendrait certainement pas de cela. Mais il ne pouvait pas non plus mentir en disant que rien ne s'était produit.

— Ta bouche était tellement chaude qu'elle m'a enflammé. Je n'ai pas pu te résister.

☙❧

Il se rapprocha d'elle, la surplombant, si proche, mais sans la toucher. Si proche qu'elle pouvait ressentir la chaleur de son corps, la manière dont il l'affectait et la rendait si désespérément consciente qu'elle désirait plus que tout cette chaleur. Il tourna autour d'elle comme si elle était une proie, puis il recula, affaiblissant son équilibre. Elle leva les yeux vers lui.

— Alors tu as profité de moi. J'ai dû dire *non* à un certain moment et tu as continué parce que je n'ai pas dit *rouge* ?

Mais elle n'arrivait pas teinter ses paroles de colère. Il la lui avait déjà volée. Il lui avait vraiment retiré toute forme de contrôle.

— Non, c'est toi qui as essayé de me séduire, mais nous ne sommes pas allés aussi loin ; j'avais déjà accepté, avant que la drogue fasse vraiment effet sur toi, que rien ne se passerait. Tu ne m'as pas facilité la tâche, mais j'ai tenu ma promesse.

Il se montrait doux avec elle maintenant, essayant peut-être de gagner sa confiance ou de lui faire accepter plus facilement la vérité. La vérité était qu'elle le désirait ; elle voulait qu'il profite d'elle, peu importe les conséquences.

— Que s'est-il passé quand nous avons quitté le club ?

— Nous nous sommes arrêtés pour acheter du jus de fruit afin de nettoyer ton organisme de la drogue et nous avons également pris des muffins afin que tu aies quelque chose dans l'estomac. Je t'ai emmenée chez toi, je t'ai nourrie, et je t'ai mise au lit.

— Et nous n'avons rien fait ?

Elle connaissait parfaitement la réponse. Cela faisait tellement longtemps qu'elle n'avait pas couché avec homme qu'elle était certaine qu'elle aurait été courbaturée par une partie de jambe en l'air sauvage et désinhibée par l'alcool, en particulier avec un homme aussi confiant que Trenton. Elle avait simplement besoin de l'entendre afin d'en être certaine. Elle ne fut pas préparée à la réponse qu'elle obtint.

Trenton se dirigea vers elle, s'empara de sa main et la posa sur son entrejambe, pressant ses doigts contre la bosse tentant de s'échapper de son pantalon. Elle haleta, combattant son envie de refermer la main sur son sexe.

— Est-ce que cela te donne l'impression que j'ai été soulagé hier soir ? grogna-t-il presque.

Cela le fit paraître en colère, mais en dehors de sa poigne ferme autour de sa main, il n'y avait rien de violent en lui. Simplement une force pure et brute, et un désir ardent visible dans ses prunelles brunes.

Katianna se mit à saliver, tentant de se souvenir de son goût, mais elle n'arriva pas à retrouver la sensation. C'était comme si on lui avait volé un trésor. Elle avait eu cet homme dans sa bouche, avait léché sa saveur masculine... Elle rougit. N'avait-elle pas réussi à le satisfaire ? L'avait-elle déçu ? Si c'était le cas, c'était regrettable. Elle savait à quel point il aimait la sensation d'une bouche féminine autour de lui, c'était l'une des choses qu'il préférait.

— Je ne l'ai pas fait ?

Elle prononça la question incomplète à voix basse, se souvenant combien il avait été déçu par Marcena quand l'esclave n'avait pas réussi à lui donner du plaisir. Avait-elle été une déception elle aussi ? Malgré l'agitation de Katianna au sujet de tout ce qui se passait, il lui importait de savoir si elle était elle aussi capable de lui plaire. Après tout, il faisait s'envoler son corps. Comme un de ces cerfs-volants de dragon chinois qui faisait toute sorte de tours sur une vague de chaleur. C'était ce que Trenton lui faisait.

— Oh, j'ai éjaculé bébé, mais ce n'était pas un soulagement. C'était seulement un apéritif – cela ne m'a fait que te désirer plus encore, grogna-t-il sans mâcher ses mots – ce n'était pas son genre.

Le filet était placé ; il ne lui restait plus qu'à la capturer et il le savait. Un ego pur et rapace crépitait autour de lui maintenant.

Trenton la regarda attentivement. Il pouvait la sentir ériger des boucliers autour d'elle, s'assouplir avant de se renforcer à nouveau. Il vit le tremblement de sa lèvre ; elle luttait intérieurement. Il avait le choix entre la pousser davantage et prendre les commandes ou faire machine arrière. S'il insistait, elle pourrait se retourner contre lui et il se retrouverait à nouveau à la case départ. Mais faire machine arrière pourrait lui laisser trop d'espace – ses défenses se fortifieraient, et il voulait la déséquilibrer. Il choisit de faire les deux.

Il lui lâcha la main et marcha en arrière jusqu'à ce qu'il soit à son bureau, puis il s'assit sur le bord, coinçant sa botte contre le côté du meuble et croisa les bras sur sa poitrine. Il fut certain de la voir se décomposer parce qu'il s'éloignait d'elle.

— Je vais te courtiser.

Il fit simple pour le moment, laissant sa déclaration planer dans l'air entre eux jusqu'à ce qu'elle comprenne. Il avait peut-être fait un pas en arrière, mais il était loin d'en avoir fini avec elle.

— Je vais t'emmener dîner ce soir, et nous pourrons retracer notre conversation de la nuit dernière… ainsi que passer en revue les règles de notre contrat et ce que j'attends de toi.

— Ce que tu attends de moi ?

Il vit comment elle ne put s'empêcher de se sentir un peu sur ses gardes devant cette déclaration, son bouclier s'érigeant à nouveau.

Il sourit.

— Et qu'en est-il de mes désirs et mes besoins ? demanda-t-elle.

— Je les connais déjà. Tu étais très bavarde la nuit dernière et pour ma part, je n'étais pas en état d'ébriété. Je me souviens de chaque… détail… exquis.

Il baissa la tête pour la regarder, un sourcil levé.

Katianna déglutit. Dieu seul savait ce qu'elle avait pu dire la nuit précédente. Elle était écrivaine pour l'amour de Dieu, et elle était plus que capable de rendre vivants des fantasmes sexuels assez dramatiques, et pas seulement les siens. Elle savait comment écrire sans penser uniquement à elle. Elle avait vu comment les femmes les plus innocentes et les plus timides rougissaient devant les mots qu'elles lisaient sur ses pages, et peu importait à quel point leurs joues s'empourpraient, elles ne pouvaient s'empêcher de tourner la page afin de continuer à lire. Ces désirs n'étaient pas uniquement les siens.

— Je n'étais pas dans mon état normal, putain ! Tu ne peux pas prendre tout ce que j'ai dit comme étant la vérité, dit-elle les sourcils froncés et une expression boudeuse sur le visage.

— Je dirais plutôt une vérité enfouie. Tu n'avais pas érigé tes boucliers afin de bloquer tes véritables désirs. Et puisque tu as du mal à te souvenir de la nuit dernière, je te rappellerais de ne pas utiliser ce genre de langage. Je déteste l'entendre de tes lèvres.

Le froncement de sourcils s'accompagna de cette arrogance masculine dont il était riche. Katianna sentit ses railleries s'effondrer sous son regard sévère ainsi que le rougissement cramoisi l'enflammer à la pensée de tout le reste. Il était injuste qu'il ait réussi à découvrir des détails personnels la concernant. Elle ne pouvait pas se souvenir de ce qu'elle avait dit, mais elle pouvait l'imaginer. Elle était en train de plonger dans un embarras total.

— J'étais droguée. Ça ne compte pas.

— Un dîner alors ?

Elle prit une grande inspiration, masquant le tremblement qui menaçait son corps, mais la lueur dans les yeux de Trenton lui révéla que celui-ci n'avait rien manqué du spectacle. Il lisait chaque nuance de son corps et aucun détail ne lui échappait. C'était effrayant de voir à quel point ce simple fait était excitant. C'était un amant qui saurait ce que désirait son corps avant elle et il le délivrerait certainement avec un abandon tortueux.

Elle prit conscience qu'elle retenait sa respiration et elle la libéra avec un long soupir doux.

— Où ?

— Je passerai te prendre.

Elle devint nerveuse.

— Que se passe-t-il, Kat ?

— J'ai besoin que tu me ramènes aussi, rougit-elle.

Il se contenta de sourire.

— Peut-on s'arrêter à un drive-in afin que je puisse prendre quelque chose à manger ? demanda Katianna en se tortillant dans son siège derrière Diesel, attendant l'approbation de Trenton alors qu'il la ramenait chez elle.

— Absolument pas. Je n'aime pas les fastfoods.

— Tu n'as pas besoin de prendre quoi que ce soit. C'est pour moi.

— Kat, nous avons prévu d'aller dîner ce soir. Tu peux attendre.

Elle souffla et se rassit en croisant les bras sur sa poitrine.

— Mais j'ai faim maintenant, marmonna-t-elle dans sa barbe.

Une bouteille d'eau lui fut soudainement offerte. Elle la prit des mains de Diesel et en but à peine quelques gorgées. Ce n'était pas de l'eau qu'elle voulait, mais *de la nourriture*. Ce n'était pas parce qu'elle avait accepté un dîner qu'elle acceptait de se faire contrôler.

— En parlant du dîner de ce soir, je m'attends à ce que tu portes l'une de tes petites robes, et je veux également que tu portes des chaussettes longues et des talons. Pas de chaussures masculines. Compris ?

Katianna fit une grimace silencieuse à l'arrière, ne sachant pas comment répondre. C'était une chose qu'il lui dise quoi faire, et elle avait toujours trouvé cela facile à faire, mais c'en était une autre qu'il lui dise comment s'habiller. Elle n'y était pas habituée. Ses yeux se posèrent sur les épaules larges de l'homme assis devant elle. Il semblait particulièrement heureux que ce soit elle qui l'observe en ce moment et non l'inverse.

— Kat ?

— D'accord, répondit-elle en soupirant avant d'entendre Diesel glousser.

Son gloussement fut suivi par un commentaire de Trenton disant de laisser couler pour le moment.

— Et je ne veux pas que tu portes de culotte, ajouta Trenton.

— Quoi ? demanda-t-elle avec stupéfaction.

— Tu m'as entendu, Katianna. Pas de culotte ce soir.

— Mais j'aime mes culottes, répondit-elle en haussant le ton.

— Dans ce cas, tu vas t'assurer de ne pas en mettre si tu ne tiens pas à ce qu'elles finissent en pièces.

Katianna se sentait particulièrement boudeuse maintenant et elle se déplaça pour s'asseoir derrière le siège de Diesel et à côté de Paris. Comme si changer de place pourrait mettre fin aux nouvelles règles qui lui étaient balancées par son commandant.

— Alors, pourquoi les laisses-tu te faire ça ? demanda-t-elle en regardant les poignets menottés de Paris sur ses genoux avant de lever les yeux vers lui.

Il était loin d'avoir l'air d'être un soumis et cela éveillait sa curiosité.

— Kat, ne t'aventure pas par-là, la mit en garde une voix à l'avant.

— Si tu veux que je sois ton esclave, tu devras me laisser poser des questions.

— Alors, pose-les-moi, lui dit Trenton, et elle croise son regard sévère dans le rétroviseur.

— Mais tu n'es pas un esclave, rétorqua-t-elle en se tournant à nouveau vers Paris en arborant un air de défi, clignant des yeux en attendant une réponse.

(•ᴗ•)

Paris baissa les yeux vers elle. Seigneur, si elle voulait briser les règles, il jouerait le jeu.

— Pour garder mon travail.

Sa bouche se tordit. Elle n'avait visiblement pas anticipé sa réponse.

— Tout ça pour ton travail ? Quel genre de travail nécessite que tu sois un esclave ?

Si cela était venu de quelqu'un d'autre, Paris aurait trouvé la question extrêmement offensante. Mais l'expression du visage de Katianna était loin de contenir toute forme de jugement ou de désir de confrontation. Elle paraissait réellement confuse par le concept et son expression était remplie d'une sincère curiosité et accentuée par un froncement de sourcils. Il connaissait ce regard, ayant déjà eu le même plusieurs fois depuis qu'il était arrivé ici. Et cette jolie petite femme avait certainement un charme indéniable.

— Je suis le directeur d'un lieu de séjour un peu spécial dans les Caraïbes qui fournit des esclaves sexuels à ses invités à une saison particulière. Je dois... disons que je dois me mettre à leur place.

Kat laissa échapper un gloussement.

— Tu veux dire que tu travailles à la Station de vacances des Délicieuses Éjaculations ?

Elle était sur le point d'exploser de rire à l'humour de tout cela.

Paris réfréna son rire ; il ne comprenait pas vraiment.

— Elle comprend ?

La question vint de l'avant. Diesel regardait Trenton, attendant une réponse. Ce dernier hocha apparemment la tête et Diesel éclata de rire.

— Allons, Paris. Je pensais que tu connaissais le latin ?

— C'est le cas, mais la station s'appelle *Salientis du Deliciarum* ; fontaine du plaisir.

Kat riait tellement qu'elle en eut mal aux côtes.

— Oui, mais ils ont choisi des mots spécifiques que l'on peut interpréter différemment. Le mot « salientis » pour fontaine désigne l'éjaculation et « deliciarum » est la racine du mot délicieux.

Paris pencha la tête sur le côté. D'accord, il comprenait maintenant.

— Quel est le malade qui a imaginé cela ?

— Diesel, annonça Trenton, un grand sourire aux lèvres. Nous pensions à *Salientis du Libidine*, fontaine du désir lascif, mais ensuite il s'est dit que *deliciarum* fonctionnait mieux. Non seulement parce que ça sonne mieux, mais aussi parce que la majorité des personnes ne pensent qu'au mot délicieux et se disent que le nom signifie Fontaine de Délicieux Plaisir.

— Diesel ?

Kat se tordit dans son siège, croisant le regard que ce dernier lui lançait par-dessus son épaule.

— Comment se fait-il que ce soit toi qui aies choisi le nom ?

— Parce que c'est l'un des propriétaires, répondit Trenton à la place de l'intéressé.

— Nous le sommes tous, ajouta Diesel, le regard toujours posé sur elle.

Paris regardait et écoutait alors que Trenton se mettait intentionnellement sur la sellette et parlait de leur vie privée. Il réalisa combien peu de gens étaient au courant de cela ; une connaissance partagée par une élite dont il avait été inclus. Cela lui redonna une certaine estime de lui-même, chose qu'il avait sentie lui échapper depuis qu'il était arrivé. Maintenant, il la ressentait à nouveau.

— Et c'est toi qui lui as imposé de faire ça pour son travail ?

— Oui, répondirent Diesel et Trenton à l'unisson.

Paris ne fut pas surpris.

Aussitôt que Diesel et Trenton ne regardèrent plus dans sa direction, Katianna plongea la main dans l'élastique de son jean. Son expression avait une détermination comique, et en quelques secondes, elle en retira une clé. Mais pas n'importe quelle clé ; c'était une clé pour menottes. Elle tendit le bras et silencieusement, mais rapidement, elle libéra l'un des poignets de Paris.

— Ils s'entendent comme des larrons en foire, tu sais ? dit-elle en levant les yeux vers lui. Est-ce que tu as conscience de ce dans quoi nous nous sommes embarqués ? Ils sont pires que la CIA.

Paris la regarda lancer un regard aux deux alphas arrogants assis à l'avant avant de reposer les yeux sur lui.

— Et maintenant, ils possèdent leur propre île ? Qui possède sa propre île ? Bientôt, ils possèderont leur propre gouvernement et légaliseront l'esclavage.

Paris ne put s'empêcher de rire.

— Ce doit être votre conscience d'écrivaine qui parle, ne put-il s'empêcher de la taquiner.

Katianna se redressa, surprise.

— Ils t'ont dit que j'écrivais ?

— Oui.

— T'ont-ils dit ce que j'écrivais ?

Il secoua la tête, toujours amusé par sa réaction.

— Non.

— Érotisme. Je ne suis pas fan de CIA. Eux si, dit-elle en pointant les deux sièges avant.

Paris s'enfonça dans son siège, caressant calmement son poignet libéré. La curiosité et l'attitude d'enfant gâtée de Katianna la faisaient paraître beaucoup plus jeune que ce qu'il avait pensé en la voyant pour la première fois. Elle lui avait semblé très mature jusque-là. Il se trouva déconcerté par le fait qu'elle soit si petite. Bien qu'immature ne soit pas vraiment le mot qui lui convienne – Joueuse lui correspondait mieux. Pour dire la vérité, il avait tout de suite apprécié sa compagnie et il voulait apprendre à mieux la connaître.

— Quel âge avez-vous ?

— Pourquoi ? demanda-t-elle en fronçant les sourcils.

C'était la première attitude féminine qu'il la voyait adopter ; taire son âge.

— Je suis simplement curieux de savoir si vous avez l'âge d'entretenir une relation avec le Dominus, la nargua-t-il en guise de réponse.

— Très drôle. J'ai trente-deux ans.

Paris gloussa. Si on demandait à une femme son âge, elle le taisait, mais si on l'accusait d'être trop jeune pour faire quelque chose qu'elle désirait visiblement, elle vous le disait. Ça marchait à tous les coups.

— Où diable avez-vous trouvé cette petite créature ? demanda Paris aux hommes à l'avant.

Il devait admettre qu'il adorait ses adorables traits de caractère. Il n'y avait pas à se demander pourquoi ils l'appréciaient. Elle était totalement différente des autres femmes qui fréquentaient le club.

— Paris, voici Petite Souris, offrit Diesel en guise de présentation.

— Deez ! Ne lui dis pas que je suis une souris.

Elle fronça les sourcils. De son point de vue, donner à Paris son surnom ne faisait que lui ouvrir la voie à plus de taquinerie et elle en subissait déjà suffisamment de leur part. En particulier de celle de Diesel lorsqu'elle se rendait au magasin d'armement pour assister aux cours de self-défense qu'il donnait. Pas que lui et Trenton lui laissaient le choix en la matière. Depuis l'agression, ils avaient tous les deux insisté pour qu'elle y participe régulièrement.

— Vous êtes supposée les appeler Dominus et Patronus, tenta de la corriger Paris.

Katianna avait l'impression d'avoir déjà été suffisamment taquinée et commandée de tous les côtés, mais elle n'était pas prête à se faire taquiner si ouvertement par ce nouveau type. Elle n'avait pas non plus besoin qu'il la corrige. Elle suspectait qu'elle était déjà sur le point de recevoir un dictionnaire entier d'ordres de Trenton quand il lui ferait la cour, mais elle n'avait pas à supporter cela de Paris également.

— Je n'ai pas besoin de les appeler ainsi. Je n'ai pas à les appeler par autre chose que leur nom, dit-elle en le regardant de haut avant de ramper sur la console pour atterrir sur les genoux de Diesel.

Une fois installée en lieu sûr, elle se tourna vers Paris et lui tira la langue.

Diesel posa doucement sa main sur sa mâchoire et pressa doucement ses joues, la tournant dans sa direction.

— Ne taquine pas les animaux...

Il la relâcha.

—... surtout lorsqu'ils sont plus grands que toi.

Katianna se pencha en avant, jetant un nouveau coup d'œil par-dessus l'épaule de Diesel vers Paris, qui en retour leva son poignet libéré afin de lui faire comprendre qu'elle n'était pas forcément en sécurité, et elle l'entendit rire quand elle détourna rapidement le regard.

Peu après, Trenton s'arrêtait et introduisait la clé électronique dans le portail du domaine puis la retirait lorsque celle-ci s'ouvrit.

Paris regarda à travers la fenêtre avec stupéfaction. D'accord, cela l'avait surpris. Et il avait encore de nombreuses questions sur cette petite femme dont Trenton s'était entiché.

Trenton conduisit le SUV à l'arrière de la maison, le long d'une allée et se gara près de la piscine. Diesel la laissa sortir de son côté et Trenton fit le tour du véhicule afin de la conduire à son cottage.

— Bon sang, elle vit ici ? demanda Paris en se penchant entre les deux sièges avant afin de jeter un coup d'œil à travers le pare-brise.

— Dans la maison d'hôtes, de l'autre côté de la piscine, répondit Diesel en indiquant les quartiers de la jeune femme d'un geste de la tête.

— Et Katianna est donc ce que Trenton aime chez une femme, hein ?

ʕ•ﻌ•ʔ

— D'après toi ?

Diesel se tourna dans son siège pour le regarder.

— Elle est adorable. Et elle est en fait plutôt futée, mais habituellement silencieuse et réservée, même si comme tu viens de le remarquer, elle a ses moments de folie. De plus, parmi ses qualités, elle boude de deux manières différentes. L'une qui donne envie de passer tes bras autour d'elle et la protéger, et l'autre qui lui feraient obtenir tout ce qu'elle désire.

— Elle est plutôt téméraire pour sa taille.

— Ça ne lui arrive que rarement. Je ne l'ai vu agir de cette façon qu'en notre présence, et cela reste peu fréquent. En temps normal, presque tout l'effraie.

Diesel avait insisté pour qu'elle participe régulièrement à ses cours de self-défense, mais la meilleure chose qu'il pouvait faire était de lui apprendre à fuir et se cacher.

— Pourquoi cela ?

— Elle est petite et peureuse. Elle l'a toujours été apparemment. Mais quelque chose lui est arrivé juste avant que nous la rencontrions. Elle n'en parle jamais, mais peu après notre rencontre, elle a été agressée et presque tuée. C'est à ce moment-là qu'elle est venue vivre chez son éditrice. Trenton veille sur elle depuis ce jour.

— Alors qu'arrivera-t-il s'il tombe amoureux d'elle ? Ne serait-ce pas un obstacle pour la dominer ?

Diesel lui lança à nouveau un regard par-dessus son épaule. Paris se laissa tomber dans son siège directement derrière celui de Diesel, cachant ses poignets, mais son regard ne quitta jamais celui de l'autre homme.

— Si Trenton tombe fou amoureux de son esclave, la couvre d'attention et d'amour, et que d'une manière ou d'une autre son autorité de Dominus lui échappe, ils seront tous les deux heureux, non ? Alors, pourquoi se soucier de perdre son autorité ?

Cela surprit considérablement Paris. Comment un Maître de BDSM pouvait-il aimer un esclave ?

— Mais être amoureux d'un esclave ne contredit-il pas le fait d'être Maître ?

— Au contraire, nous ne pouvons réellement dominer un esclave sans l'aimer. Néanmoins, de nombreux dominants me contrediraient par peur que l'amour les affaiblisse, mais il s'agit d'un principe fondamental ; nous ne pouvons pas nous dire grand fan de baseball et ne pas aimer les matchs. Il est tout à fait possible pour un Maître d'aimer son esclave tout en restant le Dom dans la relation – mais si ce n'est plus le cas, cela ne devrait pas avoir d'importance. Qu'est-ce qui est le plus important ? Être dominant ou être réellement heureux avec quelqu'un ?

Waouh, d'accord. Diesel, le philosophe. Qui l'aurait cru ? Ce n'était évidemment pas le cas de Paris, mais après l'avoir écouté, il se mit à se poser des questions qui ne lui avaient jamais traversé l'esprit avant aujourd'hui.

Attends ! Non ! Ne va pas dans cette direction. Fais machine arrière. Paris secoua la tête, refusant de permettre à toute forme de désir de s'immiscer en lui et décida de changer immédiatement de sujet.

— Combien de livres a-t-elle publiés ?

— Euh, eh bien...

Diesel secoua la tête et se gratta le menton.

— Eh bien, plus d'une douzaine, je suppose, mais je n'en suis pas certain.

— Puis-je avoir l'un de ses livres ?

— Quoi, pour le lire ?

— Non, pour décorer, répondit Paris avec sarcasme avant de se reprendre. Oui, pour le lire.

— Tu t'es plutôt bien comporté ce week-end. Je suis sûr que je peux t'en trouver un quelque part sur le chemin de la maison. Mais j'aurai peut-être à te fesser pour les commentaires impertinents sortant de ta bouche.

— Je pourrais suggérer autre chose pour ma bouche si vous le souhaitez.

— Je n'en doute pas, rétorqua Diesel en riant.

CHAPITRE VINGT ET UN

Katianna vint à la porte à la rencontre de Trenton lorsqu'il arriva pour la prendre, vêtue d'une robe baby-doll comme il l'avait ordonné. Mais, si quelque chose sur son visage indiquait ce qu'il pensait en la regardant, elle ne pouvait qu'imaginer ce que le sien devait trahir lorsqu'elle le regardait lui. Trenton portait le même genre de pantalon noir qu'il portait souvent, mais c'était sa chemise qui retint vraiment son attention. La chemise de soirée noire avait des coutures sur le devant de chaque côté des boutons, traçant les lignes de ses muscles pectoraux, taquinant ses sens de toutes les manières, avec des aperçus sombres de sa peau musclée, le tout surmonté d'une mince cravate d'un cobalt profond. Il était parfait, à la fois pour un bon dîner et pour s'assurer que les yeux de sa compagne seraient séduits par la vue de son corps toute la nuit sans jamais être tentés de se détourner. Cela rendait simplement son arrogance naturelle d'autant plus radieuse et conquérante.

Les dents de Trenton souffrirent instantanément en la voyant... ce petit tissu de gaze au motif léopard qui enveloppait sa poitrine dans un style classique de baby-doll... une large ceinture assortie tirait un trait sur sa robe, accentuant la courbe de ses petits seins et attaché dans un nœud juste sous eux. Il tendit le bras pour faire courir un doigt le long de la bretelle spaghetti qui s'accordait à la dentelle noire en fausse fourrure qui apparaissait sous la robe qui, comme la plupart de ses robes baby-doll, descendait à la longueur parfaite, flottant juste au-dessus du milieu de la cuisse. Et qu'il soit maudit si sa bouche ne commençait pas à saliver alors que son regard tombait sur les longues chaussettes couleur avoine avec des bords noirs qui montaient juste au-dessus du genou et ses pieds habillés d'une paire de chaussures à talons.

Il prit une profonde inspiration et laissa échapper un grondement d'approbation. Son expression était celle d'un lion rêveur qui venait juste de commencer à imaginer ce qu'il voulait faire avec sa nouvelle proie.

— Tu m'as dit de porter une robe baby-doll et des chaussettes.

— Oui, en effet, dit-il en s'approchant. Maintenant, voyons si tu as suivi le reste de mes instructions.

Kat fit un rapide pas en arrière, mais Trenton attrapa son bras et doucement, mais fermement l'attira contre lui.

— Je suppose que cela veut dire non.

Katianna se figea. Il était inutile de le combattre, il l'avait coincée, et elle portait une culotte.

Les mains de Trenton remontèrent sa jupe et elle sentit la chaleur de sa paume à la seconde où il toucha sa peau. Ses dents se plantèrent dans sa lèvre pour ravaler le gémissement que ses mains errantes suscitaient en elle – l'avoir là, touchant si près de ses parties les plus avides... et elle avait vraiment une faiblesse pour son contact. Depuis qu'il l'avait raccompagnée quelques heures auparavant avec rien de plus qu'un baiser et quelques mots explicites à son oreille, elle était en mode « excitée ». Des souvenirs d'une époque où il l'avait touchée pour la faire se sentir bien – d'un baiser brûlant qui lui avait coupé le souffle et l'avait pratiquement faite mourir de peur. Mon Dieu, elle voulait être effrayée par lui à nouveau.

Maintenant, la proximité de son corps et ses mains saisissant ses hanches la faisaient fondre et humidifier sa culotte.

Elle se mordilla les lèvres alors qu'il faisait glisser la dentelle le long de ses jambes, tapotant ses pieds – l'un après l'autre – lui ordonnant de les soulever.

— Wacoal... joli.

Il chuchota le nom du créateur tout en fourrant la lingerie dans la poche de son pantalon.

— Non... Trenton ? Tu la gardes ? l'admonesta-t-elle en voyant qu'il osait lui voler sa culotte.

— Je te l'ai dit, Katianna, si tu voulais la garder, tu ne devais pas la porter lorsque je suis dans les parages.

Il se releva, ses doigts remontant le long de ses jambes jusqu'à l'entrée de son sexe où ils caressèrent le petit cadenas qu'elle avait mis là. Cela la laissa presque sans voix. Presque, car un petit soupir s'échappa de ses lèvres. Cependant, son gémissement contenu se transforma rapidement en une expression d'étonnement lorsque Trenton se retourna et se laissa tomber sur le canapé, posant un pied sur son genou et la regardant comme s'il attendait quelque chose. Son regard se fixa sur elle et ses doigts tapotèrent ses lèvres comme pour marquer le temps.

Hum... D'accord... pourquoi avait-elle l'impression d'avoir des problèmes ? Pourtant, il ne disait rien, se contentant de la regarder, un coude appuyé sur l'accoudoir du canapé, et l'arrogance omniprésente de sa domination qui ne s'altérait jamais.

— Nous ne... commença-t-elle prudemment. Sortons pas ?

Trenton fixa son regard sur sa petite silhouette.

— Lorsque tu m'auras donné quelque chose.

— Tu as déjà pris ma culotte. Que veux-tu d'autre ?

— La clé.

Les lèvres de Katianna se pincèrent en entendant cela.

— La clé de mon bijou/cadenas ?

Elle fronça les sourcils – oui, problèmes confirmés. Elle espérait que quoi que Trenton lui fasse, cela en vaudrait la peine.

— Oui, je prendrais celle-là aussi.

Il attendit encore. Il entremêla ses doigts dans un lent mouvement de rotation comme s'il était satisfait de rester assis et de l'attendre, et ce pour aussi longtemps qu'il le faudrait.

Oh, elle avait vraiment des problèmes. Elle se mordilla les lèvres. Elle se dit que le silence était mieux que l'admission à ce stade. Mais ce n'était pas juste qu'un accord de sa part dont elle ne pouvait même pas se souvenir l'ait déjà attirée dans la séduisante toile du Dominus, comme si elle lui avait toujours appartenu. Trenton et Diesel étaient bien trop imbus d'eux-mêmes et avaient besoin qu'on leur lance quelques défis, mais mieux valait que cela vienne d'un homme aussi grand et fort que Paris plutôt que d'elle. Que pourrait-elle faire ?

— La clé, Katianna.

— La clé de la maison ?

Elle déglutit difficilement. Oh, merde, qu'avait fait Paris ?

— Cela en fait deux, veux-tu vraiment en ajouter plus ?

— P-plus ?

Elle ne savait pas à quoi ce « plus » faisait allusion, mais son corps se réchauffait avec le danger imminent dont il était visiblement en train de l'avertir. Son corps devint nerveux, mais se soumit. Ooooh, pourquoi son corps se soumettait-il ? *Parce que, malgré les problèmes, tu désires Trenton. Stupide écrivain.*

Trenton pinça les lèvres, luttant afin de ne pas rire alors qu'elle tremblait dans ses chaussures, comme un caniche nerveux qui tentait le diable, mais qui ne voulait pas se faire prendre. Son sexe le suppliait de prendre ce qui lui appartenait déjà. Mais elle avait libéré Paris. Ce n'était pas bien, et le fait qu'elle lui cachait des choses en ce moment était tout aussi inacceptable. En tant qu'esclave, Katianna devrait accepter ce fait. Maintenant était un bon moment pour commencer. Et elle avait l'air si mignonne et délicieuse à la merci de sa première leçon.

— Katianna.

Sa voix prit un ton de commandement qui avertit la jeune femme que son temps était compté.

— D'accord, elles sont toutes les deux sur une chaîne que je porte autour de ma taille, lâcha-t-elle en baissant instantanément la tête.

Il voyait bien qu'elle espérait que si elle agissait comme les subs du club, elle pourrait échapper à la punition. Mais cela ne fonctionnerait pas.

— Tu as utilisé la clé que Diesel t'a donnée pour te protéger ?

Elle hocha la tête, gardant toujours les yeux baissés. Trenton passa son doigt d'avant en arrière sur ses lèvres comme un archet de violon parcourant ses cordes, d'un air contemplatif. Il y avait une raison pour laquelle ils lui avaient donné cette clé. Les attaques récentes contre des femmes dans la région avaient montré des ecchymoses dues à des menottes. Alors Diesel lui avait donné un jeu, comme à tous les jeunes hommes et jeunes femmes qui participaient au cours d'autodéfense de la boutique, et il leur avait demandé de les porter sur une chaîne autour de leur taille. C'était le seul endroit qu'ils pourraient toujours atteindre, que leurs mains soient liées devant ou derrière. Inutile de dire que Trenton ne pouvait pas la lui reprendre. Du moins, il ne se sentirait pas fier de lui s'il le faisait. La sécurité de Katianna devait passer en premier. Elle allait recevoir cette troisième fessée finalement.

Mais à la voir maintenant, s'il faisait ne serait-ce qu'un geste dans sa direction, elle s'enfuirait probablement et se cacherait de lui. D'ailleurs, ils allaient être en retard pour leur réservation au restaurant.

— Bon, allons-y. Nous nous occuperons de ta punition une autre fois.

Il fallut un peu de persuasion, mais il finit par lui faire prendre sa main, et ils se dirigèrent vers leur premier rendez-vous officiel. Alors qu'il assimilait ce fait, un sentiment d'exaltation le parcourut et il lui fut impossible d'effacer le sourire de son visage après ça.

— *Un lion est le plus beau lorsqu'il cherche sa nourriture* – Mevlana Celaleddin Rumi.

Katianna lut le dicton sur la couverture du menu et jeta un coup d'œil à Trenton. C'était comme s'il avait planifié cela ou quelque chose comme ça. Et elle n'avait pas oublié sa réflexion au sujet de la punition. Elle n'avait même pas encore eu son premier rendez-vous, et déjà il parlait de discipline et s'en réjouissait. Elle frissonna à cette pensée, sachant les punitions qu'il donnait à ses subs.

Trenton l'avait emmenée dans un restaurant peu connu qui servait un mélange de plats du Moyen-Orient et Méditerranéens, où les clients étaient assis sur des banquettes basses placées contre les murs et sur de grands coussins sur le sol appelés « poufs », dans de petites alcôves dont de lourds rideaux en velours sur les côtés fournissaient l'intimité.

— À quoi penses-tu ? demanda Trenton en souriant, imaginant les pensées qui devaient lui traverser l'esprit.

— Je me demandais si je devrais m'enfuir loin de toi tant que je le peux encore.

— C'est déjà trop tard pour ça, Kat.

Sa voix était sombre avec une pointe de quelque chose qu'elle ne pouvait pas vraiment identifier, mais elle était certaine qu'elle signifiait exactement ce qu'il disait. C'était trop tard... elle lui appartenait, et il n'allait pas la laisser partir. Son seul choix était d'apprendre à vivre dans son monde.

La nourriture se mangeait avec les doigts ou avec du pain, et elle était servie dans de petits plats. Il était donc facile de commander plusieurs choses différentes afin de les goûter tandis que des danseuses du ventre divertissaient les clients toute la nuit.

Katianna n'avait jamais goûté de nourriture du Moyen-Orient auparavant, alors Trenton commanda toute une variété de plats, chacun ayant son propre goût unique. Il y en avait quelques-uns qu'il avait lus pour elle dans le menu pour lesquels elle n'accepta même pas la suggestion de les goûter. Finalement, il fit sa sélection et bientôt le dîner arriva, contenant les échantillons exotiques parfaitement proportionnés pour deux personnes.

Le *poulet** était servi dans un ragoût marocain, du confit de citron, des olives et des abricots secs. Puis il y avait l'*agneau**mariné dans une sauce aux agrumes et aux pruneaux avec des amandes pilées. Un autre plat contenait du *canard** : un confit garni d'olives vertes, de confiture de kumquat et de graines de cumin grillées. Il y avait également d'autres plats : du Goulash Bil Gibnah, une pâte farcie de champignons, de poireaux, d'herbes fraîches et de gibna domiati, un fromage égyptien. Le crabe Kofta était un genre de cake également égyptien composé de morceaux de crabe bleu, de crevettes, de poireaux et d'échalotes. Et enfin, un plat de couscous de poulet au citron.

Cette fois-ci, Katianna ne fut pas surprise lorsque Trenton la nourrit de ses doigts. Après avoir goûté chacun des plats et décidé quels étaient ceux qui lui plaisaient le plus, ils les savourèrent jusqu'à ce qu'ils aient dévoré la majorité de la nourriture, puis ils se reposèrent sur les coussins tandis qu'il lui faisait boire du vin de son verre tout en discutant.

— Comment en es-tu arrivé là ? demanda-t-elle brusquement.

Elle se l'était toujours demandé et plus elle en apprenait sur lui, plus elle se demandait d'où tout cela venait. Il possédait sa propre entreprise et maintenant, elle avait découvert qu'il possédait également une île. Elle savait qu'il était riche, ou du moins, elle le soupçonnait, étant donné le tank qu'il conduisait, ses clients et le club. Et de temps en temps, quelqu'un lui disait quelque chose qui laissait entendre qu'il avait une quantité considérable d'argent ou de revenus. Non pas qu'elle s'en soucie, et il ne faisait certainement pas étalage de ses richesses, pas dans la véritable définition du mot en tout cas. Cependant, quand il voyait quelque chose qu'il voulait, il ne semblait jamais hésiter à l'acheter, et elle était simplement curieuse de savoir comment quelqu'un avait atteint une telle aisance financière.

— J'étais dans les Marines pendant un certain nombre d'années ; Diesel et moi y sommes allés ensemble et nous avons été entraînés pour rejoindre une unité de sniper de cinq hommes. Dane et Marcus étaient nos pilotes de Black Hawk, tandis que Diesel, Harper et moi-même étions des tireurs d'élite. Nous avons gagné à la loterie, un ticket que nous avions acheté lors d'un congé. C'était l'un des plus gros jackpots dans la région de la Nouvelle-Angleterre à l'époque. Nous avons dépensé un peu d'argent, puis enfermé le reste jusqu'à ce que nous sachions ce que nous voulions en faire. Nous avions encore deux ans à tirer dans les Marines, alors cela n'a pas été difficile. Nous en avons beaucoup investi, et au moment où nous avons été libérés, nous avions tous une idée de ce que nous voulions et nous nous sommes engagés à y arriver.

— Et le *Club Pain* ? Comment cela s'intègre-t-il dans tout ça ?

— Mis à part Dane qui en est le propriétaire, comme tu le sais, nous avions tous les cinq une... une profonde convoitise pour ce style de vie et nous y étions profondément plongés depuis un certain temps.

Il sourit.

— Alors nous pourrions dire que moi, ainsi que les autres, avons un investissement profondément enraciné pour *Club Pain* et les deux autres clubs, *Pink Flesh* et *Stilettos*. Les clubs sont un terrain d'alimentation pour nous.

— Un terrain d'alimentation – intéressante analogie.

☙

Le regard de Trenton se posa sur ses pieds, revêtus d'un cuir tressé qui les enveloppait jusqu'aux chevilles. Il tendit la main, les prenant du coussin où ils étaient posés, et les tira sur ses genoux.

— Repose-toi, chuchota-t-il sans la regarder, gardant son attention sur ses pieds.

Il caressa la semelle compensée en acrylique lisse jusqu'au coup de pied puis le talon aiguille, en appréciant silencieusement les contours. Les chaussures rajoutaient quinze centimètres à sa taille, et même alors, elle n'atteignait pas sa bouche. Il aimait son petit corps et ses encore plus petites chaussures. Elle serait toujours sa petite souris. Sa main se plaça sous son talon et il tira le nœud du ruban qui attachait les chaussures. C'était une très belle touche esthétique, à la place d'une fermeture à glissière qui aurait seulement perturbé le tissage des cordons de cuir qui composaient l'armature.

Il fit glisser la chaussure de son pied et commença à caresser sa plante. Il la massa distraitement, ses pensées plus concentrées sur son corps, et étonnamment sur ce dont ils parlaient, plutôt que sur la tendre attention qu'il procurait à ses pieds.

— Et toi ?

Il reporta l'attention sur elle. Il y avait encore un certain nombre de choses sur son passé qu'il ne connaissait pas, et il voulait comprendre comment cela l'affectait.

— Je ne sais pas – j'ai toujours été bonne pour imaginer des histoires.

Elle haussa légèrement les épaules et sourit.

— J'ai obtenu une bourse avec une histoire courte, puis j'ai gagné un concours régional avec la même histoire. Cela a récolté beaucoup d'attention pendant le début de la guerre irakienne. Quand j'ai eu une offre de l'université de New York doublant ma bourse si je venais chez eux, je n'ai pas eu à y réfléchir deux fois. Et me voici.

— Quelle était l'histoire ?

— *Cher Soldat, Avec Amour[15]*. Il s'agissait d'une lettre rédigée par une femme anonyme qui avait écrit une dernière lettre d'amour et l'avait adressée à rien de plus que « Cher Soldat », parce que toutes ses précédentes lettres n'avaient pas pu trouver son amant qui était porté disparu. La lettre atterrit entre les mains d'un soldat qui venait tout juste de recevoir un « Cher John[16] », puis il la fit passer. L'histoire suit la lettre d'un soldat à l'autre, beaucoup d'entre eux y répondant à leur façon, ajoutant leur correspondance à la Femme Bien-aimée.

Trenton cligna des yeux.

— Waouh.

Il était impressionné. Il ne l'avait jamais entendue parler d'autres écrits que ses livres érotiques, et même là, elle n'en parlait pas vraiment.

— Deez sait-il que tu as écrit ça ?

Elle lui jeta un regard perplexe.

— Je ne crois pas... pourquoi ?

Il secoua la tête et passa à une autre question, ne répondant pas réellement à la sienne.

— Qu'est-ce qui t'a donné l'idée d'écrire ça ?

— Ma mère avait l'habitude d'écrire une lettre d'amour à mon père chaque année pour son anniversaire, et elle demandait à l'un des pêcheurs locaux de la livrer à la mer. Lorsque j'étais encore au lycée, une des filles que je connaissais a écrit une lettre « Cher John » à son

---

[15] Dear Soldier, With Love dont l'auteur est Talon PS et Tarian PS. Leur premier livre auto-publié ensemble est sorti le 11-11-2010

[16] Une « lettre Dear John » est une lettre écrite à l'origine à un soldat à l'étranger par sa femme ou sa petite amie pour l'informer que leur relation est terminée, généralement parce qu'elle a trouvé un autre amant.

fiancé qui servait dans la guerre du Golfe à l'époque. Tout ce à quoi je pouvais penser, c'était à quel point c'était égoïste. Il était là-bas pour combattre, et elle le jetait parce qu'elle ne pouvait pas garder son pantalon fermé ?

— Alors, qu'en est-il maintenant ? Je veux dire, avec toi, tu as plusieurs livres à ton actif à l'heure actuelle.

— Oui, pourtant je suis encore à peine un cran au-dessus de la pauvre artiste affamée. Même si le fait de ne pas payer de loyer m'aide beaucoup, merci à Amelia.

Il baissa les yeux sur ses pieds, puis sur les chaussures coûteuses qu'il venait de lui retirer.

— Peut-être que tu ne serais pas si pauvre si tu n'achetais pas des chaussures à mille dollars ?

Il lui chatouilla le pied afin de lui signifier que sa réflexion était plus pour la taquiner que pour la gronder.

Katianna gloussa.

— Je les ai depuis un certain temps. La plupart de mes affaires en tout cas. Quelqu'un que j'ai fréquenté il y a longtemps me les a offertes.

Sa voix mourut et elle resta silencieuse.

Trenton comprit facilement que ce n'était pas un souvenir qu'elle voulait se remémorer. Amelia avait dit une fois que Garrett lui avait apparemment fait quelque chose et Trenton se souvint du mannequin arrogant qui se tenait devant sa porte et qui avait admis qu'il l'avait jetée à la rue. Il voulait savoir ce qui lui était arrivé, mais il voyait bien que c'était encore trop tôt.

— Parfois, je reçois des choses de Vashon. Une robe ou une tenue. J'ai même obtenu quelques paires de chaussures de lui, parce qu'il dit que j'ai des pieds mignons, et tout simplement parce que c'est un grand fan et un ami.

Les yeux de Trenton se rétrécirent ; il ressentit une soudaine jalousie à l'idée que quelqu'un d'autre apprécie ses pieds. Il lui faudrait mettre un terme à cela bientôt, ou enquêter afin de décider si c'était inoffensif ou pas. En ce qui le concernait, elle était à lui à cent pour cent maintenant, et cela comprenait ses pieds. Cependant, Vashon serait un problème à gérer plus tard.

— Vashon est également aussi gay qu'on puisse l'être, tes histoires n'ont pas le bon équipement pour être de son goût.

— Cela ne signifie pas qu'il ne peut pas les apprécier pour l'histoire en elle-même. Il y a plus que des scènes de sexe dans mes livres, et cela ne signifie pas qu'elles ne l'excitent pas. En dehors d'Amelia, je pense que Vashon est mon fan numéro un. Mais je travaille sur un livre qui comprend de l'homoérotique.

— Amelia encense véritablement ton travail. Je suppose que j'ai besoin de reprendre la lecture, hein ?

Puis cela le frappa :

— Comment saurais-tu écrire ce genre d'histoires ? L'homosexualité je veux dire.

Katianna haussa les épaules, se tordant sur le coussin afin de le regarder sans se soulever.

Les coins de la bouche de Trenton s'ourlèrent en un sourire dévoyé alors qu'il songeait à sa prochaine question.

— Est-ce que ton cul a déjà été aimé par un homme ?

Katianna pâlit à la question, et il vit le champ de force introverti s'ériger alors qu'elle restait silencieuse. Il n'allait pas la laisser dresser un tel mur. Il tendit le bras, l'attrapa par la taille et la mit sur ses genoux.

— Ne te referme pas maintenant, petite souris, ou je devrais te soûler ce soir afin que tu t'ouvres à nouveau à moi.

Il lui prit les poignets et repoussa ses bras derrière son dos, les croisant et les serrant solidement d'une main. Il lui sourit alors qu'elle essayait de tester sa prise. Il savait ce qu'elle faisait ; la secousse n'était pas suffisante pour tenter de se libérer ou même pour être considérée comme une lutte. Elle se contentait de tester les rênes.

— Dis-moi, ma petite souris, quels délices sombres as-tu eus de ce côté-là ?

Sa main libre caressa les contours de ses fesses, serrant fermement un globe rond et laissant un doigt s'aventurer plus loin afin de la taquiner avec la menace de l'approche.

Elle laissa échapper un soupir, se penchant en avant et s'affranchissant de la menace taquine de sa main.

— Juste un doigt, et ça n'a pas été vraiment excitant, chuchota-t-elle tout bas.

— Dommage, ton amant ne savait pas ce qu'il faisait alors. Lorsque je déciderai de faire l'amour à ton cul, j'y enfoncerai chaque centimètre de ma queue, et tu crieras d'extase pendant que je te chevaucherai et t'emmènerai vers de nouveaux sommets.

(◕ᴗ◕)

Katianna eut l'impression de passer par une douzaine de nuances différentes de rouge et de rose, et elle sentit la chaleur augmenter déjà en elle. Cela lui faisait peur qu'il puisse insister pour la prendre de cette manière, mais elle ne pouvait pas nier fantasmer sur ce qu'elle ressentirait exactement à ce qu'il décrivait. Elle écrivait des scènes de sexe anal dans la plupart de ses livres. Ces histoires passionnées ne seraient pas complètes sans ce sombre tabou érotique. Cependant, elle n'en avait jamais fait elle-même l'expérience. Pourtant, alors que ses chuchotements explicites se déversaient dans son oreille, elle pouvait sentir un désir ardent se construire juste au-delà de cette entrée interdite.

— À quoi cela ressemblera-t-il pour moi ? demanda-t-elle d'une voix basse. D'être ton esclave.

Trenton réfléchit un instant à la manière de le mettre en mots. Puis, il lui expliqua qu'en tant que son Esclave de Vie, elle serait là pour être choyée par lui et recevoir toute son attention sexuelle, mais qu'elle ne serait pas prisonnière. Elle pourrait aller partout où elle aurait besoin d'aller, et il veillerait à ce qu'elle ait les moyens de s'y rendre. Cependant, chaque détail de sa vie, jusqu'aux vêtements qu'elle porterait, et si et quand il lui serait permis de jouir serait décidé par lui. Elle devrait supporter sa surprotection, mais il s'attendrait également à ce qu'elle se comporte bien, et il agirait en conséquence lorsqu'elle ne le ferait pas. Il était au moins honnête à cet égard.

Tous ses besoins seraient pris en charge, et elle serait gâtée de beaucoup de façons. Elle aurait du mal à trouver quelque chose qu'elle n'aurait pas. Pour ce qui était de sa domination, il avait des règles qu'il s'attendrait qu'elle suive, comme il le ferait avec n'importe quel autre esclave. Telle que l'honnêteté. Et ses orgasmes, ils seraient à lui également. La seule fois où un jouet actionné par des piles la toucherait, ce serait parce qu'il l'aurait placé là. Et quand il lui dirait de faire quelque chose, il s'attendrait à ce qu'elle le fasse. Il lui expliqua également très clairement qu'aucune bouderie ne la libérerait des conséquences de ses actes.

Katianna ne dit rien, trop calme, et il s'inquiéta.

— Katianna, qu'y a-t-il ?

Elle ne répondit pas.

— Tu te souviens de cette partie au sujet de l'honnêteté ? Cela signifie aussi une communication ouverte. J'ai besoin que tu me parles.

— Tu ne me donneras pas des coups de canne, n'est-ce pas ?

Elle détourna brusquement les yeux, et tout son corps se tendit. Elle savait ce qu'elle demandait. Elle était sur le point de mettre un véto sur son jeu préféré. Trenton adorait donner des coups de canne à une soumise.

(•ω•)

Trenton attrapa son menton avec un doigt et la recula afin de lui faire face.

— Cela t'effraie, n'est-ce pas ?

Elle acquiesça. Il s'en était toujours douté. La simple fessée était déjà beaucoup pour elle. Il n'avait jamais pensé qu'elle serait capable de le gérer. Même si c'était un art duquel il retirait vraiment beaucoup de plaisir.

— Si cela t'effraie autant, je te promets de ne pas utiliser la canne sur toi.

Elle poussa un gros soupir de soulagement.

— Et pas de sexe oral.

Trenton cligna des yeux un instant.

— Je crois que tu as déjà enfreint cette règle.

— Je veux dire sur moi. Je ne veux pas que tu mettes ta bouche là.

Il secouait déjà la tête sur cette règle-là.

— Katianna, rien dans ce monde ne m'empêchera d'avoir ce plaisir avec toi. Tu peux être certaine que cette règle sera brisée, et t'emmener te faire épiler tes poils est la première chose que je vais faire cette semaine. Je vais cependant te demander pourquoi ?

Elle haussa les épaules.

— Je suis trop sensible pour ça... et je suis embarrassée par ça.

— Et comment tes anciens amants ont-ils géré cela ?

Elle haussa à nouveau les épaules.

— Je n'ai eu qu'à le dire une fois à Garrett, et il n'a jamais réessayé.

— Ne compte pas là-dessus avec moi, Katianna. Il te faudra me repousser avec une batte toutes les nuits, parce que je ne céderai pas.

Il resta silencieux un moment, la contemplant intensément.

— Autre chose pour laquelle tu veux dire non ?

Elle cligna des yeux.

— C'est le règlement de notre contrat, alors c'est maintenant ou jamais.

Il lui tourna la tête afin de croiser son regard lorsqu'elle se détourna en évitant de répondre aux questions auxquelles il avait besoin qu'elle réponde. Mais il savait déjà où se trouvaient ses limites. Celles qu'il lui apprendrait à dépasser au fil du temps, et celles qui ne pourraient jamais être franchies. Même si elle n'en parlait jamais, il y serait attentif, mais il voulait qu'elle ait cette chance de les prononcer.

Katianna vit un monde de bienveillance dans ses yeux. Le même regard qu'il donnait à ses esclaves lorsqu'il les entraînait dans une scène. C'était ainsi qu'était le BDSM, le contrôle et la discipline. Un contrat entre Dom et sub qui définissait les frontières et les limites pour les deux partenaires afin que leur expérience ensemble soit à la fois enrichissante et pas trop effrayante. Trenton la voulait comme son Esclave de Vie, ce qui signifiait qu'il avait besoin de connaître ses limites. Et il y en avait beaucoup, mais aucune pour lesquelles elle était inébranlable et qu'elle n'avait pas déjà mentionnées. Au moins, rien qui lui vienne à l'esprit pour l'instant, pourtant elle était certaine qu'elle regretterait son silence plus tard, lorsqu'il ne serait plus temps.

— Aucune chose vraiment hardcore.

Il hocha doucement la tête.

— D'accord.

— Et me courtiser ? Je ne comprends pas cette histoire de courtiser !

— Eh bien, nous allons passer du temps ensemble. Beaucoup de temps ensemble. Je m'attends à ce que tu sois avec moi au club maintenant, pas dans le box d'Amelia. Et nous allons également partager beaucoup de temps ensemble en dehors du club, parce que c'est vraiment important pour toi et moi en ce moment. Nous n'en avons pas eu beaucoup. Ce que je prends et que je te donne n'est pas seulement au sujet du *Club Pain*, c'est pour chaque aspect de notre vie ensemble. Et je vais t'embrasser, parce que tu as besoin d'être embrassée, et souvent. Et je vais passer beaucoup de temps à te tourmenter.

— Tu me tourmentes déjà.

Elle gémit son accusation. Son corps était déjà brûlant. Elle attendait avec impatience la partie des baisers, parce qu'il lui coupait le souffle quand il l'embrassait. Même si elle allait devoir apprendre à maîtriser sa respiration, parce qu'il se reculait toujours lorsqu'elle haletait sous lui, et elle détestait cela. Mais les tourments ? Non, elle ne voulait plus être tourmentée.

— Laisse-moi te dire dès maintenant ce qui ne se passera pas pendant que je te courtiserai.

Et il l'attira vers lui et lui chuchota à l'oreille.

— Quoi ?

Ses yeux s'écarquillèrent et elle se pencha en arrière dans son emprise.

— Que veux-tu dire par, pas de b...

Elle s'arrêta, se souvenant qu'il lui avait déjà reproché son langage, à peu près au même moment où il avait mentionné des punitions.

—... rapports sexuels ?

Il lui lança un sourire diabolique.

— Pas avant que tu te sois complètement abandonnée à moi.

Kat laissa instantanément échapper un gémissement exagéré et se dégagea de ses genoux, retombant sur le coussin à côté de lui. Oh, mon Dieu, c'était à ça que ressemblait l'enfer. Accepter de fréquenter un homme qui la tourmenterait jusqu'à ce qu'elle perde complètement la tête. Au moment où elle s'ouvrait à lui, il refusait d'aller jusqu'au bout ?

— Seigneur, Trenton ! Pourquoi est-ce que ça doit être comme ça ?

Elle se détourna de lui, comme si tout cela lui causait des souffrances physiques – accentuant encore plus sa moue.

Trenton dut se retenir de rire si fort que c'en était presque douloureux de la regarder ; il porta un doigt à sa bouche et se gratta sa lèvre, surtout pour calmer sa satisfaction. Elle ressemblait à une enfant à qui l'on venait de dire que les vacances à Disney World avaient été reportées. Lorsqu'elle boudait, c'était vraiment la chose la plus adorable qu'il ait vue de toute sa vie, et elle était tellement douée pour ça. Mais il ne céderait pas cette fois.

— Tu es déçue ?

Il haussa un sourcil dans sa direction, luttant pour rester sérieux. Elle était si sacrément mignonne que c'en était vraiment ridicule.

— Déçue ?

Elle roula sur les coudes et sa tête se leva afin de lui lancer un regard noir.

— Rien n'a touché mes parties intimes à part quelque chose fonctionnant sur batteries depuis longtemps.

Cette moue – correction cette double moue avec la lèvre...

Un bruit remonta du fond de la gorge de Trenton et elle savait très bien ce que c'était.

— Combien de temps ?

En fait, il connaissait la réponse à sa question, du moins il le pensait, mais cette soirée était à propos d'ouverture et de communication. Il voulait l'entendre lui dire tout.

Elle se laissa tomber sur le dos et pencha la tête, se cachant presque et dit tout bas :

— Pas depuis que tu... à l'hôpital.

— Et pas de rendez-vous ? Tout ce temps ?

— Je ne sors jamais sauf pour aller au club...

Plus de moue.

—... et personne d'autre que toi et ce type Cliff ne m'approche...

Encore plus de moue.

— J'ai essayé de sortir une fois...

Sa voix se tut.

— Le rendez-vous duquel tu es rentrée en taxi ?

— Oui.

Trenton se souvenait bien de cette nuit. Tout le monde savait qu'elle avait un rendez-vous prévu, lui inclus, et Diesel avait dû rester avec lui pour l'empêcher d'interférer. Ce soir-là, elle était retournée dans un taxi plutôt que de se faire raccompagner par la personne avec qui elle avait rendez-vous.

Troy était de service cette nuit-là au domaine d'Amelia et avait été alerté lorsque quelqu'un avait essayé d'entrer le code de la porte sans succès. Il avait repéré de l'agitation devant la propriété sur les moniteurs de surveillance et il était sorti pour enquêter. Il avait trouvé Katianna discutant avec un chauffeur de taxi juste à l'extérieur, devant le portail, parce qu'elle n'avait pas assez d'argent sur elle pour payer la course. Pire encore, elle avait entré le mauvais code et n'avait pas réussi à ouvrir le portail. C'était alors que le chauffeur avait commencé à l'accuser de fraude et avait menacé de la conduire au commissariat. Troy s'était occupé de la course, mais lorsqu'il avait interrogé Katianna sur ce qui s'était passé avec son rendez-vous et pourquoi il ne l'avait pas ramenée à la maison, elle s'était enfuie en pleurant. Voyant cela, Troy s'était tout de suite inquiété qu'elle ait pu être forcée, alors il avait appelé Trenton.

Ce dernier était arrivé au domaine moins de trente minutes après avoir reçu l'appel. Ses craintes avaient été les mêmes que celles de Troy.

Il s'était avéré que son rendez-vous était simplement trop insistant alors qu'elle n'avait voulu que sortir dîner. Mais sa gentille petite souris l'avait tasé lorsqu'il n'avait pas cessé de la peloter, puis elle était rentrée à la maison.

Trenton avait passé la moitié de la nuit avec elle en boule sur ses genoux, ne touchant rien de plus que ses cheveux et ses épaules pendant qu'elle pleurait jusqu'à ce qu'elle finisse par s'endormir. Il ne lui avait jamais dit ce qu'il avait fait au type.

Il tendit la main vers Katianna, saisissant une cheville, puis un poignet, et il la remit sur ses genoux.

— Peut-être devrais-je faire machine arrière ?

— Non.

Elle fit un tout nouveau genre de moue, le genre qui le faisait fondre chaque fois, transformant ses entrailles en pudding. Elle se laissa tomber contre sa poitrine, ses bras s'enroulant autour d'une de ses épaules et sa joue se posant sur l'autre, épousant parfaitement son corps. Il pouvait sentir chaque centimètre d'elle pressé contre les siens. Comme un gant de peau, elle était faite pour lui, et son cœur voulait douloureusement la garder là.

— Quatre ans, c'est suffisamment long.

Même s'il aimait la sensation de l'avoir contre son corps, il la repoussa, les mains serrées sur ses bras.

— Alors, pourquoi m'as-tu toujours évité ?

— Parce que tu me fais peur.

Elle réfléchit un instant, avant de reprendre.

— Mais ne pas te voir, c'est encore plus effrayant.

— Puis-je commencer à te courtiser ?

Elle acquiesça.

— Tu dois le dire, Katianna. Tu dois me dire ce que tu veux.

Katianna déglutit difficilement, presque figée. Elle ne demandait jamais ce qu'elle voulait, cela ne faisait que rendre les choses plus difficiles à vivre – approfondissait la déception. Sans parler qu'on lui avait inculqué de ne jamais demander ce qui n'était pas donné. C'était la manière de sa mère de gérer le fait qu'elles n'avaient pas toujours ce que les autres avaient. Et la plupart du temps, cette philosophie fonctionnait.

— Katianna.

Le regard de Trenton la brûla comme s'il pouvait voir directement son âme.

— Tu dois le dire.

— Oui, murmura-t-elle.

— Oui quoi ?

— Oui, s'il te plaît, commençons.

Elle prit une profonde inspiration.

— Mais est-ce que ta cour peut inclure des relations sexuelles ?

Trenton se mit à rire.

— Non. Cela ne se produira qu'une fois que tu m'auras supplié si fort que je saurai que tu le penses vraiment. Alors cela arrivera.

— Mais... ahhh...

Ses paroles furent réduites au silence avec un gémissement et sa tête se rejeta en arrière sous l'intrusion des doigts de Trenton qui se glissaient entre ses jambes et se poussaient profondément entre ses plis. Elle enfonça ses ongles dans son épaule tandis que les doigts commençaient lentement leur va-et-vient en elle.

— Mais tu peux considérer que tes parties intimes sont touchées maintenant, dit-il.

CHAPITRE VINGT-DEUX

Le contact autoritaire des doigts de Trenton était implacable, plongeant profondément en elle pour lui tirer des sanglots, l'amenant très près du délire de la jouissance, puis s'arrêtant, la laissant impitoyablement suspendue dans le besoin.

Ce qui avait commencé à l'intérieur de leur alcôve semi-privée se relocalisa magiquement sur le parking à côté de son véhicule. Cela devait être de la magie, parce qu'elle ne pouvait pas se souvenir de ses pas entre le moment où ses doigts avaient plongé en elle et celui où il l'avait épinglée contre le véhicule blindé noir.

Trenton lui verrouilla les chevilles dans son dos puis plongea à nouveau ses doigts dans ses replis d'un geste déterminé.

— Ne bouge pas, dit-il en la serrant contre sa poitrine. Je veux simplement te toucher.

— Trenton... S'il te plaît... supplia-t-elle.

— Chut... laisse-moi ressentir... la cajola-t-il en déposant un baiser sur sa joue, la tenant fermement tandis que ses doigts frottaient son clitoris gonflé. Te souviens-tu à quel point cela t'avait fait te sentir magnifique une fois auparavant ?

Ses doigts bougeaient si profondément en elle, déclenchant des étincelles de plaisir à travers un réseau de nerfs qui n'avait pas été excité et éveillé depuis si longtemps, faisant voler son esprit et son corps dans un abîme sombre et croissant d'extase.

Ces mêmes doigts se retirèrent, traînant avec eux la crème soyeuse et l'utilisant pour masser son clitoris en de lents cercles exigeants avant de plonger à nouveau dans son fourreau jusqu'à ce qu'elle jouisse. Les parois de Katianna se contractèrent au moment où elle explosa, ses muscles se resserrant autour de ses doigts, ses cuisses étreignant sa taille tandis qu'il la tenait épinglée contre le véhicule.

Une partie d'elle entendit ses propres gémissements résonner sur le plafond en béton du garage et elle se mordit les lèvres pour les faire taire, mais elle était si faible. Seuls ses baisers et ses paroles lui disant combien elle était belle et combien de temps il avait attendu pour l'avoir à nouveau la gardaient sur terre. S'il n'avait pas exercé son contrôle dominant sur elle, elle serait en train de flotter dans l'espace en ce moment.

Il lui demanda quelque chose et tout ce qu'elle put faire fut de glousser et de fredonner contre sa joue.

Trenton l'embrassa de nouveau, des baisers tendres, chaleureux et possessifs, tandis qu'il la remettait lentement sur ses pieds, jusqu'à ce qu'elle arrive juste au-dessous du niveau de sa poitrine. Elle lui était si chère, mais l'embrasser présentait un défi. Non pas que cela l'ennuyait de la soulever ni qu'il ait l'intention de l'échanger contre quelqu'un de plus grand. Il baissa les yeux sur son visage rouge, sur la façon dont elle rayonnait, tout cela à cause de lui – et comment son corps répondait à son contact... Il serra sa main dans la sienne et la porta à ses lèvres pour embrasser le bout de ses doigts.

— Bien, j'ai l'intention de faire plus que cela lorsque nous serons au club.

Il continua à lui parler, mais, il eut le sentiment qu'elle n'avait pas réellement écouté lorsque ses yeux s'écarquillèrent. Puis tout aussi rapidement, ils se baissèrent sur son propre corps.

Brusquement, elle repoussa ses mains et ouvrit la portière du siège arrière de son Gurkha.

— Kat, qu'est-ce que tu fais ? lui demanda-t-il avec un petit rire.

Elle lui lança un regard alarmé.

— Jaune !

Et elle sauta dans le véhicule, claquant la portière derrière elle. Il entendit la serrure s'enclencher et il se demanda immédiatement ce qu'elle faisait. Elle ne pouvait aller nulle part. Il avait les clés, même s'il ne s'inquiétait pas qu'elle ose essayer de conduire si elle les avait eues. Elle ne conduisait pas. Et le Gurkha était vraiment un tank pour elle.

— Kat, qu'est-ce que tu fais ? cria-t-il à travers la portière.

— Tu ne comptais pas vraiment m'emmener au club, trempée comme je le suis, n'est-ce pas ? lui cria-t-elle, tremblante de panique.

La soudaine prise de conscience qu'elle était là-dedans supprimant les traces de son travail n'était pas acceptable de quelque façon que ce soit. Il déverrouilla rapidement la portière. Un hurlement l'accueillit lorsqu'il l'ouvrit, la trouvant à genoux avec plusieurs lingettes féminines usagées dans les mains.

— Ne refais *jamais* ça, Katianna. Lorsque je trempe tes cuisses, c'est également à moi de les nettoyer et de m'occuper de ton corps. Maintenant, je vais devoir tout recommencer.

Des yeux pâles étaient fixés sur lui, écarquillés comme ceux d'un hibou, pas du tout contrariés qu'il l'ait déstabilisée, ce qui était une bonne chose, sinon il aurait trouvé un moyen de la punir pour lui avoir retiré l'une de ses occupations post jeu préférée. Il lui attrapa une cheville, la traînant au bord de la banquette avec l'intention de tout recommencer et attendant cela avec impatience.

— Mais j'ai dit « jaune », gémit Katianna, son corps fondant sous sa chaleur exigeante.

Trenton s'arrêta et laissa tomber ses mains de chaque côté d'elle, se penchant afin de planer au-dessus d'elle. Un sourire fier s'attarda sous la surface, tandis qu'il grognait :

— Tu l'as fait, n'est-ce pas ?

Katianna hocha la tête en signe d'accord.

— Très bien. Je vais t'accorder un petit sursis, dit-il alors que ses lèvres se retroussaient en quelque chose de sinistre. Lorsque nous arriverons au club, nous recommencerons, et plus de mots de sécurité ce soir.

Kat déglutit difficilement.

— Aucun ?

Trenton se pencha et lui embrassa le nez.

— Aucun.

— Es-tu à l'aise avec le fait que je te donne un autre verre de vin ? demanda Trenton, une fois qu'ils atteignirent le *Club Pain*.

— Tu aimes vraiment ça, n'est-ce pas ? dit-elle en levant les yeux vers lui, une étrange expression amusée sur le visage.

— Oui, répondit-il d'un air détaché.

— Alors oui. Je suis d'accord.

Trenton fit un signe de la main au barman alors qu'il la guidait vers le comptoir.

— Derek, y a-t-il une bouteille de Cabernet Sauvignon ouverte ?

— Oui, Dominus. Grand Maître Dane en a ouvert une plus tôt cette semaine.

— Verse-m'en un verre, s'il te plaît, et un ginger ale pour moi.

— Tu ne bois pas ce soir ? demanda Katianna, surprise de sa commande.

Trenton l'attira afin qu'elle s'appuie contre lui, la tenant alors qu'il se penchait en arrière sur le comptoir.

— Je ne bois pas toujours, Katianna. D'ailleurs, tu ne voudrais pas que je perde le contrôle, n'est-ce pas ?

Un sourire étrange se glissa sur le visage de la jeune femme.

— Peut-être.

— Ha...

Il laissa échapper un petit rire.

— Tu n'obtiendras pas cela avant d'être prête.

Il la souleva, la plaçant sur un tabouret de bar. Il pressa ses lèvres sur les siennes, s'invita à l'intérieur et s'y attarda comme s'il possédait sa bouche et son souffle. Il s'accrocha à ses hanches, la tirant vers le bord du siège et la pressant contre son érection. Un grognement haletant retentit dans sa poitrine.

— J'ai attendu ça depuis si longtemps. Il faut que tu le saches, rien ne m'arrêtera maintenant.

Il suça ses lèvres et ronronna immédiatement lorsque les mains de Katianna glissèrent sous sa chemise pour caresser sa poitrine. Ce n'était pas un comportement acceptable pour une esclave de se sentir libre de le toucher sans sa permission, mais pour elle, c'était comme si sa soumission ne serait pas complète sans qu'elle soit enroulée autour de lui ou accrochée à lui. Il aimait la façon dont elle s'accrochait à lui, dépendant de lui pour la protéger. C'était cet ego masculin qui le poussait à protéger et posséder cette femme – un ego qu'elle nourrissait avidement. C'était quelque chose de bien trop rare à cette époque peuplée de femmes fortes et indépendantes. Et c'était très bien ; le monde avait besoin de femmes fortes, parce que la plupart des hommes étaient des ânes. Mais il était heureux d'avoir trouvé sa Licorne, et il la récompensa avec un autre baiser brutal.

Il la reposa sur le sol et prit son verre.

— Allons dans notre box.

Il lui fit signe de passer devant lui.

— Tu ne dois pas aller à l'étage ? demanda-t-elle alors qu'elle se plaçait à ses côtés.

— Pas ce soir, c'est notre rendez-vous.

Il laissa sa main tomber entre eux et entrelaça leurs doigts.

À l'intérieur du box aux vitres teintées, sans personne pour l'interrompre ce soir, Trenton l'attira sur ses genoux et la soumit à plus de contact afin de réveiller son corps. Il l'incita à s'appuyer contre sa poitrine, tournant sa tête pour amener ses lèvres à la portée des siennes afin de lui donner un baiser tandis que sa main lui caressait le ventre et descendait sur ses cuisses. Il empauma son sexe et la serra contre lui jusqu'à ce que son souffle s'altère.

Les sens de Katianna étaient en ébullition. Elle se sentait exaltée et excitée. Elle était perdue dans ses bras. Elle était habituée aux taquineries lubriques de Trenton, tout comme elle était habituée à ses propres désirs pour lui, mais elle n'était pas préparée à cela. La faim frénétique de ses impitoyables caresses la faisait *ressentir* – enveloppant ses émotions et échauffant ses cuisses avec exigence. S'il ne la prenait pas avant la fin de la nuit, elle allait devenir folle.

Trenton fit traîner sa paume sur la peau de Kat. Il aimait son contact. Lisse et soyeux. Il était impatient qu'elle revienne du salon de beauté, lorsque son magnifique sexe serait tout aussi nu et lisse que le reste de son corps. Il l'empauma, pressant sa main contre le petit bourgeon encore sensible de l'orgasme qu'il lui avait offert un peu plus tôt. Il pouvait sentir le resserrement de ses parois internes. Même maintenant, alors que ses doigts cerclaient la petite ouverture.

— Me veux-tu ? murmura-t-il contre le coin de ses lèvres. Tu aimes lorsque je te touche ?

— Oui, siffla-t-elle.

— Dis-moi, Katianna, veux-tu que mes doigts soient en toi ?

Katianna se tortilla sur ses genoux, pressant ses hanches contre sa lourde paume.

— Puis-je avoir autre chose à la place ?

— Je te l'ai dit...

Il suça son lobe de sa langue brûlante, le mordillant avant de le relâcher.

—… pas avant que tu sois prête.

— Je suis prête, gémit-elle contre lui.

— Prête à me donner ta vie ?

Son pouce exerça une légère pression sur son clitoris tandis qu'il cerclait le bord de son entrée du bout des doigts, et elle se déroba, sa jambe venant pratiquement bloquer l'accès à son corps. Trenton la rattrapa alors qu'elle essayait de fuir, la tint fermement et plongea deux doigts dans sa chaleur soyeuse. Si serré et tellement incroyable… il en jouit presque dans son pantalon.

— Je-je… bafouilla-t-elle dans un souffle.

— Alors c'est tout ce que tu obtiendras, et le reste attendra…

Le corps de Katianna se débrouilla pour se rapprocher encore de lui. En la regardant, il vit que ses pieds s'étaient appuyés sur le bord de la table, et elle poussait sur la pointe pour se presser plus étroitement contre lui. Elle laissa retomber sa tête sur l'épaule de Trenton, et il lui embrassa la joue, sentant les frémissements de son corps tandis qu'il remplissait et caressait ses parois de ses doigts indiscrets.

Elle posa sa main sur la sienne, poussant et tirant. Son corps et son cerveau entamèrent un combat – désirant les caresses et ne les supportant pas, en même temps.

— Arrête, petite souris. Retire ta main.

Sa petite main se déplaça, mais seulement pour se glisser entre eux, tâtonnant derrière elle afin de trouver son érection, puis ses doigts commencèrent rapidement à bouger sur lui à travers son pantalon. Il ravala un gémissement ; il voulait son contact, mais pas ce soir. Il avait déjà été à sa merci la nuit dernière, et avait été presque conduit au point de rupture. Ce soir, elle serait à la sienne. Il la voulait impuissante dans ses bras, afin de découvrir et tester les limites de sa soumission.

— Arrête, Kat. Mets plutôt tes mains autour de mon cou et ne bouge pas. Contente-toi de ressentir.

Son pouce érafla son clitoris engorgé et le corps de Katianna se tordit instantanément, déjà trop sensible des tourments qu'il lui avait infligés à peine une heure auparavant.

— Là... lui chuchota-t-il à l'oreille. Jouis pour moi. Laisse-moi te sentir jouir sur ma main.

Ses doigts plongèrent en elle une fois de plus, lui causant une ruée de plaisir aussi puissante qu'un tsunami.

🙶🙷

Katianna était trop sensibilisée pour comprendre ce qu'il lui faisait, cependant elle ne pouvait pas s'empêcher de le vouloir. Elle voulait plus, son dos se cambrant de plus en plus contre lui. Elle perdait complètement pied. Le temps s'arrêta alors qu'elle retenait son souffle et attendait. Son sexe douloureux se resserra autour des doigts de Trenton, l'incitant à lui procurer plus de pression, et cela lui envoya des flèches de plaisir qui l'envoyèrent par-dessus bord.

Des couinements luttèrent pour s'échapper de ses lèvres alors qu'elle se contorsionnait encore plus, ses hanches se projetant en avant sous la possession et la chaleur de ses doigts alors qu'ils caressaient, s'enfonçaient et mettaient ses sens, sens dessus dessous, se brisant en mille morceaux sous son commandement. Puis elle jouit dans un cri, n'ayant pas conscience de pleurer, mais lorsque les convulsions s'apaisèrent, elle sentit les larmes couler sur ses joues alors qu'elle s'affaissait, sans force, dans ses bras. Toutes ses forces l'avaient quittée et sa tête glissa sur le bras de Trenton, les seuls mouvements perceptibles étant le soulèvement de sa poitrine luttant pour trouver l'oxygène nécessaire à son corps, et le tremblement des répliques de son orgasme.

Trenton continua à la tenir tendrement dans ses bras, sentant chaque frisson et nuance de la réponse de son corps. Tandis qu'elle s'affaissait dans son étreinte, son corps devenait complètement flasque et se pliait à la volonté de Trenton. Elle était irrémédiablement sienne, mais s'était-elle vraiment totalement abandonnée à lui ?

— Tu le sens maintenant ? Tu t'es complètement abandonnée à moi, chuchota-t-il, lui faisant savoir par de doux ordres à qui elle appartenait. En ce moment, tu m'appartiens. Incapable de bouger, à moins que je ne te l'ordonne. Tu as besoin de mon contrôle, simplement pour le faire.

Il l'observa pendant un long moment – ressentit sa réponse. C'était le moment où tous les esclaves se tendaient, le moment où quelque chose claquait dans leur cerveau et voulait forcer leur corps à bouger ne serait-ce que pour une minute dans une rébellion intérieure, refusant d'accepter leur état de faiblesse absolue. Cependant, Katianna ne bougea pas ; elle était aussi molle et impuissante maintenant qu'elle l'était vingt secondes auparavant. Son ami Aubert avait raison. Elle était prête.

Il déplaça son corps, l'étendant lentement sur le canapé afin de ne pas la faire sortir de son état de transe. Une surprise inattendue, bien qu'il l'ait espérée. Elle avait passé trop de temps sans le contact d'un homme, rendant ses besoins sexuels plus que réceptifs pour lui, et lui permettant de la ravager implacablement jusqu'à ce point ; sa transe soumise était un cadeau incroyable. Il avait l'intention de souvent répéter l'expérience.

Se relevant, il déplaça les jambes de Katianna et se plaça entre elles.

— Je vais m'allonger sur toi pendant un moment, chuchota-t-il d'une voix basse et profonde. Je veux que tu aies un avant-goût de ce que tu ressentiras lorsque je jouirai enfin sur ton corps, lui dit-il en s'abaissant sur elle.

☙❦❧

Katianna perçut la chaleur du corps de Trenton avant même d'en sentir le poids. Sentant les muscles durs de l'homme dont elle avait rêvé et sur lequel elle avait écrit depuis qu'elle l'avait rencontré. Et alors que son poids s'installait sur elle comme un lent coucher de soleil, cela rendit chaque fantasme réel, et plus encore. Elle flottait maintenant dans un rêve lucide. Un amant se faufilant dans la nuit pour se trouver entre ses jambes, tendre et possessif. Enivrée par la façon dont son corps l'enfermait sous lui. Et lorsque ses hanches roulèrent pour se presser contre ses reins, elle cria. Elle ne savait même pas qu'elle avait encore un souffle à lui offrir.

— S'il te plaît.

— Non.

— Même pas un petit peu ?

☙❦❧

— Pas ce soir.

Il la vit lutter pour ravaler un gémissement, le léger tremblement de sa lèvre et le combat de son corps afin de rester immobile comme il le lui avait dit.

— Es-tu déçue ?

— Oui, souffla-t-elle.

— Bien.

Elle cligna des yeux ; quelque chose dans cette réponse n'allait pas, mais le brouillard de plaisir dans lequel elle flottait ralentissait sa cohérence.

— C'est bien que je sois déçue ?

Il gloussa presque.

— Non. Que tu te sentes privée de mon corps. Je veux que tu restes dans cet état jusqu'à ce que tu ne puisses plus le supporter et que tu sois prête à finalement abandonner ta vie pour m'avoir.

Elle gémit lorsqu'il roula à nouveau des hanches.

— Je croyais que tu disais que je venais de le faire.

— C'était ton corps. Je veux ta vie, Katianna. Es-tu prête à tout me donner ?

C'est alors qu'il sentit la tension, ou peut-être simplement une immobilité silencieuse. Une hésitation, plutôt qu'un rejet. C'était très léger, mais suffisant pour qu'il détecte le changement sous lui.

— Ça ne peut pas arriver avant que tu sois prête.

Il embrassa son visage d'un baiser doux et patient. Il savait qu'il pouvait attendre un peu plus longtemps, parce que sa reddition avait déjà commencé.

À SUIVRE DANS LA DEUXIÈME PARTIE DE DEVENIR SON ESCLAVE

À PROPOS DES AUTEURS

Nous sommes venus— nous avons vu— puis nous avons rendu cela sexy.

C'est ainsi que les jumeaux en sont venus à écrire de la fiction érotique. Les jumeaux, Talon et Tarian de TPS Publishing, écrivent ensemble depuis leur plus tendre enfance, se défiant mutuellement tout en étant les plus grands supporters l'un de l'autre.

Pour eux, l'écriture a toujours été une question de fiction apocalyptique et de scénarios de films dans le genre action/drame et un peu de science-fiction. Ce n'est que lorsqu'ils ont commencé à écrire l'histoire d'une fiction historique que leur travail s'est orienté vers le genre érotique, qu'ils n'ont plus quitté depuis.

Après avoir passé leur vie à accumuler de l'expérience et à perfectionner leurs talents de conteurs, ils ont enfin commencé à mettre tout cela sur papier. *"Nous pensons qu'une bonne histoire doit vous faire vivre une expérience émotionnelle, vous faire vibrer et vous faire tourner en rond jusqu'à ce que vous ayez le vertige. Tout cela pour que les lecteurs puissent s'y plonger et s'évader de leur journée quand ils en ont besoin ou envie, et pour aiguiser leur appétit."*

Veillez donc à vous réserver des moments d'intimité, à vous servir un verre de vin et à vous installer confortablement, car, comme le dit toujours Talon—

"Je suis sur le point de vous exciter"

~ Talon ps

———•———•————•———————•———————•———•———

DÉCOUVREZ LES AUTRES TITRE DE TALON PS & TARIAN PS

———•———•——•———•———•———•———

LA SÉRIE DES FRÈRES DU DOMINION – [French Edition]
Devenir Son Esclave - Partie 1 & 2
Dominer l'Héritière
Un Havre pour Cliff
Attirance Brutale

(ᵔᵥᵔ)

DOMINION OF BROTHERS SERIES
Becoming His Slave
Domming the Heiress
A Place for Cliff
Rough Attraction
Taking Over Trofim
Right One 4 Diesel
Touching Vida~Vince

(ᵔᵥᵔ)

Muse Me Only
Inspire Moi Seulement [French Edition]

(ᵔᵥᵔ)

QUANTUM MATES:
Pt 1~ What Torin Wants

(ᵔᵥᵔ)

DEAR SOLDIER SERIES:
Dear Soldier, With Love
Dear Soldier, With Love II: A Lost Soldier Named Grey

(ᵔᵥᵔ)

LYCOTHARIAN COLLECTION:
Bond of the Lycaon Concubine

TALON P.S.

TALON's KEEP COLLECTION:
Feral Dream by Talon ps
Danny's Dom by Nick Hasse

That's My Ethan

THE TEDDY BEAR COLLECTION:
Their Plane from Nowhere
Big Spoon & Teddy Bear
Ivan vs Ivan
TIME: Wounds All Heal
Shaggin' the Dead

THE SADOU ORDER – A Dark Taboo Series
Perfect Boy / Perfect Son

THE PENDHRAGAIN LEGENDS
A Pre-Arthurian Historical Fantasy
Anáil Dhragain (Dragon's Breath)

KEEPERS OF DESTINY SERIES
A Post-Apocalyptic Dark Fantasy
Keeping With Destiny

Three Wrong Turns
A Coming-of-Age Gay Fiction Saga within an Abusive Home

———•———•━━━•———•————•———

TOPAZ OF ARABIA AND HER FOREVER HOME JOURNEY
Un livre d'activités et de coloriage sûr pour tous les âges

(°ᴥ°)

THE ADVENTURES OF HUGH JORGAN
En tant que ROCK HARDING ~ Un livre de coloriage coquin pour adultes

———•———•━━━•———•————•———

TALON P.S.

SE CONNECTER ET SUIVRE LES JUMEAUX :

WWW.TALON-PS.COM

Milton Keynes UK
Ingram Content Group UK Ltd.
UKHW021921130824
446844UK00012B/775